Fünfundzwanzig und eine

Fünfundzwanzig und eine

Sechsundzwanzig Geschichten
für kurze Tage und lange Nächte

Herausgegeben von Giuseppe de Siati,
Sabine Tandetzke und Thies Ziemke

NEUER MALIK VERLAG

Die Deutsche Bibliothek — CIP-Einheitsaufnahme

Fünfundzwanzig und eine : sechsundzwanzig Geschichten für kurze Tage und lange Nächte / hrsg. von Giuseppe DeSiati ... – Kiel : Neuer Malik-Verl., 1993
ISBN 3-89029-079-5
NE: De Siati, Giuseppe [Hrsg.]

Umschlaggestaltung: Root Leeb
Satz: Fuldaer Verlagsanstalt
Druck und Bindung: Graphischer Großbetrieb Pößneck GmbH
Ein Mohndruck-Betrieb
ISBN 3-89029-079-5

Vorbemerkung

Guten Abend!

Wir gehen einfach einmal davon aus, daß Sie jetzt unterm Weihnachtsbaum liegen und gerade diesen voluminösen Band zum unverschämt günstigen Preis vor den tropfenden Kerzen gerettet haben, um etwas zu »schmökern«. Das Licht reicht kaum aus, es riecht angenehm nach Bratäpfeln. Sie überlegen sich, ob Sie mit der ersten oder gleich mit der vorletzten Erzählung anfangen sollen.

Alles ganz falsch? Sie sitzen zu Hause auf dem Sofa, freuen sich über die schöne Umschlaggestaltung von Root Leeb (sprich Rut Leb), und draußen regnet's?

Ist ja auch egal, auf jeden Fall beglückwünschen wir Sie zum Erwerb dieses Buches, an dem 26 Autoren mitgewirkt haben, die zum größten Teil schon zum Bestand der Weltliteratur gehören. Die anderen – das garantieren wir – gehören demnächst dazu.

Falls Ihnen dieser Band gefallen sollte, dann empfehlen wir Ihnen auch das Schwesterbuch: »Sechsundzwanzig und eine. Siebenundzwanzig Geschichten für lange Tage und kurze Nächte« aus demselben Verlag. Sie verfügen dann über insgesamt 53 Geschichten, sozusagen für jede Woche des Jahres – auch für die letzte angefangene – über eine Geschichte.

Wir geben Ihnen jetzt noch einen wirklich guten Rat: Legen Sie doch bitte jede Woche mindestens einen fernsehfreien Tag ein und gönnen Sie sich eine Geschichte. Sie werden zufriedener sein! Und diese beiden Bücher reichen für ein ganzes Jahr.

Die Herausgeber

Inhaltsverzeichnis

Rafik Schami

Als der Meister auftrat

Ich verstehe bis heute nicht, was an jenem Abend passiert ist. Ich sollte ein Märchen erzählen. Ein Märchen für Erwachsene. Die Lesung war von einer Volkshochschule organisiert. An die zwanzig Leute waren gekommen, alte wie junge, Männer und Frauen.

Anders als bei uns im Süden, wo die Leute laut lachen und heulen, wenn sie eine Geschichte hören, sitzen hier die Zuhörer bei einer Lesung ruhig wie in einer Kirche, und mancher Schriftsteller gefällt sich in der Rolle eines Pfaffen. Aber zwölf Jahre haben mir den Blick geschärft, und ich kann die aufgesetzte Maske durchbohren und spüren, ob die Worte meines Märchens die Zuhörer schmerzen oder sie erfreuen.

An jenem Abend krachte draußen der Donner, und der Regen peitschte geräuschvoll gegen die großen Fenster. Die richtige Atmosphäre für Märchen, dachte ich, kurz bevor ich anfing, die Geschichte zu erzählen. Ein grausiges Märchen eigentlich, aber ich habe nie im Traum daran gedacht, daß an jenem Abend etwas passieren könnte, was mein Märchen noch in den Schatten stellen sollte. Welche Phantasie muß ein Autor aufbringen, wenn das Leben selbst solche unglaublichen Märchen schreibt?

Es war einmal vor nicht allzu langer Zeit ein König. Er war schöner als der Mond in einer Sommernacht, seine Lippen ließen die Blätter der Rosen erblassen, und in seinen blauen, verträumten Augen spiegelten sich die Meere der Erde. Gierig, wie nun mal Könige sind, war auch der König von Nordland; er war sogar unersättlich. Wie seine Lippen die Rosen und seine Augen die Meere übertrafen, so bodenlos war seine Gier, daß die anderen Könige wie asketische Mönche erschienen. Er führte Kriege, raubte den unterworfenen Völkern ihr Gold, Eisen und Kupfer und wurde immer mächtiger. Seine Schatzkammern waren bis zur Decke mit den erlesensten Gütern der Erde gefüllt.

Da erdachte sich der König eines Tages einen teuflischen Plan: nicht mehr die Güter der Erde ins Nordland zu bringen, sondern einfach das Nordland über die ganze Erde auszudehnen. Er allein und niemand anders sollte die Erde beherrschen. Der Priester des Hofes fand auch die Lösung: »Jawohl«, rief er den erstaunten Nordländern zu, »als Gott der Allmächtige sagte: ›Seid fruchtbar und mehret euch und füllet die Erde und machet sie euch untertan‹, hat er seine Majestät, unseren König, und uns, seine ihm ergebenen Untertanen, gemeint. Gott hat es gewollt!«

Die Nordländer jubelten und riefen: »Jawohl! Gott hat es gewollt!« Der furchtbare Krieg dauerte lange, doch das Nordland dehnte sich wider Erwarten nicht aus, sondern schrumpfte immer mehr zusammen bis auf eine Ebene und mehrere kleine Burgen.

Zornig und verschwitzt saß nun der König auf seinem Thron. Seine blauen Augen waren rot, seine Lippen überzog eine häßliche blaue Farbe. Er schaute sich verzweifelt um: überall nur Trümmer, und seine Untertanen wühlten im Schutt nach Eßbarem. Einige Untertanen fragten auch schon laut, ob der König nicht verschwinden sollte. Kurz gesagt, der König saß wirklich in einer Klemme, und die Priester beteten Tag und Nacht zum Dämon der Macht und des Reichtums, Akirema; jeden Tag schlachteten sie für ihn zwei Schweine, und am dritten Tag erschien der mächtige Dämon, der Königen aus ihrer Not hilft. Er hörte sich die Ängste des Königs an und nickte nachdenklich. Er verhalf dem König zu Gold und Kupfer, Eisen, Weizen und Mais, und der König versprach dem Dämon ewige Treue.

Danach trat der König in einem glänzenden Gewand auf die Terrasse und rief laut: »Das Nordland hat den letzten Krieg verloren, aber wir werden bald die Welt friedlich beherrschen.«

»Aber wie denn?« rief der Minister Althöfer, der zu den Untertanen übergelaufen war, um sich vor ihrem Zorn zu retten. Er hatte schon immer eine feine Nase gehabt und roch das Gewitter im voraus. Er spürte, daß die murrenden Untertanen bald die Republik ausrufen wollten.

»Wir haben genug Gold, Mais und Weizen, Eisen und Kupfer!« erklärte der König etwas erbost über den frechen Ton seines Ministers.

Der kritische Minister rief unbeeindruckt: »Ja, aber woher nehmen wir die Männer?«

Die Untertanen und der Minister lachten höhnisch, weil ja die meisten Männer im Krieg gefallen waren.

»Die holen wir uns von meinem Bruder, dem Spaghettikönig. Er wird sich freuen, denn seine Spaghetti gehen langsam zur Neige, und wenn seine Spaghettifresser, diese Hitzköpfe, nichts mehr zu essen haben, werden sie meinem Bruder das Leben sauer machen. Von meinem Bruder, dem König des Knoblauchreiches, holen wir uns einige seiner Knoblauchfresser, denn er kann sonst seinen Knoblauch nicht vor den Gierigen retten, um die nötigen Devisen in sein Land zu holen. Von meinem geliebten Bruder, dem König der Wüsten, holen wir einige seiner Kameltreiber, sonst vertreiben diese blutrünstigen Wilden die Edelkamele vom königlichen Hof, und von meinem Bruder, König der...« Der König zählte lange und überzeugend seine Brüder auf, so daß sich der Minister seines schlechten Gedächtnisses schämen mußte.

Als die Untertanen wieder anfingen, begeistert zu klatschen, wußte Althöfer, daß auch seine Nase nicht mehr die allerjüngste war. Er warf sich vor die Füße des Königs und bat um Gnade. Der König ließ aber keine Milde walten und bestrafte den Missetäter grauenvoll. Er ließ ihn weder foltern noch den Löwen zum Fraß vorwerfen. Nein, er behielt ihn am Hof. Jedoch mußte Althöfer als Hofnarr von morgens bis abends Purzelbäume schlagen und dabei das Gespött aller Palastbewohner erdulden. Was ist der Tod im Vergleich zu dieser täglichen Demütigung?

Mit der Zeit entstanden zwei Burgen im Land, die Burg der Nordländer und die der Südländer; beide waren durch einen gähnenden Abgrund voneinander getrennt. Unten auf der weiten Ebene waren Felder und Fabriken, wo Nord- wie Südländer gemeinsam schufteten. Nach getaner Arbeit zogen sie sich aber in ihre Burgen zurück. Der König und seine Priester rieten den Nordländern, Distanz zu den südländischen Sklaven zu halten, da ihnen die Messer ziemlich locker säßen. Ab und zu hing in der nordländischen Burg ein Plakat mit dem Bild eines leichtsinnigen Nordländers, der den Südländern zu nahe gekommen war. Das Bild zeigte ein krummes Messer, das in den Rippen des Mannes steckte, und obwohl die Leiche zu lächeln schien, erschraken viele Nordländer vor dem Anblick der furchtbaren Waffe. Die Nordländer nannten die Südländer Knoblauchfresser, Spaghettis, Kameltreiber, Kümmeltürken und dergleichen, wie sie das von den Priestern gelernt hatten. Ordentlich brachten die Nordländer ihren Kindern die genauen Unterschiede zwischen einem Spaghettifresser und einem Kameltreiber bei. Genauigkeit war eine Tugend der Nordländer. Nichts war in ihrer Burg verpönter als die Lässigkeit. Die Priester empfahlen den Kindern, die Südländer im Zweifelsfall »Kanaken« zu nennen, und die Kinder machten oft von dieser Faustregel Gebrauch, da die Südländer in ihren Augen alle gleich aussahen.

Die Südländer ließen sich ebensowenig lumpen: Hanswurst, Kartoffelfresser, Feldwebel, Sauerkraut waren hoch im Kurs, und wenn ein Südländer sicher gehen wollte, so nannte er jeden Nordländer Bierbauch.

»Jawohl, Bierbauch«, rief einer der Ausländer aus den hinteren

Reihen, und die Zuhörer lächelten, manche aber zogen die Augenbrauen hoch über so viele Synonyme des Wortes »Mensch«.

Nord- und Südländer arbeiteten jeden Tag miteinander, aber sie lebten und dachten verschieden und oft gegeneinander. Wenn abends die Sirenen heulten, eilten die Südländer durch einen Gang zu ihrer Burg. Über dem Eingang leuchtete Tag und Nacht eine Schrift: »Die Arbeitsamen«. Über dem Gang der Nordländer leuchtete das Wort »Die Glücklichen«.

Hassan, meine sehr verehrten Damen und Herren, war ein Südländer, und wenn Sie es genau wissen wollen, dann sage ich es Ihnen: ein Araber. Er wurde vom König der Wüste an den König des Nordlandes für zwanzig Jahre ausgeliehen. Hassan war ein lustiger, aber ängstlicher Typ. Er lebte allein in einem ärmlichen Zimmer, denn er wollte eines Tages zurückgehen und einen kleinen Laden in seinem Dorf aufmachen. Mit der Zeit hatte Hassan etwas Geld gespart, und er versteckte die Dukaten in einem Strumpf unter seiner Matratze. Je mehr Dukaten er sammelte, desto größer wurde seine Angst, als blase sich ein zweiter Strumpf in seiner Brust auf, so daß sein Magen und sein Herz immer kleiner wurden. Er lachte immer weniger und verließ im Gegensatz zu den anderen nur noch selten sein Zimmer.

Nacht für Nacht saßen die ermüdeten Südländer zusammen, sangen Lieder, erzählten sich die tollsten Geschichten von ihrer Heimat und überboten sich an Übertreibungen. Die Nordländer wußten von all dem nichts und hielten die Südländer für eine besondere Art Maschine, die zufällig wie ein Mensch aussieht.

Eines Nachts, während die Eltern im Kreis um ein Feuer saßen, logen, lachten und tranken, saßen drei südländische Kinder am Rande des Abgrundes, ließen ihre Füße baumeln und warfen ab und zu ein Steinchen in die Tiefe. Sie hatten keine Angst, denn der Mensch gewöhnt sich auch an den tiefsten Abgrund.

Plötzlich tauchte aus der Tiefe des Abgrundes eine Fee auf. Sie war wunderschön, so alt wie eine gütige Oma, und doch strahlten ihre Augen, als wäre sie ein vierzehnjähriges Mädchen. Mehmet und Kostas erschraken. Sie wollten wegrennen.

»Habt keine Angst«, flüsterte Giancarlo, der dritte Junge, und hielt seine Spielgefährten fest. »Meine Oma sagt, Feen lieben Kinder.«

Die Fee lächelte. »Ich bin gekommen, um euch einen Wunsch zu erfüllen. Ich komme nur einmal in hundert Jahren.«

»Warum denn?« wollte der immer neugierige Mehmet wissen.

»Ist doch egal, wir sollen uns etwas wünschen«, fauchte ihn Giancarlo an. Mehmet schluckte seine Neugier mit Mühe hinunter.

»Spielen wollen wir, spielen mit den anderen Kindern von drüben«, rief Kostas.

»Ja, spielen«, bestätigte Giancarlo.

»Den Wunsch erfülle ich euch gerne. Nehmt Zweige, jeder einen, und zählt bis drei, dann werft die Zweige gemeinsam hinüber. Wenn ihr es schafft, entsteht eine Brücke, und euer Wunsch ist erfüllt.«

»Und fallen wir auch nicht hinunter?« fragte Mehmet ängstlich.

»Nein, nein, ihr werdet nie hinunterfallen. Aber ihr müßt aufpassen, die Brücke bleibt nur für einen Tag und eine Nacht!« antwortete die Fee und verschwand so plötzlich, wie sie aufgetaucht war.

Am nächsten Morgen beeilten sich die drei, nahmen drei Zweige und schleuderten sie über den Abgrund, aber erst beim dritten Versuch klappte es. Aus den Zweigen sprossen tausend andere Zweige und verflochten sich zu einer großen Brücke über den Abgrund. Die nordländischen Kinder, die das Treiben der drei eine Weile mißtrauisch beobachtet hatten, erschraken sehr, als die Brücke über den Abgrund wuchs, ließen ihre Bälle und Murmeln liegen und suchten Schutz hinter einem Gebüsch.

Als erster traute sich Kostas über den Abgrund, dann folgte Mehmet und als letzter Giancarlo. Die drei schritten vorsichtig über die wippende Brücke und atmeten erleichtert auf, als sie auf der nordländischen Seite Boden unter ihren Füßen spürten. Sie fingen auch gleich an, mit den bunten Bällen zu spielen, denn solche hatten sie noch nie gesehen. Langsam wagten sich die nordländischen Kinder aus ihrem Versteck, und nach einigem Zögern spielten sie den ganzen Tag lang zusammen, erzählten sich Geschichten und Witze und entdeckten, daß sich die Eltern im Norden wie im Süden gleichen.

Die Brücke verschwand bei Sonnenaufgang, aber eine Menge nordländischer Kinder waren schon in aller Frühe mit Zweigen zum Abgrund gerannt. Sie zählten eins, zwei, drei, warfen die Zweige, und siehe da, die Brücke gelang beim ersten Wurf. Die südländischen Kinder erblaßten vor Neid.

Ein breites, zufriedenes Lächeln überzog das Gesicht des Volkshochschulleiters in der ersten Reihe, als wäre er der Vater dieser Kinder. Seine Augen glänzten, als wollte er sagen: So ist es recht. Anders lächelten die Ausländer in der hintersten Reihe.

Einen ganzen Tag spielten die nordländischen Kinder auf der südländischen Burg. Erst als es Abend wurde, kehrten sie zurück. Die Eltern wollten es nicht glauben, daß ein Südländer genauso lacht und weint wie ein Nordländer und daß er etwas anderes tut, als den ganzen Tag lang Spaghetti essen und sich mit Knoblauch abreiben. Und die südländischen Eltern lauschten ungläubig den Erzählungen ihrer Kinder, daß ein Bierbauch auch noch einen Kopf hat, der weint und lacht.

Mit der Zeit traute sich auch ein Erwachsener über die Brücke und freute sich über seine Entdeckungen. Immer mehr Nord- und Südländer lernten sich kennen und entdeckten, daß ihre Namen viel bunter und schöner waren als Knoblauch- und Sauerkrautfresser. Die Brücken aus Zweigen waren wacklig, und manch einer hatte trotz seiner Lust manchmal Angst, den ersten Schritt zu wagen.

Kehrte jemand von einer Feier erst nach Sonnenaufgang zurück, war die Brücke verschwunden.

»Du kannst bei mir schlafen«, rief ihm dann sein Begleiter zu, so daß die Leute mit der Zeit bei- und miteinander schliefen. Sie feierten aber nicht nur. Sie stritten sich auch, und manch einer verfluchte den Augenblick, in dem er seinen Fuß auf die andere Seite gesetzt hatte. Nur Berge streiten sich nie. Sie sehen sich aus der Ferne an und glauben, alle Berge wären sich ähnlich. Sie können einander nicht begegnen. Anders der Mensch. Je näher einer dem anderen kommt, desto mehr kann er ihn nicht nur beglücken, sondern auch verletzen.

Wie Sie wissen, meine Damen und Herren, eine rege Begegnung der Untertanen auf beiden Burgen konnte nicht lange geheimgehalten werden. So erfuhr auch der König, daß die Plakate mit dem krummen Messer in den Rippen niemanden mehr erschreckten. Er rief seinen Priester und bat ihn um Rat.

»Das Volk, Euer Gnaden, hat sich inzwischen vermehrt. Nicht auf einen Schlag solltet Ihr die Südländer zurückschikken wie euer Neffe, der König von Nigeria. Nein, das kann böses Blut geben. Lautlos und permanent heißt die Devise. Ein stetiges Abschieben höhlt die verdammte Burg aus.«

»Und die Brücken?« fragte der König besorgt.

»Unsere Ordnungsmänner werden den Abgrund bewachen. Es ist ein Gesetz, daß ein Abgrund ein Abgrund bleiben muß und nicht mit einer Brücke entweiht werden darf.« Der König lächelte zufrieden.

Am nächsten Tag standen Tausende von Wächtern auf der nordländischen Seite und paßten auf, daß kein einziger Nordländer auch nur einen dürren Zweig über den Abgrund werfen konnte. Viele Nordländer winkten ihren südländischen Freunden auf der anderen Seite zu, die immer wieder versuchten, Brücken zu schlagen. Aber auf der südländischen Burg fingen bewaffnete Wächter an, die Südländer mit der Peitsche in den Süden zu treiben. Hundert an der Zahl trieben die Wächter an diesem Tag fort, aber wohin? In Richtung Süden klaffte ein noch größerer Abgrund, der die Burg von der südlichen Heimat trennte. Die Gepeitschten versuchten verzweifelt, den Wächtern klarzumachen, daß sie sie in den Tod trieben, aber die Wächter schlugen erbarmungslos auf sie ein und schrien: »Vorwärts!« Die Südländer fielen einer nach dem anderen in den tiefen Abgrund. Am Abend beweinten viele ihre Brüder und Schwestern, Väter und Mütter, die von den Wächtern ins Verderben getrieben worden waren.

Hassan, meine Damen und Herren, den ich am Anfang erwähnt habe, bekam nun die größte Angst seines Lebens, denn jetzt erkannte er, daß es kein Zurück mehr gab und daß es mit dem Laden im kleinen Dorf ein Traum gewesen war.

Eines Abends erschrak er fürchterlich. Es klopfte an seiner Tür. Er zögerte, öffnete dann aber doch. Ein Freund stand vor der Tür. »Gut, daß ich dich treffe. Ein Hexenmeister ist heute nachmittag in unsere Burg gekommen. Für dreihundert Dukaten bekommt man von ihm eine neue Haut und kann dann unbemerkt in der nordländischen Burg leben.«

»Dreihundert!« rief Hassan mit aufgerissenen Augen. »Das ist ja ein Vermögen!«

»Ja, dreihundert. Ich habe fünfzig Dukaten geliehen, damit ich die Summe aufbringe. Ich gehe hin. Was habe ich von meinen Dukaten, wenn sie mich in den Abgrund stoßen«, sagte der Freund und verschwand wieder.

Hassan ging lange auf und ab; die schwer verdienten Dukaten auf der einen, das Glück auf der anderen Seite. War das Glück mit den Dukaten gesichert? Würden ihn die Wächter in Ruhe lassen? Hassan hatte nie Glück in seinem ärmlichen Leben gehabt, deshalb zählte er von den ersparten vierhundert Dukaten dreihundert ab, verstaute seine Siebensachen in einem alten Koffer und eilte zu dem Haus, in dem der Meister sich aufhielt.

Er staunte, denn vor dem Haus stand schon eine lange Schlange, Männer und Frauen, Alte und Junge, alle mit Koffern in der Hand. Kaum jemand redete ein Wort, als schämten sie sich ihrer Flucht. Kinder sprangen um die Wartenden herum.

Plötzlich tauchten die Wächter auf, zählten hundert von den Wartenden ab und trieben sie vor sich her. Sie fragten nicht einmal, worauf all diese Menschen warteten. Hassan atmete erleichtert auf. Es war gut, daß er sich beeilt hatte, denn die Wächter packten als letzten den Mann, der nach ihm gekommen war.

»Das war knapp«, flüsterte Hassan, der zum erstenmal in seinem Leben ein Glücksgefühl verspürte. »Dreihundert Dukaten!« sagte die Sekretärin im Vorraum.

»Geht's nicht mit hundertfünfzig?« fragte Hassan, einem Händlergesetz folgend.

»Dreihundert und keinen Groschen weniger.«

»Na gut, zweihundert«, erwiderte Hassan entgegenkommend.

»Wir sind hier nicht im Basar. Dreihundert. Ich bin müde und will abschließen. Willst du oder willst du nicht«, herrschte ihn die Sekretärin an.

»Oh, doch! Naja, haben Sie doch Erbarmen mit mir, ich habe nur zweihundertneunzig Dukaten und ich...«

»Na gut, gib schon her!« rief die Frau entnervt.

Hassan legte erst die zweihundert hin und suchte dann aus verschiedenen Taschen seiner Jacke und Hose die restlichen Dukaten zusammen. Das war auch eine alte, bewährte Regel in Arabien, um den Eindruck zu erwecken, man kratzte die letzten Groschen zusammen. Die Frau wartete ungeduldig. Sie wußte natürlich nicht, daß in der hintersten Hosentasche noch zehn Dukaten eingewickelt steckten und sich im Koffer weitere hundert unauffällig verbargen.

Hassan trat in den Raum und sah den Meister lesend hinter

einem großen Tisch sitzen. In einem Metallbecken glomm leise knisternd die Glut und tauchte das Zimmer in einen rötlichen Schein.

Der Meister legte seine Zeitschrift beiseite und befahl: »Setz dich!«

Hassan setzte sich steif auf die Kante des Stuhles, stellte seinen Koffer neben sich und entdeckte ein hölzernes Schild auf dem Tisch mit den goldenen Buchstaben »Meister Gnussapna«. Was für ein komischer Name, dachte er bei sich.

»Wie willst du in der neuen Haut heißen?« fragte der Meister.

»Hassan natürlich!«

»Nichts ist natürlich. Hassan paßt nicht zu der Haut. Hier, such dir einen passenden Namen aus.«

Der Meister reichte Hassan ein kleines Buch, und während Hassan die Seiten durchblätterte, warf der Meister kleine Körner in die Glut. Es zischte laut, und eine Rauchschwade folgte der anderen.

»Siegfried! Ja, Siegfried will ich heißen!« rief Hassan dem von Weihrauch umhüllten Meister zu.

»Zieh dich aus«, sagte dieser leise, und Hassan begann langsam, sich auszuziehen. Er legte seine Kleider über den Stuhl. Der Rauch wurde so dicht, daß er den Meister nicht mehr sehen konnte. »Meister, Meister...« rief Hassan ängstlich, aber der Meister antwortete nicht. Das Zischen verstummte, die Rauchschwaden sanken hinab und zogen wie ein leichter Nebel über den Boden.

Hassan befand sich nicht mehr im Zimmer, weder der Tisch noch die Glutschale waren zu sehen. Es war dunkel, und Hassan schaute sich um. Er stand in einem langen Korridor. Nur eine kleine Birne flackerte in der Ferne. Plötzlich knallte ein Hieb auf seinen nackten Rücken. Hassan schrie vor Schmerz und bückte sich. Hatten ihn nun doch die Wächter erwischt?

»Wie heißt du?« donnerte eine Stimme hinter ihm. Als er

sich umdrehte, sah er einen sonderbar bunt angezogenen Mann, der eine Peitsche schwenkte und ihn mit strengen Augen ansah.

»Hass...an«, stotterte Hassan.

Der Mann schlug kräftig auf ihn ein. Hassan zog seinen Kopf schützend zwischen die Arme.

»Wie heißt du?« fragte der Mann noch lauter und zorniger.

»Siegfried... ja, Siegfried!« jammerte Hassan.

»Schön sprichst du deinen Namen aus«, lobte der Mann und kniete vor Hassan nieder, der zusammengekrümmt auf dem Boden lag. Er lächelte ihn gütig an und nahm eine Dose aus der Tasche. »Das haben wir gleich«, flüsterte er freundlich und rieb eine Salbe auf Hassans geschwollene Haut. Die Salbe roch nach Lavendel, und die Schmerzen hörten plötzlich auf. Hassan wußte nicht, ob er träumte oder ob das die Wirklichkeit war. War das derselbe Mann, der ihn gerade noch gepeitscht hatte?

»Nun beeile dich, die Zukunft wartet auf dich«, sagte der Mann und verschwand augenblicklich, als hätte er sich in Luft aufgelöst.

Hassan legte seine Finger auf die gesalbte Haut und roch daran. Sie duftete stark nach Lavendel. Also hatte er doch nicht geträumt. Er stand auf und ging durch den Korridor, immer wieder mußte er sich durch Vorhänge wühlen, die von der Decke herunterhingen. Als er endlich durch den letzten Vorhang geschlüpft war, stand ein Mann mitten auf dem etwas helleren Gang.

»Sprich mir nach!« sagte der Mann. »Eine Möwe flog über ein Bächlein. Es wäre traurig, dachte die Möwe, wenn ich überhaupt nicht das Vergnügen hätte zu fliegen.« Siegfried verstand nicht den Sinn, aber er wiederholte aus Angst vor der Peitsche: »Eine Mofe flog uber eine Fluß. Vogel mag fliegen über alles. Ein Spaß.« Der Mann schlug Siegfried mit der Peitsche. Sie traf ihn auf die Brust und aufs Gesicht. Er rutschte aus und fiel auf den Hintern.

»Präzision in der Wiedergabe, und den Akzent sollst du beachten, wiederhole!« befahl der Mann. Siegfried hatte es schwer, den unsinnigen Satz mit den vielen ö, w und ü auszusprechen, die er aus dem Arabischen nicht kannte. Doch nach dem dreißigsten Hieb klappte es wunderbar. Der Mann setzte sich zu dem blutenden Siegfried und salbte seinen Körper. Die Wunden waren im Nu geheilt.

Siegfried ging weiter, aber der Korridor wurde immer niedriger, und er mußte sich erst bücken, dann auf allen vieren kriechen. Nach einer Weile war der Gang nur noch ein enges Rohr. Siegfried kroch weiter. Er war erschöpft, aber ein kleines Licht am Ende des Rohres gab ihm Mut und Kraft. Die Wände des Rohres waren ölig und dufteten nach Lavendel.

Als Siegfried sich endlich aus dem Rohr herausgezwängt und eine Treppe erklommen hatte, sah er den Meister wieder hinter seinem Tisch sitzen. Siegfried sah noch einmal zurück, aber hinter ihm war alles verschwunden.

»Kommen Sie näher, Siegfried, hierher zum Spiegel!« Siegfried staunte, sein Koffer stand dort, seine Kleider lagen ordentlich gefaltet über dem Stuhl. Statt der Schale mit der Glut stand ein Spiegel hinter dem Meister, und über dem Spiegel hing eine fünfeckige Lampe wie ein rötlicher Stern.

»Nun, sind Sie zufrieden?« fragte der Meister und blätterte in einer Zeitschrift. Siegfried schaute in den Spiegel und sah einen blonden Mann, dessen goldenes Haar im rötlichen Licht glänzte. Er näherte sich dem Spiegel, und der bartlose Blonde schaute ihn erstaunt an. Erst als er mit den Fingern durch sein glattes Haar fuhr, glaubte er, daß er es war, der aus dem Spiegel glotzte: der bartlose, blonde Siegfried.

»Nicht schlecht, nicht schlecht«, flüsterte er, obwohl er den Verlust seines Schnurrrbarts, den Stolz eines jeden Arabers, bedauerte.

Meister Gnussapna lege die Zeitschrift beiseite und lächelte: »Nun sind Sie ein Nordländer geworden. Ein Hassan hätte entweder leichtsinnig ›extra prima‹ gerufen oder wäre zusammengebrochen und hätte entsetzt gejammert: ›Scheiße, nix gut!‹ Aber was sagen Sie, Herr Siegfried? Nicht schlecht. Das ist es, was die neue Haut Ihnen gab. Einen Hauch gesunder Skepsis und einen unschätzbaren, feinen Sinn für das Mittelmaß.«

Siegfried lächelte verlegen. Zum erstenmal wurde er »Herr« genannt und mit »Sie« angesprochen. Die Nordländer hatten »du« zu ihm gesagt. Nicht aus Freundlichkeit. War er wirklich so leichtsinnig gewesen, daß er bei der kleinsten Freude gejauchzt hatte und bei der leichtesten Trauer zusammengebrochen war?

»Bismarckstraße vierzehn«, sagte Meister Gnussapna und gab ihm einen Zettel mit der neuen Adresse in der Burg der Nordländer.

Siegfried freute sich seiner neuen Haut und genoß es, unauffällig unter den Nordländern leben zu dürfen. Keine stechenden Blicke mehr und keine gerümpften Nasen. Der Lavendelgeruch machte ihn sicher. In seiner Sicherheit sprach er wenig und leise und war zufrieden. Tag für Tag schlüpfte er durch den Gang der immer Glücklichen in die Bismarckstraße. Seine Haut glänzte glatt, und keine dunkle Stelle, kein einziges schwarzes Haar ließ ihn unsicher werden. Abend für Abend massierte er seine Haut mit einer Zaubercreme, die der Haut eine unvergleichliche Geschmeidigkeit verlieh. Eines Abends fühlte sich Siegfried sogar so sicher, daß er seiner Freundin erzählte, er sei früher ein Araber gewesen. Sie lächelte verschmitzt über das Temperament ihres Freundes und dachte, er hätte ein bißchen zuviel Wein getrunken.

Nun, während Siegfried seine Abende genoß und am Tage hart arbeitete, hielt das Leid in der südländischen Burg unvermindert an. Giancarlo, Mehmet und Kostas waren aber nicht mehr allein. Immer mehr Südländer warfen Zweige über den Abgrund, und die Wächter auf der anderen Seite zerstörten die

Brücken. Manchmal krachte eine Brücke so laut zusammen, daß einige Nordländer aufgeschreckt zum Abgrund kamen, die Wächter überlisteten und ihrerseits Zweige warfen. Da und dort gelang es einigen wenigen, die Südländer zu erreichen. Sie erschraken, als sie sahen, was mit ihnen getrieben wurde. Aber es waren immer noch viel zu wenige Nordländer, die es wagten, in der nordländischen Burg laut darüber zu reden.

Ein Gerücht verbreitete sich in der südländischen Burg: Die neue Haut ist gut, sie riecht nie nach Knoblauch, sie ist farbecht und wasserfest. Sie hält jedoch einem nicht stand: dem Heimweh. Sobald ein Südländer Heimweh bekommt, reißt die Haut in Fetzen, denn das Heimweh steckt tief, und wenn es wächst, dann kann keine gesalbte Haut es zurückhalten. Der Meister bekam immer weniger Kunden. Statt dessen wollten immer mehr Südländer nicht mehr untätig warten, sie gingen zum Abgrund und warfen Zweige.

Nun geschah etwas Erstaunliches. Ich traute meinen Augen nicht. Meister Gnussapna persönlich betrat den Raum leise, als wollte er nicht stören. Ich war so verdutzt wie unser Geschichtslehrer damals, als er uns von Kolumbus und seiner Entdeckung Amerikas erzählt hatte. Damals stand plötzlich ein fünfundfünfzigjähriger Seemann in der Tür und sagte: »Entschuldigen Sie bitte, mein Name ist Cristoforo Colombo, ich bin, wie Sie sagen, in Italien geboren. Sie schreiben meinen Namen falsch, aber das ist nicht schlimm. Nur, ich habe Amerika nicht entdeckt. Sie staunen vielleicht. Millionen Menschen haben Amerika vor mir entdeckt. Sie lebten dort seit Jahrtausenden.« »Aber...«, hatte dann der Lehrer mit trockener Kehle gestottert, wie alle bei einem Fehler Ertappten, »das steht doch in allen Büchern, daß Sie es waren, der Amerika entdeckte und den Indianern die Zivilisation des Abendla... Bücher...« »Entdeckung? Daß ich nicht lache, wenn die Welt für dich am Zaun deines Gartens endet, endet sie nicht wirklich dort, und wenn du das entdeckst, hast du noch nicht die Größe der Welt entdeckt, denn andere könnten das schon gewußt haben. Du entdeckst nur die Winzigkeit deiner Seele und sonst nichts.« Nach diesen Worten war Cristoforo Colombo so schnell verschwunden, wie er gekommen war. — Nun, so wahr meine Geschichte war, hielt ich doch verdutzt inne, als der Meister persönlich erschien. »Erzählen Sie ruhig weiter, keiner wird Ihnen Ihr Märchen glauben!« rief er mir hämisch aus der letzten Reihe zu und setzte sich hinter die Ausländer. Ich war der Überraschung meines Publikums gewiß; anders als bei den Geschichtslehrern, war der Auftritt des Meisters der Beweis der Wahrheit meiner Erzählung, aber bis heute weiß ich nicht, warum ich doch lange stockte und zitterte.

Meine Damen und Herren, Sie werden heute erfahren, wie wahr Märchen sind.

Eines Abends saß Siegfried in einer Kneipe und genoß sein Bier, als sich einer seiner Begleiter zum Nachbartisch umdrehte, an dem sich ein dunkelhaariger Südländer mit einigen nordländischen Frauen und Männern über die Brücke unterhielt.

»Erst nehmen sie uns die Arbeit weg und dann die Weiber«, stöhnte er.

»Weg müssen die Brüder!« bestätigte ein zweiter Bekannter von Siegfried.

Siegfried schaute von einem zum anderen und dann zu dem vermeintlich dunklen Mann. Er wunderte sich darüber, wie einer mit dunkler Haut auf die Burg der Nordländer gekommen war. Ihm war etwas mulmig in seiner Haut, aber er wollte sich den Abend nicht verderben lassen. »Aber ich bitte dich, wer soll die Straßen reinigen, wenn sie fort sind? Wir werden doch im Müll ersticken!«

»Ich kehre die Straße!« rief der erste.

»Und bevor diese Kanaken kamen, waren die Straßen sowieso immer sauber«, ergänzte der andere säuerlich.

»Du wirst keinen Besen in die Hand nehmen, du räumst ja noch nicht einmal deine Wohnung auf, wenn deine Frau verreist ist«, widersprach Siegfried höflich, aber bestimmt.

»Die Kanaken verschmutzen die Straßen, und wenn sie sie putzen, ist es gerade recht«, rief der erste empört.

»Nein, das nicht, in gewisser Hinsicht hat Siegfried recht«, distanzierte sich der andere.

»Moment«, rief der Südländer vom Nachbartisch: »Wir nix nur Straße putzen. Wir Mensch wie du, gut und Arschloch, verstehen?«

»Oh, Gott, muß er mit seinem gebrochenen Stammeln dazwischenreden und mit den Händen fuchteln?« dachte Siegfried, der seine Mühe zerstört sah.

»Das ist es ja, erst kommen sie, dann wollen sie gleich wie wir werden. Das fehlt noch, erst unsere Weiber und dann noch unser Land zu nehmen.«

»Ich nix Weib nehmen. Frau nix Sigarette. Ich nix Land. Nix mein, nix deine Land nehmen. Ich jest leben, verstehen?«

»Verstehst du das?«

»Was will er denn? Leben?«

»Der Kollege meint«, versuchte Siegfried zu erklären, »daß er weder ein Auge auf eure Frauen noch auf euer Land wirft.«

»Doch, Frauen in mein Auge manchmal, wenn Frau wollen mich, warum nix?« widersprach der Dunkelhaarige.

»Na also, ich sage es doch!«

Die Nordländer am benachbarten Tisch lachten über Siegfried und seine Freunde.

»Ja, jest, wenn ihr lacht, fulle ich mein Heimat. Du, du und du, ihr Meine Heimat«, der Südländer legte seinen Freunden seine Hände auf die Schulter und fing an zu singen: »Aman, Aman, ja Dahir...«, ein altes arabisches Lied über das harte Leben der Bauern, über die Emigranten, denen die Sehnsucht nach den Geliebten zu Hause ihren Schlaf raubt. Die Stimme dröhnte Siegfried in den Ohren. Er versuchte, sich mit anderen Gedanken abzulenken, doch die Erinnerung an seine arme Kindheit, an seine harte Arbeit auf den Feldern zogen ihn in den Bann des Liedes. Ihm wurde immer heißer in der Seele, und er hielt sich mit beiden Händen die Ohren zu, aber die Worte und die Klänge des Bauernliedes drangen tief in sein Herz. Viele Stimmen stiegen in ihm auf und wurden immer lauter. Plötzlich hörte er Risse. Überall platzte seine Haut mit einem häßlichen Laut auf und zerriß.

»Mein Gott, schau seine Haut an!« hörte Hassan eine Frau rufen. Er öffnete seine Augen und starrte in die blassen Gesichter seiner Kumpanen. Seine Blicke fielen auf seine schwitzenden Hände, und er erschrak. Die helle Haut war aufgeplatzt, und seine dicht behaarte, dunkle Haut schaute durch die Risse hervor. Knoblauchgeruch stieg ihm in die Nase, als hätte er große Zehen davon mit den Fingern zerdrückt.

»Oh, Gott, wie er riecht!« entsetzte sich seine Freundin.

Hassan stand auf und stürzte aus dem Raum. Er hörte nicht mehr die Rufe seines Landsmannes. Taumelnd rannte er hinaus in die Dunkelheit und stürzte in den Abgrund zwischen den Burgen.

Die Gesichter des Publikums waren gespannt, einige von Traurigkeit überzogen. Nur der Meister lachte laut in der hintersten Reihe.

Meine Damen und Herren, ich wollte Ihnen nichts vorgaukeln. Meine Märchen schreibe ich vom Leben ab, und im Leben geht ja nicht alles so gut aus, wie manche Märchenerzähler Ihnen vorlügen und damit unser Handwerk in einen schlechten Ruf bringen. Hassan starb letzte Woche, aber die Kinder stehen am Abgrund und werfen Zweige. Nordländische und südländische Kinder, es sind immer noch wenige. Der Meister rennt von Ort zu Ort und versucht, den Südländern eine Haut anzudrehen. Ich habe das Glück, Ihnen zeigen zu können, wie wahr meine Geschichte ist. Sie können den Meister selbst sehen. Dort sitzt dieser große Betrüger!

Dies sagte ich mit erhobener Stimme und zeigte mit der Hand auf den Meister in der hintersten Reihe. Er wurde blaß, das hatte er nicht erwartet. Die Zuhörer drehten sich nach ihm um, dann schauten sie wieder zu mir und lächelten verlegen. Der Meister atmete erleichtert auf. »Sie Idiot, das werden sie Ihnen niemals glauben!« rief er laut. »Doch, doch«, schrie ich, »sie haben Sie doch gesehen!« Die Leute klatschten und erschreckten mich. Der Volkshochschulleiter trat aus der ersten Reihe auf mich zu. »Meine Damen und Herren«, sagte er immer noch lächelnd, »das Märchen war sehr traurig, aber der Schluß war gekonnt. Ich muß zugeben, auch ich habe mich umgedreht. Gut gemacht«, lobte er mich. »Was heißt hier, gut gemacht, der Meister sitzt doch hinter Ihnen.« Der Volkshochschulleiter lachte und klopfte mir auf die Schulter. Er kündigte den Auftritt einer südländischen Tanzgruppe an. Ich ging kraftlos durch den Saal, gerade als Meister Gnussapna, einen der Ausländer begleitend, den Raum verließ.

Bruno Jasieński

Pest über Paris

1

Es begann mit einem kleinen, allem Anschein nach unbedeutenden Vorfall entschieden privater Natur.

An der Ecke der Rue Vivienne und des Boulevard Montmartre erklärte eines schönen Novemberabends Jeannette ihrem Pierre, sie brauche unbedingt ein Paar Ballschuhe.

Sie gingen langsam, untergehakt, eingetaucht in diese zufällige, ungeschickte Menge von Statisten, die der beschädigte Projektionsapparat Europas jeden Abend auf die Leinwand der Pariser Boulevards wirft.

Pierre war finster und schweigsam.

Dazu hatte er mehr als ausreichende Gründe.

Heute morgen war der mit Guttapercha-Schritten die Halle durchmessende Meister plötzlich vor seiner Werkzeugmaschine stehengeblieben, hatte irgendwo über seine Schulter hinweggeblickt und ihm befohlen, seine Sachen zu packen.

Schon seit zwei Wochen dauerte dieser schweigende Fischzug. Pierre hatte es von den Kollegen gehört: Wegen der schlechten Konjunktur in Frankreich kauften die Leute keine Autos mehr. Den Fabriken drohte die Schließung. Überall wurde das Personal auf die Hälfte reduziert. Um Unruhen zu vermeiden, wurden jeweils einige Leute zu verschiedenen Tageszeiten und aus verschiedenen Abteilungen entlassen.

Niemand, der in die Fabrik kam und sich an seine Maschine stellte, konnte wissen, ob nicht heute er an der Reihe war.

Wie am Boden schnüffelnde Hunde folgten vierhundert unruhige Augenpaare verstohlen Schritt für Schritt den schwerfälligen Füßen des Meisters, der langsam und nachdenklich zwischen den Arbeitsplätzen herumging, und bemühten sich, seinem über ihre Gesichter huschenden Blick auszuweichen. Vierhundert über die Maschinen gebeugte Menschen wünschten, gewissermaßen kleiner, grauer und unbemerkbar zu werden, sie spülten im fieberhaften Wettlauf der Finger die Sekunden auf die vor Eile glühenden Werkzeugmaschinen, und ihre vom stummen Schreien heiseren, konfusen Finger schienen zu murmeln: Ich arbeite am schnellsten. Doch nicht mich! Nicht mich!

Und Tag für Tag hielt irgendwo in der Halle die verhaßte, schwingende Schrift der Schritte auf einem Punkt an, und in der gespannten Stille ertönte die matte, ausdruckslose Stimme: »Pack deine Sachen!«

Dann löste sich aus einigen Hundert Brüsten ein erleichtertes Aufatmen wie der Windhauch eines Ventilators: Also nicht ich! Ich nicht! Und die eiligen, dressierten Finger griffen noch schneller zu, verklammerten und wickelten Sekunde für Sekunde, Glied für Glied die achtstündige Eisenkette auf.

Pierre hatte gehört, sie schickten in erster Linie die politisch Verdächtigen fort. Er fürchtete sich nicht. Von den Agitatoren hatte er sich fern gehalten. Die Versammlungen hatte er auch nicht besucht. Während des letzten Streiks hatte er zu der Zahl derjenigen gehört, die sich trotz Verbots zur Arbeit eingestellt hatten. Die Schreier unter den Arbeitern betrachteten ihn mißtrauisch. Bei jeder Begegnung mit dem Meister bemühte er sich, seinen Lippen ein freundschaftliches Lächeln abzuringen.

Und trotzdem, sooft der Meister seinen schweigenden, Unheil verheißenden Spaziergang durch die Halle begann, verwirrten sich seine Finger in angestrengter Hast, das Werkzeug glitt ihm aus den Händen, und er wagte nicht, sich danach zu bücken. Aus Furcht, er könne die Aufmerksamkeit auf sich lenken, netzte ihm Schweiß als kühle Kompresse die erhitzte Stirn.

Als jedoch an diesem Morgen die unheilverkündenden Schritte plötzlich vor seiner Werkzeugmaschine anhielten, als sein Blick an der Zeichnung der Lippen das Urteil ablas, empfand Pierre ganz unerwartet etwas wie Erleichterung:

Endlich ist Schluß.

Gleichgültig, ohne Eile packte er das sortierte Werkzeug in ein Bündel. Ohne sich nach irgend jemandem umzuschauen, zog er langsam die Arbeitskleidung aus und wickelte sie sorgsam in Papier.

Bei der Zahlung der Belege im Sekretariat stellte sich heraus, daß man ihm ein Mikrometer gestohlen hatte.

Die unfehlbaren Transmissionsriemen der Fabrikverwaltung beförderten ihn ins Kontrollbüro.

Dort erklärte ein kahlköpfiger, schielender Kanzleischreiber Pierre lakonisch, die Fabrik ziehe ihm für das verlorene Mikrometer vierzig Franken ab. Den Rest hatte er vorgestern als Vorschuß genommen. Ihm stand nichts mehr zu.

Schweigend strich Pierre die symmetrisch hingelegten, fettigen Zeugnisse ein. Er wußte es gut, um den der Reduktion zum Opfer gefallenen Arbeitern nicht das Recht auf Arbeitslosenunterstützung zu geben, brachte die Fabrik im Einvernehmen mit der Regierung auf dem Zeugnis nicht den Vermerk ›entlassen wegen Arbeitsmangel‹ an.

Einen Augenblick lang wollte er es trotzdem versuchen, wollte er bitten. Er warf einen Blick auf die glänzende, böse Glatze des aufgeplusterten Schreiberlings, auf die beiden Kerle von der Werkspolizei, die ihm den Rücken kehrten und sich scheinbar unterhielten... Er verstand, es führte zu nichts.

Mit schweren Schritten verließ er die Kanzlei.

Am Tor nahm man ihm den Passierschein ab und revidierte den Inhalt seines Bündels.

Als er sich auf der Straße befand, blieb Pierre lange ratlos stehen und überlegte, wohin er sich begeben sollte.

Ein fetter, dunkelblauer Polizist mit Bulldoggengesicht und blitzender Dienstnummer am Kragen knurrte ihm ins Ohr, an dieser Stelle dürfe man nicht stehenbleiben.

Er beschloß, einige Fabriken abzuklappern. Wo immer jedoch er sich meldete, schickte man ihn achselzuckend fort. Überall herrschte die Krise. Die Fabriken arbeiteten nur ein paar Tage pro Woche. Das Personal wurde vermindert. Von der Einstellung neuer Arbeiter konnte nicht die Rede sein.

Nachdem er den ganzen Tag herumgelaufen war, kam er gegen sieben Uhr hungrig und müde zu dem Geschäft, um Jeannette abzuholen.

Jeannette braucht Schuhe. Jeannette hat völlig recht. Übermorgen ist das Fest der ›Catherinettes‹. Das Geschäft veranstaltet einen Ball für sein Personal. Aus Ersparnisgründen hat sie sich das Kleid vom Vorjahr umgearbeitet. Nur die Schuhe fehlen ihr. Sie kann doch nicht in Lackschuhen zum Ball gehen! Schließlich ist es ja auch keine so große Ausgabe — sie hat in einem Schaufenster sehr hübsche gesehen, aus Brokat, für knapp fünfzig Franken.

Pierre hatte ganze drei Sous in der Tasche und lauschte in finsterem Schweigen dem melodischen Gezwitscher seiner Freundin, das ihm süß streichelnd die Brust zusammenpreßte wie die Achterbahn auf abfallenden Kurven.

Der nächste Tag verging mit ebenso fruchtloser Sucherei wie der erste. Nirgendwo wurde jemand eingestellt. Um sieben Uhr befand sich Pierre müde und niedergeschlagen in einem Vorort am anderen Ende von Paris. Um diese Zeit sollte er Jeannette an der Ladentür abholen. Das war nicht mehr zu schaffen. Was sollte er ihr auch sagen? Jeannette braucht Schuhe. Sie wird weinen. Pierre kann es nicht mit ansehen, wenn Jeannette weint. Schwerfällig schleppte er sich in Richtung Stadt.

Unterwegs dachte er an Jeannette. Im Grunde war es unfreundlich von ihm, sie nicht abzuholen. Er hätte es ihr erklären, ihr die ganze Sache darlegen müssen. Es half ihm nichts, er wirkte wie ein Grobian. Sie mußte auf ihn gewartet haben. Dann, als er nicht kam, war sie nach Hause gegangen. Jetzt ärgerte sie sich mit Recht über ihn. Er spürte, trotz der späten Stunde mußte er zu ihr gehen, um ihr alles zu erklären und sie um Verzeihung zu bitten.

Doch als er nach oben kam, erfuhr er, Jeannette sei noch nicht aus der Stadt zurück. Diese Nachricht überraschte ihn sehr und verstreute mit einem Schlag die bereits mühsam in Gedanken aufgefädelten Perlen der Sätze.

Wo konnte sich Jeannette so spät aufhalten? Sie ging abends fast nie allein aus. Er beschloß, vor dem Haustor auf sie zu warten. Doch bald taten ihm die Füße weh. Er setzte sich auf einen Pfosten und lehnte sich an die Wand. Er wartete.

Irgendwo in der Ferne, auf einem unsichtbaren Turm schlug es zwei Uhr. Langsam, wie Jungen in der Schule den auswendig gelernten Stoff hersagen, wiederholten es andere Türme über den Pulten der Dächer. Dann wieder Stille. Seine schweren Lider flattern ungeschickt wie Fliegen, die an einem Klebestreifen haften, sie heben sich für ein Weilchen, um wieder herabzusinken. Irgendwo in der Ferne rattert auf holprigem Pflaster schüchtern der erste Karren. Gleich werden die Müllwagen ausfahren. Die nackten, rauhen Pflaster steine, kahle, skalpierte Schädel einer aufrecht eingegrabenen Menge, empfangen sie mit lang lärmendem Schrei, den sie von Mund zu Mund weiterreichen durch die endlose Straße. Auf den Bürgersteigen laufen schwarze Leute mit langen Lanzen vorbei, sie stoßen deren Spitzen in die gleich Flämmchen bebenden Herzen der Laternen.

Trockenes Kreischen wunden Eisens. Die schläfrige, erwachende Stadt hebt mühsam die schweren Lider der Jalousien.

Tag.

Jeannette ist nicht heimgekehrt.

2

Am nächsten Tag, dem Fest der ›Catherinettes‹, ging Pierre nicht auf Arbeitssuche. Früh morgens begab er sich zur Place Vendôme und wartete dort, an den Torpfosten neben dem Laden gelehnt, auf Jeannettes Erscheinen. Eine dumpfe Unruhe trieb ihn um. In seinem schweren, schlaflosen Kopf erhoben sich, wie die schwimmenden Inseln des Tabakrauchs in einem stickigen, verqualmten Zimmer, schemenhaft die Vorahnungen unwahrscheinlicher Unfälle. Am Eisengitter klebend, stand er so den ganzen Tag lang. Seit zwei Tagen hatte er nichts zwischen den Zähnen gehabt, doch der fade Geschmack des Speichels war noch in der Sphäre der Geschmackseindrücke geblieben, er war noch nicht ins Bewußtsein vorgedrungen und in Hunger umgewandelt.

Gegen Abend fiel ein heftiger Regenguß. Unter den klatschenden Wasserbächen schwankten die harten Konturen der Gegenstände sanft und dehnten sich in die Tiefe, als versänken sie in einer raschen, durchsichtigen Strömung.

Es dämmerte. Die entzündeten Laternen standen wie fette, farblose Flecken vor der tintenschwarzen Oberfläche der Nacht, ohne in sie einzusickern oder sie zu erhellen, sie belebten den Korridor der Straße mit den Wasserpflanzen der Schatten, mit der phantastischen Fauna unergründlicher Tiefen.

Die Steilufer mit den phosphoreszierenden, magischen Grotten der Juwelierschaufenster, wo auf Felsen von Samt aus den Muscheln geschälte, erbsengroße, jungfräuliche Perlen schlummern, streckten ihre senkrechten Wände aufwärts und suchten vergeblich die Oberfläche.

Im breiten Engpaß des Strombetts flossen, mit den elastischen Hülsen der Gummireifen rauschend, zusammengedrängte Scharen seltsamer eiserner Fische mit feurigen Glotzaugen, in den Wolken ihres bläulichen Benzinrogens rieben sie sich lüstern die Seiten.

An den Steilufern entlang wateten mühsam wie Taucher in der durchsichtigen Gallerte des Wassers bleifüßige Menschen unter den schweren Glocken ihrer Regenschirme. Es schien, als könnte jeden Augenblick einer von ihnen an dem herabhängenden Griff ziehen, leicht nach oben davonschweben und über den Köpfen der erstarrten Menge mit seinen Beinen allerlei Schnörkel beschreiben.

Von fern näherte sich in der Strömung des Flusses eine flache, seltsame Taucherglocke mit drei Paar Frauenfüßen. Die Füße ertasteten blindlings den ausgetretenen Grund, sie schwankten vor verhaltenem Lachen, vor dem Gluckern physischer Freude über die Überwindung des Widerstandes.

Als die Füße sich der Einbuchtung des Tors näherten, bemerkte Pierre, daß sie unter der Glocke drei lachende Köpfe trugen und daß einer dieser Köpfe Jeannette gehörte.

Als sie Pierre gewahrte, kam Jeannette hüpfend auf ihn zugelaufen und überschüttete ihn mit dem bunten Konfetti ihres Gezwitschers. Sie trug ein Abendkleid, einen leichten Mantel und durchnäßte Ballschuhe aus Brokat.

Warum sie über Nacht nicht daheim gewesen war? Natürlich hatte sie bei einer Freundin geschlafen. Sie hatten bis spät in die Nacht die Kostüme für den Ball heute genäht. Woher sie die neuen Schuhe hat? Sie hat sich im Geschäft einen Vorschuß auf das nächste Gehalt genommen. Wenn Pierre will, hat sie jetzt ein Weilchen Zeit, kann also mit ihm essen gehen.

Verlegen murmelte Pierre, er habe kein Geld zum Essen. Sie warf ihm einen verwunderten, verständnislosen Blick zu.

Nein? Dann ißt sie schnell etwas mit ihren Kolleginnen. Sie muß sich beeilen, denn ihr fehlen noch ein paar Kleinigkeiten.

Sie hob sich auf die Zehenspitzen, küßte schnell seinen Mund und verschwand in der Haustür.

Pierre schleppte sich heim. Seine Füße waren schwer, und der bittere Geschmack im Mund schmuggelte sich zum ersten Mal in sein Bewußtsein, er klopfte lange mit hartnäckigem, geduldigem Schluckauf an die Tür. Pierre verstand und lächelte über seine eigene Ahnungslosigkeit. Es war der Hunger.

Auf den Boulevards wimmelte es von Gruppen übermütiger Midinetten, unternehmenslustiger junger Männer, bunter Häubchen und Schleifen. Im Schein der ungerührten Laternen küßten festlich gekleidete Pierres den Mund ihrer kleinen Jeannettes, die sich zierlich auf die Zehenspitzen hoben.

Das graue Ménilmontant war dämmrig und düster wie alle Tage.

Pierre schleppte sich mühsam nach Hause. Er war müde, und nur ein Gedanke beherrschte ihn, sich der Länge nach auf dem Bett auszustrecken.

Seit einiger Zeit hatte er es sorgfältig vermieden, dem mürrischen, pockennarbigen Concierge Auge in Auge zu begegnen. Die Ausgaben der letzten Zeit (Jeannettes Herbstkleider) waren der Grund, weshalb er seit drei Monaten die Miete nicht bezahlt hatte. Jeden Abend bemühte er sich, unbemerkt durch den beleuchteten Flur direkt in das Treppenhaus zu gelangen.

Diesmal jedoch mißglückte das Manöver. Aus der Flurnische trat Pierre plötzlich wie ein Gespenst das unförmige Profil des Concierge entgegen. Pierre versuchte, die Mütze zu ziehen und durchzuschlüpfen, aber er wurde an der Schulter festgehalten. Den höhnischen, herausgeschnarrten Worten entnahm er nur eines: Er durfte nicht in sein Zimmer. Da er seit Monaten nicht bezahlt hatte, war es neu vermietet. Seine Sachen könne er abholen, wenn er die rückständige Miete bezahle.

Mechanisch, ohne ein Wort des Protestes drehte sich Pierre zur sichtlichen Verwunderung des mitten im Wort verstummenden Concierge auf der Ferse um und trat hinaus auf die Straße.

Feiner Nieselregen fiel. Gedankenlos tappte Pierre zurück, ohne recht zu wissen wohin, entlang den feuchten, mit der Wanne des ersten Schlafs vollgesogenen Mauern. In den schmalen Nischen, in den Einbuchtungen der Häuser legten sich schwarze, geduckte Menschen, Männer und Frauen, zum Nachtschlaf nieder und wickelten ihre Gliedmaßen gegen die Kälte in entfaltete, zerfetzte Zeitungen.

Taumelnd vor Müdigkeit wandte sich Pierre wie ein Schiffbrüchiger, der den ersten aufblitzenden Lichtern zustrebt, in Richtung der roten Metrolampen und erreichte die Ecke des Boulevards.

Es schlug ein Uhr. Aus der gekachelten Tiefe der Metro trieb das verschlafene Personal die letzten, verspäteten Passagiere und die von der Wärme angelockten Herumtreiber. Krachend wurden die Gitter geschlossen.

Auf der Treppe zum Bürgersteig herrschten Gedränge, Gemurmel und Gestank. Unrasierte, abgerissene Menschen nahmen eilig die dem Gitter nächsten Plätze auf den Stufen ein, sie wählten sorgfältig und feierlich ihre Lagerstatt. Je näher dem Gitter, desto besser. Durch das Gitter wehte die stickige, faulige Wärme der atemlosen Stadt Paris. In Lumpen gehüllt, legten sie sich auf die Treppe, den Kopf auf dem ungemütlichen Kissen der Steinstufe, den zusammengeduckten Körper bedeckt mit den winddurchlässigen Fransen der eigenen Hände.

In kurzer Zeit waren die Treppen dicht belegt. Für unbedachte, verspätete Übernachtungswillige blieb nur auf den obersten, dem Regen und der Kälte am meisten ausgesetzten Stufen Platz.

Pierre fühlte sich zu erschöpft, um sich noch weiterzuschleppen. Ergeben und zaghaft, bemüht, niemanden zu treten, legte er sich auf einen freien Platz ganz oben, zwischen zwei in Lumpen gehüllte grauhaarige Hexen, die jeden Neuankömmling mit feindseligem Knurren begrüßten.

Einschlafen konnte er nicht. Der feine, nebelartige Regen irrte als nasse Pfote über sein Gesicht und tränkte seinen Anzug mit glatter, durchdringender Feuchtigkeit. Die von Regen und Schweiß durchnäßten Lumpen strömten einen muffigen, sauren Geruch aus. Das Steinkissen der bespuckten Stufe drückte ihn am Kopf. Die scharfen Kanten der Stufen schnitten ihm in die Rippen und trennten seinen Körper in eine Reihe einzelner Teilstücke, die sich im schlaflosen Fieber zusammenrollten wie die Teile eines zerschnittenen Regenwurms. Glücklich über die beizeiten reservierten Plätze am Gitter schnarchten unten die armen Teufel in der breiten Tonskala gedämpfter Atemzüge. Langsam übermannte auch Pierre ein schwerer, fiebriger Halbschlaf.

Im Traum glaubte er nicht auf einer gewöhnlichen Treppe, sondern auf einer Rolltreppe zu liegen, die sich rasselnd nach oben bewegte (er hatte das im Kaufhaus ›Au Printemps‹ oder auf der Metrostation ›Place Pigalle‹ gesehen). Aus dem gähnenden Erdspalt, aus dem offenen Rachen der Metro stieg dumpf und rhythmisch ratternd die endlose eiserne Harmonika der Rolltreppe empor. Nacheinander fuhren krachend immer neue Stufen herauf und auf ihnen nebeneinander die zerlumpten, willenlosen Körper. Das obere Ende der Treppe, auf dem Pierre lag, befand sich schon irgendwo hoch oben in den Wolken. Unten schrie das vieläugige Paris mit Milliarden Lichtern in das seelenlose Schweigen der Nacht. Die Treppe bewegte sich mit gleichmäßigem Rasseln weiter nach oben. Die kosmische Leere interplanetarischer Entfernungen, das Glitzern der Sterne, die grenzenlose Ruhe des Raums umgaben Pierre.

Aus dem dämmrigen Abgrund der geöffneten Fahrbahn in den aufgerissenen Abgrund des Himmels trug die Rolltreppe die schwarze Lava der verelendeten, schlafenden Menschen.

3

Ein ungeduldiges Zerren weckte ihn. Die Metro wurde geöffnet.

Fluchend und sich rekelnd räumte der graue, schläfrige Haufen unwillig die Treppe. Von unten drang die dichte, träge machende Wärme der erhitzten städtischen Eingeweide, die nüchtern die ersten Portionen der leichten Morgenzüge verdauten. Krächzend und gähnend rappelten sich die Menschen einer nach dem anderen hinauf zum Gehsteig und verschwanden einzeln im alles durchdringenden Morgennebel.

Die ersten Bistros wurden geöffnet. Glückliche Besitzer von dreißig Centimes konnten an der Theke ein Glas heiße, schwarze Kaffeebrühe trinken.

Pierre hatte keine dreißig Centimes, deshalb schleppte er sich ziellos den Boulevard Belleville hinauf.

Langsam erwachte Paris aus dem Schlaf. In den rötlichen, verwitterten Fensternischen der geduckten kleinen Hotels tauchten schon die Profile alter ungekämmter, halbnackter Weiber auf, majestätisch in ihren verfaulten Rahmen wie die gespenstischen Porträts der Urgroßmütter dieses herrenlosen Stadtteils, wo die Prostitution eine erbliche Würde ist wie anderswo ein Adelstitel oder ein Notarsberuf.

Das Fenster ist ein Bild, aufgehängt an dem toten, steinernen Rechteck der grauen Wand des Tages. Es gibt Fenster Stillleben, seltsame, mühselige Kompositionen eines verkannten Zufallskünstlers, zusammengestoppelt aus der Ecke eines Vorhangs, einer vergessenen Vase und dem grellen Zinnober von Tomaten, die auf dem Fensterbrett reifen. Es gibt Fensterporträts, Fenster-Innenräume, Fenster mit naiven Vorstadtidyllen à la Douanier Rousseau, nicht entdeckte, nicht eingeschätzte, niemandem gehörende Fenster.

Wenn der Zug abends in eine Stadt einfährt und an den zu beiden Seiten der Gleise aufgereihten Häusern mit den unregelmäßig in unterschiedlicher Höhe erleuchteten Fensterrechtecken vorbeikommt, dann ist das Fenster die Ausstellungsvitrine eines anderen, unverständlichen, ach, wie fremden Lebens, und mein Auge, das Auge eines einsamen Reisenden, flattert wie ein Nachtfalter hilflos an der undurchdringlichen Glasscheibe, ohne hineingelangen zu können.

Kehrte Pierre nach einem Tag ergebnisloser Arbeitssuche durch eine leere, unbekannte Straße zurück, so war es bereits Abend, und die eingetieften Fensterrechtecke begannen, mit inwendigem, verstecktem Licht zu phosphoreszieren. Die Straße roch nach Bratfett, nach der Wärme ungelüfteter Wohnungen, nach der heiligen, sakramentalen Stunde des Abendessens. Der gierige, gezähmte Hunger lag wie ein dressierter Hund an der Schwelle des Bewußtseins, er überschritt sie nicht ohne Aufforderung, sondern gab sich damit zufrieden, daß jeder Gedanke, der sich dort einschleichen wollte, zuerst auf ihn stoßen mußte.

Wie ein Schrei, der in einem hermetisch verschlossenen Zylinder eingesperrt ist und nicht einmal als Echo aus ihm hinausgelangen kann, irrte Jeannettes Name in Pierre und der ihn umgebenden Wolke herum.

Er wußte zwar, er mußte sie daheim aufsuchen, mit ihr reden. Doch was er ihr sagen sollte, wußte er nicht.

Ehe er sich aus dem Gassengewirr gelöst hatte, war es Nacht geworden. Lange irrte er im Dunklen ohne irgendeinen Orientierungspunkt umher, nur mühsam unterschied er die Straßennamen. Plötzlich hatte er den Eindruck, als wäre er aus einem unbekannten Feldweg auf eine gepflasterte, sichere Landstraße gelangt.

Wie oft geschieht es, daß wir, in fremden Gassen verirrt, unvermutet auf einen bekannten Weg treffen, an den der Gedanke sich nicht erinnern kann, während die Füße, sich selbst überlassen, uns instinktiv vorantragen wie müde Pferde, die den verschlafenen Kutscher auf bereits früher zurückgelegtem Weg weiterziehen. Wer weiß, vielleicht sind wir zufällig auf unsere eigenen, hier einst zurückgelassenen Spuren gestoßen, in denen die Füße nun bequem und sicher voranschreiten wie Hunde, die der Witterung ihrer eigenen Spur folgen. Und die täglich durchmessene Stadt, die einzelnen Perlen der Bilder, die unser Blick auf dem Negativ der Erinnerung fixiert, wachsen in uns erst dann zu einem einheitlichen Begriff Stadt zusammen, wenn sie auf den unsichtbaren Faden unserer Schritte aufgezogen sind; so entsteht die unfaßbare Karte unseres eigenen Paris, völlig anders als das Paris anderer Menschen, auch wenn sie dieselben Straßen entlanglaufen.

Als die Spur seiner Schritte Pierre nach langer Wanderung vor Jeannettes Haus trug, war es nach Mitternacht. Trotzdem ging Pierre hinauf und klopfte. Die verschlafene Mutter öffnete ihm. Jeannette war nicht da. Sie war seit gestern nicht nach Hause gekommen.

Langsam stieg Pierre im Dunklen die Stufen hinab, bis er sich wieder auf der Straße befand. Auf dem Bürgersteig angelangt, wartete er nicht wieder vor der Haustür wie die erste Nacht, sondern schleppte sich in der Finsternis weiter.

An der Ecke einer belebten Allee bespritzte ihn ein vorbeifahrendes offenes Taxi mit Dreck. Ein dickwanstiger Galan, der sich auf dem Sitz flegelte, küßte das an ihn geschmiegte schlanke Mädchen, seine freie Hand irrte über ihr schmales Knie, von dem er das Kleid weggezogen hatte.

Pierre konnte das Gesicht des Mädchens nicht erkennen, er sah nur den dunkelblauen Hut und die schmalen, fast kindlichen Knie und erkannte an ihnen in heftigem innerem Krampf Jeannette. Er begann zu laufen und stieß die unfreundlichen Passanten auseinander.

Schnell entschwand das Auto an einer Kurve seinen Augen.

Nachdem er noch ein paar Schritte gelaufen war, blieb er erschöpft stehen. Die unklaren, fiebrigen Gedanken flogen davon wie aufgescheuchte Tauben, sie hinterließen vollständige Leere und das Knattern der Flügel in seinen Schläfen.

Er befand sich in einer schmalen Gasse. Es roch nach Sauerkraut und Mohrrüben. Mit Mühe schleppte er sich bis zur Ecke.

Auf den verlassenen Feldern der weiträumigen Fahrbahn erhoben sich über Nacht aus der Erde gewachsene riesige grüne Zylinder, rote Kegel, weiße Würfel, abgeschnittene Pyramiden, das reale nächtliche Königreich geometrischer Formen. Er war in den Halles.

Graue, ausgeblichene Leute in Lumpen errichteten aus vollkommen kugelförmigen Kohlköpfen und ausladenden Blumenkohlsträußen vielstöckige Gebäude und Türme. Daneben schoß ein pathetischer Schnittblumenwürfel zum Himmel. Hier häufte man über Nacht alles an, was Paris am nächsten Tag zum Essen und zur Liebe brauchte.

Der scharfe Geruch von frischem, aus der Erde gezogenem Gemüse ließ Pierre auf der Stelle haltmachen. Der bittere, geduldige Hunger, der vergeblich an der Schwelle des Bewußtseins Wache hielt, kratzte daran nach Hundeart leicht mit der Pfote.

Pierre trat näher. Ein Mann, der sich unter einem gigantischen Blumenkohlbündel krümmte, stieß ihn heftig und fluchend an. Pierre wich verlegen auf den Bürgersteig zurück. Jemand faßte ihn unter dem Arm. Er sah sich um. Ein breitschultriger, schnurrbärtiger Kerl wies mit der Hand auf einen mit Mohrrüben beladenen zweirädrigen Wagen.

Pierre verstand den Vorschlag und machte sich eifrig daran, die formlosen Blöcke auf die Fahrbahn zu werfen. Ein paar armselige Menschen halfen ihm dabei. Pierre meinte, in einem von ihnen seinen Nachbarn vom gestrigen Nachtlager an der Metro zu erkennen.

Die unregelmäßige, rote Pyramide wuchs, erreichte das erste Stockwerk, wurde größer.

Als die geleerten Wagen fortgefahren waren, führte man alle Träger in die Tiefe der Halles. Pierre sah sich um und bemerkte, daß eine Menge Menschen folgte, die ähnlich grau waren wie er. Alle hatten schmutzige Wollappen um den Hals gewikkelt, die Gesichter blutleer, unrasiert und erdfahl.

Sie mußten sich in einer langen Reihe aufstellen, jeder bekam eine Schüssel voll heißer Zwiebelsuppe. Auch Pierre erhielt seine Schüssel und dazu drei Franken in bar. Als er die heiße Flüssigkeit ausgeschlürft hatte, wobei er sich schrecklich den Mund verbrannte, nahm man ihm die Schüssel ab und schob ihn zur Seite, um für andere Platz zu schaffen. Auf dem Rückweg durch die Gassen dieser neuen, seltsamen, in wenigen Stunden zur Zerstörung bestimmten Stadt, klaute Pierre von einem der Haufen ein paar große, noch nach fetter Erde riechende Mohrrüben und verzehrte sie gierig in einem Winkel.

Es dämmerte. Von der Wärme der aromatischen Suppe angelockt, fielen Müdigkeit und Schläfrigkeit über ihn her. Er sah sich nach einem Platz zum Schlafen um.

Auch hier schliefen in den Toreinfahrten, in den Nischen der erstarrten Häuser zusammengekrümmte, wie Rinde aufgerollte Menschen. Pierre suchte sich eine freie, windgeschützte Ecke und legte sich dort hin, nachdem er, dem Beispiel der anderen folgend, seine erstarrenden Gliedmaßen in die Fetzen einer aus dem Schmutz aufgelesenen Zeitung gewickelt hatte. Er schlief ein, noch ehe er sich bequem an die feuchte, ekelhafte Mauer hatte schmiegen können.

Ein kleiner, dunkelblauer Mensch in kurzer Pelerine weckte ihn und legte ihm minutenlang geduldig dar, er dürfe nicht auf dieser Stelle liegen, sondern müsse sofort weitergehen. Pierre wußte nicht recht, wohin er weitergehen solle, schleppte sich aber gehorsam vorwärts.

Die phantastische, mit soviel Mühe errichtete Nachtstadt war wie eine Fata Morgana verschwunden. Wo sich vor kurzem noch die magischen Würfel und gedrungenen Kegel aus Rüben erhoben hatten, krochen jetzt über abgenutzte Schienen die beweglichen Häuschen der Straßenbahnen mit den wie Rauch aussehenden Stangen der Stromabnehmer. Es war Tag...

Arbeit gab es nirgendwo. Während er sich auf Nebenstraßen herumtrieb, schaute Pierre hartnäckig in die unterwegs angetroffenen Garagen und bot seine Dienste als Wagenwäscher an. Überall begrüßten ihn feindselige Gesichter und blutunterlaufene Augen von Tagelöhnern, die Karosserien scheuerten, gereizte Hundeaugen, die einen Konkurrenten fürchteten, während der Knochen doch höchstens für einen einzigen reichte. Hilfe brauchte man nirgendwo.

Als der Abend nahte, schüttelte ihn ein brennender Krampf, der schmerzhafter war als der Hunger, in Gedanken an den Namen Jeannette. Instinktiv schleppte er sich zu ihrer Wohnung.

Jeannette war immer noch nicht zu Hause.

Die langen gewundenen Straßen mehrten sich, dehnten sich ins Unendliche wie an die Beine gebundene Gummiseile, flitzten unter den Füßen fort gleich Eidechsen im Widerschein huschender Lichter, blinzelten aus dem Dunkel mit den Augen von tausend Stundenhotels.

Als er sich einem davon näherte, erblickte Pierre ein heraustretendes Paar. Ein breitschultriger Mann und ein kleines, schlankes Mädchen. Das Gesicht des Mädchens konnte er im Dunkel nicht sehen, an der Silhouette aber erkannte er Jeannette. Er stürzte auf sie zu und stieß die Passanten, die ihm den Weg versperrten, zur Seite. Doch bevor er das Paar erreichen konnte, stieg es in ein Taxi und fuhr davon.

In ohnmächtige Gedanken versunken, stand er eine Zeitlang ratlos vor der Tür des leeren Hotels. Eine heranflutende Passantenwelle schob ihn weiter.

Kaum war er hundert Schritte gegangen, da sah er ein Paar aus einem anderen Hotel kommen. Die Silhouette des Mädchens war der von Jeannettes täuschend ähnlich. Um sie zu erreichen, mußte er auf die andere Seite der Fahrbahn gelangen. Der ununterbrochene Strom der Autos versperrte ihm den Weg. Als er endlich den Bürgersteig drüben erreicht hatte, war das Paar fort, in der Menge verschwunden. Hilfloses Weinen vor Wut, das schlimmer ist als das Weinen vor Schmerz, trat ihm in die Kehle.

Mit weißen und roten Lichtern abwechselnd blinkend, leuchteten die Hotelinschriften auf und verloschen und luden ringsum die Passanten gastfreundlich ein. In jedem dieser kleinen Hotels konnte sich Jeannette gerade befinden. Erschöpft von der Begierde eines anspruchsvollen Kerls, schläft sie, geduckt wie ein Kind, die gebetsartig zusammengelegten Hände zwischen den Knien. Der Kerl streichelt ihren weißen, schlanken und wehrlosen Körper. Pierre empfand für sie eine unsagbare Zärtlichkeit, sie grenzte schon an Rührung.

Seine Gedanken ballten sich verworren und gewunden wie die Gassen, durch die er jetzt irrte. Auf der Schwelle billiger, nur ein paar Franken kostender kleiner Hotels hielten magere, ärmlich gekleidete Frauen, die vor dem Regen unter den blitzschnell aufblühenden Palmen der Regenschirme Schutz suchten, die Vorbeigehenden mit jenem kurzen, lockenden Schnalzen an, mit dem man auf der ganzen Welt einen Hund anlockt. In Paris ruft man so einen Menschen.

Ein schmächtiges, schwindsüchtiges Mädchen in durchnäßten Hausschuhen versprach ihm für fünf Franken die geheimsten Wonnen ihres skrofulösen Körpers. Zur Unterstreichung der unanständigen Geste, die ihr aus irgendeinem Grunde verlockend schien, streckte sie ihre Zunge heraus; sie war weiß und belegt wie bei einem Menschen mit Verdauungsstörungen.

Pierre zitterte vor Kälte und innerer Anspannung. Irgendwo in der Nähe ertönte eine beschwingte Pianola-Melodie. Eine kleine rote Laterne wies auf den Charakter des fröhlichen Lokals hin.

Pierre erinnerte sich, daß er die nachts verdienten drei Franken in der Tasche trug, und entschloß sich einzutreten. Wenn man drei Franken hat, kann man sich einen *boc* bestellen und bis zum Morgen im Warmen sitzen.

Eine fade, betäubende Wärme wehte ihm entgegen, der starke Geruch von Puder, billigem Parfüm und billigen Frauen. Fast blindlings tastend erreichte er das erste Tischchen an der

Wand und sank, bis zum letzten erschöpft, schwer auf die quietschend jammernden Sprungfedern eines gepolsterten Sofas.

Als er seine vom Licht geblendeten Augen öffnete, schienen ihm die durchgesessenen Sprungfedern des Sofas zugleich die zentralen Sprungfedern eines Gesamtmechanismus zu sein, den er versehentlich beschädigt hatte.

Der Saal unterschied sich im Prinzip durch nichts von der Bar eines durchschnittlichen öffentlichen Hauses, mit kleinen Tischen und einem Pianola, es spielte jetzt in so langsamem Tempo, daß Pierre zwischen den einzelnen Tönen der hochspringenden Tasten die Leere vernahm, das Rauschen der herabfallenden Tropfen-Moleküle der Zeit.

An den Wänden, beschattet von rachitischen Palmen in grünen Eimern, blühten in Reihen die gesprenkelten Fliegenfänger der Tischchen. In der Mitte kreisten in trägen, zu Atomen zerlegten Bewegungen wie in einem Zeitlupen-Film mehrere nackte, untersetzte Frauen. Ihre fetten, gedunsenen Körper schienen nur mit Mühe den Luftwiderstand zu überwinden, sie wiegten sich auf seinen elastischen Kissen inmitten der flachen verdichteten Wolken des Tabakrauchs wie die Körper weiblicher Renaissance-Engel im rhythmischen Geflatter zerfetzter Schärpen, die abgenutzten Schmetterlingsflügel ähnlich sahen.

Pierre begriff sofort alles. Die Sprungfedern krachten und warfen ihn mit letztem Rückprall in eine andere Wirklichkeit.

Ja, es war das Paradies. Er wußte das sofort, obwohl er sich als Ungläubiger diese Institution nie genau vorgestellt hatte. Er entnahm es der seligen Betäubung, die sich in seine Adern ergoß, den Tönen einer gewissermaßen bekannten, schon einmal im vergangenen Leben gehörten paradiesischen Musik, dem Flügelrauschen der langsam kreisenden weiblichen Engel. Nur, warum erinnern die Wolken so sehr an Tabakrauch und der Ambrosiazerstäuber an die Theke eines gewöhnlichen Bistros?

Da fiel sein Blick auf eine Ecke, und Pierre erstarrte in demutsvoller Ekstase.

In der Ecke, über dem hölzernen Altar des Ladentisches thronte stumm und reglos wie ein Standbild der Herr Zebaoth. Es war nicht der christliche Gott mit dem langen weißen Bart, er erinnerte mehr an den bronzenen, leidenschaftslosen Buddha, dessen Riesenstatue Pierre seinerzeit in der Kolonialausstellung gesehen hatte. Es war genau derselbe Gott mit den Formen einer Matrone, mit dem gedunsenen, faltigen, weiblichen Gesicht, nur daß von seinen Ohren noch die kostbaren Votivgaben massiver Ohrringe herabhingen, austariert wie Schalen einer untrüglichen mystischen Waage.

Durch die halbgeschlossene Tür sickerten mit dem kühlen Luftzug einzeln unbeholfene und schüchterne Männer in den Saal, sie suchten lange und ungeschickt nach einem Platz an den gastlich einladenden Tischchen.

An einigen Tischchen bemerkte Pierre noch andere Frauen, reglos eingehüllt in kostbare Pelze, ähnlich den Sünderinnen auf den Bildern alter Meister, die vergeblich versuchen, ihre brennende Nacktheit mit den Fransen ihrer aufgelösten Haare zu verdecken.

Von Zeit zu Zeit erhob sich einer der eingetroffenen Männer langsam, seine staunend geöffneten Augen betrachteten einen der weiblichen Engel, als hätte er in dessen Gesicht ein anderes, lange gesuchtes und vertrautes Gesicht wiedergefunden. Dann strebten beide, während sie sich bei den Händen faßten und mit den Füßen langsame Halbkreise beschrieben, auf den Altar des Ladentisches zu, wo der reglose Buddha mit gedunsenem, weiblichem Gesicht gegen den mystischen Passierschein einer Banknote in feierlicher, liturgischer Bewegung der Frau den symbolischen Ring der Zimmernummer und die schmale Stola eines Handtuches aushändigte. Darauf glitten die Liebhaber in majestätischen Spiralen die Linie der immateriellen Wendeltreppe empor, begleitet allein von den schmetterlingshaft flatternden Blicken der seltsamen, in Pelze gehüllten Frauen.

Pierre wurde fast ohnmächtig in dem seligen Gefühl der ihn durchdringenden Wärme. Ein süßer Halbschlaf umfing ihn, und er ließ sich hineingleiten wie in eine lauwarme Wanne nach langer Wanderung.

Eine Stimme riß ihn heraus, die aufdringlich und lange Zeit an die Pforte seines Bewußtseins klopfte. Unwillig öffnete er die Augen. Wieder dieselbe Tonleiter. Er horchte hin.

»Erkennen Sie mich nicht, Monsieur Pierre?«

Irgend jemand bemühte sich hartnäckig und mit Gewalt, ihn unter dem weichen Federbett der über den Kopf gezogenen Schläfrigkeit hervorzuholen. Pierre versuchte, sich dieser Stimme zu entwinden, sie an sich vorbeigehen zu lassen, so wie ein Mensch, den ein aggressiver Wecker aus dem jungfräulichen Dickicht des Schlafs vertreibt, vergeblich versucht, sich wieder in die warme, eine Nacht lang gezüchtete tropische Pflanzenwelt zu vergraben. Die Stimme segelte über ihm wie ein schwerer Vogel, der seine Beute nicht erblickt, sie zog einen weiten Kreis und kehrte unverhofft und betäubend wie ein Schlag zurück.

»Sind Sie nicht mehr mit Jeannette zusammen?«

Pierre riß die Augen weit auf.

Das Pianola winselte monoton. Die schweren, vollbusigen Engel defilieren in der Hypnose eines Zeitlupenfilms durch den Saal. Einer von ihnen, völlig nackt, mit einer Schleife im Haar, hat sich auf den Rand des Sofas gehockt und schaut Pierre hartnäckig an.

»Erkennen Sie mich nicht? Ich war doch Jeannettes Freundin. Wir sind oft zusammen ins Kino gegangen. Wissen Sie noch, Sie haben mir immer Bonbons gekauft... ?«

Mit dem Eigensinn eines Jahrmarktgaffers suchte Pierre, über den Tresen des Gedächtnisses gebeugt, in den Sägespänen und stieß fortwährend auf blitzende Pünktchen der Erinnerungen.

Wer ist das, diese aufdringliche Fliege, die sich verbissen bemüht, ihn in die frühere, längst verlassene Wirklichkeit zurückzuholen? Ist das nur ein Trugbild seiner noch von irdischen Reminiszenzen durchsetzten Vorstellung? Dann genügt es, sich noch tiefer zu versenken in die Zauberkissen der in Wellen heranfließenden, alles reinigenden Schläfrigkeit.

Doch die lästige Fliege summte ohne Unterlaß:

»Wahrscheinlich wollen Sie fragen, wie ich hierher gekommen bin. Mein Gott, das ist ganz einfach. Ich habe irgendwie kein Glück gehabt. Nie ist mir ein schwerreicher Freund über den Weg gelaufen. Für zweihundert Francs im Monat leben und sich anziehen, ist ein bißchen schwierig. Was anderes, wenn man einen so guten Freund hat wie Jeannette. Ich hatte Pech. Ich bekam das Büchlein. Im Geschäft hat man mich natürlich am nächsten Tag hinausgeworfen. Ich mußte es auf der Straße versuchen, aber das ist nicht so leicht, wie es aussieht. Im Sommer geht es noch, aber wenn erst der Regen kommt... Dazu reicht meine Gesundheit nicht aus. Ich habe mich erkältet... Ich lag im Krankenhaus. Als ich wieder gesund war, bin ich hierher gekommen. Im Grunde ist die Arbeit hier viel leichter. Es ist immer warm. Man verdient weniger, dafür aber regelmäßig. Zehn Francs pro Gast, davon sieben für die Patronne. Essen im Hause. Man kann leben. Manchmal verdient man mehr, manchmal weniger, wie man Glück hat. Vorgestern zum Beispiel hatte ich fünfzehn Gäste — das sind immerhin 45 Francs. Natürlich ist das nicht jeden Tag so. Die Arbeit ist ein bißchen anstrengend, aber dafür gibt es jeden dritten Tag Ausgang. Sie gehen schon? Sie bleiben nicht noch ein bißchen? Ich wollte mich erkundigen, was Jeannette macht. Ist sie nicht mehr Ihre Freundin?«

Pierre erhob sich schnell vom Tisch und setzte mühsam die Mütze auf. Die freigegebenen Sprungfedern dehnten sich knirschend aus und setzten den ganzen Mechanismus in Bewegung. Pierre hatte den Eindruck, als hätte er die ihn umgebende Seifenblase berührt und sie wäre plötzlich zerplatzt.

Das Pianola jammert beschwingt und halsbrecherisch. Durch den Saal kreisen in schnellen Umdrehungen mehr als ein Dutzend nackte, verschwitzte, mit billigen, protzigen Schleifen geschmückte Mädchen. Ein paar andere drängen sich kreischend den roten Sergeanten auf, damit sie ihnen ein Bier spendieren. Rauch, Lärm und Gestank.

An einigen Tischen teuer gekleidete Frauen in Gesellschaft von Herren mit glänzenden Vorhemden. Sie trinken ihr Bier nicht, sondern bewirten damit freigiebig die Mädchen, die ihr Tischchen umlagern, und bewundern gern deren akrobatische Kunst. Die Kunst besteht darin, daß der Gast einen Franc auf das Tischchen legt und das Mädchen ihn wegnimmt, ohne die Hände zu gebrauchen, nur mit Hilfe ihrer weiblichen Organe. Die Frauen in den Pelzen lächeln beifällig.

Auf der Untertasse die mühsam aus der Tasche gegrabenen drei Francs hinterlassend, drängte Pierre zur Tür durch und glitt, ohne den höflichen Gruß der wie ein Buddha majestätisch an der Kasse sitzenden Matrone zu beantworten, hinaus auf die Straße.

Auf der Straße regnete es, ein feiner, dichter Regen, durchbrochen vom fernen Glitzern der Sterne. Über dem weiten Himmelsbassin schüttelte der große Bär nach dem abendlichen Bad sein glänzendes Fell, und die kühlen Spritzer fielen auf die Erde.

4

Jeannette blieb verschwunden. Die alte Megäre von Mutter, die das Verhältnis ihrer Tochter mit dem armen Pierre stets unfreundlich betrachtet hatte, schlug ihm eines Abends die Tür vor der Nase zu und behauptete, Jeannette wohne nicht mehr hier.

Die Stadt dröhnte wie von alters her in ewiger Flut und

Ebbe. Durch die Straßen strömten unermeßliche Menschenmengen, dicke, vollgefressene Männer mit Hälsen wie Salamiwürste. Jeder von ihnen konnte vielleicht in der vergangenen Nacht, vielleicht vor einem Augenblick, mit Jeannette geschlafen haben. Jeder von ihnen war genau derjenige, den er suchte und verfolgte auf seinen fruchtlosen Jagden. Mit der Hartnäkkigkeit eines Verrückten musterte Pierre die Gesichter der Passanten und versuchte, in ihnen eine Spur zu entdecken, einen winzigen Krampf, zurückgeblieben von der mit Jeannette durchlebten Wonne. Mit gierigen Nüstern sog er die Gerüche der Anzüge ein, er witterte, um an einem von ihnen den Geruch von Jeannettes Parfüm einzufangen, den subtilen Duft ihres kleinen Körpers.

Jeannette blieb verschwunden, sie war nirgendwo.

Und doch war sie überall. Pierre sah, erkannte sie genau in der Silhouette jedes Mädchens, das in Gesellschaft seines Liebhabers aus der Tür eines Hotels trat, im Taxi an ihm vorbeifuhr, in der Tiefe des erstbesten Hauseinganges verschwand. Tausendmal rannte er los und stieß wütend die Fußgänger beiseite, die ihn wieder als undurchdringliche Welle von ihr trennten, und immer rannte er vergeblich.

Tag um Tag verging im monotonen Spiel von Licht und Schatten.

Nach ergebnislosen Wochen des Herumwanderns hatte er aufgehört, Arbeit zu suchen.

Seit langen Tagen trug er — wie eine Mutter die Frucht — in seinem Schoß den gierigen, saugenden Hunger, der ihm als Übelkeit in die Kehle stieg und als bleierne Erschöpfung in seinem Körper zerrann.

Die Konturen der Gegenstände verschärften sich, wie mit dem Bleistift nachgezogen, die Luft wurde dünn und durchsichtig unter der dichten Glocke der Saugpumpe des städtischen Himmels. Die Häuser dehnten sich, sie preßten sich unverhofft eines ins andere und durchdrangen sich oder verlängerten sich in unwahrscheinlicher, absurder Perspektive. Die Menschen trugen vermischte und unklare Gesichter. Manche hatten zwei Nasen, andere zwei Paar Augen. Die Mehrheit trug zwei Köpfe auf den Schultern, der eine seltsam in den anderen gepreßt.

Eines Abends schwemmte die Flut ihn plötzlich aus den Boulevards auf den Montmartre und warf ihn in die verglaste Vorhalle der großen Music-Hall. Die feurige Riesenwindmühle drehte sich langsam um ihre Achse, sie lockte aus den endlosen Straßen der Welt die lächerlichen Don Quichotes des Genusses. Die Fenster der Häuser ringsum flammten in der hellroten Glut des sie verzehrenden, unlöschbaren Fiebers.

Es war die Zeit, da die Vorstellung begann. Rund um die leuchtturmartig verglaste Vorhalle schlug in wilder Welle der geballte Stau der Autos an das Trottoir, um gleich wieder abzufließen und auf dem Steinufer des Bürgersteigs den weißen Schaum der Hermelincapes, Frackumhänge, Vorhemden und Schultern zu hinterlassen.

Zur Seitentür strebte drängend und sich tretend in lärmendem Fluß eine ungezählte schwarze Menge. Pierre hatte den Eindruck, als hätte er diesen Haufen schon irgendwo einmal gesehen und wäre als Teil in ihm verloren gewesen. Ein gleichartiger aufgewühlter Menschenstrom fiel ihm ein, der sich in den Halles nach einer Schüssel Zwiebelsuppe drängte.

Ein neuer, aufgetürmter Wolkenkamm warf ihn zur Seite und preßte ihn mit dem Gesicht gegen eine Mauer. Bei näherem Hinsehen entpuppte sie sich als weiches Menschengesicht, das ihm sehr bekannt vorkam. Das Gesicht, das sich mit den Händen von dem unverhofften Druck befreite, maß ihn ebenfalls prüfend.

»Pierre?«

Pierre grübelte und versuchte sich zu erinnern, bis ihm langsam einfiel: Etienne aus dem Packraum im Parterre.

Sie kämpften sich durch die Menge in eine Seitenstraße.

Etienne sprach schnell und unverständlich. Ja, auch er ist entlassen worden. Irgendwo Arbeit zu bekommen, ist unmöglich. Die Krise. Mühsam muß man sich etwas verdienen, um zu überleben. Er hat alles versucht. Er hat Kokain verkauft. Es ging nicht. Zu viel Konkurrenz. Er hat seine Germaine losgeschickt. Immerhin, sie bringt pro Abend zehn bis zwanzig Francs ein. Obwohl die Zeiten sehr schwer sind. Wenig Ausländer. Und das Angebot überschreitet alle Möglichkeiten des Bedarfs. Man muß selbst nebenher etwas hinzuverdienen.

Jetzt ist er ›Zutreiber‹. Eine mühselige, aber relativ einträgliche Arbeit. Man muß ein paar Adressen kennen und vor allem ein großes Mundwerk haben, das ist die Hauptsache. Ein bißchen muß man auch Psychologe sein. Wissen, wie jemand zu nehmen ist. Auch hier viel Konkurrenz, aber wenn man nicht aufs Maul gefallen ist, läßt sich's aushalten.

Er ist auf ältere Herren spezialisiert. Er kennt ein paar Häuser, wo man ganz junge Mädchen hält. Das hat immer Erfolg. Hier in der Nähe, auf der Rue Rochechouart. Drei zehnjährige. Sichere Ware. Man muß nur verstehen, das in der richtigen Soße darzureichen und vorzustellen: Kurzes Röckchen, Schürze, Zöpfe mit Schleifen. Oben die Zimmer wie in der Schule, ein Heiligenbild, ein Kinderbett, ein Schülerpult, eine Tafel, auf der Tafel mit Kreide »2 x 2 = 5«. Die komplette Illusion. Dem widersteht kein älterer Herr. Vom Gast für die Adresse zehn Francs, von der Patronne fünf. Man kann leben.

Hier hat er seinen Posten. Wenn Pierre will, kann er ihn in die Arbeit einführen, ihm ein paar Adressen ins Ohr flüstern. Hauptsache — die Redekunst. Und die Orientierung. Wissen, an wen man herantritt. Am besten vor einem Restaurant warten. Vielleicht nimmt er Etiennes früheren Punkt, vor dem ›Abbaye‹? Ein todsicherer Fleck. Nur nicht die Adressen durcheinanderbringen.

Ein neuer Passantenwirbel riß Pierre weg. Etienne war verschwunden. Pierre versuchte nicht, Widerstand zu leisten, er wurde willenlos fortgetragen. Nach einigen Stunden von Flut und Ebbe warf es ihn auf die Place Pigalle.

Der grelle Reklamewirrwarr.

Die flammenden, von unsichtbarer Hand in den Himmel geschriebenen Silben. Statt ›Mane, Tekel, Fares‹ hier ›Pigalle‹, ›Royal‹, ›Abbaye‹.

›Abbaye...‹

Davon hatte Etienne etwas gesagt.

Vor dem erleuchteten Eingang friert in seiner kurzen Jacke ein schlanker, livrierter Boy, um plötzlich in dienstfertiger Verbeugung zusammenzuklappen.

Zwei ältere Herren. Allein. Sie bleiben an der Ecke stehen. Sie rauchen.

Mechanisch tritt Pierre näher. In ihr Gespräch vertieft, beachten die Herren ihn überhaupt nicht. Pierre zieht den älteren Herrn mit dem dicken Bauch am Ärmel, beugt sich über ihn und stammelt ihm ins Ohr:

»Amüsement... Dreizehnjährige... in Schürzen... Kinderbett... Tafel... 2 x 2 = 5... vollständige Illusion...«

Der ältere Herr reißt sich heftig los. Beide Herren greifen automatisch dorthin, wo ihre Brieftaschen stecken. Eilig, fast laufend springen sie in ein vorbeifahrendes Taxi und schlagen angstvoll die Tür zu.

Pierre bleibt allein an der Straßenecke. Er versteht nichts. Die Wände streifend, stapft er auf dem dunklen, menschenleeren Boulevard in die Nacht. Eine Scheibe. Ein Spiegel. Aus dem Spiegel tritt ihm ein graues, erdfahles, unrasiertes Gesicht entgegen mit roten, entzündeten laternengleichen Augen.

Pierre bleibt stehen. Er beginnt zu begreifen. Sie haben sich einfach erschreckt. Mit solchem Gesicht kann man unmöglich etwas verdienen.

Mitten auf dem Boulevard, bei jedem Schritt sich küssend, geht aneinandergeschmiegt ein Paar. Der kleine, aufgestülpte Hut. Die langen, schlanken Beine. Jeannette!

Das Paar betritt das Hotel an der Ecke und hört nicht auf, sich zu küssen. Wieder hat ein Auto, ein verfluchtes Auto ihm den Weg versperrt.

Erschöpft lehnt sich Pierre an die Wand. Minuten vergehen, vielleicht Stunden. Jetzt ziehen sie sich bestimmt aus.

In rasender Selbstquälerei reproduziert Pierre in Gedanken alle Phasen der vergessenen Zärtlichkeit und setzt dabei an die eigene Stelle diesen anderen ohne Gesicht und mit hochgestelltem Kragen.

Jetzt liegen sie sicher im Bett. Die Hände des Kerls gleiten über ihren weißen, festen Körper. Jetzt vereinigen sie sich...

Plötzlich zerplatzt alles. Aus dem Stundenhotel gegenüber tritt ein Paar. Ein dicker, feister Herr und ein schlankes Mädchen. Jeannette! Das Mädchen hebt sich auf die Zehenspitzen (oh wie gut er diese Bewegung kannte!) und küßt den feisten Herrn auf den Mund. Mit der Hand winkt sie ein Taxi heran.

Aufschreiend, in halsbrecherischen Sprüngen eilt Pierre über die Fahrbahn. Das Taxi mit Jeannette ist abgefahren. Der feiste Herr steht vor der Hoteltür und prüft beim Licht der Laterne den Inhalt seiner dicken Brieftasche. Auf den herabhängenden Backen verlöschen die roten Flecken der vor wenigen Minuten erfahrenen Wonnen. Auf den wollüstigen Lippen welkt Jeannettes letzter Kuß. Die verdrückten Falten seines Anzugs atmen noch die Wärme ihrer Berührung, den einzigartigen, unnachahmlichen Duft ihres Körpers. Endlich!

Die vom Körper gelöste Faust fällt wie von selbst zwischen die Glotzaugen mit den tiefliegenden Säcken. Der dumpfe Lärm des fallenden Körpers. Der fette Stiernacken gleitet wie Pudding durch die zusammengepreßten Finger. Die fallengelassene Brieftasche flattert kraftlos wie ein angeschossener Vogel in den Rinnstein.

Das hilflose Röcheln des Dicken beantwortet die Nacht mit langem, verzweifeltem Pfiff. Auf Pierres roten Haarschopf stürzen wie auf eine Kerzenflamme von allen Seiten, aus den

Winkeln der Nacht, mit flatternden Cheviotflügeln die dunkelblauen Fledermäuse.

Das Auto gleitet mit rhythmischem Wiegen in die Unendlichkeit der Perspektive davon. Pelerinen rauschen einschläfernd. Und auf dem Gesicht — wie das kühle Bahrtuch der Soldaten — die amerikanische Flagge des Himmels mit den Sternen der Sterne.

5

Alles, was später erfolgte, ragte schon — wie Chaplins Hütte über dem Abgrund — mit einem Ende über die Grenze der dreidimensionalen Wirklichkeit hinaus.

Schwarze, von Dunkelheit tropfende Wände. Der gleichmäßige Würfel muffiger Luft, mit dem Messer zu zerschneiden wie ein gigantischer Würfel magischer Maggibrühe. Und im tiefen, vergitterten Brunnen des Fensters ein Liter kondensierter Himmel.

Pierre lernte eine von eigenen, besonderen Gesetzen regierte Miniaturwelt am Rande des riesengroßen, komplizierten Mechanismus der Welt kennen. Die unbekannte Welt unverdienter Dinge: Eine schmale, bequeme Pritsche unter dem herabhängenden Baldachin der Decke, morgens und abends ein Napf warme Suppe, dazu ein Stück Brot, für das man nicht arbeiten mußte. Nebenan, jenseits der Wand, in den benachbarten engen Zimmerchen eine seltsame menschliche Gesellschaft, wie Abfall von der peinlich genauen, nichts verzeihenden Maschine der Welt weggeworfen hinter die hohe Mauer am Boulevard Arago und nach dem Willen eines Unbekannten verbunden, montiert zu einem neuen, eigenartigen Mechanismus, der von den neuen, eigenartigen Gesetzen der Welt der fertigen Dinge regiert wird.

Regelmäßige, karussellartige Spaziergänge in den symmetrischen Kreisen des Hofes unter der verrußten Glocke des Gefängnishimmels. Die lange, durch eine unbekannte Hand gleitende Rosenkranzkette, an der jede Perle ein lebendiges, pulsierendes Stück menschlicher Existenz ist; die Maschinerie aus Rädern, die sich dort auf der anderen Seite der Mauer nicht anpassen konnten und nun, gemeinsam in diese monströse Rumpelkammer geworfen, sich erstaunlicherweise zusammenschließen, unerwartet miteinander verzahnen, einen neuen Sammelorganismus schaffen, der nach anderen, drüben nicht erdachten Richtlinien funktioniert.

Ununterbrochen vergehen Tage um Tage, anders, länger, bestimmt von dem besonderen Maßsystem einer speziellen Ordnung.

Irgendwo in den stickigen Vasen der Wohnungen, in den Blumentöpfen der Büros erblüht langsam, Blättchen für Blättchen die metaphysische Welt des Kalenders. Die vielen Tausend in der Zelle abgeschrittenen Kilometer verlieren sich, zu einer gedanklichen Geraden aufgereiht, irgendwo an den morastigen, schilfbewachsenen Ufern des Orinoko.

Und nur des Nachts, wenn auf dem unbeschriebenen Schild des mystischen Regulators mit der suggestiven Deutlichkeit der elektrischen Lampen das befehlende Wort ›Schlaf‹ erscheint — die Träume.

Die schwarzen hochgehenden Wellen der Wirklichkeit auf der anderen Seite, an der Leine gehalten von der unzugänglichen Mauer des Tages und der Ordnung, umgeben das Inselchen am Boulevard Arago von allen Seiten. Die Mauer ächzt und wankt. Der aufgestaute Fluß der Körper, Banknoten, Taten, Flaschen, Anstrengungen, Lampen, Kioske, Füße flutet in breiter Welle krachend und dröhnend über die Dächer. Aus den aufgerissenen Rachen der Hotels ergießen sich wie die Schubladen aus offenen Schranktüren die hundert Jahre alten, ungelüfteten, durchgelegenen Matratzen, sie wachsen, sie schießen empor als riesiger, hundertstöckiger Turmbau von

Babel mit knirschenden Sprungfederbeinen. Und oben auf der ungeheuren Vierpersonenmatratze des allnationalen Betts *(le lit national)* liegt die kleine, wehrlose Jeannette. Auf den bebenden Stufen drängt wie Ameisen eine ungezählte Menge von Männern hinauf: Blonde, Brünette, Rothaarige, um die Erschöpfte für einen Augenblick mit ihrem schweren, gierigen Leib zu bedecken, einer nach dem anderen, die Stadt, Europa, die Welt! Der Turm ächzt in den konvulsivischen Zuckungen der Sprungfedern, er wankt, beugt sich, stürzt ein, überschwemmt von den Wellen des wütenden Meeres, das mit zermalmender Flut an die Felsmauer der Insel der schlafenden Robinsone mit den geschorenen Köpfen am Boulevard Arago schlägt.

Unerwartet füllte sich eines Tages Pierres einsame Zelle, als wäre plötzlich ein Rädchen des bislang präzis funktionierenden Mechanismus zerbrochen. Lärmende Menschen mit zerschrammten Köpfen und geronnenem Blut auf Bandagen und blauen Blusen. Es roch stark nach Männerschweiß, Pulver und bitterem, unabwaschbarem Fabrikruß. Es fielen schwere, wie Pflastersteine behauene Wörter: Revolution, Proletariat, Kapitalismus.

Aus den Bruchstücken von Sätzen, Erzählungen, Ausrufen ergab sich deutlich das im Licht elektrischer Lampen mit Blut auf den Asphalt geschriebene harte viertägige Epos.

Das Kapitelverzeichnis wie immer dasselbe:

Arbeitslosigkeit. Gekürzte Löhne. Eine düstere, demonstrative Versammlung. Von der Versammlung aus — Umzug durch die Stadt mit der ›Internationalen‹.

Die Polizei provozierte sie. Sie umzingelte sie in den Nebenstraßen. Sie schlug sie mit Gummiknüppeln bis aufs Blut. Das zertretene Pflaster spuckte ihr einen Hagel von Steinen entgegen.

Dann griff die aufgehetzte Söldnertruppe an. Eine Salve bedeckte die Straße mit neuem, nicht festgestampftem Pflaster. Als Antwort bleckten die steinernen Kiefer der Straßen die Zähne der Barrikaden.

Es kam das Massaker. Klebriges braunes Blut auf den Gehsteigen. Mit Menschen beladene Lastautos. Und die Menge von einigen Zehntausend wird, wie eine aus der Bilanz gestrichene Ziffer, auf den Rand versetzt, hinter graue, unzugängliche Gefängnismauern.

Man nannte phantastische Ziffern. Die Gefängnisse waren nicht imstande, den überreichen Fang zu fassen. In das Gefängnis ›Santé!‹ wurden angeblich fünfzehntausend Menschen gesteckt. Im Gefängnis ›Fresnes‹ sollten es noch mehr sein. Militär umstellte die Gefängnisgebäude. In den für eine Person bestimmten Zellen schliefen fünfzehn Menschen wie Heringe auf dem Fußboden. Die Gefängnisspaziergänge fanden von nun an, um Unruhen zu vermeiden, zu verschiedenen Tageszeiten in Gruppen statt.

Der tadellose Mechanismus der besonderen kleinen Welt knirschte kraftlos wie eine überdrehte Uhr. Die Zeiger gingen noch ihren üblichen Weg, doch die gelockerten Rädchen griffen nicht mehr Zahn in Zahn, sie sprangen von Gang zu Gang und zogen das ungeordnete Chaos der Schräubchen und Federn hinter sich her.

Von Zelle zu Zelle klopfte wie tausend unermüdliche Spechte Tag und Nacht der Gefängnistelegraph.

Die in allgemeine Zellen geworfenen Gefangenen verlangten ihre Einstufung als politische Häftlinge. Die Gefängnisverwaltung lehnte die Forderung ab. Die Gefangenen antworteten mit Hungerstreik.

In seine Ecke gedrückt, die Haare wie ein Igel gesträubt, spürte Pierre jeden Tag, wenn er seine Suppe löffelte und gierig dazu sein Brot aß, fünfzehn Paare unfrohe, stählerne, vom Atropin des Hungers geweitete Augen auf sich ruhen, und unter ihrem Blick wuchs der schmackhafte Bissen des Gefängnisbrotes durch die Hefe des Speichels zum nicht mehr herunterzuwürgenden Knäuel und überzog sich mit einer landkartenähnlichen Haut.

Wie durch eine gläserne Wand drangen die langen nächtlichen Gespräche zu ihm. Wörter, behauen wie Blöcke, wuchsen, stapelten sich eines aufs andere, binnen kurzem stieg ein schlankes Gebäude auf zum Himmel. Es genügt, in die Sonne hinauszugehen, die Ärmel aufzukrempeln, und sie werden es fehlerlos errichten aus echten Steinen, genauso weiträumig und stark.

Wie eine schlecht konstruierte Maschine zerstört die Welt mehr, als sie produziert. So kann es nicht weitergehen. Sie muß bis zu den einzelnen Schrauben auseinandergenommen, das Unbrauchbare weggeworfen und das Ganze dann neu montiert werden! Die Pläne sind fertig, den Monteuren jucken die Hände, nur das alte, verrostete Eisenzeug rührt sich nicht. Es ist eingewachsen, zusammengeschnurrt in den Ritzen unter dem Rostgewebe, jede Windung muß mit den Zähnen abgerissen werden.

In der schwarzen, verrauchten Schachtel der Zelle rollte als Band eines Märchenfilmes der Mythos von der neuen Ordnung der wiedererrichteten Welt ab. Pierre hatte schon früher in der Fabrik die langen, monotonen Geschichten von dieser neuen Welt gehört — einer Welt ohne arm und reich, wo die Fabriken Eigentum der Arbeiter sind und die Arbeit statt der Unfreiheit zum Hymnus, zur Hygiene des befreiten Körpers wird. Er glaubte es nicht. Die entsetzliche Maschine läßt sich nicht von der Stelle bringen! Sie ist zwei Meter tief in die Erde eingewachsen. In Gang gesetzt, dreht sie sich seit undenklichen Zeiten. Mit bloßen Händen in das Räderwerk greifen? Man hält es nicht an, man reißt sich nur die Hände ab. Er sah das Blut an den verschmutzten Verbänden, die mit blutigen Lumpen umwundenen Hände und dachte: Noch eine vergebliche Anstrengung. Eine einzige Umdrehung des Transmissionsriemens hat die übel zugerichteten Körper an den Rand, über die Mauer geworfen.

Manchmal in den Nächten sprang aus einer Gruppe vorgeneigter Menschen das bis zur Weißglut erhitzte Wort des Hasses hoch; wie ein Funke fiel es auf die weichen Sägespäne des Traums, und der Traum entflammte rot: Marschieren! Arm in Arm mit ihnen stehen! Zerstören! Zerbrechen! Sich rächen!

Pierre richtete sich dann in heftiger Bewegung empor und setzte sich auf die Pritsche.

Doch die kühlen, durchsichtigen Worte der Leute in den blauen Blusen wuchsen symmetrisch wie Ziegel, in den Worten war keine Wut, kein dumpfer, zerstörerischer Haß, sondern harter Bauwille: Spitzhacke und Kelle.

Nein, diese Leute können nicht hassen. An der Stelle einer Maschine haben sie einen Haufen Pläne für eine andere aufgeschichtet, sie werden die eine durch die andere ersetzen, und wieder werden sich die Räder drehen, werden Zähne in Zähne greifen, werden wehrlose Menschensplitter mitziehen, mitschleppen, forttragen, und wieder werden sich vor Entsetzen wahnsinnig gewordene Pierres die Hände blutig reißen an den schwarzen Speichen der Räder, ohne sie anhalten, auch nur für einen Augenblick bremsen zu können.

Pierres ausgestreckte Hand verkrampfte sich, zog sich zurück, der über dem Kissen erhobene Kopf verschwand langsam zwischen den Schultern, und bald lag auf dem Strohsack, an das feststopfte Stroh gepreßt, nicht mehr ein Mensch, sondern eine Schildkröte in der undurchdringlichen Schale der Einsamkeit.

6

Eines Morgens – die grünen Lampen des Laubs, an den erhitzten Drähten der Zweige aufgehängt, strahlten einen herben, angebrannten Geruch aus – öffnete sich vor dem erstaunten Pierre plötzlich das verzauberte Tor, durch das man ihn fast mit Gewalt hinausschob.

Eine ganze Weile stand er da, betäubt von dem unwahrscheinlichen Geschehen, ohne recht zu wissen, was er tun, wohin er gehen sollte, aufs neue verloren in dieser fremden, unverständlichen Welt, in der es keine bequeme Pritsche gibt, in der man, um eine Schüssel voll heißer Suppe zu bekommen, eine lange, schlaflose Nacht hindurch die schweren Bündel der feuchten Mohrrüben schleppen muß.

In der ersten instinktiven Reaktion wollte er durch das geschlossene, gigantische Tor zurückkehren, doch das Tor mochte ihn nicht wieder schlucken. Wie sich zeigte, mußte er sich den Zugang zur Welt der fertigen Dinge erarbeiten durch eine Anstrengung in dieser Welt der feindseligen und unzugänglichen Dinge.

Dann lief der verwirrte Gedanke durch die winkligen, ungemütlichen Gassen dieser Welt und stieß plötzlich auf einen bekannten, schmerzlichen Punkt; Pierre beschloß, sich auf die Suche nach Jeannette zu begeben.

Zum ersten Mal nach langen Monaten (vielleicht Jahren?) unternahm er eine Reise auf der geraden Linie. Lange ging er durch die Gassen, die sich unter allen möglichen Winkeln schnitten und die unbekannte Riesen mit dem gigantischen Kies des Kopfsteinpflasters überschüttet hatten. Alles war hier anders. Die Leute liefen herum, unkoordiniert und zufällig, sie stießen gegeneinander, sie waren, so schien es, keiner gemeinsamen Ordnung unterworfen, als bewegten sie sich in einer chimärischen Welt absoluter Ungebundenheit. Nur die blauen Polizisten, die hier und da an den Kreuzungen der Boulevards wie majestätische Standbilder aufragten, ließen durch ihr wunderwirkendes Stöckchen die für einen Augenblick erstarrte Flut der Fahrzeuge fahren oder hielten sie an und gaben damit zu erkennen, daß hier ein anderer, komplizierterer und unbegreiflicher Mechanismus wirkte.

Als Pierre sich auf der Place Vendôme befand, schlug es zwölf, und durch die halboffenen Schleusen der Läden ergossen sich die lärmenden Wellen der Midinetten. Pierre spannte seinen Blick verzweifelt an, um Jeannette in der Menge zu entdecken. Langsam zerstreuten sich die letzten.

In dem Laden, der kühl war wie eine Orangerie, antwortete man ihm, Jeannette arbeite schon seit langem nicht mehr hier.

Bestürzt ging er wieder hinaus auf die Straßen. Er spürte, daß er die letzte Spur verloren hatte, daß Jeannette für ihn im schwarzen Wald der Stadt verschwunden war, verschwunden für immer, daß er sie darin nie wiederfinden würde.

Die heranflutende Menge drängte ihn auf die Fahrbahn, die heranflutenden Autos auf eine kleine Steininsel, wo von der Spitze einer riesigen Bronzesäule ein kleines, anmaßendes Menschlein ratlos wie ein Spatz auf der Telegraphenstange hinunterschaute zu den an seinen Füßen zerschellenden Spritzern.

Gegenüber auf dem breiten Band der Fahrbahn tobten die unübersehbaren Herden knatternder, atemloser Autos, jeden Augenblick bereit, aus den niedrigen Schranken der Bürgersteige auszubrechen.

Hinter einer vorn entfliehenden rassigen und windhundschlanken Hispano-Suiza mit erschreckten Lampen-Augen, von der der weibliche Benzinsaft tropfte, rannten bellend und jaulend, sich gegenseitig wegbeißend und vergeblich mit den Nasen unter ihrem weiblichen Schwanz schnüffelnd, majestätische, doggengleich würdevolle Rolls-Royce, dackelartig untersetzte Amilkars, schmutzigen Kötern ähnliche herrenlose Fords und kurze, foxterrierhafte kupierte Citroëns — eine buntscheckige, tolle Meute in der Brunft.

Über der Straße schwebte der Lärm, der betäubende Geruch des Weibchens, das Geläut der wilden Jagd, der berauschende Dunst eines heißen Sommertags.

Mit entsetzt geweiteten Augen betrachtete Pierre dieses Gewühl von Körpern, er suchte vergeblich den verlorenen Faden, den Pfad, der ihn aus dieser Sintflut wild gewordener

Körperlichkeit herausgeführt hätte, er war darin erneut verloren, ein für allemal, ohne Hoffnung auf Rettung, ohne Widerstand.

Die warmen Wellen wuschen ihn fort wie einen Splitter und trugen ihn dahin ohne Kompaß, blindlings.

Wieder begannen die Tage ziellosen, ungeordneten Herumtreibens im aufgewühlten Ozean der Straßen, die Nächte unter den mystischen Schirmen der Sterne, die Einsamkeit, wie sie Alain Gerbault nie kennenlernte, der komische, monatelang auf den uferlosen Laken des Atlantik gewiegte Sancho Panso.

Wie eine Möwe im verworrenen Tauwerk eines verlassenen Schiffes, so baute sich in den Tauen seiner Eingeweide der altbekannte Hunger sein Nest und verließ es keinen Augenblick. Pierre versuchte gar nicht, ihn von dort zu verscheuchen. Gleich einer Stadt, deren Einwohner sich alle miteinander zerstritten haben, trug er in seinem Innern die nutzlosen Rohrpostleitungen der Eingeweide, in die keine Hand mehr einen raschelnden Umschlag voll Nahrung einwarf.

Eines Nachts, als er sich auf der Suche nach einer wärmeren Nische für sein Nachtlager durch die verworrenen Labyrinthe der Hausdurchgänge schleppte, und sich einem Gegenstand näherte, den er im Dunklen für eine bequeme Kiste hielt, stieß Pierre auf eine schwarze, vorgebeugte Gestalt. Sie sprang zur Seite, sie blitzte bösartig mit dem Weißen im Auge und mit der raubtierhaften Reihe der gebleckten Zähne. Aus der Nische schlug ihm der schwere, dumpfe Geruch faulender Abfälle entgegen.

Da bemerkte Pierre, daß das, was er im ersten Augenblick für eine Kiste gehalten hatte, eine Reihe riesiger Mülleimer war, die gegen Morgen von den durch die Stadt fahrenden Wagen der Müllabfuhr geleert wurden.

Die in den Kübeln wühlende Gestalt drang bedrohlich auf Pierre ein und schirmte ihren übelriechenden Inhalt mit dem

Körper gegen ihn ab. Durch die gebleckten Zähne knurrte es heiser:

»Weg da! Das ist meins! Geh, such woanders!«

Da überkam Pierre wie ein Blitz die einfache Erleuchtung: In den Haustoren, in den Abfalleimern findet man ohne Zweifel Essensreste!

Gehorsam kehrte er um und schleppte sich fort, um eine andere Toreinfahrt zu suchen. Er überzeugte sich jedoch, daß die Erleuchtung in der demokratischen Gesellschaft aufgehört hatte, Privileg einzelner zu sein, sie war zum Gemeinbesitz geworden.

In allen Eingängen erhoben sich gegen ihn über den stinkenden Kübeln voll unbekannter Güter dieselben bösartigen Blicke und gebleckten Zähne früherer Entdecker.

Nachdem er eine lange Reihe von Hauseingängen gemieden hatte, stieß Pierre endlich auf einen leeren. Die dort aufgestellten, bis zum Grund durchwühlten Kübel verrieten den Besuch eines glücklichen Vorgängers.

Trotzdem ließ sich Pierre nicht abschrecken, stürzte sich gierig darauf und durchstöberte sie noch einmal gründlich. Als Ergebnis seiner langen Suche holte er eine nicht aufgegessene Konservenbüchse und ein nicht abgeknabbertes Kalbsrippchen heraus.

Er legte die armselige Beute auf ein Mäuerchen und leckte sie gierig aus, stillte aber keineswegs seinen Hunger, sondern weckte ihn eher aus dem Schlaf der Erstarrung.

Erschöpft verzichtete er auf weiteres Suchen, schleppte sich auf den Boulevard und hockte sich auf die erstbeste Bank. Der Schlaf hüllte ihn in seine zerfetzte, löcherige Plane.

Durch die Löcher der Plane sah er oben die blinkenden Sterne, die, wie von einem unsichtbaren Schaltpult gesteuert, abwechselnd aufleuchteten und verloschen, als riefen die Reklameschilder ferner, himmlischer Stundenhotels die liebesbedürftigen Paare der im Raum verirrten Seelen zu ihren Toren.

7

Ein starkes Rütteln zwang ihn, die Augen zu öffnen. Statt eines dunkelblauen Polizisten erblickte Pierre über sich ein frisches rotbackiges Gesicht mit dem hohen Überbau der Stirn unter dem Dach einer Mütze.

Es war bereits Tag. Der über ihn gebeugte Mensch rüttelte ihn offenbar schon länger. Eine junge, fröhliche Stimme ernüchterte ihn wie ein Strom frisches, kristallklares Wasser.

»Pierre! Natürlich Pierre! Ich habe dich sofort erkannt!«

Die Stimme war bekannt, rund und poliert wie eine Kugel, die, nachdem sie eine Weile über den Billardtisch gerollt ist, plötzlich auf das für sie bestimmte, gleichsam von ihr einst ausgehöhlte Loch trifft. Aber wann hatte sie Gelegenheit gehabt, es dort auszuhöhlen?

Pierre schloß die Augen und bemühte sich vergeblich, durch dieses Loch ins Innere vorzudringen. Anfangs bemerkte er nichts als Finsternis. Dann gewöhnte sich der innere Blick an sie und gewahrte einen schmalen, unentschlossenen Lichtstreifen. Er begann, wie durch ein Schlüsselloch unklare Konturen zu unterscheiden:

Die schmale, langgezogene Silhouette eines Glockenturms mit der roten Dachhaube aus gebrannten Ziegeln. Eine magere Strohpuppe mit schwarzer, löchriger Mütze, die herausfordernd auf die Stelle geschoben ist, wo bei Menschen das linke Ohr sitzt; die Vogelscheuche, der der zerfledderte Strohwisch aus dem Ärmel lugt, hebt sich ab vom grünen Hintergrund des knarrenden, frisch gemalten Fensterladens. Der schiefe, altersgrüne Brunnen mit der rittlings darüber hockenden Kurbel, um die sich die rötliche, verrostete Kette windet; am Ende der Kette der auf eine Meile nach Feuchtigkeit riechende Holzeimer, in dem man so bequem herabfahren kann in die nach Schimmel und faulendem Grün stinkende Brunnentiefe, immer höher über sich hört man das Quietschen der abrollenden Kette, man sieht oben das kleine runde Himmelsfenster; das Herz schlägt heftig, ein Angstschauder läuft über den Rükken, in der Brust aber eine Freude, die einem die Kehle zuschnürt, bis das Glucksen des Wassers unten mit dem plötzlichen kalten Krampf der Furcht mitteilt, daß es Zeit wird, aus aller Kraft an der Kette zu reißen. Dann zieht einen die hundertjährige greise Kette ächzend und klagend und mühevoll langsam empor, vorbei an den schwarzen, mit Schimmel und Pilzen bewachsenen Wänden, zum Himmel, zu der flachen, soweit das Auge reicht wie Teig ausgewalkten Ebene, zu der fröhlichen, lachenden Stimme, die weit über die runde und wie eine Grammophonplatte glatte Tafel des Gesichtskreises hinhallt.

Jetzt begann der Klang der unerwarteten Stimme, der im Raum lokalisiert war und versuchte, sich tastend in der Zeit auf ihrer gemeinsamen Schnittlinie zu lokalisieren, jetzt begann dieser Klang, die Konturen einer bestimmten menschlichen Persönlichkeit anzunehmen, bis er, wieder in die abstrakte Lautsprache übersetzt, sich schließlich in den wenigen Silben eines eilig hervorgestoßenen Namens kristallisierte.

Pierre erlebte plötzlich eine unerhörte Erleichterung. Er hatte das Gefühl, als zöge er stundenlang aus der Tiefe des eigenen Inneren wie aus einem dunklen, mit dem Bart des Schimmels bewachsenen, tiefen Brunnen einen Eimer voll wertvoller Flüssigkeit, die er zu verschütten fürchtete, er zog mit übermenschlicher Anstrengung, er spürte, der Eimer könne ihm jeden Augenblick unwiederbringlich aus den Fingern hinabgleiten in den schwarzen Abgrund, aber jetzt hält er ihn in den Händen, er hat ihn heraufgeholt, er ist nicht ausgeschüttet, nicht berührt.

Der mit solcher Mühe aus der Tiefe hervorgeholte Mensch war sich ganz offensichtlich nicht klar über die schwierige Operation, deren Objekt er soeben gewesen, er lächelte breit und überschüttete Pierre zwischendurch mit abgerissenen Satzbruchstücken, die wie Glassplitter schmerzten.

Was ist das für eine ungewöhnliche Begegnung! Er hat Pierre sofort erkannt, obwohl es so viele Jahre her ist. Wie kann man einen Landsmann und Kollegen nicht erkennen, mit dem man die Kindheit verbracht hat? Allerdings, er hat sich tüchtig verändert. Eigentlich hat er schon vor längerer Zeit gehört, er sei in Paris, konnte aber nirgendwo Genaueres erfahren. Allerlei Gerüchte seien zu ihm gedrungen... Ehrlich gesagt, besonders gut sieht er nicht aus. Sicher arbeitslos, wie? Auch davon hat er gehört. Man wird etwas dagegen tun müssen. Vor allem kann er nicht hier auf der Bank bleiben. Wenn er keine Wohnung hat, kann er einstweilen zu ihm ziehen. Er nämlich kann sich nicht beklagen. Es ist ihm gelungen, sich ganz ordentlich einzurichten. Er arbeitet als Wärter in einem bakteriologischen Institut. Leichte Arbeit, Wohnung und Freizeit. Pierre wird ja selbst sehen. Er wohnt hier in der Nähe. Gleich werden sie an Ort und Stelle sein.

Folgsam schleppte sich Pierre, die Beine mühsam hinter sich herziehend, wortlos durch unbekannte Straßen, von der unerwarteten Stimme an einer Schnur geführt, deren Knäuel er einst (wie lange ist das her!) verloren hatte auf dem grünen Grund des Dorfbrunnens seiner Kindheit.

8

Das unberechenbare Roulette des Zufalls, das stundenlang die verhängnisvolle Nummer meidet, auf die der fatalistische Spieler alles gesetzt hat, was er besitzt, wo er der Reihe nach Vermögen, Überzeugungen, seine Frau verloren hat, ja das, was man nie wieder einspielen kann, wirft, kaum ist er schließlich bis aufs Letzte entkleidet vom Spieltisch aufgestanden, wie üblich zur Unzeit die so lange und vergeblich erwartete Ziffer aus.

Pierre fand Arbeit. Auf dem Wasserturm bei den städtischen Klärwerken in Saint-Maur. Von acht bis sechs Uhr. Jeden Morgen der stickige, überfüllte Wagen der Metro. Das enge, achteckige Zimmer mit der Vogeltapete auf dem Boulevard Diderot. Frühstück und Mittagessen. Die langen, schlanken Stäbe des gedrechselten Brots, die spurlos in der unersättlichen Mundöffnung verschwinden wie die Degenklingen im Munde der Schwertschlucker auf dem Jahrmarkt. Wärme und Schlaf.

Abends, wenn er von der Arbeit heimgekommen war, lag Pierre stundenlang ausgestreckt auf der fettigen Matratze und berauschte sich an der passiven Wonne des Verdauens, während sein Blick gedankenlos auf den nicht gerade komplizierten Arabesken der Tapete ruhte. Von der Kontrolle des Verstandes befreit, gab sich der Blick reiner, nutzloser Tätigkeit hin, indem er eifrig aus zufälligen Bruchteilen des Musters, aus dem Schnabel eines Vogels, aus dem Blatt an einem Zweig, aus einem immateriellen Schattenstreifen die Konturen menschlicher Gestalten formte, phantastische Raubvogelprofile, ein neues Reich surrealer und beunruhigender Gegenstände.

In der Tiefe des untätigen Bewußtseins, das in Reglosigkeit erstarrt war wie ein Roggenfeld an einem windstillen, heißen Mittag, regte sich, vom Altweibersommer der Tage umsponnen, im Gefühl ungerechtfertigter Leere eine tiefe, schwarze, wie ein Schacht nicht überdeckte Wunde. Die verschlafenen Gedanken, die als Luftzüge an der Oberfläche umherirrten, stahlen sich an dieser Stelle instinktiv auf Zehenspitzen vorbei, sie fürchteten, mit einem unvorsichtigen Schritt ins Leere zu treten. Der sich selbst überlassene Blick, der aus abgetrennten Bruchstükken immer neue Profile zusammenleimte, mied mit blindem innerem Instinkt die ihn verräterisch lockenden Konturen, die bereit waren, sich zu einem verblaßten Frauenprofil zu fügen.

Gleich am ersten Sonntag suchte der rotbackige René, der mittelbare Verursacher des Wohlstandes der letzten Tage, Pierre in seinem neuen Zimmerchen auf, um ihn zu einem Spaziergang durch die Stadt abzuholen.

Die Straßen waren belebt, stickig und langweilig in tatenloser, verstaubter Ferienöde. Es war jene Pariser Jahreszeit nach dem ›Grand Prix‹, wenn aus dem erhitzten Leib von Paris zusammen mit Schweiß und Wasser die letzten blauen oder blau gefärbten Blutkörperchen verdampft sind und sich als Tropfen in den vorsorglich dafür hergerichteten Sammelbecken von Dauville, Trouville und Biarritz niedergeschlagen haben, wenn das Blut von Paris langsam eine ausgesprochen rote Farbe annimmt, das Rot des städtischen Arbeiter Parvenus.

Es war gerade der Vorabend des 14. Juli, eilig hängte man über der Stadt die Trikoloren und die Papierlampions auf. Durch die Straßen wälzte sich eine festlich gekleidete Menge und strahlte jenen spezifischen Geruch des französischen Feiertags aus, den Geruch von billigem Wein, billigem Tabak und Demokratie.

Nach mehrstündigem Umherirren befanden sich Pierre und René vor dem Tor des Instituts, in dem René Nachtdienst hatte. Das Institut war leer. Eine feuchte Kühle ging von ihm aus und jener komplexe Geruch von Chemikalien, wie man ihn in den Apotheken kleiner Provinzstädte antrifft.

René bot sich an, Pierre die Labors zu zeigen.

Auf der breiten, tunnelhaft schattigen Steintreppe stiegen sie hinauf.

In den Labors herrschte dieselbe erfrischende Kühle. An den Wänden starrten Pierre aus der Tiefe der Schränke mit tausend gläsernen Augen unbekannte Wesen aus Glas und Stahl in rätselhaften, Angst einflößenden Formen an.

Gleich darauf kehrte René im weißen Laborkittel zurück.

Er war eine jener einfachen und zugleich komplizierten Naturen, denen man häufig auf der niedrigsten Sprosse der sozialen Stufenleiter begegnet und bei denen der unablässige, unmittelbare Umgang mit der abgeschlossenen Welt der Dinge, ohne daß es die Umwelt bemerkt, einen für andere unzugänglichen sechsten Sinn entwickelt hat, den Sinn für die stets fremde, schweigende Materie, wie ihn Leute besitzen, die lange mit Taubstummen Umgang gehabt haben.

Da er in einer fast irrealen Welt wie im Alltag lebte, in der durchsichtigen Welt des Glases, der phantastischen, unbegreiflichen Apparate, konnte René die unwiederholbare Individualität der Gegenstände erraten und sie selbst bei identischen, in Serien gefertigten Gegenständen erfühlen, die uns gleich erscheinen, so wie einem wilden Neger vom Senegal die Gesichter aller Europäer gleich erscheinen müssen.

Während er sie Tag für Tag sorgfältig pflegte, abstaubte und polierte, spürte René in seinen Händen ihr zerbrechliches, von einer einzigen unvorsichtigen Bewegung seiner dicken Finger abhängiges Leben. Ein ängstliches instinktives Verantwortungsgefühl für die Existenz dieser ganzen, illusorischen kleinen Welt wehrloser und geheimnisvoller, der Gnade seiner ungeübten Finger ausgelieferter Wesen war in ihm entstanden.

Sooft es ihm passierte, daß er eine der ihm anvertrauten Vorrichtungen zerschlug, litt er mehr als beim Tode irgendeines lebendigen Wesens.

Als einer der Assistenten des Instituts, der ihn übrigens sehr gut behandelt und sogar mit deutlicher Sympathie bedacht hatte, sich eines Tages mit einem Bazillus infizierte und unter schrecklichen Qualen starb, empfand René nicht den geringsten Kummer, sondern im Gegenteil so etwas wie eine böse Befriedigung. Der Assistent hatte das Pech gehabt, am Tage zuvor durch Unaufmerksamkeit eine der Retorten zu zerschlagen, was René ihm nicht vergeben konnte, ja er hielt seinen Tod für die berechtigte Rache des getöteten Gegenstandes.

Dennoch zeichnete sich René durch ein ungewöhnlich gutes Herz aus und tat keiner Fliege etwas zuleide.

Während er die Reste zerbrochener Vorrichtungen auflas und vergeblich versuchte, sie wieder zusammenzusetzen, dachte René voller Bitterkeit:

Mögen sie doch einen Menschen verletzen — um den Menschen tut es mir nicht leid! Der Mensch kann sich wehren. Nicht aber die Dinge. Wer einem Ding Unrecht tut, ist ein Schuft. Das Ding ist wehrlos.

Das innere Verantwortungsgefühl für das Leben Hunderter dieser zerbrechlichen Wesen wog schwerer als seine menschlichen Gefühle.

Im Augenblick großer Katastrophen und Revolutionen sind Menschen von Renés Typ fähig zu den größten Helden- und Opfertaten, um eine bedrohte Maschine zu retten, während sie gleichgültig das vor ihren Augen vergossene Menschenblut betrachten.

Dieses Bewußtsein andauernder Verantwortung für das Leben jener Miniaturwelt, als deren Beschützer und Herr er sich empfand, erfüllte René andererseits mit tiefem Stolz und dem Gefühl für die eigene Bedeutung, die von den Menschen der Umgebung so deutlich mißachtet wurde. In der fiktiven Hierarchie der Verwalter dieser Welt stand René tief unten.

Der nachmittägliche Besuch bei Pierre und der Spaziergang mit ihm durch die Stadt waren in gewissem Sinne ein von vornherein geplantes Manöver, das darauf abzielte, Pierre wie von ungefähr zum Tor des Instituts zu führen und mit seinem kleinen Reich zu blenden.

Während er den eingeschüchterten Pierre an den Glasschränken entlangführte wie an den in der Sonne glitzernden Spalieren einer ihm unterstellten Armee, berauschte sich René an der Wonne seiner illusionären Macht.

Vor einem großen Schrank, wo in reihenweise aufgestellten Stativen größere und kleinere Reagenzgläser voll irgendeiner Flüssigkeit prangten, konnte er sich nicht versagen, einen kleinen Vortrag über Bakteriologie zu halten, den die hermetisch im Glas eingeschlossenen schweigenden Mikrobenkolonien illustrierten.

»Hier hinter dieser, wie du siehst, unscheinbaren Scheibe verwahren wir eine ihrer Art nach einzigartige Menagerie.

Alle nur denkbaren Seuchen der Welt. In dem Reagenzglas links hast du den Scharlach, dort weiter den Wundstarrkrampf, in dem da den Flecktyphus, in dem hinteren den Bauchtyphus, in dem sechsten von links die Cholera. Eine hübsche kleine Sammlung, was? Siehst du die beiden Reagenzgläser rechts mit der weißen, trüben Flüssigkeit? Das ist der Liebling unseres Assistenten, die Pest. Seit einem Jahr arbeitet er an ihr, er züchtet sie auf irgendwelchen Nährlösungen eigener Erfindung und sagt, er habe unerhörte Stämme gezogen. Die Bakterien sind wie Pferde. Diesen Herbst soll er mit seiner Zucht auf dem Bakteriologenkongreß auftreten. Er rühmt sich, er werde eine Revolution in der gesamten Bakteriologie hervorrufen. Na, wie gefällt dir unsere Wirtschaft? Großartig, was? Stell dir vor, wenn man dieses ganze Gewürm aus dem Schrank auf einen Spaziergang durch die Stadt schickte — was meinst du, was dann übrigbliebe von unserem Paris!«

Pierre nickte zerstreut.

Der Besuch zog sich bis in den Abend hinein. Es war schon spät, als Pierre schließlich von seinem gastlichen Freund Abschied nahm und, von diesem bis zum Tor geleitet, auf die Straße gelangte.

Er sollte an diesem Tage um zwölf die Nachtschicht auf dem Wasserturm übernehmen und mußte sich vor Beginn nach Saint-Maur begeben.

Auf den Straßen herrschte bereits eine von den matten Monden der elektrischen Lampen erhellte Dunkelheit.

Seit der denkwürdigen Begegnung mit René auf der Boulevardbank mied Pierre sorgfältig jede Gelegenheit, sich nachts in der Stadt aufzuhalten. Der bekannte und bei Tage keine Geheimnisse enthaltende Würfel der Stadt verlor mit einfallender Nacht seine vertrauten Konturen, platzte plötzlich in tausend Spalten tagsüber nicht existierender Gassen, bevölkerte sich mit der blindlings in Panik fliehenden Armee glühender Lampen, mit den unheilverkündenden Gespenstern flammender Inschriften und mit dem Gejaul von Ungeheuern, die aus feurigen Augen glotzten.

Als er sich in dieses Labyrinth begab, wurde Pierre schwindlig, er verlor sofort die Richtung. Die alten, gut bekannten Wellen ergriffen ihn wie einen Ball.

Mit letzter Kraft erreichte er eine kleine Insel und lehnte sich an den Steinportikus des Tors von Saint-Denis.

Die Gassen rundum glühten bereits mit den bunten Lampionblasen des Festes am nächsten Tag. Hier und da versuchte man zu tanzen. Bürgersteig und Fahrbahn wimmelten von der Menge aneinandergeschmiegter Paare.

Pierre spürte deutlich, wie eine unterirdische, irgendwo tief drunten mit den enggefügten Ziegeln der letzten Tage zugemauerte Flut sich in ihm aufbäumte und die Ziegel von unten anhob; einer nach dem anderen wurde herausgebrochen, der Mörtel krachte, und der rote Strom überschwemmte, den mit soviel Bienenfleiß gefügten Überbau der Alltagsdinge ertränkend, ihm langsam die Augen. Er schloß sie vor inwendigem Schmerz.

Als er sie wieder öffnete, bemerkte er nur noch das Funkeln ungezählter Stundenhotels, den Ameisenhaufen gedunsener, feister Nacken und das Tausend weiblicher Profile, die identisch waren wie Abzüge ein und desselben wohlbekannten Gesichts.

Durch alle Haustüren gingen, an ihre apoplektischen Galane geschmiegt, Dutzende und Hunderte von Jeannettes in fieberhafter Eile aus und ein, eine der andern täuschend ähnlich, Jeannette in einer verzauberten Straße aus Spiegeln, in einem lebendigen Wald aus gemästeten, geschwollenen Nacken.

Pierre geriet ins Schwanken und verschluckte sich an brennendem Haß. Für einen Augenblick tauchte wie ein ferner Widerschein zwischen seinen zusammengepreßten Fingern der ihnen mit seinen Speckfalten entgleitende Stiernacken des Dickwanstes vor dem kleinen Montmartre-Hotel auf und verschwand, ohne die erhoffte Genugtuung zu hinterlassen.

Nein! Zu wenig. Was bedeutet schon einer. Tausend! Eine Million! Alle! Die ganze Stadt! Woher nehmen die riesigen Hände, die kilometerlangen Finger, die diese röchelnden, faltigen Gurgeln in einem einzigen Griff umfassen können? Sie alle! Zerdrücken! Zerschmettern! Sich berauschen an ihrem kraftlosen Geröchel! Hände, woher solche Hände nehmen?

Plötzlich erleuchtete eine unerwartete Helligkeit als blendende Magnesiumflamme für einen Augenblick sein Gehirn, so daß er erschrocken, betäubt und still geworden stehenblieb. Eine Welle verharrte er verzaubert, dann kehrte er auf der Stelle um und ging wieder zurück durch die Straßen, die er gekommen war, geradewegs durch die Menge, wie Christus über das Wasser wandelnd, riesig und majestätisch, als trüge er vor sich her die strahlende Monstranz seines Hasses. Er spürte, wie die Leute ihm aus dem Weg gingen, wie sich vor ihm das lange Spalier der Straßen mit der Perspektive im Unendlichen auftat.

Als er sich wieder vor der verschlossenen Tür des Instituts befand, das er vor einer Weile verlassen hatte, klingelte Pierre ruhig.

Über den erneuten, unerwarteten Besuch erstaunt, öffnete ihm René. Pierre erklärte gelassen, er habe seinen Spazierstock vergessen, wenn er sich recht erinnere, im Labor.

Sie stiegen die breite, tunnelkühle Steintreppe hinauf.

Im Labor war der Spazierstock nicht. Pierre bat René, in den anderen Räumen nachzusehen, während er hier noch in die Ecken schauen wolle.

Als René nach einer Viertelstunde ergebnislosen Suchens mit leeren Händen zurückkam, traf er Pierre hinter einem Schrank des Labors wühlend an. Der Stock war nicht da.

Pierre gab zu, er könne ihn womöglich von daheim gar nicht mitgenommen haben, er werde das morgen feststellen, und verabschiedete sich zum zweiten Mal von seinem gastlichen Freund, den seine außergewöhnliche Zerstreutheit nicht schlecht verwunderte.

Ein Wagen dritter Klasse des Zuges, der an diesem Abend nach Saint-Maur eilte, war angefüllt mit festlich gestimmter angeregter Vorstadtbevölkerung, mit Rauch und Lärm. Im Gewirr des allgemeinen Gesprächs weckte ein schlanker, rothaariger Mann auf der Bank in der Ecke Aufmerksamkeit, weil er an dem Geplauder nicht teilnahm, sondern nur zerstreut und schweigend zuhörte.

Auf der Station Saint-Maur stieg der Mann aus. Das Gespräch ging weiter.

Am Wasserturm angekommen, bemerkte Pierre, daß er sich um volle fünf Minuten verspätet hatte, und lief hinauf, um den Tagesarbeiter abzulösen.

Dann kam der diensthabende Ingenieur, der seinen nächtlichen Rundgang beendete. Gleich darauf verhallten unten die letzten Schritte.

Da versank Pierres Hand in der Tasche und holte zwei kleine Reagenzgläser heraus. Aufmerksam hob er sie vor die Augen. Die Reagenzgläser enthielten eine trübe, weißliche Flüssigkeit. Pierre schüttelte sie leicht gegen das Licht.

Dann näherte er sich mit den Reagenzgläsern in einer Hand der großen, von einem Dieselmotor angetriebenen Zentrifugalpumpe.

Irgendwo unten fiel das Tor zu. Pierre wartete und lauschte eine Zeitlang. Vollkommene Stille herrschte. Da öffnete er mit einem großen Schraubenschlüssel den Hahn des Riesentrichters, der als Wasserreservoir diente, um die Pumpe in Bewegung zu setzen. Nachdem er den Hahn geöffnet hatte, versuchte er, mit den Fingern das erste Reagenzglas zu entkorken. Der festsitzende Korken ging nicht heraus. In seiner Erregung packte Pierre ihn mit den Zähnen.

Als er beide Reagenzgläser entkorkt hatte, schüttete er ihren Inhalt vorsichtig in die schwer gurgelnde Kehle des Trichters.

Unten gluckste das Wasser im Takt der rhythmischen Stöße des Dieselkolbens, der sich gleichmäßig hob und senkte wie eine gigantische Herzklappe und immer neue Portionen durchsichtigen, farblosen Bluts in die ausgedörrten Arterien des fernen, schlafenden Paris preßte.

Wsewolod Iwanow

Der Buchstabe G

Iwan Semjonytsch Pankratow liebte es, unbekümmert zu wiederholen: sterben werde er in den Sielen, am Setzerkasten, und seinen Leichnam werde man aus der Druckerei tragen, wie man einen Buchstaben aus dem Satz nimmt, Stirn zur Wand, nicht zur Decke. Die Kollegen im Arbeitssaal achteten ihn wegen dieser Unbekümmertheit, wegen seiner strammen Leibesfülle, wegen seines treuen Grauhaars und wegen jener fünf Falten, die wie Narben sein rosiges Gesicht durchschnitten. Ein Mann mit solchen Falten mußte viel Wind und Sonne gesehen haben.

Längst schon hatte Iwan Semjonytsch bemerkt, daß seine Sehkraft schwächer, daß die Welt trüber wurde. Die lustigen Wolken verschwanden, der graue Abend brach früh an. Von der Abteilung für Textsatz hatte man ihn schon in diejenige für Anzeigen versetzt, doch auch hier machte er zu viel Fehler. Man gebrauchte schonende Ausflüchte und übertrug ihm das Umbrechen der Fahnen und das Ablegen des alten Satzes. Doch Iwan Semjonytsch ließ den Mut nicht sinken. Er sprach wohl davon, daß ihm die Hand vor Altersschwäche zitterte, doch von den Augen kein Wort. Offenbar hatte er über vieles im Leben geschwiegen.

Wegen dieser Unbekümmertheit, sozusagen wegen dieser seelischen Unversehrtheit, legten die mitleidigen Kollegen, bevor Iwan Semjonytsch mit dem Ablegen begann, dunkle Papierstückchen in die Fächer der Setzkästen. Iwan Semjonytsch legte bis zum Abend den ihm zugeteilten Satz ab, und am nächsten Morgen scharrten die Freunde die Buchstaben heraus, nahmen das Papier fort und machten die Arbeit noch einmal; denn Iwan Semjonytsch verwechselte die Buchstaben und warf sie nicht in die Fächer, in die sie gehörten; wollte er ein K in ein Fach werfen, so fiel es daneben, zu L. Neueingestellte Arbeiter konnte Iwan Semjonytsch nicht leiden. Ein Gesicht sich einzuprägen fiel ihm schwer, die Gesichter verschwammen alle in einer blauen Finsternis.

An dem Tage, mit dem diese Erzählung beginnt, erschien der Anleger Mischka Blagoweschtschenski das erste Mal zur Arbeit. Er war ein Bürschchen von sechzehn Jahren, mit allen Wassern gewaschen. In seinem kurzen Leben hatte er ganz Rußland durchstreift und kannte auch die großen Städte. Er erschien übelgelaunt zur Arbeit, um so mehr, als man in der Stadt bereits davon sprach, daß die Basmatschen gemeinsam mit den weißen Horden des Atamans von der Wüste her zum Angriff vorgingen. Der Ataman Kaschimirow, bekannt für seine Grausamkeit, sollte den Angriff leiten. Nun war Mischka ein Feigling, der von seiner Feigheit viel Redens machte, weshalb sie ihm keiner glauben wollte. Er kam früh am Morgen in die Druckerei, wo der Setzerlehrling schon dabei war, den von Iwan Semjonytsch durcheinandergeworfenen Satz zu ordnen. Der Lehrling beschwerte sich über diese erniedrigende Arbeit. Mischka empfing Iwan Semjonytsch mit gehässigem Spott. Iwan Semjonytsch hatte eine ungezwungene, selbstbewußte Haltung, er blieb an der Tür stehen, der weiße Fittich seines Greisenhaares hob sich vom Türpfosten ab.

Darauf rief der Metteur Jerschow den Anleger Mischka an die Maschine, schob ihm seine terpentingetränkte Faust unter die Nase und zog die kurzen Brauen zusammen. Mischka muckste nicht. Iwan Semjonytsch begriff, daß man dem Mischka den Mund verboten hatte.

Es war ein trüber, unfreundlicher Tag. Seit zwei Wochen regnete es schon. Aus dem Erdboden drang der unangenehme dumpfe Geruch des Lehms durch den Sand. Langsam schaufelte sich der Dampfer »Woge der Revolution« den Amu-Darja hinauf der Stadt entgegen. Der Dampfer trug zwei Kompanien roter Soldaten, Feldgeschütze und Munition. Er brachte Hilfe, weil tatsächlich die Basmatschen aus der Wüste vorrückten. Seine Langsamkeit rührte daher, daß der Amu-Darja, der durch die Sandwüste fließt, sein Bett oftmals wechselt und daß er viele Stromschnellen, Sandbänke und eine gefährlich reißende Strömung hat. Zudem hatten Banditen die Bojen von den Stromschnellen entfernt, und Bojenlager gab es längst nicht mehr auf der Welt. Nachts warf der Dampfer Anker, und jede Nacht ging der Streit los: die Soldaten verlangten, man solle trotz allem weiterfahren. Tatsächlich war Schlafen nicht weniger gefährlich als Weiterfahren. Die Kanus der Basmatschen glitten unhörbar durch das Wasser, im Schilf rauschte der Wind... Auf dem Dampfer wurden die Feuer gelöscht und die Luken gesichert. Schließlich wurde den Soldaten mitgeteilt, daß man von der Stadt noch etwa zwölf bis fünfzehn Kilometer entfernt sei. Doch da setzte heftiger Regen ein, der Himmel verdüsterte sich. Braungelbe Sandhügel umrahmten das reißende Gewässer des Amu-Darja.

Auf einem der Hügel stand ein riesiger nackter Baum, den ein Rabennest krönte. Die Matrosen landeten und klommen den Hügel hinan. Der Rabe ließ die Matrosen nicht an den Baum heran, er stieß ein ums andere Mal gegen sie vor. Neben dem Baum lagen die Gehäuse junger Schildkröten, mit denen offenbar die Brut gefüttert worden war. Als ein Blitz zuckte, schoß ein vorsichtiger Matrose auf den Raben — der Donner übertönte den Schuß. Endlos dehnt sich die blaubraune Ebene, mit Flußkies bestreut, weit drüben zeigten sich lilafarbene Hügel, nichts deutete die Nähe der Stadt an. Die Besatzung blickte trübe drein. Man stritt lange mit leiser Stimme und beschloß endlich, Anker zu werfen. Mit einemmal strömte der faulige Geruch des lehmigen Flußschlammes vom Ufer herüber, als schwömmen Tausende von Leichnamen zur Oberfläche empor. Die straff gespannte Ankerkette zitterte in kurzen, bösen Schwingungen. Der trübgelbe Strom wälzte sich schwer und kalt unaufhaltsam vorbei.

In der Stadt erwartete der Revolutionsausschuß den Dampfer. Seit zwei Tagen war der Landungsplatz mit roten Wimpeln geschmückt, die bereits zu bleichen begannen. Der wütende Regen riß sie zum Teil los. Die halbe Stadt war von Kosaken bewohnt. Der Revolutionsausschuß argwöhnte, viele von ihnen könnten gemeinsame Sache mit den Basmatschen machen, und wagte deshalb nicht — obwohl die übrige Bevölkerung Waffendienst tat —, die Kosakenschaft zur Verteidigung aufzurufen. Die Kosaken gingen trotz des Unwetters mit umgehängtem Gewehr, sangen und spielten Harmonika — die Instrumente hatten sie von der Front mitgebracht —, und all das vergrößerte den Trubel. Diejenigen, die vor der Stadt in den Schützengräben hockten, vor sich die Wüste, wandten die Köpfe zurück und lauschten schwermütig in die heimische Stille hinein. Die Wüste lag düster und wild da, sie glich einer ungeheuren schmutzigen Viehweide.

Drüben, etwa zwanzig Werst vor der Stadt zwischen den Hügeln, hinter den zusammengebundenen Buschwipfeln, über die Satteldecken gebreitet waren, lagerten die Basmatschen. Unter ihnen der Ataman und General Kaschimirow. Die Kysylkum-Wüste hatten sie fast durchschritten, die Stadt war nicht mehr fern, hinter ihr lag der Amu-Darja und noch weiter weg das gesegnete, düftereiche Chiwa!

Doch alle, sowohl die Basmatschen wie auch der Ataman Kaschimirow, glaubten an die Stärke der Stadt! Schließlich fingen sie einen Kirgisen, einen wandernden Sänger, der von Chiwa nach Buchara unterwegs war. Der Mann, der zu Übertreibungen neigte, sagte ihnen, daß die Russen seit drei Tagen den Amu-Darja ableiteten, daß sie Kräfte besäßen, die er nicht einmal im Liede wiedergeben könne und daß sie überhaupt gewaltige Helden seien. Hier schoß ihm der Ataman eine Kugel in den geöffneten Mund. Darauf berieten sich die Basmatschen, mit dem Ergebnis, der Barde sei ein ihnen zugeschickter Spion gewesen. Lassos durchschnitten die Luft, Steigbügel klirrten an die Sättel, die Basmatschen brachen gegen die Stadt auf.

Die Stadt aber grub tatsächlich seit drei Tagen in Regen, Schlamm und Dreck einen Kanal. Der Dampfer »Woge der Revolution«, der fünfzehn Werst vor der Stadt Anker geworfen hatte, war eines Nachts ins Schaukeln geraten, die Besatzung eröffnete, halb im Schlaf noch, das Feuer. Das Plätschern des Wassers hörte auf, und im regnerischen Morgengrauen bemerkten die Soldaten, daß der Strom hundert Sashen seitwärts verlief. Der Dampfer saß hilflos im Schlick. Die Matrosen machten ein Boot flott, bis zu den Knien versanken sie dabei im Morast. Schwarz und glitschig ragte zu beiden Seiten das Knieholz auf. Mächtige Fische, die sich nicht mehr ins Nasse retten konnten, wanden sich in trüben kleinen Regenpfützen. Das war alles, was vom Strom übriggeblieben war. Unter kernigen Flüchen ruderten die Matrosen zur Stadt. Der Revolutionsausschuß erklärte die totale Mobilisierung und die Beschlagnahme aller Hacken und Schaufeln.

In großer Unordnung zogen die Abteilungen zum Flußufer ab, um den Kanal zu graben und den Dampfer dadurch flottzumachen. Der Regen stäubte, der graue Himmel hing tief herab.

In der Druckerei war es kalt, die Lettern klebten aneinander, denn es war nichts vorhanden, um sie abzuwaschen, weder Terpentin noch Petroleum. Die Farbe war eingetrocknet, die Walzen rollten über den Satz, ohne daß etwas haftenblieb. Die Arbeiter waren mit ausmarschiert, den Kanal zu graben, nur Iwan Semjonytsch und Mischka waren zurückgeblieben.

Nach wie vor schritt Iwan Semjonytsch rüstig zwischen den Setzkästen auf und ab, die Hände auf dem Rücken verschränkt, hustete und grämte sich, weil niemand da war, dem er die schönen Geschichten, die ihm durch den Kopf gingen, erzählen konnte. Mischka hatte sich, um nicht mit zum Schippen gehen zu müssen, einen Nagel in den Fuß getreten, er hinkte, war mürrisch und schnitt schmale Papierstreifen, mit denen er kreuzweise die Fenster verklebte: beim voraussichtlichen Bombardement würden sie dann nicht platzen. Iwan Semjonytsch ging unentwegt auf und ab. Maschenka, die ihm die Kartoffeln zum Mittagessen bringen sollte, blieb recht lange aus. Der Alte blickte durch die Fenster und stellte fest, daß sie schon längst hätten geputzt werden müssen, sie seien so schmutzig, daß man nicht hindurchsehen könne. Mischka bleckte die Zähne: was es wohl bei dem Regen für einen Sinn habe, sie zu putzen — außerdem sei das Vormittagsarbeit. Plötzlich warf er alle Papierstreifen zu Boden und zeterte los. Der Alte blickte unbekümmert seitlich durch die Fenster, die vor seinen Augen verschwammen. Da erschien in der Tür der Druckerei der Kriegskommissar Tulumbajew.

Tulumbajew, ein buckliger, energischer Mann, der ein sauber beschriebenes Blatt Papier in der Hand hielt, erklärte, den erhaltenen Nachrichten zufolge griffen die Basmatschen und die atamanische Horde unter dem Kommando des Generals Kaschimirow die Stadt von der Wüstenseite an. In anderthalb bis zwei Stunden müßten sie die Schützengräben erreichen. Das Revolutionskomitee rufe den Setzern zu: In euren Händen liegt das Schicksal der Stadt! In den Kosakenklub sei eine Versammlung einberufen worden; doch die Kosaken kämen nicht, wenn nicht sofort in der ganzen Stadt Aufrufe mit einem Telegramm der Zentrale angeklebt würden, des Inhalts, daß Kosaken und Turkmenen in ihren Rechten auf Wiesenland und Heumahd gleichzustellen seien.

Nun könne man aber die Arbeiter vom Ufer nicht mehr zurückholen. Man hätte auch niemanden, den man hinschikken könne — jetzt gelte es, nicht zu reden, sondern zu handeln! Tulumbajew überreichte dem Alten das Manuskript des Aufrufs.

»Wann können die gedruckten Exemplare abgeholt werden?« fragte er.

Und der Alte erwiderte:

»In vierzig Minuten.«

Der Kriegskommissar drückte ihm die Hand, berührte flüchtig den Mützenrand und verließ mit zur Schau getragener militärischer Strammheit die Druckerei. Der Sprühregen stäubte noch immer gegen die Fenster, es war still, doch in der Stadt begann bereits das Durcheinander: man wußte nicht, wohin mit den Maschinengewehren, sollte man sie vor dem Gebäude des Exekutivkomitees aufstellen oder hinaus in die Schützengräben bringen. Quer über die Straßen wurde Stacheldraht gespannt.

Iwan Semjonytsch stand da, das Manuskript in der Hand. Vor sich sah er eine feste, graue Leinwand mit ebenmäßigen Linien darauf. Der Hals schmerzte ihn, er wußte nicht die Ursache, in den Schläfen spürte er ein scharfes Stechen, so daß er den Kopf kaum wenden konnte. Mischka zappelte vor ihm hin und her und stampfte boshaft — sein Gekreisch war ihm wohl selbst schon fürchterlich — mit den Absätzen. Er schrie, daß er keine Lust habe, sich wegen eines alten Gauners, der sich als Setzer aufspiele, wegen eines lumpigen Bettlers erschießen zu lassen. Jetzt büße er dafür, daß man ihn nicht rechtzeitig das Setzen habe erlernen lassen. Fauchend vor Bosheit, packte er Iwan Semjonytsch am Arm, der lang und schwer herunterhing. Mischka führte den Alten zum Setzkasten, lief auf die andere Seite hinüber, stützte sich mit den Ellenbogen auf den mit Farbe beschmierten Rand und schrie wieder los.

»Erschießen wird man mich deinetwegen! Die eignen Leute werden mich erschießen! Willst du endlich setzen!«

Das Papier knisterte trocken, die Zeilen erstarrten und verschwammen. Plötzlich erinnerte sich Iwan Semjonytsch daran, daß seine Frau ihn kurz vor ihrem Tode traurig angesehen und gesagt hatte: »Du bist ganz wie eine Bremse, Iwan Semjonytsch, fliegst wie ein Vogel und brummst wie ein Ochs.« Dabei waren ihr die Tränen aus den Augen geflossen. Iwan Semjonytsch hatte sich damals über die Tränen gewundert, er hatte es sich so erklärt, daß die Alte nicht sterben, daß sie sich vom Leben nicht trennen wollte.

Jetzt, als er das Manuskript in den Händen hielt, dessen Zeilen er nicht entziffern konnte, begriff er, daß er sich selbst viele Jahre hindurch betrogen hatte und daß die andern ihn aus Mitleid ebenfalls betrogen. Er begriff den Sinn vieler Gespräche, er begriff, warum immer so wenig zu setzen war und warum die Setzer jedesmal sagten, daß nichts mehr zu tun sei und daß er, Iwan Semjonytsch, ruhig Feierabend machen und gehen könne. Iwan Semjonytsch ging dann, spazierte in der Stadt umher und dachte: das nenn ich mir ein angenehmes und würdiges Greisenalter. Und nun versteht er, daß man ihn, einen alten Schwätzer und Prahlhans, weiß Gott wozu in der Druckerei behalten hatte, daß die anderen für ihn gearbeitet, ihn durchgefüttert hatten... Und jetzt sollte seinetwegen, seiner Unfähigkeit wegen... Sein müdes Herz zog sich heftig zusammen. Sollten sie denn seinetwegen in der Stadt umkommen?

Mischka brüllte noch immer: »Setz! Setz!« Der Vorrat seiner Schimpfwörter war unerschöpflich.

Iwan Semjonytsch rüttelte verzweifelt am Setzkasten: der dritte von oben mußte es sein. Das ganze Schrankgestell wakkelte. Er stellte den Winkelhaken auf zehn Geviert. Mit einem Ruck hob er den Setzkasten auf den Schrank, einige Gevierte fielen dabei heraus. Seine Finger packten den Buchstaben G — mit ihm fingen ja alle Aufrufe an —, und ihm schien, er hatte nicht das G gegriffen, sondern einen Buchstaben, der davor oder daneben lag. Seine Augen richteten sich auf den Buchstaben. Der war kalt, schwer und stumpf, als wäre er schon gänzlich verbraucht und abgegriffen. Hilflos sah Iwan zum Fenster hin, auch dieses war abgegriffen, es lag in einem rosig flimmernden Spinngewebe; er hob den Buchstaben ganz nahe an die Augen... ein unklares Oval glänzte in seinen glatten, nebelhaften, wie verjüngten Fingern. Aber was für ein Buchstabe das war — es war unmöglich, dies festzustellen. Unmöglich... Der Winkelhaken zitterte in seiner Hand.

Unmöglich...? Das würde bedeuten, daß er, der alte Setzer und Arbeiter, der Arbeiterklasse und den ärmeren Bauern, die sich zur Verteidigung der sozialistischen Revolution erhoben haben, ganz und gar nicht helfen kann...? Und sollte er, der alte Arbeiter, wirklich unfähig sein, seine Kräfte so zusammenzuraffen, daß er die Buchstaben erkennen kann? Sollte er in diesen Minuten, in denen sich das Schicksal vieler sowjetischer Menschen entschied, wirklich nicht fähig sein, etwas zu tun? Sollte sein Wille schon so geschwächt sein...? Das kann nicht sein — und das wird nicht sein!

Sein Gehirn arbeitete fieberhaft. Er verspürte einen leichten Schüttelfrost bis in die Zehen hinein. Der Kopf brannte ihm. Die Kehle wurde trocken. Er tut seine Arbeit, er schaffte es, er zwingt sich, die Buchstaben zu sehen!

Sein Gehirn, so schien es ihm, war eine lodernde Flamme. Die ungewohnte Freude, wie sie ein schöpferisches Leben mit sich bringt, richtete ihn auf. Tränen rannen ihm aus den Augen, und diese Tränen trugen den Nebel, der seine Augen einhüllte, gleichsam mit sich fort. Er sah sowohl den Kasten wie die Lettern deutlich... »Genossen!« — dies ist das erste Wort, das er in der größten Schrift setzt.

Die Letter wanderte von der Handfläche wieder zwischen die Finger zurück, zwischen die biegsamen Finger, und während er sie betrachtete, wurde ihm bewußt, wie lange er nicht die Runzeln an seinen Fingern gesehen hatte. Aber er hatte keine Zeit, darüber nachzugrübeln! Denn als er noch schlecht gesehen hatte, so stellt er jetzt fest — hatte er nicht den Buchstaben G aus dem Kasten genommen, sondern den Buchstaben H, der daneben lag. Er warf das H wieder zurück und sagte laut: »Fehler!« Mit festen Fingern, indem er einen Halbkreis um den Winkelhaken herum beschrieb, packte er das G, dann das E, dann das N und so weiter...

Der Aufleger Mischka rückte langsam vom Schrank ab, sah sich furchtsam um, strich sich aus unerfindlichen Gründen die Haare glatt und begann, die Stege zurechtzulegen, um den Satz in den Rahmen zu schließen. Der Rahmen wird mit dem Satz in die Maschine gelegt — dann kann der Druck beginnen. Mischka nahm erst einen ganz neuen Rahmen, faßte dann Mut, nickte sich selber listig zu — als wollte er sagen: ich weiß schon, dieser alte Fuchs hat uns die ganze Zeit zum besten gehabt! Er nahm nun den schmutzigsten, rostigsten Rahmen. Iwan Semjonytsch, noch immer von der ungewohnten Freude erfüllt, die, sich bis zur Qual steigernd, in der Brust bohrte und in den Schläfen brannte, setzte in Eile einen Winkelhaken nach dem anderen aus. Ihm war, als sei ein Wort falsch gesetzt. Er prüfte nach, las nochmals jedes Wort — alles in Ordnung. Wieder begann er zu setzen, wieder schien es, ein Wort, diesmal ein ganz besonders wichtiges Wort, sei falsch. Er spuckte ärgerlich aus, band den Satz mit einer Schnur zusammen, schob ihn auf den Abziehtisch und faßte den Griff, um die Walzen mit der Druckerschwärze über die Buchstaben laufen zu lassen. Seine Hände waren schweißnaß. Dampf stieg von seinem Gesicht auf.

»Roll rüber«, rief Mischka und legte ein Stück Tapetenpapier (Aufrufe wurden auf Tapeten gedruckt) auf, um die Walze darübergehen zu lassen.

Iwan Semjonytsch sah den Bürstenabzug seines Satzes. Seit wieviel Jahren hatte er nicht einen Bürstenabzug von seinem Satz gesehen! Aber er hatte keine Zeit für Erinnerungen. Mischka grinste.

»Lies Korrektur, Alter!«

Da war der Druckfehler! Statt »Abwehr« stand da »Abkehr«, er griff nach der Ahle, um den falschen Buchstaben herauszuziehen und durch den richtigen zu ersetzen... plötzlich verschwand die Ahle vor seinen Augen, er verlor den Griff, seine Finger verirrten sich im Nebel, die Hand war nicht mehr da. Er ließ das Werkzeug zu Boden fallen, packte mit aller Kraft den Hebel der Maschine und blickte sich um. Die Druckerei war fortgeschwommen, ein roter, trüber Nebel war seine Welt. Er sagte:

»Leg auf, Mischka.«

Mischka pfiff und rief ihm zu: »Dreh rum!«

Bald danach kam ein Soldat, die Aufrufe zu holen. Sie gaben ihm alle siebzig Stück, vergaßen, einen für sich zu behalten. Eine halbe Stunde darauf rückten die Kosaken nach den Schützengräben ab. Die Maschinengewehre richteten ihre Mündungen gegen die Wüste, die Basmatschen zogen sich zurück. Nach weiteren fünf Stunden fuhr der Dampfer durch den fertigen Kanal den Amu-Darja hinauf! Die ganze Stadt lief ihm entgegen. Man führte auch den alten Iwan Semjonytsch hinaus, indem man ihn unter beiden Achseln stützte, er merkte nicht wie und wohin. Die Kosaken begrüßten in Reih und Glied — es sah etwas prahlerisch aus — den Dampfer mit Hurra. Es regnete noch immer, die kleinen Tropfen sprühten dem Alten ins Gesicht. Irgendwer rief ihm zu: »Siehst du ihn? Prächtiger Kahn, was?« Er antwortete: »Ich sehe«, obwohl sich vor ihm eine unendliche Nebelhülle ausspannte, mitten darin eine glänzende, winzige Scheibe die Sonne.

Anna Seghers

Post ins gelobte Land

Im letzten Jahrzehnt des vorigen Jahrhunderts, als fast die ganze jüdische Einwohnerschaft des polnischen Städtchens L. bei einem Pogrom von den Kosaken erschlagen worden war, floh der Rest einer Familie Grünbaum nach Wien zu der mit einem Kürschner verheirateten ältesten Tochter. Nachdem die übrigen Kinder zugrunde gegangen, bestand die Familie noch aus dem Schwiegersohn Nathan Levi, dem Enkel und den Schwiegereltern. Die junge Frau Levi, die zweite Tochter Grünbaums, war nicht durch Tritte oder Schläge in dem Pogrom selbst umgekommen, sondern an den Folgen einer Frühgeburt, da sie die Ermordung der eigenen Brüder, in einem Keller versteckt, durch eine Luke mit angesehen hatte. Sie war die Lieblingstochter gewesen. Die ältere, zu der man jetzt fuhr, hatte früher als ungefällig und unleidlich gegolten; man hätte vielleicht sonst nicht ihre Heirat weit weg, wenn auch in eine der Stadt entstammende Familie, gebilligt. Sie hatte in ihrem länglichen, etwas schiefen Gesicht ziemlich uneinnehmende, verdrießliche Züge, wobei man nicht sagen konnte, ob ihr verdrossenes Gemüt an dem Aussehen schuld war oder erst das Aussehen ihr Gemüt bedrückt hatte.

Als sie ihre Leute am Wiener Ostbahnhof abholte, da konnte sich die Mutter in aller Verzweiflung nicht von der Empfindung befreien, wie tot, wie schmählich gestorben die sanfte, die jüngere Tochter war, und wie unverändert grämlich und schiefmäulig die ältere lebte. Denn die Verzweiflung, statt zu mildern, schärft unermüdlich die Erinnerung an die Toten und den Anblick der Lebenden. Wie die Tochter, so der Schwiegersohn. Ob sie sich in ihrer Grämlichkeit gefunden oder später angesteckt hatten, er war nachtragend und mißgünstig. Die Kinder des Kürschners waren gar nicht erfreut über den kleinen Vetter, der Essen und Kammer teilte. Die Enge der Wohnung machte den Großen das Unbehagen noch lästiger. Man hätte vielleicht nach soviel Leid über jeden Zuschlupf froh sein müssen. Doch konnte man, weil man dem Tod entronnen war, dem Leben nicht schlechthin danken, nur weil es da war, doch grau, freudlos, öde.

Der Schwiegersohn Levi half sofort in der Kürschnerei. Er saß am liebsten abseits in einem Winkel, seinen kleinen Sohn auf den Knien. Er war ein Fremdling in der Familie der toten Frau. Die Schwiegereltern hatten ihn in L. als Waisenkind ohne Anhang aufgenommen. Er hatte mit den zwei Söhnen, die jetzt auch umgekommen waren, in der Kürschnerei Grünbaums das Handwerk gelernt. Er hatte sehr rasch als Schwiegersohn gegolten. Die alten Grünbaums pries man für diesen Entschluß, und ihre Wohltaten galten dadurch belohnt, daß der junge Levi fleißig und ehrenhaft war. Er hatte die jüngste Tochter von klein auf als seine Braut angesehen. Er war auch jetzt noch, trotz seines beträchtlichen Bartes, im Herzen gar jung, gar wenig gewillt, sich auf die neuen Darbietungen des Lebens einzulassen; er hatte auch jetzt noch so knabenhaft wenig Bewußtsein von der Länge und Mannigfalt des Lebens, daß er nur eine lästige Zwischenzeit zu überstehen glaubte, nach der er wieder mit seiner Frau vereint sein würde. Die Schwiegermutter dagegen trug sich schnell mit Umzugsgedanken. Sie wußte, daß man im Leid ein unfreundliches Dasein nicht gleichgültig aufnimmt, sondern schmerzlicher und bedürftiger. Ein Brief ihrer eigenen Schwester aus Schlesien brachte sie auf den Ausweg. Die jetzt schon betagte Frau Löb war einstmals mit ihrem Mann, dem Altkleiderhändler, nach Kattowitz zu einer Messe gefahren. Sie waren dort hängengeblieben, weniger durch Wohlstand festgehalten als durch die lebhafte Hoffnung auf Wohlstand. Jetzt schrieb sie, wie froh sie sei über die Unterkunft ihrer Schwester. Sie hätte ja sonst auch bei ihr Obdach gefunden. Frau Grünbaum antwortete sofort, mit ihrer Unterkunft sei es leider schlecht bestellt, sie zögen alle die Weiterfahrt nach Schlesien vor. Ihr Mann und ihr Schwiegersohn könnten dem Schwager dort an die Hand gehen.

Sie wickelte daraufhin das Enkelkind in viele Tücher. Der Schwiegersohn, der klein gewachsen war, nahm es meistens auf seine Knie. Er gab es nur ungern den Großeltern rechts und links von ihm ab in jener Nacht, in der sie nach Deutschland fuhren. Der Wiener Familie kam die Abfahrt verwunderlich, doch nicht ungeschickt. Sie trug sich nur mit allerlei Nebengedanken über das Reisegeld, das plötzlich zur Verfügung war. Der Familie Löb kam die Ankunft überraschend und nicht sonderlich beglückend. Sie war arm und die Wohnung eng. Grünbaum und Schwiegersohn suchten Kürschnerarbeit, da der Kleiderhandel nicht mehr als zwei Hände brauchte. Sie fanden wenig Beschäftigung, denn die Werkstätten waren überfüllt. Der junge Levi grämte sich mit den Großeltern um den Jungen, an dem ihre Herzen hingen, weil er vor Schwäche still war. Frau Grünbaum, von Natur eher heiter und unternehmend, wäre trotzdem nach und nach mit den Ihren der Trostlosigkeit des täglichen Lebens anheimgefallen, wenn nicht ein unerwarteter Zwischenfall plötzlich alle aufgerüttelt hätte.

Der Schwiegersohn Nathan Levi hatte einen Bruder gehabt, der längst allen aus dem Gedächtnis entschwunden war. Er hatte vor langer Zeit, wenn man zufällig seiner noch einmal erwähnte, als Taugenichts gegolten. Er war, als die Eltern Levi noch lebten, auch in der Kürschnerei angelernt worden, wobei er Gelegenheit gefunden hatte, irgendeinen ausländischen Händler auf einer Reise zu begleiten, da er — so hatte man damals behauptet — in seiner Unbeständigkeit auf Reiserei erpicht war. Er war jedenfalls schon damals auf eine jetzt nicht mehr erklärbare Weise nach Paris geraten und von dort nie mehr heimgefahren, aus Angst vor den Folgen einer Unterschlagung, wie das Gerücht rasch aufkam, weil man sonst für die absurde Umsiedlung keinen Grund wußte. Jetzt kam von der Hand dieses verschollenen Bruders, durch die Hilfe und Findigkeit vieler jüdischer Gemeinden, ein langer Brief, in dem er den jungen Levi um Auskunft bat, wie es ihm und den Seinen bei dem Pogrom ergangen sei, von dem er in den Zeitungen gelesen hatte. Der junge Levi schrieb sofort zurück. Die folgenden Tage verliefen für alle höchst aufgemuntert im Briefabwarten, da sich auch der ödeste Zeitabschnitt durch das bloße Warten belebt.

Zuerst kam eine Sendung Geld durch ein Telegramm auf die Bank, das erstaunlichste Ereignis für die Familie. Dann kam das Telegramm, das die Ankunft des älteren Levi ankündigte, der ihrem Lebensablauf also nicht entschwunden war wie ihrem Gedächtnis. Frau Grünbaum benutzte den Rest ihrer eigenen Ersparnisse — um keinen Preis das eben geschenkte Geld —, um zum Empfang alle möglichen Speisen zu kaufen, Geflügel und Fisch und Wein, und alle Zutaten, um den besten Kuchen zu backen. Zum erstenmal seit dem Unglück zog sie sich und den Enkel sorgfältig an, sie bürstete und bügelte die Hosen für den Mann und den Schwiegersohn.

Der jüngere Bruder ging den älteren an der Bahn abholen. Man hatte inzwischen die ganze Wohnung soweit verschont, wie man eine Stube und eine Küche auffrischen kann, ohne die Wände zu verschieben. Der Gast, Salomon Levi, war höher gewachsen als sein Bruder. Sein Gesicht sah nackt aus, weil es rasiert war, bis auf den Schnurrbart auf der Oberlippe. Dadurch sah der Ältere wie der Sohn des Bärtigen aus. Er trug einen steifen Hut, einen engen, aber neuen Mantel, Handschuhe und eine kleine lederne Reisetasche. Frau Grünbaum wäre sowohl durch das Aussehen wie durch die Sprache verstört gewesen, wenn nicht ihre durch das Unglück im Guten und im Schlechten geschärften Sinne sofort gemerkt hätten, wie gut und wie mitleidig seine Augen waren. Wenn er auch bisweilen noch jiddisch sprach, es zischte fremd, oder es kam ungewohnt aus der Nase statt aus der Kehle, und wenn er dabei die Hände bewegte, dann drehte er zu den fremden Lauten fremde Kurven in die Luft. Er setzte erschrocken den steifen Hut auf, als man zu Tisch ging, weil alle schon den Kopf bedeckt hatten. Die Grünbaums ärgerten sich über gar nichts und trugen ihm gar nichts nach, weil er das Kind nicht nur lobte, sondern auf den Armen hochschwang, vor allem aber, weil er von dem Pogrom nie genug hören konnte: Alle übrigen Menschen waren ja inzwischen längst der Schilderungen müde geworden, so daß sie jene Erinnerung in sich vergraben hatten, wo sie dann freilich das Herz abdrückte. Er ließ sich gern solche Begebenheiten, von denen man seine Brust am liebsten befreite, immerzu wiederholen. Er merkte genau alles Gute, was man ihm antat. Er lobte die Klöße in der Suppe, und er pries den Fisch und die Füllung des Fisches und sogar ein gehäckeltes Kraut in der Soße, und als ihm auf der Zunge der Apfelstrudel zerging, krümmte er sich zusammen und kniff die Augen zu. Wie viele Fehler er auch machte, die Gebete beim Händewaschen, über dem Brot und über dem Wein und auch das Tischgebet selbst verloren ihre Einförmigkeit und ihre achtlose Gewöhnung und wurden frisch in ihrem Klang und sonderbar in vielen Wendungen, nur weil er ungeschickt mitbrummte und den Oberkörper dazu schaukelte.

Nachts auf dem Heimweg ins Hotel erzählte er seinem Bruder, er sei niemals wegen Geldunterschlagung in Paris geblieben, sondern weil ihm die Stadt überaus gut gefiel. Er sei zudem reich genug geworden, um alle etwaigen früheren Schulden leicht abzutragen. Er machte jetzt den Vorschlag, die ganze Familie fahre mit ihm nach Frankreich. Der alte Grünbaum und der Bruder könnten in seiner eigenen großen Kürschnerei, in der es Verkäufer, Buchhalter und Handwerker gab, nach Verlangen unterkommen. Vor allem könnte der kleine Junge ordentlich gepflegt werden, und er könnte eine ordentliche Schule besuchen.

Die Folge aller Erwägungen war der dritte Umzug der Flüchtlinge, diesmal mit allerlei Zuwendungen an Mann und Frau Löb und sogar mit einer Geldsendung an die Kürschnerfamilie in Wien. Denn nachträglich wurde Frau Grünbaum auch dieser Tochter gerecht, die, wie sie jetzt einsah, an ihren äußeren und inneren Unzulänglichkeiten so unschuldig war wie an einem Gebrechen.

Der Bruder Salomon Levi wohnte am rechten Seineufer, wo das Viertel St. Paul an den Kai stößt. Er mietete dort schon am ersten Tag für die Ankömmlinge eine Wohnung und kaufte mit Frau Grünbaum die nötigen Möbel in den Warenhäusern. Frau Grünbaum war benommen von der Wildnis der Stadt. Niemand behandelte die Fremde mit Neugierde oder mit Geringschätzung. Sie stieß in den Straßen und in den Geschäften auf fremdere Fremde, auf Gelbe und auf Schwarze, und manchmal stieß sie auf ihresgleichen. Doch ließ man sie alle ungeschoren, wie sie auch der Stadt keinen Abbruch taten, so wenig wie sonderbare Pflanzen einer Wildnis Abbruch tun. Frau Grünbaum fühlte sich hier an dem äußersten Punkt der ihr bekannten Welt fast so gut wie daheim.

Die Grünbaums lebten ungeschoren fort, als hätten sie nach St. Paul ihr Heimatstädtchen mitgeschleift, sogar den Bäcker und den Fleischer. Es stellte sich heraus, daß durch irgendwelche Zufälle auch die Schwester ihrer ehemaligen Schneiderin hierhergeraten war. Der alte Grünbaum galt bald als eine Art Aufseher in der Kürschnerei, in der der Schwiegersohn Nathan Levi eine Art Werkmeister wurde, denn er wollte durchaus beim Handwerk bleiben. Der Junge lernte zunächst hebräisch lesen und schreiben bei dem Schwager der heimischen Schneiderin, der eine Vorschule für die Kinder eröffnet hatte.

Die Synagoge befand sich unweit der Wohnung in einem Gemäuer, das, wie der ältere Bruder Levi wußte, der Turm des Palastes war, den König Heinrich IV. vor vielen Jahrhunderten erbaut hatte. Jetzt war er teilweise verfallen, die Reste eines Gemäuers waren von allerlei Volk bewohnt. In der Gasse lagen die Keller der Lumpensammler, deren Staub die Luft noch dämmeriger machte. Der Hof der Synagoge steckte voll von dem Gerümpel eines Schreiners, der zugleich Synagogendiener war. Die Bretter lehnten in den Spitzbögen gegen die abgeschabten Säulen. Das Schreinermännchen, verwachsen und bärtig, war schon vor langem aus einer Nachbarstadt von L. zugezogen. Es gab noch Reste von Wappen an der zertretenen Wendeltreppe, die sich zur Frauenabteilung hinaufdrehte. Der Türrahmen war abgegriffen. Beim Eintreten küßten die Frauen ihre zwei Fingerspitzen, um damit die Gebetkapsel zu berühren.

Wie glimmten drunten, wo die Männer beteten, die Kerzen, die an den Jahreszeiten für alle toten Verwandten brannten!

Frau Grünbaum erkannte von oben die eigene Kerze oder glaubte sie zu erkennen; sie suchte sie zärtlich, als sei sie die Tochter selbst. Sie zeigte sie auch dem Kleinen, den sie herauf in den Frauenraum genommen hatte, bevor er endgültig mit den Männern zum Gebet ging.

Sie hatten sich rasch in ihrem Quartier eingelebt: das winzige L. in der unbekannten Stadt, mit vertrauten Gesichtern, mit den gewohnten Läden, um ein paar heimische Gassen und Plätze. Nathan Levi sprach bald ganz geläufig französisch. Der Sohn sprach es noch besser, obwohl an ihm ein paar russische und ein paar polnische Worte hängengeblieben waren, und etwas hebräisch und jiddisch. Der ältere Levi drängte den jüngeren, wieder zu heiraten. Der widersetzte sich lächelnd in seiner sanften Art. Er lief aus der Werkstatt täglich rasch heim, um mit dem Kind zu schwatzen und zu erfahren, was es gelernt hatte; wenn es einmal krank war, kam er noch früher und noch rascher und verbrachte die Nacht am Bett. Er lehnte auch jeden Heiratsvorschlag ab, als die Schwiegereltern starben, viel früher, als man erwartete, und kurz nacheinander. Nach all den Plagen, die sie ruhig überstanden hatten, war ihnen offenbar endlich erlaubt gewesen, vom Leben erschöpft zu sein. Doch nach ihrem Tod gelang es dem Bruder Salomon Levi, da seine Heiratsvermittlungen fehlschlugen, mit einem ganz anderen, auch schon lange umsonst vorgebrachten Vorschlag durchzudringen. Der Neffe gehöre jetzt in eine vernünftige Schule. Es sei höchste Zeit. Französisch müsse er lernen und überhaupt alle Kenntnisse, die Knaben hierzulande geboten wurden. Er drang schließlich durch. Er brachte das Kind in das Lycée Charlemagne, die Höhere Schule von St. Paul. Vom nächsten Morgen an führte der Vater den Jungen selbst in die Schule, er holte ihn mittags ab, damit er nicht in Versuchung gebracht werde, an den verbotenen Schulmahlzeiten teilzunehmen. Der Junge war bald viel zufriedener in der Schule, als sein Vater erwartet hatte. Er wurde von seinen Lehrern und Mitschülern nicht gequält und nicht geschlagen. Er wurde nur verspottet, wenn er schlecht französisch sprach. Er gab sich von selbst Mühe, auf den Klang zu kommen, der ihm gefiel, weil ihm auch die Worte gefielen. Er glaubte des Sinnes habhaft zu werden, wenn er sich den Klang einprägte. Er schloß sich bald einem pfiffigen, rauflustigen Jungen an, dem Sohn eines Wagenkontrolleurs im Viertel, der brachte ihm nach und nach allerlei Spiele und Verse bei und mit der Freundschaft die Sprache.

Er war jetzt in seiner schwarzen Ärmelschürze, flink, mager, klugäugig, einer von den Hunderttausenden Schulbuben von Paris. Er schloß sich am Vorabend jedes 14. Juli der Familie des Schulfreundes an, der Wagenkontrolleurfamilie. Er steckte viele Stunden in dem Gewühl auf der Place de la Bastille. Er vergaß sein Tischgebet, wenn er mit dieser Familie aß und trank, er tanzte mit den Töchtern in dem gemeinsamen Tanz der Straße.

Er war bald viel lieber in der Schule als daheim. Das bloße Dasein der Großeltern hatte früher alle besänftigt. Der Vater und der Onkel stritten jetzt gern. Der Lehrer Rosenzweig, der Schwager der Schneiderin aus L., war beim Essen und Streiten dabei. Es ging um die Ereignisse, die die eigene Gemeinde und alle Gemeinden der Welt seit vielen Jahren in Aufregung brachten. Ein Jude in Wien, der jetzt schon geraume Zeit tot war, war auf den Gedanken gekommen, das Gelobte Land, das Gott versprochen hatte, sofort für das jüdische Volk zu fordern. Es sollte aus allen Ländern der Welt, in denen es verfolgt wurde, in seine Heimat nach Palästina zurückkehren.

Der Bruder Salomon Levi trat heiß für die neue Lehre ein. Der Lehrer Rosenzweig wog das Für und Wider so heftig, als ob zwei Seelen in seiner Brust kämpften, nach Art von Menschen, die unschlüssig zwischen zwei Grundsätzen stehen. Der Vater Levi mischte sich nicht ein; er hörte lächelnd zu. Von klein auf war es sein heimlicher, sein inbrünstiger Wunsch gewesen, vor seinem Tod mit eigenen Augen das Gelobte Land zu sehen. Doch dieser Wunsch hatte keine politischen Grenzen, er war nur von Gott erfüllbar. Seine Wurzel war der Glaube, nicht ein Landstreifen in Vorderasien. Man lebte in der Verbannung, ob man in Paris oder in L. lebte, in Amerika oder in Wien, in der Verbannung, die Gott verhängt hatte.

Er zürnte auch nicht, er lächelte, als sein Bruder plötzlich Herzls Photographie über seinem Schreibtisch in der Kürschnerei aufhängte. Dasselbe dem Wesen des Bruders eigentümliche Gesetz, das ihn als Jungen mit allen Vorstellungen seiner Familie hatte brechen lassen, zwang ihn jetzt zum zweitenmal, als alter Mann, mit den früheren Vorstellungen zu brechen und die Protokolle der zionistischen Kongresse begierig zu verfolgen.

Der Junge saß während all dem Streit vergnügt kauend am Tisch bei den drei Alten. Sein Vater versuchte manchmal heimlich, sein Haar oder wenigstens seine Hand zu berühren. Der Junge horchte weniger auf die Gespräche, die ihm gleichgültig waren, als auf den Lärm der Straße, bis er den Pfiff des Schulfreundes erkannte.

Nur an den Festtagen war er mit Leib und Seele daheim, als ob ihn das sanfte Kerzenlicht fester schmiede als alle Streite und Meinungen, aber auch fester als alle Rufe und Pfiffe. Der Vater, am Sederabend auf seinem Ehrenplatz in den roten Kissen, sah zaghaft und kindlich aus, trotz seines Bartes. Er nickte dem Kleinen zu, damit er aufspringe und nach dem Brauch die Tür öffne, denn der Messias konnte in dieser Nacht durch alle Türen in allen Häusern der Welt unversehens eintreten, um sein Volk aus der Verbannung heimzuführen. Ein schwacher Hauch dieses Glaubens, der sich nicht lehren und nicht übertragen läßt, wehte den Jungen bei jedem Türöffnen an, die verstohlene Frage: »Wie, wenn er jetzt bei uns eintritt?« Obwohl er, der schlauer war als sein Vater, genau wußte, daß sie ganz sinnlos war.

Um diese Zeit, um sein dreizehntes Jahr, war sein alter Lehrer, Herr Rosenzweig, äußerst stolz, weil man wieder auf ihn zurückgriff. Er sollte das Kind auf den Festtag vorbereiten, an dem es in der Gemeinde unter die Männer aufgenommen wurde. Die drei Alten führten es zu dritt in die Synagoge in dem Palastturm Heinrichs IV. Sie glänzen vor Stolz, als die junge Stimme anhob, vertraut, fremdartig allein und feierlich ängstlich. Man weiß von alters her, daß die Köpfe der Knaben in diesem Jahr am wahrsten und offensten sind. Darum kamen mit den überlieferten uralten Glaubenssätzen auch Gedanken hinein, von denen sich sein Vater nie hatte träumen lassen. Sie quälten ihn nicht; sie legten sich über die alten Gedanken, wie sich zwei Rinden übereinander um einen jungen Baum legen. Er ging noch immer mit seiner Schulfreundfamilie den 14. Juli feiern. Er war jetzt nicht mehr bloß vergnügt, weil getanzt und getrunken wurde. Sein Herz klopfte nicht bloß vor Freude über das Feuerwerk und den Schwung der Fahnen. Sein Lehrer im Lycée Charlemagne hätte selber nicht geahnt, daß seine herkömmlichen Worte den fremden, kleinen, mageren Jungen aufgewühlt hatten. Der Abend des 14. Juli sei ein Fest für alle Völker. Es gäbe bei diesem Fest keine eingeladenen Gäste, hier in Paris sei jeder an diesem Tag sein eigener Gastgeber auf der Place de la Bastille. An diesem Tag hätte das Volk von Paris für die ganze Welt das Mittelalter gesprengt. Er war ein Lehrer, der jeden Schüler mit seinen Augen packte, daß jeder glaubte, allein von den Augen gepackt zu werden.

Sie merkten gar nicht daheim, daß der Kleine am Sederabend nur notgedrungen die für den Jüngsten bestimmten Worte aus der Haggada vorlas, weil ihn sein Vater verliebt betrachtete und weil er selbst sanft und höflich wie sein Vater war.

Er wuchs so schnell, daß er bald die drei Alten überragte. Kam das Jahr 1914; kam der Mord in Sarajewo; kam eine Kriegserklärung nach der anderen. Die Deutschen, die Belgien geschluckt hatten, drangen bis zur Marne vor. Die Gesichter wurden finster. Der kleine Levi trat überraschend früh zum Examen an. Der Vater erfuhr erst hinterher, daß nur die Schüler zugelassen waren, die sich bei der Armee freiwillig gestellt hatten. Beim Anblick der runden Mütze mit der roten Quaste auf dem Kopf seines Sohnes geriet er in einer Weise ins Zittern, daß seine Hände über den ganzen Krieg weg zitterten. Der Sohn war froh. Er war jetzt mit Leib und Seele, nicht bloß mit der luftigen, ungewissen Seele, dem Volk verpflichtet, dem er sich längst verbunden fühlte, dessen Sprache und dessen Gedanken längst in ihn gedrungen waren, vom Bastillesturz bis zum Dreyfusprozeß. Der Vater und der Onkel standen weinend am Bahnhof unter den Abschied nehmenden Eltern.

Als er auf Urlaub heimfuhr, erschien ihm der Vater noch winziger und noch kindlicher. Er selbst war der Starke, der Väterliche. Er hörte sich in der Kürschnerei die Sorgen von

Vater und Onkel wie die Sorgen von zwei Söhnen an. Er hatte in einem Kriegswinter, in der Todesnähe, in der Kameradschaft, einen Weg zurückgelegt in Einschmelzung und in Erfahrung, den sonst Generationen brauchen. Als er im Argonnerwald schwer verwundet wurde, kam ihm die Erde erworben vor, in die er hineinblutete. Der Vater bekam die Nachricht von der Verwundung mit einer vom Sohn selbst gekritzelten Botschaft, die schlimmste Gefahr sei vorbei.

Er kam nach dem Waffenstillstand auf Krücken heim. Das häusliche Leben wäre ihm jetzt zuwider geworden, wenn ihn nicht eine völlig neue Idee beherrscht hätte. Sein liebster Kamerad war von schwerer, zuerst aussichtsloser Augenverwundung geheilt worden. Er hatte im Lazarett alle Phasen zwischen Hoffnung und Verzweiflung miterlebt, bis ein Augenarzt die Sehkraft gerettet hatte. Eine Neigung zur Medizin, die ihn dann und wann in den höheren Schulklassen überkommen hatte, hatte sich durch die Erfahrungen im Krieg noch verstärkt und auf ein besonderes Ziel geheftet: die Heilung der Augen. Der Vater, der einen Kürschner oder einen Kaufmann oder einen schlauen Juristen erwartet hatte, war zuerst über die Berufswahl verwundert. Dann sagte er sich, daß der Sohn durch Gottes Willen gerettet sei, und auch der Entschluß des Geretteten sei dann Gottes Wille.

Die Alliierten besetzten das Rheinland. Wilson kämpfte um den Frieden. Der Sohn Levi setzte mühselig durch, daß ihm der Vater ein eigenes Studierzimmer dicht bei der Klinik mietete. Nathan Levi war jetzt allein, viel mehr als je in seinem Leben, das immer in einer Familie verlaufen war. Er war jetzt nicht nur von dem Sohn, sondern auch von dem älteren Bruder überraschend schnell verlassen worden. Der englische Außenminister Balfour hatte den Juden Palästina als Heimat versprochen. Der Bruder Salomon Levi nahm sich plötzlich vor, das Gelobte Land mit eigenen Augen zu sehen, bevor er sich endgültig entschloß, die Balfour-Deklaration auf sich selbst anzuwenden. Er dachte sich diese Reise zunächst als ein Ferienunternehmen von höchstens drei Monaten. Er lud auch den Bruder zur Reisegesellschaft ein. Der machte ihm aber klar, daß er der Kürschnerei vorstehen müßte. Der Zurückgebliebene wurde bald durch Post von dem Mittelmeerdampfer beunruhigt, in der sich der Reisende kränklich und unfroh zeigte. Die Ferienfahrt wurde in einem Spital in Haifa unterbrochen und endigte mit der ewigen Ansiedlung im Heiligen Land auf dem Friedhof von Haifa.

Als die Todesnachricht nach Paris kam, ließ der Bruder Nathan Levi, der den Ältesten nur mit düsterem Vorgefühl und mit verstecktem Zweifel hatte abziehen sehen, das Kaddisch in derselben Synagoge in dem Palastturm sagen, in dem man schon Kaddisch für die Schwiegereltern sagte und für seine eigene, in L. umgekommene junge Frau. Er lief jedes Jahr zu ihrer Todesfeier durch die Gassen und Höfe von St.Paul, durch die ineinandergeschobenen Tore, durch den Nebeneingang des verwitterten Palastes, als laufe er zu einem Wiedersehen mit der Frau. Der Sohn, der ihn begleitete, kannte nicht mehr von der Mutter als die weiße, kurzzüngelnde Jahrzeitkerze. Er kam jedesmal für das Kaddisch nach St. Paul aus dem lateinischen Viertel. Die schmale, aus den Abfallkellern der Lumpensammler verstaubte Gosse, gesäumt von den Schloßzinnen, war von dem schmalen Licht angeglänzt, das durch das hohe, fast unbemerkte Fenster des Frauenstockwerks herunterdrang. Die Schreinerei war noch immer im Hof. Die Schreinersleute betreuten noch immer die Synagoge, jetzt schon in gebücktem Gang.

Es gab eine neu eröffnete Kneipe zwischen den Lumpenkellern. Die Gasse war von neuen jüdischen Zuzüglern bewohnt. Sie waren nach dem Kriegsende gekommen, weil ihnen daheim ihr Rabbiner versichert hatte, man könnte in dem neuen Staat Sowjetrußland die Kinder nicht fromm erziehen. Die gleiche Furcht vor der gleichen Revolution hatte noch eine andere Gruppe von Flüchtlingen angetrieben, die diese jüdischen Gesichter aus der Ukraine nur ungern wiedersahen: die Offiziere aus der Armee des Hetmans Petljura und alle ihre Kumpane, die noch vor kurzem viele Juden abgewürgt hatten, bis ihnen die eigene Heimat vergällt war, da Lenin sein Plakat anschlug: »Gegen die Schwarzen Hundertschaften und gegen die Pogrome.« Jetzt hatte die französische Polizei die Sorge, die weißen Zaristen von den jüdischen Emigranten getrennt zu halten. Sie konnte gleichwohl die Kugel nicht abfangen, mit der der Uhrmacher Schwarzbart aus St. Paul den Hetman der Ukraine, Petljura, abknallte; der hatte ihm in dem letzten Pogrom daheim seine ganze Familie ermordet.

Der junge Levi besuchte den Vater jeden Freitagabend. Nathan Levi dankte Gott, weil sein Sohn kein gewöhnlicher Kürschner geworden war, sondern ein auserwählter Mensch, der seinen Kranken ergeben war wie ein guter Lehrer seinen Schülern. Die Augenklinik war nicht nur für den Sohn, sie war auch für den Vater heiliger Boden. Der Vater ließ sich von dem Sohn Lehrbücher mit den Schemata des menschlichen Auges zeigen, über das offenbar sein Junge am meisten grübelte unter allen Organen, die Gott geschaffen hat. Er wunderte sich gar nicht, daß alle Professoren auf seinen Sohn bald aufmerksam wurden. Man ahnte auch schon in St. Paul vor dem Examen, daß der kleine Levi ein großer Augenarzt würde. Den Vater grämte bloß eins. Er selbst war in dem Alter des Sohnes Vater gewesen, die Liebe hatte sein Leben bis auf den heutigen Tag erhellt.

Er sprach über diesen Kummer mit seinem Nachbarn, dem Löb Mirsky. Der war jetzt sein Freund. Denn die plötzliche, zuerst unerträgliche Vereinsamung durch den Tod des Bruders und den Wegzug des Sohnes hatte die gute Folge, daß sich seine Augen auch für die Mitmenschen öffneten. Er hatte Anschluß an den Nachbarn gefunden, der schon längst vor dem Krieg, nach dem Ritualmordprozeß in Odessa und der daraus entstandenen Judenverfolgung, nach Paris verschlagen worden war. Er hatte, wie Levi, die Frau verloren und das Kind gerettet, eine Tochter, die ihm später den Haushalt führte, bis sie das Lernen mehr liebte, als es, wie ihr Vater glaubte, ihrem schönen Wuchs und ihrem ebenso schönen Angesicht zutunlich war. Die beiden Väter waren sich klar, daß ihre Kinder ein gutes Paar abgeben würden, wenn sie sich nicht den Plänen der Eltern durch die Einwirkung neuer Bräuche in dem neuen Land hartnäckig widersetzten. Der alte Levi, dem das schöne, störrische Mädchen überaus für den Sohn behagte, riet dem Nachbarn, endlich die Erlaubnis zu geben, daß die Tochter aller häuslichen Pflicht ledig werde und täglich zum Lernen auf das linke Seineufer nach der Sorbonne gehe. Es fügte sich dort, daß das Lernen die beiden jungen Leute ebenso sicher zusammenfügte wie der schlaueste Heiratsvermittler. Der junge Levi bemerkte schnell das dunkelbraune Haar, die sanften Augen, die durchsichtige Haut, den stillen Schritt. Die beiden Väter feierten nach dem Examen die ersehnte, die endlich geglückte Heirat.

Jakob Levi, der jetzt der Doktor Jacques Levi hieß, war noch lange nicht in dem Alter, in dem der Ruf eines Mannes sonst feststeht, als ihm zuerst in der Klinik seines Lehrers, dann in der eigenen Klinik an der Place de Sèvres der Zustrom der Kranken einen Namen machte. Der Vater freute sich, war aber erst glücklich, als er einen Enkel bekam, ein wenig später, als er gehofft hatte. Er hatte sich um so ungeduldiger Nachkommenschaft gewünscht, da er, genau wie dereinst seine Schwiegereltern, sich schwächer und älter fühlte, sobald er Frieden und Ruhe dazu hatte. Er saß oft in dem Sprechzimmer des Sohnes, wo er die Klagen und Lobpreisungen der Augenkranken anhörte. Dann fuhr er mit dem Sohn heim, um ein wenig mit dem Enkel zu spielen, und später, um die Schulhefte zu betrachten, wie er ehemals die des Sohnes betrachtet hatte.

Er trat eines Tages zu ungewohnter Zeit in die Klinik an der Place de Sèvres, als die Sprechstunde gerade beendet wurde. Er bedeutete dem erstaunten Sohn, er sei absichtlich gekommen, um mit ihm allein zu sprechen. Der Sohn hätte seine eigene Familie, sein eigenes Heim, sein Kind, seinen Beruf. Der Vater betrachte darum das Gebot erfüllt und die Zukunft seiner Nachkommenschaft gesichert. Der Doktor Jacques Levi wunderte sich, was sein Vater mit dem Besuch bezweckte. Er war noch erstaunter, als der Alte fortfuhr, in viel gewichtigerem, feierlicherem Ton, als er sonst zu sprechen pflegte, Gottes Wege seien unergründlich. Man bedenke, wie er nach dem Pogrom von L. zuerst nach Wien, dann von Wien nach Kattowitz, von Kattowitz nach Paris geflohen sei, den Sohn auf den Knien, und wie die Familie in dem Sohn gewachsen sei. Er sprach, als hätte er schon vergessen, daß der Sohn im weißen Arztkittel ihm gegenübersaß. Er wünschte wohl noch ein wenig der Hauptsache auszuweichen, die ihm endlich aus dem Mund kam.

Er sei nicht älter als jetzt sein Enkel gewesen, da hätte die ganze Stadt L. einen alten Mann an die Bahn begleitet, der abgefahren sei, um im Gelobten Land zu sterben. Das Reiseziel sei ihm schon damals als das verlockendste vorgekommen, das sich ein Mensch ausdenken könnte. Er könnte sich auch heute noch gut an den Abschied erinnern, als hätte er gestern stattgefunden. Damals sei der gewaltige Wunsch in sein Herz gepflanzt worden, auf demselben Fleck sterben zu dürfen, wenn er so alt sei wie der Alte. Er habe den Wunsch auch nie vergessen, nur tief in sich verborgen. Er habe bereits im geheimen das nötige Geld für die Reise gesammelt, auch für den letzten Aufenthalt in dem Altersheim in Jerusalem. Er hätte die Auflösung der Kürschnerei bereits dem Nachbarn übertragen, so daß nichts überstürzt werde.

Der junge Levi staunte über den Bericht des Vaters, der von mehr Entschlußkraft zeugte, als er dem sachten, weichen

Mann je zugetraut hätte. Und diese Entschlußkraft bezog sich nicht auf die Lebensumstände, sondern auf das Sterben. Er staunte auch, daß der alte Mann, der sonst anschmiegsam und sehr offen war, den Plan wie ein Geheimnis verborgen hatte, sowohl in der letzten Zeit, als die Verwirklichung möglich wurde, wie durch sein ganzes früheres Leben, da der Plan nur ein Traum war. Er stellte dem alten Levi vor, daß ihm schon sein Umzug aus St. Paul nach dem Quartier Latin einen Schmerz bedeutet hätte, obwohl man doch keine halbe Stunde brauchte, um über die Brücke zu gehen. Er las aber in den glänzenden Augen des Alten, bevor er noch seine Warnung beendigt hatte, die Antwort. »Gewiß, wenn man stirbt, geht man einen weiteren Weg, als man je im Leben für möglich gehalten hat.« Der Sohn brach ab. Er verstand, daß es keinen Zweck hatte, seinen Vater abzuhalten. Es war im Gegenteil seine Pflicht, die Abreise zu erleichtern, damit der alte Mann seinen Tod ruhig erwarten konnte.

Der Vater, dem jede Trennung fast das Herz gebrochen hatte, bereitete sich selbst fliegend auf die Abreise vor. Er lud seine Kinder nach St. Paul zum Abschiedsessen ein, das so heiter wurde wie ein Feiertagsabend. Sein Sohn mußte ihm beim Abschied versprechen, regelmäßig zu schreiben. Er konnte sich ruhig auf den Tod vorbereiten in dem Land seiner Väter, wenn alles, was hinter ihm lag, besorgt war. Der Sohn schrieb seinen ersten Brief, bevor er den alten Mann an den Hafen brachte. Der Vater meldete in seinem ersten Brief zugleich seine glückliche Ankunft und den Dank für die Post, die er schon empfangen hatte.

Man fühlte an diesem Dank, daß der Alte beruhigt war, weil sein Anteil am Leben erfüllt war. Er dankte Gott, der ihm erlaubt hatte, in das Gelobte Land zurückzukehren, aus dem ihn nun nichts mehr wegbringen konnte. Er fühlte bei jedem Schritt, daß er jetzt auf der Erde ging, in der begraben zu liegen er sich von jeher gesehnt hatte. Er dachte zuerst überhaupt kaum mehr an das Leben, das er verlassen hatte. Er hatte zunächst nicht einmal Sehnsucht nach seinem Sohn oder nach seinem Enkel. Er dachte höchstens an seine tote Frau, die in seinen Träumen so sanft und so still wie er selbst war, die jüngste und lieblichste Tote. Er merkte kaum, daß das Heilige Land viel heißer war als all die Länder, die er bis jetzt auf Erden durchquert hatte. Er gab nicht auf die fremden Gesichter acht und die sonderbaren Gepflogenheiten und die Streitigkeiten um ihn herum, die nicht minder heftig wurden als in St. Paul. Weil man nicht wissen konnte, wieviel Zeit noch verging, bis man ihn ins Grab legte, ging er sehr vorsichtig mit seiner Barschaft um. Er wohnte in dem Asyl, das von alten, einsamen Männern bewohnt war, die gleich ihm aus allen Teilen der Welt gekommen waren, um hier im Gelobten Land zu sterben in einem kleinen Zimmer wie seins, das er mit einem Bewohner teilte. Er selbst war sanft und still, sein Zimmergenosse war grobknochig und ein wenig bösartig. Während Nathan Levi gern für sich allein nachdachte und lernte und betete, geriet der andere gern in Händel und in die heftigsten Auseinandersetzungen nicht nur mit diesem und jenem Hausgenossen, auch in der Gemeinde, sogar mit Gott selbst; er war für die Schlauheit berühmt, mit der er Erklärungen und Einwände einstreute, während Levi, früh gealtert, für ein wenig töricht galt.

Der alte Levi wurde sich nach und nach erst darüber klar, daß er immerhin noch auf Erden lebte, in alle Mißhelligkeiten des irdischen Lebens verstrickt. Indem er sich darüber klar wurde, fühlte er auch die Last des eigenen Alters. Er dachte weniger an die Tote, die er liebte, und desto mehr an die Lebenden, die er gleichfalls liebte. Er schrieb besorgt an den Sohn, den Doktor Levi in Paris. Er wartete aufgeregt auf Antwort. Er fühlte sich eine Zeitlang ruhiger, wenn ihn die Post über das Wohl der Familie beschwichtigte, die er daheimgelassen hatte. Vor seiner Abfahrt hatte er das Land, in dem er sich jetzt befand, für »Daheim« gehalten.

Der Arzt Levi schrieb viel leichter und heiterer, als er früher mit dem Vater hatte sprechen können. Die leise Unruhe entging ihm nicht, die erst nach und nach aus den Briefen des Alten klang, sowenig wie einem Vater die Unruhe in den Briefen des Sohnes entgeht. Als ihm der Alte einmal schrieb, er könne jetzt seinen Sohn gut brauchen, weil seine Augen schwächer würden, schrieb ihm der Sohn beinah streng zurück: »Du hast Gott bei der Ankunft gedankt, daß Du endlich angekommen bist. Es gibt überall gute Ärzte, besonders da, wo Du bist. Die Heilkunst ist nicht auf ein einzelnes Land beschränkt und erst recht nicht auf einen einzigen Menschen. Ich kann jetzt nicht zu Dir fahren, weil ich meine Hilfe vielen versprochen habe.« Der Vater setzte sich mit dem Brief an die hellste Stelle des kleinen Zimmers, an das Fenster, das auf den Garten ging. Es war kein üppiger Garten, ein paar junge Bäume umschlossen das Herz des Gartens, das Stückchen Rasen. Die Bäume waren von der Gemeinde gestiftet und gepflanzt worden. Ihr kleiner kreisrunder Schatten reichte gerade aus für eine zusammengerückte Gruppe von Greisen. Der alte Levi fühlte sich durch den Brief getröstet und auch ein klein wenig beschämt. Er nahm sich vor, von jetzt an seine Leiden und Schwächen zu verschweigen. Sein Sohn schrieb fortwährend fröhlich und beinahe aufmunternd, als ob er ahnte, daß sein Vater gerade solcher Briefe bedürfte. Er fragte nicht einmal mehr nach der Augenkrankheit, so daß der alte Mann sich beruhigte, der Sohn hätte seine kurze Klage vergessen.

Der Arzt hatte aber gar nichts vergessen. Er fragte nur deshalb nicht mehr, weil er wußte, daß er dem Alten ohnedies nie mehr würde helfen können. Er schrieb immer weiter leicht und froh, auch als sein eigenes Glück unversehens zerstört war. Auf einmal war ihm, der mitten in der Arbeit stand, der Tod viel näher als seinem Vater, der weggefahren war, um zu sterben.

Er hatte längst den Ruf eines großen Augenarztes, zu dem auch Kranke aus fremden Ländern fuhren. Er selbst sah in dem Erfolg nur ein zufälliges Zubehör seines Berufes, den er treu erfüllt hatte, Tag und Nacht, ohne sich von Müdigkeit oder von Zweifeln irremachen zu lassen oder von Fehlschlägen oder von Klagen. Er war nicht stolz auf den Erfolg. Er war nur den Kranken dankbar, daß sie zu ihm kamen, weil sie bei ihm auf Heilung hofften.

Die junge Frau hatte immer verstanden, daß zwischen daheim und Spital keine Trennung war. Sie hatte ihm von der ersten Stunde an beigestanden, damals, als sie im Hörsaal aufeinandergestoßen waren, ohne zu wissen, daß sie einen Plan ihrer Väter erfüllten. Sie hatte immer danach verlangt, aus dem engen Heim herauszukommen, in dem es nur eine Art Pflichten gab, die ihr dürftig und kleinlich vorkamen. Jetzt hatte sie ernste, schwerwiegende Pflichten in ihrem Haus, in dem die Kranken zur Familie zählten, an den Betten der Kranken, bei der Erziehung des kleinen Sohnes, die nur ein Teil ihrer Pflichten war. Die Eltern freuten sich, daß ihr Sohn in dem Land aufwachsen konnte, in dem sie erst Wurzel hatten schlagen müssen, daß er nicht erst in der Schule Französisch lernte, sondern schon vorher so gut wie sein Lehrer sprach. Wenn sie den Jungen vom Fenster riefen, dann freuten sie sich, wenn er mit den Gassenbuben spielte, so daß er gar nicht von dem Knäuel sich balgender Buben zu trennen war, anstatt, wie früher sein Vater, verlegen, in seltsamen Kleidungsstücken aus der Haustür dem Spiel zuzusehen. Sie teilten Sorgen und Freuden in ihrem gemeinsamen Leben, wie immer in ihren Familien die Väter und Mütter Sorgen und Freuden geteilt hatten, nur waren es andere Sorgen und andere Freuden gewesen.

Der Arzt merkte frühzeitig, als sein äußeres Glück beneidet wurde, daß sein Glück von innen heraus bedroht war. Er täuschte sich nicht über die Art seiner Krankheit, die ihn zuerst nur gelegentlich plagte. Er konnte selbst seinen Todestag beinahe festsetzen, als alle Heilversuche fehlgeschlagen waren. Er nutzte die Zeit, in der er noch kräftig und ruhig war. Sein Vater brauchte nie zu erfahren, daß er vor ihm hatte sterben müssen. Er schrieb darum, obwohl ihn die Schmerzen schon hinderten, mit Aufbietung seiner letzten Kräfte soviel Briefe, wie sein Vater in den vereinbarten Abständen zu empfangen gewöhnt war. Er gab das Bündel vorbereiteter Post seiner Frau und nahm ihr ebenso feierlich, wie ihn sein Vater zum Schreiben verpflichtet hatte, das Versprechen ab, nach seinem Tod einen Brief nach dem andern abzuschicken. Wenn er sich, von Schmerzen gepackt, zum Schreiben zwang, dann fragte sie lächelnd, als sei damit die Gewißheit weggeschoben, wie er denn für die kommenden Jahre Dinge vorausbeschreiben könne. Ihr Mann erwiderte, daß es Dinge genug zu beschreiben gäbe, die nichts auf der Welt veränderte.

Er schickte selbst einen Patienten nach dem anderen zu fremden Ärzten, von denen jeder, wie er beteuerte, ebensoviel wie er selbst verstand. Er machte sich klar, was er gesund nie geglaubt hätte, daß seiner nicht länger bedurft wurde und daß die Gesunden und Kranken ohne ihn auskommen mußten, da die Heilkunst nicht auf einen Menschen beschränkt war, genau wie er seinem Vater gesagt hatte.

Die junge Frau glaubte selbst dann noch nicht an seinen Tod, als er das Kind nicht mehr erkannte. Selbst als er schon auf dem Totenbett lag, konnte sie sich das Kind nicht als Waisenkind vorstellen. Bei dem Begräbnis waren die ehemaligen Nachbarn noch einmal stolz auf den jungen Levi, der es so weit gebracht hatte. Denn viele Ärzte mit großen Namen kamen zu seiner Beerdigung und kleine bärtige Landsleute, sogar der immer noch rüstige Lehrer Rosenzweig. Es kam auch der Lehrer vom Lycée Charlemagne. Ein jeder von beiden dachte bei sich, daß er den Toten zu dem gemacht hatte, was er im Leben gewesen war.

Die Frau schickte pünktlich den ersten Brief an den alten Levi aus dem Vermächtnis des Toten, das ihr wie ein Auftrag des Lebenden vorkam. »Du wunderst Dich vielleicht«, stand in dem Brief, »daß ich nicht sofort zu Dir gereist bin, als Du mir zu verstehen gegeben hast, daß Du krank bist. Du hast mich selbst beim Abschied gelehrt, daß es eine noch höhere Verpflichtung gibt. Du bist von Deiner Familie weggefahren, um Deinen brennendsten Wunsch zu erfüllen. Ich habe damals sofort verstanden, daß nicht Deine Liebe zu mir sehr klein war, sondern Dein Wunsch sehr groß.«

Die Frau besorgte dem Toten Brief nach Brief, so wie sie ihm lebend jede Last abgenommen hatte. Ein jeder Brief fügte ihr gemeinsam gelebtes, jäh gespaltenes Leben wieder zusammen. Der alte Levi freute sich, wenn er einen Brief bekam, daß er so klug gewesen war, die zwei widerspenstigen jungen Leute, die sich keinen Befehlen gefügt hätten, mit einer List zusammenzubringen. Der Sohn schien auch jetzt zu bereuen, daß er den alten Mann nie hatte an seinem Glück genug teilnehmen lassen. Er fand jetzt auch Worte, um ihm begreiflich zu machen, was ihn mit der Frau verband, als ob er sich früher geschämt hätte, etwas zu rühmen, was der Alte nicht begriffen hätte. Der alte Levi konnte das Bild der jungen Frau nicht recht erkennen, das manchem Brief beigefügt war. Er labte sich an den lobenden Ausrufen seiner Freunde. Er dachte aber, daß keine Frau der Welt, sie mochte sein, wie sie wollte, es je mit seiner eigenen hätte aufnehmen können.

»Ich brauche Dir, lieber Vater, nicht erst zu beschreiben, wie wir drei den Feiertag ohne Dich verbracht haben. Wir lassen den Sessel für Dich frei, als seiest Du nur eben aus dem Zimmer gegangen.« Der alte Levi versuchte, den Brief selbst zu lesen, erreichte aber bald nicht mehr, als das Papier zwischen seinen Fingern zu befühlen. Sein Zimmergefährte, der selbst keine Post bekam und daher mit Neugierde diese Briefe erwartete, kam rasch herbei, um sie langsam und gründlich vorzulesen. Der Alte diktierte ihm auch bald seine Antworten, damit den Sohn seine zittrige Schrift nicht beunruhige. Allmählich gewöhnten sich auch die übrigen Greise im Altersheim, mit ihm auf die Post aus Paris zu warten und ihn zu trösten, wenn er zu lange warten mußte.

Die junge Frau in Paris genoß die väterlich einförmige Antwort an den weit weg lebenden Sohn, als sei durch diesen Briefwechsel der Tod selbst überlistet. An Festtagen sperrte sie sich in ihr dunkles Zimmer, wo sie am besten des Schimmers verlorener Feste habhaft wurde. Sie machte sich die Absendung der von dem Mann hinterlassenen Briefe zu einer abergläubisch genauen Pflicht. Die neuen Bewohner des Hauses hatten ihr eine Zuflucht gelassen. Sie hießen Dumesnil, der Mann, ein Augenarzt, war der Freund des Toten gewesen. Er hatte eine junge Frau, so alt wie die Witwe, sie waren in alten Tagen in Freuden und Sorgen zwei gute Paare gewesen. Jetzt war von der alten Freundschaft nichts übrig als der kleine magere Junge und die schweigsame, über die Trauerzeit hinaus dunkel gekleidete Frau, die sich durch nichts bewegen ließ, an ihren Freuden teilzunehmen. Sie schien sich immer nur zu wundern, wie leicht und wie schnell sie den Toten vergessen hatten. Der alte Mann allein wartete sehnsüchtig auf die Briefe. Für ihn war der Mann lebendig wie für sie selbst.

Der alte Levi spürte jetzt immer deutlicher, daß er noch mit einem Fuß auf der Erde stand. Die Erde ließ ihn so leicht nicht fort, wie er geglaubt hatte. Die alten Männer saßen jetzt oft in großer Unruhe beisammen. Das Land ihrer Väter war genauso wie alle Länder der Welt von Unruhe aufgewühlt und von den düsteren Nachrichten, die wie Schwärme von Todesvögeln dem Krieg vorauszogen. Was Hitler beging, war nur ein Nachspiel von alten berühmten Untaten, die ihnen geläufiger waren als alles, was heute geschah, und ihnen traumhaft und zeitlos vorkamen. Der Aufschub des Krieges war einer der ohnmächtigen Versuche, dem Unvermeidlichen zu entgehen. Der Ausbruch des Krieges war das häufig erlebte Vorspiel des unvermeidlichen Endes. Wenn ihre eigene Erinnerung versagte, fanden sie immer noch in der Bibel Vergleiche mit ungeheurem Gemetzel, mit Einkerkerungen und Hinrichtungen und auch mit unwahrscheinlichen Heldentaten. Dort fanden sie Beispiele aus den Zeiten der Richter und der Könige von scheinbar aussichtslosen Wagnissen um des Glaubens willen, auch von todesmutigen Rückzugsgefechten einer kleinen Schar. Und giftige Pfeilregen waren über die Städte gegangen, so tödlich wie heute die Bomben auf London. Sie saßen eng um den alten Levi herum, der an Wuchs unter ihnen der kleinste Greis war, in dem kleinen runden Schatten, der ihnen allen am Garten am besten behagte. Sie steckten auf diesem Rasenplätzchen die Köpfe zusammen, als wüchsen die starren Bärte aus einer einzigen Dolde.

Der Vater Levi merkte an ihrem fortwährenden Trost, wie schlimm es jetzt in Europa stand und welche Gefahren sein Fleisch und Blut bedrohten. Fast jeder Trost hat ja die Wirkung, daß man an seiner Maßlosigkeit die Gefahr am besten ahnt. Die Jugendtage waren ihm selbst im Alter nur noch klarer geworden. Die Tritte der Kosaken waren ihm nie verhallt. Das weiße, im Sterben glänzende Gesicht seiner Frau war ihm jung und weiß geblieben. Der Kranz von seidigen und von struppigen Bärten zuckte und zitterte um seinen eigenen Bart herum, der gar nicht klein und fein wie er selbst war, sondern greisenhaft wuchtig. »Lieber Vater, unsere Gedanken bleiben bei Dir. Der eine von uns wird weit gerufen, der andere darf nicht von dem Platz weggehen, auf den er einmal gestellt worden ist.« Der alte Levi schloß sich schon längst nicht mehr mit seinen Briefen ein; da er ohnedies auf die Hilfe aller seiner Gefährten angewiesen war, teilte er nicht bloß die Wege mit ihnen, da er nicht mehr allein gehen konnte, die Handgriffe beim Anziehen, die zahllosen Befürchtungen und Mutmaßungen. Er hatte sich auch daran gewöhnt, das Beste mit ihnen zu teilen: die Briefe des Sohnes und den Trost, der ihm aus ihnen kam. »Lieber Vater, was auch geschieht, meine Arbeit bleibt immer dieselbe. Was auch der Tag für Ereignisse bringt, mein

Tagewerk ist mir vorgeschrieben. Was auch die Menschen für Wege einschlagen müssen, ich gehe jeden Morgen denselben Weg, von meinem Haus zu meinen Kranken. Was sich auch jetzt auf der Welt ereignet, die aufregendsten und geheimnisvollsten Ereignisse vollziehen sich für mich in dem Augenspiegel. Ich danke Dir Tag und Nacht, lieber Vater, daß Du mir damals keinen Widerstand entgegengesetzt, sondern mich immer nur bestärkt hast in dem Beruf, den ich mir gewählt habe.« Die weißen und grauen Zotteln kitzelten Levis Gesicht, wenn ihre Köpfe sich über den Brief beugten. Er ließ ihn nicht gern aus der Hand, selbst wenn er ihn nicht entziffern konnte.

Die Witwe in Paris hatte den Ausbruch des Krieges mit all der Ruhe und Gleichmäßigkeit erlebt, die Menschen aufbringen, die an Leid gewöhnt sind. Sie konnte den anderen zeigen, wie man sich in schweren Tagen verhält, die ihr geläufiger waren als jenen, die immer nur gute erlebt hatten. Sie war früher beinah ein Hemmnis geworden, weil es ihr nie gelungen war, sich in die Lustigkeiten und Festlichkeiten zu fügen. Die Doktorsleute freuten sich jetzt, wenn sie eintrat, gewappnet gegen Kummer. Sie wunderten sich, weil sie an ihrem Geburtsland hing, in dem sie als Kind nur Schlechtes erlebt hatte. Seit Polen verbrannt und verwüstet war, besann sie sich nur auf die guten Stunden. Sie sprach von den Bauersleuten, die ihr einen Apfel geschenkt hatten, damals, als man ihre Mutter erschlug. Das ganze gequälte Volk setzte sich jetzt für sie aus dieser Art Bauersleuten zusammen. Der dicke Rock der Bäuerin, in den sie sich einmal hatte ausweinen können, verdeckte damals und heute das Schlechte.

Der alte Mann wartete desto ungeduldiger auf Post, je dringlicher ihn seine Freunde trösteten.

»Lieber Vater, Du darfst nicht verzweifeln, wenn die Post von mir manchmal eine kurze Zeit ausbleibt. Was auch kommen mag, ich bin immer auf meinem Posten. Meine Pflichten verändern sich nie. Du kannst Dir an jeder Stunde am Tag vorstellen, was ich gerade tue. Für mich gibt es keine Zerstreuung und keine Ablenkung mehr. Ich stehe auf, sobald mich ein Kranker braucht.« Gewiß, den Sohn hielt im Krieg die Pflicht erst recht bei den Kranken fest. Das Glück über den Brief fiel mit dem Segen des kleinen Schattens zusammen, da ihm die Sonne sonst weh tat. Soweit man sich aus dem Gelobten Land in ein schlechtes sehnen kann, hatte er manchmal geheime, sich selbst nicht eingestandene Sehnsucht nach Kälte, die einem die Backen zerbiß, nach der vor Frost gesprungenen Erde, nach unbändigem Schneegestöber. Er labte sich, bis ein neuer Brief kam, an dem Geknister des alten, den er heimlich, statt mit dem Blick mit den Fingerspitzen genoß. Er bat manchmal seine Hausgefährten, den alten Brief zu wiederholen. Sie folgten ihm gerne, weil solche Briefe auch sie trösteten.

Die Witwe des Arztes rüstete schon in Paris ihr Gepäck, um abzufahren. Man sagte sich in der Stadt, daß Hitler die Maginotlinie umgangen hätte und jede Stunde näher rücke. Die Flüchtlinge übernachteten auf den Straßen und in Bahnhöfen. Die Autos schleppten seltsame Lasten durch die Tore: Statuen des Louvre, Kisten voller Banknoten, Instrumente von Spitälern, bunte Glasfenster aus den Kirchen. Die junge Frau sah den bepackten Postautos mit dem Gedanken nach, ob jetzt ein Brief ihres Mannes vor dem Einmarsch der Nazis das Schiff erreichen könnte.

Der Fall von Paris war schon zu den Ohren des alten Levi gekommen, als er den Brief in der Hand hatte, auf den er diesmal in einer Verzweiflung hatte warten müssen, die nur durch das Alter gemildert war und durch die Nähe des Todes, der alles dämpft und mildert.

Der älteste Greis, dem merkwürdig scharfe Augen geblieben waren, wie auch sein Verstand scharf und klar war, las allen genau und eindringlich vor: »Mir hat heute morgen ein Kranker einen Traum erzählt, ein junger Mensch, der kürzlich ein Auge verlor. Wir sind noch um sein zweites Auge besorgt. Ich fürchte, ich kann es nicht mehr retten, obwohl ich bemüht bin, ihm das Gegenteil zu versichern. Mir träumte, erzählte er, mein zweites Auge sei gleichfalls verloren. Ich war verzweifelt. Man nimmt mir meinen Verband ab. Auf einmal sehe ich alles mit beiden Augen, sogar mit dem Auge, das gar nicht mehr da ist; ich sehe Sie, ich sehe das Licht; ich sehe den ganzen Krankensaal. — Ein anderer erzählt mir im Spital, er liebe die Nacht am meisten, denn wenn ihm auch tagsüber alles dunkel sei, bei Nacht im Traume erkenne er seine Frau wieder, die Gesichter seiner Kinder.«

Dem Vater dünkte, der Sohn, der sich stets vorm Wortemachen gescheut hatte, fände jetzt erst im Schreiben seine verborgene Beredsamkeit. Er hätte jetzt erst Lust, die kleinen Begebenheiten zu schildern, die er früher bei Fragen gern übergangen hatte.

»Mir wird oft bang, wenn mich die Kranken drängen, ihnen die ganze Wahrheit zu sagen. Sie sagen zwar ›ganze Wahrheit‹, doch was sie meinen, ist Hoffnung. Ich weiß aber schon durch einen Blick, ob ihre Krankheit heilbar ist oder ob nur der Tod sie heilen kann.«

Der alte Levi fühlte, daß solche Worte auch auf ihn selbst gemünzt waren. Er stellte sich unter dem Ewigen Licht eine milde Klarheit vor, die ihm kein Arzt mehr verschaffen konnte, und wäre er selbst dem Sohn überlegen.

Die Witwe des Arztes hatte inzwischen mit ihrem Kind den Ausgang aus Paris angetreten. Sie gehörten zu den Verdammten, die das jüngste Gericht in der teuflischen Juniwoche von Sonntag bis Mittwoch über die Route d'Orléans gegen die Loire jagte. Sie drückte in dem Auto der Arztfreunde ihr Kind hart an sich. Sie kamen ruckweise vorwärts in dem Wirbel und in den Stockungen des Menschenstroms. Am Straßenrand lagen die Trümmer verunglückter und von Fliegern zerstörter Autos in Klumpen von Toten und von Verwundeten. In dem Unglück, dem das Herz nicht mehr gewachsen war, erschien selbst der Tod nur ein unvermeidlicher Zwischenfall. Auf vielen Bäumen hatten Mütter die Namen der plötzlich im Gewühl verlorengegangenen Kinder angeschrieben. Die Witwe des Arztes hatte nicht mehr das Bewußtsein, ihr Mann sei tot, viel eher, er sei in dem Wust verlorengegangen. Die tiefe Gleichgültigkeit der Frau, ihr Unbewegtsein von Todesgefahr, das ihr die Verzweiflung eingab, erschien ihren Reisegefährten als Mut. Sie krochen alle zusammen unter das Auto, wenn ein Fliegergeschwader am Himmel heransurrte. Sie hörten jedesmal um sich herum in Splittern und Trümmern das Geheul von Menschen. Sie hatten das Glück, daß ihr Wagen heil blieb. Sie merkten erst im Weiterfahren, daß das Kind gestreift worden war. Weil es viel zu verstört war, um zu klagen, bemerkten sie seine Wunde erst, als sein Kittel von Blut trätschte. Sie fuhren das Ufer der Loire entlang auf der Suche nach einer Brücke, die noch nicht gesprengt war. Die Menschen schrien, zwischen Pfeilern baumelnd, in ihren zerbrochenen Wagen. Das Kind lag auf den Knien der Mutter, betäubt oder in krankem Schlaf. Es schlief auch noch auf der rechten Loireseite, als sie nachts in ein Gehöft krochen. Sie rasteten, bis sich der Junge erholt hatte. Dann fuhren sie rasch gegen Süden. Obwohl die Frau ihr ganzes Gepäck bei der Reise eingebüßt hatte, trug sie das Päckchen von ihrem Mann hinterlassener Briefe noch unversehrt in der Tasche. Es war ihr ein ebenso teures Gut wie dem alten Vater, die Bürgschaft des Lebens. Sie setzte das Kind am Bahnhof von Toulouse in den Schoß der Freundin, um den nächsten Brief einzuwerfen.

Sie fanden Zuflucht in einem Dorf an der Rhône, das von Flüchtlingen vollgestopft war. Die Dumesnil waren ihrer Untätigkeit bald müde. Sie trauten dem Waffenstillstand sowenig wie den neuen Herren in Vichy, die ihn unterschrieben hatten. Sie rüsteten sich, von Marseille nach Algier zu fahren, weil dort ihre Kraft gebraucht werden konnte. Sie drangen umsonst in die Frau Levi ein, sich mit dem Kind ihnen anzuschließen.

Doch eben das Kind, das immer noch schwach und kränklich herumlag, wurde der Frau zum Anlaß, ihre Reise hinauszuschieben; ein Anlaß, der eher ein Vorwand war, ihre restlichen, viel zu geringen Kräfte nicht länger gegen ein Schicksal aufzulehnen, in das sie von vornherein ergeben war, weil sie keinen Widerstand mehr aufbrachte, so daß die Dumesnil nicht mehr aus Freundespflicht bei ihr aushalten konnten, sondern sich auf ihre eigene Kraft und auf ihr eigenes Schicksal verließen. Frau Levi gab den Freunden den letzten Brief des Toten, da sie ihrem Schicksal schon selbst mißtraute, nach Afrika mit, damit er sicher befördert wurde. Das Bild des alten Vaters hatte zwar seine Leuchtkraft eingebüßt wie alle Erinnerungen, das Bild des Toten war aber klarer geworden.

Als der alte Levi den Brief bekam, den die Frau noch selbst in Toulouse eingeworfen hatte, da rückten die Greise dicht um ihn herum. Der greiseste Greis, dem der Brief nur noch schimmerte, las ihn in die Augen und Ohren. »Das Kind fragt uns oft, wann Du wieder zurückkommst. Es kann nicht verstehen, daß Du fort bist. Ich denke manchmal, wie schlau die Kinder sind, daß sie den Tod nicht wahrhaben wollen. Sie halten das Sterben für einen von den sonderbaren Einfällen, die wir Erwachsenen manchmal haben.«

Obwohl der alte Levi schon längst nicht mehr lesen konnte, setzte er sich in seiner freien Zeit allein mit dem Brief an den gewohnten schattigen Platz. Man hätte von weitem glauben können, er sei noch ein junger, gesunder, scharfsichtiger Mensch, wenn man ihn beobachtete, weil er den Bogen immer wieder entfaltete und das Kuvert glättete und, immer wieder die Lippen bewegend, über die Zeilen flog, deren bloßer Schimmer ihm vertraut war. Er war viele Wochen mit dem Brief ruhig. Dann fing er an, auf einen neuen zu warten, zuerst im geheimen, immer noch von dem alten getröstet, dann seufzend und nach Post fragend und schließlich laut unruhig und sichtbar gequält. Die Mitbewohner trösteten ihn, so gut sie konnten. Doch konnten sie nicht verhindern, daß er stets nach der Ankunft des Postboten horchte und manchmal tappend und tastend dem Briefträger entgegenging, nur um zu erfahren, daß sein Sohn noch nicht geschrieben hatte. Der Älteste, der helläugige Greis, der auch der schlaueste war, kam auf den Gedanken, selbst einen Brief zu verfassen, denn der alte Levi könnte den echten ja nicht mehr lesen. Die Hausgefährten weigerten sich. Ein solcher Betrug erschien ihnen sündhaft. Wenn schon ein Unglück bestimmt sei, dann müsse es ertragen werden.

Inzwischen wartete jene Arztfamilie Dumesnil an ihrem Bestimmungsort in Algier auf die Ankunft der jungen Frau mit dem Knaben. Statt ihrer kam nur die Nachricht, der Sohn sei noch zu krank, um abzufahren. Sie drängten, weil die Nazibesetzung Frankreichs von Tag zu Tag drohte. Die Witwe begann zwar endlich, ihre Überfahrt anzuordnen, die immer verschoben wurde, wie es vielen ging, durch die Beschaffung all der Zulassungspapiere. Die Frau des französischen Arztes erinnerte sich unterdessen ihres festen Versprechens, den anvertrauten Brief an den alten Levi zu besorgen. Sie verstand, daß die Absendung dieses Briefes ein Gelöbnis war, das ihre Freundin unverbrüchlich ernst nahm.

Der alte Levi war von Krankheit und vor Verzweiflung winzig zusammengeschrumpft. Genau das war eingetreten, was der Sohn verhindern wollte. Statt Friede im Land seiner Väter zu finden, war er in Gedanken im Land seiner Kinder, in dem es blutig und wild herging. Er malte sich alle Leiden aus, die den Sohn betroffen haben konnten. Es deuchte ihn jetzt, er hätte ihn im Stich gelassen.

Er saß an seinem gewohnten Platz, den letzten Brief in einem fort mit den Fingern zerknitternd, als sein Nachbar herankeuchte, der neue Brief sei gekommen. Man rief den Helläugigen; um zuzuhören, drängten die anderen Hausgenossen um den Greis.

»Mein lieber Vater, ich habe in der Nacht geträumt, ich ginge durch die Höfe und Gänge von St. Paul, ich war ein kleiner Junge, ich ging gar nicht an Deiner Hand, sondern an Großvaters Hand. Wir gingen die Wendeltreppe hinauf in den ersten Stock der Synagoge. Die Großmutter zeigte mir von oben herunter die Jahreszeitkerze, die für die Mutter angesteckt wurde. Ich sah auf das Flämmchen begierig hinunter.«

Der alte Levi drehte sein Gesicht, das vom Weinen schnell naß war. Er fühlte wieder einen Anflug von Sehnsucht nach seiner irdischen Heimat. Wie merkwürdig diese Sehnsucht nach einem elenden Land, in dem man nichts anderes erlebte als Schmach und Leiden. Die unklaren Gesichter sämtlicher alten Männer, die inzwischen alle herbeigekommen waren, durch die Neuigkeit von dem Brief in den Garten gelockt, verschwammen mit den Gesichtern noch viel älterer Männer, die die Zeit verwaschen hatte. Der alte Levi wunderte sich, weil auch sein Schwiegervater mit dem fransigen, dünnen Bärtchen hierhergefahren war. Der Lehrer Rosenzweig war auch gekommen, er fuchtelte streitsüchtig mit den Händen. Der Bruder der Schneiderin, der seinem kleinen Jungen in Paris die hebräische Schrift beigebracht hatte, als niemand noch ahnte, was für Ruhm der Junge erwerben sollte. Der Ruhm war dem Vater selbst unfaßbar geworden, nicht als ob er schon vergangen sei, sondern als ob er noch gar nicht begonnen hätte. Jetzt drängte sich jener Schreiner in den Kreis, der seine Werkstatt in dem Hof der Synagoge in St. Paul hatte. Er war ein spindeldürres Männchen, verwachsen, mit einer weißen Flocke von Bärtchen. Sie fingen alle miteinander an, sich aus dem Brief vorzumurmeln. Die schmale, schmutzige, ewig schattige Gasse war über ihnen von den Türmen und Zinnen des verfallenen Palastes gerändert.

Er trat unsicher in den Hof. Das krumme Männchen mit seiner weißen Flocke von Bärtchen nahm ihm die Kerze ab, die er vorsichtig in der Hand trug. Er steckte sie in ein freies

Loch in der zinnernen Platte, in der es schon etliche Kerzen gab. Der Schwiegervater sprach das Gebet, und er zündete die Kerze an. Das glänzend bleiche, zarte Gesicht seiner Frau, die bei dem Pogrom im Keller gestorben war, glimmte in dem Flämmchen auf. Es war so lieblich, daß das Gesicht seiner Schwiegertochter nicht damit zu vergleichen war. Sie war so fein und dünn wie die Kerze, und alles, was nachkam, war vergänglich und unfaßbar wie die paar Wachstropfen, die auch zerschmolzen.

Die junge Witwe war nicht rechtzeitig abgefahren. Die Naziarmee besetzte ganz Frankreich. Die französischen Freunde in Algier liefen umsonst von einem Schiff zum andern. Sie bekamen nach einiger Zeit nur die Nachricht, die Frau mit dem kranken Kind sei irgendwohin verschleppt worden. Sie hatte, wie es zu gehen pflegt, die Abfahrt verschoben, um das Kind zu schonen, und dadurch nur den Untergang vorbereitet. Die Freunde hofften auf kein Wiedersehen mehr. Sie sprachen nur manchmal davon, Mann und Frau, die beiden Franzosen, ob man nicht einen Brief an den alten Levi verfassen müßte. Sie fanden auch einen Flüchtling, der imstande war, einen Brief zu verfassen, der ungefähr den Briefen entsprechen mochte, an die der alte Mann gewöhnt war. Da der alte Levi in dieser Zeit schon beerdigt war, erfuhr man nicht mehr, ob der Brief völlig gelungen war. Er befriedigte jedenfalls nicht die übrigen Hausbewohner. Sie waren bereits so stark an die Ankunft der Briefe gewöhnt, daß sie auch jetzt, nach Levis Tod, diesen Brief auf dem gewohnten Platz miteinander lasen. Vielleicht war nur die Abwesenheit des Empfängers daran schuld, daß sie sich nicht ganz so beruhigt und erquickt wie früher fühlten.

Isaak Babel

Wie es in Odessa gemacht wurde

Ich begann:

»Reb Arie Leib« — sagte ich dem Alten — »wollen wir von Benja Krik sprechen. Von seinem blitzschnellen Aufstieg und seinem schrecklichen Ende. Drei schwarze Schatten versperren den Weg meiner Phantasie. Einer ist der einäugige Froim Gratsch. Kommt denn der rote Stahl seiner Taten nicht der Macht des Königs Benja Krik gleich? Dann Koljka Pakowski. Die gutmütige Wildheit dieses Menschen enthielt alles, was man zur Herrschaft braucht. Und hätte es denn Chaim Drong nicht verstanden, den Glanz des neuen, nie erlöschenden Sterns zu erkennen? Warum ist aber nur Benja Krik auf die höchste Sprosse der Leiter gelangt, während alle anderen unten auf den wackligen Sprossen hängengeblieben sind?«

Reb Arie Leib saß schweigend auf der Friedhofsmauer. Vor uns breitete sich die grüne Ruhe der Gräber aus. Ein Mensch, der nach Antwort dürstet, muß sich mit Geduld wappnen. Einem Menschen, der über Wissen verfügt, ist Würde eigen. Deshalb saß Arie Leib auf der Friedhofsmauer und schwieg.

Schließlich sagte er:

»Warum gerade er? Sie wollen wohl wissen, warum nicht die andern? Also vergessen Sie für einen Augenblick, daß Sie auf der Nase das Augenglas und in der Seele den Herbst tragen. Hören Sie auf, von Ihrem Schreibtisch aus groß zu tun, während Sie unter Menschen verlegen stottern. Stellen Sie sich für einen Augenblick vor, daß Sie auf den Stadtplätzen Skandale machen und auf dem Papier stottern. Sie wären ein Tiger, ein

Löwe, eine Katze. Sie könnten mit einer russischen Frau schlafen, und die russische Frau würde mit Ihnen zufrieden sein. Sie wären fünfundzwanzig Jahre alt. Sie hätten, wenn am Himmel und an der Erde Ringe befestigt wären, sich an die Ringe festgeklammert und den Himmel zur Erde herabgezogen. Und Ihr Herr Papa wäre ein Lastkutscher und hieße Mendel Krik. Worüber denkt ein solcher Papa nach? Er denkt, wo man ein volles Glas Schnaps trinken und wem man eins in die Fresse hauen könnte; an seine Pferde denkt er und sonst an nichts mehr. Sie wollen leben, er aber zwingt Sie, zwanzigmal am Tag zu sterben. Was hätten Sie an Stelle von Benja Krik unternommen? Nichts hätten Sie unternommen. Er aber hat etwas unternommen. Deshalb ist er der König, Sie aber sind ein feiger Schwätzer geblieben.

Er, der kleine Benja, ging zu Froim Gratsch, der schon damals nur mit einem Auge in die Welt blickte und der war, der er eben ist. Er sagte zu Froim:

»Nimm mich auf, ich will mich auf deine Seite schlagen, und die Seite, auf die ich mich schlage, wird im Gewinn sein.«

Gratsch fragte ihn:

»Wer bist du, von wo kommst du her und wovon lebst du?«

»Mach einen Versuch mit mir, Froim« — antwortete Benja — »und hören wir auf, unnütz in dem Brei herumzurühren.«

»Hören wir also auf, den Brei zu rühren« — antwortete Froim — »ich will mit dir einen Versuch machen.«

Und die Banditen beriefen den Rat ein, um über Benja zu beschließen. Ich habe an diesem Rat nicht teilgenommen. Allein man sagte, sie hätten den Rat einberufen. Der Älteste war damals der jetzt schon verstorbene Ljowka Byk.

»Was ist wohl bei diesem Benschik unter der Mütze los?« — fragte der selige Byk.

Und der einäugige Gratsch äußerte seine Meinung:

»Benja spricht wenig, dafür aber saftig. Er redet wenig, man wünscht aber, er möchte mehr sagen.«

»Ist es so« — rief der selige Ljowka aus — »dann wollen wir ihn an Tartakowski ausprobieren.«

»Wir wollen ihn an Tartakowski ausprobieren«, beschloß der Rat und alle, die noch ein Gewissen hatten, erröteten bei diesem Beschluß. Warum erröteten sie? Das erfahren Sie, wenn Sie mitkommen, wohin ich Sie führe.

Bei uns pflegte man Tartakowski den »Anderthalbjuden« oder die »neun Überfälle« zu nennen. Man nannte ihn den »Anderthalbjuden«, weil kein Jude so viel Frechheit und Geld in sich fassen konnte wie Tartakowski. Er war höher gewachsen als der größte Wachmann in Odessa und hatte mehr Gewicht als das dickste Judenweib. Und man nannte Tartakowski den Mann der »neun Überfälle«, weil die Firma Ljowka Byk & Co. nicht acht Überfälle und nicht zehn, sondern eben neun Überfälle auf sein Büro unternommen hatte. Das Schicksal wollte, daß dem Benja zu einer Zeit, da er noch nicht König war, die Ehre zuteil ward, auf den »Anderthalbjuden« den zehnten Überfall auszuführen. Als ihm Froim das mitteilte, sagte Benja »ja«, schlug die Tür zu und ging hinaus. Warum schlug er die Tür zu? Das werden Sie erfahren, wenn Sie mitkommen, wohin ich Sie führe.

Tartakowski hat eine Mörderseele, aber er ist von unserem Schlag. Er stammt von uns ab. Er ist unser Fleisch und Blut, als hätte uns die gleiche Mutter geboren. Halb Odessa ist in seinen Läden angestellt. Viel Leid mußte er durch seine eigenen Leute aus der Moldowanka erdulden. Zweimal entführten sie ihn, um Lösegeld zu bekommen, und einmal, während eines Pogroms, beerdigten sie ihn mit Gesang. Die Vorstadtbanditen plünderten dazumal die Juden auf der Großen Arnautskaja. Tartakowski war vor ihnen geflüchtet und begegnete auf der Sophienstraße einem Trauerzug mit Gesang. Er fragte:

»Wen beerdigt man da mit Gesang?«

Vorübergehende antworteten ihm, man beerdige Tartakowski. Der Trauerzug erreichte den Vorstadtfriedhof. Und da holten unsere Leute ein Maschinengewehr aus dem Sarg und begannen, auf die anderen Banditen zu schießen. Das hatte aber der Anderthalbjude nicht vorausgesehen. Der Anderthalbjude erschrak zu Tode. Und wer an seiner Stelle wäre nicht erschrocken?

Der zehnte Überfall auf einen Menschen, der bereits einmal beerdigt wurde, ist ein grober Unfug. Benja, der damals noch nicht König war, begriff das besser als jeder andere. Aber er hatte Gratsch »ja« gesagt, und noch am gleichen Tage schrieb er Tartakowski einen Brief wie alle Briefe dieser Art:

»Sehr geehrter Rubin Ossipowitsch! Wollen Sie bitte die Freundlichkeit haben, am Samstag unter dem Faß mit Regenwasser einen Betrag zu hinterlegen usw. Sollten Sie es ablehnen, was Sie sich in der letzten Zeit des öfteren erlaubt haben, so erwartet Sie in Ihrem Familienleben eine große Unannehmlichkeit. Hochachtungsvoll der Ihnen bekannte Benzion Krik.«

Tartakowski war nicht faul und antwortete sofort:

»Benja! Wärst Du ein Idiot, so hätte ich Dir wie einem Idioten geschrieben. Aber ich weiß, daß Du kein Idiot bist, und Gott behüte mich, Dich für einen zu halten. Du scheinst den Dummen spielen zu wollen. Weißt Du denn nicht, daß dies Jahr in Argentinien eine so vortreffliche Ernte ist, daß wir mit unserem Weizen nichts anfangen können, was auch immer wir unternehmen. Und ich kann Dir — Hand aufs Herz — sagen, daß es mir in meinen alten Jahren höchst lästig ist, ein so bitteres Brot zu essen und diese Unannehmlichkeiten zu erleben, nachdem ich Zeit meines Lebens wie der letzte Lastträger gearbeitet habe. Was habe ich nun nach dieser lebenslänglichen Zwangsarbeit? Wunden, Schmerzen, Sorgen und Schlaflosigkeit. Laß diese Dummheiten Benja! Dein Dir, mehr als Du glaubst, freundschaftlich gesinnter Rubin Tartakowski.«

Der Anderthalbjude hatte das seinige getan. Er hatte den Brief geschrieben. Aber die Post schickte den Brief nicht an die richtige Adresse. Benja, der keine Antwort bekam, wurde erbost. Am nächsten Tage erschien er mit vier Freunden im Büro Tartakowskis. Vier Burschen mit Masken und Revolvern drängten sich ins Zimmer.

»Hände hoch!« — riefen sie und begannen, mit den Revolvern zu fuchteln.

»Arbeite ruhiger, Salomon« — bemerkte Benja zu einem, der besonders laut schrie — »gewöhne es dir ab, bei der Arbeit nervös zu sein« — und er wandte sich dem Verwalter zu, der weiß wie der Tod und gelb wie Lehm war, und fragte ihn:

»Ist der Anderthalbjude in der Fabrik?«

»Er ist nicht in der Fabrik« — antwortete der Verwalter, der Mihinstein hieß und den Vornamen Josef trug. Er war ein unehelicher Sohn der Tante Pessja, einer Geflügelhändlerin vom Seredinski-Platz.

»Wer vertritt dann den Herrn?« begannen sie den unglückseligen Mihinstein auszufragen.

»Ich vertrete ihn hier« — antwortete der Verwalter, grün wie Gras.

»Dann öffne uns mit Gottes Hilfe die Kasse« — befahl ihm Benja, und die Oper in drei Akten begann.

Der nervöse Salomon packte Geld, Papiere, Uhren und Schmuck in den Koffer, Josef stand vor ihm mit emporgestreckten Händen, während Benja Geschichten aus dem Leben des jüdischen Volkes erzählte.

»Wenn er sich schon für einen Rothschild ausgibt« — sprach Benja mit Beziehung auf Tartakowski — »so soll er entsprechend blechen. Sag selbst, Mihinstein, wie einem Freund: Er erhält von mir einen Geschäftsbrief; warum kann er nicht für fünf Kopeken eine Trambahnkarte nehmen und zu mir in die Wohnung kommen, um mit meiner Familie ein Gläschen Schnaps zu trinken und zu essen, was uns Gott gegeben hat? Was hinderte ihn, mir sein Herz zu öffnen? ›Benja‹ — hätte er mir sagen können — ›so und so ist es, da hast du meine Bilanz, warte einige Tage ab, laß mich Atem holen, laß mir noch eine

Zeitlang die Hände frei.‹ Was hätte ich ihm geantwortet? Ein Schwein kann sich nicht mit einem Schwein verständigen. Aber ein Mensch mit einem Menschen kann es. Mihinstein, hast du mich verstanden?«

»Ich habe Sie verstanden« — sagte Mihinstein. Er log aber, weil es ihm unverständlich blieb, wozu der Anderthalbjude, der angesehenste, reichste Mann, mit der Straßenbahn zur Familie des Kutschers Mendel Krik zum Essen fahren sollte. Inzwischen aber strich das Unheil unter den Fenstern herum, wie ein Bettler bei Sonnenaufgang. Lärmend stürzte das Unheil ins Büro. Und obwohl es diesmal die Person des Juden Sawka Buzis angenommen hatte — war es betrunken wie ein Wasserträger.

»Ho-ho-ho!« schrie der Jude Sawka — »verzeih mir Bentschik, ich habe mich verspätet.« — Und er begann mit den Füßen zu trampeln und mit den Händen herumzufuchteln. Dann gab er einen Schuß ab, die Kugel traf Mihinstein in den Bauch.

Braucht es da noch Worte? Es war ein Mensch und nun ist er nicht mehr. Es lebte ein Junggeselle, schuldlos wie ein Vogel in den Zweigen — und siehe da, nun ist er einer Dummheit wegen zugrunde gegangen. Es kam ein Jude, der einem Matrosen ähnlich sah, und schoß nicht etwa auf eine Zauberflasche, sondern auf einen lebendigen Menschen. Braucht es da noch Worte?

»Weg aus dem Büro!« — rief Benja und lief als letzter hinaus. Doch hatte er noch Zeit, Buzis zuzurufen: »Ich schwöre dir beim Sarg meiner Mutter, Sawka, daß du neben ihm liegen wirst!«

Antworten Sie mir junger Mann, Sie, der Sie die Coupons von den fremden Aktien schneiden, wie hätten Sie an Stelle Benja Kriks gehandelt? Sie wissen nicht, wie Sie hätten handeln sollen. Er aber wußte es. Darum ist er ein König! Wir aber sitzen auf der Mauer des zweiten jüdischen Friedhofes und schützen uns mit der flachen Hand vor der Sonne.

Der unglückliche Sohn der Tante Pessja starb nicht sofort. Man brachte ihn ins Krankenhaus, und nach einer Stunde erschien Benja. Er ließ den Oberarzt und die Krankenschwester rufen und sagte zu ihnen, die Hände in den Hosentaschen:

»Ich habe Interesse an der Genesung des kranken Mihinstein. Ich erlaube mir, mich für jeden Fall vorzustellen: Benzion Krik. Gebt ihm Kampfer, Luftpolster, ein separates Zimmer und vom Besten und Schönsten. Und wenn das nicht geschieht, so bleibt für jeden Doktor, sei er auch Doktor der Philosophie, nicht mehr als drei Meter Erde.«

Und dennoch starb Mihinstein noch in derselben Nacht. Und da erhob der Anderthalbjude ein Geschrei in ganz Odessa.

»Wo beginnt die Polizei« — heulte er — »und wo endet Benja.«

»Die Polizei endet dort, wo Benja beginnt« — antworteten ihm kluge Leute, aber Tartakowski wollte sich nicht beruhigen, und er erlebte es, daß das rote Auto mit einem Leierkasten auf dem Seredinski-Platz den ersten Marsch aus der Oper Bajazzo spielte. Am hellichten Tag kam die Maschine herbeigesaust und hielt vor dem Hause, wo die Tante Pessja wohnte.

Das Auto lärmte mit den Rädern, spuckte Gas, glänzte von Kupfer, stank nach Benzin und spielte Arien auf seiner Hupe. Aus dem Auto sprang ein Jemand und ging in die Küche, wo die kleine Tante Pessja auf dem nackten Fußboden in Schreikrämpfen lag. Der Anderthalbjude saß auf einem Stuhl und winkte mit den Händen:

»Du Banditenfresse« — rief er aus, als er den Gast erblickte — »du Vagabund, daß dich die Erde ausspeie, hast dir eine schöne Mode zurechtgelegt, — lebendige Menschen zu töten...«

»Musje Tartakowski« — antwortete ihm Benja mit leiser Stimme. »Heute ist's schon der zweite Tag, daß ich den teuren Verstorbenen wie meinen eigenen Bruder beweine. Aber ich weiß, daß Sie auf meine jungen Tränen spucken. Und doch sollten Sie sich schämen, Musje Tartakowski. In welchem eisernen Kassenschrank haben Sie Ihre Scham versteckt? Sie hatten das Herz, der Mutter unseres seligen Josef hundert schäbige Rubel zu schicken. Mein Hirn ist mir samt meinem Haar zu Berge gestiegen, als ich diese Neuigkeit hörte.«

Hier machte Benja eine Pause. Er hatte einen schokoladenbraunen Rock, cremefarbige Hosen und himbeerrote Schuhe an.

»Zehntausend zahlst du sofort auf den Tisch« — brüllte er auf — »Zehntausend sofort und eine Pension bis zu ihrem Tode, möge sie hundertzwanzig Jahre leben. Und wenn nicht, so werden wir diesen Raum gemeinsam verlassen, Musje Tartakowski, und uns in mein Auto setzen.«

Darauf beschimpften sich die beiden — der Anderthalbjude und Benja. Ich war nicht dabei, aber die dabei waren, wissen es noch, daß sich die beiden auf fünftausend in bar und fünfzig Rubel monatlich geeinigt haben.

»Tante Pessja« — sagte Benja zur zerzausten Alten, die auf dem Fußboden lag — »wenn Sie mein Leben brauchen, so können Sie es haben, aber auch Götter pflegen sich zu irren. Es ist ein Riesenfehler begangen worden, Tante Pessja. War es aber seitens Gott kein Fehler, die Juden in Rußland anzusiedeln, auf daß sie sich dort wie in der Hölle quälen? Wäre es denn schlecht gewesen, wenn sich die Juden in der Schweiz niedergelassen hätten, wo sie von erstklassigen Seen, von Bergluft und lauter Franzosen umgeben leben würden? Alle irren sich, sogar Gott irrt sich. Sperren sie Ihre Ohren auf, Tante Pessja. Sie haben jetzt fünftausend in der Hand und fünfzig monatlich bis zu Ihrem Tode — leben Sie hundertzwanzig Jahre, und Josef bekommt ein Begräbnis erster Klasse: sechs Pferde, wie die Löwen, zwei Wagen mit Kränzen, den Sängerchor aus der größten Synagoge, und Minkowski selbst wird kommen, Ihrem verstorbenen Sohne die Totengebete zu lesen.«

Und am nächsten Morgen fand das Begräbnis statt. Fragen Sie die Friedhofsbettler nach dieser Beerdigung. Fragen Sie die

Tempeldiener und die Geflügelhändler, oder die Weiber aus dem zweiten Altersheim. Odessa hat eine solche Beerdigung noch nicht gesehen, und die Welt wird sie nicht noch einmal sehen. An diesem Tage hatten die Schutzleute weiße Handschuhe an. In den mit Grün geschmückten Synagogen, deren Tore weit offen standen, brannte das elektrische Licht. Auf den weißen Pferden vor den Trauerwagen wehten schwarze Federbüsche. Sechzig Sänger gingen an der Spitze der Prozession. Die Sänger waren Knaben, und sie sangen mit weicher Frauenstimme. Die Vorsteher der Synagoge führten Tante Pessja, ihnen folgten die Mitglieder des Vereins jüdischer Angestellter und hinter ihnen gingen Rechtsanwälte, Ärzte und Hebammen. An der einen Seite der Tante Pessja gingen die Geflügelhändlerinnen vom alten Markt und auf der anderen Seite die ehrwürdigen Milchfrauen aus Bugajewka in orangegelben Schals. Sie stampften mit den Füßen wie Soldaten bei einer festtäglichen Parade. Ihre breiten Hüften strömten den Geruch von Meer und Milch aus. Und hinter allen kamen die Bediensteten des Rubin Tartakowski. Sie waren hundert an der Zahl, oder auch zweihundert, oder gar zweitausend. Sie trugen schwarze Gehröcke mit Seidenaufschlägen und neue Stiefel, die wie junge Schweine im Sack quietschten.

Und ich werde sprechen, wie der Allmächtige auf dem Berge Sinai aus dem brennenden Dornbusch gesprochen hat. Spitzen Sie die Ohren! Alles, was ich gesehen habe, habe ich mit meinen eigenen Augen gesehen, hier auf der Mauer des zweiten Friedhofes sitzend, neben dem lispelnden Moses und Simson vom Büro für Leichenbestattung. Das habe ich gesehen, ich, der stolze Jude Arie Leib, der neben den Leichen lebt.

Der Leichenwagen hielt vor der Friedhofskapelle. Man stellte den Sarg auf die Stufen. Tante Pessja zitterte wie ein Vogel am ganzen Leib. Der Kantor stieg aus dem Wagen und begann, die Totenlieder zu singen. Sechzig Sänger begleiteten ihn. In diesem Augenblick kam das rote Auto in rasendem Tempo um die Ecke gesaust. Es spielte »Lache Bajazzo« und hielt an. Die Menschen schwiegen wie vom Schlage gerührt. Die Bäume schwiegen, die Sänger, die Bettler. Vier Männer erschienen unter dem roten Verdeck, stiegen aus und legten auf den Leichenwagen einen Kranz aus unerhört prächtigen Rosen nieder. Und als die Trauerfeier zu Ende war, hoben die vier Männer den Sarg auf ihre stahlharten Schultern und stellten sich mit glühenden Augen und vorgeschobener Brust zusammen mit den Mitgliedern des Vereins jüdischer Angestellter an die Spitze.

Als erster ging Benja Krik, den damals noch niemand König nannte. Als erster nahte er sich dem Grabe, stieg auf die Erhöhung, und streckte die Hand aus.

»Was wollen Sie machen, junger Mann?« wandte sich Koffmann von der Leichenbestattungsgesellschaft an ihn.

»Ich will eine Rede halten« — antwortete Benja Krik.

Und er hielt eine Rede. Jeder, der sie hören wollte, hat sie gehört. Ich — Arie Leib und der lispelnde Moses, der neben mir auf der Mauer saß, wir haben diese Rede gehört.

»Meine Herren und Damen« — sagte Benja Krik — »Meine Herren und Damen« — sagte er — und die Sonne stand über seinem Kopf wie eine Wache mit dem Gewehr. — »Sie sind gekommen, um die letzte Ehre einem ehrlichen Arbeiter zu erweisen, der wegen eines Kupfergroschens gefallen ist. In meinem Namen und im Namen aller, die hier anwesend sind, danke ich Ihnen dafür. Meine Herren und Damen! Was hat unser teurer Josef in seinem Leben gesehen? Er hat nur einige Nichtigkeiten gesehen. Womit beschäftigte er sich? Er zählte fremdes Geld. Für wen ist er gefallen? Er ist für die ganze Arbeiterklasse gefallen! Es gibt Menschen, die dem Tode geweiht sind.

Und es gibt Menschen, die noch nicht begonnen haben zu leben. Und so hat die Kugel eine totgeweihte Brust getroffen und Josef getötet, der in seinem Leben nichts außer einigen

Nichtigkeiten gesehen hat. Es gibt Menschen, die Schnaps zu trinken verstehen, und es gibt Menschen, die den Schnaps nicht zu trinken verstehen, aber ihn trotzdem trinken. Und so haben die einen ihr Vergnügen am Schmerz und an der Freude, die anderen aber leiden wie alle jene, die Schnaps trinken, ohne daß sie ihn zu trinken verstehen. Deshalb bitte ich Sie, meine Herren und Damen, nachdem wir für unseren armen Josef gebetet haben, auch den Ihnen unbekannten, aber bereits verstorbenen Saweli Buzis zu Grabe zu tragen.«

Und als Benja Krik mit der Rede zu Ende war, stieg er von der Erhöhung herab. Es schwiegen die Menschen, die Bäume und die Friedhofsbettler. Zwei Totengräber brachten einen Sarg aus rohem Holz und stellten ihn neben das frische Grab. Der Kantor beendete stotternd das Gebet. Als erster warf Benja Erde auf den Sarg und ging zu Sawkas Grab. Wie Schafe folgten ihm alle Rechtsanwälte und die Damen mit den Broschen. Er ließ den Kantor für Sawka alle Totengebete lesen, und sechzig Sänger sangen mit. Nie hätte sich Sawka eine solche Totenfeier träumen lassen — glauben Sie das dem Arie Leib, einem alten Mann.

Man sagt, an diesem Tage habe der Anderthalbjude beschlossen, sein Geschäft aufzugeben. Ich war nicht dabei. Daß aber weder der Kantor, noch die Sänger, noch die Leichenbestattungsgesellschaft für die Beerdigungen Geld verlangt haben — das habe ich, Arie Leib, mit meinen eigenen Augen gesehen. Man nennt mich Arie Leib. So nennt man mich: Arie Leib. Und mehr konnte ich nicht sehen, da die Menschen, die von Sawkas Grab weggegangen waren, plötzlich wie vor einem Brand die Flucht ergriffen. Sie flüchteten in Kutschen, in Wagen und zu Fuß. Und nur die vier, die mit dem roten Auto angekommen waren, fuhren mit demselben Auto weg. Der Leierkasten spielte den Marsch, die Maschine setzte sich in Bewegung und raste davon.

»Ein König!« — rief der lispelnde Moisejka, der mir stets die besten Plätze auf der Mauer wegnimmt.

Jetzt aber wissen Sie alles. Sie wissen, wer zuerst das Wort ›König‹ geprägt hat. Das war Moisejka. Sie wissen, warum er weder den einäugigen Gratsch, noch den wütenden Koljka so genannt hat. Aber was nützt das alles, wenn Sie noch immer auf der Nase die Brille und in der Seele den Herbst tragen?

Kerstin Ekman

Eine ganz normale Ehe

Arne Johansson lag in Bereitschaft. Er lag auf dem Rücken und schlug nach Kriebelmücken und Bremsen und lag auf dem Bauch auf einem Strohsack, der immer bollriger und platter wurde. Ein bißchen stand und hing er wohl auch herum. Aber meistens lag er tatsächlich. In der fünften Woche in dem Quartier am Klarälv machte er die Bekanntschaft einer Frau, die in dem Café arbeitete, wohin sie abends für gewöhnlich gingen. Sie wohnte quer über dem Fluß in einem großen, grauen Holzhaus, dessen Vortreppe mit Hopfen überwachsen war. Ihr Mann war einberufen und lag außerhalb Oxelösunds. Sie hatten zur Verteidigung praktisch das Stück Vaterland getauscht, und wahrscheinlich hing der andere genauso unlustig halb liegend oder halb sitzend herum wie er, während sie darauf warteten, daß es krachen oder ein Ende nehmen würde.

Die Frau hatte einen Schwiegervater, der Landjäger war und im gelben Haus wohnte. Er hatte in den unruhigen Zeiten viele polizeiliche Aufgaben. Manchmal verließ er das Haus und blieb über Nacht weg. Da hängte sie eine Laterne hinaus, und das Licht zeigte sich flackernd, wenn es die Schatten in dem vom Wind zerfetzten Hopfen nicht verschluckten. Arne schwamm hinüber, und schlief mit ihr auf einem gelben Ausziehsofa. Er bekam auch konfiszierten Bohnenkaffee und mußte schwören, niemals diesen Kaffee zu erwähnen, was immer er von seinen Erlebnissen während der Bereitschaft sonst auch erzählen mochte.

In dem Bauernhaus, das ihr Quartier war und das von ganz

anderen Gerüchen und Geräuschen erfüllt war als die, auf die er auf der anderen Seite des Flusses traf, pflegte er etwa um halb zwölf nachts aufzustehen und zu brummeln, daß er zum Pinkeln hinaus müsse. Dann ging er zum Ufer hinunter, und wenn in der Schwärze der Nachsommernächte drüben das Laternenlicht flackerte, legte er Unterhose und Unterhemd an eine Erlenwurzel und stieg hinab auf den Grund des Flusses, der vom Sand und Schlamm weich war. Er schwamm durch das Wasser, das wärmer war als die Nachtluft, und die Wasserpflanzen schlangen sich um seinen Körper.

Sie frottierte ihn, sowie er im Haus war, trocken, und das war ein wunderbarer und passender Anfang für ihr Beisammensein auf dem gelben Sofa. Sie hatte ein heiteres Gemüt, wirre dunkle Haare mit festen Dauerwellen und Brüste, die klein und hell waren wie Mandelhäufchen. Sie hatten viel Spaß. Ja, er kam sich zum erstenmal in seinem Leben romantisch vor, wenn er triefnaß und mit Klettenlabkraut in den Haaren auf dem Bauch aus dem schwarzen Wasser des Flusses stieg und geduckt und schnell zur Hopfenveranda mit dem gelben Licht lief. Lange konnte er nicht fortbleiben. Im August und bis weit in den September hinein hatte er jedoch Glück, niemand vermißte ihn. Die anderen im Quartier schnarchten, wenn er zurückkam. Machte jemand ein vom Schlaf verquollenes Auge auf und fragte, was er getrieben habe, sagte er, daß er Verstopfung hätte. Und auch der Landjäger kehrte nicht unverhofft heim, und der Deutsche kam nicht, so daß Aufstellung befohlen worden wäre — alles in allem traf er sie neunmal, ohne daß irgendein Mensch außer ihnen selbst eine Ahnung davon hatte.

Dann kam der Oktober. Das Wasser des Flusses wurde mit jedem Tag kälter, doch das merkte er nicht, denn es waren eineinhalb Wochen vergangen, seit die Laterne zum letztenmal draußen im Hopfen hing, der jetzt entlaubt raschelte. Dann blinkte sie eines Abends im Wind, als er begierig auf Schlaf dastand und sich am Schlitz seiner Unterhose zu schaffen machte. Es war so kalt, daß er in dem nassen, zähen Gras, das durch den Regen und die rauhen Nebel des Spätherbstes bereits am Vermodern war, die Zehen zusammengekrümmt hatte.

Als er ins Wasser hinabstieg, hätte er beinahe geschrien. Doch er besann sich und stieg mutig weiter. Die Füße begannen vor Kälte zu schmerzen; dies war kein Wasser, sondern getempertes Eisen und Eis. Er holte tief Luft und warf sich, alle Vorsicht beiseite lassend, hinein in die kohlschwarze Nacht, die in den Wipfeln der Fichten heulend ihre Lieder sang. An diesem Abend hatte er sich schon heftig nach Hause gesehnt. Er hatte sich nicht nur nach Freiheit und Sinn und selbstgemachtem Kaffeegebäck gesehnt, sondern dies aus einer Art Schrecken vor der wunderlichen Fichtenwaldseele, die dieser schroffen Landschaft eigen war, heraus getan. Er hatte sich nach Seerosen und schattigem Laub und blassem Flieder an einer schiefen Gartentür gesehnt, nach schwarzem, stillem Teichwasser und weißen Hausgiebeln, Eisenbahnschienen, die blank in der Hitze lagen und sangen, den Rosen, die gewöhnlich bis in den Oktober hinein an der Mauer der Wäscherei blühten, dem Rauschen großer Ahorne, Fahrradreifen, die über eine staubige, sonnenverbrannte Straße glitten, und dem Geruch nach Fleisch aus einem offenen Fenster; er sehnte sich nach Sörmland. Als er die gegenüberliegende Flußböschung hinaufkletterte, hatten seine steifen Finger Mühe, die Steine zu umfassen, und mit Schrecken dachte er daran, daß er um zurückzukommen, noch einmal in das Wasser mußte. Einen Moment lang dachte er daran, nackt über die Brücke zu gehen und sich bei der Wache zu melden, koste es, was es wolle. Er ließ den Gedanken fallen. Aber selbst wenn die Seerosen verfault waren und der Frost die Rose gezwickt hatte, er wollte am nächsten Wochenende nach Hause.

Als er ins Haus und in das angewärmte Bett gekommen war, stellte sich heraus, daß sein Glied durch die Kälte geschrumpft war. Es war so gut wie verschwunden. Wie sehr sie es auch neckte und damit spielte, so, wie sie es immer nach seiner Berührung mit den kalten Wassern aus dem Norden tat, es zeigte sich nicht mehr als eine kleine Brutknospe. Ihr Lachen kühlte ab, und er kämpfte mit großer, aber vorgetäuschter Feurigkeit einen Kampf der Verzweiflung. Nichts half. Er bekam auch keinen Kaffee, und als er sich aufs neue in das schwarze, fließende Eis von den Mooren und Bergen stürzte, verfluchte er sie.

Das nächste Mal blieb er aus und sagte im Café, daß sie Probealarm gehabt und mitten in der Nacht hätten ausrücken müssen. Er fragte sich, ob sie ihm glaubte.

»Ah ja, du«, hatte sie gesagt.

Er aß eine Semmel, die ekelhaft nach Lifettin schmeckte, trank den Muckefuck aus und ging. Die Laterne erschien nicht mehr. Schließlich ging er nicht mehr hinunter, um nachzusehen. Es war tief und spät im Herbst. Er schlief.

Die anderen erzählten weiterhin ihre Weibergeschichten. Vorher hatte er sich nie darum gekümmert, denn das war zu eben jener Zeit, da er immer zum Flußufer hinunterging, um nachzusehen, ob für ihn eine Laterne ausgehängt war. Sie redeten über drei Kategorien Frauen. Zunächst sprachen sie über solche, mit denen sie etwas gehabt hatten oder behaupteten, etwas gehabt zu haben. Sie machten Angaben über die Enge der Möse, die Behaarung des Bauchs und die Form und Größe der Brüste. Oft verglichen sie sie mit Essen: Kürbisse, Brotlaibe, Spiegeleier. Sie merkten ferner an, ob sie mitjuckelte oder wie ein Brett dalag. Mit ihm hatte dies nichts zu tun. Er darbte nicht nach Frauen. Er lag gewöhnlich im Halbschlaf und wartete darauf, daß es Zeit würde, aufzustehen und nachzusehen, ob das gelbe Licht brannte.

Sie gingen zur zweiten Kategorie Frauen über, solchen, mit denen sie etwas haben wollten. Es hatte ihn amüsiert, sie ziemlich heiße Wünsche in Bezug auf die Frau aussprechen zu hören, zu der er immer hinüberschwamm, die, auf deren Brust einmal Blätter von Laichkraut hängengeblieben waren. Sie hieß Maj-Lis. Jedesmal, wenn er ihren Namen hörte, wachte er aus seinem Halbschlummer auf. Nunmehr irritierte es ihn, wenn sie über ihren Hintern redeten. Sie nannten sie nicht Maj-Lis, sondern hatten sie in Steiß-Geis umgetauft. Einer von ihnen erzählte, daß er etwas mit ihr gehabt habe. Arne war sich sicher, daß er log, doch seine Irritation verwandelte sich in tiefes Unbehagen. Er war jetzt hellwach.

»Hört doch, zum Teufel nochmal, mal auf!« sagte er. »Es gibt auch noch welche, die schlafen wollen.«

Einige schliefen wirklich, schliefen oder träumten ruhige Träume an der Grenze zwischen Schlaf und Wachheit. Es gab einige, die sich nie über Frauen äußerten. Sie lachten nur verlegen.

Unter denen, mit denen sie etwas haben wollten, waren manche unerreichbar wie Filmsternchen. Sie waren leuchtend klare Äpfel hoch oben im Baum. Da war die Tochter eines Distriktsarztes, die in einem Luftabwehrturm Dienst tat. Die sah nur Offiziere. Eine junge Bataillonsarztgattin hatte sich in einem Bauernhof in der Nähe einquartiert, um von ihrem Mann nicht getrennt sein zu müssen. Einer von ihnen war ihr im herbstlichen Wald begegnet. Offenbar hatte sie sich verirrt. Er äffte ihre feine, spitze Aussprache, die muntere Freundlichkeit nach. »So ein schöner Tag!« Ja, sie sei spazierengegangen. Und ein wenig vom Weg abgekommen. Könnte er ihr den Weg zum Dorf zurückzeigen? Und sie spazierten nebeneinander her. »Ein herrlicher Herbst, nicht wahr?« Aber sie habe keinen Pilz gesehen, sagte sie. Nein, den hatte, zum Teufel aber auch, er in der Hose. Es rief im Quartier Lachsalven hervor, als er sagte, daß er sich das gedacht und beinahe gesagt hätte. Während des Spaziergangs war er jedoch nur von einer giftigen Verbitterung über die Schlampe mit dem Persianerkragen erfüllt gewesen, weil sie nicht einmal zu merken schien, daß sie neben einem Mannsbild herging. Er war nur ein Kommißkopf, ein Etwas, das ihr Mann mit einem Kommandoruf durch den Herbstmatsch robben lassen konnte. Es lag nicht die Spur von Angst vor einer Vergewaltigung in ihrem Gezwitscher unter den dunklen Fichten.

Die dritte Kategorie Frauen waren die Daheimgebliebenen. Über die sagte man, daß sie gerade zu tun hätten. Über die eigene Frau sagte man das nicht. Wenn man aber aus dem Urlaub zurückkam, mußte man die Ruhe bewahren.

»Na, durftest du rein oder war besetzt?«

»Nein, zum Teufel«, sagte man. »Da war alles im Lot.«

»Da hast du Glück gehabt. Lindberg war mit seinem großen Schwanz nicht dringewesen.«

»Dann hat womöglich sie Glück gehabt!«

Gelächter.

»Ja, zum Teufel, nichts Schlechtes über die Heimatfront. Die müssen sich ordentlich ins Zeug legen, ganz bestimmt.«

»Jaja, doch.«

Und die Geschichten, wie die Heimatfront überrascht worden war, waren unzählig. Er wußte, wie diese Überraschung vor sich ging. Er hatte sich darüber schier kaputtgelacht, viele Male schon. Herrje, wer war am komischsten, der Zivilist, der da mit den Händen vorn dran im Halbdunkel des Schlafzimmers stand, oder der aufgebrachte Krieger in seinem zu großen Uniformrock, dessen Ärmel er erst schütteln mußte, um die Fäuste zeigen zu können? Und das Frauenzimmer im Bett, sie saß natürlich da und flennte und hatte das Charmeusenachthemd an, das sie zu Weihnachten bekommen hatte. Das war das Leben. So war es.

»Da verlaß dich drauf!« sagten sie. »Sei dir nie zu sicher! Die stillsten Wasser.«

Aber Ingrid. Das hatte er nie angenommen, auch nie im entferntesten. Sie war an sich korrekt. Dummes Zeug konnte sie nicht leiden. In Evert Kjällströms Sommerhäuschen hatte sie die Hände des Gastgebers von ihrem Busen genommen. Arne hatte das gesehen. Er konnte das immer noch vor sich sehen, die ganze Szene mit dunklem Fliederlaub, Krebslaternen an einer Schnur von der Holzschuppentür zur Veranda und ausgenagte Melonenschalen auf den Tellern. Evert Kjällströms Hände hatten auf ihrem Busen gelegen, aber sie waren weggenommen worden, freundlich, aber bestimmt.

Er wäre wahnsinnig geworden, wenn sie sich etwas herausgenommen hätte. Er lag in der übelriechenden Dunkelheit voller Gelächter und halblauter Stimmen um sich herum und dachte, daß er damit nie klarkommen würde. Warum, wußte er nicht. Er hatte nur so ein Gefühl. Wie gut, daß sie war, wie sie war.

Die Geschichte mit Maj-Lis war zu Ende. Er würde Ingrid nie etwas davon sagen; es würde sie nur verletzen, und es war auf jeden Fall nichts, was mit ihnen zu tun hatte, nicht das geringste. Nein, zum Teufel. Das war ganz einfach eine andere Geschichte. Abgesehen von dem letzten Eisbad und dessen Konsequenzen war es eine wilde, dunkle, romantische Fichtenwaldgeschichte, eine solche, wie man sie einmal im Leben erlebt und dann darüber schweigt.

Er würde heimfahren. »Schreib aber vorher«, sagten sie. »Sonst weiß man nie.« Er lächelte über sie. Bei sich dachte er, daß es unmöglich sei. Nicht Ingrid, und nicht in ihrem Bett. Mit Kaffee in der Küche hinterher. Das war ganz einfach undenkbar.

An diesem Abend erzählte einer von ihnen von einer Werkmeisterfrau, die die Bereitschaftssoldaten in der Stadt an einem Bretterzaun an sich ranlasse.

»Der Kerl glaubte, sie sei ein Muster an Tugend.«

»Das war sie vielleicht auch. Vor dem Krieg!«

»Ja, Himmel, der Krieg«, sagten sie.

»Ja, der ist noch nicht vorbei, noch nicht.«

Und sie fingen an, über Stalingrad zu reden.

Er lag wach. In weniger als vierundzwanzig Stunden würde er zu Hause sein. Und er hatte nicht geschrieben.

Nun sitzt er im Zug. Draußen sind die Dunkelheit und der Krieg. Das heißt, das nächste, was aufblitzt und rückwärts vorüberfährt, sind einsam gelegene Bauernhäuser, schwache gelbe Lichter in der Dunkelheit. Er ist auf dem Weg nach Hause, auf dem Weg in die Stadt. Für ihn gibt es in diesem Dunkel der Welt nur ein Licht, das zählt, und das ist die Küchenlampe in ihrer Wohnug im Södergården. Es ist eine weiße Kugel, die mit einer Fünfundsiebzigwattbirne ganz oben an der Decke sitzt. Doch seine Erinnerung und seine Sehnsucht verfälschen es freundlich und machen es gelb und nah. Es schwebt über Uffes und Ingrids Scheitel.

Er schaute auf die Uhr, und ihm ist klar, daß er bald da sein wird, und er drückt das Gesicht gegen die schmutzige Fensterscheibe und versucht, etwas zu erkennen. Er meint, einen Bretterstapel wiederzuerkennen, oder genauer, dessen Lage, dessen äußerst vertraute und richtige Lage in der herrschenden Dunkelheit. Er sieht Häuser und ist da.

Es gibt einiges Geschepper, nachdem der Zug angehalten hat, und eilige Schritte auf dem Bahnsteig, doch dann fährt er wieder ab, und alles wird still. Die Züge fahren schnell und heimlich in diesen Zeiten, ebenso heimlich und unergründlich können sie stundenlang irgendwo stehenbleiben, wo man nur ein Stück Wald und die Böschung des Bahndamms zum Anstarren hat. Es ist jetzt so still auf dem Bahnhof, und er bereut, daß er nicht nach Hause geschrieben und angekündigt hat, daß er kommt. Da wäre sie hiergewesen und hätte ihn abgeholt, und sie hätten seine Tasche auf ihren Gepäckträger gelegt.

Wie er am Stadthotel vorbeigeht, hört er durch die dichten sahnegelben Gardinen Musik. Ein Fenster steht einen Spalt weit offen, und es riecht nach Essen und Tabakrauch. Er bleibt einen Moment stehen und lauscht auf das Schleifen von Füßen und die Frauenstimme, die singt: »So ist er denn zu Ende nun, der heißersehnte Augenblick.« Da steigen ihm die Tränen in die Augen. Ja, es ist merkwürdig heutzutage. Er ist empfindlich geworden wie ein Kind. Aber du lieber Himmel, er ist froh, daheim zu sein. Dafür muß man sich nicht schämen. Er wünscht sich nur, daß er bleiben könnte. Das ist kein Leben, mit fünfundzwanzig Kerlen eingesperrt zu sein, halb zu liegen, halb zu sitzen, sich bis zum Abend und dem Halbrausch des Schlafes durchzuhangeln. Und nun muß es gut sein mit Fichtenwaldrauschen und Abgrundsromatik. Ja, du lieber Himmel, Ingrid hat Humor, sie würde wohl lachen, wenn sie wüßte, was ihr Alter da erlebt hat. Vielleicht.

Er geht über die Landsvägsbrücke aus Beton, die Villen auf der anderen Seite sind verdunkelt und still. In der naßkalten Luft riecht es ländlich nach erfrorenen verfaulten Kartoffeln. Die Bretterlager mitten in der Stadt sind noch immer die gleichen, die Straße leicht holprig, und der Hang hinunter zum Konsum und zum Kiosk ist lang. Er erkennt alles wieder, aber er freut sich nicht über das Wiedererkennen, denn überall sind die Lichter aus und es ist still, und er findet, daß die Stadt verdrießlich ist und ihm den Rücken zugekehrt hat. Sie will schlafen. Sie will nichts von Krieg und Bereitschaftssoldaten hören. Was war er doch für ein Idiot, daß er nicht nach Hause geschrieben hat, er hätte auch vorher anrufen und ihr eine Nachricht zukommen lassen können. Weiß der Teufel, was in ihn gefahren war, und jetzt bereute er es. Beim Stadthotel standen die Fahrräder in dichter Reihe, einige lehnten aneinander. Er sah dort ein altes schwarzes Hermes mit hellgrauen Ballonreifen. Aber solche gibt es wohl viele.

Er ist daheim. Der ganze Södergården ist dunkel. In ihrem Küchenfenster brennt kein Licht, weder ein gelbes noch ein weißes. Es steht auch kein schwarzes Hermes im Fahrradständer. »Aber das kann ja irgendwo sonst stehen«, denkt er. »Daran ist ja weiter nichts Merkwürdiges.«

Drinnen ist es still und riecht nach Zuhause. Er steht einen Moment bei der Tür, ehe er das Licht in der Diele anmacht. Dann geht er zur Zimmertür und öffnet sie einen Spalt weit und sieht Uffe daliegen und schlafen. Er liegt in Ingrids Bett. Das andere ist nicht aufgeschlagen. Draußen in der Küche ist es leer. Er ist verwirrt, ihm ist, als würde er Durchfall bekommen. Da trinkt er ein bißchen Wasser und wundert sich, daß das Leitungswasser so schlecht schmeckt. Er hat das bislang nie gemerkt. »Eine Scheißstadt ist das hier«, denkt er und schüttet das Wasser in den Ausguß.

In der braunen Tasche hat er einen halben Liter Klaren. Den holt er jetzt hervor und schenkt sich etwas ein. Er pfeift auf ein Schnapsglas, denn er trinkt ihn nicht zum Vergnügen. Der ist für den Magen.

Wie er so dasitzt, steht plötzlich Uffe in der Tür. Herrje, der Junge. Arne räusperte sich.

»Ich habe gehört, daß du es bist«, sagt Uffe. »Wie du gehustet hast.«

Bevor er den Papa vor dem Wasserhahn in der Küche husten hörte, wußte er es jedoch nicht. Da lag er vollkommen steif im Bett und tat, als schliefe er. Draußen, glaubt er, seien Spione. Die schleichen um den Bretterzaun am IFK-Platz, und wenn die Straßenlaterne zu schaukeln anfängt und ihren Lichtkorb in der zerrissenen Krone der Linde, in der der Wind zerrt, verbirgt, rennen sie über die Straße zum Södergården. Dort biegen sie die Zweige der Holunderbüsche auseinander und langen an das Küchenfenster, daß das Glas bebt.

Die Spione sind wie Bierbrüder, nur größer und schlanker. Sie haben schwarze Tücher über den Armen.

Als der Schlüssel ins Schloß gesteckt wurde, erstarrte er, denn das war nicht das Geräusch von Mama. Er hörte die Schritte zur Tür, und als sie aufging, kniff er die Augen zusammen. Der dort stand da und sah ihn an. Atmete im Zimmer.

Er ging. Dann war der Wasserhahn in der Küche zu hören und darauf das Husten, als er etwas in den Mund bekam, was er nicht mochte. Das war Papa.

»Wo ist Mama?« fragte er Uffe.

»Ich weiß nicht.«

Papa starrt. Jedoch mit leerem Blick, als ob er direkt durch ihn hindurchschauen würde.

»Ja, grüß dich, du«, sagt er dann. Das klingt, als spreche er mit ihm, während er etwas anderes tut, etwas viel Wichtigeres. Aber er tut gar nichts. Er sitzt nur da. Er hat faltige Militärkleider an. Überall wirft der graue Stoff Falten, über die Stiefelschäfte, über den Ledergürtel. Die Kleider riechen bis zur Tür.

»Weißt du nicht, wo Mama ist?«

»Naa. Die ist bei der Tante Maud gewesen. Aber das ist früher gewesen.«

»Wann denn?«

»Das weiß ich nicht. Früher am Abend.«

»Hat sie nicht gesagt wo sie hinwollte?«

»Doch, aber ich hab' schon beinah geschlafen«, sagt Uffe.

»Ich nehm's Rad, hat sie gesagt.«

»Was hat sie bei Maud gemacht? Hat sie sich die Haare fein machen lassen?«

»Ja, klar.«

Der Papa verrückt das Glas. Dann sitzt er eine Weile da und schaut es an.

»Geh, leg dich jetzt schlafen«, sagt er plötzlich.

Uffe will dagegen zu ihm hingehen, traut sich der Stimme wegen aber nicht. Es ist eine sonderbare Stimme. Die ist wie die Fensterscheibe. Es ist unmöglich, etwas in dem schwarzen, blanken Glas zu sehen, an dem der Holunderbusch unaufhörlich seine Zweige streift, ohne daß er von drinnen zu sehen ist.

Und da geht er ins Bett. Er kriecht rückwärts durch die Lebensalter hinab zwischen die verdrehten Laken. Er zupft an dem Wundschorf auf den Knien, bis es zu brennen und hellrot zu bluten anfängt. Darüber wird sie böse werden. Er knipst das Licht an und versucht, die Blutflecken auf dem Laken mit Spucke wegzureiben.

»Mach jetzt das Licht aus«, sagt Papa von dort draußen.

Er sitzt mit weitgespreizten Knien da, die Unterarme ruhen auf den Schenkeln in dem grauen Loden, der aussieht, als wäre er aus Lumpen gewalkt und gestampft. Sie kommt nicht. Hoch oben an den hellgrün gestrichenen, gespundeten Brettern der Wand rücken die Zeiger der Uhr die Zeit voran, Minute um Minute. Er hört das hinter sich, er spürt es überdies im ganzen Körper. Die Hände hängen wie Uhrengewichte zum Linoleumboden hinunter. Er kann sich vor Enttäuschung nicht rühren. Es geht ihm durch den Kopf, daß so manches, was man in froher Alltagslaune als den Gang des Lebens abtut, zum Himmel schreit. Einen Augenblick lang schaut er geradewegs hinab in den Abgrund von Lebensenttäuschung, zieht sich aber schnell zurück und trinkt einen Schluck aus dem Glas auf dem Küchentisch.

Jedenfalls geht ihm durch den Kopf, daß es andere Arten zu leben gibt. Gegeben hatte. Zu spät jetzt. Aber ab wann war es zu spät? Wann nahm man die letzte Abzweigung?

Er kann sich vorstellen, daß es andere Menschen gegeben hätte, mit denen man ein ganzes Leben hätte verbringen können. Fröhlichere. Ja, im Alltag freundlichere, ganz einfach. Es gibt tatsächlich Leute, die nicht alles so todernst nehmen.

Ein ganz anderer Typ schwebt ihm für einige Augenblicke vor. Allerdings undeutlich. Es ist kein Gesicht, keine reine Körperlichkeit. Eher eine Art Hauch von süßem Gugelhupfgeruch. Gutmütiges Lachen. Ruhige Bewegungen. Verzeihung. Ja, zumindest Verständnis.

Warum sollte ein Mensch, mit dem man verheiratet ist, nicht ein bißchen nett sein können?

Er hat nun Branntwein in ein Trinkglas eingeschenkt, ins

erste, das er in die Finger bekam, als er den Schrank öffnete. Jetzt sitzt er da und starrt in das klare Getränk.

»Der Teufel hol's, heimzufahren«, sagt er halblaut.

So ist das, heimzukommen: das Bett leer, Tanz im Stadthotel und ein Hauch von Ausgekühltheit und Verlassenheit in der Küche. Vom Flur her zieht es, und er sitzt da und weint ein wenig. Wenn Schweden deutsch geworden und die Stadt in Schutt und Asche gebombt worden wäre, hätte das für ihn nicht schlimmer sein können als das, was vermutlich geschehen ist oder in diesem Moment geschieht.

Die Bereitschaft und Svenska Verkstad können eigentlich auf eins hinauslaufen. Überdruß und gute Laune gibt es an beiden Stellen, und ihm kommt es vor allem zu, zu gehorchen und erteilte Anweisungen zu befolgen. Aber hier drinnen war er doch immer Herrscher gewesen, der, um dessentwillen Heringe gewässert und Kohl gebrüht wird, Herrscher über das Zimmer, die Küche und die Diele und über ihren von einer gerippten Baumwolltrikothose mit halblangen Beinen verborgenen Schoß. Was da hineingesteckt werden soll, ist von ihm bestimmt worden. Was daraus hervorgehen soll, hat von ihm abgehangen.

Aber jetzt. Er weiß nicht einmal, ob er abgesetzt ist. Wenn er die Augen schließt, sieht er die weiße Unterhose, den Unterrock aus beigefarbenem Seidentrikot und einen Wollrock von Vorkriegsqualität auf einem Haufen auf einem Fußboden. Da muß er noch etwas Branntwein trinken, um von diesem Anblick loszukommen, und das wasserklare Getränk wärmt ihn vom Magen aus nach außen und wiegt ihn nach einer Weile wie in einem angenehm temperierten Badewasser. Da sieht er sich wieder als Herrscher, wenn er die Augen schließt. Es ist die Zeit, da sein Krönungsornat ein weinroter Hochzeitspyjama war. Nun hebt sich freundlich nach Sommer duftend das Reich unter ihm und bittet: Sei mein Schicksal. Sage mir, was von meinen verborgensten Räumen ausgehen soll und wie du mein Leben zu gestalten gedenkst, vierzig Jahre babylonische Gefangenschaft auf einem Ausziehsofa, während die Milchsuppe im Spüllumpen sauer wird, oder drei Zimmer mit Küche und ein Häuschen am See, duftende Kinder, ein spielender Hund, Ringelblumen und eine Flagge. Ich werde wie ein Weizenfeld unter deiner Sonne reifen, nach Essen und reinen Laken duften, ich werde Winterruhe und tröstendes Summen sein. Glänzend leuchten alle Dinge des Königs, der Radioapparat mit Goldstoff vor der Öffnung und seinem freundlichen Stockholm-Motala, die Sofalehne, der Kaffeekessel, das weiße Porzellan der Lampe und das schwere Neusilberbesteck.

Und nun tritt der König heraus aus seinem Reich, das sich auf die Seite dreht, um in Erwartung seiner Rückkehr zu den Dingen und deren freundlichem Glanz zu schlummern.

Dies ist ein Branntweintraum. In Wirklichkeit duftet es nach nichts anderem als nach einem schlafenden Kind und einer leeren Wohnung. Die Sofalehne ist schlecht poliert, und auf der Porzellankugel der Lampe liegt fettiger Staub. Im Stadthotel ist heute abend Tanz, und das Reich ist wem auch immer von wo auch immer, von Dalarna oder Skelleftehamn, zugewandt, die Macht ist von ihm gewichen, und der Mantel, durch Schmutz und Tristess geschleift, gleicht am ehesten noch einer alten, dreckigen Unterhose. Sie scheint die ganze Herrlichkeit gründlich satt zu haben, denn sie hat nicht einmal seine zivilen gewaschen. Es findet sich keine einzige in der Kommodenschublade. Den Gedanken, sich umzuziehen, läßt er fallen, nachdem er eine Weile in den Schubladen gewühlt hat; das Leben ist eine unbeschreiblich saure und langweilige Geschichte, gegen die er, wie gegen Durchmarsch und heftigen Ohrzwang, Branntwein trinkt.

Da kommt sie.

Er knöpft sie sich vor, sobald sie ihr schwarzes Hermes mit dem verzogenen Vorderrad in den Fahrradständer gestellt hat und hereingekommen ist, äußerst überrascht. Er knöpft sich ihre goldgefärbten — ja goldgefärbten —, hochgesteckten, gekräuselten Haare vor, geht zu ihr hin, um zu sehen, ob sie Lippenstift aufgelegt hat, und um herauszufinden, ob sie nach Gasthaus riecht, und fragt sie, warum ihr Kind allein schläft. Drinnen im Zimmer hebt Uffe den Kopf vom Kissen und lauscht auf ihre Stimmen, die laut und erregt sind. Es dauert nur einige Minuten, dann wird es still. Sie sitzen sich jetzt gegenüber, jedes auf einem Küchenstuhl, und schauen die jeweilige Wand an.

»Schenk mir auch ein Glas ein«, sagt sie.

So saßen sie sich gegenüber und tranken, jeder in seinen Schmollwinkel verzogen, und es gab keine Freude, die sich irgendwo von der Lampe mit ihrer Staubschicht zu der gelben Firnishaut des Linoleums hätte herunterholen lassen, die uneben geworden war, nur weil es so verdammt schnell gehen mußte, wenn sie etwas zu tun hatte.

Tiefer und tiefer verzog er sich in seinen Winkel, und er überlegte sich bereits, in Schweigen zu verfallen. Sie wollte nicht zugeben, daß sie eine Schlampe mit goldgefärbten Locken und einem Mund, der klebrig von Schminke wie eine halbverheilte Wunde glänzte, sei. Sie lachte ohne Fröhlichkeit über ihn und sagte:

»Für so was habe ich keine Zeit.«

Sie stand morgens um sechs auf und ging zu Kurre und nähte. Sie kaufte mit eigenem Geld Essen und Zigaretten und hatte keine Zeit, tanzen zu gehen. Sie hatte auch keine Zeit, den Firnis zwischen den Anstrichen trocknen zu lassen, und ebensowenig, mehr als das Notwendigste zu waschen. Am Abend zuvor hatte sie ein Schwein geschlachtet, an diesem Abend hatte sie einen Brief geschrieben, und das letzte, was sie jetzt getan hatte, ehe sie sich schlafen legte, war, daß sie zum Briefkasten fuhr und ihn einwarf. An ihn.

Und die Haare? Die Haare! Er betrachtete sie als überparfümiert und haltlos wie eine überreife Banane, es ließ sich nicht ändern. Er sprach zu ihr wie zu einer andern. Er sprach eigentlich zu vielen Frauen und zu Maj-Lis. Wenn er wirklich alles aus sich herausgebracht hätte, was er sagen wollte, dann hätte er sie gebeten, sich die Haare nicht so hochzustecken und voller Dauerwellen machen zu lassen. Warum konnten sie nicht nur einen lieben? War das nicht schön? Mehr wollte er doch gar nicht haben, Innigkeit und Wärme und den schwachen Geruch von blutdurchströmter Haut am Hals, gleich unter dem Ohr, weiter nichts. Warum waren sie nicht züchtig und zogen die Unterwäsche unter dem Nachthemd aus? Warum konnten sie in solch dunklen Herbstnächten nicht allein schlafen und träumen? Er hätte ihr gern von einem Mädchen erzählt, mit dem er einst in einer großen Kiste gespielt hatte. Das war lange her, aber eigentlich war es nie besser geworden. Warum konnten sie einander nicht ganz für sich allein haben, als Zuflucht in tosendem Sturm, ein Spiel mit Steinchen und Scherben als Tassen und Untertassen und mit Wiesenkerbelblättern als Petersilie und den braunen Samen des krausen Ampfers als Kaffee?

Wärme und Zutrauen wollte er haben und hundertfach, ja zehntausendfach vergelten. Umarmt werden wollte er, weiter nichts (auch weil der klare Inhalt der Flasche gesunken war und Blei in seine Hoden ausgefällt hatte), umarmt werden und das Zehntausendfache seiner Wärme geben, was in seiner Brusthöhle wie in einem Dachsbau unter einem winterlichen Steinhaufen überlebt hatte. Alles, was er hätte sagen wollen, brachte er nicht heraus. Aber manches.

»Man kann sich fragen, was du eigentlich getrieben hast«, sagte Ingrid.

Da machte er Ernst mit dem Schweigen. Denn so war das bei Ingrid, und im übrigen bei der ganzen verdammtem Sippschaft um Konrad Eriksson, daß sie reden und alles gegen einen wenden konnten. Entweder wortreich und mit großartigen Späßen, über die sie selbst am meisten lachten, oder wie jetzt, schmerzlich, ja brutal in ihrer Dürftigkeit.

Er schwieg und verweigerte ihr auch seinen Blick. Da begann sich die Panik in ihr breitzumachen. Noch war sie nicht gefährlich. Sie regte sich nur ein wenig. Ingrid erhob sich und schaltete das Radio an, und das, was da herausströmte, war schön und symphonisch. Sodann lief sie mit herausfordernden, alltäglichen Schritten kreuz und quer durch die Küche und räumte auf, bis nichts mehr aufzuräumen war. Zuletzt schlug sie vor, daß er sich ausziehen solle, damit sie die Unterwäsche und das Hemd einweichen könne. Der Uniformrock und die Hose könnten über Nacht vielleicht draußen vor dem Fenster hängen. Ihm, der keine Ahnung davon gehabt hatte, daß es bis in die Diele hinaus nach Klarem und Mobilisierungsunflat gerochen hatte, als sie kam, begann dies nun zu dämmern, und er wandte sich von ihr ab, und sein Rücken war ein langer, müder Bogen. Er wollte schlafen gehen, doch er würde verdammt nochmal hier sitzen bleiben. Sie würde schon sehen.

Da ging sie her und räumte das letzte in der Küche auf, sie sammelte die Branntweinflasche und die Gläser zusammen und ging damit zum Spültisch. Da sagte er:

»Da scherst du dich den Teufel drum!«

Und vor Verblüffung darüber, daß er gesprochen hatte, stellte sie sie zurück. Er trank etwas. Da spielte im Radio »Du alter, du freier«, und damit war das Reichsprogramm zu Ende. Ein Weilchen klang es, als ob es im Radio knisternd brenne, und dann heulte es schwach auf einem einzigen Ton seine Nachtheulermelodie und Selbstmordweise. Sie hatte beschlossen, es nicht abzudrehen, denn schließlich saß er am nächsten, doch ihre Nerven machten das nicht mit. Sie stürzte hin und drehte den Knopf herum.

»Und du schweigst!« schrie sie. »Du schweigst und schweigst!«

Sie war in ihrer Einsamkeit umhergelaufen und hatte sich wie er gefragt, wann man eigentlich zur letzten Wegscheide seines Lebens gekommen sei. Wie wurde es so, wie es war? Aber daß sie ohne ihn irgendwohin hätte gehen sollen, das fiel ihr nicht ein, selbst jetzt nicht.

Sie konnte nicht leugnen, daß er das große Ereignis in ihrem Leben war, auch wenn es schmerzte, denn sie erfuhr nie, ob es für ihn genauso gewesen war. Doch für sie gab es ein vor und nach Arne, eine andere Zeitrechnung war nicht möglich, selbst wenn sie ihre Lage haßte. Sie hatte einen Schwerpunkt bekommen. Ja, er war eine Schwere in ihr. Das hatte nicht viel mit Verliebtheit zu tun, auch wenn es anfangs in dieser Maske einherkam. Sie hatte es kaum als Liebe erkannt, jedenfalls nicht, wie sie ihr beschrieben worden war. Sie war ein Gefühl des Daheimseins. Zusammengehörigkeit. Schwere.

Er machte sich schwer in ihr. Es spielte keine Rolle, wie er war. Manchmal glaubte sie, es sei die reine Chemie, manchmal, daß es etwas mit ihren Seelen zu tun habe. Dann lachte sie über sich selbst, doch das war in freudigeren Momenten als diesem.

Kinder hatte sie mit ihm nie haben wollen. Am liebsten wäre sie auch der babylonischen Gefangenschaft entgangen. Daß sie schwanger wurde, war ein Schock gewesen. Doch sie hatte sich vorgenommen, gegen das Kind gerecht zu sein, und das hatte endlose Konflikte hervorgerufen. Er war eifersüchtig auf den Jungen, und sie beharrte auf Uffes Recht. Das war aufreibend gewesen all die Jahre hindurch, und mitunter ein Drama. Sie spürte auch, daß all ihre Sorge um Uffe und ihre pingelige Forderung nach Gerechtigkeit der Liebe entsprangen. Unter anderem. Sie war sich jedoch nicht sicher, daß sie das auch zeigte. Das war nicht so einfach. Die letzten zwei Jahre war Arne auch anders zu Uffe. Er hatte angefangen, ihn zu beachten. Und zwar seit er Schlittschuhlaufen gelernt hatte. Das hatte sie nicht alle drei zusammengeführt. Nein, ihre

Liebe, wenn es denn Liebe war, war so beschaffen, daß sie allein immer am glücklichsten waren.

Daß sie eine Schwere bekommen hatte, daß sie sich in Arne verguckt hatte, war kein leichtes Glück gewesen, nein, ganz und gar kein Glück, jedenfalls kein solches, wie sie es zu der Zeit aufgefaßt hatte, als sie zum Tanztee ins Casino gegangen war oder nach den IFK-Basaren auf ihn gewartet hatte. Es war Schwere.

Schwere, Schwere, Schwere. Diese verdammte Schwere.

Sie hätte ihm jetzt vieles sagen wollen, da die Panik sich breitmachte und sie von seinen schmutzigen Kleidern angefangen hatte, deren Geruch ihr schon in der Diele entgegengekommen war. Doch das war kein guter Anfang.

»Sag schon was?« schrie sie. »Hörst du nicht? Du bist doch wohl nicht heimgekommen, um dich totzuschweigen!«

Daß er schweigen würde, gehörte zu den Regeln, das wußte sie eigentlich. Denn nun hatten sie in der Tat eine Bühne betreten, sie hielten ihre Rollenhefte in der Hand, und alles war voraussagbar und unmöglich zu ändern. Sie würde reden, und ihre Stimme würde schriller und schriller werden, und er würde schweigen. Tiefer und tiefer würde sie in dem, was gewesen war, graben, bis hinab zu den längst vergangenen Zeiten mit Sägespäneboden und Bandyeis, wo sich Erinnerungen, empfindlich wie bloßgelegte Zahnhälse, fanden.

»Du scherst mich den Teufel«, sagte sie unleidlich. Er mochte es nicht, wenn Frauen fluchten, und vor allem nicht, wenn sie das tat. Jetzt scheute er. Sie bekam einen Blick zugeworfen. Damit hatte sie ihn immerhin berührt! Sie fluchte noch einmal, um ihn noch mehr und noch unleidlicher zu berühren.

»Du scherst mich den Teufel mitsamt deiner Regeln!«

Denn sie faßte es so auf, daß seine Regeln galten. Sein stummes Spiel bestimmte das ganze Stück. Wenn er sich nur rührte und redete, wenn seine Augen wieder lebendig würden, könnte sie ganz andere Sachen sagen. Sie könnte das Heft, aus dem sie vorlas, wegwerfen.

Sie fand, daß er in einer Welt von Regeln lebte. Das hatte er schon immer getan. Nicht nur auf dem Eis. Aber dort natürlich besonders. Ja, als er spielte, gab es sogar Regeln dafür, wieviel sie essen und trinken sollten und wieviel sie mit ihren Freundinnen zusammensein durften, und Regeln für Kameradschaft und für Feindschaft. Irgend jemand hatte für sie festgelegt, wer der Feind war, und der war dann auch der Feind. Irgend jemand hatte für sie festgelegt, wer Mannschaftskamerad war, und da hielten sie unverbrüchlich zu ihm. Ihre Trainer und Mannschaftsführer waren mittelalterliche Männer, mittelalterliche Kerle mit kleinen, festen Hüten, und sie liebten die Jungs. Ein solches Wort würden sie nie benutzt haben, doch daß es sich um Liebe handelte, daran hatte Ingrid keinen Augenblick gezweifelt.

Da war ein blasser, kraushaariger Mann gewesen, einer namens Melkersson. Er hatte Arne glauben machen wollen, daß sie für ihn schlecht sei, daß sie ihn aussauge und schlapp mache. In seiner Begierde hatte sie jedoch einen Verbündeten gehabt. Mit dem war Melkersson nicht fertiggeworden.

Irgend jemand hatte Maud erzählt, die es wiederum ihr erzählt hatte, daß Jungen von Männern manchmal Angebote bekämen und daß sie oft auf den, der das Angebot machte, einschlügen, ihn aus besinnungsloser Angst und Selbstekel schlügen. Vielleicht war Melkersson geschlagen worden, und vielleicht traute er sich kein Angebot zu machen. Sie mißtraute ihm jedoch stark. Sie hatten einander nie Freundschaft vorgeheuchelt, er und sie. Sie hatten sich kalt angestarrt, kaum gegrüßt.

»Aha, da kommst du ja«, sagte Melkersson zu Arne, wenn sie beide zusammenkamen. Als ob es sie gar nicht gäbe. »Komm doch rein!«

Und Arne kümmerte sich ebenfalls nicht um sie. Einmal hatte er sie vor der Trainingshalle stehenlassen, während er hineinging und sich mit Melkersson unterhielt.

»Wart einen Moment«, sagte er.

Er war eine Viertelstunde weg. Es wurden zwanzig Minuten. Als es auf eine halbe Stunde zuging, ging sie. Sie fragte sich hinterher lange Zeit, wie lange er sie wohl vergessen hatte. Doch das würde sie nie erfahren, da sie gegangen war. Für solche Momente haßte sie ihn, doch damals verlagerte sie ihren Haß auf Melkersson, den Kraushaarigen, Ältlichen, Krummbeinigen mit dem kleinen, festen Hut.

Jetzt war Arne selbst Trainer. Er war ein Melkersson. Die Jungs gehörten ihm. Die Mannschaft gehörte ihm. Sie waren eine Art Vergrößerung und Verlängerung von ihm, seinem Willen und seiner Geschicklichkeit. Daß sie nicht merkten, was es mit seiner zärtelnden Fürsorglichkeit für ihre Wadenmuskeln und kostbaren Fußrücken auf sich hatte! Für ihn waren sie Muskelkraft, die einem Gedanken, den er hatte, Form verlieh, dem Gedanken, wie sie vorgehen mußten, um den Feind, die Zipfelmützen, zu besiegen. Er schliff und trimmte sie Stunde um Stunde, um ihren Willen spulförmig zu machen, ihn nur auf eine Sache zu richten: den Zipfelmützen mit dem Schwanz hinten reinzufahren und es ihnen zu geben, daß sie sich krümmten. Sie hatte sich vor einem Match den Bussen und Umkleideräumen genähert und gehört, wie er sie anfeuerte. Nicht, daß sie schockiert oder auch nur verwundert gewesen wäre. Sie war nun schon auf allzu vielen ihrer Feste gewesen. Jetzt war sie lediglich froh, daß sie Bescheid wußte. So sah man also auf einen besiegten Feind. Ein Arschloch und eine Frau in einem.

Der Sport sollte zu Kameradschaft, Kampfgeist und Idealen erziehen und trainieren. Aber diese Ideale waren eine Flagge, die im Wind knatterte. Und diese flatternden, leeren Ideale sollten erziehen und trainieren und den Kampf zwischen den Klassen und den Egoismus in der Welt überbrücken. Hier sollten sich der Ingenieur und der Arbeiter, der Baron und der Instjunge begegnen, und der Beste sollte gewinnen. Hier sollten die Klassenschranken aufgehoben und der Kampf eingestellt sein. Hier sollten Verständnis und Kameradschaft und internationale Zusammengehörigkeit sprießen, und sprießen tat es wohl und keimen. Doch was da keimte, davon hatten sie keine Ahnung! Um diese Ideale stand ein Geruch wie von alten Turnschuhen. Ihre Fahne war leer, doch sie knatterte gut im Wind. Vorwärts Jungs! Am ehrlichsten, fand sie, waren sie in den Bussen und Umkleideräumen, wenn sie ihre Haßgesänge herleierten wie früher die Knechte gegen die Knechte des Nachbardorfes, bevor sie an den Wegscheiden mit ihren Prügeleien begonnen hatten. Das sagte sie zu ihm. In regelmäßigen Abständen kam das im Lauf der Jahre, es brach gegen ihren Willen aus ihr heraus. Wenn er wenigstens geantwortet hätte. Das Lächerliche war, daß sie wußte, was er hätte antworten können! Sie wußte, wie man ihr widersprechen konnte. Da er aber nie antwortete, endete es damit, daß sie schrie.

»Am schlimmsten ist es auf Gökudden!« schrie sie.

Der Direktor von Svenska Motor hatte ihnen da draußen eine Hütte gebaut, und dort verstauten sie ihre feuchten Trainingsanzüge zusammen mit Zeitungen und Holzscheiten in der Holzkiste, und es roch, ja es stank nach alten Turnschuhen da draußen! An den Wänden hingen Elchköpfe und in den Kiefern Ringe, und sie badeten in der Sauna und sprangen johlend ins Wasser, und alles, was Leben hieß, flüchtete und verschwand. Schwer und rot von der Hitze der Sauna und vor Lebensfreude, vor Trunkenheit und Kampfeslust johlend verscheuchten sie den Kuckuck und den Elch und den Maikäfer, so daß sie mit ihren Idealen da draußen total allein waren.

»Antworte!« schrie sie. »Hörst du nicht? Du mußt antworten. Ich halte dein Schweigen nicht aus, du machst mich wahnsinnig! Schau mich wenigstens an!«

Sie versuchte, sein Gesicht in ihre Richtung zu zwingen, riß ihn herum, damit er ihr in die Augen sah, doch da verschloß er mit einer starken Muskelanspannung das ganze Gesicht und machte die Augen zu. Es war jetzt so zu, daß es verzerrt war, sie erkannte ihn nicht wieder, und das machte ihr Angst. In Panik schlug sie auf ihn ein. Sie schlug einmal und auch ein zweites Mal zu, ehe er sich öffnete, und da fiel er auf die Seite, als wären die Schläge sehr kräftig gewesen, und kroch auf dem Fußboden zum Herd. Er tastete nach dem Schürhaken, ließ ihn aber auf den Boden fallen und bekam dann die Ofenkrükke zu fassen. Sie wich vor der Hiebwaffe zurück, als er sich aufrichtete. Er wollte ihr jedoch gar nichts tun. Er reichte ihr die Krücke und sagte:

»Ist gut. Schlag nur! Schlag! Ich bin das wert. Nur zu, schlag!«

Und ohne daß sie wußte, wie es zugegangen war, stand sie mit der Krücke in der Hand da, und er kroch vor ihr zusammen. Da wurde ihr kalt, und sie schämte sich und ließ das Gerät los. Sie ging zum Ausguß und wischte sich ihre rußige Hand an einem sackleinenen Handtuch ab.

»Steh auf!« sagte sie und faßte ihn unter den Armen. »Komm jetzt.«

Sie schleppte ihn zur Tür. Er machte den Oberkörper schwer und unbeweglich, doch die Beine folgten. Sie ließ ihn quer über dem Sessel im Zimmer liegen, und er weinte.

Ulf brauchte sie nicht zu wecken, denn der lag starr zusammengekauert im Bett und horchte.

»Du wirst jetzt in der Küche schlafen«, sagte sie. »Im gewohnten Bett. Ich werde es aufschlagen.«

Sie nahm ihn in den Arm, und sein Pyjama war schweißnaß und kalt am Rücken.

»Papa ist heimgekommen«, sagte sie. »Wir werden das untere Bett herausziehen, damit er dort schlafen kann.«

Sie wechselte seinen Pyjama, und als sie ihn hingelegt hatte und ins Zimmer zurückkam, weinte Arne in eines der Seidenkissen, die seine Mama gehäkelt hatte.

Ingrid führte an dem unteren Bett der Ottomane alle gewohnten Griffe aus; zog es heraus, klappte den Eisenboden auf und keilte ihn dort, wo er schief war, mit einem Buch, das gegenau in den Spalt paßte und das sie immer dazu hernahmen, fest. Es war Ebba Theorin-Kolares »Der Mann, den du mir gabst«, und sie lächelte darüber, denn sie fühlte sich wieder warm und stark.

Nachdem sie das Bett gemacht hatte, schlief er, ohne auch nur mehr aufzustehen und pinkeln zu gehen, plump ein. Sie selbst hatte kalte Füße, als sie ins Bett kroch, und als sie dalag und ihn im Schein der Straßenlaterne vor dem Fenster betrachtete, breitete sich die Kälte im ganzen Körper aus. Da verließen sie sowohl die Stärke als auch der Mut, genau wie sie vor einer Weile der Haß verlassen hatte. Sie bekam Angst.

»Arne«, sagte sie und ergriff seinen Arm. »Arne!«

Er grunzte kurz und schlief weiter, und als sie ihn schließlich zu wecken versuchte, indem sie seinen Arm schüttelte und ihm sagte, daß sie Angst habe, strich er ihr über die Wange, ehe er sich umdrehte. Sie war wieder allein in dem kalten Licht von der Straße, das auf der Kunstseide der Decke lag und glänzte.

»Wach auf! Hörst du! Ich halte das nicht aus!«

Da richtete er sich auf und setzte sich mit dem Kissen als Rückenstütze an das Kopfende des Bettes, und sein Gesicht war grau und blaß.

»Was machst du denn?« weinte sie.

»Ich werde mich wach halten«, sagte er und saß starr mit offenen Augen da.

»Sei nicht komisch!«

Doch er rührte sich nicht. Und sie fing an zu weinen, drehte sich auf die Seite, kehrte ihm den Rücken zu und weinte laut. Es war jedoch, als merkte er es nicht. Er rührte sie nicht an. Da stürzte sie hinaus zum Klosett und kauerte sich in dem kleinen Raum auf dem Linoleumboden zusammen und weinte in dem üblen Geruch, der über den Fußboden kroch, und spürte, wie sich von den Armen und Beinen her die Kälte im ganzen Körper ausbreitete. Er kam nicht. Niemand kam. Sie konnte sich die Eingeweide aus dem Leib weinen, ohne daß jemand kam und sich ihrer annahm. Sie war in der Hölle und wußte das, hatte ein eiskaltes, steifes Zwerchfell, das weh tat, als sie tief Luft holen wollte. Da stürzte sie ins Schlafzimmer zurück und schlug die Arme um ihn und interessierte sich nur für die Wärme seines Körpers.

»Sei lieb«, sagte sie. »Sei lieb, sei lieb!«

Sie riß und rüttelte seine steifen Arme los, bis sie sie um sich brachte und die Wärme spürte. Es war ihr jetzt egal, daß sie bettelte und flehte, was spielte das für eine Rolle!

»Beruhige dich und weine nicht«, sagte er. »Ich bin doch da.«

Nun war er durch die Schüchternheit und durch die Versteinerung und die Selbstverachtung hindurchgestiegen, und er sprach. Sie dachte an alles, wohindurch sie im Lauf der Jahre zusammen hinabgestiegen waren; die Hochstimmung und den Quatsch und die Roheit, wenn es denn sein mußte, und die Sauferei und die Alltäglichkeit, und sie hatten einander bis auf die Haut ausgezogen. Ja, die Schleier lieblicher Musik und die Sterne um die Stirn waren jetzt nur noch verstreute Klamotten, und das Verständnis hatten sie hingeworfen, und die Gemeinschaft und die Treue und alle Erklärungen und aller Sinn waren wie ausgediente Fetzen auf dem Fußboden eines Flurs. Sie waren in die Kammer des Hierseins eingetreten. Berühre mich, bat sie. Berühre mich in den geheimen Räumen, wohin keine Worte und keine Erklärungen reichen. Die Worte wollen überall wie schmutzige Zeigefinger umhertasten. Doch hierher reichen sie nicht. Hier sind wir allein miteinander, Haut an Haut.

Und das Unbegreiflichste von allem: Warum gerade du? Wir passen ja nicht einmal zusammen. Wir können nicht miteinander auskommen. Wie können wir einander berühren?

Daraufhin fing sie an zu weinen. Aber nicht wie zuvor; sie weinte jetzt still. Sie merkte, daß er Mühe hatte, sich wach zu halten. Gleichwohl fragte er sie, warum sie traurig sei. Da versuchte sie ihm zu erzählen, wie sie vor dem erleuchteten Küchenfenster zu stehen und in ihre leere Küche zu schauen pflegte, ohne verstehen zu können, daß sie die Frau war, die dort drinnen lebte und alle diese Gegenstände anfaßte. Sie erzählte von dem Kaffeekessel, der so erschreckend aussah, wenn man ihn von draußen sah, wie dessen Form bestimmt und ein für alle Mal begrenzt sei.

»Ich habe Angst, so zu werden«, sagte sie.

»Hast du Angst davor, ein Kaffeekessel zu werden«, lachte er leise und suchte in der Dunkelheit nach ihrer Wange. »Du hast so viele Einfälle.«

»Nein, ich habe Angst davor, wie deine Mama zu werden!« Zunächst glaubte sie, daß er böse werden würde, aber er sagte nur, daß Mutti wohl nicht ganz verkehrt sei.

»Aber das ist klar, daß du nicht dein ganzes Leben lang hier bleiben mußt«, sagte er. Und dann fragte er sie, ob sie das neue Mietshaus gesehen habe, das unterhalb des Krankenhauses liege, das grüne, das die Leute Eispalast nannten, weil mit der Heizung anfangs etwas nicht gestimmt habe. Jetzt sei sie jedoch in Ordnung, und es sei so warm, wie es die Brennstoffkommission zulasse.

»Ich kenne den Hausverwalter«, sagte er. »Wir kamen an den gleichen Ort, und ich liege neben ihm. Da ist jetzt eine Wohnung frei, und wenn wir wollen, können wir einziehen. Du mußt nicht hier bleiben.«

Er tätschelte ihre Hand, und er sagte es noch einmal. »Du mußt nicht hier bleiben.« Dann hörte sie an den Atemzügen, daß er am Einschlafen war.

Vladimir Makanin

Der Fluß mit der reißenden Strömung

1

Ignatjew war sich längere Zeit nicht schlüssig, ob er an der »Kropotkinskaja« aussteigen sollte. Dann tat er es doch, ziemlich lustlos.

»Sieh mal an, wer da steht!«, sagte Marina beim Öffnen der Wohnungstür. »Welch seltener Besuch!«

Sie führte ihn den langen Schlauch des Korridors entlang, an Gerüchen vorbei, die ihm seit gut hundert Jahren nicht mehr die Nasenflügel gekitzelt hatten. Marina lächelte. Sie flüsterte, Ignatjew möge leise reden, der streitsüchtigen Nachbarn wegen. Sie schritt jedoch zügigen Schrittes einher, ohne sich links und rechts nach irgendwelchen drohenden Gefahren umzublicken. Die die alte Kommunalwohnung füllenden Gerüche waren süßlich und penetrant.

Das Zimmer war groß, aber in kaum vorstellbarem Maß ungepflegt: hier lebte Marina. Sie gehörte zu jenen Frauen, die weder eine Wohnung sich zu ergattern noch eine Ehe einzugehen imstande sind: beides geht über ihre Kraft. Nicht einmal zu einer bescheidenen Renovierung konnte sie sich aufraffen. Sie verdiente ihr Geld als Ingenieurin, aber nicht sehr erfolgreich. Das waren ihre eigenen Worte.

Die Nachbarn haßten sie, sie vergalt Gleiches mit Gleichem. Abends spielte sie Klavier. Sie war eine von jenen einsamen Frauen, die ihre Behausung vernachlässigen und ihr Leben schleifen lassen, in der vagen Hoffnung auf einen Zufall oder ein Wunder. Es konnte jedoch gut sein, daß Marina die Hoffnung inzwischen ausgegangen war.

Marina fing Ignatjews Blick auf und sagte:

»Du siehst, ich lebe weiterhin in dieser Luxusherberge.«

»Ich sehe.«

Ignatjew setzte sich an den Tisch, legte die Ellbogen auf die Tischplatte und sagte:

»Ich habe Unannehmlichkeiten.«

Marina fragte nach einer Pause zurück:

»Unannehmlichkeiten?«

»Vielleicht auch Schlimmeres. Ich weiß das auch nicht.«

Er erzählte Marina, was geschehen war. Er erzählte, daß seine Ehefrau fremdzugehen begonnen hatte.

»Hätte ich der Ssima überhaupt nicht zugetraut!«

Marina begann, nervös zu lachen. Sie hatte sich das offenbar im Lauf der Zeit angewöhnt. Sie lachte mit Härte und ohne die mindeste Furcht, daß ihr Lachen ihren Gast kränken könnte.

»Was soll denn komisch daran sein?« fragte Ignatjew vorsichtig.

»Ich erklär es dir. Du hast vor dich hingelebt, in Saus und Braus, mit viel Geschick und ohne Traurigkeit. Und jetzt plötzlich dieser Schuß vor den Bug. Jetzt kommt die Phase des Leidens.«

Marina legte eine Lachpause ein und fuhr dann fort:

»Du glaubst wohl, ich würde Mitgefühl mit dir mimen. Dir deine blutenden Wunden gesundschlecken. Nein, mein Lieber, das ist nicht drin. Jetzt leide mal schön, zur Abwechslung!«

Dann tat sie, als würde sie ernst werden, stieß sogar einen Seufzer aus. Ließ durchblicken, daß sie für seinen Zustand Verständnis hätte. Aber auch jetzt konnte sie ihr nervöses Lachen nur mit Mühe zurückhalten. Das war ihr deutlich anzumerken.

Ignatjew legte die Stirne in Falten. Dachte, er sei an die falsche Adresse geraten. Ihm fiel ein, daß er vorhin in der Metro überhaupt keine Lust verspürte hatte herzukommen.

»Du Armer, du Schmerzensmann«, fuhr Marina in ihrem Sermon fort. »Im übrigen ist das Ganze vielleicht harmloser, als du annimmst. Durchaus möglich, daß nichts Fleischliches mit im Spiel ist. Nennen wir Ssimas Verhalten einmal so: eine rührend weibliche Wunderlichkeit.«

»Durchaus möglich, durchaus möglich.«

»Was kann es da nicht alles geben, auf der Ebene. Vielleicht sind Ssimas Arbeitskollegen von einer kollektiven Theaterbegeisterung erfaßt worden. Vielleicht ist die Liebe zur Kunst urplötzlich in ihnen entbrannt. Und du schlägst Alarm, für nichts und wieder nichts.«

»Erwecke ich den Eindruck eines Panikmachers?«

»Weshalb bist du sonst angelaufen gekommen?«

»Ich kam nicht angelaufen, ich kam ganz normal. Weil es sonst keinen gibt, mit dem ich reden könnte.«

Marina kochte einen Kaffee. Ignatjew betrachtete das dreist und zugleich kläglich entblößte Zimmer mit den von der Wand in Fetzen herabhängenden Tapeten. In diesem Zimmer hatte sich seit ihrer Jugendzeit nichts verändert, auch das eiserne Bett stand noch da, auch der schwere Wecker aus der Nachkriegsweckerserie. Man mußte schon sehr genau hinschauen, um irgendein schwach angedeutetes Element des Neuen in diesem Raum zu entdecken. Ignatjew blickte um sich und schlürfte den heißen Kaffee. Marina, die nicht mehr zwanzig, sondern ganze fünfunddreißig Jahre alt war, hatte ihre Tasse beiseite gestellt (»ich liebe den Kaffee kalt«) und war wieder in ihr nervös ironisches Parlando verfallen:

»Der Mensch ist sonderbar eingerichtet, weiß Gott. Einst liebte ich, du wirst dich erinnern, den Marineschüler Kolja. Der Marineschüler machte sich aus dem Staub. Und ich hatte das Nachsehen.«

Sie kreischte leicht auf:

»Der Marineschüler hatte mir sogar meine Jungfräulichkeit belassen, wenn das nicht komisch ist! Und du strichst um mich herum, du wittertest leichte Beute. Leichter geht nicht mehr: eine schon etwas angealterte Jungfer und ein kühner Recke, ein kampfbereiter junger Hahn. Du hast mich begreiflicherweise schnell herumgekriegt, und dann hast du auch schon gleich zu verschwinden begonnen, weißt du noch, erinnerst du dich?«

»Ich weiß nicht, ob das Erinnern sich lohnt«, sagte Ignatjew.

Aber Marina ließ nicht locker:

»Nein, mein Lieber, heraus mit der Sprache. Erinnerst du dich oder nicht?«

Ignatjew schwieg. Dort, wo Marina sich genüßlich ein Drama ausmalte, war in Wirklichkeit nichts dergleichen gewesen. Das konnte man der einsamen Frau in diesem elenden Zimmer nicht klarmachen. Dort, wo sie einen Verführer sah, hatte es keinen Verführer gegeben, sondern einen rotznasigen zwanzigjährigen Jüngling, der genauso dumm war wie sie selbst. Der Knabe hatte sich mal da, mal dort versucht, er wußte nicht, wo er hingehörte oder hinsollte. Wo er seinen nie aussetzenden Heißhunger auf alles Mögliche im Leben stillen sollte.

»Erinnerst du dich, Ignatjew?«

Ihre Worte hörten sich wie das Vorweisen einer Rechnung an. Sie war eine vom Leben stiefmütterlich behandelte Frau. Was konnte man von ihr schon viel verlangen?

Ignatjew schwieg weiter.

»Ich aber«, sagte sie, »ich erinnere alles noch haargenau. Ich war damals stinkwütend. Ich wollte dich zurückhaben, um dich fortan nicht mehr aus meinen Klauen zu lassen. Doch ich hatte Gewissensbisse. Immerhin war Ssima meine beste Freundin.«

Marina lächelte:

»Wonach hätte das ausgesehen: Ich schnappe meiner besten Freundin den Mann weg... Hat Ssima eigentlich was gewußt?«

»Sie hat nichts gewußt.«

Marina lächelte wieder. Mit bösem Gesicht:

»Im nachhinein finde ich, daß ich auf jene dicke Freundschaft hätte pfeifen und mir dich stattdessen unter den Nagel reißen müssen. Weißt du warum?«

»Warum?«

»Weil du im Prinzip ein Schwächling bist. Deine Härte ist gemimt. Sie paßt in dein Rollenfach. Ein interessanter Gesichtspunkt, nicht wahr?«

»Nicht besonders.«

»Sag das nicht! Dieser Gesichtspunkt hat es in sich. Ich hätte dich mühelos um den Finger gewickelt. Mit jener Jungfrau bist du leicht fertiggeworden, und mit all den übrigen, die für dich Fremde waren, ja, mit Fremden wird man leichter fertig.«

Ignatjew stand von seinem Stuhl auf.

Er war hergekommen, um zu reden. Stattdessen mußte er sich diesen Sermon anhören. Ihm war nicht danach. Er wollte jetzt gehen.

Auch Marina stand auf. Sie sagte:

»Jetzt sei nicht gleich eingeschnappt. Ich bin nun mal ein Weibsbild, da kann man nichts machen. Soll ich einen frischen Kaffee machen?«

»Nicht nötig. Ich will keinen Kaffee mehr.«

»Du lügst. Du willst einen Kaffee. Du willst, du willst.«

Sie machte einen Schritt auf ihn zu. Sie brach in ein nervöses Lachen aus. Berührte mit den Lippen seine Wange. Sagte:

»Nimm das Ganze nicht so tragisch. Ich bin mir sicher, daß nichts Ernstes dahintersteckt. Ssima ist eine prima Frau.«

Sie wiederholte:

»Eine ganz prima Frau. Ich muß es wissen. Ich kenne sie von Jugend an.«

Ignatjew verabschiedete sich und ging hinaus.

»Die Marina ist richtig verwildert«, dachte er und schüttelte den Kopf. »Dabei war sie früher so feinfühlig, so subtil. In welchem Sand versickert das alles, möcht ich mal wissen…«

Ignatjew blieb stehen. Er liebte es, auf der Straße plötzlich so stehenzubleiben, und er liebte das effektvolle Wort, das die Ungewöhnlichkeit eines solchen Augenblicks betonte.

So war er eingerichtet.

Es war keine Angewohnheit, er war von Natur so. Obwohl Ignatjews Not eine sehr persönliche und eine schmerzhafte Not war, konnte er sich ein effektvolles Wort auch jetzt nicht verkneifen. Er blieb stehen. Maß das dreistöckige, stark nachgedunkelte Haus, in dem Marina verwildert war, mit einem von unten aufwärtsgehenden Blick. Sah das Dach, sah die Dachfenster. Sah sich selber in seiner Not gegen den Hintergrund dieses alten Hauses dastehen. Und sagte:

»Das ist das Leben.«

Es war Winter. Frost. Eine dick vermummt vorbeigehende alte Frau meinte, daß ihr Ignatjew etwas an diesem Haus zeigen, sie auf etwas hinweisen wollte, das vielleicht wissenswert war.

Die Frau war schwerhörig. Sie fragte erregt:

»Was sagtest du, Lieber? Was ist mit dem Haus?«

Zugleich blickte sie sich um, ob nicht der Trolleybus übers Glatteis angefahren käme.

Ignatjew wiederholte.

»Das ist das Leben, Oma.«

»Was ist das?«

»Das Leben, sagte ich. Das Leben.«

...Unter den alten Freunden gab es noch den Schestoperow. Aber der war nun wirklich einer von denen, die das Reden dem Zuhören vorziehen. Ignatjew stand mitten auf der winterlichen Straße und dachte darüber nach, zu wem er gehen sollte. Die Menschen verändern sich. Das mußte in Rechnung gestellt werden, schon seit längerem.

Bekannte und Freunde gab es mehr als genug. Ignatjew war nichts weniger als vereinsamt. Es gab welche, die Kumpel waren, wieder mit anderen wurde, wie es so schön heißt, von Haus zu Haus verkehrt. Menschen wie andere auch. Ignatjew befürchtete jedoch, daß ein Gespräch mit einem von ihnen ungut verlaufen würde. Es war nicht klar, was zu sagen und was zu verschweigen war. Nein, diesmal mußte ein Uraltfreund her, ein praktisch vergessener.

»Ignatjew begrüßt Schestoperow«, sagte Ignatjew, als er jenen aus der Telefonzelle an der nächsten Ecke anrief. Ignatjew leitete ein Gespräch, wenn es irgendwie ging, mit einem scherzhaft launigen Effekt ein.

»Ach, du bist das, Sergej. Sei gegrüßt.«

»Ich würde mich gern bei dir ausquatschen.«

»Das hast du seit einem Jahr vor.«

»Haben wir uns ein ganzes Jahr nicht gesehen?«

»Ein Jahr oder zwei... Vielleicht auch drei...«

Beide lachten. Ignatjew spürte plötzlich, daß er nicht die mindeste Lust hatte, zu Schestoperow zu gehen.

»In ein paar Tagen komme ich bestimmt einmal vorbei«, sagte er und hängte ein.

Er kam heim.

»Die Mami ist noch nicht da«, sagte der Junge.

»Ich weiß es«, erwiderte Ignatjew mit weicher Stimme.

Das hörte sich fast so an, als wolle er seine Ehehälfte gegen jeden Vorwurf abschirmen.

Vater und Sohn setzten sich an den Abendbrottisch.

»Hast du deine Hausaufgaben gemacht?«

»Hab ich.«

»Hast du dich nicht allein gelangweilt?«

»Hab ich nicht. Ich habe auf der Straße gespielt, hinterher habe ich ein Buch gelesen.«

Ssima kam kurz nach Mitternacht heim. Zu reden hatte sie keine Lust. Sie warf ihr Handtäschchen hin und zog den Mantel aus. Sie roch nach Wein, Ignatjew merkte das gleich.

Der Sohn schlief nicht. Der Junge hatte, daß mußte man ihm lassen, schon seit längerem gemerkt, daß sich im Leben der Eltern etwas verändert hatte.

»Mami«, tönte es jetzt aus dem dunklen Kinderzimmer.

»Was ist, Lieber?«

»Setz dich zu mir aufs Bett. Und dann will ich noch dieses Lied hören.«

Ssima erwiderte gereizt.

»Was soll der Unsinn! Du bist kein Kleinkind mehr!«

»Bitte, Mami, bitte.«

»Das Bitten kannst du dir schenken. Jetzt wird geschlafen.«

Ssima war offensichtlich müde und erschöpft. Dazu mit Eindrücken vollgeladen. Außerdem wollte sie dem Sohn, der sich von der Mutter gern abküssen ließ, ihren weinseligen Odem ersparen. Ohne erst lange zu zögern, ließ sie die Tür zum Kinderzimmer ins Schloß fallen. Dem Sohn blieb keine andere Wahl, als gekränkt und frustriert einzuschlafen.

»Wir werden miteinander reden«, sagte Ignatjew gedämpft. »Ich werde nicht zu Bett gehen, bevor wir geredet haben.«

»Ich will mich jetzt waschen und nicht reden«, erwiderte Ssima.

Ignatjew versuchte, ihr den Weg ins Badezimmer zu verstellen, aber sie schob ihn fort, sagte:

»Ich werde mich wohl noch waschen dürfen, oder?«

Sie schlüpfte ins Badezimmer, verschwand dort, Ignatjew konnte gerade noch rufen:

»Und trotzdem werden wir noch heute miteinander reden.«

»Das werden wir, das werden wir«, tönte es ironisch aus dem Badezimmer.

Sie hatten fünfzehn Jahre zusammengelebt, es ging, so schien es, bereits unaufhaltsam auf den Zenit des ruhigen Familienlebens zu, in dem es keine Veränderungen mehr gibt. Noch ein klein wenig — und man kann mit dem Altern beginnen.

Fünfzehn Jahre lang war die Ehefrau jeden Abend von der Arbeit heimgekommen und wollte nichts und niemanden als den Mann, den Sohn, den Fernseher. Kein Wunder, daß Ignatjew es sich in diesen Jahren angewöhnt hatte, leidenden Ehemännern mit Spott zu begegnen, sofern er ihnen ihre Leiden abnahm.

Aus dem Badezimmer tönte das Plätschern von Wasser, dazu Gesang. Ssima sang jenes Lied, das sie vorhin dem Sohn vorenthalten hatte:

Ein reißender Fluß, kahle Steine ringsum...

Es war ein eher trübsinniges Lied. Aber in Ssimas Stimme klang Fröhlichkeit und Ausgelassenheit an, die sie heute abend getankt hatte und mit der sie jetzt nicht hinter dem Berg hielt, die sie offen hervorkehrte.

Sie glitt in der Badewanne aus, was einen gutgelaunten Ausruf zur Folge hatte. Offenbar hatte sie das Gleichgewicht wiedererlangt, denn sie sang weiter, mit lieblicher, sorgloser Stimme.

»Was ist nun«, fragte er hinterher beim Tee. »Sind es die Männer, an denen du neuerdings Gefallen findest? Oder ist es der Schnaps?«

»Das habe ich selber noch nicht herausbekommen.«

Er zuckte mit den Achseln:

»Ich wüßte es aber gern.«

Während dieser zwei letzten Wochen versuchte er, die Sache mal so, mal anders herum anzupacken, aber ein Gespräch kam nicht zustande oder lief auf beiderseits lautstarke Schelte hinaus, die nichts erklärte und nichts hergab. So ging es jeden Abend. Ssimas Antwort, das, was daran konkret war, war jedesmal dies: Dort wo sie arbeitete, hatte sich eine lustige Gesellschaft zusammengefunden, die nach Büroschluß gemeinsam ausging.

»Und was stellt ihr so an, gemeinsam?«

»Wir bechern, wir tanzen. Mein Gott, was tun Männlein und Weiblein, wenn sie sich zusammentun!«

»Sie tun Verschiedenes.«

»Auch wir tun Verschiedenes.«

»Du hast in jungen Jahren wohl nicht genug mitbekommen?«

Ssima, die das direkte Antworten vermied, log jetzt. Frauen lügen ungeschickt. Sie rechtfertigte sich sowohl mit Worten wie auch vermittels eines gewissen flexiblen Tonfalls:

»Was ist denn schon viel dabei. Ich habe gelebt, ohne etwas um mich herum zu sehen. Ich habe keine Menschen gekannt. Bei uns im Büro sind die Leute schon immer nach der Arbeit ins Theater oder ins Kino gegangen. Nur ich habe mich immer zurückgehalten.«

Sie tat, als sei sie drauf und dran, in Tränen auszubrechen:

»Ich habe nun mal Lust darauf... Was ist schon dabei...«

Ignatjew spürte die Lüge in Ssimas Worten, was nicht schwer war. Aber er wiederholte:

»Du hast recht. Was ist dabei. Wenn man Lust auf was hat.«

Ssima ging in ihr Zimmer, sagte:

»Ich will jetzt schlafen, sei mir nicht böse. Ich bin todmüde.«

Wie schon gestern und vorgestern ging er nicht hinter ihr her. Er ging in sein eigenes Zimmer, dort stand ein kleines Sofa. Während des Streitgesprächs war er irgendwie erschlafft. Seine Schritte waren wattig.

Seinerzeit hatte Ignatjew keinerlei einschlägige Kost verachtet, auch heute ging er einem Techtelmechtel niemals aus dem Weg. Aber im großen Ganzen und im Prinzip war er ein Mann, der sich im Leben sattgelaufen hatte und der sich jetzt redlich Mühe gab, einen ruhig gleichmäßigen Rhythmus einzuhalten.

Er besaß alles, was er brauchte. Eine Familie, einen Sohn, eine Ehefrau. Er besaß einen weichen Sessel zum Sitzen, eine Teetasse zum Teetrinken. Sogar eine Leidenschaft von handlichem häuslichen Format nannte er sein eigen. Er sammelte Bildbände zur Geschichte der Malerei.

Ignatjew hörte die Stimme des Sohnes Witka: »Papi.«

Er öffnete die Tür zum Kinderzimmer einen Spalt weit, steckte den Kopf hinein und flüsterte grimmig:

»Schweig jetzt und schlaf endlich ein.«

Frau und Sohn schliefen, Ignatjew schlief nicht. Er wanderte leise in dem ihm verbliebenen nächtlichen Wohnraum, konkret: in seinem Zimmer und in der Küche, hin und her und rauchte. In ihm entstand der Wunsch, etwas zu sagen. Er trat auf den ovalen Spiegel zu, der in der Diele hing, und sprach:

»Das ist das Leben.«

Er musterte sein Ebenbild im Spiegel, um festzustellen, ob in seinem Gesicht Falten waren. Eigentlich hätten sich dort im Verlauf dieser letzten zwei Wochen welche einfinden müssen. Indessen waren keine Falten zu sehen, trotz angestrengter Betrachtung.

Ignatjew war auf seine Art ein Poseur. Er war einer von denen, die meinen, daß interessierte Zuschauer unser Leben und Verhalten ständig im Blick haben. Diese Burschen stehen auf Abruf bereit, um Beifall zu klatschen oder, noch bereitwilliger, die Miene zu verziehen. Aber auf Ignatjews Gesicht waren nun mal keine Falten zu finden. Und im Herzen war kein Schmerz zu spüren, wenn auch manchmal...

Ignatjew dachte nach. Wenn die Ehefrau fremdgeht und uns betrügt, so löst das in uns eine ganz bestimmte Emotion aus.

Desgleichen, wenn die Ehefrau krank wird. So sind wir nun einmal konzipiert und beschaffen.

Wenn nun aber die Ehefrau fremdgeht und gleichzeitig krank ist, dann sind wir ein wenig ratlos und wissen nicht, welche Emotion fällig ist. Einen Augenblick lang empfand es Ignatjew als kränkend, daß er ein gewöhnlicher Mensch war und deshalb außerstande, auf die zwei Reize synchron angemessen zu reagieren. Es tat ihm weh, daß Gott ihm nicht mehr gegeben hatte als all den anderen auch.

Nachdem er eine Weile vor dem Spiegel dagestanden und

sich endlich am Anblick der eigenen Person sattgesehen hatte, entledigte er sich seiner Hausschuhe. Auf bloßen Socken und auf Zehenspitzen betrat er das Zimmer, in dem seine Frau schlief. Trat näher auf das Bett zu. Die Augen gewöhnten sich rasch an die Dunkelheit. Ssima war sichtlich abgemagert. Ignatjew stand eine Zeitlang da, blickte die Ehefrau an und sagte leise:

»Du meine Arme, du.«

Er streckte die Hand aus, um sie zu berühren, berührte sie dann aber doch nicht, aus Furcht, sie aufzuwecken.

Schon allein der Gedanke, daß die um ihren jungen Chef herumsitzenden Kollegen ihr Mitgefühl ausdrücken oder zum Exempel einschlägig zu tuscheln beginnen könnten, war abstrus und unerträglich. Aber auch das Schweigen war bedrükkend. Wie beiläufig wandte sich Ignatjew mit einer Frage an Tulzew. Er fragte ihn, ob es das gibt, daß eine ehedem ganz gewöhnliche sittsam bescheidene Frau plötzlich schroff ihren Charakter wechselt, beispielsweise auf Grund einer Krankheit.

»Bei einer Frau ist alles drin«, lachte Tulzew, der selber herzinfarktverdächtig war.

»Ein tiefsinniger Gedanke.«

Daraufhin ließ Ignatjew die Fragen bleiben.

Dann rief Marina an. Sie hatte irgendwo sein Diensttelefon ausgekundschaftet.

»Jetzt hör mir mal aufmerksam zu, Ignatjew«, sagte sie. »Du weißt wahrscheinlich, daß ich in der gleichen Gegend arbeite wie Ssima, zwei Straßen weiter. Vorhin bin ich zu denen rüber, und schon traf ich die Ssima im Korridor. Sagenhaft lange nicht mehr gesehen, und so weiter, du weißt schon. Sie erwidert darauf: heute abend gehen wir ins Theater. Ich sofort gefragt: darf ich mitkommen? Das wurde mir genehmigt. So bin ich in ihre ganze Kumpanei reingekommen. Das Niveau ist, muß ich sagen, nicht aufregend. Ich verbringe den Abend mit ihnen und stelle fest, was los ist. Ist dir das recht?«

»Tu das nur. Von mir aus gern«, sagte er gleichgültig.

Dann sagte Marina noch in einem Tonfall, als entschuldige sie sich:

»Sei mir nicht böse wegen gestern. Ich habe einen Haufen Dummheiten geredet.«

»Schon gut.«

»Das ist einfach so aus mir herausgesprudelt.«

»Schon gut.«

Er hängte ein.

Nachdem er eine Zigarette geraucht hatte, rief er die Ehefrau in ihrem Büro an. Dort ging lange niemand an den Apparat, dann meldete sich eine weibliche Baßstimme. Mutmaßlich eine aus jener nicht gerade aufregenden Kumpanei.

»Die Ssima ist gerade dabei, das Theatergeld einzusammeln«, sagte die Stimme.

»Zum Teufel, ist sie etwa euer Chef?«

»Ist sie auch.«

Die Frau am anderen Ende der Leitung ging zum Angriff über:

»Das paßt Ihnen wohl nicht, da sind Sie wohl dagegen. Wir im Büro sind heilfroh, daß endlich ein fröhlicher Mensch die Feierabendinitiative übernommen hat. Und schon wird dieser fröhliche Mensch autoritär zurückgepfiffen. Ihre Frau ist die Seele unserer Geselligkeit. Wir sind alle glücklich, daß die Ssima bei uns ist...«

Dann nahm Ignatjews Frau den Hörer. Ignatjew fragte, wie sie sich fühle.

»Nicht schlecht.«

»Freut mich für dich. Wann ist euer Theaterabend? Morgen?«

»Heute abend.«

»Und anschließend wird wieder bis in die Nacht hinein gefeiert?«

»Das kann gut sein. Das Feiern gehört dazu.«

Am anderen Ende der Leitung begann Ignatjews Ehefrau zu

lachen. Die Leute, die dort offenbar herumstanden, stimmten in dieses fröhliche Lachen ein.

Der Sohn sah fern. Ignatjew setzte sich neben ihn, legte den Arm um die Schultern des Sohnes und schaute sich den Fernsehfilm an.

Um zehn Uhr abends ging er auf die Straße hinaus. Der Mond schien. Der Schnee knirschte unter den Stiefeln. Ignatjew ging zweimal und wieder zweimal um das Haus herum, bis er sie endlich sah: die Ärztin. Sie kam mit geschulterten Skiern aus dem Hauseingang heraus. Sie wohnte im Nachbarhaus, ihre Bezirksärztin.

Eine Zeitlang gingen sie stumm nebeneinander her.

»Was ist jetzt?« fragte Ignatjew.

»Es hat sich bestätigt.«

Wie gestern und vorgestern wollte er es auch heute wieder nicht glauben. Vielmehr, er glaubte es und akzeptierte es sogar, das Unglück, das über ihn gekommen war. Aber verbal wehrte er sich dagegen, er zweifelte:

»Ssima fühlt sich momentan recht wohl. Sie hat es selber gesagt.«

»Trotzdem ist es so.«

»Aber... aber wie lange denn noch... Wird es eine Operation geben?«

»Sie hat nurmehr einen Monat zu leben. Die Metastasen sind durch die Leber in den ganzen Organismus eingedrungen. Eine Operation hätte deshalb keinen Sinn.«

»Weiß Ssima das?«

»Nein, natürlich nicht. Mich hätte vorhin im Röntgenkabinett fast der Schlag gerührt. Sogar unsere Röntgenärztin Sofja Semjonowa, und die ist gewiß einiges gewöhnt, war ziemlich sprachlos.«

»Wird sie Schmerzen haben?«

»Erst ganz zuletzt.«

Die Bezirksärztin zog mit ihren Skiern von dannen, während Ignatjew so wie gestern und vorgestern mit seiner Not zurückblieb. Vom Himmel herab schien der Mond.

Er traf Marina an der Metro, auf dem Weg zur Arbeit. Sie zog ihre gestrickten Fäustlinge aus, auf denen rote Hähne dargestellt waren. Betrachtete erst die Fäustlinge, pustete dann in die Hände hinein.

»Arg Erfreuliches vermag ich nicht zu vermelden. Bist du bereit, es dir anzuhören?«

»Na, schieß schon los.«

»Die Liebschaften bei denen sind in vollem Gang. Freunde von Traurigkeit sind diese Brüder gewiß nicht. Allem Anschein nach hat deine Ssima mit einem gewissen Krassikow geschlafen.«

Ignatjew zuckte zusammen.

»Oder vielleicht auch nicht. Vielleicht gibt der Bursche bloß an. Man sieht nicht genau durch. Sie arbeiten gemeinsam, sie vergnügen sich gemeinsam. Momentan ist ein gewisser Nowoshilow auf die Ssima scharf.«

Ignatjew schwieg.

»Ich sah, wie sie sich küßten. Er hielt ihr Gesicht in seinen beiden Händen und gurrte nur so vor Vergnügen.«

»Hat sie sich nicht gesträubt?«

»Zu merken war nichts, muß ich ehrlich sagen.«

»Hast du auch genau hingeschaut?«

»Ich habe mir redlich Mühe gegeben.«

Beide schwiegen eine Zeitlang.

»Was sind das für Männer?« fragte dann Ignatjew.

»Eher mickrige. Typen, die dasitzen und abwarten, bis eine der anwesenden Frauen über den Durst getrunken hat. Dann heften sie sich an sie und lassen nicht mehr locker. Nach 'ner Weile wird ein Taxi gerufen und die Sauferei kann im häuslichen Rahmen weitergehen.«

Marina berührte Ignatjew mit der Hand, sie hatte ihre Fäustlinge mit den roten Hähnen wieder angezogen:

»Tut es denn sehr weh?«

Er verzog das Gesicht zu einer vagen Grimasse. Es war Zeit, zur Arbeit zu eilen. Ignatjew war jemand, der nur im alleräußersten Fall zu spät zur Arbeit kam.

»Ssima war so irrsinnig froh, daß ich mit dabei war«, berichtete Marina mit leiser, fast trauervoller Stimme. »Das ist meine beste Jugendfreundin, hat sie den Leuten gesagt. Fortan werden wir wieder unzertrennlich sein.«

»Warst du bis zuletzt mit dabei?«

»Bis zuletzt. Mich wollten sie abschließend gleichfalls vereinnahmen, aber da sind sie an die Falsche geraten. Ich habe sie abblitzen lassen, die Brüder.«

»Das hast du dir im Lauf der Jahre wohl so angewöhnt: die Männer effektvoll abblitzen zu lassen?«

»Hab ich, Ignatjew. Diesmal hatte ich außerdem auch noch einen Sonderauftrag.«

Ignatjew zündete sich eine Zigarette an und sagte mit böser Stimme, ihn hatte eine große Wut erfaßt:

»Du hast dir diesen Sonderauftrag zugelegt. Und bist jetzt froh, daß du dich ins Zeug legen kannst. Auf der Spur der fremden Not... Statt lieber im eigenen Leben Ordnung zu schaffen. Oder wenigstens in deinem Zimmer. Das ist nämlich die reinste Räuberhöhle, es sieht dort verheerend aus. Du wärst gut beraten, zu tapezieren und die Decke zu streichen, statt an fremden Besäufnissen teilzunehmen.«

Ignatjew warf den Zigarettenstummel weit von sich und begann, ohne sich nach Marina umzublicken, in den U-Bahnschacht hinunterzusteigen. Ihn fröstelte. Es war auch wirklich sehr kalt.

Bei sich im Büro angekommen, ging Ignatjew zunächst einmal zu Wanja Kornejew und reichte ihm einen Bildband.

»Das ist die Nesterow-Monographie«, sagte er. »Die du dir so sehnlich gewünscht hast.«

»O Götter, dies Glück mir!« rief Wanja Kornejew aus, der außerhalb der Bürostunden Dichter, Sprachforscher sowie Malereibildbandliebhaber war. Er wurde erst rot im Gesicht, dann bleich. »Wo hast du diesen Band bloß aufgetrieben? Das ist ja der Glücksfall schlechthin. Wie kann ich dir das bloß entgelten?«

Wanjas Finger verkrallten sich im Buch, sie liefen sogar weiß an. Erst gestern wieder hatte er von diesem Nesterow-Band geträumt, und zwar im doppelten Wortsinn, erst am Tag, dann in der Nacht. Der nächtliche Traum bestand darin, daß Wanja unter Zuhilfenahme des daran angrenzenden Balkons in die Wohnung des Hausnachbarn kletterte, um dort den besagten Bildband zu stehlen. Jetzt erwies sich der Traum als prophetisch.

Kornejew verfiel in eine Art Starrkrampf, er brachte längere Zeit kein Wort heraus. Als er endlich die Redegabe wiedererlangte, sagte er:

»Ich... Ich weiß wirklich nicht, wie ich dir danken soll.«

»Dafür weiß ich es. Ich sage es dir.«

Ignatjew versuchte zu lächeln und fügte hinzu:

»Du hast, wenn mich nicht alles täuscht, Bekannte im Scheidungsgericht. Irgendeine Tante zweiten Grades. Ich will mich nämlich scheiden lassen, und zwar möglichst schnell...«

»Klare Sache! Wird gemacht!« brüllte der Sprachforscher und Sonntagsdichter Kornejew los. Seine Stimmung erreichte einen Höhepunkt. Er hatte angenommen, daß er für den Nesterow-Band viel teurer bezahlen müsse.

Kornejew wußte nicht mehr, daß er einst mit seiner Frau bei Ignatjews zu Gast gewesen war, daß er von Ssima zubereitete Pelmeni verspeist und in größeren Mengen Wodka konsumiert hatte. Er wußte nicht mehr, daß er in Sauflaune viel und laut gesungen hatte. Deshalb fragte er gar nicht erst, weshalb sich Ignatjew scheiden lassen wollte, sondern sagte nur:

»Na klar! Ich hab ein Tantchen im Scheidungsgericht. Die bringt das im Nu hin, noch am gleichen Tag, noch in der gleichen Stunde. Sie wird sogar den Antrag für dich schreiben, wenn du willst...«

Ignatjew ging fort, er hatte noch niemals Leute gemocht, denen die Hände zittern. Er hatte es eilig. Er rief Marina in ihrem Büro an.

»Du spinnst«, sagte sie am Telefon. »Ich habe den gleichen Apparat wie der Chef. Private Gespräche sind nur in der Mittagspause erlaubt.«

»Ich nehme an, daß es nicht viele Anrufe gibt.«

»Werde nicht unverschämt.«

Ignatjew begann am Telefon auf sie einzureden:

»Da du dich nun mal anheischig gemacht hast, hinter meiner Frau herzuspionieren, dann tu das so gewissenhaft wie möglich. Versuch, möglichst viel herauszukriegen. Ich bitte dich sehr darum: so viel wie möglich. Ich benötige Details.«

Er wechselte den Tonfall. Ihm war eingefallen, daß man einer Frau so oder auch so herum kommen kann. Er hatte es eilig. Seine Stimme klang jetzt fast flehend:

»Bitte, Marinalein... Gib dir Mühe... Ich brauche möglichst viel konkrete Details.«

»Ich habe schon genug Details beisammen«, erwiderte Marina. »Wärst du vorhin an der Metro nicht so abrupt weggelaufen, hätte ich sie dir mitgeteilt.«

»Dann sag sie mir jetzt.«

»Die gemeinsame Lustbarkeit war gegen Mitternacht beendet. Die Zecher strebten verschiedenen Zielen zu. Ssima fuhr mit Nowoshilow fort. In einem Taxi. Unter Mitnahme einer Weinflasche.«

»Ist dieser Nowoshilow Junggeselle?«

»Keine Spur. Aber seine Frau ist, hat er Ssima erklärt, mit dem Kind nach Belorußland gefahren. Für einen ganzen Monat. Die Wohnung steht leer und ist sturmfrei. Er hat das ein paarmal wiederholt. Und Ssima, der ging die Flasche nicht aus dem Sinn. Ob er die auch wirklich eingesteckt habe. Ich muß schon sagen, es hat mich stark angewidert. Mir ist, als hätte ich faulen Fisch gegessen...«

»Jetzt spiel nicht die keusche Jungfrau!«

»Du hast nicht richtig verstanden. Angewidert hat mich, daß sich Ssima vor mir überhaupt nicht geniert hat. Immerhin waren wir einmal eng befreundet.«

»War sie betrunken?«

»Nicht sonderlich.«

Er hatte es eilig. In der Mittagspause fuhr er mit dem Taxi heim und gleich wieder zurück ins Büro. Er hatte es so eilig, daß er nach Abschluß der Taxifahrt beinahe das Zahlen vergessen hätte. Er stürmte wieder ins Zimmer des sprachforschenden Dichters und Sammlers, machte die Aktentasche auf und entleerte den Inhalt auf den Schreibtisch: eine Kollektion von Bildbänden zur Geschichte der Weltmalerei.

»Das schenke ich dir«, sagte Ignatjew.

Einige der Bände waren während der Transaktion aus ihren Schutzumschlägen gerutscht, aber dieser Schaden war unschwer zu beheben.

»Ich habe es sehr eilig, Wanja«, sagte Ignatjew und stürmte zur Tür hinaus. Er fand nicht einmal mehr Zeit festzustellen, ob Kornejews Hände wieder wie vorhin zu zittern begannen, oder ob es diesmal vielleicht die Füße waren, oder am Ende der ganze Körper, denn Ignatjews Geschenk war ein fürstliches.

Anschließend betrat er das Zimmer des Vizedirektors. Zu diesem Zweck mußte er ein Stockwerk hinabsteigen. Beim Vizechef war Ignatjew kurzangebunden. Er sagte:

»Ich gehe nicht auf Dienstreise.«

»Warum nicht?«

»Meine Frau ist erkrankt.«

Der Vize sagte:

»Das nenne ich löblich gehandelt. Es ist seit Menschengedenken der erste Fall, daß jemand aus einem vergleichbaren Grund auf eine Reise nach Frankreich verzichtet. Gut. Wir schicken Subarjow hin.«

Als Ignatjew abends nach Hause kam, traf er seine Frau seltsamerweise dort an. Wie sonderbar in der Tat: er kommt von der Arbeit heim, öffnet die Wohnungstür und erblickt seine Ehefrau in Fleisch und Blut.

Der Junge machte Hausaufgaben. Ssima war gerade aus dem Kinderzimmer gekommen. In ihrem Morgenrock.

»Witjka tut sich schwer beim Aufgabenmachen«, sagte sie. »Man müßte da einmal Nachhilfe leisten... Warum kommst du heute später als gewöhnlich?«

»Wer? Ich?«

Ignatjew konnte seine Ironie nicht verbergen.

»Das sollte kein Vorwurf sein. Ich meine, ob vielleicht was geschehen ist?«

Ignatjew stellte fest, daß die Stimme seiner Frau matt klang. Und schuldbewußt.

»Das macht doch nichts, wenn du allein zu Abend ißt, nicht wahr?« sagte sie. »Ich bin sehr müde. Ich gehe und schlafe im Gehen.«

Ignatiew setzte sich an Witjkas Kinderschreibtisch und prüfte die Hausaufgaben nach.

Als der Sohn hinterher eingeschlafen war, machte er sich einen Tee und aß dazu ein weiches Ei mit Wurst.

Als er auf dem Weg zu seinem Zimmer an ihrem vorbeiging, sah er durch die halbgeöffnete Tür, daß Ssima auf ihrem Bett ausgestreckt lag, das Gesicht im Kopfkissen vergraben. Er trat ein. Ein Gefühl der Wut in sich verbergend, wie das Männer oft tun, tat er, als sei er die Friedensliebe in Person. Er trat auf das Bett zu und fragte mit möglichst sanfter Stimme:

»Was hast du?«

Er wußte, daß sie ihn nicht weichkriegen würde. Seine Wutreserve reichte aus.

»Bei mir ist wieder was nicht in Ordnung, Serjosha«, sagte sie. »Ich habe Magenschmerzen. Gestern war ich bei der Ärztin...«

Sie sprach, ohne ihm das Gesicht zuzuwenden.

»Und was hat sie gesagt?«

»Sie hat gesagt, es sei was nicht in Ordnung. Ich soll morgen wieder vorbeikommen.«

Er fragte genauso ruhig wie vorhin:

»Bist du dir sicher, daß es der Magen ist? Kann der Schmerz nicht auch tiefer lokalisiert sein?«

Er sah, wie ihr Rücken zusammenzuckte.

»Was kommt im Leben nicht alles vor... Ich bin weit davon entfernt, den Stab über dich zu brechen.«

Er ging wieder hinaus. Sie schlief ein.

Ignatjew quälte sich. Er nahm eine Schlaftablette, konnte aber nicht einschlafen. Er stand wieder auf und wanderte hin und her, aus seinem Zimmer in die Küche und zurück. Er fühlte sich beengt und sehr unwohl. Er vermied es, in den Spiegel zu blicken.

Er setzte sich in seinem Zimmer hin, machte die Tür möglichst dicht zu und stellte den Transistor an. Dann sprang er plötzlich auf, ging raschen Schrittes in Ssimas Zimmer hinüber und rüttelte sie wach. Er schrie sie in pfeifendem Flüstern an: »Ich werde dich splitterfasernackt vor die Tür setzen! Ich werde dich zum Teufel jagen!« Das Vor-die-Tür-Setzen erschien ihm als Akt der Anprangerung und als bittere Schmach. Er stellte sich ziemlich fahrig an. Er hatte sich seit seiner Jugendzeit mit keiner Frau mehr gekracht und gerauft und inzwischen vergessen, wie das gemacht wird.

»Was ist denn?... Was hast du?...« stammelte Ssima. Sie hielt sich eine Hand vors Gesicht. Sei es, daß das grelle Licht sie blendete, sei es, daß sie sich vor Schlägen schützen wollte.

»Ich werde dir gleich sagen, was ist«, brüllte Ignatjew. »Noch dem größten Dummkopf ist klar, was du Nacht für Nacht bis drei Uhr früh getrieben hast.« Und er nannte das, was sie getrieben hatte. – »Du denkst, niemand weiß es. Du hast vergessen, daß alle Männer mit ihren Liebesaffären angeben.«

»Aber nein doch, es war anders...«

Während sich Ssima kläglich zu rechtfertigen versuchte, zerrte er sie aus dem Bett und stieß sie auf die Wohnungstür zu. Er ging jetzt methodisch überlegt vor. – »Wir haben Kaffee miteinander getrunken, sonst war nichts«, log Ssima aufs Geratewohl.

Mit einem letzten mächtigen Schubser beförderte er sie vor die Tür auf den Treppenabsatz. Sie hatte ein altes Nachthemd an, und es war nicht verwunderlich, daß das Gewebe an mehreren Stellen nachgab und platzte und in Fetzen und langen Fäden herabhing. Durchaus möglich, das Ssima auch einige Schrammen und Kratzer davontrug.

Er schloß hinter ihr die Wohnungstür ab. Aber schon einige Minuten später schloß er sie wieder auf. Ihm war noch rechtzeitig eingefallen, daß Winter war. Ssima stand draußen vor der Tür mit auf der Brust gekreuzten Armen. Er mußte hinausgehen und sie in die Wohnung zurückschieben.

»Ich hab nur mit einem von denen... Kaffee getrunken«, stammelte Ssima.

»Reihum bist du gegangen. Aber lassen wir das jetzt.«

So dramatisch diese Szene war: anschließend schlief Ssima rasch und durchaus friedlich ein. Bereits eine Viertelstunde später hörte Ignatjew ihren gleichmäßigen Atem. Es bestand kein Zweifel daran, daß sie schlief. Ignatjew selber schlief nicht, die ganze Nacht lang bis zum Morgen. Er trank Tee und wanderte in der Wohnung herum.

Für den Morgen war im Institut eine Diskussion über den Abriß eines institutseigenen alten Hauses angesetzt.

Das Institut hatte um den Besitz und Erhalt des Hauses ein

Jahr lang, zwei Jahre lang und länger einen Strauß mit dem Stadtbezirkskomitee ausgefochten. Dem Komitee war erklärt und bewiesen worden, daß das fragliche Haus von geschichtlichem Wert sei. So pflegte man in solchen Fällen vorzugehen.

Man hatte Gutachten vorgelegt, wonach das Haus typisch für die Moskauer Architektur des achtzehnten Jahrhunderts galt. Das Gutachten war nicht gerade berühmt, aber immerhin wissenschaftlich. In ihm wurde nachgewiesen, daß der Fürst Bagration auf der Durchreise durch Moskau einmal eine Nacht in diesem Haus verbracht hatte. Das Stadtbezirksexekutivkomitee wurde mit Briefen in dieser Angelegenheit eingedeckt.

Im Komitee schwankte man und suchte Zeit zu gewinnen. Das Schwanken fand jedoch ein Ende, als an den Tag kam, daß an dieser Stelle ein Prospekt gebaut werden würde. Das war in direktem Sinn höhere Gewalt. Der Streit war beendet. Das Institut hatte das Haus verloren. Indessen war das Institut nicht gewillt, zu diesem alten Haus hinzu auch noch das Gesicht zu verlieren. Die Versammlung war einberufen worden, damit die Institutsbelegschaft den Abriß des Hauses auch förmlich beschließen möge.

Den Vorsitz führte der Vizedirektor. Der übernächtigte und vom vielen Rauchen gelbliche Ignatjew hatte neben ihm Platz genommen.

»Ich versichere Ihnen, Genossen«, erklärte der Vize nicht mehr zum erstenmal, aber immer emphatischer, »daß unser Institut diese paar Räume durchaus entbehren kann.«

»Es sind zwölf Zimmer«, rief einer der Versammelten.

»Na, und? Was sind schon zwölf Zimmer in unserer Zeit.«

In die Versammlung kam lebhafte Bewegung.

»Und was ist mit Fürst Bagration?« rief ein anderer.

»Aber ich bitte Sie, Genossen. Erstens ist es überhaupt nicht bewiesen, daß der Fürst tatsächlich in diesem Haus genächtigt hat. Zweitens hat uns das Stadtbezirksexekutivkomitee fest zugesichert, uns im Weichbild unseres Instituts ein anderes Haus zur Verfügung zu stellen. Es gibt bereits einen Beschluß in dieser Angelegenheit, auf den wir jederzeit pochen können...«

Jetzt war der nicht nur herzinfarktgefährdete, sondern auch redelustige Institutsangehörige Tulzew nicht mehr zu halten. »Und was ist, zum Teufel noch einmal, mit unserer vaterländischen Geschichte? Ich stelle den Antrag, meine besondere Meinung zur Frage des Abrisses zu Protokoll zu nehmen.«

Die Versammlung begann, überraschend Beifall zu klatschen. Genauer: für den übernächtigten Ignatjew, der stumpf und teilnahmslos dasaß, kam der Beifall überraschend.

»Ich habe mir unlängst die Freude gemacht«, fuhr Tulzew fort, »das Schlachtfeld von Kulikowo zu besuchen...«

»Aber was hat der Abriß des Hauses mit der Schlacht von Kulikowo zu tun?«

»Wenn man euch heute gestattet, das Bagration-Haus in Staub zu verwandeln, dann werdet ihr morgen auch...«

»Aber das Haus ist überhaupt kein Bagration-Haus. Der Fürst hat in seinem Leben nur ein einziges Mal dort genächtigt. Und auch das ist keineswegs erwiesen. Unsere Historiker sind sich darüber noch uneinig...«

»Darf ich jetzt reden oder darf ich nicht?«

Die Versammlung brauste auf. Rufe erschallten: »Laßt ihn reden, laßt ihn seine besondere Meinung vortragen!« — »Das alte Rußland ist am Untergehen!« — »Münder zu stopfen, ist kein guter Stil!« — und dergleichen mehr.

Das alte Haus stellte, im Klartext gesagt, keinen besonderen Wert dar. Aber jetzt war der Nerv der Leute tangiert. Gut fünf Personen meldeten sich armereckend zu Wort. Der Vize kam einen Moment lang aus der Fassung. Es tat ihm bereits leid, daß er seine Schäfchen nicht nach, sondern vor der Mittagspause zusammengerufen hatte. Ein Mensch mit leerem Magen ist erfahrungsgemäß weitaus unnachgiebiger als einer, der gerade gegessen hat.

Plötzlich ertönte eine leise Stimme:

»Sie sind gerade dabei, das Haus abzureißen.«

Der Mann, der diese leisen Worte sprach, saß am Fenster. Er hatte zufällig zum Fenster hinausgeschaut. Jetzt rannten alle zu jenem Fenster hinüber, um sich zu vergewissern. Auch Ignatjew trat aufs Fenster zu. Er stellte fest, daß nurmehr die einem hohlen Backenzahn ähnliche Hälfte des Hauses einschließlich einer Dachluke stand. Der Bulldozer war eifrig am Werk, und die große Eisenkugel setzte schon zum letzten, entscheidenden Schlag an.

Ignatjew wendete sich von diesem Anblick ab und ging hinaus. Dabei fuhr sein Blick an den Nackenpartien seiner Kollegen entlang, die dem Schauspiel der Zerstörung weiter gebannt folgten. Eine Resolution in Sachen Hausabriß wird ihnen nicht erspart bleiben, dachte er im Hinausgehen. Und dann dachte er noch, daß unser Leben ein Fluß mit reißender Strömung ist. Dieser Gedanke kam ihm jetzt und hier zum erstenmal, und er verließ ihn fortan nicht mehr.

Das Leben ist ein reißender Strom, dachte Ignatjew, die Strömung reißt uns mit sich fort, wir können nichts dagegen machen. Zugleich dachte er, daß er sich sehr geschickt davongemacht hatte, genau im richtigen Augenblick. Schließlich dachte er, daß ihm nach der durchwachten Nacht jetzt ein Glas Tee sehr guttun würde. Erst jetzt brach in seinem Inneren irgendwas entzwei.

2

»Acht Tage«, sagten sie im Vorwurfston. »Acht volle Tage.« Ignatjew wollte die Zahl acht nicht eingehen, nach seiner Berechnung waren es mehr Tage gewesen.

Dann ging ihm auf, daß sie nur die Arbeitstage gezählt, die Wochenenden also abgezogen hatten. Ihnen kam es auf die

Arbeitstage an. Sie kamen von seiner Arbeitsstelle. Der Vize und die Dicke vom Gewerkschaftskomitee. Dazu der gutmütige Herzpatient Tulzew, den sie wegen des persönlichen Kontakts mitgenommen hatten. Ssima empfing sie an der Tür und sagte:

»Er ist dort drüben in dem Zimmer. Schaut ihn euch einmal an.«

»Ja«, sagte der Vize, nachdem er Ignatjew gesehen hatte. »Der Anblick ist in der Tat lehrreich.«

Tulzew sagte:

»Eine Landschaft nach geschlagener Schlacht.«

Nur die dickliche Gewerkschafterin traf — wie es ihre Art war — sogleich den richtigen Ton, indem sie sagte:

»Wir wollen dir nicht auf den Wecker fallen, Serjosha. Dich nicht mit indiskreten Fragen belästigen. Wir wissen, dir ist irgendwas zugestoßen, woraufhin du nun schon acht Tage lang... trinkst.«

Sie hatte das schwierige Wort nicht ohne Mühe, aber mutig bewältigt. Wenn einer eine Hürde nimmt, spüren auch die anderen, daß auch sie das Hindernis irgendwie gemeistert haben. Jetzt begannen alle auf einmal und durcheinander zu reden. Ignatjew hörte und sah sie wie durch einen Schleier hindurch: so wie er war, seit Tagen unrasiert, mit zerzaustem Haar und roten Augen. Er lag auf seinem kleinen Sofa ausgestreckt, angezogen, in einem zerknitterten Anzug. Der Vize sprach Worte des Zornes. Zeigte mit dem Finger auf den Darniederliegenden und sagte:

»Ein Spiegel muß her, damit er sich darin bewundern kann.«

Tulzew setzte sich an den Sofarand, neigte sich zu Ignatjew herab und flüsterte:

»...Du hast eine prima Familie. Eine prima Frau. Auch in der Arbeit und im Beruf steht bei dir alles zum Besten. Was ist los mit dir? Sag es mir. Ich bin dein Freund, ich werde dir helfen.«

Ignatjew murmelte:

»Nicht einmal mehr saufen darf der Mensch.«

»Hört, hört!« sagte der Vize.

Ignatjew seufzte laut und schuldbewußt auf.

Ssima trat ein.

»Faßt ihn ruhig ein wenig härter an«, sagte sie scharf. »Nicht mit Glacéhandschuhen.«

»Die weiche Welle ist bei uns nicht drin«, sagte Tulzew.

»Ich gehe zur Arbeit, ich gehe einkaufen, ich koche das Mittagessen. Und er will überhaupt nichts tun. Er will sich nicht einmal mit dem Kind beschäftigen.«

Tulzew schüttelte den Kopf:

»Das hör ich aber gar nicht gern, mein Lieber...«

Alle schwiegen eine Weile.

Jetzt war ein Finale fällig, deshalb sagte der Vize: »Ich werde dir nichts mehr erklären, du bist kein Kleinkind mehr. Aber das sage ich dir klipp und klar. Wenn du die Arbeit nicht wieder aufnimmst, ist dir eine saftige Rüge sicher.«

Sie gingen fort. Ssima, die sie hinausbegleitet hatte, lärmte jetzt in der Küche mit dem Geschirr.

Plötzlich war Tulzew wieder da. Er flüsterte Ignatjew ins Ohr, obwohl außer ihnen niemand im Raum war:

»Trink ruhig weiter, Serjosha, wenn du es auf Anhieb nicht lassen kannst. Trink nur zu, aber erscheine zur Arbeit.«

Er hatte es eilig. Er wollte die beiden anderen wieder einholen. Er flüsterte:

»Serjosha, damit ist nicht zu spaßen. Der Vize hat vorhin Klartext geredet. Acht Tage der Arbeit fernzubleiben, ist eine happige Sache. Ich gebe dir den dringenden Rat...«

»Schon gut, ich werde wieder zur Arbeit erscheinen.«

»Gleich morgen, Serjosha, gleich morgen. Ich bitte dich sehr darum. Und räum das da weg.« — Er schob mit einem Bein eine herumliegende Flasche unters Bett, wo sie gegen andere Flaschen stieß und aufklirrte. — »Trink, wenn du irgendwo zu Besuch bist, trink im Lokal, aber nicht zu Hause, ja nicht zu Hause... Falls dir das Geld ausgegangen ist, leih ich dir welches.«

Und nach einer kurzen Pause flehend, fast wie im Gebet:

»Bitte, Serjosha, tu es. Komm zur Arbeit. Das ist von ungemeiner Wichtigkeit.«

Daraufhin verschwand er.

Ignatjew erhob sich von seinem Lager. Einen Fuß vor den anderen zu setzen, fiel ihm schwer. Er ging ins Badezimmer hinüber und rasierte sich dort, wobei er mit stumpfem Blick eine Ecke des Spiegels fixierte. Normalerweise fing mit diesem Vorgang der Tag an. Es erschien ihm jetzt so, als ob ein neues Leben anfangen würde. An die hundert Male hatte er im Kino eine ähnliche Szene gesehen, die man als Neuanfang oder Umschwung bezeichnete. Er schleuderte die zerknautschte Hose von sich fort. Ließ warmes Wasser in die Badewanne einlaufen, zog es dann aber vor, sich unter die Dusche zu stellen. Anschließend im Zimmer machte er den Anlauf zu einer Reinemachaktion. Er versuchte, die unter dem Bett versammelten leeren Flaschen herauszuangeln. Aber er war diesem Kraftaufwand nicht gewachsen. Er gab auf und legte sich wieder ins Bett.

»Ssima!« rief er nach seiner Frau. Sie eilte herbei. Sie hatte mitbekommen, daß er sich im Badezimmer rasiert hatte.

»Morgen erscheine ich wieder zur Arbeit«, sagte er.

Sie begann zu weinen:

»Wirklich? Tust du das wirklich?«

»Ich tue es wirklich.«

Sie strich ihm über das Haar. Sagte:

»Serjosha, mein Lieber... Du hast mir doch verziehen, warum trinkst du dann?«

Sie weinte:

»Es war tatsächlich alles so, wie du es gesagt hast. Ich habe gesündigt. Es war wie eine Sinnesverwirrung. Aber jetzt ist es vorbei, endgültig. Ich habe bereut, aber wenn du willst, werde ich dich noch einmal um Verzeihung bitten...«

Sie setzte sich an den Bettrand, wie vorhin Tulzew.

»Ich verstehe, du hast getrunken, um Vergessen zu finden. Aber jetzt ist es genug, ist genug, mein Lieber, mein Geliebter.«

Sie wischte sich mit der Hand die Tränen aus dem Gesicht.

»Schau mir in die Augen, ich will deine Augen sehen.«

Sie drehte seinen Kopf zu sich hin. Sie nannte das: in die Seele blicken. Er betrachtete ihre abgemagerten Arme, die schmalen Schultern, sie trocknete von Tag zu Tag mehr ein.

»Du bist abgemagert«, sagte er.

»Das muß sein. Ich muß Diät halten. Außerdem ist Schlankheit jetzt modern. Du willst doch gewiß, daß deine Frau elegant aussieht.«

Sie stand auf:

»Schau mal, wie schlank ich geworden bin. Noch ein bißchen, und ich sehe wie in meiner Jugend aus.«

Sie setzte sich wieder neben ihn und sagte:

»Vergiß alles. Ich brauche fortan weder laute Geselligkeit, noch Theaterbesuche, noch Besäufnisse«. — Sie deckte ihn zu. — »Schlaf jetzt. Denk an nichts. Zwischen uns wird alles wieder gut werden. Ich glaube fest daran.«

Ihre Stimme klang förmlich auf: »Ich glaube daran, hörst du? Zwischen uns wird alles wieder gut sein. Wie früher.«

Bereits in der Tür sagte sie, mit einem Lächeln auf dem Gesicht:

»Morgen früh werde ich dir einen Kaffee kochen, gut?«

Im Büro war Ignatjew ständig drauf und dran, vom Schlaf übermannt zu werden. Er hielt sich nur mit Mühe auf seinem Stuhl. Aber bis zur Mittagspause hielt er durch, er vermerkte sogar, daß einem das Leben im Büro leichter fällt, wenn man auf dem Stuhl sitzt und vor sich hindöst.

Er hatte auch noch einmal die Tage nachgezählt, hatte, wie

in ein fremdes Fenster, einen Blick in jene wohlabgemessenen Abende geworfen, die er allein mit seinem Sohn verbringen würde. Der Gedanke glitt über jene erbarmungslos nahende Zeit hinweg und verschwand wieder.

Nach der Mittagspause schlief er dann doch auf seinem Stuhl ein, aber nun stellte sich heraus, daß er auch im Schlaf behütet wurde. Genau im richtigen Augenblick war Tulzew zur Stelle, der ihn mit den Worten wachrüttelte:

»Ich will dir eine Neuigkeit erzählen. Sie haben diesen Gumyrin, du weißt schon, nach oben geschubst. Jetzt stellt sich heraus, daß ihm das nötige Dienstalter fehlt. Wie gefällt dir das? Der Schlaukopf hat die Kaderabteilung jahrelang hinters Licht geführt.«

Er stieß Ignatjew an:

»Nicht einschlafen, Junge. Halte dich wacker. Halt die Ohren steif. So ist gut.«

Ignatjew wendete den Blick von Tulzew ab und erblickte den Vize. Der tat, als sei er in einer dienstlichen Angelegenheit hereingeschneit, aber er ließ sein Auge auf Ignatjew verweilen, was auch der Grund war, weshalb sich Tulzew mit diesem befaßte und ihn daran hinderte, einzuschlafen oder gar vom Stuhl zu fallen.

Der Vize entfernte sich wieder, mit Maßen zufriedengestellt. Er unterließ es, ein tadelndes Wort an Ignatjew zu richten. Er verstand, daß der erste Tag der erste Tag war.

»So gefällst du mir schon viel besser«, flüsterte Tulzew in Ignatjews Ohr und preßte dessen Ellenbogen zusammen.

Und ging hinaus.

Kurz vor Dienstschluß rief Wanja Kornejew an. Das Telefon stand gottlob auf Ignatjews Schreibtisch, er mußte nicht erst aufstehen und darauf zugehen, sondern brauchte nur die Hand nach dem Hörer auszustrecken.

»Hör mir einmal zu, Sergej«, sagte Kornejew durchs Telefon. »Die Dame im Scheidungsgericht ist absolut in unserer Hand.

Damit das aber ganz sicher ist, braucht es noch eine gewisse Zeit. Wärst du imstande, einen Picasso-Bildband aufzutreiben?«

Ignatjew hörte kaum zu, er war dazu einfach nicht in der Lage. Er begriff nicht, wovon die Rede war. Einen Moment lang dachte er sogar, er sei ertaubt.

»Wovon sprachst du gerade?«

»Ich sprach vom Picasso-Bildband.«

Der Dichter, Sprachforscher und Sammler war ein höflicher Mensch. Aber er war zugleich auch hartnäckig. Er hatte natürlich sofort gewußt, daß sein Freund Ignatjew die anderen Bände nicht Gott weiß wo für ihn aufgetrieben hatte, sondern daß er sie in einem Moment existentieller Not an ihn sozusagen abgetreten hatte. Das zu begreifen war nicht allzu schwer: ein Sammler weiß, was in einem anderen Sammler vorgeht.

In der Kollektion Ignatjew mußte es auch einen Picasso-Band gegeben haben, das wußte Wanja Kornejew ganz intuitiv, und diesen Picasso-Band hatte Ignatjew gewiß nicht aus niedrigen Motiven nicht herausgerückt, eher war es so, daß der Band irgendwann vom Regal gerutscht und seither unauffindbar war. Der Staub jedoch ist nicht der angemessene Ort für einen Picasso-Bildband. Wie wäre es also, wenn Ignatjew einen Blick hinter seinen Bücherschrank werfen würde?

So direkt sagte das Wanja Kornejew nicht, das wäre ungezogen und zudem taktisch ungeschickt gewesen, er beschränkte sich vielmehr darauf zu wiederholen: »Wie gesagt, Picasso... ich brauche dringend den Picasso-Bildband.«

»Also, wie du meinst, schon gut, Picasso«, echote Ignatjew matt durchs Telefon und legte den Hörer hin. Genauer: er ließ ihn fallen. Er hatte trotz großer Anstrengung bis zuletzt nicht begriffen, wovon am Telefon die Rede gewesen war. Dieser erste Tag im Büro fiel ihm wirklich schwer.

Als Ssima am Abend Ignatjew im unverändert besäuselten Zustand erblickte, wurde sie von Zorn erfaßt.

»Wenn du so weitermachst, bringst du dich ins Grab«, rief sie aus. »Mach dir ein schönes Leben, betrüge mich mit anderen Frauen. Nimm Rache. Aber mach dein Leben nicht kaputt.«

Und dann weiter:

»Denk daran, daß deine Gesundheit nicht nur dir allein gehört. Du hast einen Sohn. Denk daran, daß du der Ernährer bist.«

Am nächsten Morgen ging Ssima zu direkten Aktionen über. Sie hatte nicht mehr die Geduld, abzuwarten und sich über das Kommende Gedanken zu machen. Je stärker sie abmagerte, desto entschiedener wurden ihre Worte und Taten.

Sie hielt jetzt strengste Diät ein. Nach der obligaten Morgengymnastik wurde, auf die Minute genau, die Morgenarznei eingenommen. Sie verwandelte sich zusehends in einen Willensmenschen. Und es war im Rahmen ihres neuerworbenen Charakters durchaus logisch, daß sie Ignatjew erklärte, sie wolle die Scheidung einreichen.

»So wie du jetzt bist, brauchen wir dich nicht: weder ich noch mein Sohn«, erklärte sie.

Sie stand in der Zimmermitte, während Ignatjew auf seinem kleinen Sofa lag.

»Hast du alles gehört und verstanden?«

Während Ignatjew seinerseits die Scheidung hinter ihrem Rücken in Angriff genommen hatte, spielte Ssima mit offenen Karten. Sie war auf der Höhe. Am Abend (nachdem Ignatjew noch einen Tag im Büro durchgehalten hatte), machte sie den nächsten Schritt. Sie verbot ihm, ihr Zimmer ohne anzuklopfen und ohne triftigen Grund zu betreten. Außerdem verbot sie ihm, und zwar ausnahmslos, ins Zimmer des Jungen zu gehen.

»Witjkas Zimmer ist für dich fortan Sperrgebiet«, sagte sie. »Trunkenheit der Eltern traumatisiert die Kinder.« Sie fügte hinzu: »Und trink nicht zu Hause. Trink wo du willst, auf der Straße, an der Ecke.«

Ignatjew fand sich mit dem Status des Ausgesperrtseins nicht sofort ab. In bestimmten Abständen betrat er Ssimas Zimmer, nicht ohne vorher angeklopft zu haben, und stellte irgendwelche beiläufigen Fragen. Er gab sich dabei rechtschaffen dümmlich. Es kam auch vor, daß sie sich in der Küche begegneten.

»Wie fühlst du dich?« fragte er heiser und wendete sein Gesicht ab, um Ssima nicht anzuhauchen.

Oder:

»Draußen ist schönes Wetter. Was hältst du davon, wenn ich mit Witjka spazierengehe?«

Woraufhin Ssima skandierte:

»Ich halte nichts davon. Geh in dein Zimmer.«

Als er sich wieder davonmachte, rief sie hinter ihm her:

»Solange du das Trinken nicht aufgibst, kannst du auf keine Nachsicht hoffen. Und selbst wenn du es aufgegeben hast, werde ich dir nicht sofort Glauben schenken. Zuvor lasse ich ein Jahr verstreichen...«

»Du bist ein eiserner Mensch«, keuchte Ignatjew.

»Allerdings. Was hast du gedacht?«

Auf die Nacht zu betrat sie sein Zimmer (auch sie klopfte zuvor an der Tür) und ging, ohne ihn anzublicken, mit dem schwebenden Gang eines immer mehr abmagernden Menschen auf den Bücherschrank zu.

»Ich brauche den Picasso-Band«, sagte sie im Gehen.

Unverhohlene harte Erklärungen: das war neuerdings ihr Rede- und Verhaltensstil.

»Ich war bei Kornejew. Er hat mir versprochen, mir bei der Scheidung zu helfen, und sich als Gegenleistung den Picasso erbeten. Wo ist er?«

Ignatjew lag kraftlos ausgestreckt da, wie gewöhnlich. Er lag auf der linken Seite, eine Stunde zuvor hatte er auf der rechten

Seite gelegen. Er ging zur Arbeit, er ging zu seinem Uraltkumpel Schestoperow, wo er sich betrank, den größten Teil seiner Zeit verbrachte er jedoch auf seinem kleinen Sofa. Jetzt riß er nicht ohne Mühe seine verklebten Augen auf und erblickte seine Frau, die auf den Zehenspitzen stehend den schmalen Bereich jenseits des Bücherschrankes inspizierte.

Ignatjew verwunderte sich nicht über diesen Anblick. Daran war nichts zum Verwundern. Sie hatten so lange miteinander gelebt, beider Leben war so gründlich ineinander verwachsen während dieser fünfzehn Jahre, daß die Ehefrau, als ihre Stunde kam, haargenau den gleichen Weg zur Scheidung einschlug wie der Gatte. Sie wandte sich an den gleichen Dichter und Sammler Wanja Kornejew und gebrauchte dabei vielleicht sogar die gleichen Worte.

Ssima fand den Picasso-Band, entfernte die Spinnweben und trug den Band selbstbewußt auftrumpfend und zugleich leichtfüßigen Schrittes fort.

Dazu sprach sie die ironisch überlegenen Worte:

»Schlaf nur weiter, ich war nur aus einem sachlichen Grund hier.«

Verblüffend waren diverse kleine Listen, die Ssima einzusetzen begann. Sie schob ihm tagtäglich Zeitungsblätter zu, auf denen der Kampf gegen die Trunksucht gepredigt wurde. Sie ließ sie in der Küche neben dem Herd liegen, wo sie beim besten Willen nicht zu übersehen waren. Wie alle Menschen, die plötzlich und fast über Nacht einen festen Charakter erwerben, ging ihr neuerdings jegliches Feingefühl ab. Ihr Verstand war eingetrocknet, er war zielstrebig und unflexibel geworden. Sie ließ auf dem Küchentisch ein Buch oder eine Broschüre liegen, das oder die genau auf der Seite aufgeschlagen war, wo eine einschlägige Szene beschrieben wurde. Am liebsten war es ihr, wenn eine Illustration mit dabei war, mit einer phantastischen Darstellung des Familienzerfalls durch väterlichen Suff. Ein wilder und zerzauster Mann schwingt die geballten Fäuste, während die unglücklichen, verängstigten Kinder in den Zimmerwinkeln Schutz suchen.

»Ignatjew begrüßt Schestoperow«, rief er bereits auf der Türschwelle dem Kumpel zu. Anschließend ging er in dessen ziemlich heruntergekommene Junggesellenküche, entnahm seiner Aktentasche eine zunächst noch ungeöffnete Wodkaflasche und spülte ein Wodkaglas unter dem Wasserhahn sauber. Es konnte losgehen.

Der einsame traurige Schestoperow kam auch sogleich auf seine Probleme zu sprechen:

»Ja, lieber Freund. Das Weib ist ein Geheimnis.«

Im Reden seufzte er manchmal auf:

»Ich habe sie lange studiert, die Frauen. Man darf getrost sagen, daß ich inzwischen ein Frauenkenner bin.«

Ignatjew trank, ihn heimelte die Atmosphäre an. Schestoperows Rede floß gleichmäßig halblaut dahin, wie ein Bach in der freien Natur, dem man nicht unbedingt lauschen muß, wenn man nicht will.

»...Wenn eine Frau allerdings leicht nach innen gekrümmte Beine hat, dann kann man einiges von ihr gewärtigen. Besonders um die vierzig herum. Solche Frauen sind im Regelfall nicht mehr erregbar und deshalb hinterhältig.«

»Kein Wunder, wenn die Beine krumm sind«, warf Ignatjew etwas unpassenderweise ein.

»Aber es gibt auch diese andere Gesetzmäßigkeit. Wenn ihre Beine auf die Schenkel zu üppiger werden, dann ist sie ein Leckermaul, hat einen schwachen Willen und vermag nicht zu widerstehen. Solche Frauen nimmt man gemeinhin grob...«

Ignatjew glitt langsam in den Zustand eines angenehmen Halbschlafs hinüber. Nur gelegentlich stieß sein Blick auf den alten Freund. Ignatjew war noch nüchtern genug, um jedesmal wieder zu vermerken, wie sehr sich Schestoperow seit ihrer gemeinsamen Jugend verändert hatte.

Einst war das ein fröhlicher, ein fast verwegener Bursche. Aber dann heiratete er unglücklich. Nach einem halben Jahr lief ihm die Frau davon mit einem Geologen. Sie dachte nicht daran, wieder zurückzukehren. Sie hinterließ nicht einmal einen kurzgefaßten Abschiedsbrief mit mehr oder weniger schönen Worten.

Der Vorfall erschütterte Schestoperow, brachte ihn aus dem Konzept und Gleis. Er konnte nicht fassen, wie das hatte geschehen können. Er kam zum Schluß, daß sich sowas nicht noch einmal ereignen dürfe. Er beschloß, sich einem eingehenden Studium des Phänomens Frau zu widmen. Das Studium dauerte inzwischen gut zehn Jahre.

»Ich gehe«, sagte Ignatjew und stand von seinem Stuhl auf. Er setzte sich auf den Ausgang zu in Bewegung, während ihn sein Uraltkumpel, den das einsame Junggesellenleben in Grenzen um den Verstand gebracht hatte, zum Fahrstuhl begleitete.

»Schade, daß du so schnell wieder gehst«, sagte er.

»Ich kann nicht anders. Ich muß um zehn daheim sein.«

»Deine Frau wartet wohl auf dich?« sagte Schestoperow und schluckte neidvoll einen Kloß im Hals herunter.

Ignatjew erwiderte nichts darauf.

Pünktlich um zehn stand er vor seinem Hauseingang. Es schneite. Ignatjew mußte nicht lange warten. Im Sweater und mit geschulterten Skiern kam ihm die Ärztin bereits entgegen.

Da es seine Art war, die knapp bemessene Zeit seiner Mitmenschen nicht zu vergeuden, begann Ignatjew sogleich zu erzählen.

»Meine Frau ist nicht bettlägerig. Sie geht zur Arbeit. Über Schmerzen geklagt hat sie in letzter Zeit nicht.«

Aus dem Tonfall konnte man Hoffnung heraushören, aber im Herzen war keine Hoffnung.

»Wir Ärzte kennen dieses Stadium genau«, sagte die Ärztin. »Sehr genau. Es ist das sicherste Zeichen, daß das Ende nicht mehr fern ist.«

Sie standen an die drei Minuten in der Kälte.

»Aber sie hat keine Schmerzen...«

»Sie hat welche, sie hat es mir gestern gesagt. Einstweilen nicht sehr starke. Ich habe ihr Tabletten gegeben, in denen Opium ist. Vom Opium habe ich ihr natürlich nichts gesagt.«

Sie fügte hinzu:

»Zum Glück, sofern in einem solchen Fall von Glück gesprochen werden darf, hat ihre Frau einen starken Charakter.«

Sie seufzte auf. Jetzt mußte Ignatjew als erster bemerken, daß es kalt war und daß die Ärztin in ihrem Sweater bereits zu frieren begann.

»Ich danke Ihnen«, sagte er.

»Nichts zu danken«, sagte die Ärztin und seufzte wieder auf. »Man kann nicht genug auf seine Gesundheit achten. Unser aller Leben und Wohlergehen hängt an einem dünnen Haar.«

Dann setzte sie sich mit ihren Skiern in Bewegung.

Am Samstag kreuzte gleich am Morgen Marina auf. Ignatjew hörte, wie die zwei Frauen in der Küche Tee tranken und plauschten. Es stellte sich heraus, daß sie in diesen Tagen einander angerufen und sich auch getroffen hatten. Es stellte sich weiter heraus, daß sie sich wieder angefreundet hatten. Jetzt turtelten sie um die Wette:

»Frauenfreundschaften sind normalerweise zeitlich begrenzt«, sagte Marina. »Jugendfreundinnen bleiben jedoch fürs ganze Leben befreundet.«

»Wie lang auch die Pause war: jetzt sind wir wieder vereint. Das ist wie ein Gesetz. Nicht wahr, Marinotschka?«

»Was hälst du davon, wenn wir heute abend ins Kino gehen?«

So plätscherte das eine Weile hin. Man war versucht zu glauben, daß die zwei Frauen sich in der Küche abküßten.

Als sich Ignatjew dorthin schlich, um einen Schluck Tee zu sich zu nehmen, wurde er von Marina recht einsilbig begrüßt. Sie wendete dabei ihr Gesicht der Teetasse zu, als sei der Anblick der Tasse für sie wichtiger und interessanter als der Anblick eines lebendigen Menschen. Beide Frauen verstummten, womit sie demonstrieren wollten, daß er einer anderen Sphäre angehörte und sie ihn verurteilten.

Ignatjew bemerkte ziemlich linkisch und dümmlich:

»Auch ich bin immerhin ein Jugendfreund.«

Beide erwiderten nichts darauf.

Die zwei Frauen begannen, Wäsche zu waschen, während er sich in sein Zimmer zurückzog. Erst hörte man sie reden, dann wurde Wasser in die Badewanne eingelassen, endlich begann die Waschmaschine zu rumpeln. Seine samstägliche Überflüssigkeit ging Ignatjew auf die Nerven. Dem Lärm der Waschmaschine war nicht zu entgehen, mochte er seine Zimmertür noch so dicht verschließen. Auch das Turteln der Frauen regte ihn auf.

Ignatjew begab sich unter Mitnahme einer Wodkaflasche zu Schestoperow. Wohin hätte er sonst gehen sollen? Der Junggeselle, der die Frauen bis in die tiefsten Tiefen hinein studiert hatte, pflegte wie immer notgedrungen die Einsamkeit. Er las ein Buch.

Schestoperow warf, als Ignatjew erschien, mit Vergnügen das Buch beiseite und begann, sofort sein Kardinalsthema anzusteuern. Seine grünlichen Augen wurden feucht, während er Ignatjew belehrte.

»Wenn eine Frau viele Muttermale hat, die über Hals und Gesicht verstreut sind, dann ist sie im Regelfall frigid. Eine solche Frau mußt du im Sturm nehmen. Da hilft nur ein Überraschungsangriff. Pflichtest du mir bei?«

»Das klingt sehr danach, daß du recht hast.«

»Und dann noch folgende Nuance. Der erwähnte Typ Frau ist nicht nach Sonnenuntergang, wie das bei Frauen sonst der Regelfall ist, sondern bereits in den Morgenstunden erregbar...«

Jene Ehefrau, die Schestoperow einst verlassen und in seiner Psyche eine Schramme hinterlassen hatte, hatte längst zwei

Kinder in die Welt gesetzt. Sie hatte längst den Kampf um Wohnraum und Monatsgehalt, um schicke Klamotten und um ihren Platz an der warmen, die Allgemeinheit bedienenden Sonne aufgenommen. Mutmaßlich hatte sie nicht die geringste Vorstellung davon, in was sich ihr einst so fröhlicher Gatte verwandelt hatte.

»Du hast sie nie wiedergesehen?«

»Wen?«

»Deine Frau. Will sagen: deine Exfrau.«

»Vor etwa fünf Jahren«, erwiderte Schestoperow stirnrunzelnd, »schrieb sie mir einen Brief. Sie drückte darin den Wunsch aus, sich mit mir zu treffen. Einfach so, um sich übers Leben auszuquatschen. Ich habe das abgelehnt. Was soll mir das, ich kenne sie als Typ bereits. Meine Exfrau ist ein Stadium, das hinter mir liegt.«

Ignatjew dachte, daß auch auf ihn die Einsamkeit wartete, eine so oder anders geartete. Dann dachte er noch: Hab es nicht zu eilig damit, über einen anderen Menschen zu lachen.

»Besonders charakteristisch an einer Frau«, dozierte derweil Schestoperow, »sind ihr Busen, ihr Hintern und ihre Knie. Nichts verrät so sehr die Verklemmtheit und Komplexbeladenheit einer Frau wie ihr Hintern...«

Seit seine Ehehälfte ihn verließ, hatte Schestoperow mit keiner Frau mehr geschlafen. Er bereitete sich immer nur darauf vor, nun schon seit zehn Jahren. Schestoperow war Theoretiker. Er war rein und sündenlos wie ein Engel. Ignatjew schaltete ab. Er soff still und ungestört vor sich hin und starrte das Fenster an, hinter dem es schneite.

Er kam heim und legte sich sofort schlafen. Die Frauen waren mit der Wäsche fertig und jetzt am Reinemachen. Sie waren mit Schwung und Pfiff bei der Sache. Ssima kehrte den Staub beisammen, während Marina mit dem Staubsauger hantierte.

»Weißt du noch, wie wir damals nach Uglitsch fuhren? Dort

steckte man uns in ein Zimmer mit einer schnarchenden alten Tante...«

»Mit einer schnarchenden und laut stöhnenden Tante...«

»Mit einer laut stöhnenden und ständig sterbenden... Sie hat es uns selber gesagt, die Frau: Mädels, ich sterbe im Schnitt dreimal pro Nacht.«

Sie hielten einen Moment lang im Arbeiten ein, im Korridor, die schlanke Ssima und die neben ihr füllig wirkende Marina.

Sie lachten. Sie strahlten Freude aus. Das Vergangene war ganz nahe gerückt, und in diesem Vergangenen waren nicht nur das alte Uglitsch und die Reisen dorthin, nicht nur die schnarchende alte Tante. Dort war, dies vor allem, ihre gemeinsame Jugendzeit.

»Vielleicht solltest du gleich auch bei ihm Staub saugen«, sagte Ssima und öffnete die Tür zu Ignatjews Zimmer einen Spalt weit.

»Ist das denn notwendig?«

»Doch, es ist notwendig. Sonst verteilt er seinen Staub über die ganze Wohnung.«

Ssima schubste die Freundin leicht an:

»Werde nicht verlegen. Er hat sich vollaufen lassen und schläft. Sobald ich geschieden bin, nehme ich einen Wohnungstausch in Angriff. Soll er dann in Einsamkeit weiter saufen.«

»Und wenn er sich zu Tode säuft?«

»Das wird er so oder so tun. Ich schwöre dir, Marinotschka, ich selber könnte das Ganze durchaus ertragen, aber die Verantwortung vor meinem Sohn verbietet mir das.«

Ssima fügte brummig hinzu:

»Mach dir keine Sorgen seinetwegen. Er ist ganz willenlos geworden. Irgendeine fromme Seele wird ihn auflesen.«

Ssima begab sich in die Küche, um den Herd zu scheuern. Marina betrat mit dem Staubsauger in der Hand Ignatjews

Zimmer. Verlegenheit war wirklich fehl am Platz, Ignatjew schlief tief und fest. Marina schaltete den Staubsauger ein, ohne daß der Schlafende im mindesten darauf reagiert hätte. Sie hätte einen Schrank umwerfen können. Sie hätte den großen Spiegel zerschlagen können.

Marina, in der immer noch die Sehnsüchte der Jugend herumspukten, setzte sich plötzlich auf das kleine Sofa, starrte das Gesicht des Schlafenden an und dachte: »Und doch habe ich nur dich geliebt.« — Das war die Unwahrheit, und Marina wußte auch, daß es die Unwahrheit war, aber irgendwie war es angenehm, jetzt daran zu denken. Nach Beendigung der Liaison mit Ignatjew hatte sie das herbe Leben einer einsamen Frau geführt. Es hatte darin einiges gegeben. Sie war ihre Sentimentalität aber längst losgeworden.

Plötzlich kam ihr ein Gedanke, der sie konsternierte. Sie war so erschrocken, daß sie sofort den Staubsauger ausschaltete und schnellen Schrittes aus dem Zimmer ging.

»Ich kann nicht«, sagte sie schuldbewußt zu Ssima. »Ich fühle mich dortdrin irgendwie geniert...«

»Wie bitte?«

»Ich geniere mich irgendwie in dem Zimmer. Bitte nimm mir das Staubsaugen ab, ich will mich derweil um den Küchenherd kümmern. Ich kann den Anblick von Betrunkenen einfach nicht ertragen...«

Ssima machte eine abweisende Handbewegung:

»Hol ihn der Kuckuck. Soll er im Dreck herumliegen. Wir wenden uns mit vereinten Kräften der Küche zu.«

Ignatjew wachte auf, als Ssima die Tür in sein Zimmer aufstieß und »He!« rief.

Er öffnete die Augen.

»He! Was ich Dir sagen wollte. Der Scheidungstermin ist festgelegt.«

Sie stand spindeldürr und entschlossen vor ihm.

»Wann?« keuchte er heiser und verschlafen.

»In einem Monat. Am elften. Ich hoffe du wirst dich nicht sperren, keine Obstruktion betreiben, pünktlich erscheinen, dich kooperativ zeigen.«

Ignatjew sagte nach kurzem Nachdenken:

»Ich werde mich kooperativ zeigen.«

»Ausgezeichnet. Das ist lobenswert.«

Sie rief in die Küche hinüber:

»Marina! Koch ihm einen Kaffee, er ist heute so anstellig und so lieb. Da sollten wir ihn ein wenig verwöhnen.«

Matt und unausgeschlafen, mit schwerem Kopf, erhob sich Ignatjew von seiner Liegestatt und stelzte in die Küche, wo er schon bald eine dampfende Tasse Kaffee in Empfang nehmen durfte.

Ssima schob die Zuckerdose zu ihm hin. Er betrachtete ihre streichholzdünnen Finger. Sie hielt ihr Versprechen nur allzu sehr ein. Sie hatte schon nicht mehr die Grazilität ihrer Jugend, sondern jene der Kindheit wiedererworben. Sie wog jetzt bestimmt nicht mehr als ein Kind. Er schaute seine Frau etwas zu aufmerksam an, Marina fing den Blick auf.

Mit einer sonderbaren scheuen, irgendwie füchsisch anmutenden Nuance in der Stimme fragte sie:

»Ssima, wer behandelt dich? Wer ist dein Arzt?«

»Es ist eine Ärztin. Sie heißt Sagorujko.«

»Von der habe ich viel Gutes gehört. Sie soll sehr viel Erfahrung haben.«

»Das stimmt. Außerdem ist sie sehr aufmerksam.«

Während er sich wieder in seine Säuferhöhle zurückzog, hörte er wieder Marinas auf neue nuancierte Art leise Stimme.

»Ssima, was hälst du von einer Wohnungsrenovierung?«

»Von einer Wohnungsrenovierung?«

»Eure Wohnung wird wie neu auffunkeln.«

»Ich bin momentan zu schwach dazu.«

»Keine Bange. Ich springe dir bei.«

Kurz darauf hatte Ssima einen Anfall. Ignatjew schlief und hörte nichts. Ssima stöhnte ganz leise. Beherrschen konnte sie sich.

Sie drückte die Hände gegen den Bauch, biß die Zähne zusammen und stöhnte vor sich hin.

Marina fragte:

»Soll ich die Ärztin rufen?«

»Nicht nötig. Die Sagorujko sagte, ich würde ab und zu Anfälle bekommen. Dann gibt sich das wieder, hat sie gesagt.«

»Soll ich dir etwas zum Einnehmen geben?«

»Die Tabletten drüben auf dem Regal. Und ein Glas Wasser.«

»Da hast du beides.«

»Vielen Dank. Achte darauf, daß Witjka rechtzeitig ins Bett kommt. Ich leg mich jetzt hin, mich schwindelt.«

Ssima stöhnte noch eine Zeitlang, dann hörte das Stöhnen auf, sie war eingeschlafen. Marina prüfte Witjkas Hausaufgaben nach und befahl ihm, Punkt elf Uhr im Bett zu liegen.

Alle schliefen. Marina wanderte durch die Wohnung. Sie berührte die Wände mit den Händen, prüfte die Tapeten, die in einem guten Zustand waren. Eine schöne Wohnung. Marina wischte im Korridor die Fußspuren und schmelzenden Schneereste weg, die Witjka dort hinterlassen hatte.

Dann ging sie in Ignatjews Zimmer. Der schlief fest. Marina nahm den Besen und kehrte vorsichtig den Unrat fort. Trug die leeren Flaschen in den Korridor und versteckte sie im Schrank. Auf Ignatjews Bett bemerkte sie Brotkrümel und sogar ein steinhart gewordenes Stück Käse. Marina wälzte den Schlafenden von der einen Seite auf die andere und fegte überall die Krümel weg. Dabei packte sie ihn fest, sogar grob an, so wie man eine leichte Beute anpackt. Sie hatte selbstsichere Hände, und er befand sich im Zustand des Tiefschlafs.

Gleich am nächsten Morgen rückte Marina mit mehreren Tapetenrollen an. Sie ging entschlossen daran, die alten noch recht gut erhaltenen Tapeten von den Wänden zu reißen. Die Tapeten knisterten fröhlich, als hätten sie auf diese festen weiblichen Hände gewartet. Marina hatte die Ärmel ihres Jäckchens hochgekrempelt, ihre vollen weißen Arme blinkten beim Arbeiten auf.

Ignatjew reagierte ärgerlich auf dies Getue. Ihm fiel wieder Marinas heruntergekommenes Zimmer ein, das seit hundert Jahren nicht mehr renoviert worden war. Aber er verkniff sich ein ironisches Lächeln, prustete nur einmal los und verstummte gleich wieder. Er hatte seit dem frühen Morgen Kopfschmerzen. Außerdem quälte ihn eine fixe Idee. Er fühlte in sich den Zwang, alte Photos zu betrachten, konnte sich aber nicht erinnern, wo sie lagen. Auf der Suche nach ihnen wanderte er in der Wohnung hin und her. Das Knistern der abgerissenen Tapeten, die lebhaften Stimmen der beiden Frauen und das ganze Drumherum hinderten ihn daran, sich zu konzentrieren.

Ssima glaubte, er würde nach etwas Alkoholischem suchen.

»Es ist nichts da«, sagte sie. »Du brauchst dir gar nicht erst Mühe zu geben.«

»Was ist nicht da?«

»Jenes Besagte.«

Er dachte, daß es die Photos vielleicht wirklich nicht mehr gibt, und erwiderte:

»Dann werde ich jetzt losgehen.«

Marina begann zu lachen.

»Geh nur zu. Bald ist es elf. Deine Brüder im Suff drängen sich schon vor den Türen der Feinkostläden.«

Ssima stimmte in Marinas Lachen ein.

Als er den Mantel angezogen hatte, trat Ssima auf ihn zu, drückte ihm Geld in die Hand und sagte:

»Kauf noch eine Flasche.«

»Wozu?«

»Dazu.«

»Ja, wozu denn nun?«

»Das braucht dich nicht zu kümmern.«

»Du wirst es schon sehen«, fügte Ssima hinzu.

Beide Frauen lachten wieder.

Als Ignatjew wieder heimkam, ging ihm der Sinn der zusätzlichen Flasche auf. Sie war für die drei jungen Arbeiter bestimmt, die Marina herbeordert hatte. Marina, Ssima und Witjka waren damit beschäftigt, die Möbel mit alten Zeitungen zuzudecken, während die drei Arbeiter mit Hilfe eines Spritzgeräts die Zimmerdecke weißten. Zwei von ihnen standen auf einer Leiter in direktem Kontakt mit der Decke, der dritte war für den Mörteleimer zuständig, den er mal dahin, mal dorthin trug, je nachdem, wo die zwei anderen gerade werkelten.

Nachdem die Arbeiter mit den Decken fertig waren, wandten sie sich den Fußböden zu. Sie korrigierten das Parkett, indem sie Risse zukitteten, die sich im Lauf der Zeit darin gebildet hatten. Als ihnen dabei warm wurde, entblößten sie ihre Oberkörper, muskelstrotzende Oberkörper zwanzigjähriger Burschen.

Die Burschen arbeiteten zügig und elegant. Man merkte, daß ihnen das Arbeiten Spaß machte. Sie pfiffen dazu lustige Lieder. Durchs Fenster schien die helle Wintersonne. Die drei werkelnden Burschen waren ein angenehmer Anblick. Es war das Leben selbst, das sich in ihnen Ignatjews Blick darbot, neben ihnen, ab und zu zur Hilfe gehend, sah seine Frau ausgetrocknet und schrecklich aus.

»Ihr seid geschickt«, sagte Ssima.

»Und kerngesund«, sagte Marina.

Marina bekam Lust, ein wenig zu phantasieren. Oder vielleicht war das, was über sie kam, Inspiration.

»Hier wird das Fortepiano stehen«, sagte sie. »Jawohl, genau hier und nirgendwo sonst. Ich bin ein Musiknarr. Ich liebe es, abends Klavier zu spielen.«

Sie reckte die Arme hoch. In ihre Stimme kam ein Klingen:

»Am besten beginnt man mit einer Sonate. Adagio sostenuto. Nur nicht überhasten. Lalala, lalalala. Und du hörst weder die Nachbarn noch die Flugzeuge.«

Ssima lächelte:

»Du bist ein Kauz, Marina. Du mit deinem Fortepiano.

Marina war die Seele dessen, was hier vorging, sie schien über all den anderen — sie anspornend und herumkommandierend — zu schweben. Sie war die Energie und Tatkraft in Person. Wie beflügelt eilte sie von Zimmer zu Zimmer und erteilte überall die gerade fällige Anweisung.

»Dieses Loch im Parkett«, sagte sie zum Beispiel, »werdet ihr jetzt möglichst sorgfältig zukitten.«

»Aber hier ist doch überhaupt kein Parkett.«

»Ich habe extra ein paar Parkettbretter mitgebracht. Aber auf Wertarbeit wird größter Wert gelegt.«

Die Arbeiter waren für heute mit der Arbeit fertig. Fröhlich pfeifend und trällernd entfernten sie sich. Die beiden Frauen setzten das Werk allein fort. Ignatjew beschloß, zu Schestoperow zu gehen.

»...am kompliziertesten ist die Frauenseele so um dreißig, fünfunddreißig herum. Pflichtest du mir soweit bei? Sie weiß bereits viel vom Leben, das Vergeben und Verstehen, wie es einer Vierzigerin eigen ist, hat sie aber noch nicht gelernt.«

Ignatjew stellte ab und zu eine Zwischenfrage, hörte aber sonst nicht hin.

Ihm fiel der alte Witz ein, wie zwei Kumpel saufen und über Frauen reden. In der fernen Jugendzeit kam er ihm komisch vor. Wie in jenem Witz lag auch hier zwischen Schestoperow und ihm eine volle Arbeitsteilung vor. Der eine soff, der andere quatschte.

Als der Trinker dem Quatschenden einschenken wollte, wehrte der ab und schob sogar das leere Glas weg. »Ich trinke nicht«, sagte Schestoperow.

»Warum nicht?«

»Der Alkohol macht den Mann alt. Wodka noch mehr als andere Spirituosen.«

Sie schwiegen eine Zeitlang.

Dann bemerkte Schestoperow erläuternd, und man merkte seiner Stimme an, wie wichtig ihm das jetzt Gesagte war:

»Ich habe nicht das Recht, mich zu verschleißen. Irgendwann einmal werde ich Dienstreisen unternehmen. Unterwegs werden mich möglicherweise junge Frauen umschwärmen. Und ich? Ich muß dann natürlich auf der Höhe sein. Das aber setzt voraus, daß ich mich bis dahin jeden Alkohols enthalte.«

Er fügte hinzu:

»Auf mich warten junge Sibirierinnen oder beispielsweise Uralmädchen. Vielleicht sogar junge Französinnen, Italienerinnen. Du wirst gewiß verstehen, daß ich angesichts dieser Perspektive lieber auf den Wodka verzichte.«

Ignatjew kam erst spät heim. Marina war nicht da. Ssima und der Sohn schliefen. Es war still. Mitternacht ist gewiß vorbei, dachte Ignatjew und unterließ es, das Licht einzuschalten.

Leicht schwankend stand er in der Dunkelheit der Diele und kicherte vor sich hin.

Er geriet, mehr zufällig als vorsätzlich, in Ssimas Zimmer. Der Mondschein schien durchs Fenster. Ignatjew sah das Gesicht seiner Frau und unter dem Bettlaken ihren kleinen kindlichen Körper. Sie wird mich verjagen, wenn sie aufwacht, dachte Ignatjew und ging hinaus. Der Mond half mit. Er prallte nur einmal gegen einen Stuhl.

Ignatjew erreichte die Küche und stellte, da er Durst verspürte, den Teekessel auf die Gasflamme. Hier in der Küche machte er das Licht an. Er suchte den Teeaufguß. Statt dessen fand er die von ihm vorhin vermißten Fotos. Sie lagen dort, wo sie immer gelegen hatten: zwischen alten Briefen.

Ignatjew verspürte eine große kindliche Freude. So freut

man sich in der Kindheit, wenn man ein verloren geglaubtes Spielzeug wiederfindet.

Unter den vielen Fotos waren nur relativ wenige, auf denen seine Frau drauf war. Ignatjew ging daran, Ssimas Bilder chronologisch zu ordnen.

Erst kam die Studentin Ssima...

Nein, erst die Schülerin mit den dünnen Zöpfchen. Hier war sie...

Jetzt die Studentin. Jetzt sind sie zusammen: sie lächelt, er schneidet eine Grimasse. Dann wird Ssima erwachsener. Das geht ziemlich schnell, es waren auch nicht allzu viele Fotos da, rund fünfzehn Stück.

Ignatjew zählte sie nach, es waren genau vierzehn. Er legte sie auf den Küchentisch, wo sie eine ungleichmäßige Reihe bildeten. Ignatjew sah sich an einen Bach erinnert, der assoziativ jenen Fluß nach sich zog, die schnellen Wasser des Flusses, der in nicht länger als anderthalb Augenblicken das Leben seiner Frau Ssima vorbeigeschnellt hatte.

Ignatjew lächelte besäuselt und zufrieden. Er klatschte mit der Handfläche auf die auf dem Tisch ausgebreitet liegenden Bilder. Er sagte:

»Jetzt bist du hier mit mir vereint. Ganz und gar. Ganz und gar.«

Ihm war, als seien sie fortan unzertrennlich. Er war richtig fröhlich geworden.

Samad Behrangi

Der kahlköpfige Taubenzüchter

Vor langer Zeit lebte ein junger Mann zusammen mit seiner alten Mutter. Weil er durch eine Krankheit völlig kahl geworden war, wurde der junge Mann Kachal, der Kahlköpfige genannt. Das Heim der beiden hatte einen kleinen Hof mit einem Maulbeerbaum, unter dem eine ebenfalls kahlköpfige schwarze Ziege graste, mit dem Bart nickte, mit den Füßen auf dem Boden scharrte und meckerte. Der Wohnraum lag in Richtung Mekka und hatte ein kleines Fenster, ein Loch für einen Ofen in der Mitte, eine Plattform über der Tür und eine Öffnung im Dach für Rauch, Licht, Luft und so weiter. Anstelle von Glas hatten sie Strohpapier vor dem Fenster befestigt. Die Wände waren aus Lehm und Stroh mit Fugen und Rissen überall.

Jeden Morgen ging Kachal hinaus auf die kargen Hügel, schnitt Disteln und Gräser, band sie zusammen und trug das Bündel nach Hause. Einen Teil des Grases gab er der Ziege, den Rest lagerte er auf dem Dach, um ihn im Winter verkaufen oder seine Ziege damit füttern zu können. Jeden Nachmittag ließ er seine Tauben fliegen. Er war ein guter Taubendresseur und hatte 10 oder 15 Tauben. Er pfiff auch gut. Vom frühen Morgen bis tief in die Nacht hinein saß die alte Frau an ihrem Spinnrad und spann Garn. Auf diese Art verdienten Mutter und Sohn ihren Lebensunterhalt.

Der wunderschöne Palast des Königs schaute herab auf ihre Hütte. Da verliebte sich die Tochter des Königs in Kachal, und kam, wann immer dieser seine Tauben auf dem Dach fliegen ließ, mit ihren Dienerinnen und Sklavinnen heraus auf den Balkon, um ihm und seinen Tauben zuzuschauen und seinem Pfeifen zuzuhören. Manchmal sprach sie zu Kachal durch ihre Augen und Gesten. Aber Kachal schenkte ihr keine Beachtung. Er verhielt sich so, als ob er das Mädchen gar nicht sehen würde. In Wirklichkeit liebte er aber die schöne Königstochter sehr, doch er wollte nicht, daß sie davon erführe. Er wußte, daß der König niemals seine Tochter einem kahlköpfigen Bauern geben würde, der nur eine Ziege, 10 oder 15 Tauben und eine alte Mutter vorzuweisen hatte. Und selbst wenn er es tun würde, könnte die Königstochter niemals in seine verräucherte Hütte ziehen und dort mit ihm leben. Was die Königstochter auch tat, es gelang ihr nicht, Kachal dazu zu bringen, mit ihr zu reden. Eines Tages stach sie sogar einen Pfeil in das Herz eines Schafes, um ihm zu zeigen, wie sehr die Liebe zu Kachal ihr das Herz durchbohrt habe, und heftete es vor ihr Fenster, aber Kachal beachtete sie auch dann noch nicht. Er ließ seine Tauben bis an den Rand des Distelhaufens fliegen, pfiff und lauschte dem Klang des Spinnrades seiner Mutter.

Schließlich wurde die Königstochter krank vor Herzeleid. Sie kam nicht mehr auf den Balkon hinaus und beobachtete Kachal nicht einmal mehr vom Fenster aus. Der König versammelte alle Ärzte, damit sie nach seiner Tochter sahen, aber keiner konnte ihr helfen.

Alle Geschichtenerzähler sagen an einem solchen Punkt: Die Königstochter offenbarte ihr Geheimnis niemandem, sei es aus Angst, Schüchternheit oder Bescheidenheit, aber ich sage, daß die Königstochter schließlich ihr Herzensgeheimnis ihrem Vater erzählte. Als der König hörte, daß seine Tochter einen kahlköpfigen Taubenzüchter liebte, wurde er wütend und schrie:

»Wenn ich den Namen dieses Halunken jemals wieder über deine Zunge kommen höre, verstoße ich dich! Gibt es so wenige Männer auf der Welt, daß du dich unbedingt in diesen Halunken verlieben mußtest? Ich werde dich mit dem Sohn des Wesirs verheiraten, und dabei bleibt's.«

Das Mädchen schwieg traurig. Der König ging und setzte sich auf seinen Thron. Dann befahl er den Wesir zu sich.

»Wesir«, ordnete er an, »du mußt die Tauben des Kahlköpfigen heute noch köpfen und diesem Wicht verbieten, auf sein Dach zu steigen.«

Der Wesir sandte seine stärksten Männer zu Kachals Haus. Kachal, der keine Ahnung von dem hatte, was inzwischen passiert war, fütterte gerade seine Tauben, als die Männer des Königs in seine Hütte stürmten. In Windeseile köpften sie die Tauben und schlugen Kachal am ganzen Körper grün und blau. Sie zerbrachen das Spinnrad der alten Frau und zerrissen das Fensterpapier. Dann gingen sie.

Kachal konnte sich eine Woche lang nicht bewegen. Er lag stöhnend in seiner Hütte. Seine Mutter legte Myrrhe auf seine Wunden und sprach Verwünschungen aus. Nachdem eine Woche vergangen war, kam Kachal heraus und setzte sich unter den Maulbeerbaum, um etwas frische Luft zu schöpfen und sich aufzumuntern. Er dachte darüber nach, wo er seine Tauben begraben könne, als er Stimmen über seinen Kopf hörte. Er schaute hoch und sah, daß zwei Tauben auf einem Maulbeerzweig hockten und miteinander sprachen.

Eine der Tauben sagte: »Liebste Schwester, weißt du, wer dieser Junge ist?«

»Nein, liebste Schwester.«

»Dies ist der Junge«, erklärte die erste Taube, »um dessen Liebe die Königstochter krank wurde und nun bettlägrig ist. Der König befahl dem Wesir, die Tauben des Jungen zu töten, und der sandte seine Diener, die den Jungen außerdem so sehr verprügelten, daß er bis heute krank war. Jetzt denkt er darüber nach, wo er seine Tauben begraben soll.«

»Warum will er sie begraben?« fragte die zweite Taube.

»Was soll er sonst tun?«

»Wenn wir fortfliegen«, sagte die zweite Taube, »werden vier Blätter von unseren Füßen fallen. Wenn er sie seiner Ziege zu fressen gibt und die Ziegenmilch auf die Köpfe und Hälse seiner Tauben streicht, werden sie wieder zum Leben erweckt, und sie werden sich so verhalten, wie es noch keine Taube zuvor getan hat.«

»Ich hoffe, daß er unsere Unterhaltung hören kann«, sagte die erste Taube.

Die Tauben flogen hoch in den Himmel und rissen mit ihren Krallen vier Blätter vom Baum. Kachal fing sie in der Luft auf und gab sie seiner Ziege zu fressen. Dann holte er eine Schüssel, molk die Ziege und strich etwas Milch auf die Köpfe und Hälse der Tauben. Und tatsächlich: die Tauben erwachten wieder zum Leben, flatterten mit den Flügeln, erhoben sich in die Luft und umkreisten Kachal in großen Bögen. Die alte Frau kam beim Klang der flatternden Flügel heraus und Kachal erzählte ihr voller Freude, was geschehen war.

»Mein lieber Sohn, hör auf, Tauben zu dressieren«, bat sie ängstlich. »Das nächste Mal, wenn du aufs Dach gehst, wird der König dich töten.«

»Mutter, meine Tauben sind nicht wie irgendwelche andere Tauben. Paß auf!«

Dann sagte er zu seinen Tieren: »Meine lieben Tauben, tut etwas, um mich glücklich zu machen und meine Mutter zufriedenzustellen.«

Die Tauben versammelten sich in einem Kreis, begannen zu flüstern und flogen plötzlich hoch in den Himmel hinauf. Kachal und seine Mutter warteten. Einige Zeit verging.

»So sieht also die Treue deiner lieben Tauben aus«, klagte die alte Frau.

Sie hatte ihren Satz noch nicht beendet, da erschienen die Tauben am Himmel. Sie brachten einen Schäferhut aus Filz mit, den sie Kachal zuwarfen. Die alte Frau sagte: »Was für ein wertvolles Geschenk haben sie dir mitgebracht! Jetzt laß uns sehen, ob er paßt.«

Kachal setzte den Filzhut auf.

»Er steht mir gut, nicht wahr, Mutter?«

»Sohn, wo bist du?« rief die alte Frau voller Erstaunen und sah sich nach ihrem verschwundenen Sohn um.

»Mutter, ich bin doch hier!«

»Laß mich den Hut sehen«, bat die alte Frau.

Kachal nahm den Hut wieder ab und gab ihn seiner Mutter. Diese setzte ihn auf ihren Kopf.

»Mutter, wo bist du?« rief jetzt Kachal.

Die alte Frau antwortete nicht. Kachal sah sich voller Erstaunen um. Plötzlich hörte er das Surren des Spinnrads. Er lief ins Haus und sah, wie sich das Spinnrad ganz von allein drehte und Garn spann. Da wurde ihm auf einmal der Wert des Hutes bewußt.

»Mutter, necke mich nicht länger«, lachte er. »Gib mir den Hut, und ich werde gehen und etwas zu essen holen. Ich sterbe vor Hunger.«

»Schwöre, daß du kein verbotenes Eigentum anrühren wirst, und ich werde dir den Hut geben.«

»Ich schwöre, daß ich nur das tun werde, was richtig ist.«

Die alte Frau gab ihrem Sohn den Hut, der setzte ihn auf und ging hinaus.

Hadschi Ali lebte ein paar Viertel weiter. Er war sehr reich, denn er besaß viele Teppichknüpfereien, und Hunderte von Arbeiter, Diener und Mägde arbeiteten für ihn. Kachal machte sich auf den Weg dorthin und sagte zu sich selbst:

»So, lieber Kachal, nun finde heraus, ob es richtig ist, Hadschi Alis Eigentum anzurühren. Wo hat Hadschi Ali sein Geld her? Von seinen Teppichknüpfereien. Arbeitet er selbst? Nein, er macht sich seine Hände nicht schmutzig. Er streicht nur den Gewinn ein und vergnügt sich damit. Also, wer arbeitet und wer schafft den Gewinn herbei, lieber Kachal? Streng deinen Kopf an und finde die richtige Antwort. Sag mir, was mit den Teppichknüpfereien geschieht, wenn die Leute nicht arbeiten. Sie werden geschlossen, nicht wahr? Werfen sie dann immer noch Gewinn ab? Natürlich nicht. Also dann«, murmelte Kachal vor sich hin, »die Schlußfolgerung ist: die Arbeiter erarbeiten den Gewinn, Hadschi Ali nimmt ihn sich einfach und verwendet ihn für sich allein. Seinen Arbeitern gibt er nur so viel, daß sie sich und ihre Familien gerade ernähren können. Da also Hadschi Alis Reichtum nicht ihm selbst gehört, ist es richtig, wenn ich mir einen Teil hole.«

Leichten Herzens betrat Kachal das Haus des reichen Hadschi Ali. Mehrere Diener und Mägde gingen ein und aus, doch niemand bemerkte Kachal. Hadschi Ali und einige seiner Frauen saßen auf einem Podest am Rande des Wasserbeckens im Innenhof, tranken Tee, aßen Kekse, Honig und Sahne. Kachal lief das Wasser im Mund zusammen. Er ging hin und nahm sich ein großes Stück Honig vom Tisch. Hadschi Ali griff gerade selbst nach dem Honigteller und wollte sich etwas von der Sahne nehmen, als er mit Schrecken sah, daß sich der Honig einfach in Nichts auflöste. Er begann zu beten und Gott anzurufen. Da nahm Kachal auch Hadschi Alis Teetasse und trank durstig daraus. Jetzt schrien die Frauen und Hadschi Ali vor Entsetzen, ließen alles stehen und liegen und rannten ins Haus. Kachal aß seelenruhig zu Ende und ging hinein, um sich umzusehen. Überall standen prächtige Dinge herum: goldene und silberne Kerzenleuchter, goldbelegte Wandschirme, bunte, schwere Teppiche und Läufer, silbernes und kristallenes Geschirr und viele andere Kostbarkeiten. Kachal ging staunend umher und nahm sich von allem so viel, wie seine Taschen fassen konnten.

Dann fand er den Schlüssel zu Hadschi Alis Safe. Nachts, als alle schliefen, öffnete er den Safe, nahm soviel Geld, wie er tragen konnte, und verließ das Haus.

Auf diese Weise raubte Kachal die Häuser mehrerer anderer

reicher Leute aus, so daß es schon nach Mitternacht war, als er heimwärts ging. Er behielt ein bißchen Geld für sich und seine Mutter und gab den größten Teil den armen Familien, die entlang des Weges wohnten.

Er klopfte an die Haustüren, und wenn der Hausherr zur Tür kam, sagte Kachal: »Nimm dieses Gold und zweitausend Toman und verwende es für deine Kinder. Dies ist dein Anteil. Erzähl niemandem davon.«

Bevor der Hausherr sehen konnte, wer da an der Tür stand und woher die Stimme kam, wurden eine Handvoll Gold und ein dickes Bündel Geldscheine vor seine Füße geworfen.

Es war tief in der Nacht, als Kachal endlich nach Hause kam. Seine Mutter war noch wach, saß immer noch an ihrem Spinnrad und machte sich Sorgen um ihren Sohn. Schlaf stand in ihren Augen. Die Tauben hatten ihre Köpfe unter die Flügel gesteckt und schliefen friedlich hier und dort in der Hütte. Kachal betrat geräuschlos die Hütte und setzte sich an die Seite seiner Mutter. Plötzlich nahm er den Hut vom Kopf. Wie glücklich war die alte Frau, ihren Sohn zu sehen.

»Wo warst du denn noch zu dieser späten Stunde, Sohn?«

»Im Haus von Hadschi Ali. Ich holte mir das Eigentum seiner Arbeiter und gab es ihnen zurück.«

Die alte Frau brachte ihm Grießsuppe.

»Ich habe so viel Honig und Sahne gegessen, daß ich, selbst wenn ich eine Woche kein Essen anrühre, immer noch nicht hungrig wäre«, sagte Kachal.

So aß die alte Frau allein zu Abend, trank etwas Ziegenmilch, und dann gingen beide zu Bett.

Bevor er schlafen ging, schüttete Kachal noch den übriggebliebenen Grieß seinen Tauben hin. Früh am nächsten Morgen stand er auf, setzte sich den Hut auf, stieg aufs Dach und begann, die Tauben fliegen zu lassen und zu pfeifen. Er hielt einen Stock, an dessen Ende ein Fetzen Stoff gebunden war, in seiner Hand und schwang ihn hin und her.

Noch immer lag die Königstochter krank zu Bett. Voller Sehnsucht blickte sie auf das Dach von Kachals Hütte. Da sah sie plötzlich, wie die Tauben hoch in den Himmel flogen und hörte jemanden pfeifen. Aber da war kein Kachal zu sehen, nur der Dressierstab der Tauben bewegte sich hin und her und führte die Tauben an.

Auch die Diener des Wesirs sahen das bunte Treiben der Tauben und eilten zu ihrem Herrn, um ihm die Neuigkeit zu berichten. Dieser wiederum begab sich schleunigst zum König, um ihm mitzuteilen, daß Kachal seine Umtriebe wieder begonnen habe und es der Prinzessin bestimmt wieder schlechter gehen würde. Noch einmal sandte der König den Wesir aus mit dem Befehl, die Tauben zu töten.

Die Königstochter aber machte sich große Sorgen um Kachal, schickte ihre ergebenste Sklavin zu seiner Mutter, um ihr sagen zu lassen, daß sie, die Königstochter, Kachal liebe und frage, wie man ihm helfen könne.

In der Zwischenzeit stürmten Hadschi Ali und die anderen reichen Männer der Stadt in den Palast des Königs und riefen:

»Wir sind ruiniert! Unser Leben ist vertan! Was für ein König bist du überhaupt? Schick deine Armee den Dieben hinterher, damit wir unser Eigentum zurückbekommen!«

Aber laßt uns all das für eine Weile verlassen, damit ich euch erzähle, was in der Zwischenzeit in Kachals Haus vor sich ging. Kachal, den Hut auf dem Kopf, stand auf dem Dach und ließ seine Tauben fliegen. Seine Mutter, die ihren alten Schleier trug, wusch Wolle im Haus, und die kahlköpfige Ziege lief im Hof herum und suchte nach Maulbeerblättern, die der Wind vom Baum geweht hatte.

Die alte Frau hob plötzlich den Kopf und sah, daß die Ziege durchs Fenster sah und sie fest anblickte und die alte Frau las in ihren Augen: Kachal und seine Tauben sind in Gefahr. Bring mir einige Maulbeerblätter zu fressen, und ich werde dir sagen, was zu tun ist.

Die alte Frau zögerte nicht lange. Sie stand auf und sammelte einige Blätter von der Erde auf. Die Ziege fraß und fraß, und ihr Bauch schwoll an. Dann starrte sie wieder in das Gesicht der alten Frau: Danke, sagten ihre Augen. Nun geh hinein. Ich werde aufs Dach klettern und Kachal und seinen Tauben helfen.

Die alte Frau fragte nicht weiter, sondern tat, was ihr die Ziege gesagt hatte. Diese aber kletterte die Außentreppe hinauf, erreichte einen Stapel Disteln und begann wieder zu fressen.

Mit einmal stürzten die Diener des Wesirs in den Hof und versuchten auf das Dach zu klettern. Der Dressierstab bewegte sich immer noch durch die Luft und schlug jeden, der versuchte, seinen Fuß auf das Dach zu setzen. Unverrichteter Dinge mußten schließlich die Diener zum Wesir zurückkehren. Die Prinzessin hatte alles vom Fenster aus beobachtet und fühlte sich nun ein bißchen besser. Die Szene heiterte sie auf.

Der König, Hadschi Ali und die anderen reichen Männer der Stadt saßen zusammen, beratschlagten sich und fragten sich immer wieder, welch geschickter Dieb in einer einzigen Nacht in alle Häuser hatte einbrechen und so viele Schätze mitnehmen können.

Da trat der Wesir ein.

»König, etwas Seltsames ist geschehen. Kachal selbst ist nirgendwo zu finden, aber sein Dressierstab tanzt auf dem Dach, dirigiert die Tauben und hindert jeden daran, ihnen zu nahe zu kommen.«

»Holt mir Kachal, egal wie und bringt ihn zu mir!« brüllte der König voller Zorn.

»Kachal ist nirgendwo zu finden«, widerholte der Wesir vorsichtig. »Seine Mutter ist allein. Sie weiß nicht, wo ihr Sohn ist.«

»König, dieser Kachal hat bei allem, was geschehen ist, seine Hand im Spiel«, sagte da Hadschi Ali. »Alle Zeichen deuten darauf hin, daß er der Dieb war, der uns beraubt hat.«

Dann erzählte er die Geschichte vom verschwundenen Honig und vom Tee, der sich mit der Teetasse in die Luft erhob und sich in Nichts auflöste.

Einer der anderen reichen Männer berichtete:

»Die Kette meiner Frau erhob sich von ihrem Hals, wurde zu Staub und verschwand vor meinen eigenen Augen!«

»Ich sah ebenfalls meinen goldgerahmten Spiegel sich in die Luft erheben und hinausspazieren«, rief ein anderer. »Bevor ich mich rühren konnte, war der Spiegel nicht mehr da. Hadschi Ali hat recht. All das ist Kachals Werk.«

Der König wurde noch wütender und befahl der Armee, Kachals Haus zu stürmen und ihn herzubringen, tot oder lebendig.

Zu diesem Zeitpunkt unterhielt sich die Königstochter mit ihrer ergebenen Sklavin, die gerade von der alten Frau zurückgekehrt war.

»Meine Gebieterin, Kachals Mutter sagte mir, daß ihr Sohn am Leben sei und es ihm auch sehr gut ginge. Heute nacht wird sie ihn zu dir schicken, damit er mit dir sprechen kann.«

»Kachal kommt, um mich zu sehen?« fragte die Königstochter voller Freude. »Aber wie wird er die Armee und die Wachen passieren können? Ach, ich wünschte, er könnte kommen...«

»Meine Gebieterin«, sagte die Sklavin, »kahlköpfige Leute kennen tausendundeinen Trick. Wir werden heute nacht auf ihn warten. Er wird bestimmt kommen.« In diesem Moment schauten sie aus dem Fenster und sahen, daß die Armee Kachals Haus umzingelt hatte, so dicht wie Edelsteine auf einem Ring Platz haben.

»Selbst wenn er tausend Leben hätte, könnte er nicht entkommen. Mein armer Kachal!« klagte die Königstochter.

Die Tauben hockten jetzt auf dem Dach und fraßen Körner. Der Dressierstab stand aufrecht. Die Ziege fraß währenddessen unaufhörlich Disteln und ließ Kot fallen, der so hart war, daß er einen Schädel spalten konnte.

»He, Kachal!« schrie der Armeebefehlshaber. »Selbst wenn

du tausend Leben hättest, niemand kann von hier entkommen. Denk darüber nach. Ergib dich auf der Stelle. Wenn du es nicht tust, wird der größte Teil, der von dir übrigbleiben wird, dein linkes Ohr sein!«

Die alte Frau in der Hütte zitterte vor Angst und saß wie gelähmt vor ihrem Spinnrad. Sie sah durch das Loch in der Decke, konnte aber nichts erkennen.

»Meine schönen Tauben«, sagte Kachal, »seht ihr nicht, was die Ziege tut? Sie macht Kot für euch. Tut ihr etwas, um mich glücklich zu machen und meine Mutter zufriedenzustellen.«

Die Tauben versammelten sich im Kreis, flüsterten miteinander, flogen dann in die Luft und verschwanden.

Wieder schrie der Befehlshaber der Armee:

»He, Kachal! Das ist jetzt das letzte Mal, daß ich's dir sagen werde. Ich befehle dir, mit deinen Tricks aufzuhören und keine Unruhe mehr zu stiften. Du kannst uns nicht an der Nase herumführen. Am Ende wirst du gefangengenommen werden, und Reue wird dir nichts nützen. Wo immer du bist, komm heraus und ergib dich!«

»Eure Exzellenz, Herr Befehlshaber, entschuldigt, daß ich Euch habe warten lassen. Ich binde mir nur gerade die Schnüre, die meine Hosen halten, fest, dann werde ich mich sofort präsentieren. Steckt Euch inzwischen eine Zigarette an, und ich werde gleich da sein!« rief es vom Dach herunter.

Der Befehlshaber der Armee war ganz erleichert, daß es nun keine Probleme mehr geben würde, Kachal gefangenzunehmen. Er steckte sich wirklich eine Zigarette an und rief: »Was für ein Trick ist das nun wieder... ? Aus welchem stinkenden Loch kommt deine Stimme?«

»Aus dem Grab deines Vaters und deiner Mutter!« antwortete es von oben.

Der Befehlshaber der Armee wurde wütend und schrie:

»Schweig still! Denkst du etwa, ich bin jemand, den du zum Narren halten kannst?«

In diesem Augenblick erschienen Hunderte von Tauben aus allen Richtungen. Kachals Tauben waren in ihrer Mitte. Die Ziege knabberte Disteln und ließ Kot fallen. Kachal nahm ein Stück Kot und sagte: »Eure Exzellenz, Herr Befehlshaber der Armee, seht her! Schaut, hier bin ich!« Und er warf den Kot nach dem Befehlshaber der Armee. Dieser hatte seinen Kopf erhoben und spähte, die Zigarette im Mundwinkel, hoch in die Luft, als ihn der Kot zwischen die Augenbrauen traf Er schrie auf. Die Armee stürzte vor. Doch die Tauben gaben ihnen keine Chance. Sie nahmen den Kot in ihre Schnäbel, flogen hoch in die Luft und ließen ihn über den Soldaten fallen und verwundeten viele. Als es Nacht wurde, zog sich die Armee zurück. Kachal nahm die Ziege und seine Tauben und stieg vom Dach. Die anderen Tauben schickte er nach Hause, nachdem er sich bei ihnen bedankt hatte.

Von dem Geld, das Kachal ihr gegeben hatte, kaufte die alte Frau alles ein, was zu einem köstlichen Abendessen gehört: Es war nicht das kärgliche Abendessen wie sonst, das oft nur aus einem Stück Brot mit ein wenig Grießsuppe bestand oder einfach aus Brot mit einem bißchen Wasser dazu. Heute gab es sogar Weizen für die Tauben, und die Ziege bekam Alfalfa und Gerste.

Nach dem Abendessen sagte die alte Frau zu Kachal: »Jetzt setz den Hut auf und geh zur Königstochter. Ich habe ihr versprochen, daß ich dich zu ihr schicken werde.«

»Aber Mutter, es gibt einen zu großen Unterschied zwischen uns und der Königstochter«, widersprach Kachal traurig.

»Geh und höre wenigstens, was sie dir zu sagen hat«, bat die alte Frau.

Kachal setzte den Hut auf und ging. Er passierte unbemerkt die Wachen und Soldaten und betrat das Zimmer der Königstochter, die gerade mit ihrer Sklavin zu Abend aß. Der Prinzessin ging es schon viel besser, und sie sagte eben zu ihrer Sklavin: »Wenn Kachal nur wüßte, wie sehr ich ihn liebe, würde er nicht eine Minute vergeuden. Aber ich fürchte, die Wächter werden ihn fangen und ihn töten. Ich mache mir solche Sorgen.«

»Ja, meine Gebieterin, ich habe auch Angst«, antwortete die Sklavin. »Der König hat befohlen, daß heute nacht die Anzahl der Wächter verdoppelt werden solle, und er hat den Sohn des Wesirs zum Befehlshaber ernannt.«

Kachal ging hinüber, setzte sich an die Seite der Königstochter und füllte sich den Teller mit den Köstlichkeiten, die auf dem Tisch standen: Da gab es Huhn mit Reis und die verschiedensten Arten von Eierkuchen, Suppen und Marmeladen und noch vieles mehr. Die Prinzessin bemerkte plötzlich, wie eine Seite des Tabletts schnell leer wurde und in diesem Augenblick sich ein Hühnerbein erhob und in der Luft verschwand.

»Meine Gebieterin, denk, was du willst«, sagte die Sklavin. »Ich bin sicher, daß Kachal im Raum ist. Das ist sein Werk. Habe ich dir nicht gesagt, daß kahlköpfige Leute tausendundeinen Trick kennen?«

Die Königstochter strahlte.

»Mein lieber Kachal, wenn du hier bist, zeige dich. Ich vermisse dich so sehr.«

Kachal schwieg und rührte sich nicht.

»Vielleicht kommt er meinetwegen nicht hervor?« meinte die Sklavin. »Ich gehe und werde nach den Wachen Ausschau halten.«

Als die Sklavin gegangen war, nahm Kachal seinen Hut ab und sofort erkannte die Königstochter ihren geliebten Kachal an ihrer Seite.

»Kachal«, rief sie überglücklich, »weißt du nicht, daß ich in dich verliebt bin? Rette mich, denn der König will mich mit dem Sohn des Wesirs verheiraten!«

»Du bist eine Prinzessin. Wie könntest du es ertragen, in meiner rauchigen Hütte zu leben?«

»Wenn ich nur bei dir bin, ertrage ich alles.«

»Meine Mutter und ich können uns kaum selbst ernähren, wie sollten wir es schaffen, daß du noch mit uns leben kannst? Denn du bist ja eine Prinzessin und weißt nicht, wie man arbeitet.«

»Ich werde lernen, wie man arbeitet«, erwiderte die Königstochter.

»Was willst du denn tun?«

»Was immer du mir vorschlägst.«

»Dann ist es abgemacht. Ich werde meiner Mutter sagen, daß sie dir das Spinnen beibringt. Warte ein paar Tage. Ich werde kommen und dir sagen, wann wir von hier fliehen können.«

Laßt Kachal und sein Mädchen in ihrer zärtlichen Unterhaltung fortfahren, während ich euch vom Sohn des Wesirs erzähle, der Befehlshaber der Armee wurde und die Prinzessin ebenfalls liebte. Als Kachal durch den Palast gegangen war, um die Königstochter zu suchen, hatte er den Sohn des Wesirs in einem Stuhl sitzen gesehen, in tiefen Schlaf gefallen. Aus einem lustigen Einfall heraus hatte Kachal dem Schlafenden Schwert und Speer fortgenommen. Als der Sohn des Wesirs kurze Zeit später aufwachte und seine Waffen nicht fand, erkannte er, daß Kachal es geschafft hatte, unbemerkt hereinzukommen. Sofort befahl er alle Wachen zum Zimmer der Königstochter. Ein Wächter sah die Sklavin der Prinzessin vor der Tür stehen, stieß sie beiseite, öffnete die Tür und überraschte Kachal und die Königstochter, die ganz in ihr Gespräch versunken waren. Er schlug schnell die Tür zu und rief: »Kachal ist hier! Kommt schnell! Kachal ist hier!«

Der Sohn des Wesirs und die anderen rannten herbei und auch der König erwachte von dem Lärm, stieg auf seinen Thron und befahl, Kachal vorzuführen, tot oder lebendig.

Der Befehlshaber und einige der anderen Wachen betraten das Zimmer der Königstochter. Diese lag aber auf dem Bett und las in einem Buch — keine Spur von Kachal.

»Prinzessin, wo ist Kachal? Ein Wächter sah ihn bei dir vor erst einer Minute!« fragte der Sohn des Wesirs.

Das Mädchen antwortete in scharfem Ton: »Meinem Vater scheint meine Ehre völlig egal zu sein. Erst gibt er dir die Erlaubnis, das Zimmer seiner kranken Tochter zu betreten, und dann bist du noch unhöflich genug, solche Dinge zu behaupten. Scher dich sofort hinaus!«

Der Sohn des Wesirs widersprach höflich und respektvoll:

»Prinzessin, der König selbst befahl, daß wir jede Fuge und Ritze durchsuchen. Ich führe den Befehl aus und habe keine Schuld.«

Dann durchsuchten sie das Zimmer. Sie fanden nichts außer dem Schwert und dem Speer, die der Sohn des Wesirs sofort als sein Eigentum erkannte und die Kachal mitgebracht und unter dem Bett versteckt hatte.

»Prinzessin, diese Waffen gehören mir. Kachal nahm sie mir weg. Wenn er nicht hier ist, was machen diese Dinge dann hier? Ich werde es dem König melden.«

In diesem Augenblick stand Kachal an der Seite der Prinzessin und flüsterte ihr ins Ohr: »Hab keine Angst. Verändere deinen Gesichtsausdruck nicht. Ich werde dir in Kürze folgen.«

Dann passierte er die Wachen bis zur Tür. Doch drei von ihnen standen genau auf der Türschwelle, so daß er nicht durchkommen konnte. Gerade wollte er sich dennoch einen Weg bahnen und durch die Tür schlüpfen, als er plötzlich gegen einen der Wächter stieß und sein Hut herunterfiel.

Sofort packte man ihn und führte den Armen zum König. So sehr Kachal auch flehte, ihm seinen Hut zurückzugeben, da es unschicklich sei, mit kahlem Kopf vor den König zu treten — der Sohn des Wesirs wollte nichts davon hören.

Der König saß wütend auf seinem Thron und wartete. Als Kachal vor seinen Thron geschleppt wurde, rief er:

»Du Bastard, ich könnte dir all deine anderen Verbrechen vergeben. Du plünderst Häuser, du hast meine Armeen besiegt, aber wie kannst du es wagen, das Zimmer meiner Tochter zu betreten? Ich werde dem Wesir befehlen, sofort zu kommen und geschmolzenes Blei deine Kehle hinunterzuschütten.«

»König, was immer Ihr befehlt, es ist mir recht. Aber zuerst sagt ihnen, sie sollen meine Hände losbinden und mir meinen Hut zurückgeben. Es ist ein schlechtes Benehmen, in Gegenwart des Königs mit unbedecktem Kopf zu sein und die Hände nicht über der Brust gefaltet zu haben.«

Der König befahl geschmeichelt, Kachals Hände loszubinden und ihm seinen Hut zurückzugeben. Der Sohn des Wesirs ahnte, was kommen würde, wagte aber nicht, dem König zu widersprechen. Kachal setzte den Hut auf und wurde sofort unsichtbar. Der König sprang auf.

»Du Schuft!« rief er. »Wohin bist du verschwunden? Wo versteckst du dich?«

»Eure Majestät, er verschwand nirgendwohin«, unterbrach ihn der Sohn des Wesirs voller Angst. »Er versteckt sich unter seinem Hut. Befehlt, die Türen zu schließen, bevor er entkommen kann.«

Bevor er sich rühren und hinausschleichen konnte, saß Kachal wieder in der Falle. Die Wache umzingelte den Raum des Königs so gründlich, daß noch nicht einmal eine Maus in der Lage gewesen wäre, ein Fluchtloch zu finden.

Als der König sah, daß er Kachal dennoch nicht gefangennehmen konnte, rief er wutentbrannt nach dem Henker.

»Henker, schlag dem Sohn des Wesirs den Kopf ab!«

Der Sohn des Wesirs fiel auf die Hände und Knie und bettelte um Gnade.

»Du Bastard«, donnerte der König, »da du wußtest, von welcher Art dieser Hut ist, warum hast du es mir nicht gesagt?! Henker, zeige kein Mitleid! Schlag seinen Kopf ab!«

Und so geschah es, daß der Sohn des Wesirs mitten in der Nacht getötet wurde.

Doch nun laßt uns zurück zur Königstochter gehen. Als das Mädchen sah, daß Kachal in der Falle saß und der Sohn des Wesirs getötet worden war, sagte sie verzweifelt zu ihrer Sklavin:

»Der Wesir wird auch zu uns kommen und uns verhaften! Also, warum sollen wir hier sitzen und nichts tun? Komm, laß uns gehen und Kachals Mutter suchen. Vielleicht fällt ihr etwas ein, was wir tun können. Ich werde sonst meinen armen Kachal verlieren.«

Die Wachen waren so beschäftigt, daß sie ihr Verschwinden nicht bemerkten. Kachals Mutter saß allein und wusch Wolle, die Ziege und die Tauben schliefen. Die Königstochter erzählte der alten Frau alles und flehte sie an, etwas zu unternehmen.

Die alte Frau dachte einen Augenblick nach, dann ging sie und weckte die Ziege und die Tauben.

»Ach, meine kahlköpfige Ziege mit dem buschigen Bart. Ach, meine hübschen klugen Tauben, mein Sohn ist im Palast des Königs gefangen. Tut etwas, um Kachal glücklich zu machen und mich zufriedenzustellen. Dies ist die Königstochter, die meine Schwiegertochter werden möchte. Befreit sie von ihrem Kummer.«

Die Ziege bat um etwas Futter. Die alte Frau und das Mädchen brachten ihr Disteln und Maulbeerblätter, und sie begann sie zu fressen und Kot fallen zu lassen. Die Tauben flogen fort und holten ihre Freunde. Die alte Frau machte Feuer und legte das Brotblech darüber, um Weizen für die Tauben zu rösten.

Die Tauben fraßen sich mit Weizen satt, pickten den Kot auf und flogen fort, um ihren Freund zu befreien. Sie belagerten den Palast und bewarfen die Armee und die Wachen mit ihren Kugeln, die ganze Nacht hindurch.

Als kein Ende abzusehen war, nahm der Wesir all seinen Mut zusammen und ging zum König, der immer noch auf seinem Thron saß, und sagte: »König, wenn dies noch eine oder zwei weitere Stunden andauert, werden die Tauben die Türen und Mauern zum Einstürzen bringen. Vielleicht sollten wir Kachal freilassen und uns eine neue Taktik ausdenken.«

Wie erstaunt war er, als der König, ohne lange zu wüten, zustimmte und befahl, die Türen zu öffnen.

»He, Kachal«, rief er mit lauter Stimme. »Du Stinktier, verschwinde von hier! Eines Tages werde ich mit dir abrechnen!«

Einige Minuten des Schweigens vergingen. Dann rief Kachal vom Hof herüber: »Eure Majestät, ich möchte die Gelegenheit nutzen, um Euch zu informieren, daß Freier nirgendwo so schlecht behandelt werden...«

»Du Narr, du bist viel zu niedrig, um der Freier meiner Tochter zu sein.«

»König, gebt mir die Hand Eurer Tochter, und ich werde den Tauben befehlen, Ruhe zu geben. Eure Tochter und ich, wir lieben uns.«

»Ich brauche keine solch schamlose Tochter. Ich werde sie auf der Stelle hinauswerfen.«

Der König sandte seine Diener zu seiner Tochter, um sie aus dem Haus zu werfen, doch diese kehrten zurück und meldeten: »König, Eure Tochter ist schon von alleine gegangen.«

Als Kachal das hörte, gab er seinen Tauben das Zeichen zum Aufbruch und ging nach Hause.

Mit den wenigen Geldstücken und den Juwelen, die die Königstochter mitgebracht hatte, und dem Geld, das seine Mutter, die Königstochter und er selbst verdienten, begann ein gutes Leben. Kachal schnitt immer noch Disteln, dressierte Tauben und band seine Ziege unter dem Maulbeerbaum an. Seine Mutter und seine Frau wuschen Wolle im Haus und verspannen es zu Garn. So lebten sie ruhig und vergnügt. Sie ließen die Sklavin der Königstochter frei, die später heiratete und ihr eigenes Leben begann.

Nur Hadschi Ali und die anderen reichen Männer der Stadt kamen immer wieder zum König, um sich über Kachal zu beschweren, der von Zeit zu Zeit in ihre Häuser einbrach, doch nie etwas für sich selbst nahm, sondern alles den Armen gab. Der König und der Wesir setzten sich jeden Tag hin, um neue Pläne zu schmieden und sich zu überlegen, wie sie gegen Kachal vorgehen könnten. Der König ernannte den jüngsten Sohn des Wesirs zum Befehlshaber der Wachen und bestach den Wesir, damit er nichts über den Mord an seinem älteren Sohn verriete...

Alle Geschichtenerzähler sagen an dieser Stelle: Und hier ist die Geschichte aus. Aber ich bin sicher, unsere Geschichte ist noch lange nicht zu Ende. Eines Tages, irgendwann, werden wir mit ihr an dieser Stelle fortfahren...

Hermynia Zur Mühlen

Ali, der Teppichweber

Es lebte einmal vor langer, langer Zeit in einem fernen Land ein armer Mann namens Ali. Er verdiente sein Brot durch Teppichweben, doch ging es ihm aus vielerlei Gründen sehr schlecht. Vor allem besaß er nur einen alten zerbrochenen Webstuhl, den er von seinem Vater geerbt hatte, und die Teppiche, die auf diesem Webstuhl verfertigt wurden, hatten alle Fehler und Mängel, so daß niemand sie recht kaufen wollte. Der arme Ali war äußerst fleißig und arbeitete den ganzen Tag; hätte er nur für sich selbst sorgen müssen, so wäre er vielleicht mit seinem spärlichen Verdienst ausgekommen, aber ach, er hatte sieben Kinder mit ewig hungrigem Magen, und Fatma, seine Frau, war immer krank und konnte nichts verdienen.

Die Familie war so arm, daß sie nicht einmal in einem Hause wohnte. Sie lebte in einer großen Höhle am Meeresstrand, hatte weder Betten noch Stühle, ja nicht einmal einen Herd; freilich brauchte sie auch keinen, denn sie war schon zufrieden, wenn es trockenes Brot gab.

Eines Abends schlenderte der arme Ali trauriger denn je den Meeresstrand entlang. Seine jüngste Tochter Aischa war krank und sollte täglich frische Milch trinken. »Wo nehme ich nur die Milch her?« stöhnte Ali kläglich. »Mein Nachbar hat zehn Kühe, doch schenkt er uns auch nicht ein Tröpfchen Milch. Weil ich arm bin, muß vielleicht mein liebes Kind sterben.« Und große Tränen flossen ihm über die Wangen.

Er wagte nicht heimzugehen, denn es schmerzte ihn allzusehr, die kleine Aischa ganz blaß und schwach auf einem alten Teppich liegen zu sehen und ihr nicht helfen zu können. Wie er so betrübt dahinschritt, sah er auf dem Sand einen riesengroßen Fisch liegen, der jämmerlich die Kiemen bewegte und vergeblich versuchte, wieder ins Wasser zu gelangen.

»Armer Fisch«, sprach Ali, »ich weiß, wie dir zumute ist. Warte, ich bringe dich ins Wasser zurück.« Und er hob den Fisch sanft auf und trug ihn ins Wasser. Der Fisch verschwand unter der Oberfläche des Wassers, das hoch aufspritzte und Alis bloße Füße benetzte. Es begann bereits, dunkel zu werden und Ali entschloß sich, schweren Herzens, heimzukehren. Da er sich vom Meer abwandte, vernahm er plötzlich eine gewaltige Stimme, die aus den Wolken zu kommen schien. Die Stimme sprach: »Bleibe stehen, Sterblicher, ich bin dir Dank schuldig.«

Ali blickte sich erschrocken um, doch vermochte er niemanden zu sehen. Ängstlich stammelte er: »Wer spricht zu mir, und wer könnte mir, dem armen, hilflosen Manne Dank schuldig sein?«

»Trotz deiner Sorgen und Traurigkeit hast du noch an andere gedacht, hast mit dem armen Fisch Mitleid gehabt. Wisse, Sterblicher, ich bin ein guter Geist, der im Kampf mit einem bösen Geist besiegt und als Fisch aufs trockene Land geschleudert wurde. Du hast mir das Leben gerettet. Zum Dank sollst du dein ganzes Leben lang so viel haben, wie deine redliche Arbeit verdient.«

Der arme Ali seufzte tief: »Ach, guter Geist, dann wird ja mein ganzes Dasein immer ein Jammerleben sein. Ich arbeite von morgens früh bis abends spät und verdiene nicht so viel, um meine lieben Kinder vor dem Hunger zu bewahren.«

»Du hast mich mißverstanden, Sterblicher, ich sagte nicht, so viel, wie deine ehrliche Arbeit jetzt erwirbt, sondern so viel, wie sie verdient. Geh heim, du wirst dort alles finden, was jedem zukommt, der ehrlich arbeitet.«

Ali war es ganz wirr im Kopf, er wußte nicht, ob er geträumt habe, oder ob ihm die vielen Sorgen am Ende den Geist verwirrt hatten. Er begann zu laufen, hatte es gar eilig, seiner Frau den seltsamen Vorfall zu erzählen. Da er jedoch vor der Höhle anlangte, wurde er noch verwirrter, denn was sahen seine Augen? Die Höhle war verschwunden, an ihrer Stelle stand ein schönes kleines Haus, um das sich ein Garten zog, im Garten aber war ein Rasenplatz und auf dem Rasenplatz weidete eine schneeweiße Kuh. Ali blieb wie angewurzelt stehen, wagte sich nicht zu rühren. Da trat seine Frau aus dem Hause, und abermals erfaßte Ali großes Staunen. Fatma war nicht mehr in Lumpen gehüllt, sondern trug ein hübsches buntes Gewand und ihr stets kummervolles Gesicht strahlte vor Freude.

»Komm rasch ins Haus, mein lieber Mann!« rief sie mit froher Stimme. »Ein großes Wunder hat sich ereignet. Ich saß ganz verzweifelt bei unserm kranken Kinde, da erdröhnte plötzlich ein furchtbarer Donnerschlag, und ich verlor die Besinnung. Als ich wieder zu mir kam, war unsere elende Höhle verschwunden, ich saß in einer sauberen schönen Stube und unser krankes Kind lag in einem weichen Bettchen.«

»Das hat der gute Geist getan«, sprach Ali dankbaren Herzens und berichtete seiner Frau, was sich ereignet hatte. Sie traten ins Haus, und Ali fand nicht nur schöne saubere Stuben, eine Küche mit Schüsseln und Pfannen und eine volle Speisekammer; auch in seiner Stube stand an Stelle des alten schadhaften Webstuhles ein nagelneuer prächtiger Webstuhl.

»Es ist zuviel des Glücks!« rief Fatma, da sie am Herd stand und kochte. »Wir haben es nicht verdient.«

»Doch«, erwiderte Ali, an die Worte des guten Geistes denkend, »vergiß nicht, daß ich nun schon fünfzehn Jahre lang den ganzen Tag arbeite. Es ist nur recht und billig, daß wir vom Ertrage meiner Arbeit wie Menschen leben können. Nun will ich auch doppelt fleißig sein.«

Am folgenden Morgen stand Ali früh auf und setzte sich an den neuen Webstuhl. Wie herrlich leicht ging ihm doch die Arbeit von der Hand. Ali sang leise vor sich hin, ihm war gar froh ums Herz. Die kleine Aischa hatte ein Glas frischer Milch getrunken und ihr blasses Gesichtchen begann, sich bereits ein wenig rosig zu färben. In einem Schrank hatte Fatma auch für die andern Kinder Kleider gefunden, so daß jetzt die ganze Familie sauber und nett aussah.

Als Ali auf dem neuen Webstuhl den ersten Teppich gewebt hatte, lachte er laut vor Freude; noch nie war ihm ein so schöner Teppich gelungen. Am gleichen Tage suchte auch der reiche Hassan den Teppichweber auf, und da er den Teppich sah, lobte er ihn sehr, kaufte ihn und bestellte noch drei andere Teppiche, denn seine älteste Tochter sollte bald Hochzeit feiern und er wollte ihr die Teppiche schenken. Von dieser Zeit an ging es Ali gut; er arbeitete fleißig, verdiente so viel, daß die ganze Familie gut leben konnte. Fatma war ein sparsames Weib und legte manches Geldstück beiseite.

Eines Tages sprach sie zu ihrem Mann: »Es bestellen jetzt so viele Leute Teppiche bei dir, daß du die Arbeit nicht bewältigen kannst. Ich habe Geld erspart, wir wollen dafür einen zweiten Webstuhl kaufen und du kannst den lahmen Jussuf anstellen; der wird froh sein, Arbeit zu finden.«

Ali behagte dieser Gedanke, und der zweite Webstuhl wurde gekauft. Doch gab es zwischen Ali und seiner Frau einen kleinen Streit.

»Wieviel Lohn wirst du Jussuf geben?« fragte Fatma.

»Das, was ich für seine Arbeit erhalte.«

»Die ganze Summe!« rief entsetzt die Frau. »Da bleibt doch dann für dich nichts übrig.«

»Jussuf wird geradesoviel arbeiten, wie ich, es ist daher nur gerecht, daß er auch das gleiche verdiene.«

»Auf diese Art wirst du nie reich werden«, seufzte die Frau und fragte dann noch: »Wo soll Jussuf wohnen?«

»In der Stube, die auf den Garten führt.«

»Wie, in dieser guten Stube? Neben dem Keller ist ein kleiner Raum, in dem kann er leben.«

»Jussuf wird geradesoviel arbeiten wie ich, es ist daher nur gerecht, daß er ebensogut wohne wie ich«, antwortete Ali streng. Die Frau schwieg, aber in ihrem Herzen war Zorn, denn sie liebte das Geld.

Der lahme Jussuf kam und eine Weile ging alles gut. Dann aber sprach Fatma eines Tages zu Ali: »Sliman, der Sohn des reichen Hassan, hat um unsere älteste Tochter geworben. Dies ist für uns eine große Ehre, denn Hassan ist der reichste Mann der ganzen Stadt. Aber der Vater will Sliman nur dann gestatten, unsere Tochter zu heiraten, wenn sie eine große Mitgift hat.«

Ali kratzte sich den Kopf. »Woher soll ich die große Mitgift nehmen?«

»Wenn du Jussuf nicht den ganzen Ertrag seiner Arbeit geben, etwa ein Viertel für dich behalten wolltest«, sprach schmeichelnd die Frau, »dann wäre die Mitgift bald beisammen.«

Ali dachte nach und sagte schließlich: »Du hast recht. Jussuf hat weder Weib noch Kind, ihm werden auch drei Viertel des Ertrages genügen.«

Und so erhielt Jussuf, der ein fleißiger Arbeiter war, von nun an nur noch drei Viertel von dem, was er erarbeitete.

Nach etlichen Monaten sprach Fatma abermals zu ihrem Mann: »Wir sind nun vornehme Leute geworden, sind mit dem reichen Hassan verschwägert, es geziemt sich nicht, daß wir in einem so armseligen kleinen Hause wohnen. Du solltest in der Stadt ein schönes großes Haus erbauen.«

Ali schüttelte mißmutig den Kopf. »Wir haben nicht soviel Geld.«

»Du verkaufst doch so viele Teppiche.«

»Ja, aber ich webe sie nicht allein. Du vergißt, daß Jussuf drei Viertel vom Gewinn einsteckt.«

»Ich sagte doch immer, dies sei zuviel!« rief zornig das Weib. »Gib ihm nur die Hälfte, dann können wir das Haus bauen.«

»Das wäre ungerecht«, erwiderte Ali, »denn er arbeitet ebensoviel wie ich.«

»Aber der Webstuhl gehört dir. Hätte Jussuf den Webstuhl nicht, er könnte überhaupt nicht arbeiten. Den Webstuhl bekommt er ganz umsonst, du hast also wirklich ein Recht auf die Hälfte seines Verdienstes.«

»Das klingt ganz vernünftig«, meinte Ali nachdenklich.

Von nun an quälte ihn Fatma jeden Tag vom Morgen bis zum Abend, bis er, des Streites müde, nachgab.

Und so erhielt Jussuf, obschon er genau soviel wie früher arbeitete, nur noch die Hälfte von dem, was er erarbeitete.

Ali ließ sich ein schönes Haus bauen und die ganze Familie zog ein. Nun herrschte eine Zeitlang eitel Freude und Frohsinn. Ali hatte sein altes Häuschen ebenfalls behalten, ging jeden Morgen hin und webte dort bis zum Abend. Doch fing er nicht mehr so frühzeitig an, kam um acht, anstatt um sechs, forderte aber von Jussuf, daß dieser schon um sechs Uhr zu arbeiten beginne.

Nach etlichen Monaten wurde Fatma wieder einmal mißgestimmt und mürrisch; Ali ahnte schon, daß sie einen neuen Wunsch auf dem Herzen habe, und richtig, eines Abends hub sie an:

»Mein lieber Mann, ich muß dir etwas sagen. Deine Tochter und ihr reicher Gatte kamen unlängst zu Besuch und sprachen also zu mir: ›Es ist doch recht peinlich, daß der Vater den ganzen Tag an seinem Webstuhl sitzt wie ein gewöhnlicher Arbeiter. Die ganze Stadt lacht über ihn, und wir müssen uns schämen. Andere reiche Leute schlendern schön gekleidet in der Stadt umher, sitzen im Kaffeehaus, reiten auf prächtigen Rossen durch die Straßen. Sage doch dem Vater, liebe Mutter, er möge ein Leben führen, wie sich dies für einen reichen und vornehmen Mann geziemt.‹«

Ali schwieg einen Augenblick, meinte dann:

»Du hast recht, Fatma, auch ich bin der vielen Arbeit schon überdrüssig, aber soll denn der Webstuhl leerstehen? Außerdem muß ich doch auch verdienen, denn das Leben im neuen Hause kostet viel Geld.«

»Du könntest ja einen andern an den Webstuhl setzen; wenn du ihm nur ein Viertel vom Ertrag seiner Arbeit gibst, so wirst du einen schönen Gewinn erzielen und dich selbst nicht mehr plagen müssen.«

Ali nickte, sprach dann aber bekümmert: »Für diesen geringen Lohn werde ich keinen Arbeiter finden.«

»Doch«, entgegnete eifrig die Frau. »In einem Nebengäßchen wohnt der arme Raschid; er hat ein krankes Weib und neun Kinder. Sein Elend zwingt ihn, um jeden Lohn zu arbeiten, und er ist ein gewandter Weber.«

»Wie klug du bist!« rief Ali erfreut. »Morgen werde ich diesen Raschid aufsuchen.«

»Warte«, sagte Fatma, »wenn Raschid erfährt, daß Jussuf mehr Lohn hat als er, so wird er unzufrieden sein. Du darfst also Jussuf von nun an auch nur ein Viertel vom Ertrag geben.«

»Dafür wird er nicht arbeiten.«

»Doch, denn eben sind schlechte Zeiten und er würde nirgends Arbeit finden.«

Schon am folgenden Tag arbeiteten Raschid und Jussuf an den Webstühlen und beide erhielten nur ein Viertel vom Ertrag ihrer Arbeit.

Und wieder lebten Ali und die Seinen herrlich und in Freuden.

Eines Tages aber sprach Fatma zu ihrem Mann:

»Mohammed, der Goldschmied, hat eine herrliche Perlenkette; du mußt sie mir kaufen, denn alle reichen, vornehmen Frauen tragen Perlenketten, nur ich laufe armselig mit bloßem Hals herum. Kaufe mir die Perlenkette, lieber Mann.«

»Nein«, sprach Ali zornig, »du verlangst zuviel.«

Fatma begann zu weinen. »Ich habe um deinetwillen gehungert und gelitten, bin dir stets ein treues Weib gewesen, und nun willst du mir nicht einmal diese kleine Freude bereiten.«

»Ich habe für derlei unnütze Dinge kein Geld.«

»Wenn ich dir sage, woher das Geld dafür kommen soll, wirst du mir dann die Perlenkette kaufen?«

»Ja.«

»Höre, Jussuf und Raschid arbeiten bis sechs Uhr abends, und mittags rasten sie zwei Stunden, die faulen Kerle. Dadurch entgeht dir viel Geld. Befiehl ihnen, bis acht Uhr abends zu arbeiten und nur eine Stunde zu rasten, dann wirst du bald das Geld für die Perlenkette beisammen haben.«

»Glaubst du nicht, daß die beiden zu müde werden, wenn sie so lange arbeiten?«

»Was geht das dich an? Die Webstühle gehören dir, die beiden müssen froh sein, wenn sie überhaupt Arbeit finden. Was ist ein Weber ohne Webstuhl? Außerdem sind diese gemeinen Leute stark und werden nicht leicht müde.«

Ali befolgte den Rat seines Weibes: von nun an arbeiteten Jussuf und Raschid von sechs Uhr morgens bis acht Uhr abends und durften mittags bloß eine Stunde rasten.

In diesem Jahre hatte es eine Mißernte gegeben, und da der Winter kam, wurden die Lebensmittel schrecklich teuer. Jussuf konnte mit seinem kläglichen Lohn gar nicht auskommen und der arme Raschid mit seinen neun hungrigen Kindern erst recht nicht. Die beiden beschlossen, Ali ihr Elend zu schildern und einen besseren Lohn zu fordern.

Des Abends erschien Ali stets, um nachzusehen, was tagsüber gearbeitet worden war. Er kam auf einem prächtigen Roß geritten, war in Seide und Sammet gewandet und trug in der Hand eine Reitpeitsche, deren Knauf mit Edelsteinen besetzt war.

Jussuf und Raschid schilderten ihm ihre traurige Lage und baten höflich um eine Lohnerhöhung.

Ali aber wurde sehr zornig und schrie sie an: »Was ist das für eine Frechheit! Ihr wollt wohl üppig leben und nichts tun? Das würde euch gefallen! Solche Kerle wie ihr finde ich dutzendweise auf der Straße, ihr aber seid ohne meine Webstühle verlorene Menschen. Zur Strafe für eure Frechheit werdet ihr von morgen an nur mehr ein Achtel des Lohnes erhalten.«

»Dann muß ich mit meinen Kindern verhungern«, sprach Raschid traurig.

»Wir arbeiten doch den ganzen Tag«, warf Jussuf ein, »und erhalten so wenig Lohn, daß wir davon nicht leben können. Du aber tust den ganzen Tag nichts und lebst herrlich und in Freuden. Ist dies etwa gerecht?«

Da übermannte Ali die Wut, er schlug mit der Reitpeitsche auf den lahmen Jussuf ein und brüllte: »Ich werde euch vor den Richter führen, der soll euch hängen lassen, weil ihr solche Dinge zu sagen wagt.«

Damit eilte er hinaus, bestieg sein Pferd und wollte heimreiten. Doch kam er nicht weit. Jählings blieb das Pferd stehen und zitterte am ganzen Körper. In diesem Augenblick rief aus den Wolken eine furchtbare Stimme: »Ali! Ali!«

Ali erkannte die Stimme des guten Geistes und sprach: »Was willst du von mir?«

»Was hast du mit meinem Geschenk getan, Elender?« donnerte die Stimme.

»Es hat mir geholfen, durch weise Sparsamkeit ein reicher, angesehener Mann zu werden.«

»Du bist ein Räuber geworden, ein Ausbeuter: beutest Jussuf und Raschid aus, lebst von ihrer Arbeit, bist schlechter als ein Mörder.«

»Die Webstühle gehören mir, aus Gnade lasse ich Raschid und Jussuf daran arbeiten.«

»Lügner, Mörder!« donnerte der Geist. »Ich habe dein Treiben lange geduldig mitangesehen, glaubte immer, einmal werde in dir dennoch das Gewissen erwachen. Jetzt aber habe ich deine ganze Schlechtigkeit erkannt. Du mußt die gerechte Strafe erleiden, mußt sterben!«

Ein furchtbarer Blitzstrahl zuckte nieder und traf Ali mitten ins Herz, so daß er tot zu Boden fiel. Im gleichen Augenblick stürzte in der Stadt Alis prächtiges Haus ein und begrub Fatma unter den Trümmern. Doch entkamen Alis Kinder. Sie gerieten den Eltern nach und wurden ebenfalls böse Menschen, Räuber und Ausbeuter, und da sie wiederum viele Kinder und Kindeskinder hatten, ist ihr Geschlecht auch heute noch nicht ausgestorben.

Von dem guten Geist hörte man lange Zeit nichts; er mochte in eine andere Welt gezogen sein. Heute aber, da Tausende und Millionen das Los Jussufs und Raschids teilen, vernimmt man bisweilen aus der Ferne das Grollen seiner Donnerstimme. Nun wird er bald auf unserer Erde erscheinen und über Alis Nachkommen zu Gericht sitzen.

Lew Tolstoi

Aufzeichnungen eines Markörs

So gegen drei Uhr war das wohl. Die Herren spielten: der große Gast (so haben unsere Leute ihn genannt), der Fürst (der immer mit ihm hinkommt), der Herr mit dem Schnauzbart war auch da; dann der kleine Husar, der Oliver, der Schauspieler gewesen war, der Pan. Es waren recht viel Leute.

Der große Gast spielte mit dem Fürsten. Ich gehe also mit dem Zählapparat um das Billard herum und zähle: zehn und achtundvierzig, zwölf und achtundvierzig. Man weiß ja, wie es uns Markören geht: du hast noch keinen Bissen im Munde gehabt, hast zwei Nächte nicht geschlafen, — tut nichts! Du mußt immer weiter die Zahlen ausrufen und die Kugeln aus den Säcken herausnehmen. Ich zähle also und sehe: es kommt noch ein Herr ins Zimmer, schaut eine Zeitlang zu und setzt sich endlich aufs Sofa. Schön.

»Wer mag das wohl sein?« denke ich bei mir.

Gekleidet war er sehr sauber, so sauber, als käme er geradewegs vom Schneider: karierte Trikothosen, ein kurzes Röckchen nach der neuesten Mode, eine Plüschweste und eine goldene Uhrkette, an der baumelten allerlei Dingelchen.

Gekleidet war er sauber; er selbst aber sah erst recht sauber aus: schlank, groß, die Haare gekräuselt und nach vorn gekämmt, wie es heute Mode ist, das Gesicht weiß mit roten Backen, — mit einem Wort gesagt: ein prächtiger Bursch!

Man weiß ja, unser Geschäft bringt es mit sich: wir kriegen aller Art Leute zu sehen, hochfeine Herren und daneben auch viel Gesindel; na, und wenn man auch nur Markör ist, man weiß sich den Leuten doch anzupassen; ich meine, daß man schließlich auch etwas von Politik verstehen muß.

Ich sehe mir also den Herrn an; er sitzt ganz still da, ist mit keinem bekannt, sein Anzug ist aber ganz neu; entweder ist er ein Ausländer, wohl ein Engländer, oder ein Graf von auswärts. Tut nichts, daß er jung ist, — er hat Haltung. Oliver saß neben ihm, der rückte sogar zur Seite.

Die Partie war zu Ende, der Große hatte verloren. Er schrie mich an:

»Du schwindelst allemal! Zählst nicht richtig, guckst nach allen Seiten!«

So schimpfte er, schmiß das Queue beiseite und ging hinaus. Da soll einer aus ihm klug werden! Abends spielt er mit dem Fürsten die Partie zu fünfzig Rubeln, und hier hat er eine Flasche Macon verspielt und ist außer sich! Das ist mir ein Charakter! Manchmal spielt er mit dem Fürsten bis zwei Uhr; Geld legen sie keines in den Beutel, denn, ich weiß es sehr wohl, keiner hat etwas, aber doch tun sie groß:

»Fünfundzwanzig die Ecke, — einverstanden?«

»Einverstanden!«

Du brauchst nur einmal zu gähnen oder die Kugel nicht richtig hinzulegen — man ist ja schließlich auch nur ein Mensch und nicht von Stein! — und da holt er schon aus, um dir eins in die Fratze zu geben!

»Wir spielen nicht um Holzspäne, sondern um Geld«, sagt er.

Dieser macht mir am meisten das Leben sauer.

Na, schön. Da sagt also der Fürst zu dem neuen Gast, als der Große hinausgegangen ist:

»Hätten Sie wohl Lust, mit mir zu spielen?«

»Mit Vergnügen«, sagt der.

Wie er so dasaß, hatte er recht wie ein großer Herr dreingeschaut, als fürchte er sich vor nichts in der Welt. Wie er aber nun aufstand und an das Billard herantrat, da wurde er nicht gerade bange, nein! — aber man sah's ihm doch an, daß ihm nicht ganz geheuer war. War ihm nun der neue Anzug nicht bequem oder war es ihm peinlich, daß nun alle auf ihn sahen, — kurzum, er hielt sich nicht mehr so forsch. Er ging so seitwärts, blieb mit der Tasche an den Netzen hängen; als er das Queue einkreidete, ließ er die Kreide fallen. Wenn er einen Ball gemacht hatte, sah er sich immer um und wurde rot. Gar nicht so wie der Fürst: der war es schon gewohnt; der kreidet das Queue ein, bestreicht sich die Hände mit Kreide, krempelt die Ärmel auf und stößt zu, daß die Netze krachen. Tut nichts, daß er ein so kleiner Kerl ist.

Sie hatten zwei oder drei Partien gespielt, ich weiß es nicht mehr genau; der Fürst legte das Queue hin und fragte:

»Darf ich Sie um Ihren werten Namen bitten?«

»Nechliudow!« sagte der andere.

»Ihr Herr Vater war kommandierender General?«

»Jawohl.«

Nun fingen sie ganz schnell auf französisch zu reden an; das verstand ich natürlich nicht. Sie zählten wohl die ganze Verwandtschaft auf.

»Au revoir!« sagte der Fürst, »hat mich sehr gefreut, Sie kennenzulernen.«

Dann wusch er sich die Hände und ging zum Essen; der andere stand mit dem Queue vor dem Billard und ließ die Bälle rollen.

Unsereins weiß, was er zu tun hat: je gröber man gegen einen neuen Menschen ist, desto besser. Ich fing also an, die Bälle einzusammeln. Er wurde rot und fragte:

»Darf man noch spielen?«

»Gewiß«, sagte ich, »dazu steht das Billard doch da, daß man darauf spielt.«

Und dabei sehe ich ihn an und stelle die Queues fort.

»Willst du mit mir spielen?«

»Gewiß, gnädiger Herr.«

Er stellte die Bälle auf.
»Mit Unterkriechen?«
»Was heißt das?« fragte er.
»Das ist so«, sage ich, »wenn Sie verlieren, geben Sie mir fünfzig Kopeken, und wenn ich verliere, muß ich unter dem Billard durchkriechen.«
Na, er hatte sowas noch nie gesehen, es kam ihm wunderlich vor und er lachte.
»Mir ist's recht«, sagte er.
Na, schön. »Wieviel geben Sie mir denn vor?« fragte ich.
»Spielst du denn schlechter als ich?« fragte er.
»Wie denn anders?« sagte ich. »Wir haben nicht allzuviel Spieler, die es mit Ihnen aufnehmen könnten.«
Wir fingen an zu spielen. Und er glaubte wirklich, er sei ein Meister, stieß wie wild. Der Pan aber saß da und sagte immer wieder:
»Das war ein Ball! Das war ein Stoß!«
Aber was war das! Stoßen konnte er schon, aber von den Berechnungen hatte er keine Ahnung. Na, selbstverständlich verlor ich die erste Partie; ich kroch unten durch, ächzte. Da sprangen Oliver und der Pan von ihren Plätzen auf und klopften mit den Queues.
»Das war fein! Noch einmal! Noch einmal!«
Jawohl, noch einmal! Dieser Pan, der für fünzig Kopeken bereit ist, nicht nur unterm Billardtisch, sondern unter der Blauen Brücke durchzukriechen! Und schreit dann auch noch:
»Sehr fein! Gestern hast du den Staub nicht ordentlich gewischt!«
Den Markör Petruschka kannte wohl ein jeder. Es gab nur zwei Spieler: Tiurik und Petruschka!
Aber natürlich deckte ich mein Spiel nicht gleich auf. Ich verlor auch die zweite Partie.
»Ich seh's schon, gnädiger Herr, mit Ihnen werde ich nicht fertig.«

Er lachte. Als ich dann drei Partien gewonnen hatte — er hatte neunundvierzig, ich keinen — legte ich das Queue auf das Billard und sagte:

»Wollen Sie jetzt ums Ganze spielen, gnädiger Herr?«

»Wie das: ums Ganze?« fragte er.

»Sie zahlen drei Rubel oder gar nichts«, sage ich.

»Was?« sagt er, »spiele ich denn mit dir um Geld? Dummkopf!«

Er war sogar ganz rot geworden.

»Schön!« Er verlor.

»Nun ist's genug«, sagt er.

Er zog eine Brieftasche, eine ganz neue, in einem englischen Laden gekauft, öffnete sie; ich sah schon, daß er groß tun wollte. Sie war vollgespickt mit Geld, lauter Hundertrubelscheine.

»Nein«, sagte er, »hier habe ich kein Kleingeld.«

Er nahm drei Rubel aus dem Geldbeutel.

»Zwei Rubel bekommst du«, sagte er, »dazu die Benutzung des Billards. Das übrige kriegst du als Trinkgeld.«

»Ergebensten Dank«, sagte ich. Ich sehe wohl, es ist ein netter Herr. Für den kann man schon unter den Tisch kriechen. Schade nur, daß er nicht um Geld spielen will. Ich hätte mich da schon angestrengt und ihm zwanzig, wo nicht gar vierzig Rubel abgeknöpft.

Als der Pan bei dem jungen Herrn das Geld sah, sagte er gleich: »Wollen Sie nicht auch mit mir eine Partie spielen? Sie spielen so ausgezeichnet.« Richtig wie ein Fuchs schmeichelte er sich heran.

»Nein«, sagte der andere, »ich bitte sehr um Entschuldigung. Ich habe keine Zeit.« Und ging fort.

Weiß der Teufel, wer er war, dieser Pan. Jemand hatte ihn »Pan« getauft und dabei blieb es. Tagaus tagein konnte er im Billardzimmer sitzen und zuschauen. Geprügelt worden ist er und geschimpft und keiner hat mit ihm spielen wollen, aber immer hat er sich dahin gesetzt, hat seine Pfeife geholt und geraucht. Er hat aber auch sauber gespielt... die Bestie!

Schön. Der Nechliudow kam noch ein zweites Mal, ein drittes, und so immer öfter. Manchmal war er morgens und abends da. Das Spiel mit drei Kugeln, à la guerre, Pyramide, — alles hat er kennengelernt. Er wurde kühner, machte Bekanntschaft mit allen Herren und spielte schon ganz anständig. Nun ja, ein junger Mensch aus vornehmer Familie, mit viel Geld; da achtete ihn natürlich jeder. Nur mit dem großen Gast kam es einmal zum Streit.

Und alles wegen einer Kleinigkeit.

Es wurde à la guerre gespielt: der Fürst, der große Gast, Nechliudow, Oliver und noch einer. Nechliudow stand am Ofen, sprach mit irgend jemand, der Große mußte spielen. Sein Ball lag nun aber gerade gegenüber dem Ofen; da war es recht eng. Und er liebte, weit auszuholen.

Hatte er nun den Nechliudow nicht gesehen, oder machte er es absichtlich, — aber wie er ausholte, da versetzte er dem Nechliudow mit dem Stock einen tüchtigen Stoß in die Brust! Der gute Junge schrie sogar auf. Nun, und dann? Es fiel ihm nicht ein, sich zu entschuldigen — so ein grober Kerl! Er ging einfach weiter, sah ihn nicht einmal an, ja er brummte sogar noch:

»Was versperren Sie einem den Weg? Deswegen habe ich den Ball nicht gemacht! Ist nicht anderswo Platz genug?«

Nechliudow ging auf ihn zu; ganz bleich war er geworden; er sagte aber, als wäre nichts geschehen, ganz höflich:

»Sie hätten sich zuerst entschuldigen müssen, mein Herr. Sie haben mich gestoßen.«

»Ich kann jetzt nicht an Entschuldigungen denken. Ich hätte gewinnen müssen, und jetzt verliere ich den Ball!«

Der andere sagt wieder:

»Sie müssen sich entschuldigen.«

»Packen Sie sich«, sagt der. »Lassen Sie mich in Ruhe!«

Und sieht dabei immer auf seinen Ball.

Nechliudow trat noch näher an ihn heran und faßte ihn bei der Hand.

»Sie sind ein Grobian, Verehrtester!« sagte er.

Er war ein mageres, junges Kerlchen, fast wie ein Mädchen, – aber was für ein Kampfhahn! Die Augen glühten nur so, als wenn er ihn gleich hätte fressen wollen. Und der große Gast war ein kräftiger, langer Kerl, mit dem sich Nechliudow gar nicht messen konnte!

»Wa-as?« sagte er. »Ich bin ein Grobian?«

Das schrie er ganz laut und holte dabei aus, um ihn zu schlagen. Nun sprangen alle herbei, die gerade da waren, hielten beide an den Armen fest und zerrten sie voneinander.

Ein Wort gab das andere, Nechliudow sagte endlich:

»Er soll mir Genugtuung geben, er hat mich beleidigt!« Das heißt, er wollte sich mit ihm schießen. Man weiß ja, wie das bei feinen Herrschaften Brauch ist. Es geht aber nicht anders. Dazu sind sie feine Herrschaften.

»Ich will von keiner Genugtuung wissen«, sagt der Große, »er ist ein dummer Junge, weiter nichts. Ich will ihn tüchtig beim Ohr nehmen.«

»Wenn Sie sich mit mir nicht schlagen wollen«, sagte Nechliudow, »dann sind Sie kein Ehrenmann.«

Und dabei weinte er fast schon.

»Du bist ein dummer Junge«, antwortete der Große wieder, »du kannst mich gar nicht beleidigen.«

Man trennte sie, wie man das immer macht, führte sie in verschiedene Zimmer. Nechliudow war gut Freund mit dem Fürsten.

»Geh zu ihm«, sagte er, »überrede ihn um Gottes Willen, daß er sich bereit erklärt, sich mit mir zu schlagen. Er war wohl betrunken. Wenn er zu sich kommt, sieht er vielleicht ein, daß die Sache so nicht enden kann.

Der Fürst ging hin. Der Große sagte:

»Ich habe mich im Kriege und im Duell oft genug geschlagen. Mit dem dummen Jungen schlage ich mich nicht. Ich will nicht und damit Schluß.«

Was war zu machen? Sie redeten und redeten und hörten schließlich auf. Der große Gast aber kam seitdem nicht mehr zu uns.

In diesen Dingen, das heißt, was die Blamage betrifft, war er ein richtiger Hahn, voll Ambitionen... Der Nechliudow, meine ich. Was aber alles andere anbelangt, da verstand er gar nichts. Ich erinnere mich, wie sie einmal untereinander redeten.

»Wen hast du hier?« fragte der Fürst den Nechliudow.

»Niemand«, sagt er.

»Wie denn das?« sagt jener, »niemand? Gar keine?«

»Wozu brauche ich sie?« sagt er wieder.

»Was heißt: wozu?«

»Ich habe bis jetzt so gelebt«, sagt er, »warum soll ich nicht weiter so leben?«

»Was heißt: so gelebt? Das kann nicht sein!«

Und er lacht aus vollem Halse und der Herr mit dem Schnurrbart lacht auch. Sie hatten ihn ganz zum Narren gemacht.

»Also niemals?« sagen sie.

»Noch nie.«

Sie wollten sterben vor Lachen. Ich begriff natürlich gleich, warum sie so über ihn lachten. Und ich paßte auf, was nun weiter kommen würde.

»Wir können doch gleich hinfahren«, sagt der Fürst. »Nein, um nichts in der Welt!« sagt Nechliudow. »Ach, laß doch! Das ist ja lächerlich! Trink, um dir Mut zu machen, und dann los!«

Ich mußte ihnen eine Flasche Champagner bringen. Sie tranken und schleppten den Jungen dann fort.

So fuhren sie hin.

Gegen ein Uhr nachts kamen sie wieder. Sie setzten sich zum Abendessen. Es waren die feinsten Herren beisammen. Atanow, Fürst Rasin, Graf Schustach, Mirzow. Und alle gratulierten dem Nechliudow, alle lachten. Dann riefen sie mich. Und ich sah es wohl: sie waren recht angeheitert.

»Du sollst dem Herrn auch gratulieren«, sagten sie.

»Wozu?« fragte ich.

Wie sagte er doch bloß? Zur Einweihung oder zur Einführung? Ich weiß es nicht mehr genau.

»Ich habe die Ehre zu gratulieren«, sagte ich.

Er aber saß mit ganz rotem Kopf da und lächelte bloß. Da gab es ein Gelächter.

Schön. Sie kamen dann in das Billardzimmer. Alle waren lustig, nur Nechliudow war ganz verändert: seine Augen waren trüb, die Lippen zitterten, alle Augenblicke hatte er den Schluckauf und konnte kein richtiges Wort mehr sagen. Nun ja, er hatte eben noch nie was erlebt, da war es ihm zuviel geworden. Er trat an das Billard heran, stützte sich auf und sagte:

»Ihr lacht, aber mir tut es weh. Warum habe ich das getan? Das verzeihe ich dir in meinem ganzen Leben nicht, Fürst.«

Und da fing er auch schon zu schluchzen an. Nun ja, er hatte eben zuviel getrunken, wußte selbst nicht, was er redete. Der Fürst ging auf ihn zu; er lächelte.

»Laß doch den Unsinn«, sagte er, »wir fahren jetzt nach Hause, Anatolij!«

»Nirgends fahr' ich hin«, antwortete Nechliudow. »Warum habe ich das getan?« Und wieder schluchzte er. Er ging nicht vom Billard fort, da war nichts zu machen. Ja, so geht's, wenn einer noch jung ist und die Sache noch nicht gewohnt ist...

Das ganze Billard hat er schmutzig gemacht. Tags darauf hat er dann achtzig Rubel für das Tuch bezahlt.

So ist er denn noch oft zu uns gekommen. Einmal kam er mit dem Fürsten und dem schnauzbärtigen Herrn, der den Fürsten immer begleitet. War er nun ein Beamter oder ein pensionierter Offizier, das mag der liebe Gott wissen; die Herren nannten ihn einfach Fedotka. Ein häßlicher Mensch mit breiten Backenknochen, ging aber immer sauber gekleidet und fuhr in einer Kutsche. Wofür die Herren ihn so lieb hatten, weiß Gott. Fedotka hier, Fedotka da, und essen und trinken taten sie mit ihm und bezahlten immer für ihn. Er war aber auch ein geriebener Kerl! Wenn er verlor, zahlte er nie; wenn er aber gewann, dann mußte man sich vorsehen! Geschimpft haben sie ihn tüchtig; einmal hat ihn der große Gast auch vor meinen Augen verprügelt und ihn zum Zweikampf gefordert... aber immer ging er mit dem Fürsten Arm in Arm.

»Du gehst ja elend zugrunde ohne mich«, sagte er. »Ich bin der Fedot und schlag' den Deibel tot!«

So ein Spaßvogel! Na, schön. Sie waren also wieder da und der Schnauzbärtige sagte:

»A la guerre zu dreien?«

»Gemacht!« sagten die andern.

Sie spielten mit drei Rubeln Einsatz. Nechliudow unterhielt sich mit dem Fürsten.

»Hast du denn gesehen, was sie für ein Füßchen hat?« sagt der eine. »Ach was, Füßchen!« sagt der andere. »Ihr Haar ist schön!«

Na selbstverständlich, auf das Spiel achteten sie gar nicht, redeten nur immer miteinander. Fedotka aber wußte, was er tat, der spielte mit Bedacht, und die beiden hauten immer vorbei oder schadeten sich gegenseitig. Da hat er dann einem jeden sechs Rubel abgeknöpft. Mit dem Fürsten verrechnete er sich immer auf seine eigene Weise, sie zahlten einander nie was, aber Nechliudow zog zwei grüne Scheine aus der Tasche und hielt sie ihm hin.

»Nein«, sagte er, »Geld will ich von dir nicht haben. Spielen wir noch einmal einfach: quitte ou double, das heißt entweder das Doppelte, oder gar nichts.«

Ich stellte die Bälle auf. Fedotka mußte anfangen; also ging es los. Nechliudow wollte nur den großen Herrn spielen; manchmal hätte er glatt gewinnen können, aber er sagte: »Nein! Ich will nicht! Das ist mir zu leicht!« Fedotka aber hielt sich dazu und nahm einen Ball nach dem andern. Natürlich hielt er sein Spiel verborgen, aber unversehens hatte er gewonnen.

»Noch einmal«, sagte er, »ums Ganze!«

»Schön!«

Wieder gewann er.

»Mit einer Kleinigkeit hat's angefangen«, sagte er, »ich möchte dir nicht zuviel abgewinnen. Noch einmal ums Ganze?«

»Gemacht!«

Man mag denken, wie man will; fünfzig Rubel tun einem allemal leid. Nun bat schon Nechliudow: »Noch einmal ums Ganze!« Und so ging es immer weiter, bis er dem Fedotka schließlich 280 Rubel schuldete. Fedotka aber kannte den Kniff : die einfachen Spiele verlor er; wenn's aber das Doppelte galt, dann gewann er immer. Und der Fürst saß dabei und sah wohl, daß es nun ernst wurde.

»Assez«, sagte er, »assez!«

Jawohl! Die erhöhten die Einsätze bloß.

Endlich kam es so weit, daß Nechliudow fünfhundert Rubel verspielt hatte. Fedotka legte das Queue weg und sagte:

»Wär's nicht genug? Ich bin müde!«

Er hätte aber bis zum Morgengrauen spielen können, wenn er nur Geld gehabt hätte. Man kennt die Politik. Der andere will nun erst recht: noch einmal und noch einmal!

»Nein«, sagt Fedotka, »bei Gott, ich bin müde. Komm nach oben, da kannst du Revanche nehmen.«

Oben aber spielten die Herren Karten. Erst fangen sie mit Preference an und dann wird unversehens »Meine Tante, deine Tante« daraus.

Von dem Tage an hatte ihn Fedotka so in seinen Klauen, daß er nun jeden Tag zu uns kam. Er spielte erst eine oder zwei Partien Billard, und dann ging's die Treppe hinauf.

Was sie da getrieben haben, mag Gott wissen; er war aber nun ein ganz anderer Mensch geworden und mit dem Fedotka ein Herz und eine Seele. Früher kam er immer modern gekleidet, sauber, schön frisiert, jetzt aber sah er nur noch morgens nach was aus; war er aber erst mal oben gewesen, dann kam er manchmal herunter — ganz zerzaust, den Rock voll Flaumfedern und Kreideflecken, die Hände schmutzig.

Einmal kam er so mit dem Fürsten herunter. Er war ganz bleich, seine Lippen bebten. Sie zankten sich.

»Ich kann ihm das nicht so hingehen lassen«, sagte er, »er darf mir nicht« (wie sagte er bloß?)... »daß ich keine Delikatesse habe und daß er meine Karten nicht schlagen werde! Ich habe ihm zehntausend Rubel bezahlt, da könnte er in anderer Gegenwart wohl vorsichtiger sein!«

»Ach laß doch«, sagte der Fürst, »lohnt sich's, auf den Fedotka böse zu sein?«

»Nein«, sagte er, »das lasse ich ihm nicht so hingehen.« »Hör' auf«, meinte der Fürst wieder, »wie kann man sich so tief erniedrigen, daß man sich mit dem Fedotka einläßt!«

»Es waren doch Fremde da!«

»Was gehen dich die Fremden an? Willst du, daß ich ihn gleich zwinge, dich um Vergebung zu bitten?«

»Nein«, sagte Nechliudow.

Und dann plapperten sie französisch weiter; das konnte ich nicht mehr verstehen. Nun, und am Abend, da hat er wieder mit dem Fedotka zusammen gespeist und die Freundschaft war wieder groß.

Schön. Ein andermal kam er allein. »Na«, sagte er, »spiele ich gut?«

Unsereins weiß ja, was man zu tun hat: man muß jedem nach dem Mund reden. Also sagt man: »Sehr gut.« Aber was heißt gut. Er läßt die Bälle fliegen wie toll, berechnet aber gar nichts. Und seit er sich mit dem Fedotka eingelassen hatte, spielte er immer um Geld. Früher hatte er das gar nicht gemacht, auch um Essen und Wein wollte er nicht spielen. Manchmal sagte der Fürst zu ihm.

»Um eine Flasche Champagner!«

»Nein«, antwortete er, »ich lasse sie lieber so bringen. He! Eine Flasche!«

Jetzt aber war's ihm immer um den Gewinn. Manchmal trieb er sich den ganzen Tag bei uns herum; entweder spielte er mit jemand Billard oder er ging hinauf. Da dachte ich: Warum sollen immer nur die andern was davon haben und ich soll nichts kriegen?

»Sie haben lange nicht mit mir gespielt, gnädiger Herr«, sagte ich.

Und nun spielten wir.

Als ich ihm zehn Fünfziger abgewonnen hatte, sagte ich: »Wollen Sie einmal ›quitte‹ spielen, gnädiger Herr?«

Er schwieg. Früher hätte er mir darauf mit »Dummkopf!« geantwortet. Und dann spielten wir: »quitte« und nochmals »quitte«.

Schließlich hatte ichs auf achtzig Rubel gebracht. Und was weiter? Von da ab spielte er jeden Tag mit mir. Er wartete nur darauf, daß niemand da war, denn, natürlich, in anderer Gegenwart schämte er sich, mit dem Markör zu spielen. Einmal geriet er ganz in Feuer, als ich schon sechzig Rubel bei ihm gut hatte.

»Ums Ganze!« sagte er. »Willst du?«

»Einverstanden«, sagte ich.

Ich gewann.

»Hundertundzwanzig gegen hundertundzwanzig?«

»Einverstanden«, sagte ich.

Wieder gewann ich.

»Zweihundertvierzig gegen zweihundertvierzig!«

»Wird das nicht zuviel?« sagte ich.

Er schwieg. Wir spielten. Ich gewann wieder.

»Vierhundertachtzig gegen vierhundertachtzig?«

Ich sagte:

»Warum soll ich Sie schädigen, gnädiger Herr? Geben Sie mir hundert Rubel und von dem Rest reden wir nicht mehr.«

Wie er mich da anschrie! Und war doch sonst so ein stiller Mensch.

»Ich schlage dich windelweich!« sagte er. »Willst du spielen oder nicht?«

Na, da war nichts zu machen.

»Gut«, sagte ich, »dreihundertundachtzig.«

Ich wollte natürlich verlieren.

Ich gab ihm vierzig vor. Er hatte zweiundfünfzig, ich sechsunddreißig. Er wollte den gelben Ball schneiden und machte achtzehn Points Schaden; aber mein Ball stand im Wege.

Ich stieß so, daß der Ball hinausspringen sollte. Das gelang nicht, er machte ein Double! Wieder hatte ich gewonnen.

»Hör' mal, Piotr«, sagte er (er nannte mich nicht Petruschka wie sonst), »gleich kann ich dir nicht alles geben, aber nach zwei Monaten kriegst du, wenn es nötig sein sollte, dreitausend Rubel.«

Dabei hatte er einen ganz roten Kopf und seine Stimme zitterte.

»Schön, gnädiger Herr«, sagte ich.

Ich stellte das Queue fort. Er ging auf und ab, der Schweiß floß ihm nur so von der Stirn.

»Piotr«, sagte er, »ums Ganze!«

Und dabei weinte er fast schon.

Ich sagte:

»Ach, gnädiger Herr, was sollen wir immer spielen?«

»Ich bitte dich drum!«

Und dabei hielt er mir selbst das Queue hin. Ich nahm das Queue und warf die Bälle mit solcher Gewalt auf das Billard, daß sie absprangen und auf den Boden fielen. Man möchte doch auch einmal großtun. Dann sagte ich:

»Na, schön, Herr.«

Er hatte aber solche Eile, daß er einen Ball selbst aufhob. Ich dachte: »Die siebenhundert Rubel krieg' ich nicht; ich verliere ja doch.« Ich spielte absichtlich schlecht. Und was geschah?

»Warum pfuschst du mit Absicht?« sagte er.

Dabei zitterten seine Hände, und wenn der Ball auf den Beutel losrollte, spreizte er die Finger, verzog den Mund und reckte Hals und Hände nach dem Beutel hin. Ich sagte schon:

»Das hilft Ihnen nichts, Herr.«

Schön. Als er diese Partie gewonnen hatte, sagte ich:

»Sie bleiben mir also 180 Rubel und das Spielgeld für 150 Partien schuldig. Ich will jetzt zu Abend essen.«

Ich stellte das Queue hin und ging.

Ich setzte mich an das Tischchen gegenüber der Tür und guckte immer nach ihm hin. Was würde er wohl tun? Nun, und was tat er? Er ging eine Zeitlang auf und ab und dann — wohl weil er dachte, niemand sehe ihn — raufte er sich plötzlich die Haare. Darauf ging er wieder hin und her, brummte vor sich hin und fuhr sich abermals in die Haare.

Danach war er gute acht Tage nicht mehr zu sehen. Einmal kam er in den Speisesaal, blickte sehr finster drein und zeigte sich nicht im Billardzimmer.

Der Fürst erblickte ihn.

»Komm, wir spielen eine Partie«, sagte er.

»Nein«, antwortete Nechliudow, »ich spiele nicht mehr.«

»Ach was, komm nur!«

»Nein, ich komme nicht«, sagte er. »Dir bringt es keinen Nutzen, wenn ich mit dir spiele. Mir aber schadet's.«

Und so blieb er noch zehn Tage weg. In der Festtagszeit erschien er dann einmal, im Frack — er war wohl irgendwo zu Besuch gewesen — und blieb den ganzen Tag da, spielte unausgesetzt. Am zweiten Tag kam er wieder, am dritten auch... Es ging wieder alles wie vorher. Ich wollte ihn wieder zum Spielen auffordern. Aber er sagte:

»Nein, mit dir spiele ich nicht. Die 180 Rubel, die ich dir noch schulde, kannst du nächsten Monat bei mir abholen.«

Schön. Nach einem Monat kam ich zu ihm.

»Gott ist mein Zeuge«, sagte er, »ich hab's nicht. Komm am Donnerstag.«

Ich ging am Donnerstag wieder hin. Er hatte eine sehr schöne Wohnung.

»Ist der Herr zu Hause?« fragte ich

»Er schläft gerade«, sagte man mir.

»Schön, ich will warten.«

Er hatte einen Leibeigenen als Kammerdiener; ein grauhaariger alter Mann, gutherzig und einfach, verstand nichts von Politik. Mit dem kam ich ins Gespräch.

»Was für ein Leben führen wir denn hier?« sagte er. »Wir sind ganz aus dem Geleise gekommen und haben weder Ehre noch Nutzen von diesem Petersburg. Als wir vom Gut abreisten, dachten wir, wir würden wie mit dem seligen Herrn — Gott schenke ihm das ewige Leben — bei Fürsten, Grafen und Generalen verkehren; wir dachten: wir nehmen uns eine recht schöne Gräfin mit großer Mitgift zur Frau und leben dann, wie es sich für Edelleute schickt. Aber wenn man nun die Sache bei Licht besieht, treiben wir uns bloß in Kneipen herum. Das ist ganz übel! Die Fürstin Rtistschewa ist doch unsere leibliche Tante und der Fürst Borotynzew unser Taufpate! Nun und —? Bloß zu Weihnachten ist er einmal dagewesen, sonst zeigt er seine Nase nicht bei den Herrschaften. Die Dienstboten lachen mich schon aus. ›Dein gnädiger Herr ist nicht nach seinem Papa geraten.‹ Ich sagte ihm daraufhin einmal:

›Warum suchen Sie nicht mal die Frau Tante auf, gnädiger Herr? Sie ist schon ganz betrübt, daß Sie sie so lange nicht gesehen hat.‹

›Es ist so langweilig dort, Demjanytsch‹, sagt er.

Sieh mal an! Er kennt kein anderes Vergnügen mehr, als in der Schenke sitzen! Würde er wenigstens Offizier oder Beamter sein, — aber nein! Nur an Karten und solche Dinge denkt er, und das nimmt sicher kein gutes Ende... Ach ja, wir sind verlorene Leute, um nichts und wieder nichts gehn wir zugrunde!... Die selige gnädige Frau — Gott schenke ihr das ewige Leben — hat uns ein prächtiges Gut hinterlassen: tausend Seelen und Wald für mindestens dreitausend Rubel. Alles hat er jetzt verpfändet, den Wald verkauft, die Bauern ruiniert und sitzt mit leeren Händen da. Ist der Herr nicht auf dem Gut, dann treibt der Verwalter es schlimmer als der Herr, preßt den Bauern das Letzte aus und damit basta. Was kümmert's denn ihn? Wenn er nur seine Tasche füllen kann, die andern mögen Hungers sterben. Neulich waren zwei Bauern da mit einer Beschwerde von der ganzen Gemeinde.

›Er hat die Bauern ganz und gar ruiniert‹, sagen sie.

Nun, und was meinen Sie? Er hat die Klageschrift durchgelesen und jedem Bauer zehn Rubel gegeben. ›Ich komme selbst bald hin‹, sagt er. ›Sobald ich mein Geld bekommen und meine Schulden bezahlt habe, reise ich ab.‹

Wie sollen wir aber unsere Schulden bezahlen, wenn wir nur immer neue Schulden machen? So oder so, wir haben den ganzen Winter hier gelebt und sind an achtzigtausend Rubel losgeworden. Jetzt ist im ganzen Haus kaum ein Silberrubel zu finden. Und das kommt alles von der Gutmütigkeit! Er ist ja so gutherzig, daß man es gar nicht sagen kann. Daran geht er nun auch zugrunde. Um nichts und wieder nichts geht er zugrunde.«

Er weinte schon fast, der Alte. So ein komischer Kauz. Gegen elf Uhr erwachte der Herr und ließ mich rufen. »Man hat mir das Geld noch nicht geschickt«, sagte er. »Aber ich bin nicht schuld daran. Mach die Tür zu.« Ich machte die Tür zu.

»Da«, sagte er, »nimm meine Uhr oder die Brillantnadel und versetze sie. Du bekommst dafür mehr als 180 Rubel, und wenn ich dann mein Geld habe, kaufe ich die Sachen wieder aus.«

»Nun, gnädiger Herr«, sagte ich, »wenn Sie kein Geld haben, dann ist nichts zu machen: geben Sie mir wenigstens die Uhr. Ihnen kann ich schon zu Gefallen sein.«

Dabei sah ich wohl, daß die Uhr ihre dreihundert Rubel wert war.

Schön. Ich versetzte die Uhr für hundert Rubel und brachte ihm den Pfandschein.

»Achtzig Rubel bleiben Sie mir schuldig«, sagte ich, »und die Uhr kaufen Sie später selber aus.«

So ist er mir bis auf den heutigen Tag die achtzig Rubel schuldig geblieben.

Er kam also nun wieder tagtäglich zu uns. Ich weiß nicht, was sie da miteinander für Geschäfte hatten, aber er erschien jetzt immer mit dem Fürsten. Oder er ging mit Fedotka nach oben, Karten spielen. Und unter sich verrechneten sich die drei auch immer ganz merkwürdig: bald gab dieser jenem was, und bald jener diesem; wer aber der Schuldner und wer der Gläubiger war, konnte man nie herausbekommen.

So war er wohl zwei Jahre lang unser Gast so gut wie jeden Tag. Er sah nur jetzt ganz anders aus, benahm sich flott und ungeniert, und ging mitunter so weit, daß er bei mir einen Rubel borgte, die Droschke zu bezahlen. Dabei spielte er mit dem Fürsten die Partie zu hundert Rubel.

Er war ganz mager und gelb geworden und blickte immer mürrisch drein. Wenn er kam, ließ er sich gleich ein Gläschen Absinth geben, aß ein »Kanapee« und trank Portwein hinterher. Dann wurde er etwas lustiger.

Einmal, in der Butterwoche, kam er kurz vor Mittag und spielte mit irgendeinem Husaren.

»Wollen wir um einen Gewinn spielen?« fragte er.

»Ich habe nichts dagegen. Um was denn?«

»Eine Flasche Clos de Vougeot? Ja?«

»Ist mir recht.«

Schön. Der Husar gewann und die Herren gingen speisen.

Sie setzten sich an den Tisch und Nechliudow sagte:

»Simon! Eine Flasche Clos de Vougeot, aber gut angewärmt, verstehst du?«

Simon ging hinaus, brachte das Essen, aber keinen Wein.

»Wo bleibt denn der Wein?«

Simon lief hinaus, brachte den Braten.

»So gib doch den Wein her!« sagte Nechliudow.

Simon schwieg.

»Bist du verrückt? Wir sind mit dem Essen so gut wie fertig und der Wein ist immer noch nicht da. Wer trinkt ihn denn zum Nachtisch?«

Simon lief hinaus.

»Der Wirt möchte Sie sprechen«, sagte er, als er zurückkam.

Nechliudow wurde ganz rot und sprang auf.

»Was will er denn von mir?«

Der Wirt stand in der Tür.

»Ich kann Ihnen keinen Kredit mehr geben«, sagte er, »wenn Sie die alten Rechnungen nicht bezahlen.«

»Ich habe Ihnen doch gesagt, daß ich in den ersten Tagen des nächsten Monats bezahlen will!«

»Ganz wie Sie wollen, mein Herr«, sagte der Wirt, »ich kann Sie aber nicht dauernd beköstigen und nichts dafür bezahlt kriegen. Ich verliere ohnedies schon viele Tausende durch das Schuldenmachen der Herren.«

»Schon gut, mon cher«, sagte Nechliudow, »mir könnten Sie doch etwas mehr Vertrauen entgegenbringen. Lassen Sie jetzt den Wein bringen und ich will mich bemühen, Ihre Rechnungen bald zu bezahlen.«

Und er lief wieder auf seinen Platz zurück.

»Weshalb hat er Sie rufen lassen?« fragte der Husar.

»Er wollte eine Auskunft haben.«

»Jetzt würde uns aber ein Gläschen warmen Weins famos schmecken«, sagte der Husar.

»Simon, worauf wartest du denn?«

Simon lief wieder hinaus. Und wieder gab es keinen Wein. Das war schlimm. Er stand auf und kam zu mir.

»Um Gottes willen, Petruscha«, sagte er, »gib mir sechs Rubel.

Dabei war er bleich wie der Tod.

»Ich habe nichts, gnädiger Herr, bei Gott nicht! Sie sind mir auch ohnedies noch sehr viel schuldig.«

»Ich gebe dir in der nächsten Woche vierzig Rubel für deine sechs!«

»Wenn ich's hätte«, sagte ich, »würde ich nicht wagen, nein zu sagen. Aber ich habe wirklich nichts.«

Was war zu tun? Er lief fort, biß die Zähne zusammen, ballte die Fäuste, rannte wie ein Toller durch den Korridor und schlug sich plötzlich aus aller Kraft vor die Stirn.

»Ach, mein Gott«, rief er, »was soll das werden?«

Er ging nicht einmal mehr in den Speisesaal zurück, sondern sprang in seinen Wagen und fuhr davon.

Da gab es was zu lachen! Der Husar fragte: »Wo ist denn der Herr geblieben, der mit mir gespeist hat?«

»Weggefahren«, sagten die Leute.

»Was heißt das: weggefahren? Was hat er mir denn sagen lassen?«

»Nichts hat er sagen lassen. Er ist in den Wagen gestiegen und weggefahren.«

»Das ist mir ein sauberer Vogel«, sagte der Husar.

Nun, dachte ich, wird er nicht sobald wiederkommen, nach dieser Blamage. Aber nein! Am nächsten Abend war er wieder da. Er kam ins Billardzimmer und hatte einen Kasten mit. Er nahm den Mantel ab.

»Machen wir eine Partie?« fragte er.

Dabei blickte er ganz finster vor sich hin.

Wir spielten.

»Genug«, sagte er, »geh, bring mir Papier und Feder, ich muß einen Brief schreiben.«

Ohne mir was Schlimmes zu denken, holte ich das Papier und legte es auf den Tisch im kleinen Zimmer.

»Es liegt bereit, Herr.«

Schön. Er setzte sich an den Tisch. Er schrieb sehr lange, brummte dabei immer vor sich hin. Dann sprang er auf. Er blickte immer noch finster drein.

»Geh«, sagte er, »und sieh nach, ob mein Wagen schon da ist.«

Es war am Freitag in der Butterwoche, daher waren gar keine Gäste da; alle waren auf Bällen.

Ich wollte hinausgehen, um nach dem Wagen zu fragen, aber kaum war ich aus der Tür, da rief er mir nach:

»Petruschka! Petruschka!«

Er schrie so laut, als ob ihn etwas erschreckt hätte.

Ich kehrte um. Da stand er, weiß wie ein Leintuch, und starrte mich an.

»Sie haben mich gerufen, gnädiger Herr?«

Er schweigt.

»Was wünschen Sie?«

Er schweigt.

»Ach ja! Spielen wir noch eine Partie?« sagt er.

Schön. Er gewann.

»Nun, habe ich jetzt das Billardspielen gelernt?« fragt er.

»Ja«, sage ich.

»Aha. Und nun geh und erkundige dich nach meinem Wagen.«

Ohne mir was Böses zu denken, gehe ich auf die Straße hinaus. Da ist aber kein Wagen zu sehen. Ich gehe wieder zurück.

Wie ich mich dem Billardzimmer nähere, höre ich einen Ton, als wenn jemand mit den Queue auf den Boden stößt.

Ich trete ein: es riecht so merkwürdig.

Und da sehe ich schon: er liegt auf dem Fußboden, ganz blutüberströmt, und das Pistol liegt neben ihm. Ich war so erschrocken, daß ich kein Wort herausbringen konnte.

Er zuckte immer mit dem einen Beine und reckte sich dazwischen lang. Dann röchelte er und dann lag er ganz starr da.

Wie er sich so hat versündigen und seine Seele zugrunde richten können, das mag Gott wissen. Nur dieses beschriebene Blatt Papier hat er hinterlassen, aber ich kann auch aus dem nicht klug werden.

Was diese vornehmen Herrschaften nicht alles machen!... Es sind eben Herrschaften! Dazu kann man nichts weiter sagen.

»Gott hatte mir alles gegeben, was der Mensch sich wünschen kann: Reichtum, einen guten Namen, Verstand, edles Streben. Ich wollte mein Leben genießen und habe alles in den Schmutz getreten, was gut an mir war.

Ich bin nicht entehrt, ich bin nicht unglücklich, ich habe kein Verbrechen begangen; aber ich habe etwas Schlimmeres getan: ich habe meine Gefühle, meinen Geist, meine Jugend getötet.

Ich bin von einem schmutzigen Netz umstrickt, aus dem ich nicht heraus kann und an das ich mich nicht gewöhnen kann. Ich falle immer tiefer, ich fühle, daß ich falle, und kann doch nicht haltmachen. Es wäre mir leichter, entehrt, unglücklich oder ein Verbrecher zu sein. Dann hätte meine Verzweiflung doch eine gewisse tröstliche, finstere Größe. Wenn ich entehrt wäre, könnte ich mich über die Ehrbegriffe unserer Gesellschaft hinwegsetzen und sie verachten.

»Wenn ich unglücklich wäre, könnte ich murren. Wenn ich ein Verbrechen begangen hätte, könnte ich es durch Reue oder durch eine Strafe sühnen. Aber ich bin einfach niedrig und gemein; ich weiß das — und kann mich nicht mehr aufrichten.

Und was hat mich zugrunde gerichtet? War ich von irgendeiner starken Leidenschaft ergriffen, die mich entschuldigt hätte? Nein!

Sieben, As, den Gelben in die Mitte, Kreide, graue, regenbogenfarbige Banknoten, Zigaretten, käufliche Weiber — das sind meine Erinnerungen.

Eine entsetzliche Minute des Vergessens, deren Schändlichkeit mir ewig im Gedächtnis bleiben wird, zwang mich zur Selbstbesinnung. Ich war entsetzt, als ich sah, welch unermeßlicher Abgrund mich von dem trennte, was ich sein konnte und wollte. In meiner Phantasie stiegen die Hoffnungen, Träume und Gedanken meiner Jugend auf.

Wo sind sie geblieben, die lichten Gedanken vom Leben,

von der Ewigkeit, von Gott, die mit solcher Klarheit, solcher Gewalt meine Seele erfüllten? Wo blieb die Gewalt der gegenstandslosen Liebe, die mit wohliger Wärme mein Herz erfüllte? Wo blieb die Hoffnung auf Entwicklung, die Anteilnahme an allem Schönen, die Liebe zu den Verwandten, zu meinen Nächsten, zur Arbeit, zum Ruhm? Wo der Pflichtbegriff?

Man hatte mich beleidigt; ich forderte den Beleidiger und glaubte damit allen Ansprüchen an vornehme Gesinnung Genüge getan zu haben. Ich brauchte Geld, um meinen Lastern und meiner Eitelkeit zu fröhnen; ich ruinierte tausend Familien, die mir von Gott anvertraut waren, und tat das ohne Scham, — ich, der ich diese heiligen Pflichten so gut verstand. Ein ehrloser Mensch sagte mir, ich hätte kein Gewissen, ich hätte stehlen wollen, — und ich blieb sein Freund, weil er ein ehrloser Mensch war und mir sagte, er habe mich nicht kränken wollen. Man sagte mir, es sei lächerlich, enthaltsam zu leben, und ich gab ohne Bedauern die Blüte meiner Seele, meine Unschuld, einem käuflichen Weibe hin. Ja, um keinen gemordeten Teil meiner Seele ist es mir so leid, wie um die Liebe, deren ich so sehr fähig war. O Gott! Hat wohl je ein Mensch so geliebt, wie ich liebte, als ich die Weiber noch nicht kannte?

Und wie gut und glücklich hätte ich sein können, wenn ich auf dem Wege geblieben wäre, der sich meinem frischen Geiste und meinem echten, kindlichen Empfinden auftat, als ich ins Leben trat! Mehr als einmal versuchte ich, das schmutzige Geleise zu verlassen, in dem ich mein Leben hinschleppte, und diesen lichten Weg wiederzugewinnen. Ich sagte zu mir: ich will alles dransetzen, was an Willenskraft in mir ist, — und ich konnte es nicht. Wenn ich allein blieb, hatte ich ein peinliches Gefühl und Furcht vor mir selbst. War ich mit andern zusammen, dann hörte ich die innere Stimme erst recht nicht und sank immer tiefer.

»Endlich kam ich zu der furchtbaren Überzeugung, daß ich

mich nicht erheben kann. Ich hörte auf, daran zu denken, und wollte mich vergessen. Doch die hoffnungslose Reue quälte mich noch mehr. Da kam mir zum erstenmal der für die andern entsetzliche, für mich aber tröstliche Gedanke an Selbstmord. Aber auch hier war ich niedrig und gemein. Erst die gestrige dumme Geschichte mit dem Husaren gab mir die Entschlossenheit, meine Absicht auszuführen. Es ist nichts Edles in mir geblieben — nur Eitelkeit, und aus Eitelkeit vollbringe ich die einzige gute Tat in meinem Leben.

Ich glaubte früher, die Nähe des Todes würde meine Seele erheben. Es war ein Irrtum. Nach einer Viertelstunde werde ich nicht mehr sein, doch meine Anschauungen haben sich nicht geändert. Ich sehe ebenso, höre ebenso, denke ebenso; die gleiche seltsame Inkonsequenz, Unsicherheit und Leichtfertigkeit im Denken, die in so großem Widerspruch zu der Einheitlichkeit und Klarheit steht, die der Mensch sich, Gott weiß wozu, einzubilden fähig ist. Gedanken darüber, was mit mir nach dem Tode wird und was man morgen über meinen Tod bei der Tante Rtistschewa reden wird, beschäftigen mit gleicher Lebhaftigkeit meinen Geist.

Ein unbegreiflich Wesen ist der Mensch!«

Justin Steinfeld

Ein einfacher Schlächtermeister

Da ist ein kleiner Kleinerer Mann. Ein einfacher Schlächtermeister in Magdeburg. Nicht eigentlich klein von Statur, sondern eher etwas über Mittelgröße, freilich sehr wohlproportioniert, mit einem Ansatz zu quellendem Bauch, was ihn in der Statur kleiner, gedrungener erscheinen läßt, als er wirklich ist. Ein wohlgemästeter Mann aus gutem Fleisch und wenig Fett. Ein ausgewachsener Beefsteak- und Roastbeeffresser. Dreimal des Tages, zumeist gebratenes, aber nicht ganz durchgebratenes Fleisch. Das Rote muß noch zu sehen sein und ein wenig rötlich muß es noch heruntertraufeln.

Auch dieser einfache Schlächtermeister liest an diesem Morgen die Mitteilung in der Zeitung, von dem intervenierenden Schritt des amerikanischen Diplomaten. Er liest das ein wenig anders, weil das in Magdeburg anders kommentiert wird, als etwa in New York, Paris, Zürich oder Prag. Er liest es, während dabei Zorn und Gram in sein Herz einziehen. Und nun entspinnt sich etwas wie ein Duell zwischen dem größeren Mann aus der internationalen Diplomatie und dem kleineren Mann, der nie gewußt hat, was ein Konsul oder Gesandter oder Botschafter alles zu tun und zu lassen in der Lage ist.

Hermann Hutt, der Schlächterneister, sitzt in dem großen, ledernen Klubsessel, dem einzigen modernen Möbelstück in seiner Wohnstube mit den verstaubten, einstmals grünen Plüschmöbeln, die längst schon ins Gelbliche hinüber schimmern. Ganze Stunden des Tages verbringt er in dem Sessel. Eigentlich sitzt er immer da, wenn er nicht draußen am

Schlachthof ist, und schaut ab und zu durch die runde Scheibe in der Tür hinaus in den Laden, wo der Gehilfe den Kundendienst versieht und der Lehrling. In den Laden geht Hermann Hutt nicht gern, es müßte schon sehr voll sein, aber das kommt nur sehr selten vor. Die Kunden sehen ihn nicht gern. Warum? Ja, gesagt hat es ihm keiner. Aber er hat das Gefühl, daß sie ihn nicht gern sehen. Sie schaun ihn immer so sonderbar an.

Das Geschäft ging nie sonderlich gut. Früher, in der Zeit der vierzehn Jahre, ging es sogar schlecht. Und die anderen Verdienste waren damals so gering, daß man sie als nennenswerte Einnahme nicht rechnen konnte. Jetzt im neuen Deutschland hatte sich das Geschäft ja etwas gehoben, der Sturmbannführer hatte etlichen Pg*-Familien Anweisung gegeben, bei Hutt zu kaufen. Schließlich war auch er doch ein alter Kämpfer. Aber so sehr hatte sich das Geschäft wieder nicht gehoben, daß da Staat zu machen gewesen wäre. Wenn Hermann Hutt sich den bequemen Ledersessel hat kaufen können, wenn er jetzt statt der bröckeligen Zigarren aus Pfälzer Tabak Hamburger Brasilzigarren rauchen konnte, so verdankte er es anderen Einnahmen. Und die waren doch unter dem neuerwachten, deutschen Geist recht beträchtlich, das mußte man schon sagen. Zumeist betrugen sie mehr, als die Verdienste aus der Schlächterei.

Draußen im Hof bellt der Hund. Gewiß wird der Lehrling wieder draußen sein, der kann den Hund nicht in Ruhe lassen. Natürlich. Im Laden ist er nicht. Was hat er auf dem Hof zu tun? Und warum läßt er den Hund nicht in Ruhe? Der Lehrling ist überhaupt nicht gut zu dem Hund. Wer weiß, vielleicht ist er zu Tieren bös. Das darf man nicht dulden. Keinesfalls. Hermann Hutt ist seit vielen Jahren Mitglied des Tierschutzvereins. Er kann keinem Tier was zuleide tun. Es gibt

*Pg: Abkürzung für „Parteigenosse“

Menschen, die schlagen Fliegen so mit der Klatsche tot. Gewiß, Fliegen sind ein unangenehmes Geschmeiß. Im Sommer kann man sich kaum vor ihnen bergen, so schwirren und surren und wimmeln sie um jedes Stück Fleisch im Laden herum. Die Kundschaft stößt sich daran. Man muß Gazeüberzüge um das Fleisch tun. Aber Fliegen wollen ja auch leben.

Das ist nicht weiter verwunderlich, daß ein kleiner Schlächtermeister Mitglied des Tierschutzvereins ist. Das kann sogar grade seine ursächlichen Zusammenhänge haben. Gerade weil er von Berufes wegen Tiere töten muß. Wer weiß denn schließlich, wie er zu dem Beruf gekommen ist? Hat er sich ihn ausgesucht? Keineswegs. Sein Vater war schon Schlächtermeister gewesen. In eben diesem Laden. Sogar die grüne Plüschgarnitur stammte noch von Hermanns Eltern her. Er wurde einfach ein Schlächter, so wie er eines Tages die Wohnungseinrichtung auch erbte. Und so, wie er auch den anderen Beruf mit den Nebenverdiensten mit übernahm. Als Gehilfe war er ja schon etliche Male mitgewesen, obwohl früher und auch unter dem Kaiser nicht viel Gelegenheit dazu war.

Indessen kommt man doch nicht umhin zu denken, daß dieses Mitglied des Tierschutzvereins, das keiner Fliege etwas zuleide tun wollte, in seinem Leben schon unzählige Tiere getötet hatte. Kleine Lämmer und hörnerne Biester. Getötet, geschlachtet, ausgeweidet, zerlegt, mit bluttriefenden Händen und Armen bis zu den Ellenbogen hinauf. Und mochte keine Motte zerklatschen. Trennte er so sorglich das berufliche von dem privaten Leben, daß er, wenn er Hände und Arme mit Schmierseife gewaschen, mit der Bürste kräftig geschrubbt hatte, den Schlächterkittel weggehängt und das dunkelblaue, zweireihige Jackett angezogen hatte, ein anderer Mensch war, mit Sehnsüchten und ästhetischen Gefühlen? Oder war er einfach als ein ganz anderer Mensch ein Mann der Sachlichkeit? Mitglied des Tierschutzvereins, eben gerade, weil er Schlächter war. Einer fetten Kuh die Maske aufsetzen, mit einem einzigen, treffsicheren Schlag den Bolzen ins Gehirn treiben, daß sie bewußtlos zur Seite umsackt, eigentlich schon aus dem Leben herausgenommen, und die in die Luft tretenden Beine machen nur noch Reflexbewegungen, so daß der wirkliche Akt des Schlachtens sozusagen schon am Fleisch geschieht, an einer Sache, die kein Wesen mehr ist, alles das ist eine ordentliche, korrekte, berufsmäßige Angelegenheit. Aber einen Schmetterling fangen und ihm die Flügel ausreißen, das ist Tierquälerei. Was sein muß, muß sein. Aber was nicht sein soll, soll auch nicht sein. Die Innung der Schlächtermeister legt größten Wert darauf zu betonen, daß mit den modernsten Werkzeugen und auf humanste Art geschlachtet wird.

Human? Humanität? Humanismus? Geht das nicht die Menschen an? Wieso? Was? Hier wird auf humane Weise geschlachtet. Wieso den Menschen? Was wollen Sie damit sagen? Die Leute, alle Leute, die den Schlächtermeister Hermann Hutt immer so komisch ansehen. Die Pg-Kundschaft, die früher gar nicht in seinen Laden gekommen war. Und sie kam jetzt nur auf Befehl, besonders die Frauen. Nur ein paar Kerle kamen und klopften dem Meister auf die Schulter. Aber Kerle waren das, die als brutale Schläger bekannt waren. Hermann Hutt wollte mit ihnen nichts zu tun haben, er mied sie. Immer seltener kam er in den Laden, er wollte sich von diesen Kerlen, mit dem breiten, vorgeschobenen Unterkinn nicht auf die Schulter klopfen lassen. Von denen nicht. Aber manchmal fragten sie nach ihm. Dann mußte der Geselle ihn aus der hinteren Stube herausholen. Manchmal sagte der Geselle auch: »Hutt ist verreist.« Er sagte nicht: der Meister oder Herr Hutt. Er sagte: »Hutt ist verreist.« Dann grinsten die mit dem vorgeschobenen Kinn, mit den Schädeln, die unten breiter waren als oben, so wie Schweinsköpfe. Manchmal johlten sie dann auch und riefen »bravo« und »wacker, wacker!« und »Heil Hitler!«

An diesem ganz gewöhnlichen Tag, an dem die Stunden in die Zeit träufelten, für einen, der in seiner Stube im Sessel sitzt, inmitten all der altgewohnten Dinge, zwischen denen er aufgewachsen war, die immer da gewesen, von denen fast nie etwas fortkam, denn außer dem neuen Klubsessel wurde nur der alte Schreibtisch benutzt, um die Rechnungen für faule Kunden auszuschreiben und um die Bücher für die Steuerbehörden zu führen, — das war übrigens so ein Sonderkapitel mit der Steuer. Die Geschäftsbücher waren tadellos in Ordnung. Sauber geschrieben, mit einer Schrift, die beim einfachen Hinsehen gar nicht wie die eines Schlächtermeisters aussah. Eines solchen noch dazu. Sondern viel eher wie die Schrift eines Mädchens aus einer oberen Schulklasse. Noch dazu war alles mit violetter Tinte geschrieben. Hutt schrieb immer mit violetter Tinte, er fand das so hübsch. Mit der geschäftlichen Buchführung hatte Hutt auch niemals Anstände gehabt. Aber eines Tages war da einer von der Steuer gekommen, war zu Hutt gekommen, nicht daß man den Schlächtermeister vorgeladen hätte, und hatte gefragt, mit halblauter Stimme, ob er, Hutt, nicht noch andere, wesentliche Einnahmen hätte, die zu versteuern seien. Da war Hutt, statt eine Antwort zu geben, einfach aufgestanden. War ganz ohne Eile aus der Stube, durch den Laden auf die Straße gegangen, und als er nach zwei Stunden, die er in einer Konditorei verbracht hatte, wo er zum Kaffee eine Menge Kuchen verzehrte, wieder nach Hause kam, da war der Beamte natürlich weg. Ohne etwas hinterlassen zu haben, und er kam auch nie wieder — an diesem gewöhnlichen Tage also, wo der eine, der Zeit hat, hier, der andere, der Zeit hat, dort, etwa auf dem ausgesessenen Leder eines Kaffeehauses, mit Weile seine Zeitung liest, sinnt Hermann Hutt über die Intervention des amerikanischen Gesandten in Sachen des zum Tode verurteilten Juden Helmuth Hirsch nach, dessen Prozeß er gewißlich genau verfolgt hatte, und der nun auf einmal ein amerikanischer Staatsbürger sein sollte.

Welch eine ungewöhnliche Komplikation dieses Falles.

Sonst, war einmal ein Todesurteil gefällt, war die Sache klar. Früher, in der lauwarmen Weimarer Republik freilich ging es in zehn Fällen neunmal auf Begnadigung aus. Diese Weimarer Republik hatte überhaupt so nach warmer Milch gerochen. Aber das Dritte Reich, das mußte man sagen, hatte manchmal den warmen, süßen, benebelnden Duft eines Schlachthofes in vollem Betrieb. Etwas für Männer mit Nerven. Und Nerven hatte Hermann Hutt. Man kann sehr wohl mit violetter Tinte schreiben und doch Nerven haben. Man kann eine große Leidenschaft für Orchideen in Meißener Porzellanvasen zur Schau tragen und doch Nerven haben. Man kann früh morgens durch ein Schlachthaus schreiten, mittags in einer Kirche sich trauen lassen und abends der Braut ein Smaragdkollier um die enthüllten Reize mohnreifer Weiblichkeit winden, wenn man Nerven hat. Und auch Hermann Hutt hatte Nerven. Und darum soll ein Urteil ein Urteil sein. Und kein Hasardspiel mit fauler Begnadigung.

Hitler freilich war nicht für Begnadigung. Mochte er von allen usurpierten Rechten Gebrauch machen, von diesem nicht. Darauf konnte man sich verlassen. Höchstens Frauenmörder hatte er begnadigt. Schade. Schade. Aber Hermann Hutt konnte das verstehen. Hermann Hutt hatte eine tiefen Haß gegen die Frauen.

Das war nicht immer so gewesen. Als er noch ein junger Bursche war, fest und stämmig, ein hübscher Bursche, das ist gewiß, da hatte er schon mit heißen Augen und der Sehnsucht im Herzen zu manchem Mädchen hingeschaut. Wenn er am Sonntagnachmittag hinausging, irgendwohin in ein Tanzlokal in der Vorstadt. Da saßen die Burschen in seinem Alter zu zweit, zu dritt an den hölzernen, gescheuerten Tischen, tranken ihre »Kugel hell«, leichtes Bier in bauchigen Gläsern, waren lustig, erzählten sich Witze, frotzelten die Mädchen, tanzten, daß die weißen Stehumlegekragen alle Form verloren. Und er, Hermann Hutt saß an einem Tisch allein, er hatte keine Freunde und so war er auch nicht lustig. Dann tanzte er zweimal, dreimal mit einem Mädel, das ihm gefiel. Lud es zu einem Glas Bier oder zu einer Portion Eis an seinen Tisch. Manch blondes, braunes, schwarzes Mädchen hat da gesessen, eine Viertelstunde lang oder so, dann kam gewöhnlich ein anderes Mädel hinzu, sagte, sie müsse mit ihrer Freundin ein paar Worte sprechen. Dann tuschelten die zwei miteinander, und das Mädel an seinem Tisch sah ihn auf einmal an, so. So, wie jetzt die Kunden oftmals im Laden. Stand dann auf, unter irgendeinem Vorwand und kam nicht wieder.

Da war eine gewesen, mit so rotem Haar und mit braunen, großen Augen. Und mit ganz feiner Haut, ganz wie es in Büchern geschrieben ist, wie Milch und Blut, oder auch wie Pfirsich. Und mit ganz schmalen Fesseln.

Zwei-, dreimal hatte er sie am Sonntag getroffen und dann auch einmal in der Woche, in der Stadt. Da waren sie zusammen in ein Kino gegangen. Neben ihr sitzend, in der Theaterdunkelheit hatte er gedacht, das sei viel schöner als tanzen und hatte den Arm ein wenig mehr zu ihr hinüber gelegt als nötig gewesen wäre, und sie hatte das wohl erlaubt. Das ist wie Seligkeit, hatte er gedacht. Auch ein Dichterwort, er war so poetisch in jenen Tagen, so poetisch. Das war an einem Mittwochabend gewesen und für Sonntagnachmittag waren sie wieder verabredet. Was waren das für lange Tage und endlose Stunden, der Donnerstag, der Freitag, der Samstag, bis zum Sonntag, die Tage und die Nächte. Und alles das. Eine ganz gewöhnliche Geschichte? Eine Allerweltsliebesgeschichte. Und vielleicht auch das, daß sie am Sonntag nicht kam. Nicht an diesem Sonntag und nicht am nächsten und überhaupt nie wieder. War sie krank geworden, war sie gestorben? Das wäre doch möglich. Nichts von alledem. Hermann Hutt wußte ganz genau, warum sie nicht gekommen war. Nach der ersten Viertelstunde vergeblichen Wartens wußte er, daß sie nie mehr kommen würde. Und es war Torheit und Selbstquälerei, wenn er stundenlang wartete, an allen Sonntagen. Immer an dem gleichen Tisch. Bier und Bier und scharfes Kirschwasser, daß die Kehle brannte und das Feuer nicht löschen konnte, und spät in der Nacht torkelte er allsonntäglich nach Hause.

War er denn kein richtiger Mensch? Schrie er denn nicht in Nächten in sich hinein, wenn er das Bild der Roten leibhaftig vor sich sah und mit heißen Händen in schwarze Leere griff? Tat es ihm denn nicht weh, daß es ihm schon eins war um Leben und Sterben? War er nicht auch ein Mensch, zur Liebe geboren, wenn die Leidenschaft so in ihm toste? Daß er das Elend ersäufen mußte, in Schnaps und Schnaps. Der Suff in ihm. Und der Fluch über ihm. Der Fluch. Und war doch ein Mensch, war doch ein Mensch. Und war er auch tausendmal der Sohn des Henkers.

Und da ging Herrman Hutt, der Sohn des Henkers und selbst des Henkers Knecht, bestimmt, eines Tages das Henkeramt zu übernehmen, verworfen von den Menschen und verraten von der Liebe, ging hin und beschloß, ein Unmensch zu werden.

Ging hin zu den Dirnen, denn eines Menschen Blut war in ihm. Die fragten nicht, ob er eines ehrenwerten Kaufmanns Sohn sei, oder eines Richters, oder eines Revierwachtmeisters. Die nahmen sein Geld und das war ihnen gut. Er trieb sich durch die Bordelle, betrank sich und spuckte mitten in den Bordellsalon. Ließ sich von jüngeren Huren die Geschichten ihres Lebens erzählen. Immer die gleiche Geschichte, vom Elend zu Hause und nichts mehr zu fressen und kaum noch etwas anzuziehn. Das war dahinter, das nackte Elend und gar nicht das splitterfasernackte Laster. Das wurde erst von den besseren Herren in die Bordelle getragen. Darum zog Hermann Hutt bald die älteren Huren vor, die schon alles gelernt hatten, und er trieb mit ihnen maßlose Schweinereien und schlug die Liebe in sich tot, und das Menschentum und das rothaarige Mädchen mit all der Poesie war nur noch eine Panoptikumsfigur, aus Wachs.

Darum sitzt er allein in seinem Zimmer, in das er nie eine Frau hat führen können, denn keine wollte des Henkers Weib sein. Und das ist vielleicht auch gut so, daß der Fluch in diesem Stamm sein Ende habe. Und der Haß gegen die Frauen, die ihn verworfen hatten, war in ihn eingezogen und die Verachtung eines Geschlechts, das er nur in seiner letzten Erbärmlichkeit kennengelernt hatte. Er konnte mit der Welt nicht fertig werden, weil er ohne Mitleid war. Das war seine große Schuld, mochte sonst die Schuld an der Welt liegen. Ohne Mitleid mit sich und ohne Mitleid mit den anderen.

Der Sohn des Henkers, der selbst jetzt Henker war. Aber Henker, das war ein ganz falsches Wort für diese Sache. In Deutschland wurde nicht gehenkt. In Deutschland schlug man den Leuten die Köpfe ab.

In der alten, freien und Hansestadt Hamburg hatte man gleich nach der französischen Revolution die Guillotine eingeführt. Das war lange Jahre das einzige gewesen, was von den Errungenschaften der französischen Revolution in Hamburg brauchbar erschien.

Aber es war eine Voreiligkeit dieser seit je republikanischen Hanseaten. Das Dritte Reich hatte mit diesem welschen Tand aufgeräumt und auch in Hamburg wird jetzt vom Scharfrichter höchst persönlich mit dem Beil geköpft.

Ein Hieb mit dem Beil und ab ist der Kopf. Das muß gelernt sein. Aber gar so schwer ist es nicht. Die Hauptsache ist, gerade halten, das Beil. Ganz senkrecht im Anhieb. Den Rest macht dann das Beil von selber. Denn es ist sehr groß und sehr schwer, da es, um sein Gewicht zu erhöhen, innen mit Quecksilber gefüllt ist. Und es ist sehr scharf und ohne Scharte.

Nerven braucht das natürlich. Falsch zu sagen, daß man den Mann nicht ansehen soll, dem man gleich den Kopf abschlagen wird. Man soll ihn ansehen, man soll ihm ruhig ins Gesicht sehn. Das stärkt die Nerven. Lieber Freund, mich geht die Geschichte im Grunde gar nichts an. Ich bin hier nur der vollstreckende Arm der Gerechtigkeit. Und dein letzter, guter Freund, denn mir kannst du vertraun, ich werde dich korrekt und human hinrichten. Wie ich es von meinem Vater gelernt habe.

Natürlich, das braucht Nerven. Aber die hat Hermann Hutt, Schlächtermeister und Scharfrichter aus Magdeburg. Der schwarze Frack, die weiße Piquéweste mit der goldenen Uhrkette, der glatt gebügelte Zylinderhut, die blanken Schuhe mit Lackkappen und das Beil, hoch über den Kopf erhoben, ein Nerv das Ganze.

Früher, diese seltenen Hinrichtungen. Und ohne inneren Gehalt. Ganz ohne Ekstase. Diese erbärmlichen Delinquenten, die im Hof anfingen zu schreien und zu toben, wenn sie des Schafotts ansichtig wurden. Die man hinaufschleppen mußte, ein Bündel Angst, daß sie grünlich waren im Gesicht und so gräßlich rochen vom Angstschweiß, und weil sie die Hosen voll hatten. Jetzt aber ist das anders. Die Politischen. Solche Kerle. Nur soll man ihnen nicht in die Augen sehen. Was haben die in den Augen, wenn sie einen ansehn, daß man einfach nicht mehr da ist. Weggelöscht ist man. Lächerlich, da ging einmal einer zum Richtblock. An ihm vorbei und sah ihn an. So. Daß er den glatt gebügelten Zylinderhut vom Kopf zog. So. Daß er dachte: Einer, der da so geht und gleich wird man ihm den Kopf abschlagen, der ist doch eine Majestät. Lächerlich, so was zu denken. Es war wohl auch nur Erinnerung an alte Zeit, als er es noch mit der Poesie hatte. Ganz hinten, über allem die Rothaarige, schreitet heran. Lächerlich. Da braucht es Nerven. Das war ein Hieb. Mitten durch die Welt. Die Rothaarige liegt mit unter dem Beil. Völlig zerspalten. Und das Blut ist ein dicker Strom, in glitzerndem Nebel.

Damals in Hamburg. Daß es gerade in Hamburg war. Hermann Hutts Rache an der Guillotine, die ihn jahrelang geprellt hatte. Vier Männer an einem Vormittag. Hintereinander weg. Und er hatte nicht mit der Wimper gezuckt. Niemand kann ihm nachsagen, daß er mit den Nerven nicht durchgehalten hätte. Vier Kerle, die standen. Bis die Köpfe fielen. Köpfe rollen, sagen sie immer alle. Aber das ist nicht so. Sie fallen in einen Korb. Man muß nicht auf die Köpfe sehen. Man muß auf den Rumpf sehen, wie das Blut vorschießt, so viel, so rot und so wild. Viere, hintereinander weg. Damals habe ich das Dritte Reich aus der Taufe gehoben, denkt Hermann Hutt. Er denkt das nur. Einmal hatte er es in Magdeburg dem Sturmbannführer gesagt. Aber der hatte ihn stehen lassen, ohne ein Wort zu sagen.

Was weiß so ein Sturmbannführer, der die Welt für einen Exerzierplatz hält. Was wissen überhaupt die Leute. Das lebt so dahin, paart sich mit Lust und mit dem Weib irgendeiner Wahl und setzt Kinder in die Welt. Was wissen die, wie einem zumut ist, der, als ein Mann wie alle, nie ein Weib besessen. Dem der Trieb zur Liebe zum Haß zergoren war. Was wissen davon die Leute. Was wissen sie von einem, dem die Nöte des Leibes sich nicht von der Seele trennen wollten? Einer, der anfing, Knaben anzusehen und junge Männer, so wie er Mädchen angesehen hatte und alles lief ihm gleichermaßen davon. Alles floh vor dem Mann von Block und Beil. Warum ihn, warum nicht die Staatsanwälte, die dergleichen fordern, warum nicht die Richter, die solche Urteile aussprechen und die dann einen Ohnmachtsanfall bekommen, wenn sie bei der Vollstreckung dabei sein müssen. Was wissen sie alle denn davon, daß er, Hermann Hutt, der das Staatsbeil führte, gerade dann und nur dann sich Mann fühlte, wenn er tötete. Das schwarz ausgeschlagene Schafott, das war sein Brautgemach, der Richtblock war sein Brautbett und das riesige Beil in Gemeinschaft mit dem, dem der Kopf da abgeschlagen wurde, das war in gräßlicher Unentwirrbarkeit, die Braut. So nah verwandt sind Lieben und Töten. Leben schaffen und Leben vernichten, so nah verwandt. Hatten das die Menschen aus Hermann Hutt gemacht, war da nicht auch die Natur mit dabei?

Und was war in ihm? Die Hochzeitsstunde auf dem Zuchthaushof. Angetreten zum Karree. Achtung, präsentiert das Gewehr. Die Bretter des Schafotts ragen schräg und unendlich hoch ins Firmament, der Himmel sackt hinter Mauern ab. Zwei Satansknechte werfen die Braut nieder. Es schwankt im Schaukelbrett. Zwei dicke Hände mit Ringen darauf, umklammern den Stiel der Reichsaxt. Heben sie hoch empor, welch ein Schwung. Alles ist rot, dunkel und doch rot, und der blanke Stahl blitzt für einer Sekunde Bruchteil wie ein blühender Stern, ein Meteor, und fährt so nieder. Alle Kraft, alle Macht der Welt ist in diesem schmetternden Schlag. Und da schießt das Blut hervor, Blut, der Urquell, und der Mann mit dem Beil weiß nicht mehr, von wo das Blut strömt, von jenem dort oder aus seinem eigenen Leibe. Der in diesem Augenblick schrecklichste aller Menschen ist bleich geworden.

Darum geht es. Nur darum. Was wissen die davon. Die bezahlen es mit Geld. Und das Geld, das muß er haben. Ganz und gar. Das ist ein Geld wie keines. Das muß er haben. Davon geht kein Pfennig ab. Keine Steuern und kein Groschen für Winterhilfe und für all die blechernen Tellersammlungen, die das soziale, klingelnde Gewissen des Dritten Reiches sind. Oder sollte er eines Tages einer alten Frau am Tisch der Wohlfahrt sagen: »Mütterchen, für die warme Wassersuppe, die du da ißt, habe ich einem Mann den Kopf abgehauen. Vielleicht war es dein Sohn oder dein Gatte oder dein Bruder, daß du vor der Zeit ein altes Weib darob geworden bist. Und guten Appetit auch, für die Suppe.«

Nein, ganz und gar mußte er das Geld haben. Davon ließe kein Pfennig sich entbehren. Der Klubsessel einmalig. Und gelegentlich die Hamburger Brasilzigarren. Aber das Geld, das Geld floß jetzt reichlich. Die deutsche Reichsaxt hat viel zu tun. »Köpfe werden rollen«, hatte Hitler damals gesagt. Und am Tage darauf war Hermann Hutt in die Nazi-Partei eingetreten. Er war bis dahin nur Mitglied des Tierschutzvereins gewesen. Er war nicht für Vereinsmeierei. Er wollte es nicht darauf ankommen lassen, ob man ihn aufnahm oder abwies. Aber damals war er in die Partei eingetreten. »Köpfe werden rollen.« Nicht rollen. Sie fallen. Aber das war ein Programm für Hermann Hutt, Schlächtermeister und Scharfrichter. Mochten sie alle sagen, Hitler habe kein Programm, oder er habe es nicht gehalten. Was ging ihn das an. Nichts von Politik. Das Programm, das man ihm in Aussicht gestellt, das hatte man gehalten.

Das Geld muß sich häufen. Muß zu einer Menge werden. Da braucht es jeden Pfennig. Jeden. Gerade darum, weil er nicht Weib hat und nicht Kind. Ewig kann das nicht so dauern. Eines Tages wird man sagen: »Scharfrichter Hutt, Sie haben dem Staat lange genug treu gedient. Andre wollen auch mal ran.« Und dann wird er sein Geld nehmen und fortfahren. Nach Monte Carlo wird er fahren. Und in das Spielkasino wird er gehen. Und mit einem König von Spanien und einem König von Siam und vielleicht mit einem König von England und Kaiser von Indien wird er am Roulettetisch sitzen. Vielleicht werden noch andere Könige da sein. Und er wird sagen: »Majestät, Sie waren einmal ein König. Ihre Krone, wo ist sie jetzt? Ich aber habe nur höchst königliche Menschen und auch andere, die aber zählen nicht, ganz eigenhändig enthauptet. Und da setze ich so einen Kopf auf Rouge. Und Sie, Sire, setzen Sie auf Noir?«

»Wissen Sie, wessen Kopf ich da eben auf den Tisch getan habe? Das ist Etkar Andrés Kopf. Ich habe den Mann gesehen, Sire. Das eine Mal nur, als er das Schafott bestieg. Ich weiß nichts von dem Mann. Sie sagen, er habe dafür gesorgt, daß die proletarischen Arbeiter der ganzen Welt einander mit geballter Faust grüßen. Sie sagen, er sei der beste Freund der deutschen Arbeiter gewesen. Er war selbst ein Arbeiter, sagen sie. Sie sagen auch, wegen dieses Mannes hätten manche Könige oder sonstwie Mächtige der Erde nicht ruhig schlafen können.«

»Ihre Ehre ist nicht meine Ehre und meine Ehre ist nicht Ihre Ehre. Denn uns trennt die tiefe Kluft der Weltanschauung. Sollten Sie trotzdem das Unmögliche hier möglich machen und mich zum Richtblock bringen, so bin ich bereit, diesen schweren Gang zu gehen, denn als Kämpfer habe ich gelebt und als Kämpfer werde ich sterben.«

Wer sprach da? Wer, daß wir nicht schlafen können?

»Nun, Sie können wieder ruhig schlafen. Ich habe ihm den Kopf abgeschlagen. Das war der großartigste Tag meines Lebens. Man sagt, es seien mehr Tränen um ihn geweint worden, als je um alle Könige der Welt zusammen. Als er vor mir stand, sah er mich an und lächelte. Er war der einzige Mensch, der mir in meinem Leben je zugelächelt hat. ›Rot Front, Genosse‹, sagte er zu mir, dem Beilrichter des Dritten Reiches. Da konnte ich nicht anders. Ich sagte: ›Rot Front, Herr André‹, aber ich sah schon nichts mehr, der Rausch war schon um mich und ich hob das Beil. Später ging ich durch die Stadt, wo die Anschläge an Säulen und Mauern geklebt waren, mit der Mitteilung von des Mannes Hinrichtung. Die Menschen standen davor und lasen das. Und dann gingen sie fort und sprachen kein Wort. Ich aber, Sire, ich haben ihm das Haupt abgeschlagen. Und es ist Etkar Andrés Haupt, das ich auf Rouge setze. Wagen Sie es, Majestät, und setzen Sie doch Noir.«

Hermann Hutts dicker, fleischiger Hand mit den Ringen und großen, bunten Steinen entsinkt das Zeitungsblatt. Nein und Nein. Den Mann muß er haben. Den Mann und das Geld. Wie kommt ein hergelaufener, amerikanischer Gesandter dazu, sich da hineinmischen zu wollen? Was geht das diesen Amerikaner denn an? Wir brauchen hier überhaupt keine Ausländer, keine Engländer und keine Franzosen und keine Amerikaner. Deutschland für die Deutschen. Das ist eine rein innere, deutsche Angelegenheit. Da hat sich niemand hineinzumischen. Niemand.

Das Geld muß er haben. Und den Mann. Der gehört ihm doch schon. Der war schuldig gesprochen und zum Tode verurteilt. Nur der Führer, den er hatte ermorden wollen, hat das Recht, hier hineinzureden. Den wird er nicht begnadigen, den nicht. Der steht schon unter dem Beil. Jawohl. Hat nicht Hermann Hutt schon Nachricht erhalten, sich für diese Hinrichtung bereitzuhalten? Jede Stunde hätte das Telegramm kommen können, das ihn berief. Hermann Hutt ballte die Hand, öffnete und schloß sie wieder. Er fühlte die warme Ebenheit des eichenen Beilgriffs in der inneren Fläche der Hand. Die Ringe würde er abstreifen und in die Westentasche stecken, um fester das Holz umklammert zu halten. Aber erst im letzten Augenblick. Ringe gehörten zur Festlichkeit der Stunde. Der Mann steht schon unter dem Beil. Und da kommt irgendein Ausländer und pfuscht da hinein?

Den Mann und das Geld. Das Geld und den Mann. Hier geht es um Deutschlands Ehre, die auf dem Spiel steht. Hermann Hutt hat sich um Politik nicht gekümmert, das ist wahr. Als er Pg. geworden, hatte er eigentlich nichts getan als seine Beiträge bezahlt. Zu anderem wollte man ihn auch wohl gar nicht haben. Nicht einmal zu Übungsmärschen hatte man ihn geholt. Nicht einmal zum Gasexerzieren. Aber einerlei. Er war Pg. Und seine Pflicht hatte er getan. Wie keiner im ganzen Reich. Wie keiner. Gewiß, es geht ihm hier ebensosehr um seine eigene Sache, wie um die Sache der Nation. Der Mann steht unter dem Beil und das Geld ist schon gerechnet. Politik hin und Politik her. Die Partei hatte die Pflicht, ihm zu seiner Sache zu verhelfen. Er wird zum Sturmbannführer gehen. Man muß die SA auf die Straße holen. Man muß eine Demonstration machen. Deutschland für die Deutschen. Gibt es da nicht einen amerikanischen Konsul in Magdeburg? Man muß vor das Konsulat ziehen. Die SA und das Horst-Wessel-Lied. Und dann die Scheiben einwerfen.

Das ist man dem Führer schuldig. Der Führer sollte doch ermordet werden. Die Bomben sind sichergestellt. Der Führer muß wissen, daß die Nation hinter ihm steht.

So geht er zum Sturmbannführer. Dem leuchtet die Sache ein. Aber er hält sich nicht für zuständig. Das müsse der Gauführer entscheiden. Der Gauführer? Aber dann hörte die Demonstration doch auf, eine spontane Äußerung des Volkes zu sein. Und darum ginge es doch. Wenigstens aussehen müsse es doch so. Gewiß, gewiß. Aber spontane Geschehnisse sind nur dann wirkungsvoll, wenn sie richtig vorbereitet und organisiert sind. Ohne den Gauführer geht das nicht zu machen.

Nein. Zum Gauführer wird Hermann Hutt nicht gehen. Aus diesen und jenen Gründen nicht. Damit ginge auch zu viel Zeit verloren. Wer weiß, was die Diplomaten inzwischen in Berlin treiben und beschließen werden. Haben die Diplomaten nicht immer verdorben, was das Schwert erkämpfte? Der alte Moltke hat das schon gesagt.

Dann wird Hermann Hutt nach Berlin fahren. Den Mann muß er haben und das Geld. Er wird zu diesem amerikanischen Gesandten gehen und wird ihm sagen: Herr, lassen Sie da gefälligst Ihre dreckigen Hände aus dem Spiel. Hier stehe ich. Ein deutscher Mann. Und ich sage Ihnen, kümmern Sie sich gefälligst um Ihre eigenen Angelegenheiten und nicht um die unseren. — Vielleicht ist dieser amerikanische Gesandte ein Jude. Die Amerikaner sollen ja alle Juden sein. So wie dieser Bürgermeister von New York, der Saujud.

»Mann, sind Sie blödsinnig geworden«, haut der Sturmbannführer mit der Hand auf den Tisch, »das ist doch wohl nicht Ihr Ernst. Na, ja. Im Grunde haben Sie ja recht. Aber wir wollen doch von den Amerikanern eine Anleihe haben. Oder wissen Sie das nicht? Der Jacob Goldschmidt, diese gottverdammte Judensau soll die Verhandlungen führen, weil Schacht überall abgeblitzt ist. So ist das. Und nun wollen Sie solchen Quatsch machen. Hier heißt es: Maul halten und parieren. Verstanden? Und nun gehen Sie gefälligst ganz ruhig wieder nach Hause.«

Hermann Hutt geht wieder nach Hause. Aber gewiß nicht

ruhig. Er hat schrecklichen Hunger. Wie immer, wenn er aufgeregt ist. Er ißt Schweinskotelett mit grünen Bohnen. Aber das ist ihm nicht genug. Er läßt sich ein Beefsteak braten. Das ißt er, ohne etwas dazu, nur mit sehr viel Senf. Und er kann nicht begreifen, daß er da wehrlos sein soll. Ein deutscher Mann gegen einen Amerikaner.

Dieser Helmuth Hirsch soll erst 21 Jahre alt sein, sagen sie. Beinahe noch ein Junge. Das ist eine ganz besondere Art. Hermann Hutt hat da immer die Vision, daß ihr Blut heller sei, als bei den älteren, völlig erwachsenen. Vielleicht ist das wirklich so. Als Fachmann würde er das bestätigen, und er ist doch wahrscheinlich der Fachmann mit der größten Erfahrung auf der Welt. Außer vielleicht in China, wo sie mit dem Schwert enthaupten. Gleich, wo sie einen erwischen. Manchmal mitten auf der Straße. Das ist nicht gut. Das ist gemeines Handwerk. Das ist keine Feier, kein Rausch und keine Hochzeit.

Und da will ihm dieser Fremde, dieser jüdische Indianer um sein Fest bringen und um das Geld dazu? Das darf nicht geschehen. Schrecklich, daß man da wehrlos abwarten muß. Aber der Führer wird solche Eingriffe in das deutsche Hoheitsrecht nicht dulden. Er aber, Hermann Hutt kann gar nichts machen, als nur in dem Sessel sitzen und in sich hineingiften. Ihm ist zumute wie einem, der langsam am Rost gebraten wird.

»Draußen ist die Frau vom Standartenführer Künneke und will ein halbes Kilo Fett haben«, kommt der Geselle in die Stube.

»Na, was geht das mich an?«

»Sie hat nach der Fettkarte von dieser Woche aber nur noch ein viertel Kilo zu kriegen.«

»Wenn es aber die Frau Künneke ist?«

»Das hab ich auch gedacht. Aber es kann doch auch sein, daß das eine Falle ist. Und dann kommt eine Anzeige und Gott weiß was. Was weiß man denn heutzutage?«

Ja, was weiß man denn heutzutage? Da hängt die ganze Existenz vielleicht davon ab, ob man einer Frau Standartenführerin ein viertel Kilo Fett gibt, daß sie noch haben will, oder nicht. Und wenn man es ihr nicht gibt und beruft sich dabei auf das allgemeine Wohl und das Vaterland, dann beschwert sie sich vielleicht bei ihrem Mann, und später bekommt man irgendeinen Stunk. Was weiß man denn? Was soll man denn da nur machen? Solche Sachen auch noch, wo Hermann Hutt so schon gar irr im Kopf ist.

»Ja, was stehen Sie denn da, sagen Sie doch lieber, was man machen soll«, herrscht er den Gesellen an. Aber der weiß es doch nicht. Darum fragt er ja gerade.

»Geben Sie es ihr. Geben Sie es ihr nicht. Machen Sie, was Sie wollen.«

»Aber auf Ihre Verantwortung.«

Natürlich auf seine Verantwortung. Alle haben sie es auf ihn abgesehen. Alle trampeln sie auf ihm herum. Da liegt auch noch die blödsinnige Zeitung, mit der das ganze Elend anfing. Die Menschen trampeln auf ihm herum. Und er trampelt auf der Zeitung herum. Das ist ja nicht zum Aushalten. Ächzend sinkt er wieder in seinen Sessel. Am liebsten möchte er weinen. Draußen geht gerade die Frau Künneke aus dem Laden. Sie bedankt sich beim Gesellen und gibt ihm sogar die Hand. Vielleicht wird doch noch alles gut. Der Führer wird diesem Amerikaner sagen, er solle sich zum Teufel scheren. Und Hermann Hutt erhält sein Recht. Den Mann unterm Beil für das Herz und das Geld für den Haß und die Rache.

Wirklich, das ist auch des Führers Ansicht, daß sich dieser Amerikaner zum Teufel scheren möge. Erstens, dieser Mann ist ein Judenlümmel und kein Amerikaner. Ebensowenig, wie ein Jude Deutscher sein kann, kann er Engländer oder Amerikaner oder sonstwas sein, sondern nur ein Jude. Wenn das die Welt noch nicht begriffen hat, so ist es höchste Zeit, daß dieselbe es begreifen zu lernen alsbald in den Stand gesetzt werde.

Drittens kann eine derartige provokatorische Einmischung weder in das deutsche Recht, das hier gesprochen hat, noch in die deutsche Souveränität, die innerhalb der Reichsgrenzen von jedermann, sei er wer er sei oder auch nicht sei, zu respektieren ist, geduldet werden...

So ist des Führers Meinung. Der sich der Ministerpräsident und General Göring voll inhaltlich anschließt. Der General begreift überhaupt nicht, warum man um ein solches Arschloch so viel Worte macht.

Der Minister und Doktor Goebbels kann nicht umhin, auf die öffentliche Meinung des Auslandes hinzuweisen. Der deutschen Presse hat er in dieser Sache weise Zurückhaltung auferlegt. Im Ausland hat sich einmal wieder die Ansicht gebildet, »sie werden es nicht wagen.« Worauf man allerdings nur mit einem Lacher erwidern kann. Sie werden es nicht wagen, ist schon oft die Meinung des Auslandes gewesen. Dann haben sie es gewagt. Und nichts ist geschehen. Wer wagt, gewinnt zwar nicht immer, denn was ist mit so einem jüdischen Kopf denn schon zu gewinnen. Aber zu verlieren ist schließlich auch nichts.

Nur der Reichsbankpräsident und deutsche Finanzchef Dr. Hjalmar Schacht hat seine Bedenken. Mit einer eventuellen amerikanischen Anleihe habe diese Sache nichts zu tun. Die bekäme man im Augenblick so und so nicht. Nicht weil Wallstreet nicht wolle, sondern weil sie im Augenblick gar nicht könne. Aber man habe drüben die öffentliche Meinung mit der Sache des Kardinals und mit dem La Guardia genugsam belastet. Die heute abgelehnte Anleihe kann aber zu einer zugesagten von morgen werden.

Wenn die Sache in Spanien jetzt richtig klappt, brauchen wir die Amerikaner überhaupt nicht mehr. Dann kriegen wir genug Erz, Eisen, Kupfer und alles was wir wollen, ist die Meinung des Generals. Werden wir bekommen? bedenkt der Finanzmann. Hat nicht die London-City in Rio Tinto und anderweitig die Hand drin? Und kann sich die Hand von London-City nicht eines Tages da stärker erweisen, als die Abmachungen mit der Deutschen Metall Aktiengesellschaft? Und wenn Herr von Schröder und Schroeder-London die Sache dann nicht biegen können?

So wird die Sache doch wohl zu kompliziert. Wegen eines Judenlümmels, der den Führer ermorden wollte, wird ja nicht die ganze internationale Hautefinance und Industrie mobil gemacht. So bläst man keine Luftballons auf. Und es bleibt dabei. Der Fall steht nicht weiter zur Erörterung. Der Amerikaner bekommt eine höfliche, eine sehr höfliche, aber bestimmte Ablehnung. Und fertig.

Der Schlächtermeister und Scharfrichter Hermann Hutt wird seinen Mann bekommen. Er hat es gar nicht nötig, sich so aufzuregen, daß er soviel essen muß und Natron nehmen muß am Schluß. Daß er nachts nicht schlafen kann und lotterig angezogen, mit offenem Kragen und ohne Schlips, mit Paletot und ohne Hut, durch die Straßen strolcht, durch Bordelle tost, dort baumwollene Handlungsgehilfen freihält, damit sie seinem heiseren Gröhlen als Gesang applaudieren, und in spätester Nachtstunde vor einem Zeitungsgebäude herumlungert, um das erste Exemplar zu erstehen und nachzusehen, ob und was da zum Fall Helmuth Hirsch steht. Um Häuserblocks kreist er, so wie seine Gedanken lustmörderisch kreisen. Könnte er sie aussprechen, welche gräßliche Qual täte sich auf. Gespenstischer noch, als seine aschfahle, verlotterte Erscheinung, aus der ein aufgedunsenes Gesicht manchmal grinst und manchmal schamlos weint. Da steht er, im Schein der Laterne, an den eisernen Pfahl gelehnt, mit flatterndem Blick und fiebernden Händen die nassen, nach Petroleum riechenden Zeitungsseiten durchsuchend, eine Parodie des heiligen Sebastian. Und auch das ist, auch so ist ein Mensch, wenn die Schändlichkeit der Welt ihn dazu macht. Und nun kommt da ein humpelnder Verlumpter und bettelt ihn an. Da ballt er die

Hand zur eisernen Faust und schlägt sie dem Bettler mitten ins Gesicht. Der fällt um und bleibt liegen. Hermann Hutts Gespenst aber trollt sich stolpernd nach Hause. Denn wieder stand nichts in der Zeitung.

Mal kriechen die Stunden, mal stolpern sie, mal sind sie weg. Eines Nachts kommt Hutt nach Hause, Haß im Hirn und mörderische Vorstellung und Dunst von Alkoholfusel. Eine Salamiwurst nimmt er aus dem Laden mit. Schneidet mit dem Taschenmesser grobe Klötze ab und schlingt die schmatzend herunter. Dabei fängt er an, sich im Wohnzimmer auszukleiden. Erst das Jackett und die Weste, die mitten im Zimmer auf dem Boden liegen bleiben. Dann den einen Stiefel, den hält er in der Hand und weiß nicht, was er will. Soll er den Stiefel in die Lampe schmeißen? Da fällt sein Blick auf einen Fleck auf dem Schreibtisch. Ein viereckiger Fleck. Ein geschlossenes Telegramm. Er kann es nicht aufmachen, der Stiefel ist dazwischen. Verdammter Stiefel. Jetzt reißt er's auf. Das Telegramm. Das Telegramm. Er fängt an zu tanzen, rund um den Ledersessel. Mit einem gestiefelten Fuß und einem in der wollenen Socke mit einem Loch an der Hacke. Morgen früh muß er fahren. Nein, es ist ja schon Morgen. Heute früh muß er reisen. Und am nächsten früh um sechs Uhr wird Helmuth Hirschs Hinrichtung sein. Ein Bär tanzt um den Sessel, immer ein harter und ein dumpfer Tritt. Ein Bär, mit einem Beil in den Tatzen. Er hat seinen Mann und er kriegt sein Geld. Und der Tanzbär frißt das letzte, große Stück Salamiwurst auch noch auf.

Michail Scholochow

Der Vater

Die Sonne blinzelte nur noch matt durch das fahlgrüne Gestrüpp am Rande des Kosakendorfes. Nicht weit vom Dorf ist die Fähre, mit der ich mich ans andere Ufer des Dons übersetzen lassen muß. Ich wate durch den nassen Sand, aus dem ein Fäulnisgeruch aufsteigt wie von morschem, wassergetränktem Holz. Der Weg schlängelt sich, einer verworrenen Hasenspur gleich, durch das Gestrüpp. Die aufgedunsene rote Sonne plumpst in den Kirchhof jenseits des Dorfes hinein. Hinter mir schreitet die bläuliche Dämmerung durch das trockene Gehölz.

Die Fähre ist an der Landestelle befestigt, und unter ihr gluckst lila schimmernd das Wasser. Die Ruder hüpfen leicht, machen seitliche Drehungen und ächzen in den Riemengabeln.

Der Fährmann kratzt mit der Schöpfkelle über den bemoosten Boden des Kahns und schleudert das Wasser über Bord. Er erhebt den Kopf, sieht mich mit gelblichen, schräg stehenden Augen an und knurrt mürrisch:

»Willst' rüber? Bin gleich fertig, mach inzwischen den Strick los.«

»Werden wir zu zweien den Kahn fortbringen können?«

»Müssen versuchen. Bald ist's Nacht. Wer weiß, ob noch jemand zukommt.« Während er die Pluderhose hochkrempelt sieht der Mann mich nochmals an und sagt:

»Ein Ortsfremder bist du, seh ich, nicht aus unserer Gegend. Wo kommst denn her?«

»Ich komme von der Armee zurück.«

Der Mann legt seine Mütze in den Kahn, wirft mit einer Kopfbewegung die Haare zurück, die schwarz durchzogenem kaukasischem Silber gleichen, und zwinkert mir zu, wobei er seine zerfressenen Zähne sehen läßt:

»Gehst auf Urlaub oder so, — heimlich?«

»Bin demobilisiert. Mein Jahrgang ist entlassen.«

»So-so. In Ruhezustand also...«

Wir setzen uns an die Ruder. Der Don treibt uns wie spielend in das junge Gehölz des am Ufer liegenden, überschwemmten Waldes. Mit trockenem Laut reibt sich das Wasser an dem splitterigen Kiel. Die nackten Beine des Fährmanns, von blauen Adern gestreift, zeigen Bündel dicker Muskeln. Die vor Kälte blau gewordenen Fußsohlen sind klebrig vom Stemmen gegen den glitschigen Querbalken. Die Arme sind lang und knochig, an den Fingergelenken knotige Verdikkungen. Hager und schmalschultrig rudert er ungelenk mit gekrümmtem Rücken, aber dienstbeflissen schneidet das Ruder glatt die Wellenkämme, bohrt sich tief in das Wasser hinein.

Ich höre das gleichmäßige, unbehinderte Atmen des Mannes. Seinem gestrickten Wollhemd entströmt der scharfe Geruch von Schweiß und Tabak und der nüchterne Geruch des Wassers. Plötzlich läßt er das Ruder sinken, wendet den Kopf zu mir:

»Es sieht aus, als ob wir nicht weiter kämen, wir werden hier im Walde zerdrückt. Schlimme Sache!«

Durch eine heftige Strömung erhielt der Kahn einen jähen Ruck. Er vollführte hinten eine verwegene Schwenkung, und nun trieb er unaufhaltsam dem Walde zu.

Eine halbe Stunde später saßen wir zwischen den Bäumen des überschwemmten Waldes fest. Die Ruder waren abgebrochen. In den Riemengabeln schlenkerten verdrossen die abgesplitterten Stummel hin und her. Durch ein Leck im Boden sickerte glucksend Wasser in den Kahn. Wir richteten uns für die Nacht auf einem Baum ein. Der Fährmann hockte neben mir, die Beine um einen Zweig geschlungen. Er sog an seiner Pfeife, redete und horchte auf den schwirrenden Laut, mit dem die Wildgänse im Fluge die breiige Dunkelheit über unsern Köpfen zerschnitten. –

»So, so, gehst heim zu deiner Familie; die Mutter wartet schon zu Hause, versteht sich: Nu kommt der Sohn, der Versorger; nu wird es warm um sie werden, um das alte Herz. Ja... Du aber machst dir, versteht sich, gar nichts draus, daß sie, deine Mutter, die Tage im Herzeleid um dich verbringt und die Nächte lang bittere Tränen vergießt... So seid ihr alle, ihr lieben Söhnchen; so seid ihr... Solange es bei euch keinen eigenen, von euch gezeugten Nachwuchs gibt, solange habt ihr kein Herz für die Leiden eurer Eltern. Was muß aber eine jede Mutter und ein jeder Vater wegen der Kinder ertragen!

Es kommt vor, daß beim Zerschneiden eines Fisches die Frau die Fischgalle zerdrückt. Du löffelst dann die Fischbrühe, die ist aber vor Bitterkeit nicht zu genießen. Und so ist es auch mit mir. Ich lebe, muß aber nur das Bitterste schlucken. Ich ertrage es, ich halte aus, aber manchmal, da denke ich: ›Leben, Leben, wann kommt nun schon dein allerschlimmstes Ende?‹

Du bist kein Hiesiger, bist ein Ortsfremder. Sag du mir, ob ich mir nicht lieber einen Strick um den Hals legen soll.

Da hab ich 'ne Tochter; Natascha heißt sie. Siebzehn wird sie. Siebzehn Jahre. Sie sagt zu mir: ›Vater, es ist mir zuwider, mit Euch an einem Tische zu essen. Wenn ich Eure Hände ansehe‹, sagt sie, ›erinnere ich mich daran, daß Ihr mit diesen Händen die Brüder umgebracht habt, und es dreht sich mir die Seele im Leibe rum‹.

Das aber versteht das Luder nicht, durch wen das alles gekommen ist. Daß es eben durch sie kam, durch die Kinder.

Ich habe früh geheiratet, und Gott schickte mir eine Frau, die wie ein Karnickel so fruchtbar war. Acht Freßmäuler brachte sie mir hintereinander, und beim neunten da ging sie drauf. Sie hat zwar richtig entbunden, aber nach fünf Tagen, da starb sie am Fieber. Nun war ich allein. Von den Kindern aber hat Gott keins zu sich genommen, so sehr ich ihn darum bat... Mein Ältester war Iwan. Er geriet nach mir: dunkelhaarig, ein regelmäßiges Gesicht. Ein hübscher Kosak und gewissenhaft bei der Arbeit. Der andre Junge kam vier Jahre nach Iwan. Der schlug nach der Mutter. Ein Kleiner, aber ein Dickwanst. Die Haare semmelblond, beinah weiß, und graublaue Augen. Danilo hieß er, und er war mein liebstes Kind. Von den andern sieben waren die älteren Mädels und die übrigen kleine Würmer...

Den Iwan verheiratete ich in unserm Dorf, und bald bekam auch er ein Kleines. Auch für Danilo war ich grad auf der Suche nach was Passendem, aber da kamen die unruhigen Zeiten. In unserm Kosakendorf erhoben sich die Leute gegen die Sowjetmacht. Da stürzte Iwan zu mir herein: ›Vater‹, sagte er, ›komm mit, gehen wir mit den Roten fort! Ich bitte Euch darum in Christi Namen! Wir müssen es mit den Roten halten, denn sie sind eine sehr gerechte Macht.‹

Auch Danilo begann auf mich einzureden. Lange baten sie und lockten mich. Aber ich sagte ihnen: ›Euch tu ich keinen Zwang an. Geht, wohin ihr wollt. Aber ich, ich bleibe hier. Ich habe außer euch noch sieben Mäuler, und jedes muß gestopft werden.‹

So verließen sie den Hof. Im Dorf bewaffneten sich die Leute. Jeder, womit er konnte. Mich packten sie aber auch: An die Front! Ich sagte ihnen am Sammelplatz:

›Landsleute, Väter, ihr wißt alle, daß ich Familienvater bin. Sieben Kinder habe ich zu Hause auf den Pritschen liegen, — komme ich um, wer wird für meine Kinder sorgen?‹

Ich konnte reden, was ich wollte, es half nichts. Ohne jede Rücksicht wurde ich gepackt und an die Front geschickt.

Die Stellungen waren nicht weit von unserm Dorfe.

Und eines Tags, es war gerade vor Ostern, da brachten sie uns neun Gefangene. Unter ihnen war auch Daniluschka, mein geliebter Sohn. Man treibt sie über den Marktplatz, zum Hauptmann. Die Kosaken laufen aus den Häusern, ein Krach, daß Gott erbarm.

›Totschlagen muß man sie, die Hundsfotte. Wenn man sie nachher vom Verhör zurückführt, machen wir sie kalt, ohne alle Umstände!‹

Ich steh' da, die Knie zittern mir, aber ich lasse mir nicht anmerken, wie mir das Herz schlägt um Danilo, meinen Jungen. Ich merke, wie die Kosaken miteinander tuscheln und auf mich mit den Köpfen zeigen. Dann kommt Arkascha, der Wachtmeister, auf mich zu: ›Wie ist's, Mikischara, bist du dabei, wenn wir die Kommunaren hinmachen?‹

›Gewiß bin ich dabei, diese Schufte!‹ sage ich. ›Also, da hast du ein Bajonett, und bleib hier stehen, beim Eingang.‹

Dabei sieht er mich so an: ›Wir beobachten dich, Mikischara, und paß auf, Freundchen, — es kann dir schlecht gehen.‹

Nun steh ich da vor dem Eingang und durch den Kopf schwirrt es mir: ›Mutter Gottes, heilige Maria, muß ich wirklich meinen eigenen Sohn umbringen?‹

In der Schreibstube wurde es lauter und lauter. Die Gefangenen wurden herausgebracht. Als erster Danilo. Wie ich ihn erblickte, wurde es mir ganz kalt vor Schreck. Sein Kopf war geschwollen wie ein Faß und die Haut weg. Das Blut quoll in dicken Klumpen aus dem Gesicht. In den Haaren klebten ihm dicke wollne Handschuh. Damit haben sie ihm nach dem Schlagen die geschundenen Stellen wieder zugestopft. Die Handschuh haben das Blut aufgesogen und sind an den Haaren festgetrocknet. So hat man sie schon auf dem Weg zum Dorf zugerichtet. Mein Danilo torkelt durch den Flur. Er erblickt mich und streckt die Hände vor. Will mich anlächeln, aber die Augen sind blau unterlaufen und das eine ganz von Blut verkrustet.

Es war mir klar: Wenn ich ihm nicht auch einen versetze, bringen mich die Dorfleute auf der Stelle um. Meine Kleinen blieben als Waisen allein in Gottes weiter Welt.

Wie Danilo bis zu der Stelle gekommen ist, wo ich stehe, sagte er: ›Vater — Väterchen, leb wohl.‹ Die Tränen liefen ihm über die Backen und wuschen das Blut weg. Und ich, ich aber... ich konnte nicht den Arm hochkriegen, so schwer wurde er. Wie ein Stück Holz. Das Bajonett lag fest in meinem Arm und drückte, und ich versetzte meinem Jungen einen Schlag mit dem Kolben... Auf diese Stelle schlug ich... Hier über dem Ohr... Er schrie auf: Uuuhhh — — uuhh — — —, hielt die Hände vors Gesicht und fiel hin.

Meine Kosaken lachten aus vollem Halse: ›Hau zu, Mikischara, hau zu, scheinst zu wehleidig zu sein mit deinem Danilo, hau zu, sonst lassen wir dich selbst zur Ader.‹

Der Hauptmann erschien an der Schwelle und schrie zum Schein die Leute an. Aber seine Augen lachten.

Da stürzten sich die Kosaken auf die Gefangenen und begannen sie mit den Bajonetten zu bearbeiten. Es wurde mir schwarz vor den Augen, und ich lief weg, immer weiter, die Gasse lang. Dabei merkte ich aber, wie sie meinen Danilo auf dem Boden hin und her rollten. Der Wachtmeister stieß ihm die Bajonettspitze in den Rachen. Danilo aber machte nur noch: krr...«

Unter dem Druck des Wassers knirschten die Planken des Kahns, und der Erlenstamm unter uns ächzte gedehnt.

Mikischara angelte mit dem Fuße nach dem Kiel, der sich aus dem Wasser gehoben hatte, und sagte, indem er die glühende Asche aus der Pfeife klopfte:

»Unsere Fähre geht unter. Wir werden bis morgen mittag hier auf dem Baum sitzen müssen. Verdammtes Pech!«

Er schwieg lange. Dann begann er wieder mit leiser, dumpfer Stimme:

»Mich haben sie für diese Sache zum Obergendarmen befördert. — Viel Wasser ist seither den Don hinuntergeflossen, aber noch immer höre ich in der Nacht sowas, wie wenn einer röchelte und schluckte, wie im Ersticken. So wie ich damals beim Davonlaufen das Röcheln von meinem Danilo gehört habe.

So peinigt es mich, mein Gewissen.

Bis zum Frühjahr hielten wir die Front gegen die Roten. Dann stieß der General Sekretjeff zu uns, und wir jagten sie weit über den Don bis in das Gouvernement Saratow.

Obwohl ich Familienvater war, bekam ich keinerlei Erleichterung im Dienst, weil meine Söhne bei den Roten gewesen waren.

Wir erreichten die Stadt Balaschoff. Von meinem Ältesten, dem Iwan, hörte und wußte ich nichts. Aber da auf einmal entstand ein Gerede unter den Kosaken — weiß der Teufel, wie sie es herausbekommen haben —, daß lwan von den Roten weg und zu der sechsunddreißigsten Kosakenbatterie übergegangen ist.

Die Leute von unserem Dorf drohten: ›Erwischen wir den Wanka, soll er bei uns ins Gras beißen.‹

Wir kamen in ein Dorf, und sieh, die Sechsunddreißiger sitzen drinne. Bald fischten sie meinen Wanja auf, fesselten ihn und schleppten ihn in die Schreibstube. Da wurde er mächtig verprügelt, dann sagten die Leute zu mir:

›Schaff ihn zum Regimentsstab!‹

Von diesem Dorf bis zum Stab waren es an die zwölf Werst. Der Oberste von unserer Hundertschaft gab mir die Begleitpapiere und sagte — dabei blickte er aber von mir weg:

›Da hast du, Mikischara, die Papiere. Schaff den Burschen zum Stab. Bei dir ist er sicherer. Dem Vater läuft er nicht davon.‹

Da kam mir eine Eingebung von Gott. Ich merkte, wo sie drauf raus wollten. Sie befahlen mir, ihn hinzubringen, weil sie dachten, gerade ich würde meinen Sohn sicher laufen lassen. Später hätten sie ihn aufgegriffen und ihm und mir zugleich den Garaus gemacht.

Ich trat in die Stube, wo Iwan eingesperrt war und sagte zu der Wache:

›Übergebt mir den Gefangenen. Ich soll ihn zum Stab bringen.‹

›Von uns aus kannst du ihn haben‹, sagten sie, ›uns liegt nichts an ihm.‹

Iwan hängte sich den Mantel über die Schulter. Die Mütze drehte er ein paarmal in den Händen herum und schmiß sie auf die Bank zurück.

Wir verließen das Dorf. Der Weg ging über einen Hügel. Ich schwieg, er schwieg. Ich drehte mich öfters um, wollte sehen, ob man uns nicht beobachtete. So machten wir vielleicht den halben Weg. Kamen an einer kleinen Kapelle vorbei. Hinter uns niemand zu sehen. Hier wandte sich Wanja zu mir. Sagte, und seine Stimme war so klagend: ›Vater, im Stab bringen sie mich doch um. Du führst mich in den Tod. Schläft dein Gewissen immer noch?‹

›Nein, Wanja‹, sagte ich, ›mein Gewissen schläft nicht.‹

›Hast du denn gar kein Mitleid mit mir?‹

›So sehr jammerst du mich, Junge, daß mir das Herz vor Leid vergehen will.‹

›Tu ich dir leid, dann laß mich laufen. Schau her, ich hab noch gar zu wenig gelebt auf dieser Welt.‹ Er fiel auf die Knie. Verneigte sich dreimal vor mir bis zur Erde. Ich sagte ihm darauf: ›Laß uns bis zum Abhang gehen, mein Junge. Dann rennst du, und ich werde zum Schein ein paarmal losschießen.‹

Und siehst du, schon als kleiner Bengel war nie aus ihm ein herzliches Wort rauszubringen. Jetzt aber warf er sich mir um den Hals, küßte mir die Hände...

Wir gingen noch zwei Werst. Er schwieg. Ich schwieg. Wir kamen an den Abhang. Und Iwan blieb stehen.

›Also, Vater, leb wohl. Bleiben wir beide am Leben, so sollst du von mir bis an dein Lebensende versorgt sein. Kein grobes Wort sollst du von mir jemals hören.‹

Er umarmte mich, während mir das Herz brechen wollte.

›Lauf Jungchen‹, sagte ich zu ihm. Er lief den Abhang runter. Immer wieder blickte er sich um und winkte mir mit der Hand zu. Ich ließ ihn an die zwanzig Klafter laufen. Dann nahm ich das Gewehr von der Schulter, kniete nieder, damit der Arm nicht zittere und drückte los... traf direkt in den Hintern.«

Mikischara suchte lange nach seinem Tabakbeutel in der Tasche, schlug bedächtig Feuer aus dem Stein, entzündete langsam seine Pfeife und schmauchte dabei mit den Lippen. In der hohlen Hand hielt er den glimmenden Zunder. Die Muskeln seines Gesichts bewegten sich. Unter den verquollenen Lidern blickten die schrägstehenden Augen hart und reuelos.

»Also ... er schnellte hoch und lief in der Hitze noch ein paar Klafter weit. Dann drückte er die Hände gegen den Bauch und drehte sich gegen mich um: ›Vater... wofür?‹ Er fiel um, fing an, mit den Beinen zu zappeln. Ich lief hinzu, beugte mich über ihn. Er verdrehte die Augen. Auf den Lippen schäumte das Blut. Ich dachte, jetzt ist's vorbei, er stirbt. Aber er richtete sich nochmal auf. So auf einmal, sagte — dabei tastete er nach meiner Hand: ›Vater, ich habe ein Kind und ein Weib...‹ Sein Kopf neigte sich auf die Seite. Er wollte mit den Fingern die Wunde zuhalten. Aber wo... Das Blut sprudelte nur so durch die Finger... Er krächzte. Legte sich auf den Rükken, sah mich streng an, aber die Zunge wurde ihm schon schwer. Er wollte noch was sagen, es kam aber nur raus: ›Va— ter, Va— Va—ter...‹ Mir stürzten die Tränen aus den Augen, und ich sprach zu ihm: ›Wanjuscha, nimm für mich die Leidenskrone auf dich. Wohl hast du ein Weib und ein Kind. Ich hab aber sieben auf den Pritschen liegen. Hätte ich dich freigelassen, so hätten mich die Kosaken umgebracht, und die Kinder müßten betteln gehn.‹

Er lag noch eine Weile, dann war's aus mit ihm. Meine Hand hielt er in der seinen. Ich nahm ihm den Mantel und die Stiefel ab, bedeckte ihm das Gesicht mit einem Lappen und kehrte ins Dorf zurück...

Jetzt urteile du, guter Mann, ich habe der Kinder wegen soviel Leid auf mich genommen, hab einen grauen Kopf bekommen... Ich arbeite für sie, um ihnen das Stück Brot nicht fehlen zu lassen. Hab nicht tags und nicht nachts Ruhe... Und sie sagen mir wie meine Tochter Natascha: ›Zuwider ist es mir, Vater, an einem Tisch mit Euch zu sitzen...‹ Wie ist es möglich, sowas zu ertragen...?«

Der Fährmann Mikischara ließ den Kopf sinken. Dann richtete er auf mich einen schweren, unbeweglichen Blick. Hinter seinem Rücken begann die Morgendämmerung aufzusteigen, trüb und rauchig. Vom rechten Flußufer her, aus dem schwarzen Haufen der Pappeln, ertönte neben dem bunten Gegacker der Enten eine vor Kälte heisere und verschlafene Stimme:

»Mikischara! Teufel! Die Fähre her...!«

Wieland Herzfelde

Die Hütte im Walde

Gäbe es heute noch die Sitte, seinen Namen und die Geschichte seiner Familie durch ein Wappen zu veranschaulichen, mein Wappen sähe so aus: eine dunkelbraune Hütte auf grasgrünem Feld, in den Ecken ein Marder, ein Adler, eine Glockenblume und eine Schlange; darunter als Inschrift: »Denn die Armut ist ein großer Glanz von innen.« Diesen Vers von Rilke habe ich zuzeiten als Hohn auf die Armen empfunden. Das hat mich aber nie daran gehindert, ihn zugleich zu lieben für seinen anderen, versteckteren Sinn, der in jener Hütte verkörpert ist, von der ich erzählen will, in der märchenhaften Aura ihrer Einsamkeit, in der Unverzagtheit, mit der sie übers Tal hinweg ins Ungewisse blickte, stämmig und wettergebräunt, bis sie zerfiel und verwehte...

Geht man zur Sommerszeit von Salzburg über Parsch nach Aigen, so sieht man links vor sich den Gaisberg. Seine Kuppe ist kahl, die steilen Hänge hingegen sind bis ins Salzachtal hinab mit dichtem Tannenwald bewachsen. Auf halber Höhe des Berges leuchtet aus dem Dunkelgrün ein kleines hellgrünes Karo hervor: eine von Menschenhand im Herzen des Waldes geschaffene Alpenwiese.

Ich weiß nicht, wer es war, ob ein Sonderling oder ein von der Gemeinschaft Ausgestoßener, der dort oben, einige Stunden von der nächsten Ansiedlung entfernt, mit mathematischer Genauigkeit ein Rechteck aus dem Wald geschlagen und den Boden so gründlich gerodet hat, daß nicht ein von Himbeer- und Brombeerhecken überwucherter Schlag, sondern eine von Steinen und Wurzeln freie, trotz ihrer Abschüssigkeit weiche Wiese entstanden ist. Was ich aber weiß, und außer mir und meinen Geschwistern wohl niemand mehr, ist, daß einst auf dieser Wiese eine Hütte stand. Ich könnte mich ihrer nicht erinnern, hätte nicht Herr Ignaz Varnschein, um 1900 Besitzer der Bahnhofswirtschaft Aigen, und zugleich Bürgermeister dieses Dorfes, uns Kindern oft davon erzählt und uns zuweilen hingeführt. Die Wiese hingegen hätte ich, auch ohne sie wiederzusehen, nie vergessen. Denn sie und der Wald, der sie umschloß, war für mich Dreijährigen die Welt. Die Wiese eine vertraute Welt, der Wald eine lockende, verbotene, in der es Hexen und Wölfe gab, und in der man sich verirren konnte. Zwischen den Gräsern und Blumen roch es nach herbem Honig, summte, zirpte es mich an, und wenn ich, beide Arme an den Körper gepreßt, vom oberen Wiesenrand zum unteren hinabrollte, so verspürte ich im Taumel der Drehungen, was, wie ein Geheimnis, nur mir gehörte: meinen Körper und die Wiese, der ich ihn ganz und gar auslieferte, und die ich dabei doch beherrschte. Dieses Glücksgefühl, Bestandteil und Besitzer der Natur, des Lebens, zu sein, ist mir, wenn auch von Schwermut angehaucht, verblieben, ein geheimes Erbe von Reichtum und Geborgensein, an dem gemessen alles, was man erwerben und verlieren kann, so winzig wird, daß ich darüber lächeln muß.

Was Herr Varnschein uns über die Hütte und das mit ihr verbundene Schicksal meiner Familie erzählte, hätte sich mir vielleicht als ein düsteres Bild eingeprägt, wäre nicht die Wiese der leuchtende Hintergrund der Vorgänge gewesen.

Mein Vater war 1895 für ein in München veröffentlichtes Gedicht wegen Majestätsbeleidigung zu einem Jahr Gefängnis verurteilt worden. Ein Jahr Gefängnis — heutzutage eine Bagatelle — war in jenen zivilisierteren Zeiten eine Katastrophe. Er entzog sich ihr, indem er in die freie Schweiz emigrierte. So ergab es sich, daß ich schon als Embryo zum Flüchtling wurde: ich kam im Frühjahr 1896, als drittes Kind, am Vierwaldstätter See auf die Welt. Das hat mir mehr als vierzig Jahre später die Einwanderung in die Vereinigten Staaten erleichtert; damals aber hat es das Budget meiner Eltern dermaßen belastet, daß der eidgenössische Freiheitsbegriff dem nicht standhielt. Der landesflüchtige Dichter wurde als »mittelloser Ausländer« aus der Schweiz ausgewiesen. Nach Deutschland, ins Gefängnis, wollte er nicht, also fuhr er mit den Seinen nach Österreich. So bequem hatten es damals noch politische Flüchtlinge. Was ihn gerade nach Aigen brachte? Vielleicht gefiel ihm die.Gegend besonders. Vielleicht hatte das Reisegeld nicht weiter gereicht. Herr Varnschein wußte nur, daß mein Vater bei seiner Ankunft kein Geld für Miete besaß, hingegen genügend Begeisterung für die Natur, um die leerstehende Alpenhütte zu beziehen.

Sie war recht luftig: ein großer Raum mit Fenstern nach Norden und Süden, durch die offene Tür blickte man über Tannenwipfel hinweg ins Salzachtal. Zur Tür führten einige Stufen, denn die Hütte lehnte mit dem Rücken am Berghang in der Mitte und vorne ruhte sie auf Holzpfählen.

Der Bürgermeister und seine Frau hatten geholfen, die notwendigsten Möbel zu besorgen. Was sie wohl bewogen hat, sich des sonderbaren Mannes anzunehmen, der dichtete, anstatt zu arbeiten? Wahrscheinlich die drei kleinen Kinder, — die Sprache von Säuglingen, die noch nicht reden können, versteht man ja überall. Und wie fremd ihnen auch die Sprache der beiden Norddeutschen war, wie unverständlich die künstlerischen und politischen Ideen, die sie hierher verschlagen hatten, das eine war klar: es waren keine Zigeuner, also brauchten sie ein Dach über dem Kopf.

Das Dach war mit großen Steinen beschwert. Es hielt Alpenstürmen und Schneelasten stand. Wie aber brachten es meine Eltern fertig, in dieser Hütte, die im Winter oft bis über die Fenster eingeschneit war, drei Jahre lang auszuhalten? Wahrscheinlich wußten sie sich einfach nicht zu helfen. Oft ist ja Heldentum nichts anderes als Auswegslosigkeit, an der man nicht zugrunde geht. Wenn Herrn Varnscheins Urteil zutrifft, waren beide gänzlich weltfremde, phantastische, unpraktische Menschen. So erzählte er, als Beispiel ihrer unvernünftigen Verschwendungssucht, wie meine Mutter eines Nachts jäh aus dem Schlaf erwachte, im Dunkeln ans Bett meiner älteren Schwester sprang und mit ihren nackten Händen einen Edelmarder erwürgte, der auf der Brust des schlafenden Mädchens stand, im Begriff, ihm die Halsschlagader aufzubeißen. Meine Mutter war am nächsten Morgen, das tote Tierchen in der Hand, mit noch angststarren Augen ins Dorf hinabgeeilt. Statt jedoch seinen Rat zu befolgen, und den gänzlich unverletzten und daher besonders wertvollen Pelz des seltenen Tieres zu verkaufen, bestand meine Mutter trotz ihrer Armut darauf, den Marder unter der Schwelle des Hütteneinganges zu vergraben. Sie habe sich eingebildet, das werde andere Blutsauger davon abhalten, über die schlafenden Kinder herzufallen.

Mein Vater sei zwar nicht abergläubisch gewesen, zum Geld habe aber auch er keine vernünftige Beziehung gehabt. So entdeckte er einmal ein Steinadlernest, und es war ihm gelungen, einen jungen Adler lebendig heimzubringen. Anstatt ihn aber zu Geld zu machen, hatte er ihn dem Vogelhaus beim Salzburger Bastionsgarten gestiftet. Jahre später, als Knabe, habe ich bisweilen die Adler, die dort traurig und schmutzig hinter Gittern saßen, betrachtet. Ich konnte mir nicht vorstellen, daß diese bewegungslosen, griesgrämigen, häßlichen Tiere jemals jung gewesen waren, und ich versuchte erst gar nicht zu ermitteln, welcher es war, für den mein Vater sich von der Adler-Mutter hatte Hände und Schädel blutig hacken lassen. Aber ich war dennoch stolz auf die Tat des Mannes, an den ich sonst keinerlei Erinnerung besaß. Ich habe ihn auch niemals vermißt. Bald war ich daran gewöhnt, Herrn Varnschein Onkel Ignaz und seine Frau Tante Klara zu nennen. Hätten sie mich gelehrt, Vater und Mutter zu ihnen zu sagen, so hätte ich sie sicher dafür gehalten. Onkel Ignaz sprach nur selten über unsere Eltern. Sie mußten für ihn Wesen aus einer anderen, wenn nicht schlechteren, so doch völlig fremden und Gott kaum wohlgefälligen Welt gewesen sein. Nicht, als ob ihre große Armut sie in seinen Augen entwertet hätte. Daß es Arme gab, war im Plan des Schöpfers ja vorgesehen. Überdies hatte mein Vater Verwandte in Amerika. Die konnten gar nicht anders als steinreich sein, obwohl sie nur sehr selten sehr wenig Geld schickten. Onkel Ignaz wußte darüber genau Bescheid, denn Post wurde natürlich nicht in die Waldhütte zugestellt. Meine Eltern stiegen vielmehr – wie oft wohl vergeblich – nach Aigen hinab, um sie im Bürgermeisteramt, das zugleich Postamt war, abzuholen. Was Herr Varnschein, ein Katholik von mittelalterlicher Einfalt und Tiefe des Glaubens, jedoch als eine Fügung Gottes empfinden mußte, war das plötzliche Verschwinden der beiden Menschen im Sommer 1899. Was ihnen widerfahren war, haben wir nicht erfahren. Man wollte uns offenbar die Eltern vergessen machen, und was mich anging, gelang es vollkommen.

Mein um fünf Jahre älterer Bruder hingegen erlebte den Verlust in aller Kraßheit. Vier Tage und vier Nächte verbrachte er allein mit uns kleineren Geschwistern in der einsamen Hütte. Auf den Gedanken, ins Dorf hinabzugehen, kam der Achtjährige nicht. Wieder und wieder lief er in die Wälder, voller Angst und Ratlosigkeit, und rief und schrie mit von Stunde zu Stunde, von Tag zu Tag zunehmender Verzweiflung immer wieder das eine Wort: »Mutter!« (Diese vier Tage und Nächte der Verlorenheit haben sich unauslöslich in den Zügen meines Bruders eingegraben und, ich glaube, die eigentümlichste Seite seines Wesens hervorgerufen: er empfindet jegliches Leid, dessen Zeuge er wird, wie einen ihm persönlich geltenden, bösartigen Angriff.) Erst bei anbrechender Dunkelheit kehrte er aus dem Wald, in dem er herumirrte, in die Hütte zurück, wo die sechsjährige Schwester ihren dreijährigen Bruder, das war ich, und ihr erst eineinhalb Jahre altes Schwesterchen betreute.

Als endlich der Bürgermeister und seine Gattin erschienen, um nachzusehen, warum sich seit Tagen weder Vater noch Mutter hatten blicken lassen, bot sich ihnen ein Bild, das aufs Anschaulichste zu schildern, Herr Varnschein nie müde wurde; wobei er übrigens stets die Großmut seiner christlichen Handlungsweise ins Licht rückte.

Der Säugling lag friedlich in einem gänzlich durchnäßten Korb und saugte an seinem tief im Munde steckenden Daumen. Die Schwester rührte Mehl und Wasser in einem Topf an und erklärte, sie mache Omeletten. Mein Bruder begann, als die Fremden ihn nach den Eltern fragten, krampfartig zu schluchzen, während ich, von ihnen keine Notiz nehmend, fortfuhr, mit dem Zeigefinger die Ränder des kleinen Sees zu verändern, der sich neben dem Korb der Jüngsten gebildet hatte. So vertieft war ich in dieses Spiel, daß man mir lange zureden mußte, ehe ich aufhörte und mich für den Abmarsch fertig machen ließ. Jedesmal, wenn Herr Varnschein an diese Stelle seiner Erzählung kam, lachte er, daß die Zähne aus seinem dunklen Bart hervorleuchteten. »Du hast dich von deinem Gemälde nicht trennen wollen. ›Glockenblumen‹ hast du ganz ernst und stolz erklärt und warst fast gekränkt, weil wir dein Kunstwerk nicht bewunderten.«

Das kinderlose Ehepaar nahm uns zu sich und fragte bei den Verwandten in New York telegraphisch an, was mit den vier Waisen geschehen solle. Onkel Varnscheins Gesicht, dem der lockige, gescheitelte Vollbart Symmetrie und Würde verlieh, drückte, wenn er darauf zu sprechen kam, maßloses Befremden aus. »Wir sollten euch im Waisenhaus abgeben, haben die Millionäre geantwortet. Und nicht einen roten Kreuzer haben sie geschickt«, sagte er und schüttelte dabei den Kopf. Er begriff einfach nicht, daß man gegen die Kinder des leiblichen Bruders so herzlos sein konnte. Und mit einem stolzen, doch zugleich warmen Blick in unsere Augen, die wie zu einem Märchenerzähler zu ihm aufschauten, pflegte er mit den Worten zu enden: »Ins Waisenhaus, — wie hätte ich das vor unserm Herrgott verantworten sollen? Ich könnte ja euren Eltern am jüngsten Tag nicht in die Augen schauen.« Erst später, als ich die von Nonnen geführten Zöglinge des Waisenhauses »Edmundsburg« wie stumme Insekten in Viererreihen durch die Straßen Salzburgs trippeln sah, winzige, blasse, freudlose Gefangene in mißfarbenen Uniformkitteln, da erst begriff ich, vor welchem Los dieses Bauernpaar aus dem Pinzgau vier wildfremde Kinder bewahrt hat.

Fünf Jahre lang, von meinem dritten bis zum achten Jahr, habe ich wie ihr Kind mit ihnen gelebt. Ihnen verdanke ich es, wenn ich mich meiner Jugend als einer zauberhaft glücklichen Zeit erinnere. Wann immer in späteren Jahren ich einige freie Wochen und das Reisegeld zur Verfügung hatte, zog es mich zurück zu diesen beiden Menschen, die meiner Eltern Leben, und später auch das meine, nicht verstanden haben, es vielleicht sogar für sündig hielten, und trotzdem nicht den engstirnigen, bigotten Vorurteilen gehorchten, die sie mit ihren Landsleuten teilten, sondern ihrem Herzen.

Und wie zu ihnen zog es mich auch nach der Hütte im Walde. So oft ich nach Salzburg kam, habe ich sie wieder aufgesucht. Sie war, seit wir sie verlassen hatten, unbewohnt geblieben. Oder doch nicht?... Es war an einem Hochsommertag des Jahres 1914, als ich aus dem Walde auf die Lichtung trat und von der Hütte her fremdartige Rufe vernahm, langgezogene, melodische Schreie. Sehnsucht, Grauen und Verzückung drückten diese Töne aus, die so menschlich klagend und zugleich so rätselhaft jenseitig klangen. Ich ging rascher. Und wieder, und wieder, in ungleichmäßigen Abständen, vernahm ich diesen nie gehörten Ruf. Wenige Schritte vor dem Eingang wurde mir klar, woher die Töne kamen, und ich hätte sicher aufgelacht, wenn mein Gehör die Ergriffenheit so rasch hätte abstellen können, wie mein Verstand es tat. Es war die halboffene Tür, die in ihren rostigen Angeln jene eigentümlichen Laute erzeugte, wenn ein Luftzug sie von Zeit zu Zeit langsam bewegte. Selbst als ich wußte, wie mechanisch die Töne entstanden, konnte ich mich ihrer melodischen Gewalt nicht ganz entziehen. Und als wollte ich das Gefühl, Klagerufe aus der Hütte vernommen zu haben, restlos in mir tilgen, trat ich ein. Vorsichtig ging ich über die morschen, teilweise eingebrochenen, mit Glassplittern bedeckten Dielen des leeren Raumes, als ich in der rechten hinteren Ecke ein Schlangennest wahrnahm. Es waren Kreuzottern. Instinktiv suchte ich nach einem Stock, um sie zu erschlagen. Doch der Anblick der graziösen jungen Schlangen verscheuchte meine Angst.

Als ich am Abend nach Salzburg zurückkehrte, wurden Extra-Blätter verteilt: Österreich hatte Serbien den Krieg erklärt...

Ich war schon ein Erwachsener, hatte Krieg und Revolution durchlebt, als ich endlich wieder nach Salzburg fuhr. Wie oft, in den Schützengräben Flanderns, hatte ich mich gefragt, ob ich ihn noch erleben würde, diesen glücklichen Augenblick der Heimkehr. Jetzt aber, auf dem Weg von Parsch nach Aigen, blickte ich eher bang als froh zum Gaisberg hinan. Das kleine, eidechsengrüne Karo im dunklen Walde war noch da. Doch den winzigen Fleck, der mein Elternhaus gewesen war, vermochte ich nicht zu erspähen. Voller Ungeduld stieg ich den Berg hinan.

Die Wiese blühte und duftete wie je zuvor. Doch sie war mir fremd, denn die Hütte war verschwunden, spurlos. Vielleicht hatten Sturm und Wasser sie weggetragen, vielleicht der Krieg, der selbst für morsche Bretter Verwendung weiß. Nicht einmal die Stelle, auf der sie gestanden hatte, konnte ich wiederfinden.

Auf dem Rückweg durch den kühlen Wald wurde mir zum ersten Mal bewußt, das meine Kindheit unwiederbringliche Vergangenheit war. Ich stieg zu Tal, als käme ich vom Begräbnis des fröhlichen Knaben, der ich dort oben einst gewesen. Allmählich aber wich meine Trauer einer stummen, ernsten Heiterkeit. Es gab die Hütte ja noch. In mir gab es sie: eine von keinem Sturm, von keinem Krieg zerstörbare Zufluchtsstätte im Herzen eines wildblühenden Feldes.

Dritero Agolli

Genosse Zylo erholt sich am Strand

1

Letztendlich mußten wir doch noch energisch einschreiten, um den Genossen Zylo davon zu überzeugen, daß er Urlaub nehmen und ans Meer fahren sollte, um sich zu entspannen. Anfangs verwahrte sich Genosse Zylo gegen jegliche Einmischung, und er schlug alle Bitten ab. Schließlich schaltete sich aber Genosse Q. höchstpersönlich ein, und Genosse Zylo ließ sich überreden, doch Urlaub am Strand zu machen. Zu diesem Zugeständnis war er erst bereit, nachdem er sich vergewissert hatte, daß Genosse Q. sich mit ihm zusammen erholen würde. In dieser Angelegenheit hatten die beiden siebenmal telefoniert.

»Objektiv betrachtet, bin ich verpflichtet, Urlaub zu machen«, sagte er nachdenklich zu mir. »In Wirklichkeit wird das jedoch keine reine Erholung sein, sondern intensive Arbeit. Sei's drum — schon um der Kinder willen müssen wir Zugeständnisse machen. Und du, Demka, kommst auch mit! Wir müssen bei den höheren Instanzen eine Studie über neue Formen der Kulturarbeit vorlegen. Also, Demka, übermorgen fahren wir an die See«, verkündete er.

»Ich habe aber doch weder ein Strandhäuschen noch ein Zimmer bestellt«, stotterte ich, von dieser plötzlichen Mitteilung völlig überrumpelt.

»Die erforderlichen Maßnahmen habe ich schon getroffen. Du bekommst Zimmer und Küche in Bungalow Nr. 35. Für mich selbst habe ich zwei Zimmer im Hotel ›Kruja‹ gebucht.

Der Bungalow Nr. 35 war eigentlich für mich vorgesehen. Jetzt sollst du ihn haben. Er ist geräumig und bietet allen hygienischen Komfort.«

Was mir Genosse Zylo hier antrug, war eine große Ehre. In solchen Augenblicken zeigt sich die Großherzigkeit eines Menschen. Es war mir allerdings klar, daß ich am Strand keine Ruhe finden würde. Abends würde ich immer an den Thesen des Genossen Zylo zum Studium neuer Formen der Kulturarbeit und der Festivals arbeiten, und die Vormittagsstunden würde ich mit ihm beim Gedankenaustausch verbringen.

Ich kam mir vor wie eine Pflanze, die mit einem anderen Gewächs in Symbiose lebte. Sicher habt ihr schon Pflanzen gesehen, die sich um einen Baumstamm winden und bindfadenähnliche Luftwurzeln bilden. Reißt man die beiden Gewächse auseinander, so wird eine davon verdorren. Wenn man nun den Genossen Zylo und mich voneinander trennte, ob da wohl auch einer von uns beiden vertrocknen würde? Und wen würde es treffen? Mich oder ihn? Eigentlich wollte ich weder ins Gebirge noch an die See fahren. Am liebsten wäre ich einmal irgendwo ganz alleine gewesen, ohne Thesen für Studien zu verfassen. Wie lange würde wohl die Symbiose Zylo-Demka noch andauern?

»Wir werden uns in angenehmer Gesellschaft befinden. Auch Zaim Avazi und Mitro Karapataqi fahren mit an die See. Die beiden verfügen über eine umfassende, moderne Bildung. Zaim Avazi ist übrigens bei mir gewesen und hat sich wegen seiner einmaligen Entgleisung entschuldigt. Er erklärte mir, er habe den fraglichen Artikel unter dem Druck der Umstände geschrieben, und ich hatte Verständnis dafür. Manchmal kann man gar nichts machen und muß etwas äußern, was der eigenen Meinung widerspricht. Außerdem leisten uns Adem Adashi und die hübsche Kleopatra Gesellschaft, und auch mit dem Genossen Q. werden wir häufig zusammentreffen. Ich habe ihm bereits erzählt, daß du mitfährst, und es war ihm sehr recht. Genosse Q. ist doch wirklich ein wunderbarer Mensch!

Wenn es um die Arbeit geht, ist mit ihm nicht zu spaßen, doch dann lenkt er wieder ein, und außerhalb des Dienstes behandelt er dich wie seinen engsten Freund. Habe ich nicht bis aufs Blut wegen Adem Adashis Drama mit ihm gefochten? Und was war die Folge? Er lud mich zu sich nach Hause ein, und wir haben bis Mitternacht zusammengesessen. Er ist ein wunderbarer Mensch«, bekräftigte er noch einmal.

Ich nickte, ging aber nicht auf seine Worte ein.

»Demka, nach den Ferien kann es zu einigen Kaderveränderungen kommen. Ich glaube, du sollst vom Genossen Q. übernommen werden. Sprich aber mit keinem darüber! Ich komme zu diesem Schluß, weil er mich so oft nach dir gefragt hat. Ich nagele ja schließlich die hoffnungsvollen Kader nicht fest. Mir paßt es zwar nicht, wenn du weggehst, aber im Interesse deines Fortkommens mache ich dieses Zugeständnis. Ach, Demka«, seufzte Genosse Zylo, »vielleicht werde ich ja ebenfalls versetzt. Dabei würde ich ungern als Botschafter ins Ausland gehen. Man denkt anscheinend daran, mich nach Algerien oder Holland zu schicken.«

»Ja, davon habe ich auch schon gehört.«

»Siehst du? Und ich habe gar keine Lust dazu. Ich habe gelernt, in meinem eigenen Land unterschiedliche Bereiche des Lebens zu leiten. Im Ausland möchte ich allerdings keine leitende Tätigkeit ausüben«, gestand er. Bei diesen Worten überzog ein Hauch von Melancholie seine Gesichtszüge — ein Ausdruck, der bisweilen das Antlitz eines Vorgesetzten verschönt...

2

Am Strand versammelte sich um den Genossen Zylo ein erlesenes Grüppchen. Die Creme dieser Gesellschaft bildeten die Kritiker Mitro Karapataqi und Zaim Avazi, der Schriftsteller und Dramatiker Adem Adashi samt seiner Frau, der klugen Brünetten, die man schon aufgrund ihres Namens, aber auch wegen ihrer Schönheit und Klugheit nur mit der altägyptischen Königin Kleopatra vergleichen konnte. Diese erlauchte Gesellschaft pflanzte ihre Sonnenschirme an der schönsten Stelle des Sandstrandes auf und erging sich in angeregten Diskussionen über Probleme der nationalen und internationalen Kunst und Kultur; ab und zu beschäftigte man sich auch mit Fragen der Wirtschaft und Politik, wobei man besonders gern bei den lokalen Konflikten und der Dollarkrise verweilte. Die Mitglieder dieser Runde waren sehr modern in ihren Ansichten, und jedermann hätte es sich als Ehre angerechnet, ihr angehören zu dürfen. Am eifrigsten diskutierten Mitro Karapataqi und Kleopatra, die eine außerordentliche Sachkenntnis in Bezug auf die diskutierten Probleme an den Tag legte. Adem Adashi schwieg fast immer, während Zaim Avazi meistens mit den Schultern zuckte und »ph!« machte. Adila, Genosse Zylos treue Gattin, zeigte an den Diskussionen kein besonderes Interesse, denn sie lachte gern und hielt mehr von heiterer Zerstreuung. Meine Zejnepja saß in dieser Gesellschaft wie auf Kohlen, dennoch harrte sie unter dem Sonnenschirm aus und hörte zu. Was geredet wurde, begriff sie kaum, und ich mußte es ihr geduldig und mit viel Feingefühl erklären. Insbesondere Mitro Karapataqi konnte sie kaum folgen, da er sich einer recht geschraubten Ausdrucksweise befleißigte, wie: »Die Komposition des mystischen Stils läßt weder die Schönheit noch die Mittel der Satztransparenz zu, wodurch sich zwei Parallelkomponenten ergeben.« Besser konnte Zejnepja die schöne Kleopatra verstehen, und ausnehmend gut gefielen ihr Ausdrücke wie »Oh, bravo!«, »Oh, magnifique!« Anfangs wußte sie mit diesen Wörtern zwar nichts anzufangen, doch die Wiederholung — die Mutter der Erkenntnis — machte ihr diese Begriffe schließlich so vertraut, daß sie sie bald genauso wie Kleopatra aussprach. Es bedarf eigentlich keiner Erwähnung, daß Zejnepja ihr Vorbild mit feinem Humor nachahmte, der mich ebenso wie Adila zum Lachen brachte.

Das Fazit aus der Diskussion zog jeweils Genosse Zylo. Dabei machte er keinerlei Zugeständnis und räumte jedwedes Mißverständnis aus. Oft kam auch Genosse Q. zu uns unter den Sonnenschirm. Dann verstummten alle, ein jeder hielt sich scheu zurück. Da wurde sogar Mitro Karapataqi rot, und Zaim Avazi verzichtete auf sein »ph!«. Nur Kleopatra ließ sich dadurch nicht beeindrucken. Sie hatte keine Scheu vor dem Genossen Q. und bombardierte den Sand weiterhin mit feurigen Worten. Wie schürzte sie dabei ihre zarten Lippen, wie hob sie ihre feinen Brauen und wie plinkerte sie mit ihren Äuglein! Schließlich wußte Kleopatra, daß auch Genosse Q. sehr modern war, daß er schmale Bändchen auf französisch las — aus der Reihe »Livres de poche« — und Anekdoten über das Leben von Künstlern, Detektiven und Politikerpersönlichkeiten aus aller Welt zu erzählen verstand. Nach jeder Äußerung des Genossen Zylo öffnete sie ihr Mündchen und rief aus: »Oh, magnifique!« Adem Adashi hockte neben ihr, gesenkten Hauptes und finster dreinblickend. Mit seinen ausladenden Kiefern ähnelte er auffallend Homer. Genosse Q. blieb immer eine Weile in unserer Runde sitzen, dann hakte er sich beim Genossen Zylo unter und begab sich mit ihm ins Café »Kruja«. Beim Weggehen pflegte er zu sagen:

»Amüsiert euch, Brüder!«

Wenn wir müde vom Diskutieren waren, streckten wir uns im Sand aus, bald auf dem Bauch, bald auf dem Rücken, und bekamen die drückende Last der Sommersonne zu spüren.

Meine Zejnepja konnte nicht lange im Sand liegen, denn sie litt unter Kopfschmerzen. Gegen Mittag setzte sie sich den Hut auf und schlenderte zum Bungalow hinüber, um das Essen zu kochen. Dann rückte Adila zu mir heran und erzählte ausführlich von Diogjens Sinfonie und von den Herbarien, die Bardhi anlegte. Diese beiden saßen gewöhnlich nicht bei uns, sondern streiften mit den Kindern des Genossen Q. durch die Gegend.

Eines Tages, als wir uns so am Strand sonnten und Genosse Zylo in seinem Zimmer im Hotel arbeitete, erhob sich Adila, streifte die feinen Sandkörnchen von ihren prachtvollen Schenkeln und schlug den Weg zum Wasser ein, langsam mit ihren wohlgeformten, schokoladebraunen Beinen ausschreitend. Kleopatra, auf beide Ellbogen gestützt, blickte ihr mit sichtlicher Bewunderung nach.

»Diese Adila gefällt mir. Eine schöne, moderne Person mit allen Merkmalen einer mediterranen Frau«, sagte sie anerkennend.

»Ph!« machte Zaim Avazi in seinem üblichen Nihilismus.

»Ein ›ph!‹ verdient Adila nun wirklich nicht«, meinte Mitro Karapataqi.

»Ihr seid mir ja welche!« redete Kleopatra dazwischen, während ihr Mann, Adem Adashi, wie üblich schwieg.

»Ich würde meinen, daß Sie, liebe Kleopatra, alle Merkmale einer mediterranen Frau besitzen, genaugenommen die einer Spanierin«, sprach Zaim Avazi und streifte mit einem scheuen Blick ihre Schenkel.

Kleopatra lachte, und es war, als antwortete das Meer mit einer leichten Brandung, die bogenförmige, weiß schäumende Wellen gegen den Strand warf. Sie war sehr gerührt von dem Kompliment des Kritikers Zaim Avazi, zumal sie wußte, daß selbst die größten Kunstwerke nicht so leicht Gnade vor seinem Urteil fanden. Bekanntlich imitierte er bei seinen Einschätzungen den weithin berühmten Abdullah Djibilet Djibiletov, der mit Lobesworten überaus sparsam umging. Deshalb war sie durch das Kompliment zutiefst ergriffen.

»Du rühmst so selten die Werke der Kunst — wie kommt es, daß du mir Lob zollst?« fragte sie lachend.

»Sie gleichen einem vollendeten Kunstwerk«, sagte Mitro Karapataqi ganz leise, damit Adem Adashi es nicht hörte. »Die die vielen Fakten bedingenden Reflexe und Impulse sind transparent, und sie rufen die Assoziationen hervor, die Elemente der Kunst darstellen. Daher hat Zaim Avazi recht, wenn er Sie rühmt«, fügte er in seiner hochtrabenden Redeweise hinzu. Diese das Verständnis erschwerende Ausdrucksweise gefiel Kleopatra, wahrend Adem Adashi sie auf den Tod nicht ausstehen konnte.

In der Zwischenzeit waren Genosse Zylo und Genosse Q. aufgetaucht, die aus dem Hotel zurückkehrten. Mein Vorgesetzter trug ein großes rotes Schlauchboot unter dem Arm. Als unsere Gesellschaft die beiden erblickte, verstummte die Unterhaltung. Mitro Karapataqi und Zaim Avazi erhoben sich sogar zum Zeichen ihrer Ehrerbietung.

Genosse Zylo trat auf uns zu und übergab uns das Boot.

»Genosse Q. und ich gehen ins Tiefe«, und er zeigte zum Meer hin. »Demka, du bringst das Boot zu Adila und paßt auf, daß sie nicht so weit damit hinausschwimmt!«

Genosse Zylo und Genosse Q. liefen zum Wasser hinunter. Ich hielt mich noch ein Weilchen in der erlauchten Gesellschaft auf, dann nahm ich das Boot und ging zu Adila.

3

»Wir werden schwimmen«, verkündete Genosse Zylo, »und ihr folgt uns im Boot!«

Adila stieg ins Boot, ich schob es ein paar Meter an, und dann setzte ich mich vorn hinein. Sie streckte sich aus und legte ihre Hände unter den Kopf. Genosse Zylo schwamm dem Genossen Q. hinterher. Beim Schwimmen wechselten sie gelegentlich ein paar Worte.

Ich paddelte mit den Händen und bewegte so das Boot fort. Die hübsche, braungebrannte Adila lag auf dem Rücken und schaute gen Himmel. Weit hinter uns leuchteten unsere roten und weißen Sonnenschirme auf dem hellen Sand.

»Zylo, bist du schon erschöpft?« rief Genosse Q., der seinen Gefährten hinter sich gelassen hatte.

Genosse Zylo strengte sich beim Schwimmen mächtig an. Er wäre wohl am liebsten zum Strand zurückgekehrt, aber das konnte er nicht, da er sich sonst vor dem Genossen Q. blamieren würde. Weit voneinander entfernt schwammen sie immer weiter aufs Meer hinaus, und allmählich näherten sie sich der Sperrlinie, die durch eine Reihe von Bojen gekennzeichnet war. Genosse Zylo, abgekämpft wie er war, drehte sich auf den Rücken.

»Rückenschwimmen mag ich besonders«, rief er dem Genossen Q. zu.

Da drehte sich auch Genosse Q. auf den Rücken.

»Falls du ermüdet bist, kehren wir um.«

»Ich fühle mich noch taufrisch«, rief Genosse Zylo.

Adila verfolgte aufmerksam dieses Gespräch. Ab und zu zuckte ein Nerv in ihren Mundwinkeln – ein Zeichen, das auf ihren nervösen Zustand hinwies. Schließlich setzte sie sich auf und schaute bekümmert zu ihrem Mann hinüber. Genosse Zylo in seiner Rückenlage erblickte sie und winkte ihr zu. Adila erwiderte den Gruß nicht. Ich bemerkte auf ihrem Gesicht einen leichten Anflug von Verachtung. Diese Empfindung konnte sie vor mir nicht verbergen. Genosse Zylo drehte sich wieder auf den Bauch und versuchte unter Aufbietung aller Kräfte, den Genossen Q. einzuholen.

»Genosse Zylo ist ein guter Schwimmer«, versuchte ich, ein Gespräch zu beginnen.

Adila antwortete nicht gleich. Sie seufzte nur, und nach einer Weile erwiderte sie:

»Als er noch jung war, schwamm er in der Tat gut. Einmal ist er über diese Bojen hinaus geschwommen, bis zu den Dampfern.«

»Er ist auch jetzt noch ganz schön bei Kräften«, sagte ich.

»Ach«, seufzte Adila und folgte ihrem Mann mit den Augen.

In diesem Moment erreichte Genosse Zylo seinen Vorgesetzten, der eine kleine Pause eingelegt hatte. Beide drehten sich auf den Rücken und ließen sich von den Wellen tragen. Ich hörte ebenfalls auf zu paddeln. Adila wirkte niedergeschlagen. Diese Frau hatte ich immer nur fröhlich erlebt, und oft war sie mir mit ihrem munteren Geschwätz auf die Nerven gefallen. Jetzt waren ihre Worte versiegt.

Wenn du dich mitten in den Wogen befindest, versiegen angesichts des großen Konkurrenten, des Meeres, leicht die Worte. Denn mit dem Meer kann der armselige Quell deiner Worte nicht wetteifern...

»Demka«, sagte sie plötzlich, »du wunderst dich sicher manchmal?«

Diese Frage überraschte mich. Erstaunt blickte ich Adila an. Am liebsten hätte ich ihr gesagt, daß ich mich in der Tat wundere, wenn jemand sinnlose Fragen stellt.

»Hört der Mensch auf sich zu wundern, so ist er kein Mensch mehr«, antwortete ich statt dessen.

»Nun, ich meinerseits wundere mich bisweilen über Zylo«, sagte Adila.

»Warum denn?«

»Er ermüdet schnell, und trotzdem schwimmt er dem Genossen Q. hinterher. Er ist außerstande zuzugeben, daß er erschöpft ist und ihm nicht so weit hinaus folgen möchte.«

»Ich glaube, Genosse Zylo tut das aus Höflichkeit.«

Adila mißfielen meine Worte, und mit ihren zierlichen Händen machte sie eine nervöse, unbeherrschte Geste.

»Du lügst, Demka!« stieß sie verzweifelt hervor.

Ich hatte tatsächlich gelogen. Das Gespür einer Frau kann sehr fein sein. Alle Nuancen deiner Miene und deiner Stimme nimmt sie damit wahr. Diesem unsichtbaren Seismographen ihres Gespürs kannst du nicht entrinnen — sie durchschaut dich völlig.

Lange Zeit sagte Adila nichts. Sie schaute zu einem weißen Dampfer im Hafen hinüber. Leichter Rauch stieg aus dem Schornstein des Schiffes. Ihren Mann beachtete sie überhaupt nicht, bis dieser sich langsam, seine kräftigen Beine nur schwach bewegend, unserem Boot genähert hatte. Ihm folgte Genosse Q.

»Sie haben sich überanstrengt, Genosse Zylo«, meinte ich besorgt.

»Nicht einmal der größte Schwimmchampion kann den Genossen Q. einholen«, erwiderte Genosse Zylo.

Genosse Q. lachte:

»Du bist auch nicht gerade leicht zu schlagen.«

»Lassen wir die Bescheidenheit! Du hast ja gesehen, Adila, mit welch gutem Schwimmer ich, dein Mann, es zu tun hatte.«

»Ja, ich habe es gesehen. Doch kehren wir zum Ufer zurück, es reicht jetzt«, entgegnete Adila schroff.

»Aber das Boot nehmen jetzt der Genosse Q. und ich«, verkündete Genosse Zylo.

Adila sah mich an. Sie stand auf und sprang unvermutet ins Wasser. Ich folgte ihr in die Fluten.

Genosse Zylo schwamm dicht an das Boot heran, stützte sich mit beiden Händen auf dem roten Gummirand ab und versuchte einzusteigen. Auf der anderen Seite klammerte sich Genosse Q. an den Rand. Plötzlich überschlug sich das Boot, und Genosse Zylo sackte sofort in die Tiefe. Als er wieder auftauchte, drehte er das Boot fluchend um. Genosse Q. und Adila amüsierten sich prächtig. Ihr schallendes Gelächter breitete sich kreisförmig über die weite Fläche des Meeres aus.

4

Am Abend gingen wir zu viert am Meer spazieren — Genosse Zylo, Genosse Q., Adila und ich. Der Abend war lau, und es roch nach Jod. Am Himmel hing der runde Mond.

»Eines ist klar«, ergriff Genosse Q. das Wort, »im Leitungsbereich werden gewisse Veränderungen erfolgen.«

Genosse Zylo hörte nur zu. Er wußte, daß in solchen Situationen jede Frage viel Fingerspitzengefühl erforderte. Andererseits — wenn man die kompetenten Persönlichkeiten nicht befragte, konnte man nichts Genaueres über Kaderverschiebungen erfahren. Da nun aber Genosse Q. selber die Rede auf »gewisse Veränderungen« gebracht hatte, wäre es dem Genossen Zylo ein Leichtes gewesen, nachzufragen, wer von den Funktionären denn versetzt werden sollte. Dennoch hinderte ihn sein ausgeprägtes Taktgefühl daran, Fragen zu stellen. Nur nach Shemshedin, seinem Freund, erkundigte er sich.

»Shemshedin kommt wohl nicht vielleicht nach Tirana?«

»Es wird darüber gesprochen.«

»Und auf welchen Posten?«

»Ich glaube, er soll stellvertretender Minister werden«, sagte Genosse Q.

»Shemshedin stellvertretender Minister?!« rief Adila verwundert aus.

»Was gibt es da zu staunen!« schaltete sich Genosse Zylo ein.

»Ich kann es nicht glauben. Auch über dich, Zylo, sind alle möglichen Gerüchte in Umlauf. Einige machen dich zum Botschafter, andere zum Chefred...« Adila konnte nicht ausreden, denn Zylo fiel ihr ins Wort:

»Es reicht, Adila!« zischte er und lief mit dem Genossen Q. voraus, um das Gespräch in den Schleier des Geheimnisses zu hüllen.

Adila und ich blieben zurück. Leute kamen vorbei und grüßten uns. Darunter waren viele Bekannte. Hin und wieder hörte man jemanden flüstern:

»Die Frau des Genossen Zylo!«

Adila berührte mich beim Gehen mit ihrem Ellbogen, und ich vergrößerte ein wenig den Abstand, obgleich mir ihre Nähe durchaus angenehm war.

Hinter meinem Rücken hörte ich jemanden tuscheln:

»Das ist auch so ein Typ, der seinen Vorgesetzten in den Hintern kriecht und ihren Weibern nachsteigt!«

Ich war wie vor den Kopf geschlagen. Ob Adila das widerwärtige Geflüster gehört hatte, wußte ich nicht. Wahrscheinlich hatte sie es nicht mitbekommen, denn sie berührte mich wieder leicht mit ihrem Ellbogen. Diesmal wich ich nicht aus.

In diesem Augenblick trafen wir Mitro Karapataqi und Zaim Avazi, und gleich darauf erschienen Adem Adashi und seine Kleopatra.

»Genosse Q. hatte sich beim Genossen Zylo untergehakt, und sie unterhielten sich äußerst angeregt. Zwar luden sie uns ein mitzukommen, aber wir wollten sie in ihrem Gespräch nicht stören«, sagte Kleopatra und umfaßte mit ihrem nackten Arm Adilas Taille. »Oder habt ihr beiden etwa auch ein Geheimnis?« fragte sie Adila und mich schelmisch.

Ich wurde ungehalten. Was wollte die Schöne mit dieser spitzen Bemerkung bezwecken?

»Ein herrliches Wetter, nicht wahr, Demka?« warf Mitro Karapataqi ein.

»Bei solchem Wetter kann man einfach nicht arbeiten«, fügte Zaim Avazi hinzu.

»Da hast du recht«, seufzte Adem Adashi.

»Mitro brütet schon seit zwei Tagen über einer Kritik zu deiner Novelle, und er wird nicht fertig damit«, sagte Zaim Avazi.

Adem Adashi konnte seine Freude nicht verbergen:

»Schreibst du wirklich an einer Kritik?«

»Ja. Mir fehlt bloß noch der Schluß.«

»Paß auf, Mitro! Betrachte Adems Werk ja nicht durch die schwarze Brille! Es ist eine hervorragende Novelle«, drohte Kleopatra scherzhaft und fuchtelte mit ihrem Zeigefinger vor Mitro Karapataqis Nase herum.

»Keine Angst. Ich habe eine positive Meinung. Die Transparenz der Rede, die inneren Impulse, die anomalen Kontraste innerhalb der Normalität der Bilder, die Dichte der Worte und die Spannung in der Dramatizität des Subjekts — Ebbe und Flut der Komposition treten in dieser Novelle deutlicher zutage als in jedem anderen Werk Adem Adashis. Ich habe nur einen Einwand in Bezug auf das Kolorit des Ambientes und die Silhouetten der Reflexe, die in dieses Ambiente eindringen — diese sind nicht versachlicht beziehungsweise nach Maß und Bedeutung nicht hinlänglich materialisiert«, beruhigte Mitro Karapataqi sie.

Adem Adashi schwieg. Mitro Karapataqis Einwand, daß das Kolorit des Ambientes in der Novelle nicht lebendig genug geschrieben sei, brachte ihn zur Verzweiflung, hatte er doch gerade dem Kolorit besondere Beachtung geschenkt.

Statt seiner meldete sich seine Frau zu Wort:

»Ah, wegen des Kolorits müssen wir Protest einlegen, Mitro! Das Positivste an Adems Novelle ist ja eben das Kolorit des Ambientes!«

Mitro Karapataqi lachte:

»Die übertrieben reichliche Verwendung des Dialekts bei den Dialogen der Figuren hat Adem Adashi zum Ethnographismus verführt, und darunter leidet nun mal die Transparenz der Rede.«

»Das stimmt einfach nicht! Adem ist transparent!« protestierte Kleopatra.

»Natürlich, für dich ist Adem transparent!« platzte Zaim Avazi heraus, und alle lachten.

Kleopatra erhitzte sich:

»Wie vulgär du doch bist, Zaim Avazi!«

»Adem Adashi hat es noch nicht geschafft, den Stil der Zeit zu verstehen, den Stil der gewaltigen Geschwindigkeiten, die Zeiten, Räume und Träume verwirren und miteinander verflechten. Bis zum Ende des Werkes beläßt er dessen Gegenstand in seiner Erstarrung, er bricht ihn nicht auf. Oh ja, die Form!« dozierte Zaim Avazi.

Hier brauste Kleopatra erneut auf:

»Wieso soll Adem den Gegenstand seiner Novelle nicht aufgebrochen haben? Sein Verdienst besteht doch eben in der diffizilen Aufgliederung des Stoffes. Er hat auf jeder Seite sieben Absätze!«

Zaim Avazi kicherte:

»Mit seinen Absätzen kann Adem vielleicht dich aufbrechen, aber nicht den Stoff seiner Novellen!«

»Mit dir kann man ja nicht reden! Meine Güte, wie unverschämt du bist!« Beleidigt drehte sie uns den Rücken zu.

Nach all dieser Fachsimpelei verharrten wir in Schweigen. Wir schlenderten gemächlich weiter und lauschten dem Plätschern der kleinen Wellen, die den feinen Sand am Meeresufer neckten. Genosse Zylo und Genosse Q. liefen weiterhin vor uns her, in ihr Gespräch über die Kaderveränderungen vertieft.

»Wie wunderhübsch dein Kleid ist!« rief Kleopatra begeistert aus und näherte sich Adila.

»Ach wo, ein ganz einfacher Fummel«, meinte Adila.

»Wenn du uns nächstes Jahr am Strand wieder begegnest, sprichst du bestimmt nicht mehr mit uns«, sagte Kleopatra.

»Warum denn das?«

»Du tust ja so, als ob du von nichts wüßtest! Genosse Zylo wird doch Botschafter in den Niederlanden. Ach, Botschafter! Im Land von Rubens und Rembrandt!« schwärmte Kleopatra.

»Was du nicht sagst!« hauchte Adila.

»Wirklich! Ich habe auch schon davon gehört, daß Zylo als Botschafter in die Niederlande gehen soll«, bestätigte Mitro Karapataqi.

»Ja, ja. Erst wollte ich es gar nicht glauben. Doch ehe wir euch trafen, als Genosse Zylo und Genosse Q. sich unterhielten, hörte ich sie das Wort Holland erwähnen«, sagte Zaim Avazi.

Adila errötete. Obgleich sie wußte, daß das alles nur Gerüchte waren, von Leuten verbreitet, die mit Vorliebe über andere klatschten, wünschte sie sich doch, daß sie wenigstens ein Körnchen Wahrheit enthielten.

Sie würde mit dem größten Vergnügen nach Holland fahren und das Land der großen klassischen Maler, der Windmühlen und der weltberühmten Kühe gerne einmal mit eigenen Augen sehen.

»Es wird gemunkelt, daß Aranit Genosse Zylos Posten einnehmen soll«, ließ sich Adem Adashi vernehmen, der sich bis zu diesem Zeitpunkt nicht in das Gespräch über die Kaderverschiebungen eingeschaltet hatte.

»Ph! Dieser Verrückte? Das darf doch nicht wahr sein!« stöhnte Zaim Avazi mit unverhohlener Verachtung.

Zaim Avazis abschätzige Bemerkung ging mir gegen den Strich. Er kannte doch Aranit kaum!

»Was Sie da sagen, entbehrt jeder Grundlage. Und im übrigen ist Aranit ein sehr fähiger Mann«, verteidigte ich ihn.

Adila wußte von dem gespannten Verhältnis zwischen dem Genossen Zylo und Aranit und senkte den Kopf. Aus Höflichkeit fühlte ich mich bemüßigt, noch hinzuzufügen:

»Aranit besitzt zugegebenermaßen recht ungewöhnliche Umgangsformen. Seine Schroffheit, die jedoch nicht allzu ausgeprägt ist, mindert seine unbestreitbaren Fähigkeiten nicht im geringsten.«

Keiner sagte etwas darauf.

In unser Gespräch vertieft, waren wir bis zum letzten Badesteg gelaufen. Erst als wir dem Genossen Zylo und dem Genossen Q. direkt gegenüberstanden, merkten wir, daß wir besser hätten umkehren und unsere Zimmer aufsuchen sollen.

Am Strand promenierten nur noch einzelne Spaziergänger im sanften Schein des Mondes und der Sterne, die ihn an der Himmelskuppel umringten.

5

Am nächsten Morgen nahm ich mein Notizheft und machte mich auf den Weg zum Hotel »Kruja«, wo Genosse Zylo wohnte.

Ich wollte mit ihm über die Studie zu neuen Formen der kulturellen Massenbewegung, die wir erarbeiten mußten, sprechen. Ich fand ihn auf dem Balkon, ausgestreckt auf einem Liegestuhl unter einem rosaroten Sonnenschirm.

Adila brachte uns einen Teller mit großen Pfirsichen heraus. Dann ließ sie uns allein, da sie sich um die Kinder kümmern mußte.

Genosse Zylo legte das schmale Bändchen, in dem er gelegentlich gelesen hatte, beiseite und meinte:

»Wir beide, Demka, wir sind wie die Stiere. Sogar an der See arbeiten wir. Gestern nacht habe ich bis ein Uhr wach gelegen und über unsere Studie nachgegrübelt.«

»Genau deswegen bin ich auch gekommen.«

Dann begannen wir, uns in aller Ausführlichkeit über die Notwendigkeit eines Wandels von Stil und Methoden in der Kulturarbeit auszutauschen.

»Der Stil«, sagte Genosse Zylo, »ist das System der Mittel, die für die Ausführung einer Handlung eingesetzt werden. Wir müssen diese Mittel verändern. Setzen wir uns energisch dafür ein, daß wissenschaftliche Beratungen in breitem Umfang in den Kulturhäusern Einzug halten! Diese Beratungen sollten Debatten und Kontroversen einschließen. Aber iß einen Pfirsich, Demka! Die hat mir gestern der Leiter des Staatsgutes gebracht. Ein sehr fähiger Mann! Iß, Demka, iß!«

Genosse Zylo blickte zum Meer hinüber. Dann stand er unvermittelt auf. Er hob die Hand und gestikulierte heftig. Am Strand war Genosse Q. aufgetaucht. Er winkte zurück.

»Genosse Q. ist ganz vernarrt in das Meer!« meinte Genosse Zylo versonnen.

»Das ist mir auch schon aufgefallen. Er ist wirklich ein guter Schwimmer.«

»Ein hervorragender sogar«, bekräftigte Genosse Zylo und setzte sich wieder.

Unterdessen kamen unter dem Balkon Mitro Karapataqi und Zaim Avazi hervor, Sonnenschirme über die Schulter gelegt. Ihnen auf den Fersen folgten Adem Adashi und Kleopatra. Sie blieben stehen und blickten lächelnd zu uns herauf.

»Guten Morgen!« grüßten sie fast gleichzeitig.

»Guten Morgen!« rief Genosse Zylo zurück.

»Ist Adila schon auf?« fragte Kleopatra.

»Ja.«

»Wir warten am Strand auf sie«, rief Kleopatra und winkte.

Als sie weg waren, sagte Genosse Zylo leise:

»Eine schöne Frau hat dieser Adem Adashi! Ziemlich keß ist sie ja, doch das nimmt man ihr nicht übel, denn sie ist wirklich eine Schönheit«, und er lachte mit der Unbefangenheit eines jungen Burschen.

»Haben Sie Adem Adashis neue Novelle schon gelesen?« fragte ich.

»Die ›Kastanien von Zervaska‹?«

»Ja, die.«

»Noch nicht. Ich kann mir nicht vorstellen, daß er etwas besonders Geistreiches bietet. Übrigens haben wir bisher nie eine Gelegenheit gefunden, einmal ausführlich über meine eigenen Manuskripte zu sprechen, Demka.«

Ich bereute schon, daß ich die Literatur ins Gespräch gebracht hatte. Hätte ich geahnt, daß Genosse Zylo mich nach seinen Erzählungen fragen wurde, hätte ich es bestimmt unterlassen.

»Wissen Sie, Genosse Zylo, für die Zeit, in der sie geschrieben wurden, sind sie gar nicht schlecht. Doch heute ist diese Schreibweise überholt«, sagte ich zögernd.

Genosse Zylo lachte etwas verkrampft. Dann zündete er

sich eine Zigarette an, streckte sich im Liegestuhl aus und schaukelte darin hin und her, als wäre er eine Wiege.

»Das gefällt mir an dir, Demka! Du bist kein Schmeichler.«

In diesem Augenblick wurde er durch ein schüchternes Klopfen an der Zimmertür unterbrochen.

»Ach du bist's, Taqi! Komm nur herein!« war die sanfte Stimme Adilas zu hören.

»Was mag er wohl um diese Zeit wollen?« meinte Genosse Zylo beunruhigt und schnellte hoch.

Der schmächtige Taqi mit dem blassen Gesicht kam vorsichtig herein, wie einer, der fürchtet, den Teppich zu beschmutzen.

»Was gibt's denn? Komm doch mit heraus auf den Balkon!« forderte ihn Genosse Zylo auf und reichte ihm die Hand.

Adila brachte noch einen Stuhl. Taqi setzte sich und rieb sich verlegen die Hände.

»Wie gut Sie aussehen, Genosse Zylo! Sie kommen mir richtig verjüngt vor. Da arbeiten Sie hier im Urlaub, und trotzdem wirken Sie frisch. Alles was recht ist, sehr frisch«, bekräftigte Taqi mit seiner leisen Stimme.

»Na, was tut sich so in Tirana?« erkundigte sich Genosse Zylo.

»Vater Maksut geht es gut, und er läßt Sie grüßen«, richtete Taqi aus.

»Und wie steht es bei euch im Dienst?«

»Ach, die Arbeit! Seitdem Sie fort sind, Genosse Zylo, gibt es ein paar unerfreuliche Vorkommnisse...«

Genosse Zylo erhob sich aufgeregt aus seinem Liegestuhl. Was mochte da vor sich gehen?

»Die Kommission, die wir schon seit längerem erwartet haben, ist dagewesen. Dreimal haben sie uns zusammengetrommelt und mit ihren Fragen gelöchert.«

»Was für Fragen denn?«

»Na, zum Beispiel, wie wir die Kulturbewegung anleiten,

welche neuen Arbeitsformen wir den Kulturhäusern empfehlen, welche Untersuchungen wir durchgeführt haben, wie wir verfahren, wenn wir auf Dienstreisen gehen, welche Art von Problemen von uns analysiert wurden, was für ein Arbeitsklima bei uns im Büro herrscht. Tja, was soll ich Ihnen sagen, Genosse Zylo«, seufzte Taqi.

Dieser blieb nachdenklich stehen. Dann legte er die Hände auf den Rücken und begann, auf und ab zu gehen, soweit es die Enge des Balkons erlaubte.

»Und was für Antworten habt ihr der Kommission gegeben?« wollte er wissen.

»Was für Antworten? Na, deshalb bin ich ja hier. Aranit macht unsere ganze Arbeit schlecht. Er dichtet Ihnen ein paar Eigenschaften an, die ich gar nicht wiedergeben kann.«

Genosse Zylo setzte sich wieder in den Liegestuhl und wippte nervös mit den Beinen.

»Erzähl schon, Taqi, nur keine Angst!« drängte er, am ganzen Körper bebend.

»Ach, Genosse Zylo, er nennt Sie unfähig, steril, vertrottelt, stinkfaul... Nein, ich kann es nicht weiter aufzählen, verzeihen Sie.« Und Taqis Lippen zitterten wie bei einem Kind, das gleich anfängt zu weinen.

»Wieviel Personen sind denn in der Kommission?« fragte Genosse Zylo und überging die beleidigenden Worte, die sein schamloser Gegner über ihn verbreitet hatte, mit Schweigen.

»Sieben«, flüsterte Taqi so leise, daß es kaum zu hören war.

»Adila!« rief Genosse Zylo plötzlich.

»Hier bin ich!« antwortete Adila aus dem Zimmer.

»Leg mir die Hosen zurecht, Hemd, Schlips und Jackett!«

»Wozu denn das?«

»Schnell!«

»Vater? Ist er wieder krank?! Dann komme ich mit!« rief sie.

»Es geht um ein anderes Problem.«

»Puh, wie du mich erschreckt hast!« Adila beruhigte sich.

Genosse Zylo stürzte ins Zimmer und begann, sich umzuziehen. Taqi, der noch neben mir saß, war tief betrübt und ließ den Kopf hängen.

»Ach, ich habe den Genossen Zylo beunruhigt! Ich habe ihm den Urlaub verdorben. Aber was sollte ich tun?! Aranit und Konsorten machen unsere Arbeit schlecht und untergraben seine Autorität«, verteidigte er sich.

Ich schwieg. Hatte ich es doch geahnt, daß so etwas passieren würde! Der Besuch der Kommission war schon längst fällig gewesen.

Genosse Zylo war fertig angezogen. Er teilte Adila mit, sie solle weder an diesem Abend noch am nächsten Tag mit seiner Rückkehr rechnen. Er bat sie, sich nicht zu beunruhigen und verließ gemeinsam mit Taqi sein Urlaubsdomizil, denn nun erwarteten ihn große Probleme, die einer Lösung harrten.

6

Der Aufbruch des Genossen Zylo nach Tirana fand am Strand ein starkes Echo. Unsere erlauchte Gesellschaft begann, die unerwartete Abreise lang und breit zu kommentieren. Der Widerhall seiner dringlichen Fahrt pflanzte sich von einem Sonnenschirm zum anderen fort und war von heißen Diskussionen begleitet. Die Mehrzahl der Kommentare stimmte in einem Punkt überein: Genosse Zylo wird ins Außenministerium gerufen, um sein neues Amt als Botschafter zu übernehmen. Zaim Avazi, einer der eifrigsten Anhänger des Genossen Zylo, machte einige bedeutungsvolle Gesten, die den Eindruck erweckten, als sei er bestens informiert.

»Das hatte ich vorausgesehen«, sagte er lässig.

Mitro Karapataqi hingegen vertrat eine etwas andere Ansicht:

»In Wirklichkeit ist die Versetzung des Genossen Zylo auf

den Posten eines Botschafters keine Beförderung, sondern eine Degradierung. Sein jetziger Posten ist gewichtiger als der eines Botschafters.«

Dieser Meinung schloß sich Adem Adashi an, während Kleopatra sich strikt dagegen verwahrte:

»Der Posten eines Botschafters spricht für das genaue Gegenteil, denn Genosse Zylos Ansehen steigt. Schließlich ist Holland ein entwickeltes Land mit großer Kultur und fortgeschrittener Ökonomie, und seine Versetzung nach Holland ist durchaus kein Zufall. Er verfügt über gewaltige Energiepotenzen! Wißt ihr eigentlich, was es bedeutet, Botschafter in Holland zu sein?«

Lediglich Adila unter ihrem rosaroten Sonnenschirm schwieg und wirkte sogar recht niedergeschlagen. Das Gespräch schien sie nicht sonderlich zu interessieren. Sie schaute auf das blaue Meer hinaus, wo ein weißer Dampfer in den Wogen schaukelte.

»Ich bin erstaunt, daß du dich gar nicht freust, Adila«, wunderte sich Kleopatra und legte schmeichelnd ihre kleine Hand auf Adilas braungebrannte Wade.

Adila blieb stumm. Adem Adashi kam ihr zu Hilfe:

»Alles Gute hat auch eine schlechte Seite«, bemerkte er.

»Was meinst du denn damit?« fragte Kleopatra verblüfft.

»Adila hat doch schulpflichtige Kinder. Sie geht nach Holland, und die Kinder muß sie hier lassen«, gab Adem Adashi zu bedenken.

»Da sehe ich kein großes Problem. Die Kinder bringt sie einfach bei ihrer Mutter unter oder bei den Vettern«, winkte Kleopatra ab.

Inzwischen hatten Mitro Karapataqi und Zaim Avazi einen Disput über die niederländische Literatur begonnen. Sie erwähnten den Romancier Adrianus Michael de Jong und den Poeten Hendrik Marsman. Dann unterhielten sie sich über Simon Vestdijk, den Autor des Romans »Elsa Böhler, ein deutsches Dienstmädchen«, und schließlich landeten sie bei dem Dichter Eduard Hoornik.

Adila langweilte sich unter ihrem Sonnenschirm. Nach einer Weile stand sie auf und ging ins Wasser, um zu baden. Kleopatra verfolgte sie mit ihrem Blick.

»Ich hätte nie geglaubt, daß Adila so stolz ist«, meinte sie.

Ich lachte auf.

»Warum lachst du, Demka?« empörte sich Kleopatra.

Wenn sie ärgerlich war, sah sie noch hübscher aus.

»Ich muß nun mal lachen«, erwiderte ich.

»Vielleicht nimmt Genosse Zylo dich mit nach Holland?« versuchte Mitro Karapataqi bei mir auf den Busch zu klopfen.

»Er nimmt bestimmt eher einen Fachmann für niederländische Literatur mit«, spöttelte ich.

Adem Adashi lächelte.

7

Als Genosse Zylo aus Tirana zurückkam, wollten alle erfahren, weshalb man ihn so dringend gerufen und was sich dort ereignet hatte. Die beiden Kritiker Mitro Karapataqi und Zaim Avazi umkreisten Adila wie Sputniks den Mond, um ihr das Geheimnis zu entlocken. Ihn direkt zu fragen, wagten sie nicht, also versuchten sie, dem Rätsel mit Hilfe seiner Gattin auf die Spur zu kommen. Bekanntlich stellen die Frauen ja seit Urzeiten eine wichtige Informationsquelle dar!

Mitro Karapataqi und Zaim Avazi wollten ganz und gar nicht, daß Genosse Zylo als Botschafter nach Holland ging. Das hatte seine Gründe. Sie wußten nämlich vom Hörensagen, daß Genosse Zylo sie als Berater für Fragen der Kultur und Kunst angefordert hatte. Wenn jedoch das Gerücht stimmte, würde daraus nichts werden. Ganz zu schweigen davon, daß dann den Posten, den jetzt Genosse Zylo innehatte, Aranit einnehmen würde. O weh! Dieser Aranit mit seinem Skeptizismus, der würde die beiden berühmten Kritiker nie und nimmer akzeptieren!

Kleopatra war ebenfalls daran interessiert, daß Genosse Zylo seinen jetzigen Posten nicht aufgab, auch wenn sie noch so sehr für Holland schwärmte.

Schließlich hatte er ihr versprochen, sie als Pädagogin in der Kunsthochschule unterzubringen, wo sie im Fach Schauspielkunst unterrichten sollte. Genosse Zylo hielt Kleopatra für ein echtes Talent auf dem Gebiet des Theaters. Deshalb versuchte sie auch, mit ihm anzubändeln. Sie verließ sich darauf, daß sie ihm das Geheimnis sicher leichter entlocken würde als Adila, denn schließlich war er ein Mann. Und gegenüber einer schönen Frau hat schon so mancher Mann Zugeständnisse gemacht. Kleopatra wußte um ihre Stärke, wenngleich sie die Barriere der hehren Prinzipien des Genossen Zylo nicht unterschätzte.

Lediglich der namhafte Schriftsteller und Dramatiker Adem Adashi war nicht daran interessiert, Entdeckungen hinsichtlich der Person des Genossen Zylo zu machen. Er sagte, wie üblich, gar nichts.

Sein Schweigen machte nun wiederum Kleopatra nervös. Eines Tages wurde sie sogar böse und fauchte ihn an:

»Du hast dich nie für mich interessiert!«

Adem Adashi runzelte die Stirn, warf seiner Frau einen finsteren Blick zu und gab keine Antwort. Das versetzte sie erst recht in Rage:

»Du interessierst dich nur für deine Typen und Figuren!« schrie sie und traktierte den feinen Sand des Strandes mit ihren kleinen Fäusten.

Adem Adashi reagierte kühl:

»Schlag nicht mit der Faust auf den Sand!«

»Ich schlage, wann ich will!« brüllte Kleopatra, und bamm, bamm — hieb sie mit den Fäusten drauflos.

»Schlag nicht mit der Faust auf den Sand!« wiederholte ihr Mann.

»Ph!« machte Zaim Avazi.

»Laß gefälligst dein ›ph‹!« fauchte Kleopatra und hörte mit dem Trommeln ihrer Fäuste auf.

Als dieses Gespräch stattfand, war Genosse Zylo nicht zugegen. Auch Adila fehlte, Der Himmel war verhangen, und es würde sicher bald regnen. Nun ist ja bekanntlich Regen am Strand nicht so erwünscht wie auf den Maisfeldern und in den Melonengärten.

»Trotzdem hatte ich heute so meine Zweifel...«, tat Mitro Karapataqi kund.

»Zweifel woran?« fragte Zaim Avazi.

»Na, ich zweifle daran, daß Genosse Zylo Botschafter wird. Ich habe ihn gesehen, er wirkte verdrossen. Auch Genosse Q. verhielt sich heute ihm gegenüber sehr kühl. Wäre er zum Botschafter ernannt worden, würde Genosse Q. lachen und Scherze machen«, sagte Mitro Karapataqi.

»Vielleicht hat es Genosse Zylo selbst abgelehnt, und deshalb ist Genosse Q. verstimmt«, warf der Kritiker Zaim Avazi ein.

»He, Moment mal! Von wegen abgelehnt! Ich muß mich über dich wundern, Zaim Avazi! Du willst Kritiker sein, und dabei fehlt dir jedes Urteilsvermögen«, maulte Kleopatra.

»Ph!« macht Zaim Avazi.

»Laß endlich dein ›ph‹!« drohte sie.

In diesem Augenblick hörten wir jemanden hinter uns eine Melodie pfeifen. Es war die Weise eines wohlbekannten Liebesliedes. Wir drehten uns um und erblickten den Genossen Zylo, der auf uns zukam.

»Und da sagst du, Mitro Karapataqi, Genosse Zylo wirke verdrossen? Dabei trällert er ein Lied«, sagte Kleopatra voller Genugtuung.

»Pst!« mahnte Adem Adashi.

Genosse Zylo unterbrach sein Pfeifen, begrüßte uns voller Fröhlichkeit und setzte sich auf den Ehrenplatz neben Kleopatra.

»Mit dem schönen Wetter ist es wohl vorbei«, meinte er.

»Bloß nicht! Hoffentlich hält es sich noch. Regen wäre ja unerträglich«, rief Kleopatra und nestelte am Oberteil ihres Bikinis herum. Mit ihrem bronzefarbenen Arm berührte sie leicht Genosse Zylos Schulter.

»Ich möchte das Gegenteil behaupten! Regen würde der Landwirtschaft guttun. Ihr könnt euch ja gar nicht vorstellen, wie nützlich er wäre. Die Maiserträge würden sich verdoppeln. Ganz zu schweigen von dem Nutzen, den er der Viehwirtschaft brächte. Das Gras ist verdorrt, Brüder!« sagte Genosse Zylo.

»Das stimmt«, bestätigte Zaim Avazi.

»Na, wir urteilen eben manchmal nur nach unserem persönlichen Nutzen«, gab Kleopatra kleinlaut zu.

»Der Künstler muß in erster Linie Staatsbürger sein«, erklärte Genosse Zylo mit Nachdruck. »Ihm muß jeder Maisstengel leid tun, der unter der Trockenheit leidet, der die Blätter hängen läßt und wie ein Kind bettelt: ›Wasser! Gib mir Wasser!‹ Wir haben viele Kanäle gebaut, und die Dürre ist nicht mehr, so wie früher, ein nationales Übel. Trotzdem gibt es Felder, die sich nicht bewässern lassen, weil sie am Berghang liegen. Wir aalen uns jetzt im Sand, und uns befällt Unmut, wenn wir ein Wölkchen am Himmel erblicken. Der Bauer aber möchte diese Wolke streicheln, und er ruft ihr die Worte des alten Regenliedes zu: ›Wolke, Wolke, laß es regnen!‹«

Wir alle verstummten nach dieser Ansprache. Kleopatra steckte wegen ihrer Abneigung gegen den Regen am tiefsten in der Klemme, und ihr Gatte funkelte sie zornig an. Dieser Blick war ein Tadel zur rechten Zeit, war sie doch so leichtsinnig gewesen, sich gegen den Regen zu sträuben, nachdem der Boden so sehr lechzte. Um aber seiner Frau aus der Patsche zu helfen, sagte Adem Adashi, der selten als erster das Wort zu ergreifen pflegte:

»Sie müssen häufig Ihren Urlaub unterbrechen, nicht wahr,

Genosse Zylo. Ich glaube, ihre Arbeit fordert viel von Ihnen.«

Genosse Zylo nahm eine Handvoll Sand und ließ ihn von einer Hand in die andere rieseln.

»Objektiv betrachtet, habe ich sehr viel zu tun. Den Urlaub habe ich gegen meinen Willen angetreten. Übermorgen beispielsweise muß ich schon wieder nach Tirana fahren. Es kommt eine Delegation mit Freunden aus Norwegen, und es ist meine Pflicht, sie zu empfangen. Natürlich wird auch der Urlaub unterbrochen und gewissermaßen scheibchenweise absolviert. Was bleibt einem anderes übrig?« seufzte Genosse Zylo. Dann wandte er sich an mich: »Gestern habe ich bis zwei Uhr nachts an der Studie gearbeitet.«

»Da sind Sie aber lange aufgeblieben!« sagte ich.

»Faktisch ja«, erwiderte er bescheiden.

»Adem und ich haben das Licht in Ihrem Zimmer gesehen. Adem konnte nicht einschlafen, weil ihn die Idee zu einer neuen Erzählung beschäftigte. Wir gingen zum Strand hinunter, und von dort aus sahen wir hinter Ihrem Fenster noch Licht brennen. Das war gegen ein Uhr nachts«, bestätigte Kleopatra und richtete dann das Wort an ihren Mann.

»War es nicht so, Adem? Sie haben uns so leid getan. Auch Adem meinte, daß Sie sich überanstrengen.«

»Ja, ja«, nuschelte Adem Adashi.

Genosse Zylo stand auf und zog mich beiseite, die erlauchte Gesellschaft dabei um Verzeihung bittend. Wir legten uns ein wenig abseits von den Freunden in den Sand und begannen, uns leise zu unterhalten.

»Diesem Aranit habe ich gehörig die Leviten gelesen! Die Kommission war zu unserer Unterstützung gekommen, aber er hat gleich damit angefangen, unsere Arbeit schlechtzumachen. Und Bakir hat sich mit ihm verbündet. Ich war betroffen. Ich appellierte an sie, sich zusammenzureißen und keine Verleumdungen zu verbreiten. Inzwischen bin ich zu der Schlußfolgerung gelangt, daß Aranit ein Karrierist ist. All dies tut er, um einen Posten zu ergattern. Mit der Stelle, die er hat, will er sich nicht begnügen. Der Neid stachelt ihn an, und die Mißgunst macht ihn blind«, sagte Genosse Zylo.

Ich schickte mich an, ihm zu antworten. So erhob ich mich halb, strich den Sand von den Härchen auf meiner Brust und hatte kaum das erste Wort von mir gegeben, als Genosse Zylo mich unterbrach:

»Demka, ich weiß, du wirst mir widersprechen. Doch ich möchte dich davon überzeugen, daß Aranit ein Karrierist ist.«

»Das kann ich nicht glauben«, sagte ich hastig, weil ich nicht wieder von ihm unterbrochen werden wollte.

»Das wirst du schon noch!« versetzte er entschieden.

Die erlauchte Gesellschaft beobachtete uns schweigend. Mitro Karapataqi und Kleopatra lauschten angestrengt und bemühten sich, irgendeine Äußerung aufzuschnappen, aber der Genosse Zylo war sehr vorsichtig.

»Wie auch immer. Aber setz jetzt bloß keine Gerüchte in die Welt!« warnte er mich.

Dazu äußerte ich mich nicht.

»Ich spüre, daß irgend etwas im Anzug ist. Ob Gutes oder Schlechtes, Demka — das weiß ich nicht. Aber daß etwas auf uns zukommt, das ist gewiß«, schloß Genosse Zylo und seufzte.

Nach diesem Gespräch gingen wir zurück zu den anderen.

8

»Entschuldigt mich«, sprach Genosse Zylo, »ich habe etwas Dringendes mit dem Genossen Q. zu regeln.«

Er erhob sich und stapfte durch den Sand davon. Es waren nicht viele Leute am Strand, weil der Himmel sich mit Regenwolken bezogen hatte. Im Meer badete auch nur hier und da ein junger Bursche. Wir blickten dem Genossen Zylo nach, wie er sich schweren Schrittes entfernte, den Kopf zur Seite geneigt, in der Haltung eines in tiefgründige Gedanken versunkenen Philosophen.

Kleopatras Augen folgten ihm mit dem Ausdruck tiefer Bewunderung. Sie sagte, Genosse Zylo sei einer der wenigen Menschen, die sie außerordentlich stark beeindruckten. Sie äußerte sogar, daß sie, wäre sie nicht die Frau des in der Öffentlichkeit so bekannten Adem Adashi, Gefahr liefe, sich in den Genossen Zylo zu verlieben. Nach diesen Worten verfinsterte sich die Miene ihres Mannes, während Mitro Karapataqi und Zaim Avazi einander anblickten und gekünstelt arglos auflachten.

»Lacht nicht«, schimpfte Kleopatra, »wäret ihr Frauen, so würden meine Worte euch nicht zum Lachen, sondern zum Seufzen bringen.«

»Ts!« war Adem Adashis einziger Kommentar, den er mit einem abfälligen Schulterzucken von sich gab.

»Du hast meine Gedanken nie respektiert!« beschwerte sich Kleopatra und trommelte wieder mit den Fäusten los.

»Hör auf, auf den Sand zu schlagen«, sagte ihr Mann lakonisch.

»Nun erst recht!« schrie Kleopatra.

»Schlag nicht mit der Faust auf den Sand!« wiederholte er leise, doch nun mit verhaltener Wut.

»Laß sie doch, Adem!« schaltete sich Mitro Karapataqi ein.

»Sie hämmert hier auf dem Sand herum, ohne daran zu denken, daß Glasscherben darunter sein könnten, und wenn sie sich verletzt, müssen wir ihr eine Tetanusspritze verpassen lassen!« entgegnete Adem Adashi trocken.

Erschrocken stellte Kleopatra ihr Getrommel ein.

In diesem Moment sahen wir, wie Adila die Stufen des Hotels »Kruja« herabschritt, gefolgt von Diogjen. Sie ging hocherhobenen Hauptes, anmutig und stolz.

»Heute kommt sie aber spät zum Strand«, stellte Zaim Avazi fest.

»Warum hätte sie denn eher herunterkommen sollen? Bei dem Mistwetter!« rief Kleopatra aus.

»Sag nicht ›Mistwetter‹!« sagte Adem Adashi tadelnd.

Kleopatra blieb ihrem Gatten die Antwort schuldig, denn Adila und ihr Sohn waren bereits bei uns angelangt.

»Ach, Adila, wir erwarten dich schon sehnsüchtig!« begrüßte sie sie.

»Ich habe mich verspätet, weil ich mich um Diogjen kümmern mußte«, informierte uns Adila.

Die beiden ließen sich in unserem Kreis nieder. Diogjen nahm mich beider Hand und lächelte.

»Diogjen mag dich ja fast wie einen Bruder«, kommentierte Kleopatra gerührt.

»Na ja, er wird allmählich erwachsen«, sagte Adila.

»Wie geht's denn so mit der Musik?« fragte Mitro Karapataqi.

»Er hat schon wieder eine Sinfonie begonnen«, antwortete Adila lachend.

»Tatsächlich?« staunte Zaim Avazi.

»Keine Sinfonie, Mami, sondern eine Suite«, berichtigte Diogjen.

»Pardon, eine Suite!« entschuldigte sich Adila.

»Ich schwärme geradezu für Kinder, die komponieren!« hauchte Kleopatra.

»Tja, Komponieren im Kindesalter ist etwas Rares. Man verspricht sich viel von Diogjen. Ein Talent muß gehegt und gepflegt werden. Die mittels der Töne erzeugten Assoziationen, die Impulse der musikalischen Phrase sind überaus kompliziert. Deshalb wachsen solche Kinder immer zu großen Komponisten heran — zu Beethovens, Tschaikowskys, Griegs und Mozarts«, äußerte Mitro Karapataqi mit der Kompetenz des wohlinformierten Fachmanns.

Diogjen lauschte ihm mit Wohlgefallen, wenngleich er die Ausdrücke aus dem Vokabular des Kritikers, mit denen Mitro Karapataqi so gekonnt umging, nicht verstand.

»Mami, wo ist denn Papi hingegangen?« fragte Diogjen.

»Ich weiß es nicht«, lautete die Antwort.

»Er war bei uns. Vor einer Viertelstunde ging er weg, weil er mit dem Genossen Q. etwas besprechen wollte«, sagte Kleopatra.

»Ach, er hatte eine Verabredung«, sagte Adila kühl.

Kinder haben eine scharfen Blick. Ihre Augen sind noch nicht vom Leben müde und vom Licht schwach geworden. Diogjen hatte seinen Vater von weitem erkannt und rief aus:

»Da kommt Papi mit Onkel Q.!«

Und wirklich — in einiger Entfernung schlenderten Genosse Zylo und Genosse Q. am Wasser dahin, die Füße von kleinen Wellen umspült. Unsere Gesellschaft interessierte sich sogleich brennend für die beiden Spaziergänger. Adila hingegen gab sich ziemlich gleichgültig. Vielleicht wurde sie des Genossen Zylo, dessen Tage mit Aktivitäten und Begegnungen angefüllt waren, allmählich überdrüssig.

Als die beiden Männer in unsere Nähe kamen, kehrten sie uns den Rücken zu und begaben sich ins Meer. Sie liefen erst einige Zeit durch das flache Wasser, bis sie sich fallen ließen und losschwommen. Genosse Q. schwamm voran, Genosse Zylo ihm hinterher.

»Wie gut sie schwimmen!« meinte Kleopatra nachdenklich.

»Genosse Zylo ist ein hervorragender Schwimmer«, fügte Mitro Karapataqi hinzu.

»Wenn Papi will, überholt er Onkel Q.«, behauptete Diogjen, der sie mit den Augen verfolgte.

Inzwischen waren die beiden Männer weit hinausgeschwommen. Genosse Zylo war wesentlich weiter als sonst zurückgefallen. Dennoch folgte er seinem Partner verbissen. Unwillkürlich kreuzten sich meine und Adilas Blicke. Sie war rot geworden, und der unsichtbare Nerv in ihrem Mundwinkel zuckte, wie an jenem Tag im Boot.

Von den Schwimmern waren nur noch die dunklen Köpfe

zu sehen — wie zwei weit voneinander entfernte Punkte. Adila saß wie auf Kohlen. Schließlich stand sie auf.

»Entschuldigt mich, ich habe vergessen, den Stecker des Tauchsieders herauszuziehen!«

Sie bedeutete Diogjen mit einer Kopfbewegung, daß er mitkommen solle, verabschiedete sich und ging davon. Diogjen trottete hinter ihr her.

»Was ist denn mit der los?« fragte Kleopatra.

»Hast du nicht gehört? Sie hat den Tauchsieder in der Steckdose gelassen«, sagte ihr Mann.

»Es geht doch nicht um den Tauchsieder. Irgend etwas quält sie«, widersprach Kleopatra.

»Ts!« machte Adem Adashi.

Plötzlich zuckte ein Blitz auf, und kurz darauf ertönte ein Donnerschlag.

»Schnell weg, es gibt gleich einen Platzregen!« rief Mitro Karapataqi.

Genosse Q. und Genosse Zylo kamen eilig aus dem Wasser.

Kaum waren wir aufgestanden, fielen die ersten schweren Tropfen.

9

Kleopatra konnte kaum stillsitzen. Mitro Karapataqi und Zaim Avazi unterhielten sich mit gesenkter Stimme und bekundeten ihr tiefes Mitgefühl. Am gesamten Badestrand erklangen besorgte Stimmen:

»O weh! Der arme Genosse Zylo! Darum also war er so niedergeschlagen und betrübt! Warum haben wir nicht besser aufgepaßt, zum Teufel! Hätten wir ihn doch bloß rechtzeitig gewarnt! Hätten wir ihn doch gebeten, nicht in die Sonne zu gehen!«

Was war geschehen? Genosse Zylo hatte sich in der glutheißen Sonne den Rücken verbrannt. Die Haut war nicht nur gerötet, sondern übersät mit Blasen und Schwellungen. Der Sonnenbrand erstreckte sich bis in die Hüftgegend, was ihm Verdruß und große Schmerzen bereitete.

»Wie leid mir der Genosse Zylo tut!« sagte Kleopatra mitfühlend ein ums andere Mal.

Lediglich Adem Adashi schwieg in seiner gewohnten Gleichgültigkeit. Er maß dem Sonnenbrand des Genossen Zylo anscheinend keine Bedeutung bei. Sooft seine Frau seufzte und ihr aufrichtiges Mitgefühl ausdrückte, setzte er eine finstere Miene auf.

»Ach herrje! Ich kann die italienische Salbe nicht finden. Damit könnten wir dem Genossen Zylo den Rücken einreiben, und im Handumdrehen würde es ihm bessergehen«, meinte Kleopatra bedauernd, während wir im Sand saßen.

»Ts!« schnaubte Adem Adashi mit verkniffenem Gesicht.

Das war zuviel! Kleopatra stürzte sich wie eine Tigerin auf ihren Gatten und kreischte:

»Du hast anstelle eines Herzens einen Bimsstein. Mit deiner Gleichgültigkeit machst du mich völlig fertig!« Erneut ballte sie ihre Fäuste und schlug auf die Sandfläche ein, die ihre schönen Beine umschlossen.

Zu unser aller Verwunderung forderte ihr Mann sie auf:

»Na los, schlag doch zu!«

Kleopatra ließ verblüfft ihre Fäuste sinken. Sie blickte uns alle der Reihe nach an und sagte fassungslos:

»Habt ihr das gehört?«

Zaim Avazi ließ wieder sein »Ph!« vernehmen, doch Kleopatra nahm es gar nicht wahr. Sie saß da, den Kopf zur Seite geneigt und mit todtrauriger Leidensmiene. Wir spielten verlegen mit den Sandkörnern wie die Kinder.

Überhaupt verhalten sich ja erwachsene Männer und Frauen am Strand wie Kinder. Das Faulenzen in der Sonne ist ein Spiel, genauso wie das Baden im Meer und das Herumtoben am Ufer, nur mit der Badehose bekleidet. Kinder haben im Sommer an der See Hunderte von Spielgefährten, denn ihre Väter und Mütter sowie die Freunde ihrer Väter und Mütter werden ihnen zu Kameraden, weil sie sich wieder in Kinder verwandeln. Es leben die Kinder! (Dies ist nicht etwa ein Gedanke von mir! Genosse Zylo hat ihn vor ein paar Tagen in Form eines Essays aufgeschrieben, als er vom Balkon des Hotels aus die spärlich bekleideten Menschen am weiten Badestrand beobachtete.) Dennoch — die halbnackten Erwachsenen unterscheiden sich körperlich wie geistig von den kleinen Nackedeis. Zunächst einmal sind sie viel größer, haben meist Runzeln im Gesicht und schütteres Haar. Außerdem führen sie heiße Debatten und ernsthafte Streitgespräche, die durchaus von anderer Art sind als die flüchtigen Kabbeleien der Kinder.

So stritt sich beispielsweise Kleopatra bitterernst mit ihrem Gatten wegen Genosse Zylos Mißgeschick. Dieser mußte leiden, weil er sich den Körper zur Hälfte verbrannt hatte, und Adem Adashi ließ das kalt. Und dabei spielte er sich doch als Schriftsteller auf! Aber ein solcher muß gegenüber der Haut anderer Leute sensibel sein! Selbst wenn man einem, der hundert Meter entfernt ist, in die Haut sticht, hat ein Schriftsteller in die Höhe zu springen und laut »Oh!« zu schreien!

10

Mürrisch und niedergeschlagen erhob sich Kleopatra, warf ihrem Mann einen verächtlichen Blick zu und stolzierte davon.

»Ph!« machte Zaim Avazi.

»Trotz alledem! Sie ist meine Frau, und ich gestatte dir nicht, ›ph‹ zu machen«, fuhr ihn Adem Adashi mit einer Stimme an, die so trocken war, als hätte er ein Kilo starken Tabak geraucht.

Zaim Avazi verstummte, denn Adem Adashi gehörte nicht

zu den Schriftstellern mit zartem Knochenbau. Er ähnelte vielmehr dem Boxer Benvenuti, als dieser sich noch auf dem Höhepunkt seiner Laufbahn befand. Adem Adashi war in der Tat ein Schriftsteller, der sich mit der Feder zu verteidigen wußte, aber er konnte sich auch anders zur Wehr setzen. Ihr versteht doch wohl, was »anders« bedeutet? Zaim Avazi konnte sich recht gut daran erinnern, wie Adem Adashi einmal in angeheitertem Zustand zwei unserer berühmtesten Dichter und einen bekannten Volksliedsammler verprügelt hatte.

»Kleopatra ist die italienische Salbe holen gegangen«, versuchte Mitro Karapataqi abzulenken.

Adem Adashi zeigte keinerlei Reaktion, so als hätte er diese Bemerkung überhaupt nicht gehört.

Zaim Avazi kam auf mich zu und fragte leise:

»Hat dir Adila nichts erzählt?«

»Wovon denn?«

»Genosse Zylo phantasiert, er erhebt sich im Schlaf und tritt auf den Balkon hinaus. Dann blickt er zum Wasser hin, redet mit dem Meer und geht wieder ins Zimmer. Vielleicht kommt das vom Sonnenbrand«, meinte Zaim Avazi.

»Kann sein. Ich weiß von nichts.«

Auf einmal sahen wir den Genossen Zylo und Kleopatra kommen. Genosse Zylo hatte sich ein riesiges grünes Badetuch über die Schultern geworfen. Die beiden Zipfel des Frottiertuches hingen bis zu seinen Beinen herab. Kleopatra sagte etwas zu ihm und lachte. Er nickte zustimmend mit dem Kopf.

Adem Adashi betrachtete ihn mit einem finsteren Blick.

Seinem Aussehen nach zu urteilen, hatte sich der Zorn auf seine Frau verzehnfacht.

Die beiden setzten sich zu uns. Auf Kleopatras Gesicht lag ein triumphierender Ausdruck.

»Na, wie verläuft der Urlaub?« fragte Genosse Zylo und ergriff dabei mit den Händen das Tuch, das ihm über beide Schultern hing.

»Prima!« entgegnete Mitro Karapataqi.

»Ihnen hat wohl der Sonnenbrand hart zugesetzt, Genosse Zylo?« platzte Adem Adashi heraus.

Kleopatra warf ihm einen vernichtenden Blick zu.

»Ach, hör bloß auf! Fürchterliche Schmerzen sind das. Ganz zu schweigen von der Nervenentzündung. Ihr wißt ja aus dem Anatomieunterricht, daß unter der Haut Tausende Fädchen verlaufen, die man Nerven nennt«, erklärte Genosse Zylo.

Kleopatra griff in ihre Tasche und brachte eine Tube zum Vorschein, die sie in eine Serviette gewickelt hatte.

»Genosse Zylo, ich habe hier eine Creme gegen Sonnenbrand«, verkündete sie.

»Ach, ich habe schon so viele Cremes ausprobiert. Die taugen alle nichts«, antwortete Genosse Zylo.

»Dies ist aber eine italienische. Speziell gegen Sonnenbrand«, versuchte Kleopatra, ihn zu überreden.

»Nun, die Bourgeoisie hat mit diesem Cremezeug auch nichts zuwege gebracht. Alles Humbug! Nur Reklame!« winkte Genosse Zylo ab.

Kleopatra schmollte. Sie klappte die Lider auf und zu und klimperte mit den Wimpern, so als schlüge eine Schwalbe mit den Flügeln. Ihre zarte, reizende Hand umklammerte die Tube und zitterte.

»Probieren wir sie doch mal aus, Genosse Zylo! Sie leiden, und mit Ihnen leiden auch wir. Wie glücklich waren wir alle, als Sie noch keinen Sonnenbrand hatten! Wir konnten scherzen und lachen«, bettelte sie.

Schließlich ließ Genosse Zylo sich erweichen. Was wäre das auch für ein Mann, der einer Frau nicht nachgäbe! Man nehme einen wütenden Berserker, stelle ihn einer Frau gegenüber, und — siehe da! — er wird zahm wie ein Lamm. Ich könnte schwören, er würde sogar »Bäh, bäh!« machen.

»Also dann?« sagte Genosse Zylo und blickte uns alle der Reihe nach an.

»Nehmen Sie das Badetuch herunter, und ich reibe Sie mit dieser wunderbaren Creme ein!« rief Kleopatra fröhlich.

Genosse Zylo legte das Badetuch ab und drehte ihr den Rükken zu. Wir alle riefen bestürzt: »Oh!« Auf der Schulter waren ein paar große Wunden zu sehen, an den Hüften hatte sich die Haut gepellt und war von dicken Blasen überzogen. Kleopatra schrie auf:

»O weh! Was haben Sie mit Ihrer Gesundheit für ein Schindluder getrieben! Der Mensch kann ja viel zu tun haben, sich pausenlos schinden, aber keinesfalls darf er seine Gesundheit in einem solchen Ausmaß ruinieren! Uns einfachen Menschen braucht ja nur ein bißchen der Finger wehzutun, und schon brechen wir in Gejammer aus!«

Kleopatra drückte etwas Creme aus der Tube auf ihren Zeigefinger und verteilte sie zunächst auf Genosse Zylos Schulterblättern. Dann rieb sie sie ganz behutsam mit ihren weichen Händen in die Haut ein. Er zuckte ein wenig zusammen, denn mochten Kleopatras Hände auch noch so zart sein, so verursachten sie ihm doch Schmerzen.

»Vorsichtig!« mahnte Adem Adashi.

»Das weiß ich selber!« versetzte Kleopatra.

»Au!« stöhnte Genosse Zylo.

»Verzeihen Sie mir«, und sie begann, noch sanfter zu reiben.

Als ihre Hände gerade die Partie unter Genosse Zylos Schulterblättern erreicht hatten, erschien Adila in einem neuen Badeanzug. Sie wunderte sich zuerst, daß da eine junge Frau ihren Mann massierte, aber dann lachte sie schallend:

»Ich wußte ja, daß Kleopatra zarte Hände hat, aber ich konnte mir nicht vorstellen, daß sie so geschickt damit umzugehen versteht.«

»Wir alle waren in schwerer Sorge um den Genossen Zylo«, sagte Mitro Karapataqi etwas verkrampft.

Kleopatras Hände wanderten ganz unbeabsichtigt unter Genosse Zylos Achseln. Da konnte er nicht mehr an sich halten; er sprang hoch und kicherte los, weil Kleopatra ihn gekitzelt hatte. Unsere Runde jauchzte und jubelte. Adila aber wurde feuerrot und biß sich auf die Lippen.

»Entschuldige, Genosse Zylo!« bat Kleopatra.

»Das macht doch nichts. Meine Haut ist überempfindlich. Auch da, wo kein Sonnenbrand ist, brauchst du mich nur zu berühren. Ich bin so schrecklich kitzlig. Aber Schwamm drüber!« beruhigte er sie.

»Oh, Sie haben sich ja auch vorne verbrannt!« rief Kleopatra bestürzt aus.

Adilas Miene verriet inzwischen gereizte Stimmung. Sie verzog den Mund und senkte die Augen. Ich merkte, daß ihr etwas Beleidigendes auf der Zunge lag, aber ihre Höflichkeit hielt sie zurück.

»Gib mir jetzt die Creme, vorn reibe ich mich selber ein! Nur, bis auf den Rücken komme ich ja nicht mit meinen Händen«, wehrte Genosse Zylo hastig ab.

Er nahm die Tube und warf einen Blick auf seine Frau.

»Willst du mich vielleicht eincremen, Adila?« fragte er ziemlich schuldbewußt.

»Nein«, erwiderte Adila kühl.

»Du hast recht. Dann muß man sich erst wieder die Hände mit Seife waschen, weil sie fettig sind und die Sandkörnchen daran haften bleiben«, stammelte Genosse Zylo.

Adila gab keine Antwort, und er begann, sich selber einzureiben.

11

Am Abend fühlte Genosse Zylo sich besser. Kleopatras Creme war tatsächlich gar nicht so schlecht. Da ihn sein Sonnenbrand nicht mehr so arg peinigte, beschloß er, einen Kaffee mit mir zu trinken. Der Abend war mild, und es wehte eine leichte Brise. Wir gingen ins Café und bestellten zwei Kaffee und zwei Glas Mineralwasser. Ein eigentümliches Schweigen hatte sich unserer bemächtigt. Wir saßen einfach nur da, ohne zu sprechen, und lauschten dem Rauschen der Wellen.

Mich beschäftigte ein seit langem gehegter Gedanke, den ich dem Genossen Zylo schon mehrmals anvertrauen wollte, aber es hatte sich noch nie die richtige Gelegenheit ergeben. Schon seit längerem spürte ich, daß ich meiner Arbeit überdrüssig war. Ich verzehrte mich Tag für Tag mehr, ohne einen Nutzen daraus zu ziehen. In eine Maschine aus Fleisch und Blut hatte ich mich verwandelt! Der Mechanismus dieser Maschine, mein Gehirn, arbeitete unaufhörlich und stieß Phrasen aus, die dann, wie auf einem Fließband aneinandergereiht, die Produkte bildeten — Berichte, Diskussionsbeiträge, Vorträge und Referate...

Ich saß neben dem Genossen Zylo und blickte aufs Meer hinaus. Aus der Ferne blinkte ein Leuchtfeuer herüber. Bald leuchtete das rote Lichtsignal auf, bald verschwand es wieder in der Dunkelheit, die die See einhüllte. Im Hafen drüben war ein hell erleuchteter ausländischer Dampfer zu sehen. Vielleicht feierten die Seeleute den Geburtstag eines ihrer Mannschaftskameraden.

Genosse Zylo schaute zu einem Tisch in der äußersten Ecke der Veranda hinüber und bemerkte nachdenklich:

»Es gibt Menschen, die ihre Arbeit schnell satt haben. Der da hinten an dem Tisch hat schon an die zehn Mal die Stelle gewechselt.«

Ich drehte mich um und bemerkte einen dicken Mann, den ich nicht kannte.

»Auch ich, Genosse Zylo, möchte die Stelle wechseln. Die Arbeit macht mir keinen Spaß mehr«, sagte ich, die Gelegenheit beim Schopfe packend.

Er wurde ernst und zuckte mit den Schultern.

»Paß mal auf, Demka, ich werde dir ein japanisches Märchen erzählen:

Einmal, vor langer Zeit, wünschte sich ein Mann eine leichtere Arbeit. Was er bis dahin getan hatte, erschien ihm entweder zu schwer oder zu eintönig. Schließlich hörte er eines Tages, daß es auf der Welt eine Insel gäbe, wo Menschen mit nur einem Auge auf der Stirn lebten.

›He‹, sagte er zu sich, ›wie wäre es denn, wenn ich mir so einen Einäugigen einfinge und ihn durch die Straßen führte? Wer ihn besichtigen wollte, müßte dafür bezahlen, sowie man den Leuten etwas zahlt, die einen Affen oder einen Bären zur Schau stellen. Wieviel Geld könnte ich damit verdienen!‹

Er bestieg ein Boot und fuhr über die Meere, um nach dem Einäugigen zu suchen. Lange zog er so durch die Welt und bestand die merkwürdigsten Abenteuer, bis er endlich zu einer einsamen Insel gelangte. Dort auf der Insel trat aus dem Waldesdickicht ein Mensch, der einen gar schrecklichen Anblick bot: Er hatte nur ein Auge, und das trug er auf der Stirn. Da freute sich der Fahrensmann.

›Jetzt‹, sprach er, ›muß ich dieses Monstrum nur noch einfangen und in mein Boot bringen.‹

Aber weit gefehlt! Der Einäugige rief seinen Gefährten zu:

›Leute, he Leute! Übers Meer ist ein Ungeheuer mit zwei Augen zu uns gekommen. Kommt her und schaut euch das seltsame Wesen an!‹

Da eilten alle Einäugigen herbei, packten den Mann und zerrten ihn mit sich fort in den Wald. Sie bestaunten ihn, nahmen ihn an der Hand und führten ihn den anderen vor. Wer ihn zu sehen bekam, zahlte dafür, und jeder Schaulustige gab liebend gern eine Silbermünze.«

Als er das Märchen zu Ende erzählt hatte, fragte Genosse Zylo:

»Hast du gut zugehört, Demka?«

Ich nickte, von Genosse Zylos Weisheit völlig überrumpelt.

Der Kaffee war inzwischen kalt geworden. Erneut zog Stille an unserem Tisch ein. Anscheinend hatte Genosse Zylo an diesem Abend keine Lust, über Nichtigkeiten zu reden, mich aber beunruhigte sein Schweigen.

Da schweiften meine Gedanken zu Kleopatra. Wäre sie an unserem Tisch, ginge es hier wohl lebhafter zu!

Vom anderen Ende der großen Veranda klangen dic Töne einer Kapelle herüber. Im Takt der Musik klopfte Genosse Zylo mit den Fingern auf den Tisch.

»Demka«, sagte er unvermittelt, »nur gut, daß kein anderer hier ist.«

Diese Worte erstaunten mich. Aus seinem Tonfall glaubte ich eine Ermüdung herauszuhören, die mir unerklärlich war. Auch heute, da ich diese Aufzeichnungen niederschreibe, weiß ich diesen Satz nicht zu deuten, der so unerwartet und unvermutet gesprochen wurde.

»Demka«, setzte er wieder an, »wir entstammen den Legenden. Mein Urgroßvater, mein Großvater und auch mein Vater schaukelten einst in der Wiege der Legenden. Was aber war diese Wiege? Nichts weiter als ein Brett. Und woher stammte dieses Brett? Von den mächtigen Schwarzkiefern oder von den ausladenden Buchen? In diesen Bäumen tummelten sich nämlich die Shtojzovallen, die Waldfeen. Eine Schwarzkiefer wurde gefällt und Bretter aus ihr geschnitten. Und aus einem dieser Bretter entstand die Wiege. Die Shtojzovalle, die Tochter der Legende, kam, setzte sich an die Wiege und sang ihr Eiapopeia. Was aber ist ein Wiegenlied? Nichts anderes als eine Legende, Demka. Ich versichere dir: Ich entstamme den Legenden! Zwar habe ich versucht, diese Legende zu verdrängen und zu Staub zu machen... Sogar mit der Flinte habe ich nach ihr geschossen, mit Schrotkugeln und mit scharfer Munition wie Dialektik, Aktion, Transformation, wissenschaftlich-philosophischer Aktivierung — aber umsonst! Immer wieder hat die Legende meines Ursprungs mich eingeholt, und ich bleibe ihr Sohn. Du schreibst mir meine Referate, Demka. Sicher, ich könnte sie auch selber verfassen, doch die Legende, der ich entstamme, läßt es nicht zu. ›Soll es doch der Demka machen!‹ sagt die Legende zu mir. Und ich gebe dann dir den Auftrag. Und nun hör mir gut zu: Erst wenn wir uns von der Legende lösen, finden wir unsere Ruhe«, schloß Genosse Zylo seine Rede.

Er ballte die Hände zu Fäusten, ließ seinen Kopf auf die verschränkten Arme, die er auf den Tisch gelegt hatte, sinken und seufzte. Die Kaffeetasse stand dicht neben seinem wirren Haarschopf. Ich sah ihn verdutzt an.

»Genosse Zylo!« rief ich schließlich besorgt aus.

»Was ist?« fragte er und hob langsam den Kopf.

»Ist Ihnen vielleicht unwohl?«

Genosse Zylo setzte ein Lächeln auf und schüttelte den Kopf. »Wenn jemand mal einen Gedanken außerhalb des Üblichen äußert, fragt man ihn gleich nach seiner Gesundheit! Ach, Demka«, seufzte er wieder.

Wie wir so dasaßen, hörten wir plötzlich von jenseits des Geländers, das die Veranda umschloß, den Hilferuf einer weiblichen Stimme. Ein hochgewachsener Kerl, das Hemd bis zum Nabel aufgeknöpft, bedrohte ein Mädchen. Sie hielt die Hände vors Gesicht und schrie herzzerreißend. Genosse Zylo sah erst mich an, schaute dann zu den Streitenden hinüber und erhob sich jäh. Er nahm Anlauf, sprang über das Geländer und stand im nächsten Augenblick vor den beiden.

»Schäm dich, du Schuft!« schrie er den Burschen an, der in drohender Haltung vor dem Genossen Zylo verharrte.

»Scher dich weg!«

»Hau du gefälligst ab!« knurrte dieser und holte zum Schlag aus.

Genosse Zylo stieß den Arm seines Widersachers zurück und verpaßte ihm einen Faustschlag auf den Kiefer. Der Kerl wich zur Seite aus und versuchte, es ihm heimzuzahlen. Genosse Zylo aber kam ihm zuvor, mit einem Schlag, der auf der Nase landete. Der Bursche mit dem aufgeknöpften Hemd fiel rücklings in den Sand und blieb liegen. Genosse Zylo nahm das Mädchen beim Arm, stieg mit ihr die Treppe zur Veranda hinauf und führte sie zu dem Tisch, an dem ich saß. Vor lauter Überraschung hatte ich mich nicht einmal erheben können, um ihm beizustehen.

»So etwas schickt sich aber nicht, Mädel!« sagte Genosse Zylo vorwurfsvoll und ganz blaß im Gesicht.

»Den kenne ich doch überhaupt nicht. Er hat mir nachgestellt. Vielen Dank!« stammelte sie, noch immer ganz außer sich.

Inzwischen hatte sich der Mann wieder erhoben. Er führte sein Taschentuch zur Nase, um das Blut zu stillen, schielte kurz zu unserem Tisch herüber und zog von dannen, wobei er vor sich hin murmelte:

»Wir sprechen uns noch!«

Genosse Zylo machte nur eine verächtliche Handbewegung. Alle Gäste wandten uns die Köpfe zu. Überall hörte man es flüstern:

»Genosse Zylo hat diesem Schuft aber eine gehörige Lektion erteilt!«

Ich saß noch immer starr vor Verwunderung da. Wie wenig kannte ich ihn doch!

»Geh nach Hause, Mädel, und beruhige dich! Hab keine Angst! Keiner wird es mehr wagen, dich anzurühren«, sagte er väterlich.

Das Mädchen, ganz verschüchtert und kreidebleich, bedankte sich noch einmal bei ihm und entfernte sich dann durch die Tischreihen.

»Ach, Demka«, seufzte Genosse Zylo, »hatte ich dir nicht gesagt, daß wir den Legenden entspringen?«

Lion Feuchtwanger

Marianne in Indien

1

In der dritten Woche nach der Abfahrt aus Portsmouth hatten sich alle Passagiere der ›Duke of Grafton‹ beschnüffelt, angefreundet oder verfeindet, und jeder kannte jeden von innen und außen. Die Reise von England nach Indien dauerte lange, man mußte das Kap der Guten Hoffnung umsegeln. Von Portsmouth nach Madras rechnete man, wenn es gut ging, neunzehn Wochen, es kam aber auch vor, daß man sechs Monate an Bord bleiben mußte. Man fuhr jetzt die Westküste Afrikas hinunter, es war verdammt heiß. Die Schiffe der Ostindischen Kompagnie waren nicht die komfortabelsten, und die ›Duke of Grafton‹ war nicht das komfortabelste unter ihren Schiffen. Die mangelnde Bequemlichkeit war unangenehm, unangenehmer die Hitze; aber das Schlimmste war die Langeweile.

Es waren insgesamt außer der Besatzung einundvierzig Passagiere an Bord. Zumeist Militärs, die Mehrzahl zum ersten Mal auf dem Weg nach Indien, dann einige Beamte der Handelsgesellschaft, ein Geistlicher. Nur fünf Damen: die Generalin Clavering, eine Miss Pearce, Frau und Tochter des Residenten der Kompagnie in Moorshedabad, dann eine deutsche Dame, Mrs. Imhoff, in Begleitung ihres Mannes und ihres vierjährigen Kindes.

Indien war strapaziös und verlockend. Man mußte, ging man dort hin, in großer Not sein oder sehr viel Mut und Zutrauen zu seinem Glück haben. Viele kehrten zurück mit dikkem Geld und zerstörter Gesundheit, viele nur mit zerstörter Gesundheit, viele verendeten frühzeitig unter dem bösartigen Himmel. Ein unangenehmes Land, hundert Grad Fahrenheit schon im Frühjahr, und eine unheimliche Bevölkerung. Siebzehntausend Weiße unter siebzig Millionen Farbigen. Alles unzuverlässig, unberechenbar; niemals, wenn man in diesem Land war, hatte man festen Grund unter den Füßen. Die militärische Karriere freilich ließ sich dort bunt und vielversprechend an, alle Chancen waren üppiger als sonstwo. Hatte nicht der dreißigjährige John Charles Maclin, Bruder des Hugh Maclin hier auf dem Schiff, in vier Jahren vierzigtausend Pfund gemacht? Dafür nahm mancher eine kranke Leber in Kauf.

Was also achtunddreißig von den einundvierzig Passagieren der ›Duke of Grafton‹ in Indien wollten, lag offen zutage. Nur: was in aller Welt suchte dieser Deutsche auf dem Schiff, dieser etwas dickliche, bewegliche, schon angegraute Herr mit Weib und Kind? Er nannte sich Christoph Karl Adam Baron Imhoff. Allein man glaubte nicht recht an seinen Adel, auch die Passagierliste des Schiffes nannte ihn einfach Mr. Imhoff. Einigen von den Passagieren hatte er erzählt, er sei Maler, er suche Motive in Indien, wolle vornehmlich einheimischen Fürsten Miniatur-Porträts malen, à la mode, auf Elfenbein und Porzellan. Ein abenteuerlicher Plan, doppelt dunkel, wenn einer Weib und Kind mitschleppte. Man hörte seine farbigen, in geläufigem, fehlerhaftem Englisch vorgebrachten Erzählungen kühl an, blieb reserviert vor seinen zudringlichen Versuchen, ins Gespräch zu kommen, ließ das deutsche Ehepaar vereinsamt.

Das hinderte nicht, daß das fremdartige Paar alle Passagiere höchlich interessierte. Mrs. Imhoff war viel jünger als ihr Mann, vielleicht zweiundzwanzig, hatte zarte und doch frische Farben, zu blondem Haar eine sehr feine Haut, graue

Augen unter einer niedrigen Stirn. Sie lachte gern mit kleinen, zierlichen Zähnen. Die ganze Frau, obwohl sie lang und groß war und für einen in der Nähe Stehenden vielleicht etwas scharfe Züge hatte, wirkte zart und behend. Haltung und Gespräch der Herren, promenierte diese zweifelhafte Baronin über Deck, änderten sich. Man redete lauter dann, interessanter, riß Geste und Bewegung elegant zusammen. Die Damen hingegen, vornean die Generalin Clavering, wurden, kam Mrs. Imhoff in die Nähe, stumm, ihre Gesichter hölzern.

Man war unter einem gleichmäßig tropischen Himmel, schwitzte, langweilte sich. Drei Wochen auf einem Schiff sind eine lange Zeit, und wenn man unter den anderen eine verwikkelte, viel nuancierte Gemeinschaft sieht, aus der man selber ausgeschlossen ist, dann spürt man die Länge der Fahrt doppelt. Vielleicht litt das deutsche Ehepaar darunter am meisten, vielleicht hatten unter allen an Bord sie die trübste, schwerste Zukunft vor sich; doch der Baron machte nach wie vor heitere, ungenierte Versuche, den andern näherzukommen, die Baronin hielt ihr helles, hübsches, kleinzahniges Lächeln fest. Auch die ständige Mühe um ihr Kind schien die Baronin nicht anzufechten. Unter allen Wesen an Bord war, abgesehen von den Ratten, dieser vierjährige Knabe das beweglichste. Von der Mutter mit unveränderter Freundlichkeit zurechtgewiesen, gebeten, getröstet, lief der kleine, dicke Bursche von einem Ende des Schiffes zum andern, spielte mit Hund und Vögeln, stellte dem Kapitän unverständliche, deutsche Fragen, krähte, plärrte, störte die Matrosen in ihrer Arbeit, verlor sich jede Woche drei bis vier Mal unauffindbar unter Segelwerk, im Kielraum, war immer in Lebensgefahr, kroch und fiel den Passagieren zwischen den Beinen herum. »Karl! Aber Karl!« hörte man tagaus, tagein die helle Stimme der Mrs. Imhoff, und die Passagiere erklärten einander, daß Karl Charles heiße.

Einmal, beharrlich und ungeschickt einen Kreisel treibend, geriet der Knabe Karl in die Nähe der Generalin Clavering, die, trotz der Hitze würdig und vielfältig bekleidet, über das Verdeck schritt. Der Kreisel verfing sich in ihrer Schleppe. Der dicke Knabe lief zu, fiel, hielt sich an ihrem Rock fest, riß den Rock entzwei. Die Generalin raffte das zerissene Kleid, verkniff säuerlich das große Gesicht, wollte wortlos weiter. Mrs. Imhoff kam hinzu, sprach beflissen, zart überrötet, in einem Gemisch von Deutsch und Englisch auf die Generalin ein, auf den Knaben, ihn offenbar auffordernd, er solle sich entschuldigen. Aber das Kind stand pausbäckig und verstockt, die runden Augen starr geradeaus. Die Generalin erwiderte kalt: »Ich verstehe nicht«, hob die Achseln, ließ sie ausdrucksvoll fallen, ging, Kopf hoch, Augen stramm nach vorne, weiter. Mrs. Imhoff sah nicht mehr hell und heiter aus. Ihr Rücken wurde schlaff, ihr Gesicht, peinvoll, tiefrot, zuckte, scharfe Linien zeigten sich. Sie war auf einmal eine müde, kummervolle Frau.

Wie sie, den schmollenden, verbockten Knaben an der Hand, sich entfernen wollte, kam ein kleiner Herr in kaffeebraunem Rock auf sie zu, langes Gesicht, lange Nase, lange Augen unter breiter Stirn, starkes Kinn, die Kleidung trotz der Hitze akkurat gefältelt, gebunden und geknüpft, und sagte langsam, höflich: »Es muß schwer sein, Mylady, eine so lange Reise mit einem Kind zu machen, auch wenn das Kind sehr nett und die Mutter sehr geduldig ist.« Mrs. Imhoff schaute den Kaffeebraunen an, sie erinnerte sich dunkel, daß der Baron ihr gesagt hatte, der kleine, reservierte Herr sei sehr wichtig; aber er lasse niemand an sich heran. Sie lächelte sogleich wieder freundlich und sah zart und jungmädchenhaft aus. »Oh, mein Herr«, sagte sie in gebrochenem Englisch, »es ist im Gegenteil. Es ist schön, es ist süß«, korrigierte sie sich, »ein Kind mit sich zu haben, und es ist scheußlich, ohne.« Der Kaffeebraune hörte aufmerksam zu, versicherte nochmals, sehr langsam, in einfachen Worten, damit sie ihn verstehen könne, wie nett der Knabe sei. Vermutlich war er außer der Mutter der einzige an Bord, der diese Meinung hatte. Mrs. Imhoff erwiderte eifrig, entschuldigte sich wegen ihres gräßlichen Englisch. Der Herr fand ihr Englisch wundervoll. Er schien wenig stattlich, doch intelligent. Die Baronin war größer als er, ihre helle, muntere Art stach ab von seiner etwas gravitätischen. Die Damen schauten erbittert, die Herren angeregt der Unterhaltung zu. Der Baron kam heran. In der Hitze und der Langeweile des Schiffes schienen die drei die einzigen, die sich wohlfühlten. Des Mittags aßen sie zusammen, der Knabe Karl schüttete Brühe über den Rock des Kaffeebraunen, und der Kaffeebraune fand das reizend.

Nach dem Lunch, als man in den Kabinen ruhte, erklärte der Baron seiner Gattin die Stellung des Kaffeebraunen. Der war ein gewisser Mr. Warren Hastings. Die Baronin hatte den Vornamen Warren nie gehört und bemühte sich in ihrem hellen Schwäbisch, ihn verständlich auszusprechen. Der Baron setzte ihr auseinander, dieser Mr. Hastings gehe als Erster Rat nach Madras. Da der Gouverneur von Madras, ein Herr Du Pré, alt und nurmehr dekorativ sei, habe dieser Mr. Hastings faktisch die Präsidentschaft Madras zu regieren. Was die Präsidentschaft Madras sei, fragte die Baronin gähnend; denn jetzt fühlte sie, doch nicht unangenehm, Hitze und Müdigkeit. Ob sie so groß sei wie das Herzogtum Württemberg. Sie stammte aus Stuttgart, und bisher, vor dieser großen Reise, hatte sie außer Stuttgart nur die Stadt Nürnberg kennengelernt, wo der Baron die letzten Jahre gewohnt hatte. Ja, die Präsidentschaft mochte so zwanzig Millionen Seelen zählen, Württemberg achthunderttausend. Da sei also der kleine kaffeebraune Herr gewissermaßen mächtiger als der Herzog Karl Eugen, sagte die Baronin und mußte lachen. Ja, versicherte eifrig Karl Adam und begann Marianne wieder einmal die indischen Dinge in starken Farben zu schildern. Das riesige, menschenwimmelnde Land mit seiner seltsamen, hochkultivierten, babyhaft schwachen Bevölkerung, die jeder kluge, entschlossene Mann mit dem kleinen Finger unterwerfen könne. Lord Clive hatte gezeigt, daß 900 Engländer mit 50.000 Eingeborenen fertig werden konnten. Merkwürdige Kerls, die Eingeborenen. Bei aller Feigheit manchmal recht bedrohlich. Besonders, wenn es sich um ihre Götter und heiligen Tiere handelte. Sie wichen aus, bückten sich, waren nicht zu fassen. Schworen wegen läppischer Dinge zahllose Meineide, wunderten sich, wenn man sich darüber wunderte. Starben beharrlich, wortlos, um ebenso läppische Dinge. Herr von Imhoff fantasierte von den Märchenschätzen, den Dschungeln, den Pagoden, den auf Gold und Elefanten thronenden Radschas, den mit magnetischen Kräften begabten Heiligen, den Tempeltänzerinnen, dem unendlichen Gewimmel der jedem Weißen dienstbaren Sklaven. Er sprach von den großartigen Möglichkeiten, welche die europäische Konstellation, der Krieg, das Durcheinander der holländischen, englischen, französischen Interessen einem klugen Mann in diesem Lande biete. Man müßte nur, etwa als Berater eines einheimischen Fürsten, die Interessen der einzelnen europäischen Länder gegeneinander ausspielen. Herr von Imhoff träumte davon, wie er mit seiner Miniaturenmalerei die Gunst eines der einheimischen Potentaten gewinnen, sich ihm unentbehrlich machen, aus dem riesigen Kuchen Indien sich ein gutes Teil herausschneiden, millionenschwer nach Europa zurückkehren werde.

Marianne hörte schweigend zu. Die zarten Lider lagen bläulich geschlossen mit langen, dunkelblonden Wimpern. Sie liebte ihren Mann und hörte ihn gerne reden, weil er bunt und abenteuerlich war. Es war so monoton gewesen in Stuttgart, man lebte ärmlich, eine kleine Anna Maria Apollonia Chapuset, dritte Tochter einer armen französischen Emigrantenfamilie, sich an dem prunkvollen württembergischen Hof nur an der Peripherie haltend, immer kämpfend gegen schlecht verhehlte Verachtung. Als da der weitgereiste, weltläufige, fränkische Baron auftauchte der langen, zarten, unerfahrenen Marianne Chapuset glühend den Hof machte, war es nicht verwunderlich, daß ihr seine Galanterie letzte, höchste Traumerfüllung schien. Rasch und willig verführt, wunderte sie sich, wie glatt und großartig alles ablief. In einer von allen Seiten pathetischen Unterredung zwangen Vater und Bruder den schon etwas angejahrten, abgeschabten Baron, Marianne zu heiraten. Karl Adam von Imhoff hatte viel erlebt und von einer längeren Reise in der Türkei einen gewissen Fatalismus mitgebracht. Warum nicht? sagte er und heiratete. Bedenken hatte nur die Mutter Susanna Chapuset. Ihr gefiel der Baron Imhoff gar nicht; er war windig, ein Abenteurer, ohne Geld. »Da hast du dich auch nicht ins Selzhäfele gesetzt«, sagte sie sorgenvoll, als Marianne mit ihrem Gatten in die Kutsche stieg.

Unter Selzhäfele aber verstand man Töpfe mit Himbeermark, wie man es in jener Gegend besonders lecker bereitete. Trotz der Befürchtungen der Mutter Chapuset hatte sich indes die Ehe nicht schlecht angelassen. Man war nach Nürnberg gezogen, ein erstes Kind war gestorben, das war vielleicht ganz gut. Dann bot sich Gelegenheit, auf nicht recht einwandfreie Art Schulden zu machen. Marianne verstand nichts von Geschäften und litt nicht unter Schulden. Als es brenzlig wurde und der Baron die abenteuerliche Fahrt nach Indien vorschlug, trug sie kein Bedenken, einen letzten, großen Coup zu machen, und pumpte ihrerseits aus dem geschädigten, dummen Gläubiger ein letztes, großes Darlehen heraus. Jetzt also war man auf der ›Duke of Grafton‹, mit einem gesunden Kind, viel Zuversicht, sehr wenig Geld.

Auch der Kaffeebraune mit dem schwierigen Vornamen ruhte auf seinem schmalen Bett in der heißen Kabine. Er war sechzehn Jahre in Indien gewesen, böses Klima, schwierige Verhältnisse, Strapazen aller Art gewöhnt. Gewöhnt, in schwierigen militärischen Situationen rasche Entschlüsse zu fassen, mit unverständlichen Eingeborenen komplizierte diplomatische Verhandlungen zu führen. Gewöhnt, Maßnahmen, die in Madras oder in Kalkutta ebenso selbstverständlich wie im Geschäftshaus der Ostindischen Kompagnie in der Leadenhall Street in London unbegreiflich erschienen, mit großer Geduld für London gegen London zu verteidigen. Gewöhnt, wenn man in London Geld *und* Humanität wünschte, aus dem Dilemma Geld *oder* Humanität immer wieder herauszufinden. Er war gewohnt, Waren zu prüfen, riesige Transporte zu organisieren, Stapelplätze zu errichten, die zugleich Festungen waren, sich zwischen den Wechselfällen von Seekriegen, die nach Piraterie ausschauten, durchzuwinden, geschäftliche Transaktionen durchzuführen, die in die hohe Politik hineinschmeckten. Er hatte seinen Spaß daran, in einem unerträglichen Klima Politik, Strategie, Eingeborenenpsychologie, englische Zivilisation, indische Kultur so ineinander zu mengen, daß für Leadenhall Street eine hohe Dividende heraussprang. Nebenbei las er lateinische Klassiker, schrieb Verse, trieb Sport, erlernte die Sprachen der Eingeborenen. Es gab nur Eines, was ihm an die Nieren ging, das war Beschäftigungslosigkeit. Er wußte, je härter die Lage war, um so mehr nahmen seine Kräfte zu. Hier auf dem Schiff konnte er nichts tun als Klassiker lesen und mit Major Archibald Callender Schach spielen. Das machte ihn krank.

Er konnte nicht schlafen. In der heißen Kabine überlegte er, daß es im günstigsten Fall noch sechzehn Wochen dauern werde, bevor er in Madras anlangte. Er überlegte, daß er hatte Schulden aufnehmen müssen, um die reichlichen Pensionen weiter zu zahlen, die er während seines englischen Aufenthaltes seinen zahlreichen armen Verwandten ausgesetzt hatte. Er dachte an die Herrschaft Daylesford, die er jetzt wieder gesehen hatte, das alte, vor drei Generationen veräußerte Familiengut. Waren zehn Jahre Arbeit in Madras und in Bengalen zu viel, um Daylesford zurückzugewinnen? Sie waren nicht zu viel. Er lächelte mit langen Lippen.

Als die Abendkühle einfiel, traf er die deutsche Dame an Deck. Er fand den Jungen wirklich nett, aber es war nicht unangenehm, daß Lady Imhoff ihn schon zur Ruhe gebracht hatte. Mr. Hastings trug wieder einen kaffeebraunen Rock, doch diesmal einen andern. Die Baronin hatte sich umgezogen, sie erschien in einem Gewirr von hellen Tüchern, Schleiern, Spitzen, das blonde Haar turmhoch aufgebaut, mit zierlichen Bändern gehalten. Mr. Hastings erzählte von Madras und Bengalen. Sehr anders als Herr von Imhoff. Er sprach von Ziffern, Zöllen, Steuern, Verwaltungsmaßnahmen. Die Baronin hörte freundlich lächelnd zu. Glitt ab vom Faktischen, wurde sentimentalisch, wie es die Mode vorschrieb. Doch es zeigte sich, daß es infolge der Verschiedenheit der Sprachen schwer war, sich auf diesem Gebiet zu verständigen. Der Kaffeebraune sah aufmerksam auf die langen, rosigen Lippen der blonden Frau, verstand vieles falsch oder gar nicht, und beide, während sie die seelischen Veränderungen erörterten, die der Himmel bewirkt, mußten über ihre sprachlichen Mißverständnisse oft und herzlich lachen.

Sämtliche andern neununddreißig Passagiere, auch der Kapitän, die Besatzung, die farbige und die weiße Dienerschar, schauten interessiert dieser Unterhaltung zu. Die Generalin Clavering sagte zuerst sich, später anderen, es sei jetzt evident, daß das Anrüchige an diesem Ehepaar von der Frau ausgehe, nicht vom Mann. Während sie früher Mr. Imhoff hatte abfahren lassen, beschäftigte sie sich jetzt mitleidvoll mit dem von seiner Gattin so gröblich Vernachlässigten.

Mr. Hastings war gewöhnt, Gespräche so zu lenken, wie es ihm beliebte. In den überaus schwierigen Unterredungen mit Eingeborenen, in denen der krümmste, blumigste Weg der geradeste war, konnte ihn nichts von seinem Ziel abbringen. In dieser Unterredung mit der Baronin Imhoff führte sie. Mr. Hastings korrigierte geduldig die zahlreichen Fehler der Baronin. Sie lachte, verbesserte sich, prägte sich das Richtige ein, machte in der nächsten Minute den gleichen Fehler. Hastings fand, was sie sagte, sinnvoll und reizend.

Bei Tisch teilte der Baron dem Ersten Rat der Präsidentschaft Madras seine Ansichten über Indien mit. Der Baron war ein fantasiereicher Mann, mit Einfällen, absonderlichen Assoziationen, Sinn für Farben, für Poetisches. Mr. Hastings fand Geschmack an ihm. Er hatte selber Freude an Poesie. Arbeitete an der Übertragung eines kleinen indischen Epos. Auch an seinen beschäftigtsten Tagen widmete er den Musen mindestens zwanzig Minuten. Aber er trennte säuberlich Dichtung und Geschäft, und seine Verehrung indischer und persischer Verse hinderte ihn nicht, die Interessen der Handelsgesellschaft gegen Hindus und Mohammedaner scharf wahrzunehmen. Marianne konnte dem englisch geführten Gespräch der Männer nicht recht folgen, warf ab und zu einen banal schalkhaften Satz ein.

Hernach, im Bett, setzte der Baron seiner Frau auseinander, die Erfolge dieses Mr. Hastings rührten daher, daß er kein Philosoph sei. Wer erst lange frage, wozu und warum, könne eine Handlung nie mit wirklichem Erfolg durchführen. Dieser Mr. Hastings werde Indien vermutlich deshalb vollends erobern, weil er sich nicht frage, wozu. Er, Karl Adam, sei natürlich viel begabter als der Kaffeebraune. Aber leider sei er ein Philosoph, gewissermaßen ein Dichter. Darum müsse er sich darauf beschränken, die Pastete zu verstehen und zu erklären, indes der Kaffeebraune sie esse.

Marianne, während ihr Karl Adam dies erklärte, schlief in freundlicher Laune ein. Sie hatte ungeheuren Respekt vor ihrem Mann und seiner Philosophie; aber sie wußte auch ohne ihn sehr genau, was mit dem kleinen, gravitätischen, kaffeebraunen Herrn los war. Er gefiel ihr, denn sie fühlte sich ihm überlegen. Der romantische Baron war ihr überlegen, darum liebte sie ihn.

Den Vormittag darauf ereignete sich eine kleine, peinliche Szene. Der Knabe beschmutzte die Kabine. Die Baronin, die auf Sauberkeit hielt, gab der Stewardess Auftrag, Ordnung zu machen. Die Kabine kaum gesäubert, beschmutzte sie der Knabe Karl von neuem. Das Mädchen, von neuem herbeigeholt, maulte. Die Baronin bat Karl Adam, er möge der Person ein Trinkgeld geben. Karl Adam erklärte sich dazu außerstande. Er hänge nicht am Geld, doch die fünfzehn Louisdor, die er jetzt noch besitze, seien für den Aufenthalt in Indien bestimmt. Sie reichten höchstens eine Woche, und er habe sich fest entschlossen, sie nicht anzugreifen. Das Mädchen stand während dieser Unterredung dabei, rührte nicht die Hand. Sicher begriff sie nicht die deutschen Worte, doch wahrscheinlich den Sinn. Als nichts erfolgte, ging sie, ohne den Befehl der Baronin ausgeführt zu haben. Marianne überlegte, ob sie sich beschweren solle, zog es vor, das Mädchen freundlich zu bitten, durch eine kleine Schmucknadel zu besänftigen.

Zum Diner zog sich der Baron jetzt besonders glänzend an. Viel glänzender als der Erste Rat von Madras, der nach wie vor abwechselnd seine beiden kaffeebraunen Röcke trug. Aber der Atlasrock Imhoffs war etwas verschlissen, auch die Perücke hätte erneuert werden sollen, und der strenge Mr. Hastings stach, nicht zum Vorteil des Barons, sehr von ihm ab. Marianne schwatzte viel deutsch; wenn sie englisch sprach, machte sie die gleichen Fehler wie am ersten Tag. Sie sah, daß der korrekte Mr. Hastings ihr plapperndes Schwäbisch ebenso reizend fand wie ihr fehlerhaftes Englisch. Sie liebte ihren Mann und beschloß, Mrs. Hastings zu werden.

Die Generalin Clavering war jetzt viel mit dem Baron Imhoff zusammen. Kam Marianne hinzu, so wurde sie hölzern, tat nicht mehr den Mund auf, verabschiedete sich bald. Marianne beschloß, Mrs. Hastings zu werden und den Vortritt vor der Generalin zu haben.

Drei Tage später erkrankte Warren Hastings. Der medizinisch gebildete Reverend A. Salmon konnte den Sitz des Übels nicht feststellen. Verordnete, etwas ins Blaue hinein, fieberstillende Mittel. Es war aber der Grund der Erkrankung des Kaffeebraunen seine Beschäftigungslosigkeit; denn er fühlte sich wohl nur in Bedrängnis und rastloser Arbeit.

Marianne Imhoff saß in der heißen, schlechtgelüfteten Kabine, pflegte den Fiebernden. Beschaute seine lange Nase, die ohne Sattel die Stirn fortsetzte, und die jetzt in dem hagern Gesicht doppelt lang erschien. Beschaute das starke Kinn, die mächtige Stirn, die blank, ungeheuer hoch hinaufragte, da der Schädel des Neununddreißigjährigen sich zu enthaaren begann. Lauschte gespannt auf die Worte, die aus den dünnen, trockenen Lippen kamen. Verstand fast alles, verstand, daß er von Verwaltung redete, von Militär, daß er ab und zu einen lateinischen Klassiker zitierte. Sie hatte in Stuttgart oft Latein gehört, sie mußte lachen über die englische Aussprache des Lateinischen, und siehe, der Kranke, der bestimmt nicht wußte, daß sie da war, lachte mit.

Da sah Marianne Imhoff, die ihren Gatten Karl Adam liebte, daß sie und dieser Mann Hastings mit dem schwierigen Vornamen glücklich zusammenleben würden, und sie beschloß, ihn unter allen Umständen gesund zu pflegen. Skandalöserweise wich sie von jetzt an Tag und Nacht nicht aus seiner Kabine.

Als es Mr. Hastings besser ging und er zum ersten Mal ganz klar war, verlangte er nach einem Spiegel. Er war oft in Lebensgefahr gewesen, hatte brenzlige Situationen mit Ruhe gemeistert, die Mahnung des Horaz, in harten Dingen Gleichmut zu bewahren, war seine Devise. Allein, als er jetzt im Spiegel das abgezehrte, bärtige Gesicht sah, erschrak er sichtlich und verlangte mit ungewohnter, ungestümer Nervosität den Barbier. Marianne verstand seine Worte nicht, aber sie erriet. Mit raschem Instinkt fand sie das Rasiermesser, schlug Seife zurecht, machte sich daran, ihn zu rasieren. Er wehrte erschrocken ab; denn das war außerordentlich unschicklich. Doch Marianne beharrte, und im Lauf von dreiviertel Stunden, ihn nur fünf Mal ernsthaft schneidend, stellte sie des früheren Hastings Gesicht wieder her.

Mr. Hastings aber spürte während der Prozedur eine tiefe, unschickliche, ihm äußerst willkommene Intimität zwischen sich und dieser Frau. Mit der gleichen Kraft, mit der er entschlossen war, Indien vollends zu erobern und zu halten, beschloß er, die Ehe dieser Frau mit dem Baron Imhoff, der ihm nicht unangenehm war, scheiden zu lassen und sie zur Mrs. Hastings zu machen.

Als er wieder an Deck gehen konnte, bat er den Baron, ihm ein Miniatur-Porträt zu malen. Die andern Passagiere fanden es ein bißchen komisch, daß sich der Erste Rat von Madras von dem zweifelhaften Deutschen porträtieren ließ. Zuerst in seinem kaffeebraunen Rock und dann gar in seinem weinroten Staatsfrack. Es war übrigens nicht zu leugnen, daß der kleine Mann mit der mächtigen Stirn, die ohne Sattel in die lange Nase überging, mit den dicken Brauen und dem starken Kinn in diesem weinroten Frack und mit der großen Perücke imponierend aussah. Selbst der Knabe Karl hatte einen gewissen Respekt vor ihm.

Während der Sitzungen unterhielt sich Mr. Hastings mit Mr. Imhoff über deutsche, englische und indische Rechtsfragen, vor allem über solche, die Ehedinge betrafen. Mr. Hastings hatte politische, militärische, kaufmännische Siege erfochten: keiner hatte den ernsthaften Mann so erfreut wie die Mitteilung, daß vor den fränkischen Gerichten Ehen wegen gegenseitiger Abneigung, wegen Verschiedenheit des Temperaments getrennt werden konnten.

Mr. Hastings wurde jetzt schnell gesund, denn er hatte eine Aufgabe. An die Langwierigkeit orientalischer Verhandlungen gewohnt, pirschte er sich näher an den fleischigen, fantastischen Imhoff. Der sah ihn näher kommen, wußte, daß der Kampf verloren war, ehe er begann. Er liebte Marianne, und Hastings imponierte ihm. Beide waren energischer als er. Er hatte zu viel Fantasie, um energisch zu sein, sah zu viele Wege, um auf einem einzigen zu bleiben. So angenehm ihm diese

Ehe war, als Fatalist war er achselzuckend bereit, aus ihr genau so herauszuschlittern, wie er hereingeschlittert war. Auch hatte die Sache, als Fatalist verschloß er sich dieser Einsicht nicht, ihr Gutes. Aus der weitgeöffneten Hand dieses jungen indischen Eroberers konnte ein kluger Mann viel herausholen. Herr von Imhoff tuschte und pinselte an seinen Miniaturen und machte es dem andern nicht leicht. Es bedurfte langer, blumiger Vorverhandlungen, bis endlich Mr. Hastings und Mr. Imhoff einander ihre Gesichtspunkte unmißverständlich darlegen konnten. Dann freilich erwies sich, daß sie nicht unvereinbar waren. Mr. Hastings war in Gelddingen ebenso großzügig wie Mr. Imhoff in Sachen des Gefühls.

In der darauffolgenden Nacht hatte der Baron eine Unterredung mit Marianne. Karl Adam wollte zuerst mondän sein, skeptisch, zynisch, aber es gelang nicht recht. Sein fleischiges Gesicht sah bekümmert aus, alt, und Marianne liebte ihn sehr. Sie versuchte die ganze Geschichte ins Schalkhafte zu drehen, lachte viel mit ihren kleinen Zähnen. Doch auch ihr glückte es nicht. Schließlich weinte sie. Das war das zweite Mal während ihres langen Zusammenseins, daß Karl Adam sie weinen sah; denn, eine Ausnahme in dieser gefühlvollen Zeit, sie liebte nicht Tränen. Diesmal weinte sie, daß das ganze Kissen feucht war. Sie bemühte sich, durch das Kissen das Geräusch zu dämpfen, aber der Knabe Karl erwachte, war ungebärdig, wollte Limonade haben, machte Lärm, und die Nachbarn beschwerten sich.

Es wurde dann beschlossen, daß vom nächsten Landungsplatz des Schiffes aus ein Scheidungsgesuch der Eheleute Imhoff an das Nürnberger Gericht abgehen und daß die Eheleute dann so lange in Madras oder am jeweiligen Aufenthaltsort des Mr. Hastings bleiben sollten, bis das deutsche Scheidungsurteil eingetroffen sei. Sache des Mr. Hastings blieb es, für standesgemäßen Unterhalt des Ehepaares zu sorgen, da ja Mr. Imhoff infolge der neuen Dispositionen seinen ursprünglichen, Geld verheißenden Plan mit den Miniaturen nicht ausführen konnte. Nach vollzogener Scheidung sollte Mr. Imhoff nach Deutschland zurückkehren, der Knabe Karl bei der Mutter bleiben.

Dies abgemacht, führten das Ehepaar Imhoff, der Knabe Karl und Mr. Warren Hastings ein einträchtiges Familienleben an Bord. Herr von Imhoff war einverstanden mit seinem Schicksal. Weniger die andern neununddreißig Passagiere. Am wenigsten die Generalin Clavering. Sie behandelte jetzt die Herren Imhoff und Hastings ebenso eisig wie früher die Mrs. Imhoff.

2

Es dauerte aber sechs Jahre, bis die Scheidung vollzogen war. In diesen Jahren wurde Warren Hastings Gouverneur von Bengalen und Erster Generalgouverneur von Britisch-Indien. Eroberte Indien vollends. Füllte die Kassen der Kompagnie. Brach den bösartigen, versteckten Widerstand der Räte, die London ihm auf den Hals geschickt hatte. Ließ zu diesem Behuf den ersten Mann der Eingeborenen an einem Strick aufhängen. Rottete zum gleichen Zweck ein tapferes Volk aus, das ihm sympathisch war, für ein feiges, das ihn anwiderte. Baute Straßen. Linderte Hungersnöte. War gerecht und ungerecht wie der Fluß Ganges.

Marianne Imhoff stand daneben und verstand von all diesen Vorgängen nichts. Sie führte in Kalkutta fürstlich Haus, zog sich elegant und vielfältig an, brauchte manche tausend Pfund, veranlaßte die eingeborenen Fürsten und großen Herren zu Geschenken, die diese ihr giftig und ungeheuer devot zu Füßen legten, lachte mit ihren kleinen Zähnen, fühlte sich Hastings überlegen und mochte ihn gern, sprach schlecht englisch und lernte nichts zu, und Hastings fand alles an ihr wundervoll. Ihr langer Hals wurde dürr, ihre Züge scharf und der Knabe Karl ein ungelenker, lauter, unangenehmer Bengel.

Gerade als Mr. Hastings kühn, genial und gesetzlos den Widerstand seiner drei Gegner im Indischen Rat gebrochen hatte, traf die Scheidungsurkunde des Nürnberger Gerichts ein, und Hastings konnte Mrs. Imhoff ehelichen. Es war aber einer von den drei Räten, die er niedergekämpft hatte, der General Clavering. Nach dem soeben notdürftig zusammengeflickten Waffenstillstand konnte der General der Hochzeit des Gouverneurs nicht wohl fernbleiben. Zwei Tage vor der Feier erkrankte Clavering nicht unbedenklich. Die Generalin entschuldigte sich, sie müsse ihren Mann pflegen. Doch Hastings, auf Wunsch Mariannens, kam am Tage der Hochzeit persönlich in das Haus des Generals und zwang mit beharrlicher Liebenswürdigkeit ihn und Lady Clavering, an dem Fest teilzunehmen.

Marianne Imhoff war die meiste Zeit ihres Lebens glücklich. Sie war glücklich in Stuttgart, als der weltläufige, elegante Baron sie verführte, sie war glücklich, als er sie heiratete, sie war glücklich, als sie den kleinen Knaben Karl sich zum ersten Mal an die Brust legte. Sie war glücklich, als der kaffeebraune Mann auf dem Schiff sich für sie erwärmte, und glücklich über die vielen immer höheren Gipfel seiner Karriere. Doch der glücklichste Tag ihres Lebens war, als die hölzerne Generalin ihr gratulierte.

Übrigens starb General Clavering drei Tage nach der Hochzeit des Gouverneurs, sei es, weil er sich zu viel zugemutet hatte, sei es, weil Ärger ihm das Herz zerfraß.

3

Marianne benachrichtigte ihre Mutter Susanna Chapuset von ihrer neuen Heirat und schickte ihr einen großen Wechsel mit. Der Brief lief von Kalkutta nach Plymouth und war schon achtzehn Wochen, nachdem er geschrieben war, in Händen der Mutter Susanna Chapuset. Die alte, selbstbewußte Dame teilte ein wenig die Ansicht des Stuttgarter Hofes, der hochmütig auf den Gouverneur von Indien herabsah. Indien, das war so eine Art Menagerie, ein Zirkus, sein Gouverneur eine Kreuzung von einem Krämer und einem Dompteur. Sowas konnte in Stuttgart wenig imponieren. Als Marianne zehn Monate nach Absendung ihres Briefes die Antwort ihrer Mutter erhielt, fand sie darin einen herzlichen Glückwunsch, doch dazu die besorgte Erwägung, Marianne habe sich auch diesmal nicht ins Selzhäfele gesetzt. Unter Selzhäfele aber verstand man Töpfe mit Himbeermark, wie man es in Württemberg besonders lecker bereitete.

4

Sir Warren Hastings, dreiundsiebzigjährig, gegen die Mode in schlichtem, kaffeebraunem Rock, ging allein durch die sorglich gepflegten Gärten seiner Herrschaft Daylesford. Es war ein Junimorgen, sehr früh, Daylesford House lag weiß, still, stattlich zwischen seinen weiten Parks über dem freundlichen See. Die Dienerschaft begann eben erst sich zu regen. Der alte Herr freute sich, wie gut gewisse Gewächse fortkamen, die er aus Bengalen hieherverpflanzt hatte, bedauerte, daß andere, die Leechee-Bäume zum Beispiel, die er mit vieler Mühe aus Madras hatte kommen lassen, hier offenbar keine Früchte tragen würden. Er bückte sich, den botanischen Namen des Baumes zu lesen, der ordentlich auf einem Täfelchen verzeichnet war: Nephelium Litchi.

Die Sonne kam langsam über den Bäumen herauf. Er begab sich ins Frühstückszimmer. Drei Gedecke waren dort bereitet. Ein plumper, grauer Topf fiel ihm auf von einer Art, wie sie in England nicht fabriziert wurde. Er lächelte. Der Topf war wohl für die Besucherin bestimmt, die gestern eingetroffen war.

Sieh da, da kam sie schon, eine uralte Dame. Marianne geleitete sie herein, und Hastings begrüßte sie mit ungeheurem Respekt. Es war Mariannens Mutter.

Ja, die alte Baronin Susanna Chapuset hatte endlich von Stuttgart nach Daylesford gefunden. Sie hatte die Tochter nicht wiedergesehen, seitdem sie damals mit Karl Adam von Imhoff nach Nürnberg fuhr. Gehört freilich hatte sie Vieles und Wunderliches über ihre Schicksale. Hatte auch ab und zu sehr reale Lebenszeichen von Marianne erhalten, Wechsel, bares Geld. Allein sie war nach wie vor skeptisch geblieben gegen das fremde, wilde Land, in dem Marianne lebte, und nicht geneigt, sich von sowas Zweideutigem wie einem Gouverneur von Indien bluffen zu lassen. Erst seitdem die Tochter Herrin auf Daylesford war, begann sie zuzugeben, daß die Heirat mit diesem Mr. Hastings vielleicht doch keine Mesalliance gewesen sei. Und jetzt also, nach fünfunddreißig Jahren, hatte sich die Siebenundsiebzigjährige aufgemacht, sich ihren Schlingel von Schwiegersohn einmal anzuschauen.

Marianne hatte mittlerweile in Indien wie eine Königin residiert. Hatte dem Generalgouverneur viele schwer einzurenkende Unannehmlichkeiten bereitet durch Handlungen und Reden, die er charmant fand und, wenn es ganz schlimm ging, mit ihrem unvollkommenen Englisch entschuldigte. War dann ihrer Gesundheit wegen, vor ihrem Mann, nach London gefahren. Dort hatte sie noch manche Generalin Clavering gefunden, die schiefe Blicke auf die zweifelhafte ›divorcée‹ warf, und sich mit Hingebung der Aufgabe gewidmet, diese schiefen Blicke grad zu machen. Sie war damit so beschäftigt gewesen, daß sie, als der Generalgouverneur nach seiner Rückkehr wegen seiner indischen Taten vom Parlament angeklagt wurde, von diesem Mammutprozeß nicht viel bemerkte. Sie hatte viel Geld verbraucht und ihre zahlreichen Onkel, Tanten, Neffen, Nichten, Vettern, Basen mit freigebiger Hand unterstützt, natürlich auch ihren weiland Mann, den Baron Imhoff, der jetzt, neu verheiratet, in Deutschland und Österreich herumvagierte. Sie hatte ihrem Sohn Charles, einem dicken, roten, ungeschlachten Menschen, eine glänzende Karriere bereitet. Im übrigen sprach sie jetzt in Daylesford House nicht weniger gebrochen Englisch als auf der ›Duke of Grafton‹ und machte, von Sir Warren liebevoll korrigiert, die gleichen Fehler.

Marianne führte ihre Mutter zum Frühstückstisch. Die alte Dame schaute wohlgefällig auf See und Garten. Dann setzte sie sich, überschaute behaglich den Frühstückstisch, stutzte, als sie den ungefügen Topf sah. Dachte einen Augenblick nach, brach dann in ein herzhaftes Gelächter aus. Es war ein Topf mit Himbeermark, ein echtes, unverfälschtes Selzhäfele aus Württemberg.

Da saßen also die drei, Hastings trank Tee, Marianne und die alte Baronin Kaffee. Lächelnd reichten sich die beiden Damen das Selzhäfele, lächelnd bedienten sie sich. Marianne hatte den Topf nicht ohne Mühe aus Stuttgart beschafft; aber sie sagte nichts von diesen Schwierigkeiten. Es war nicht nötig. Doch über sehr viel anderes schwätzen die beiden Damen in hurtigem Schwäbisch aufeinander ein.

Sir Warren fand die liebe, gesegnete Mutter seiner Frau wundervoll. Leider nur konnte er von dem, was sie sprach, kein Wort verstehen; denn sie sprach nur Deutsch, und das war eine der wenigen Sprachen, die er nicht verstand. Gleichwohl hörte er angelegentlich hin, freundlich lächelnd, glücklich.

Die Mutter Chapuset blieb nur vier Tage. Dann brachte Sir Warren sie auf das Schiff und sorgte, daß sie jede Bequemlichkeit habe. Respektvoll, beflissen, nur leider nicht imstande, ein Wort mit ihr zu wechseln. Lange schaute er dem Schiff nach. Auf der Rückreise, in London, sprach er im Ostindischen Geschäftshaus vor, um in einer wichtigen Angelegenheit ein Gutachten abzugeben. Er kürzte diese Unterredung nach Möglichkeit ab; denn er hatte Sehnsucht, in Daylesford die Stimme seiner Frau zu hören.

Erzsébet Galgóczi

Eine Begegnung

Der Zug brauchte fünf Stunden bis Budapest. Ursula stieg mit einem leichten Schwindelgefühl am Ostbahnhof aus. In ihrer Tasche befanden sich zwei Adressen, die vom Parteikrankenhaus, in dem Professor Gyetvay Chefarzt war, und seine Privatadresse, die er Frau Simon auf einer Visitenkarte, zusammen mit dem Rezept, geschickt hatte. Frau Simon hatte ihr erzählt, daß Frau Gyetvay eine geborene Knauß war. Diese Familie hatte zweihundert Jahre lang Ungarn berühmte Ärzte gestellt. Der letzte Knauß war ohne Sohn geblieben, hatte aber an der Universität und in seiner Klinik mehrere Generationen von Ärzten herangezogen. Seine Schüler waren seine Erben. Sie sahen den menschlichen Körper noch als Einheit, als Mikrokosmos, in dem Blutkreislauf und alle Organe in Zusammenhang miteinander stehen. Sein bester Schüler war Gáspár Gyetvay, den er wie seinen eigenen Sohn betrachtete. Beglückt gab er ihm Karolina, seine einzige Tochter, zur Frau.

Erst seit dem Zweiten Weltkrieg wußte man, daß Gyetvay Sohn eines Dorfschmieds war. Auch er Sohn eines Schmieds, hatte sich Ursula gewundert. Zwischen den beiden Weltkriegen erschien es in der an Rangsucht und Snobismus kranken-den Hauptstadt nicht ratsam, diese Herkunft preiszugeben. Das konnte sich der Modearzt, zu dem sich Gyetvay emporgearbeitet hatte, nicht leisten. Nach dem Tode seines Schwiegervaters, der nicht nur seiner puritanischen Grundhaltung wegen berühmt gewesen war, sondern auch deshalb, weil er die Armen kostenlos behandelt hatte, eröffnete Dr. Gyetvay in der

Innenstadt eine Privatpraxis, die seine Frau finanzierte. Die Kranken kamen in Scharen zu ihm, dem renommierten Herz- und Kreislaufspezialisten. Karolina hatte aus Wiesbaden die modernsten medizinischen Geräte kommen lassen, dazu eine stromlinienförmige Warteraumeinrichtung, die das Warten, unterstützt von englischen, französischen und österreichischen Magazinen erträglich machen sollte. Wer aber einmal in diesem eleganten, distinguierten Raum gewartet hatte, der hätte nie geglaubt, daß der Herr Professor einst ein barfüßiger Dorfschlingel war, der sich abends im selben Trog die Füße wusch, in dem sein Vater tagsüber das Eisen abkühlte. Er hatte sich verpflichtet, Priester zu werden, und war von den Jesuiten unentgeltlich unterrichtet worden. Doch er wurde abtrünnig, bestand die Aufnahmeprüfung an der Medizinischen Universität, studierte unter größten Entbehrungen und wurde Arzt. Er übernahm den Nachtdienst in den Sterbehäusern, und da er kein Geld für Kaffee hatte, lutschte er Coffeinkristalle, um sich wachzuhalten. Karolina aber lebte bis zu ihrer Verheiratung das Leben einer behüteten, wohlhabenden Pester Bürgertochter. Sie interessierte sich für alles, fing vielerlei an. Sie spielte Klavier, malte, las philosophische Werke und schrieb sich ihrem Vater zuliebe an der medizinischen Fakultät ein. Sie konnte aber den Geruch von Krankenzimmern, Seziersälen, Laboratorien nicht ertragen. Frau Simon kannte sie nicht näher. »Wissen Sie, Ursula, bis 1933 haben wir im Ausland gelebt. Als man aber meinen Mann zurückrief, um in der Heimat die Ölforschungen zu leiten, mieteten wir uns zwar eine Villa in Buda, wohnten aber eigentlich in Nagykanizsa oder in Sopron. Mein Mann hielt es für notwendig, vor Ort zu sein, bei seinen Ingenieuren, Meistern, Arbeitskollegen. Wie Sie selber wissen, hat Budapest im Grunde genommen einen kleinstädtischen Charakter. Man kennt sich. So zum Beispiel das Stammpublikum der Theaterpremieren. Auch ich stand mit Frau Gyetvay in einem Grußverhältnis. Wir kamen uns allerdings auch dann nicht näher, als ich Patientin ihres Mannes wurde. Dieser hatte es vor dem Krieg zu beachtlichem Reichtum gebracht. Seine Fünfzimmerwohnung war mit wertvollen Gemälden förmlich austapeziert. Leider haben Bomben alles in Schutt und Asche gelegt, nichts wurde gerettet. Ich habe keine Ahnung, warum die beiden der Kommunistischen Partei beigetreten sind. Warum es sich für ihn, den Parteigenossen Gyetvay, nicht gehörte, wieder eine Privatpraxis zu eröffnen. Statt dessen wurde er Leiter der Inneren Abteilung im exklusivsten Krankenhaus von Budapest, im Parteikrankenhaus. Mich allerdings behandelte er noch weiter als Privatpatientin.«

Ursula hatte zwei Adressen in der Tasche und eine dritte im Kopf: Rita Schmukk, Studentenheim. Sie hatte sich mit einem Glücksgefühl auf diese Reise eingelassen. Ihrer aller Leben glich einem moorigen, stockenden Überschwemmungsgebiet, weit entfernt von der Strömung. Sie aber ahnte, sie konnte sich davon lösen, sie spürte etwas auf sich zukommen. Als erstes wollte sie von Rita erfahren, ob sie mit irgend etwas Positivem rechnen könnte. Die Zukunft hält — wie das amerikanische Roulette — eine weiße und eine schwarze Kugel bereit. Es kommt darauf an, welche gezogen wird. Die weiße, die Leben bedeutet, oder die schwarze, die gleichbedeutend ist mit dem Ausgelöschtsein, mit dem Selbstmord.

In der Straßenbahn, die zum Krankenhaus fuhr, bekam sie Kopfschmerzen, und, nach dem Grund suchend, entdeckte sie das Budapest von 1952. Die Menschen liefen in abgewetzten Kleidern herum, waren schlechtgelaunt, rücksichtslos, reizbar. Alte Leute und Mütter mit Kindern wurden an den Haltestellen von den Straßenbahneinstiegen gedrängt, als wäre es von Vorteil, mit diesem und nicht mit dem nächsten Verkehrsmittel zu fahren. Auf den Bürgersteigen lag schwarzer Schneematsch. Die Schaufensterauslagen waren staubig, gähnten den Betrachter mit ihrer armseligen Auswahl an, in den Metzgereien hingen nur ein paar Fleischbrocken an den Haken, vor den

Brotläden murrten die Menschen in langen Reihen, und die Frauen nahmen Anstoß an ihren Schicksalsgefährten, an anderem wagten sie es nicht. Die Schaffnerin war ungekämmt. Barsch kämpfte sie sich durch die gedrängt stehenden Fahrgäste, deren fadenscheinige Wintermäntel säuerlichen Geruch verströmten. Ursula fühlte sich sauber und empfand sich als gut angezogen. Ihr Kopf schmerzte immer stärker. Kein Wunder! Nach der frischen Luft und der Stille ihres Dorfes nun Rauch, Kohlenmonoxyd und die unterschiedlichsten Geräusche. Sie stieg aufs Geratewohl aus, suchte sich ein Espresso. In dem kümmerlich eingerichteten Raum war es warm, es roch nach Kaffee und Rum. Sie setzte sich an einen freien Tisch, bestellte Kaffee und zündete sich eine Zigarette an. Ein vertrautes, ein leichtes und berauschendes Gefühl — ich bin frei! — durchzuckte sie. Doch nur für einen Augenblick. Was war mit dieser Stadt los? War sie im letzten Jahr auch schon so gewesen, oder war sie seitdem häßlicher geworden? Vielleicht hatte sich auch ihr Blick geändert.

Es war bereits nach zwölf, als sie im Krankenhaus eintraf. Es war in der Tat ein exklusives Krankenhaus, nicht einmal vor dem Ministerium parkten so viele Personenautos wie hier. Der alte, würdevolle, streng blickende Pförtner ließ Ursula nicht hinein, aber er telefonierte bereitwillig solange im Haus herum, bis er Ursula mitteilen konnte, daß Professor Gyetvay bereits gegangen sei. Für gewöhnlich bliebe er zwar bis zwei Uhr, aber anscheinend sei er am heutigen Tag irgendwohin gerufen worden. Wann man ihn möglichst bald treffen könnte? Morgen vormittag. Gut, dann würde sie ihn in seiner Wohnung aufsuchen. Nicht sofort, in der Mittagszeit macht man keine Besuche. Auch nicht in der Ruhezeit nach dem Essen.

Ursula beschloß, erst mit Rita Schmukk ihre eigenen Angelegenheiten zu klären und dann in die Privatwohnung von Professor Gyetvay zu fahren.

Die Villa, in der das Ehepaar Gyetvay wohnte, lag auf dem

Rosenhügel, ein Budaer Stadtteil, der schon seit langem Bonzenviertel hieß. Die Bewohner von Buda wußten nicht so genau, ob sich die meisten Parteibonzen tatsächlich in ihrer Gottesbergstraße angesiedelt und ihre weißen Villen mit bombensicheren Luftschutzräumen versehen hatten, da die Straßen dort für den allgemeinen Personenverkehr gesperrt waren. Aber auch auf dem Rosenhügel wohnte ein großer Teil jener Parteigenossen, die ein mächtiger, schwarzer Wolga ins Amt fuhr, auf dem Vordersitz ein Leibwächter in Zivil, an den Rücksitzfenstern auf Schienen laufende schwarze Vorhänge. Das Ehepaar Gyetvay hatte nach dem Krieg am Donauufer eine Wohnung als Ersatz für die in der Innenstadt zerbombte erhalten, diese aber gegen die Villa am Rosenhügel getauscht, da auch ihre Freunde einer nach dem anderen scharf auf Höhenluft geworden waren. Ein Freundeskreis, der aus Ärzten, Politikern, Künstlern bestand, aber teilweise auch aus Altkommunisten und linksorientierten, antifaschistischen Intellektuellen der Vorkriegsjahre, die, wenn sie auch nichts anderes gemacht hatten, als die »Rote Hilfe« zu finanzieren, nun, da sie nicht allzu zahlreich waren, von der an die Macht gelangten Kommunistischen Partei für ihre Verdienste mit hohen und ehrenvollen Positionen honoriert worden waren.

Die Lebensgewohnheiten der Frau Gyetvay hatten sich im Vergleich zu denen der Vorkriegsjahre nicht wesentlich geändert. Sie repräsentierte an der Seite ihres Mannes. Sie war vierzig Jahre alt, eine großgewachsene, gepflegte Erscheinung, eine sich für alles interessierende, außerordentlich rührige Dame der oberen Gesellschaft. Mit Hilfe der Haushälterin Aranka und einer häufig wechselnden Putzfrau, erledigte sie ihren Haushalt, der oftmals Gäste zum Abendessen sah, denn sie war berühmt für ihre französische Küche. Ihre engsten Freunde aber konnten nach vorherigem Telefonanruf zu jeder Tageszeit zu ihr kommen. Mit ihrem Mann, den sie beeinflußte, sich mit ausgesuchtem Geschmack zu kleiden, besuchte sie jede wichtige Theaterpremiere, jede wichtige Filmgalavorstellung, jede wichtige Vernissage. Sie ging mit ihm anläßlich der nationalen Feiertage zum Parlamentsempfang und zu den Sitzungen der Akademie der Wissenschaften, wenn einer der Gyetvay-Schüler dort seine Doktorarbeit vor geladenen Kapazitäten verteidigte. Beide nahmen an Parteimitgliederversammlungen teil und an Parteigruppentreffen. Zu den Konferenzen der Parteiführung ging Professor Gyetvay allein. Karolina ging zum Frisör, zur Maniküre und für einen schönen Gegenstand aus dem Westen in Schwarzmarktboutiquen. Sie war ständiger Kunde der Edelmetall- und Porzellanverkaufsabteilung des Kommissionshauses, der größeren Antiquitätenläden und dem »Bildermarkt der Stiftung der Bildenden Künste«. An den Wänden ihrer Wohnung gab es keine fingerbreit freie Fläche. Was von den bis zur Decke reichenden Bücherregalen nicht beansprucht wurde, schmückte Bilder moderner Maler. Sonntags lud sie Mama zum Mittagessen ein, und Mittwoch wurde nachmittags bei ihr an dem mit grünen Filz bespannten Kartentisch Bridge gespielt. Karolina gewann immer. Man kann ruhig behaupten, sie hatte keinen freien Augenblick. Sie las viel, aber nur abends nach elf Uhr im Bett, und da sie einen schlechten Schlaf hatte, konnte sie Schritt halten mit der neuesten ungarischen Literatur, der sowjetischen und der stark gefilterten progressiven westlichen.

Der heutige Tag hatte alles über den Haufen geworfen. Man hatte sie vor vierzehn Uhr aus dem Krankenhaus angerufen und ihr mitgeteilt, sie möge mit dem Essen nicht auf den Herrn Professor warten, da man ihn zu einem Konzilium gerufen hätte. Wohin? Das wisse man nicht. Wann er nach Hause käme? Das hätte er nicht hinterlassen.

Die eine Hälfte des großen Eßtisches war bereits gedeckt, Karolina aber tat es leid, die Anordnung zu zerstören, sie ging in die Küche und pickte sich dort nur ein paar Happen zusammen, denn sie achtete sehr auf ihre Linie. Dann legte sie sich im Salon auf die Chaiselongue, die unter dem dreiflügeligen Fenster stand, und wo selbst an trüben Wintertagen tagsüber kein Licht zu brennen brauchte. Sie nahm eines der angelesenen Bücher zur Hand, aber sie schlief sofort ein. Nach einer Stunde wachte sie auf und bat Aranka, die in der Küche bügelte, ihr den Kaffee zu bereiten.

»Hat niemand angerufen?« erkundigte sie sich, denn mittags wurde das Telefon zur Diele umgeschaltet.

»A-a-aber ja«, stotterte die kleine quadratisch gebaute Frau, die ihre bei der Arbeit verbrachten Stunden nicht zählte. »Herr Potoczky, der Künstler, hat angerufen. Er will die gnädige Frau später noch einmal anrufen.«

»Sonst keiner?«

»Nein, gnädige Frau. Die Freunde der gnädigen Frau wissen, daß die gnädige Frau nach dem Essen schläft.«

Karolina trank den Kaffee in ihrem Zimmer und begann am kleinen Schreibtisch eine Patience zu legen. Für fünf Uhr waren sie und ihr Mann bei dem Volkskundler Hujber angesagt, einem Patienten von Professor Gyetvay, der darauf bestanden hatte, der Gemahlin des verehrten Herrn Professors, deren Geschmack er anhand der reichen Sammlung wahrgenommen hatte, zum Zeichen seiner Dankbarkeit, etwas aus der Volkskunst anzuempfehlen. Karolina Gyetvay liebte die mit Fohlenfell überzogenen Feldflaschen durchaus nicht, auch nicht die verzierten Hirtenstöcke und die geschnitzten Rasiermesserdosen. So etwas paßte nicht zum Stil ihrer Wohnung, aber sie hatte den begeisterten Volkskundler nicht abschütteln können. Sie war sich noch nicht schlüssig, ob sie mit ihrem Mann, wenn er gegen fünf Uhr nicht allzu müde nach Hause käme, den Volkskundler besuchen, oder ihm lieber telefonisch absagen sollte. Das Patiencespiel langweilte sie. Sie ertrug das Alleinsein nicht, zumindest nicht dieses erzwungene Alleinsein. Sie brachte die leere Tasse in die Küche und bat Aranka, nach jedem gebügelten Hemd hereinzukommen und zu sagen: Guten Tag gnädige Frau, wie fühlen Sie sich?

Nach zehn Minuten erschien Aranka mit breitem Lächeln.

»Guten Tag gnädige Frau, wie fühlen Sie sich?«

»Hundsmiserabel. Wo nur mein Mann stecken mag? Ein Konzilium dauert doch nicht so lange.« Beide lachten, auch Aranka ließ manchmal ihrem Humor freien Lauf. Nach zehn Minuten erschien sie wieder.

»Gnädige Frau, eine Ursula Rév möchte den Herrn Professor sprechen.« Frau Gyetvay dachte nach. Sie und ihr Mann kannten viele Menschen, aber nicht immer waren ihr die Namen sogleich gegenwärtig.

»Ursula Rév? Kenne ich sie?«

»Ich glaube nicht. Sie jedenfalls kennt die gnädige Frau nicht.«

»Was will sie?«

»Mit dem Herrn Professor sprechen.«

»Dann soll sie ihn im Krankenhaus aufsuchen.«

Aranka watschelte hinaus, kam aber bald wieder zurück.

»Dort war sie bereits.«

»Dann soll sie es morgen wieder versuchen.«

Auch das übermittelte Aranka.

»Diese Ursula Rév«, sagte sie, als sie wieder zurückkam, »ist vom Land hereingekommen und muß heute noch zurück. Sie hat gesagt: ›Es geht um ein Menschenleben.‹«

Wieder so eine halsstarrige Person! Karolina dachte an die etwa fünfzigjährige, ihr unbekannte Bäuerin, die, das Kopftuch fest unter dem Kinn geknotet, letzte Woche an ihrer Haustür geläutet hatte und nicht den Herrn Professor, sondern die Frau von Herrn Professor sprechen wollte. Karolina Gyetvay hatte gerade ihren Bridgekreis zu Gast und wollte nicht aus der laufenden Partie aussteigen. Aranka übernahm die Vermittlung.

»Was will sie?«

»Ihr Sohn sitzt in Szeged im Gefängnis. Man erlaubt ihr nicht, ihn zu besuchen.«

»Damit kommt sie zu mir? Was habe ich damit zu tun? Aranka, schicken Sie die Frau weg!« Karolina war empört.

Am darauffolgenden Tag klingelte die Bäuerin, gehüllt in ihr Kopftuch, wieder, aber Aranka ließ sie nicht herein, sagte, die Herrschaften wären nicht zu Hause. Am dritten Tag lauerte sie Karolina an der Straßenecke auf, und ob es ihr paßte oder nicht, sie mußte auf ein Wort stehenbleiben. Ein jeder kenne das erbarmende Herz der gnädigen Frau, deshalb hätte sie sich auch erlaubt, sie abzupassen. Sie hätte ihren Sohn seit drei Jahren nicht gesehen, bekäme keine Sprecherlaubnis, und die gnädige Frau möge erledigen, daß sie ihn im Gefängnis von Szeged besuchen dürfe.

»Warum sitzt Ihr Sohn im Gefängnis?«

»Das, bitte, weiß ich nicht. Die Burschen haben auf der Hochzeit von Maca Slotta gesungen. So, wie solch junge Burschen singen. Vier von ihnen wurden abgeführt. Wegen Absingens von reaktionären Liedern. Mein Sohn lag da schon besoffen unterm Tisch und schlief. Er kann nicht Maß halten, genausowenig wie sein Vater, dieses Miststück. Am Morgen hat die Hochzeit begonnen, und um Mitternacht war er eingeschlafen. Trotzdem wurde er mitgenommen, weil er, wenn er nicht geschlafen hätte, die reaktionären Lieder mitgesungen hätte. Das hat man einfach so behauptet.«

»Warum wenden Sie sich ausgerechnet an mich?« fragte Karolina verwundert.

»Weil die gnädige Frau ein gutes Herz hat, und weil sie sich mit den Herren Offizieren von der AVO versteht.«

Karolina stutzte. Die Bäuerin hatte nicht ganz unrecht. Sándor Jurek, einer der illegalen Kommunisten der Horthy-Ära, den ihr Mann zuerst im Krankenhaus, dann in der Wohnung versteckt hatte, der nach Kriegsende Polizist geworden, dann aber zu einer der Führungspersonen der AVO aufgerückt war, wohnte in der Nebenvilla. Sie hatten tatsächlich Kontakt miteinander. Aber woher wußte das diese ihr völlig unbekannte Bäuerin?

»Das redet man so daher«, sagte diese achselzuckend und schwieg sich aus.

Karolina versprach nichts. Als aber der kleine, bürstenschnauzbärtige Sándor Jurek abends zu ihr kam, erwähnte sie das Anliegen der Bäuerin.

»Sie kann ihren Sohn nicht im Gefängnis besuchen?« rief Jurek empört. »Was ist das für eine Schweinerei? Da sehen Sie es, Karolina, Übergriffe lokaler Organe! Alles Gernegroße! Wenn wir nicht aufpassen, überziehen sie bald das ganze Land! Ich nehme die Bäuerin am Sonntag mit nach Szeged. Wenn sie sich bei Ihnen meldet, sagen Sie ihr, daß sie am Sonntag um acht Uhr hier vor dem Haus warten soll.«

Er nahm die Bäuerin in seinem schwarzen, mit Vorhängen ausgestatteten Superschlitten mit zu ihrem Sohn.

»Lassen Sie — Ursula Rév war der Name? — eintreten«, wies sie die Haushälterin an, schob die Patiencekarten zusammen und ging in den Salon.

Ursula zog in der holzgetäfelten Diele Handschuhe, Schal und Mantel aus, streifte auf der Fußmatte die Schuhsohlen sauber und trat befangen ein. Sie sah sich einer hübschen blonden Frau in grauer Hose, hellgrauem Pullover, Cordsamtschuhen gegenüber, die nicht geschminkt war, außer ihrem Trauring keinen Schmuck trug und trotzdem so elegant wirkte, daß sie sich selbst schäbig, ungeschlacht, verwahrlost vorkam.

Karolina Gyetvay trat näher und reichte Ursula mit teilnahmsloser Höflichkeit die Hand.

»Guten Tag, ich bin Ursula Rév«, grüßte Ursula und war bemüht, durch ihren Händedruck ihre Verlegenheit nicht zu verraten. »Ich bitte Sie, mein Eindringen zu entschuldigen, aber ich habe Herrn Professor nicht mehr im Krankenhaus angetroffen. Ich komme im Auftrag von Frau Emma Simon, der Frau von Dr. Paul Simon.«

»Simon?« Es dauerte einige Sekunden, bis Karolina den Namen in Zusammenhang gebracht hatte mit dem wegen Sabotage zum Tode verurteilten, weltberühmten Ingenieur. Plötzlich erwachte ihr Interesse. »Nehmen Sie bitte Platz«, sagte sie freundlich und führte Ursula zu einer kleinen Sitzgarnitur und setzte sich ihr gegenüber.

»Tante Emma... Frau Emma Simon ist sehr krank. Sie bittet den Herrn Professor, sie in seiner Klinik aufzunehmen, andernfalls befürchtet sie, daß sie ohne ärztliche Hilfe und ohne Medikamente stirbt.«

»Nicht so hastig. Woher kennen Sie Frau Simon?« Sie stockte, betrachtete ihre Besucherin neugierig, wußte nicht, wo sie sie einordnen sollte. Der Kleidung nach zu schließen war sie Studentin, aber eine sehr arme, die wußte, daß ein Kostüm das praktischste Kleidungsstück ist, zum Unterricht genauso geeignet wie zum Theaterbesuch oder zu einer Beerdigung. Doch ihre Handgelenke waren angeschwollen, und ihre Hände, bereits beim Händedruck hatte sie es gespürt, trugen Spuren körperlicher Arbeit, und der in den Nagelbetten angesammelte Schmutz war nicht ganz wegzubürsten gewesen, es sei denn, zusammen mit der Haut.

»Woher kennen Sie Frau Simon?« Sie erhob sich. »Möchten Sie Kaffee? Kognak?«

»Ja, bitte«, sagte Ursula. Frau Gyetvay ging hinaus. Ursula sah sich jetzt zum ersten Mal um. Alles war weich, in warmen Farben gehalten. Das Kirschbaumholz der Möbel, die altgoldenfarbenen Überzüge der Sessel, die federnden Teppiche, das matte Gold der Wände, von denen durch die dicht beieinander hängenden Bilder aber kaum etwas zu sehen war. Sie hob den Kopf. Impressionisten und Postimpressionisten hingen da, Bilder voller Visionen, Einödhof in der Puszta, Herbstlaub, Mühle am Fluß, Blumenstilleben. Reife, harmonische Farben, angenehm fürs Auge, nirgendwo rohe kubistische Ecken, nervösmachende Tönungen.

»Konservativ«, murmelte Ursula. »Ganz offensichtlich ein konservativer Geschmack. Ich würde mir auch solche Bilder an die Wand hängen. Die beruhigen. Mein Zuhause soll mein Freund sein, mein Feind kann sich mit der Außenwelt begnügen.« Sie war sich nicht bewußt, daß sie aufgesprungen war und die Signierungen prüfte. Mit pochendem Herzen entdeckte sie den Kossuthpreisträger Keszléri, ihren vorjährigen Akademielehrer.

Karolina kam mit langen, schnellen Schritten aus der Küche zurück.

»Sie interessieren sich für Malerei!«

Ursula fühlte sich ertappt. Sie wurde rot.

»Sehr.« Verlegen geworden ging sie mit staksigen Schritten zum Sessel zurück, konnte den Blick aber nicht von den Bildern abwenden. »Das ist das Wunderbare an der Kunst der Klassiker, daß sie jedes tragische Thema aufarbeiten können, aus der Gesamtheit des Werkes strahlt reine Harmonie, mitreißende Vollkommenheit.«

Karolina Gyetvay hatte wieder Platz genommen, sie bot Ursula aus einer Silberdose eine Zigarette an und gab ihr mit ihrem Feuerzeug Feuer. Ursula bedankte sich, sog mit Genuß den Rauch ein.

»Sie mögen Harmonie?« fragte Karolina.

»Ich fühle mich zu ihr hingezogen. Vielleicht deshalb, weil sie mir völlig fehlt. Eine verlogene Harmonie allerdings mag ich nicht.« Sie schaute sich erneut im Raum um. »Die gibt es hier nicht.«

»Womit beschäftigen Sie sich?« fragte Karolina voll Neugierde.

»Mit nichts«, sagte Ursula verbittert. »Meine Eltern sind Bauern, und ich arbeite in der Landwirtschaft.«

»Woher aber kennen Sie Frau Simon?«

Ursula erzählt von dem Brief aus Pátroha, und daß ihre Mutter die ausgesiedelte Dame aufgenommen hatte, damit sie ihrem im Kőhidaer Gefängnis einsitzenden Mann näher sein könnte. »Frau Simon ist es auch tatsächlich einmal gelungen, ihren Mann zu besuchen. Sie ist aber so krank zurückgekommen, daß sie seitdem kaum noch aufstehen kann. Die Nächte über liegt sie wach, weil die Schmerzen sie nicht schlafen lassen. Manchmal geht sie stundenlang im Zimmer umher, um die Krämpfe in ihren Beinen durch Bewegung zu lösen. Morgens wäscht sie sich unter großer Kraftanstrengung und zieht sich an. Sie sagt: ›Nur Bäume sterben stehend, der Mensch stirbt im Bett.‹ Gestern abend hat sie an Professor Gyetvay einen Brief geschrieben«, Ursula nahm aus ihrer Tasche einen zugeklebten Briefumschlag aus Büttenpapier. »Anschließend dachte sie, sie könnte ihn doch nicht der Post anvertrauen, die wäre zu langsam und zu unsicher. Sie bat mich, ihn zu überbringen. Wenn der Herr Professor die Möglichkeit hat, eine solche außerhalb des Gesetzes stehende Person, die ausgesiedelte Ehefrau eines Lebenslänglichen, die von der Krankenversicherung und von allen staatsbürgerlichen Rechten ausgeschlossen ist, bei sich im Krankenhaus aufzunehmen, dann soll ich den Einweisungsschein mitbringen.« Ein Schleier legte sich über Ursulas Augen. »Als ich heute im Morgengrauen zum Zug ging, traf ich sie im Hof. Wissen Sie«, sie sah Karolina Gyetvay wie um Entschuldigung bittend an, »in Bauernhäusern gibt es kein englisches WC. Da gibt es ein Häuschen am Ende vom Hof. Frau Simon kam von dort. Sie konnte sich kaum weiterschleppen, hatte in einem Bein überhaupt keine Kraft mehr. ›Ursula, wissen Sie, was ich gerne möchte? Ein halbes Jahr lang eine Wasserklosettkette ziehen.‹«

»Mehrere meiner Freundinnen sind auch ausgesiedelt«, sagte Karolina und streifte ihre Zigarette im Porzellanaschenbecher ab. »Ich besuche sie manchmal... Unglückliche Menschen.«

»Zu was soll das gut sein, alte Frauen aus ihrem in Jahrzehnten vertraut gewordenen Heim zu vertreiben?« begehrte Ursula auf. »Als ich noch klein war, zog meine Großmutter zu uns. Sie vertrug sich nicht besonders mit meiner Mutter, ihrer Schwiegertochter. Sie fand einfach nicht den Platz im Haus, wo sie hingehörte. Ihr Bett stand nicht so wie gewohnt, das Kruzifix an der Wand hing nicht so wie gewohnt, unsere Stühle waren ihr zu unbequem. Sie klagte nie. Keineswegs. Verdächtig war nur, daß sie jeden Tag mehrmals betonte, welch gesegnet guten Platz sie hätte. Und das alles, obwohl sie in derselben Straße geblieben war. Frau Simon aber wurde aus der Hauptstadt in ein mieses Dorf verschickt.«

»Ja, ja«, sagte Frau Karolina ratlos. »Wissen Sie, ich habe eine Freundin, die sich außerhalb des Gesetzes im Augenblick wohler fühlt. Sie ist Malerin. Sie hat schon das ganze Dorf gemalt. Aus den benachbarten Gemeinden kommt man zu ihr, um bei ihr ein Bild, ein Gemälde zu bestellen. Sie sagt, es sei ehrlicher, gepeinigte Bauern zu malen, als ihren Optimismus proklamierende Arbeiter und sich glücklich gebende Familien.« Sie fügte rasch hinzu: »Das ist eine Formulierung von ihr. Und darüber hinaus würde sie noch anständig bezahlt. Man überhäufe sie mit geräuchertem Speck, mit Eiern und Sauerkraut. Sie glaubt fest daran, daß einmal eine ›saubere‹ Zeit kommt, und die Nationalgalerie gegen Gold ihre Bauernporträts aufkauft als ungeheucheltes, verbürgtes Zeichen der fünfziger Jahre.«

»Wie heißt sie?« wollte Ursula wissen.

Es klopfte diskret. Aranka, die stämmige Haushälterin, nun in weißer Schürze, brachte auf einem Silbertablett den Kaffee in zwei Porzellantassen, dazu den bernsteinfarbenen Kognak in zwei Kelchgläsern. Sie stellte das Tablett auf den Tisch, tauschte den benutzten Aschenbecher gegen einen sauberen aus und entfernte sich lautlos.

Karolina reichte Ursula das eine Glas, nahm sich das andere.

»Auf unser Wohl.«

»Auf unser Wohl«, dankte Ursula und nahm einen Schluck. »Wie heißt die Malerin. Wenn es kein Geheimnis ist?«

»Paula Surjánszky.«

In Ursulas Augen blitzte es.

»Den Namen kenne ich! 1950 hingen bei der Landeskunstausstellung drei Bilder von ihr in der Kunsthalle. Drei hervorragende Bilder. Die Titel waren ›Mein Vater‹, ›Meine Mutter‹, ›Ein alter Hund‹. Ich erinnere mich, die Kritiker haben sie verrissen. Selbst der mildeste drängte auf administrative Maßnahmen. ›Was für eine dunkle, tragische Weltsicht!‹ schrieb man. ›Welche Verfälschung unseres sich aufbauenden, schöner werdenden Lebens!‹ Nun ja«, Ursula dachte nach, »ein hohes Alter kann tragisch sein, wenn es sich um einen Menschen oder um einen Hund handelt. Das abzuleugnen wäre Lüge, wäre Selbstbetrug. Auch im Kommunismus müssen die Menschen sterben, und auch dann wird der Tod kein Volksfest auslösen.« Sie sah Frau Gyetvay forschend an. »Haben Sie die Ausstellung gesehen?«

»Ja. Noch mit Paula zusammen.«

»Erinnern Sie sich an das Bild, das mit dem Großen Preis ausgezeichnet wurde?«

»Welches war das?«

»Auf dem der Genosse Rákosi in einem sich goldfärbenden Weizenfeld einen kleinen Pionier mit rotem Halstuch in die Höhe hebt.«

Karolina lachte unwillkürlich laut auf.

»Das war hinreichend entsetzlich.«

Ursula verzog ihren Mund zu einem bitteren Lächeln.

»Ich begreife nicht, wie man in so kurzer Zeit vergessen kann, daß der Herr Reichsverweser, der Vitéz Miklós Horthy von Nagy bánya, es ebenfalls liebte, sich inmitten von hartem ungarischen Weizen fotografieren zu lassen.« Mißgestimmt verrührte sie den Zucker in ihrem Kaffee und nahm einen Schluck. Nervös zündete sie sich noch eine Zigarette an.

Karolina starrte wie gebannt auf die nicht zu leugnenden Bauernhände. Sie wußte immer noch nicht, wo sie ihre Besucherin einordnen sollte.

»Woher verstehen Sie etwas von Malerei?« fragte sie mit unverhüllter Verwunderung.

In Ursula sträubte sich etwas zu antworten. Sie trank den restlichen Kaffee.

»Ich will wirklich nicht lästig werden«, sagte sie scheu. »Aber ich muß mit dem Herrn Professor sprechen. Ich muß heute abend noch nach Hause fahren.«

Karolina Gyetvay war es gewohnt, daß der Gast, der ihre Wohnung einmal betreten hatte, nicht mehr fortzugehen wünschte. War sie höflich zu ihm, wurde sie ihn sowieso nicht so schnell los, war sie unhöflich, blieb er, obwohl sie ihn verletzte. Diese eigenartige Besucherin hätte sie gerne bei sich behalten.

»Warten Sie hier auf meinen Mann«, schlug sie vor. »Ich weiß allerdings nicht, wann er nach Hause kommt, er müßte eigentlich längst hier sein. Sicherlich wird er jeden Augenblick kommen.«

»Danke«, sagte Ursula mit schwachem Lächeln und schaute sich ringsum die Wände an. Ihr Gesicht verfinsterte sich wieder. »Woher ich etwas von Malerei verstehe? Ich habe ein Jahr die Akademie der Bildenden Künste besucht. Meister Készleri war mein Lehrer«, sie zeigte mit einer Kopfbewegung auf das packende, frische, heitere Stilleben.

»Készleri?« Karolina Gyetvay war entzückt. »Ein großer Künstler, nicht wahr? Ich kenne ihn leider nur flüchtig.«

»Der größte Maler, den wir im Augenblick haben.« Ursulas Gesicht überzog verhaltene Begeisterung, als sie die gebeugte Gestalt des Meisters vor sich sah, seine schmale, gebogene Nase, sein asketisches Gesicht. »Nachdem ich die Aufnahmeprüfung bestanden hatte, fragte man mich, zu wem ich möchte. Ich konnte unter drei Lehrern wählen. Der erste war Genosse Rácz, alter Moskowiter, der zweite war Molitorisz, der berühmte Plakatmaler, und der dritte Készleri... Ich muß sagen, der Sekretär des Ungarischen Jugendverbandes, der Mitglied des Aufnahmekomitees war, sah es gar nicht gern, daß ich den Postimpressionisten Készleri wählte. ›Genossin‹, sagte er, ›als

Vorstandsmitglied müßtest du klassenbewußter sein.‹ Was sollte ich machen?« Sie blickte gequält in Karolinas, sie gespannt beobachtende Augen. »Ich mag solche Bilder nicht wie ›Der mittelständische Bauer Emmerich Simpel unterschreibt seine Beitrittserklärung‹... Im übrigen drängten sich alle in Készleris Atelier in der zweiten Etage, auch Parteigenossen, die das Parteiorgan mit mancherlei Mitteln versucht hatte zu überreden, Rácz oder Molitorisz zu wählen. Wir waren dicht gedrängt in seinem Atelier, und doch schaute der Meister nur selten zu uns herein. Er stellte ein Stilleben oder einen Akt als Modell hin und überließ es jedem, zu malen oder zu zeichnen, wie er es konnte. Manchmal spazierte er hinter unserem Rükken, und es zählte zu den großen Auszeichnungen, wenn er stehenblieb und leise über die Schulter eine Entschuldigung heischende Bemerkung machte, wie zum Beispiel: ›Viele tote Linien‹, oder ›zeichnerisch ist nicht immer schön, was wahr ist, zeichnerisch ist nicht immer wahr, was schön ist‹, oder ›versuchen Sie diese Melone besser zu erleben, spüren Sie in Ihrem Mund den vergänglichen Geschmack!‹ Er beleidigte nie. Er beschämte nie.« Ursula lächelte. »Selbst dadurch nicht — wir kamen erst mit der Zeit dahinter —, daß er nur den Schülern Aufmerksamkeit schenkte, in deren Arbeiten er ein schwaches Versprechen sah. Zu denen, die er für unbegabt hielt, sagte er: ›Machen Sie weiter.‹«

»Hinter Ihnen ist er wohl oft stehengeblieben?«

»Ja«, sagte Ursula stolz. »Einmal sagte er: ›Sentimentalität und Aggression sind Zwillinge, sind Feinde von Empfindung und Eroberung. Der Künstler muß aggressiv sein, muß seine Persönlichkeit dem Betrachter aufzwingen, sie akzeptabel machen. Er darf nicht statt des Bildes reden, darf nicht sagen, was er mit dem Bild gemeint hat, sondern muß durch das Bild seine Aussage zu den Dingen machen.‹«

»Das ist die hohe Schule der Kunst«, gab Karolina zu. »Da geht es nicht mehr um die Linie, da geht es um mehr.«

»Ja, so ist es... Aber was nutzt mir das?« sagte Ursula mutlos.
»Wie meinen Sie das?«
»Man hat mich von der Akademie gewiesen.«
Karolina Gyetvay stutzte.
»Warum?«
»Weil man meine Eltern auf die Kulakenliste gesetzt hat.«
»Oh!«
»Völlig ungerechtfertigt. In unserem Dorf hat man auch die mittelständischen Bauern auf die Kulakenliste gesetzt.«
»Immer wieder diese örtlichen Übergriffe!« empörte sich Karolina und dachte daran, daß sich sogar Sándor Jurek, Oberst der AVO, empört hatte über die Maßstäbe, die lokale Gernegroße anlegten. Und doch hatte er beim Rajk-Prozeß keine Bedenken geäußert. Offenbar, weil es für ihn keine gab.
Sie schwiegen eine Weile.
»Konnte Ihr Lehrer Sie nicht verteidigen?« fragte Karolina schließlich.
»Der Meister?« Ursula lächelte bedauernd. »Auch er wurde bei dieser staatlichen Heerschau in der Kunsthalle hart kritisiert. Kleinbürgerlicher Humanismus, hieß es, selbstbezwekkende Ästhetisierung, Einödhof in Nationalmanier. Man zwang ihm einen Assistenten auf, einen zuverlässigen Parteigenossen, der angeblich ein Parteikader war, meiner Meinung nach aber Hammer und Sichel nur als Staatswappen kannte. Er begann seinen Unterricht damit, daß er Keszléris Stilleben zerschmiß und eine ›Rote Ecke‹ einrichtete: Leninbild, Stalinbild, Rákosibild und dazu die rote Fahne!«
»Wie heißt er?« erkundigte sich Karolina.
»Bódczai. Kennen Sie ihn?«
Karolina schüttelte verneinend den Kopf.
»Er war ein so zuverlässiger Parteigenosse, daß man ihn die Friedensanleihobligationen entwerfen ließ. Haben Sie einen solchen Schuldschein schon einmal aufmerksam betrachtet?«
Wieder schüttelte Karolina den Kopf.

»Sehen Sie ihn sich einmal an. Es lohnt sich. Armer Keszléri! Wie hätte er für mich einstehen können? Er war froh, daß er lebte und«, fuhr sie erregt fort, »daß man nicht auch ihn als Hilfsarbeiter nach Stalinstadt schickte, wie einen unserer größten Schauspieler, den man beschuldigt hatte, den Mahnruf von Vörösmarty: *›In der Welt, außer in Ungarn, ist kein Platz für dich‹* mit faschistischem Pathos rezitiert zu haben. Freilich...«, sie schluckte herunter, was sie hatte sagen wollen.

»Was wollten Sie sagen?« Karolina hob das Kognakglas, ermutigte Ursula mit dieser Geste, es ihr gleichzutun.

»Daß die Kommunisten allem Anschein nach tatsächlich Internationalisten sind, denn für sie ist ein Land nicht Heimat, sondern Betätigungsfeld. In der Welt, außer in Ungarn, ist Platz für sie...«

Karolina sah in das verbitterte Gesicht, unsicher fragte sie:

»Sind Sie keine Kommunistin?«

»Doch«, antwortete Ursula verwundert. »Seit 1945. Allerdings anfangs nicht bewußt, aber bereits damals war ich mit den Grundsätzen der Partei einverstanden, denn mit den Ideen des Kommunismus kann man nur schwer nicht einverstanden sein.«

»Trotzdem kritisieren Sie daran herum... Na ja, verständlich in Ihrer Situation.«

»Ich mag nicht politisieren«, machte Ursula schlechtgelaunt einen Rückzieher. »Das ekelt mich an.«

In die eingetretene Stille begann eine Uhr mit tiefem, nachhallendem Ton zu schlagen. In der einen Ecke des Zimmers stand ein intarsiengeschmücktes Uhrgehäuse, darin eine holzgerahmte Pendeluhr mit Messingketten und Messinggewichten. Zuerst schlug die Uhr viermal, dann eine Terz tiefer fünfmal. Karolina schaute hin, dann sprang sie beunruhigt auf.

»Schon fünf. Ich verstehe nicht, wo mein Mann bleibt? Hoffentlich ist ihm nichts passiert. Entschuldigen Sie mich bitte.« Sie lief hinaus.

Ursula, alleingelassen, begann sich zu schämen. Sie hätte nicht so frei von der Leber weg sprechen sollen. Was ging ihr Schicksal schließlich die Ehefrau von Frau Simons Arzt an? Aber diese ihr fremde Frau, diese schöne, raffinierte, klugäugige Erscheinung war für sie so anziehend gewesen, daß sie sich ungewollt in ein Maß an Offenheit verstrickt hatte, als wären sie ein Leben lang miteinander bekannt. Vielleicht war der persönliche Mißerfolg am Vormittag daran schuld. Sie hatte Rita Schmukk weder im Studentenheim noch in der Universität angetroffen. Aus dem Studentenheim war sie ausgezogen. Da sie dort aber nur vorübergehend gemeldet war, brauchte sie ihre Adresse nicht zu hinterlassen. Sie hatte sie aber auch im Gewimmel der Universität nicht entdeckt und auch in einem der umliegenden Espressos. Der Versuch, einige Studenten zu fragen, deren Gesichter ihr bekannt erschienen, war ebenfalls fehlgeschlagen. Ein Student mit großer Nase und lang wie eine Hopfenstange, war sofort bereit gewesen, ihr beim Suchen zu helfen. Sie hatte aber seine Freundlichkeit zurückgewiesen und für Rita einen Zettel am Schwarzen Brett hinterlassen mit der Nachricht, daß sie am Abend um acht Uhr noch einmal vorbeikäme, oder Rita möge ihr einen Brief nach Hause schreiben. Selbstverständlich war ihre Angelegenheit nicht so dringend, versuchte sie sich selber zu trösten, denn selbst wenn man sie wieder aufnähme, könnte sie erst ab September die Unterrichtsstunden erneut belegen. Nun aber, alleingelassen in Frau Gyetvays Salon, fühlte sie, daß alles in ihr auf Messers Schneide stand. Zumindest sollte es ihr gelingen, Frau Simons Angelegenheiten zu erledigen.

Karolina Gyetvay hatte das Telefon in ihr Zimmer umgeschaltet und rief der Reihe nach Kliniken und Krankenhäuser an, in die man ihren Mann zu Konsultationen hätte rufen können. Nirgends wußte man etwas von ihm. Sie wählte auch die Nummer einiger Freunde — ergebnislos. Schließlich wählte sie nach langem Nachdenken die Nummer von Sándor

Jurek, im Glauben, Judith, seine Frau, die im Sekretariat des Innenministeriums arbeitete, würde den Hörer abnehmen. Es meldete sich aber Sándor Jurek, der meistbeschäftigte Offizier der AVO.

»Sándor, bitte verzeihen Sie die Störung. Man hat Gáspár heute mittag telefonisch aus dem Krankenhaus irgendwohin gerufen, und er ist bis jetzt nicht nach Hause gekommen. Sie wissen nicht zufällig, wo er ist?«

»Wir von der AVO haben ihn nicht abgeholt«, sagte Jurek mit belegter Stimme.

Karolina war entsetzt. Diese Antwort hatte sie nicht für möglich gehalten. Wenn das ein Witz hatte sein sollen, war es ein schlechter Witz gewesen. Sie konnte es aber nicht verhindern, daß für einen Augenblick ein Angststurm über sie hinwegbrauste. Die Willkür hatte schon zu oft aus ihrem Bekanntenkreis ihre Opfer gefordert, selbst solche hatte es getroffen, von denen sie mit Sicherheit wußte, daß sie unschuldig waren — zumindest in den Punkten, in denen man sie angeklagt hatte. Angst um ihr Leben und das Leben ihres Mannes hatte ihr jedoch noch keine einzige schlaflose Nacht bereitet. Sie war davon überzeugt, daß sie beide nichts Böses treffen könnte, sie lebten auf einer Insel, die aus Sicherheit, Wohlleben, Ehrerbietung bestand.

»Sándor«, sagte sie nach einer langen Pause und lächelte gezwungen, »ich habe immer etwas für Ihren Humor übrig gehabt. Aber sind Sie sich sicher, daß Sie über alles, was in Ihrem Amt geschieht, Bescheid wissen?«

»Das bin ich, Karolina. Ich mache jeden Morgen einen Bericht, und den liest jeden Morgen als erstes...« er räusperte sich. »Das heißt, wenn ich nicht in der Provinz bin.«

»Sándor, wissen Sie keinen Rat, wo ich mich erkundigen könnte?«

»Ich werde es für Sie versuchen. Über meinen eigenen Draht.« Er legte den Hörer auf.

Karolina blieb aufgewühlt neben dem Telefontischchen stehen. Wir von der AVO haben ihn nicht abgeholt. – Ein Naivling, dieser Jurek. Ein simpler Schustergeselle. Aber heißt das, daß er dumm sein muß? Was für ein plumper Witz! Wie kann einem nur so etwas einfallen? Ihr Mann hatte während des Krieges zahlreiche Juden und illegale Kommunisten in seinem Krankenhaus versteckt, und als er selber gezwungen war, sich während der Belagerungszeit als Deserteur zu verbergen, hatten in dem vom Luftschutzkeller weit entfernt liegenden Kohlenkeller zwei Altkommunisten die schwersten Monate überlebt, zwei Genossen, die nach dem Krieg wichtige Positionen bekleideten, aber nach dem Rajk-Prozeß alle beide verhaftet wurden. Man warf ihnen vor, sie wären eingeschleuste Spitzel der Horthy-Polizei gewesen. Das Ehepaar Gyetvay aber wußte von diesem Prozeß auch nur das, was in der Zeitung gestanden hatte. Mit dem Ehepaar Jurek konnte man über Politik nicht diskutieren. Das Schicksal der beiden Altkommunisten aus dem Kohlenkeller hätte möglicherweise sogar Schatten auf die Gyetvays geworfen.

Karolina verscheuchte die beunruhigenden Gedanken und rief den Volkskundler an, um ihn zu bitten, nicht auf sie und ihren Mann zu warten, da man ihren Mann zu einem Konzilium gerufen habe.

Als sie wieder in den Salon zurückkam, spürte Ursula sofort die veränderte Stimmung. Sie erhob sich.

»Ich möchte Ihnen wirklich nicht länger zur Last fallen. Vielleicht darf ich später für einen Augenblick hereinschauen?«

»Ja, ja«, murmelte Karolina zerstreut und zündete sich eine Zigarette an. »Haben Sie nicht gesagt, Sie müßten heute noch nach Hause zurückfahren?«

»Das wäre mir schon angenehm«, sagte Ursula gedehnt. Sie hatte sich bereits entschlossen, bis zum nächsten Tag zu bleiben. Irgendwie würde sie Rita Schmukk schon noch auftreiben. Das Gescheiteste allerdings wäre, zum Studienleiter zu gehen und ihn zu fragen, ob auf ihr Appellationsschreiben hin bereits etwas geschehen sei.

Es läutete aufdringlich an der Haustür.

»Das ist er!« rief Karolina. Sie winkte Ursula zu, wieder Platz zu nehmen und eilte hinaus. Ursula hörte durch die offenstehende Tür eine Männerstimme sagen:

»Er muß in ein paar Minuten zu Hause sein.«

»Aber wo ist er gewesen?«

»Außerhalb von Budapest.«

»Da konnte er mir nicht telefonisch sagen, daß ich nicht auf ihn zu warten brauche?«

»Er hat selber nicht gewußt, wo man ihn hinbringt und wie lange es dauert«, sagte die Männerstimme in beruhigendem Ton.

Mit Karolina zusammen trat ein kleiner, etwa vierzigjähriger, schnauzbärtiger Mann in den Salon. Er blieb, als er Ursula bemerkte, stehen und sah Frau Gyetvay fragend an.

»Das ist Ursula Rév. Sie wartet auf meinen Mann. Sie ist im Namen einer seiner Patientinnen gekommen«, erklärte Karolina und zu Ursula gewandt, die sich erhoben hatte, »das ist Sándor Jurek, unser Nachbar.«

Ursula reichte Jurek die Hand, beide murmelten ihre Namen.

»Behalten Sie doch bitte Platz, Ursula... Sándor, wollen Sie sich nicht auch setzen?« forderte Karolina ihre Gäste auf. »Ich danke Ihnen, Sándor, daß Sie so nett waren und sich meiner Angelegenheit angenommen haben. Darf ich Ihnen etwas zu trinken anbieten?«

Jurek ließ sich mit einem schweren Seufzer in den Sessel fallen.

»Ja, ausnahmsweise möchte ich jetzt etwas trinken. Ich habe seit drei Tagen kein Auge zugemacht.«

Karolina nahm aus dem Gläserschrank ein kleines Kelchglas und eine angebrochene Kognakflasche. Sie füllte alle drei Gläser.

»Wegen der Bergleute?« fragte sie.

Er hob sein Glas, roch daran.

»Sechzehn Menschen leben noch.«

»Es geht um das Grubenunglück von Farkasalma«, erklärte Karolina. »Sie haben sicher darüber in der Zeitung gelesen.«

Ursula nickte, wurde plötzlich lebhaft.

»Ich habe gelesen, daß man einen Ölturm dorthin gebracht hat, mit dem man sich zu den Bergleuten durchbohrt, um ihnen durch das Rohr Wasser, Lebensmittel, Lampen und Medikamente zu schicken.« Begeistert fügte sie hinzu: »Tante Emma hat auch gesagt, das wäre ein genialer Einfall.«

»Wer ist Tante Emma?« wollte Sándor Jurek wissen.

Karolina Gyetvay machte Ursula mit den Augen ein Zeichen.

»Eine Patientin von Gáspár und zugleich eine alte Bekannte von mir.«

Sándor Jurek trank seinen Kognak aus.

»Nun ja, in dreihundert Meter Tiefe. Schon seit einer Woche. Der Stollen ist auf mehrere hundert Meter Länge eingestürzt. Die Bergwerksingenieure sind verstockt in ihrem Denken. Drei Leute können in einem Schlag arbeiten, mehr haben nicht Platz, sie aber teilen eine Überzahl Kumpel zum Ausgraben ein. Ich habe mir die Berichte angehört und mir gesagt, daraus wird nichts, nur noch sechzehn Tote mehr. Ich bin dann an Ort und Stelle gefahren. Ich muß gestehen«, er lächelte mit gewinnender Bescheidenheit, »der Bohrturm war nicht meine Idee, sondern die der Ölbohringenieure. Aber ich war es, der es organisiert hat, ihn von Zala dorthin zu bringen. Die sowjetische Armee stellte Spezialfahrzeuge zur Verfügung. Wir mußten zwei Brücken verstärken, damit sie die Last des Bohrturms tragen konnten. Vom Kriegsminister erbat ich mir Pioniere... Aber ich will nicht alles aufzählen... Zweimal brach der Bohrkopf ein, aber das machte nichts, die Hauptsache war, ihnen eine Überlebenschance zu schaffen. Jetzt halten sie durch, bis man sie ausgegraben hat.« Er erhob sich. »Entschuldigen Sie mich bitte, aber ich muß jetzt schlafen.« An der Tür drehte er sich noch einmal um. »Karolina, das war ein idiotischer Witz... Bitte nicht böse sein. Die Erschöpfung...«

Ursula hatte ihm, bis er den Raum verlassen hatte, nachgesehen.

»Das Leben von sechzehn Bergleuten!« sagte sie begeistert. »Wer war das?... Halten Sie mich bitte nicht für aufdringlich.«

»Sándor Jurek, Oberst bei der AVO.« Karolina lehnte sich ruhiger geworden im Sessel zurück. »Ein alter Freund von uns. Während des Krieges hat mein Mann ihn versteckt. Er gehörte der illegalen Kommunistischen Partei an. Ein sehr ordentlicher Mann«, fügte sie noch hinzu.

»Aus dem, was er sagte, kann man schließen, daß er Bergbaufachmann ist.«

»Das ist er nicht, aber ein genialer Organisator.«

»Die AVO hat sehr fähige Leute«, sagte Ursula nach einigem Nachdenken. »Auch ich ...«, sie suchte nach einem passenden Ausdruck, »... habe einen Freund, der AVO-Offizier ist.«

»So?« sagte Frau Karolina zerstreut. »Wie heißt er?«

»Toni Schmukk. Beziehungsweise Antal Schmukk.«

»Ein Name, der auffällt. Ich kenne ihn aber nicht.«

»Vor kurzem hat man ihn nach Budapest beordert.« Ursula erzählte von ihrem Dorf, von dem Schmied Schmukk, der keinen Gewerbeschein bekommen hatte, von den ersten Monaten nach dem Krieg, der Zeit, als auch sie der Ungarischen Jugendbewegung angehörte... Karolina hörte unaufmerksam zu, horchte nach draußen und lief, als die Haustürglocke ganz leise anschlug, hinaus. Professor Gyetvay, fünfzig Jahre, grauhaarig, markante Züge, schlüpfte gerade mit Hilfe der Haushälterin aus seinem Mantel. Er war totmüde. Karolina küßte ihn verwirrt.

»Wo warst du?« fragte sie anklagend. »Ich habe geglaubt, dir sei etwas zugestoßen. Soll ich dir das Badewasser zurechtmachen? Möchtest du Kaffee? Abendbrot?«

»Ich bitte um alles«, sagte er sanft und löste sich von seiner Frau. »Der Reihe nach. Vor allem reg dich nicht auf.« Er wartete, bis Aranka verschwunden war, dann fuhr er flüsternd fort: »Ich war in Szeged.«

»Im Gefängnis?«

»Ja.«

»Bei wem?«

»Bei János Sipőcz. Wir haben kein Wort miteinander gewechselt, uns aber wiedererkannt. Ich schrieb ihm ein Rezept. Er wird leben, vorausgesetzt, man besorgt ihm das Medikament in der Schweiz. Vorausgesetzt.« Er schaute in den Spiegel. »Schon möglich, daß ein ins Gefängnis gesteckter Kommunist soviel Valuta verdient. Auf dem Nachhauseweg habe ich im Auto viel nachgedacht. Wieso richtet man die Kommunisten der ersten Stunde, von denen behauptet wurde, sie wären Verräter, und die man abgeurteilt hat, nicht mehr hin? Wieso wurde dann Rajk hingerichtet? Ich habe sehr viel nachgedacht.«

»Pst!« mahnte ihn Karolina. »Erledige noch schnell etwas. Dann badest du, ißt zu Abend und trinkst deinen Kognak. Wir können uns später in aller Ruhe unterhalten.«

»Was soll ich noch schnell erledigen?« fragte Professor Gyetvay verwundert.

»Im Salon wartet ein junges Mädchen. Sie ist wegen Frau Emma Simon hier.«

»Simon?« Er versuchte, vor dem Spiegel seine Gesichtszüge zu glätten, dann ging er in den Salon.

Höflich, geduldig hörte er Ursula an. Ja, sehr wahrscheinlich gäbe es kein Hindernis, Frau Simon in seiner Abteilung aufzunehmen, er könne jedoch die Einweisung erst am morgigen Vormittag im Krankenhaus ausstellen, denn aus dem Kopf erinnere er sich nicht, wann ein Bett frei werde. Und der Stempel sei auch im Krankenhaus.

»Sie verstehen, man muß...«

Auf der Hut sein. Ursula wußte, was sich alles hinter diesem Schlagwort verbergen konnte. Ein Kommilitone von ihr, ein richtiges Naturtalent, der im vergangenen Winter direkt von der Drehbank zur Akademie geschickt worden war, hatte eben, weil er ein richtiges Urtalent war, die Überweisung in das Heilbad Héviz erhalten, um dort sein Rheuma auszukurieren. Nach seiner Rückkehr beklagte er sich: Ich konnte noch nicht einmal fünf oder zehn Minuten ins Heilwasser gehen — ich wußte nicht, wohin mit meinem Parteibuch! Im Vierbettzimmer wollte ich es nicht lassen. Der Schrank war dort nicht abzuschließen. In die Badehose aber konnte ich es ja auch nicht stecken, da wäre es naß geworden. Da legte ich es an den Beckenrand, wagte aber nicht, es aus den Augen zu lassen. Näherte sich jemand, sprang ich aus dem Wasser...« Und das alles, damit ihm kein imperialistischer Agent das Parteibuch stiehlt, um mit ihm in die Parteispitze einzudringen. Gräßlich!

Ursula bedankte sich für das Versprechen, bedankte sich auch für Karolinas Geduld und verließ das Haus.

In der Nacht schlief das Ehepaar Gyetvay nicht viel. Beide hatten sich zu sehr aufgeregt. Sie über den plumpen Scherz von Jurek, er über den im Gefängniskrankenhaus liegenden János Sipőcz, den Altkommunisten, der seit fünfundzwanzig Jahren Parteimitglied war und den schon die Schergen Horthys ins Gefängnis gesteckt und gefoltert hatten.

»Was ist das für eine Welt?« empörte sich Karolina. »Die AVO kann also einen Chefarzt einfach irgendwohin mitnehmen und findet das dann auch noch so selbstverständlich, daß sie darüber Witze reißen kann? Gütiger Gott! Während des ganzen Krieges habe ich mich nicht so elend gefühlt, wie im Augenblick. Ich gebe zu, ich hatte Angst vor den Bombenangriffen und auch bei der Belagerung, aber ich brauchte nicht zu befürchten, daß man dich vom Innenministerium oder durch die Pfeilkreuzler abgeholt hätte, wenn du einmal später als gewöhnlich nach Hause kamst. Denn wir waren weder Juden noch illegale Kommunisten, noch Regimegegner. Und wir sind auch keine Gegner des heutigen Systems. Vielleicht doch. Wer weiß, wen man heute nacht abholt. Die AVO ist unberechenbar.«

Professor Gyetvay saß im Schlafanzug auf dem Bettrand, seine Frau lief im Morgenrock durch die Wohnung. Sie stellte die Kognakflasche auf das Nachtschränkchen, füllte zwei Gläser, trank ihr Glas aus und zündete sich eine Zigarette an.

»Die wievielte ist das, Lina?« Professor Gyetvay sah seine Frau vorwurfsvoll an.

»Ich bin nervös«, sagte Karolina, drückte aber nach einem kräftigen Zug die Zigarette aus. »Wir von der AVO haben ihn nicht mitgenommen.«

Professor Gyetvay dachte nach.

»Mir hat schon der Rajk-Prozeß nicht gefallen, du weißt...«

Wieviel hatten sie in diesen Wochen nachgedacht. Die ungarischen Kommunisten hatte der Rajk-Prozeß wie eine kalte Dusche getroffen, nur ein Philosoph, einer aus der Moskauer Emigrantengruppe, war nicht verwundert, er hatte ausgerufen: »Mein Gott, beginnt man jetzt auch hier damit?« Seine Kollegen begriffen nicht, worauf er anspielte. Professor Gyetvay hatte an dem Prozeß gestört, daß man unbedeutende, unbekannte Zeugen vernommen hatte, die darüber hinaus mit Rajk zusammen inhaftiert worden waren. Warum nicht zum Beispiel Sándor Jurek, der sich unzählige Male damit gebrüstet hatte, daß er Rajk zu illegalen Veranstaltungen begleitet hatte, aber vor ihm den Versammlungsort betreten hätte, damit man ihn, falls sie eine Falle erwartete, schnappen würden, denn Rajk wäre für die Partei von größerer Bedeutung gewesen als er? Die beiden hatten sogar öfters ihre Mäntel getauscht, weil die Polizeidetektive Rajks Mantel aus der Gefängniszeit her kannten. Sándor Jurek hatte — und das nicht nur einmal — mit bewegter Stimme erzählt, wie er und Rajk in einer eiskalten Wohnung eines Illegalen mit nur einer Decke hätten schlafen müssen, und Rajk ihn mit dem größeren Teil der Decke zugedeckt hätte, weil er durch seine Schwindsucht empfindlicher gewesen wäre...

»Lina, erinnerst du dich an den Regierungsempfang?«

Gemeinsam mit dem Ehepaar Jurek waren sie einige Wochen vor Rajks Verhaftung zu diesem Empfang gegangen. Jurek hatte die Gelegenheit genutzt, um Frau Rajk zu schmeicheln. »Julia, wissen Sie überhaupt, was Sie für einen großartigen Mann haben?«

»Furchtbar«, seufzte Karolina. »Als es um die Aburteilung von Pfeilkreuzlern und Szálasi-Anhängern ging, hat er fürchterlich geprahlt, welche Rolle er dabei gespielt habe. Seit dem Rajk-Prozeß benimmt er sich, als wäre er auf den Mund gefallen. Kein einziges Wort über Politik.«

»Seitdem spricht er über Astronomie oder Biologie.«

Karolina Gyetvay steckte sich wieder eine Zigarette an. Frau Simons Brief lag ungeöffnet auf dem Nachtschränkchen. Professor Gyetvay nahm ihn in die Hand.

»Und dann diese Ausgesiedelten!« begehrte Karolina auf. »Mit ihnen weitet man den Kreis der Feinde ins Unendliche. Es sind bereits nicht mehr Aristokraten, Offiziere des alten Militärs, Fabrikbesitzer betroffen, sondern auch Anwälte, Schauspieler, Maler, Journalisten.«

»Aber keine Ärzte!«

»So? Was ist mit Szőnyi? Er wurde im Zusammenhang mit dem Rajk-Prozeß hingerichtet!«

»Aber nicht in seiner Eigenschaft als Arzt, sondern als Politiker, als Leiter der Personalabteilung der Partei.«

»Und dann kamen die kleinen Leute an die Reihe«, fuhr Karolina erregt fort. »Man warf ihnen Gerüchtemacherei vor, Lebensmittelhorten, Aufwiegelei... Die arme Livia.«

Livia Zakarias, Frau von Ödön Zakarias, arbeitete als Kassiererin in einem Espresso. Irgendwie war eines Tages das Gerücht aufgekommen, die Hundertforintscheine würden abgestempelt und wären mit Beginn des folgenden Tages nur noch fünfzig Forint wert. An jenem Abend bezahlte man an ihrer Kasse mit dreißig Hundertern. Beim einunddreißigsten konnte sie kein Wechselgeld mehr herausgeben, das Kleingeld war ihr ausgegangen. Der einunddreißigste Gast war ausgerechnet ein Provokateur. Livia wurde gleich vom Kassenstuhl weg verhaftet. Sie bekam vier Jahre. Wegen Gerüchtemacherei. Es heißt, sie habe angekettet pinkeln müssen. Als Karolina eines Tages Sándor Jurek darauf ansprach und erklärte, eine ihre besten Freundinnen könne keinesfalls eine Gerüchtemacherin sein, denn sie wisse, daß diese nichts gegen das System habe und ihr Sohn sogar studieren dürfe, da wies er sie mit den Worten ab: »Das ist Sache des Gerichts, das geht die AVO nichts an.«

»Und wer schickt die Provokateure unters Volk?« hatte sie empört gefragt. »Und wessen Urteil verkünden die Gerichte?«

»Arme Livia«, seufzte Karolina.

»Reg dich nicht auf, Lina«, versuchte ihr Mann sie zu beruhigen. »Ich habe einen Patienten, einen alten Arbeiter von den Csepelwerken. Der hat mir vorgerechnet, daß er heute schlechter lebt als 1949. ›Wenn das Rákosi wüßte, der würde das nicht dulden.‹ Mit diesen bitteren Worten packte er seine Papiere ein.«

»Wieso weiß Rákosi das nicht? Warum wagt kein Mensch, ihm Mißstände zu melden?« Ihr fiel etwas ein, aufgeregt fuhr sie fort: »Aber das stimmt ja gar nicht! Du selber hast der zuständigen Abteilung der Parteizentrale den unhaltbaren Zustand gemeldet, daß die Stromversorgung zu den am allerwenigsten erwarteten Zeiten aussetzt, und daß deswegen schon Kranke auf dem Operationstisch gestorben sind. Patienten sind mit aufgeschnittenem Bauch verblutet, bevor der Strom wieder eingeschaltet war. Du hast im Namen der Parteiführung des Krankenhauses um ein Aggregat gebeten. Was aber hat dir der zuständige Genosse geantwortet?« Karolina rief mit schmetternder Stimme: »Genosse Gyetvay! Sie finden wohl überall ein Haar in der Suppe! Waren die Zeiten besser, als es keine Suppe gab?«

»Das Aggregat aber haben wir bekommen. Na ja, wir leben eben in vertrackten Zeiten.«

»Weil man sie vertrackt macht!« Frau Gyetvay hatte ihre Stimme noch nicht gedämpft. »Weil man aus immer mehr Menschen Feinde macht! Mir geht der gräßliche Satz, ›Wir von der AVO haben ihn nicht abgeholt‹, nicht aus dem Kopf. Genau dahin kommt es, weil man in die Hand beschränkter Menschen unbeschränkte Macht legt!«

»Beschränkt? Ja, das stimmt. Aber Macht? In Sándor Jureks Händen Macht? Lächerlich! Er führt aus, was man ihm befiehlt. Er hat doch selbst gesagt, daß er jeden Morgen Meldung macht dem...«

»Wem? Drei Punkten! Den Namen hat er noch rechtzeitig verschluckt. Primitive Völker wagen nicht, den Namen ihrer Götter auszusprechen. Sie fürchten, deren Zorn damit auf sich zu ziehen.«

»Die Juden sprechen den Namen ihres Gottes auch nicht aus, und das ist kein primitives Volk.«

»Jurek aber ist primitiv, und er hat Angst.«

»Vielleicht darf er den Namen nicht nennen, weil es Staatsgeheimnis ist. Die AVO gehört nicht dem Innenministerium an und untersteht nicht dem Justizministerium, sondern dem Präsidialrat, genau genommen also einem Sonderministerium. Wer aber ist die leitende Person? Rákosi? Der zumindest hat sich damit gebrüstet, daß ihn das Aufrollen des Rajk-Komplotts nicht nur eine schlaflose Nacht gekostet hätte. Doch lassen wir das. Versuchen wir zu schlafen.« Professor Gyetvay trank seinen gewohnten Kognak zur Nacht, öffnete zerstreut den Brief von Frau Simon. Er wollte ihn nur überfliegen, vertiefte sich aber immer mehr in ihn. Sein Gesicht wurde mißmutig.

»Ausgesiedelt, ohne Sozialversicherung, der Ehemann im Gefängnis. Schlimm, daß Tatrai in alles seine Nase stecken muß.«

Tatrai war der Parteisekretär des Krankenhauses, von Beruf Nervenarzt, und das Innenministerium nahm ihn häufig als Berater in Anspruch.

Karolina drückte nervös ihre Zigarette aus.

»Kann das für dich von Nachteil sein?«

»Für mich? Für mich ist bis jetzt noch nie etwas von Nachteil gewesen.«

»Ich hasse es, Angst zu haben!« brauste Karolina auf. »Ich hasse es!«

»Reg dich nicht auf, mein Liebes. Wir haben wirklich keinen Grund, uns zu fürchten«, sagte Professor Gyetvay, seine Stimme aber zitterte, klang unsicher. »Ich versuche, etwas auszuprobieren.«

»Mußt du immer etwas ausprobieren?« protestierte Karolina. »Mußt du nur immer das Haar in der Suppe suchen?«

Gyetvay streichelte das Gesicht seiner Frau, küßte es.

»Leg dich hin, meine Liebe, versuch zu schlafen.«

Er grübelte noch eine Weile nach, dachte daran, daß er die Frau von János Sipőcz aufsuchen müßte — falls er überhaupt einen Bekannten fände, der wüßte, wo sie nach der Verhaftung ihres Mannes untergekommen war. Vielleicht wußte sie über ihren Mann nicht einmal so viel wie er. Auch Frau Simon... Arme Menschen... Zu Akten gewordene, abgewetzte Schicksale.

Ursula fand in der Bahnhofsgegend ein preiswertes Hotel, das sich aber als ziemlich heruntergekommen erwies. Sie holte, nach der Erfahrung, die sie im Leihhaus gemacht hatte, sofort ihren Studenteneisenbahnfahrausweis heraus, der vom Portier wortlos akzeptiert wurde. Sie wusch sich unter dem altersschwachen Wasserhahn in einem Winkel der dritten Etage Gesicht und Hände und ging dann wieder auf die Straße. Die Stadt wirkte in ihrer Abendbeleuchtung anheimelnder auf sie als die taube Schwärze der dörflichen Nächte. Sie hatte ein Jahr hier gelebt, und sie fühlte, sie hatten einander nicht vergessen, sie und Budapest. Sie wurde sich bewußt, welch elementares Heimweh nach der diskreten Stille der Museen an ihr zehrte, nach den sonnenbeschienenen Treppen des Donauufers, nach den Marmortischchen der Espressos voller Kaffeeduft, nach dem Labyrinth der nächtlichen Straßen, in denen sie stundenlang hatte bummeln können, ohne daß das Steinpflaster unter ihren Füßen, das auf sie scheinende elektrische Licht, die sie widerspiegelnden Schaufenster ein Ende gehabt hätten. Jede neue Straße bot eine neue Möglichkeit, jeder unbekannte Platz ein neues Wunder und den Zauber von Freiheit.

Um all das hatte man sie gebracht!

Sie hätte gern so gelebt wie Karolina Gyetvay, wie diese anziehende, gepflegte, kluge Frau, um die ein Strahlenkranz von Überfluß und Sicherheit schwebte. Und dann dieses Zuhause! Ja, auch das war schön wie ein Bild. Ursula aber brauchte in erster Linie eine Wohnung mit einer abzuriegelnden Tür, hinter der sie sich in ihre Arbeit vertiefen könnte. So müßte sie leben. Aber es stand zu befürchten, daß das augenblickliche Schicksal sie nicht aus den Klauen ließ, genauso, wie es auch Frau Simon nicht losließ.

Welche Gegensätze, das Leben von Frau Emma Simon und das von Frau Karolina Gyetvay, obwohl beide Ehemänner Intellektuelle waren, Ingenieur und Arzt, christliche ungarische Mittelschicht, beide hatten dank ihrer Persönlichkeit, Wissen und Erfahrung im Übermaß in sich angehäuft, zum Nutzen anderer. Schoß die Maschinenpistole der Historie jeden zehnten, oder die Menschen blindlings aus der Reihe?

In der Nacht kämpfte sie abwechselnd mit Wanzen und mit niederdrückenden Träumen. Mit unklaren Traumrudimenten –

verlorenes Kleid, nicht abschließbarer Koffer, versäumter Zug – im Kopf war sie bereits morgens um acht Uhr in der Universität. Ihre Nachricht hing noch am Schwarzen Brett. Entweder war Rita nicht gekommen oder sie hatte den Zettel gelesen, ihn wieder angesteckt, um sie zu täuschen. Sie hielt beides für möglich. Hat man einmal Pech an den Sohlen, zeigt der Mißerfolg nur allzu deutliche Spuren.

Sie betrat die Akademie mit solchem Lampenfieber und solchen Minderwertigkeitskomplexen, daß sie der Pförtner zuerst nicht wiedererkannte. Er telefonierte zur Studiensekretärin hinauf, zur Genossin Hollós, die sie aber, sich auf eine wichtige Besprechung berufend, abwies. Es hätte sie auch überrascht, wenn sie vorgelassen worden wäre.

Im Krankenhaus empfing sie Professor Gyetvay, höflich, aber voller Sorge. Sein Arbeitszimmer war so klein, daß vor dem Schreibtisch nur ein Stuhl Platz hatte, hinter dem Schreibtisch ein Bett, bedeckt mit einem Gummituch und an der Wand ein Waschbecken. Nun ja, ein Arzt erledigt seine Arbeit in den Krankensälen, in seinem Arbeitszimmer lediglich administrative Dinge. Er bot Ursula Platz an und nahm einen beschriebenen Briefbogen zur Hand.

»Der Fall Emma Simon ist nicht so einfach«, begann er. Ursula verschlug es den Atem. Selbst das klappt nicht, dachte sie. Tante Emma wird sterben, und wenn sie nicht mehr lebt, gibt sich auch ihr Mann auf, duldet, daß ihn das Gefängnis aufreibt. Wie aus weiter Ferne kommend, vernahm sie die Worte des Arztes.

»Bei Frau Simon handelt es sich um eine Ausgesiedelte, die sich von ihrem Verbannungsort nicht ohne Erlaubnis entfernen darf. Deshalb habe ich einen Brief an die für sie zuständige Behörde geschrieben. An wen dort mein Brief gehen soll, können Sie meiner Sekretärin sagen.« Ursula fiel sofort Oberleutnant Gelei beim Bezirkskommissariat ein. »Ich war gezwungen«, fuhr Professor Gyetvay fort, »in meinem Brief zu betonen, daß das Studium ihrer Krankheit für die ärztliche Wissenschaft von Bedeutung sein könnte, Frau Simon also nicht nur ein Pflegefall wäre.« Er sah Ursula sich entschuldigend an. »Wir nennen das ›Patient zu Forschungszwecken‹. Ich lasse Frau Simon bitten, das nicht als Zynismus unsererseits anzusehen, aber ohne diese Erklärung ist es fraglich, ob sie die Erlaubnis erhält, sich von ihrem neuen Wohnort zu entfernen. Es könnte der Eindruck entstehen, daß der Aussiedlungsbeschluß aufgehoben wäre, und sie dürfe nach Budapest zurück.«

Ursula wurde dieser entschlossen erklärende Mann immer sympathischer, der als Chefarzt eines Bonzenkrankenhauses, so schien es, im Interesse seiner Patientin Emma Simon ein Risiko einging und sich darüber hinaus noch wegen solcher Verfügungen entschuldigte. Irgendwie freute es sie, daß dieser Mann der Ehemann von Frau Karolina Gyetvay war, die sie am Vortag schätzen gelernt hatte.

Professor Gyetvay nahm ein weiteres Papier auf.

»Das ist die Krankenhauseinweisung für Frau Simon. Sie tritt aber erst in Kraft, nachdem sie die Erlaubnis erwirkt hat. Da sie nicht mehr sozialversichert ist, soll sie versuchen, sich ein Zeugnis ihrer Mittellosigkeit zu beschaffen. Obwohl ich nicht glaube«, er sah Ursula an, sein Blick war traurig, müde, »daß ausgerechnet sie es bekommt. In diesem Fall muß sie sich darauf vorbereiten, daß ein Krankenhausaufenthalt keine billige Angelegenheit ist.« Er reichte Ursula die beiden Papiere über den Schreibtisch hinweg. »Sie sehen selbst, das ist kein Fall, der glattgeht.«

Ursula nahm die Papiere in Empfang, erhob sich. Plötzlich packte sie Verzweiflung: Sie würde nun nach Hause fahren, und das wäre das Ende von allem. Sie würde auch noch Tante Emma verlieren, mit der sie sich wenigstens hatte unterhalten können, wenn auch nicht über das, was schmerzte, denn sie hatte ihr keine Argumente mehr gegen das System liefern wollen. So waren doch Gedanken ausgetauscht worden, und sie hatte sich nicht echolos gefühlt, wie eine Muschel am leeren Strand. »Ursula, Professor Gyetvay ist noch ein richtiger Arzt. Er weiß, daß der Kranke nicht nur Beine, sondern auch eine Seele hat. Merken Sie sich diesen Namen, das ist ein Mensch!« Auch sie litt, vielleicht würde auch er... ?

Professor Gyetvay hatte sich ebenfalls erhoben, sein Gesichtsausdruck war besorgt, ihm war Ursulas Verzweiflung nicht entgangen.

»Haben Sie etwas?«

»Ja, zu Unrecht verwies man mich von der Akademie. Meine Eltern sind keine Kulaken. Ein Freund, ein AVO-Offizier, versprach mir... Gestern lernte ich einen hohen AVO-Offizier bei Ihnen kennen. Könnte der nicht, ich meine...«

»Bitte nehmen Sie wieder Platz. Sagen Sie mir, wie ich Ihnen helfen kann. Wenn es geht, ein wenig konzentrierter.«

Ursula setzte sich wieder und versuchte, zusammenhängend über die Kulakenliste, die Akademie, über Toni Schmukks Versprechen, beziehungsweise über das Versprechen seiner Schwester zu reden. In erster Linie aber würde sie gern mit Toni, mit Antal Schmukk, sprechen, kannte aber weder Telefonnummer noch Adresse. Wenn der Bekannte von Herrn Professor...

In ihrer Aufregung bemerkte sie nicht das finstere, unwirsch gewordene Gesicht des Arztes.

»Ein so nahestehender Bekannter ist das nicht. Dennoch werde ich es versuchen.« Er zeigte zur Tür. »Lassen Sie inzwischen von meiner Sekretärin die Adresse der Behörde schreiben, die für Frau Simon zuständig ist.«

Ursula taumelte zur Tür hinaus. Sie übergab der molligen Sekretärin mit auffallend schwarzen Augenbrauen die Papiere.

»Oberleutnant István Gelei, Bezirkspolizeiamt in Sopron«, diktierte sie. Die Sekretärin adressierte einen Umschlag, sie bot Ursula keinen Stuhl an, dazu hatte sie von Professor Gyetvay keine Anweisung erhalten. Ursula wartete, starrte auf das Parkett.

Die Tür öffnete sich, Professor Gyetvay schaute hinein.

»Er kennt keinen Offizier mit diesem Namen. Auf Wiedersehen.«

Die Sekretärin übergab Ursula den adressierten Umschlag.

Schwarze Tage, dachte Ursula im Zug. Schwarze Jahre. Das Studienjahr 1951/52 ein gebrandmarktes Jahr. Sie würde es in ihrer Erinnerung nie mit anderen Jahren vermengen.

Würde sie überhaupt Erinnerungen haben?

Würde es in ihrem Leben nur noch schwarze Tage geben?

Zu Hause empfing man sie mit der Nachricht, daß Frau Emma Simon im Morgengrauen tot im Bett aufgefunden worden war.

Boris Pasternak

Wolkenwege

1

Unter dem hundertjährigen Seidenbaum schlief, an seinen Stamm gelehnt, die Amme. Als die gewaltige lila Wolke am Wegrand auftauchte und auch die Grashüpfer zum Schweigen brachte, die sonnenheiß im Grase zirpten, im Lager aber die Trommeln Atem holten und zu zittern aufhörten, dunkelte es der Erde in den Augen, und auf der Welt war kein Leben mehr.

Wohin! Wohin! heulte mit gesprungener Lippe das schwachsinnige Hirtenmädchen in die Weite hinaus, und hinter einem jungen Ochsen, der voranlief, tauchte blitzschnell auch Mascha auf mit einer wilden Reisigrute. Den abgequetschten Fuß nachschleifend, erschien sie in einer Wolke von Schutt an jenem Ende des Gartens, wo die Wildnis anfing: Nachtschatten, Ziegelsteine, Drahtgestrüpp, verwesendes Halbdunkel.

Und sie verschwand. Die Wolke überflog mit einem Blick die niedrigen, einschrumpfenden Stoppeln. Sie lagen bis an den Horizont. Die Wolke bäumte sich leicht empor: sie reichten noch weiter, bis zum Lager. Die Wolke ließ sich auf die Vorderbeine nieder und kroch, den Weg frei querend, geräuschlos am vierten Gleis der Weiche entlang. Die Sträucher entblößten die Häupter und folgten ihr über die ganze Böschung hin nach. Sie strömten dahin und grüßten sie. Sie antwortete ihnen nicht.

Vom Baum fielen Beeren und Raupen. Sie lösten sich los, von der Glut versehrt, und eingekrallt in die Schürze der Amme, gaben sie es auf, noch etwas zu denken.

Das Kind kroch bis zum Wasserhahn. Es kroch schon lange, es kroch weiter.

Wenn es endlich gießen wird und beide Gleispaare auf der Flucht vor der auf sie herabgesenkten schwarzen Wassernacht längs dem schrägen Flechtwerk hinjagen, wenn sie tosend, galoppierend euch im Vorübersausen zuschreien wird, daß ihr sie nicht fürchten sollt, daß man sie Platzregen, Liebe und anders noch nennt, werde ich euch erzählen, daß die Eltern des geraubten Knaben am Abend ihre Piquékleider gebürstet hatten und es noch sehr früh am Morgen war, als sie, schneeweiß wie zu einer Tennispartie, durch den noch dunklen Garten schritten und an den Pfahl, der die Station anzeigte, im selben Augenblick hinaustraten, als der bauchige Teller der Lokomotive aus dem Gemüseland hervorrollte, und die türkische Konditorei in Wolken gelben, stickigen Rauchs einhüllte.

Sie fuhren zum Hafen, um jenen Seekadetten zu empfangen, der sie einstmals geliebt hatte, dem Gatten ein Freund gewesen war und an diesem Morgen von einer Schulreise um die Welt in der Stadt zurückerwartet wurde.

Der Mann brannte vor Ungeduld, den Freund so rasch wie möglich in den tiefen Sinn der ihm noch keineswegs gleichgültig gewordenen Vaterschaft einzuweihen. So pflegt es zu sein. Der einfache Vorgang rührte bei euch wohl zum ersten Mal an das schöne Bewußtsein der Selbständigkeit. Das ist euch so neu, daß ihr nun von einem Menschen, der die ganze Welt umkreuzt, alles gesehen und vermutlich genug zu erzählen hat, dennoch erwarten möchtet, er solle beim bevorstehenden Wiedersehn der Zuhörer sein und ihr die seinen Verstand betäubende Klapper.

Im Gegensatz zu dem Gatten zog es sie wie den Anker ins Wasser zum eisernen Rasseln des Hafengetriebes, zum brandroten Rost der dreischlotigen Giganten, zu dem in Strömen sich ergießenden Korn, unter das lichte Geplätscher der Himmel, Segel und Matrosenfrauen. Ihre Beweggründe waren ungleich.

Der Regen gießt, gießt wie aus einem Eimer — ich beginne mit dem Versprochenen. Überm Graben knistern die Zweige des Haselbuschs. Zwei Gestalten rennen übers Feld. Der Mann hat einen schwarzen Bart. Die zottige Mähne des Weibes klatscht im Wind. Der Mann trägt einen grünen, langschößigen Rock und silberne Ohrringe, im Arm hält er das geraubte Kind. Es gießt, gießt wie aus einem Eimer.

2

Es erwies sich, daß er schon längst zum Fähnrich zur See befördert war. — Elf Uhr nachts. Auf die Station zu rollt der letzte Zug aus der Stadt, der sich die ganze Zeit aus vollem Herzen ausgeweint hat, jetzt in der Kurve aber vergnügter geworden ist und sich tüchtig ins Zeug legt. Nun saugt er mit Blättern, Sand und Tau, die sich in seine berstenden Behälter ergießen, Luft aus dem ganzen Umkreis, bleibt stehen, klatscht in die Hände und lauscht auf den Widerhall. Das Echo muß von allen Wegen bei ihm zusammenlaufen. Wenn er es hört, werden die Dame, der Seemann und der Zivilist, alle in Weiß, von der Straße weg in einen Fußpfad einbiegen, und gerade vor ihnen wird aus den Pappeln der blendende Diskus des taubedeckten Daches aufgehen. Sie werden zum Zaun gehen, die Pforte ins Schloß werfen, und ohne von den Traufen, Gesimsen und Firstbalken, die als kitzelnde Reife in seinen Ohren baumeln, etwas herabfallen zu lassen, wird der eiserne Planet immer tiefer untergehen, je mehr sie sich ihm nähern. Der Hall des hinwegdonnernden Zuges wird sich überraschend fern verzweigen, wird, sich und die anderen täuschend, eine Zeit lang Stille scheinen und dann in einem Regen feiner, ersterbender Seifenflocken zerstäuben. Es wird sich aber herausstellen, daß das gar nicht der Zug war, sondern Wasserraketen, mit denen das Meer sich ergötzt. Hinter dem Stationswäldchen hervor wird der Mond auf die Straße treten. Und dann, im Anschaun dieser ganzen Szene, wird es euch scheinen, daß sie erdacht sei von einem äußerst bekannten und sich ständig aus dem Gedächtnis verlierenden Dichter und daß man sie jetzt noch den Kindern zum Weihnachtsfest schenke. Ihr werdet euch erinnern, daß dieser selbe Zaun euch im Traum erschienen ist, und damals hieß er: Ende der Welt.

Am mondumspülten Söller schimmerte weiß ein kleiner Eimer mit Farbe und lehnte ein Malerpinsel mit der Quaste nach oben an der Mauer. Dann wurde nach dem Garten zu ein Fenster geöffnet. »Heute wurde geweißt«, sagte leise eine Frauenstimme. »Merken Sie es? Kommen Sie, wir wollen zu Abend essen.« Und wieder trat Stille ein. Sie währte nicht lang. Im Haus erhob sich Lärm. »Wie? Fort? Verschwunden?« riefen gleichzeitig ein Baß, heiser wie eine erschlaffte Saite, und ein von Hysterie blitzender Kontraalt. »Unterm Baum? Unterm Baum? Sofort aufstehen und vernünftig berichten! Und nicht heulen! Laß doch meine Hände los um Christi willen! Herrgott was bedeutet das? Mein Toscha, Toschenka! Wag es nicht, wag es nicht! Mir ins Gesicht? Gewissenlose, Schamlose, Schlechte!« Und, nicht Worte mehr, verschmolzen klagend die Laute, versagten und entfernten sich. Sie waren nicht mehr zu hören.

Die Nacht neigte sich. Aber bis zur Dämmerung war weit. Die Erde war wie mit Heuschobern vollgestellt mit Formen, die von der Stille überwältigt waren. Sie ruhten aus. Die Abstände zwischen ihnen nahmen gen Tag zu: wie um besser ausruhen zu können, trennten und entfernten sich die Formen. Dazwischen schnoben die fröstelnden Wiesen und wieherten sich unter den schweißgetränkten Schabraken zu. Selten war eine der Formen erkennbar: Baum, Wolke oder ein Bekanntes. Meist waren es unbestimmte Massengebilde ohne Namen. Leichter Schwindel umfing sie, und in dieser halben Ohnmacht hätten sie kaum sagen können, ob soeben Regen war oder nicht mehr war oder ob er erst im Anzug war und jeden Augenblick zu tropfen beginnen würde. Es wiegte sie immerfort aus dem Gewesenen ins Kommende, aus dem Kommenden ins Gewesene, wie Sand in einer stetig umgedrehten Stundenuhr.

Aber weit abgetrieben von ihnen, wie Wäsche, die der Wind in der Morgendämmerung vom Zaun riß und Gott weiß wohin verwehte, schimmerten am anderen Ende des Feldes trüb drei menschliche Gestalten, und auf der ihnen entgegenliegenden Seite rollte mit wechselndem Schlag das ewig dunstende Brausen des fernen Meers. Diese vier trug es aus dem Gewesenen ins Kommende, zurück trug es sie niemals. Die Menschen in Weiß liefen von einem Fleck zum anderen, bückten sich und richteten sich auf, sprangen in Gräben, verschwanden und traten dann an einer ganz anderen Stelle auf den Rain hinaus. In großer Entfernung voneinander schrien und winkten sie sich zu, und weil ihre Signale jedesmal verkehrt verstanden wurden, begannen sie sogleich auf andere Weise zu winken, heftiger, unwilliger, in rascherer Folge, zum Zeichen, daß sie die Zeichen nicht verstanden und daß sie abgeändert werden sollten und auch damit man nicht umkehren, sondern mit dem Suchen dort fortfahren möge, wo man suchte. Die einmütige Heftigkeit dieser Figürchen erweckte den Eindruck, als ob sie, da es ihnen eingefallen war, nachts Ball zu spielen, den Ball hatten wegrollen lassen, nun alle Gräben nach ihm absuchten und, sobald sie ihn gefunden hätten, das Spiel erneuern würden.

Unter den ruhenden Formen herrschte völlige Windstille, und man mochte sich schon mit dem Glauben an die nahe Morgendämmerung erfüllen. Doch beim Anblick dieser Menschen, die in jähen Wirbeln über der Erde aufstiebten, konnte man denken, die Lichtung werde von Wind, Finsternis und Angst erregt und zerwühlt wie von einem schwarzen Kamme mit drei zerbrochenen Zähnen.

Es ist ein Gesetz, daß uns niemals zustoßen kann, was auf Schritt und Tritt den anderen geschieht. Dieses Gesetz wird häufig von Schriftstellern angeführt. Seine Unwiderleglichkeit liegt darin, daß wir, solange noch Freunde uns erkennen, alles Unglück für etwas Wiedergutzumachendes halten. Sobald wir uns aber mit dem Bewußtsein seiner Unwiderruflichkeit erfüllen, erkennen uns die Freunde nicht mehr, und, wie um jenes Gesetz wahr zu machen, werden wir selbst »die Anderen«, nämlich jene, die erkoren sind, zu brennen, ruiniert zu werden, dem Gericht oder dem Irrenhaus anheim zu fallen.

Solange es noch gesunde Menschen waren, die über die Amme herfielen, erschienen die Dinge ihnen etwa in dem Licht, als hinge es nur von der Hitzigkeit, mit der sie sie zur Rede stellten, ab, ob sie später ins Kinderzimmer treten und erleichtert aufatmend, darin den Knaben vorfinden würden, den gleichsam die Größe ihres Schrecks und Kummers an seinen Platz zurückgezaubert hatte. Das Schauspiel des leeren Bettchens löste ihnen die Haut von den Stimmen. Doch auch mit geschundener Seele, da sie sich zuerst suchend in den Garten stürzten, dann aber sich auf ihrer Suche weiter und weiter vom Haus entfernten, waren sie noch Menschen wie wir, das heißt, sie suchten um zu finden. Doch die Stunden lösten sich ab, es wandelte sich das Antlitz der Nacht, auch sie wandelten sich, und nun, an ihrem Ausgang, waren es gar nicht wiederzuerkennende Menschen, die es aufgegeben hatten zu begreifen, um welcher Sünden willen und zu welchem Zweck der grausame Raum fortfuhr, sie, ohne ihnen Zeit zum Atemholen zu lassen, von einem Ende zum anderen über eine Erde zu schleppen und zu verschlagen, auf der sie den Sohn doch nie und nimmer mehr sehen würden. Und längst hatten sie den Fähnrich vergessen, der jetzt auf der anderen Seite des Hohlwegs suchte.

Ist es um dieser anfechtbaren Beobachtung willen, daß der Verfasser dem Leser verbirgt, was ihm so gut bekannt ist?

Weiß er doch besser als jeder andere, daß, sobald nur im Villenort die Bäckerläden geöffnet werden und die ersten Züge aneinander vorbeifahren, das Gerücht von dem traurigen Vorfall alle Sommerhäuschen durcheilen und dem Zwillingspaar der Gymnasiasten endlich sagen wird, wohin sie ihren namenlosen Bekannten und die Trophäe ihres gestrigen Siegs zu bringen haben.

Schon drängten sich unter den Bäumen, wie unter tief herabgezogenen Kapuzen hervor die Erstlinge des noch schläfrigen Morgens. Es wurde hell in Anläufen, mit Unterbrechungen. Der Meeresschlag schien mit einem Male nie gewesen zu sein, und es wurde noch stiller als vordem. Unbekannt woher, durchlief ein süßes, anschwellendes Zittern die Bäume. Einer nach dem anderen sanken sie, nachdem sie mit ihrem schweißigen Silber an den Zaun geklatscht hatten, von neuem für lange in den eben erst gestörten Schlaf zurück. Zwei seltene Diamanten funkelten allein und jeder für sich in den tiefen Nestern dieses halbdunklen Segens: ein Vöglein und sein Zwitschern. Sich vor der Einsamkeit bangend und beschämt über seine Geringheit, versuchte das Vöglein mit aller Kraft, sich aufzulösen in dem unübersehbaren Meere von Tau, das vor Zerstreutheit und Schlaf zu ohnmächtig war, um seine Gedanken zu sammeln. Es gelang ihm: das Köpfchen auf die Seite gelegt und die Äuglein fest geschlossen, trank es sich lautlos voll mit der Torheit und Trauer der eben geborenen Erde und freute sich seines Vergehens. Doch seine Kräfte reichten nicht aus. Und plötzlich, seinen Widerstand brechend und es verratend, entzündete sich — ein kalter Stern, verharrendes Muster in verharrender Höhe — sein voller Schlag. Die geschmeidigen Triller streuten in nadelfeinen Spitzen, die Spritzer tönten, erschauerten und wunderten sich, als plätscherte jemand über den Rand einer Schale mit einem ungeheuren staunenden Auge.

Doch nun nahm die Helle einmütiger zu. Der Garten erfüllte sich ganz mit feuchtem weißen Licht. Am dichtesten spülte dieses Licht gegen die geweißte Wand, gegen die kiesbestreuten Wege und gegen die Stämme jener Obstbäume, die mit einer kalkweißen Vitriollösung bestrichen waren. Und nun schleppte sich die eben vom Feld zurückkehrende Mutter des Kindes mit demselben totenhaften Anflug im Gesicht durch den Garten. Sie wankte, ohne stehen zu bleiben, quer hinüber zum Hinterhof, ohne zu bemerken, was ihre Füße zertraten und worin sie einsanken. Die sich senkenden und aufrichtenden Rabatten warfen sie hinauf und hinab, als bedurfte ihre Erregung der Aufrüttelung. Sie durchschritt den Gemüsegarten und näherte sich jenem Teil des Zauns, hinter dem der Weg zum Lager sichtbar wurde. Zu diesem Ort wandte sich der Fähnrich, der im Begriff war, über die Umzäunung zu steigen, um den Umweg um den Garten herum zu vermeiden. Der gähnende Osten trieb ihn dem Zaune zu, wie das weiße Segel eines sich heftig zur Seite neigenden Bootes. Sie erwartete ihn, sich an den Staketen haltend. Es war zu sehen, daß sie etwas sagen wollte und ihre kurze Rede restlos vorbereitet hatte.

Die Nähe des unlängst gefallenen oder erwarteten Regens war auch am Meeresufer zu spüren. Woher mochte das Tönen kommen, das die ganze Nacht, von jenseits des Damms vernehmbar war? Die See lag erkaltend wie der mit Quecksilber überzogene Rücken eines Spiegels, nur an den Rändern schluchzte und schreckte sie leise auf. Schon färbte der Horizont sich mit krankem und bösem Gelb. Das war verzeihlich bei der Morgenröte, die sich an die Hinterwand des riesigen, auf hundert Kilometer beschmutzten Viehstalls schmiegte, wo jeden Augenblick die Wogen sich empören und von allen Enden erheben konnten. Doch jetzt krochen sie auf dem Bauch und rieben sich kaum merklich aneinander wie eine Herde schwarzer, schlüpfriger Schweine.

An den Strand, hinter dem Felsen hervor, trat der Fähnrich. Er ging mit schnellem, rüstigem Schritt. Zuweilen sprang er von Stein zu Stein. Soeben hatte er oben etwas Verblüffendes erfahren. Er nahm eine flache Ziegelscherbe vom Sand auf und schleuderte sie in flachem Wurf ins Wasser. Der Stein glitt wie Speichel dahin und prallte geschoßartig über die Fläche, wobei er denselben unauffangbaren Säuglingslaut von sich gab wie alles seichte Wasser. Soeben erst war er, an einem Erfolg seines Suchens verzweifelnd, zum Sommerhaus abgebogen und hatte sich ihm von der Lichtung her genähert, als Ljolja von innen an den Zaun heranlief, ihn ganz nahe herankommen ließ und dann rasch sagte: »Wir können nicht mehr. Rette! Finde ihn wieder! Er ist dein Sohn.« Er packte ihre Hand, da riß sie sich los, und als er in den Garten stieg, konnte er sie nirgends mehr finden. — Wieder nahm er einen Stein auf, und so, unaufhörlich schleudernd, entfernte er sich und verschwand hinter dem Vorsprung des Felsens. Hinter ihm fuhren seine eigenen Spuren fort zu leben und sich zu rühren. Auch sie wollten schlafen. Da kroch, versank im Sand, seufzte und wälzte sich von einer Seite auf die andere der beunruhigte Ziegel und bettete sich klirrend bequemer, um nun in aller Ruhe auszuschlafen.

3

Mehr als fünfzehn Jahre waren vergangen. Auf dem Hof dämmerte es abendlich, in den Zimmern wurde es dunkel. Eine unbekannte Dame fragte schon zum drittenmal nach dem Mitglied des Vollzugsausschusses, dem ehemaligen Seeoffizier Poliwanow. Vor der Dame stand ein gelangweilter Soldat. Durch das Fenster des Wartezimmers sah man den Durchgangshof, voll mit Ziegelhaufen unter Schnee. Ganz in seiner Tiefe, dort, wo früher die Müllgrube gewesen war und jetzt ein

Berg lange nicht weggeführten Kehrichts sich türmte, schien der Himmel ein dichter Forst, gewachsen an den Hängen dieser Anhäufung toter Katzen und Konservenbüchsen, die im Tauwetter Auferstehung feierten, Atem schöpften und gewesene Frühlinge und tropfendes, zwitscherndes, blechernes Wohlbehagen absonderten. Aber es genügte, den Blick von diesem Winkel abzuwenden und die Augen höher zu erheben, um bestürzt zu sein, wie neu dieser Himmel war.

Sein jetziges Vermögen, den Hall des Gewehr- und Geschützfeuers am Meer und am Bahnhof runde vierundzwanzig Stunden lang zu verbreiten, rückte seine Erinnerung an das Jahr 1905 weit zurück. Von einem Ende zum andern von der trunkenen Kanonade wie von einer Chausseewalze breitgerollt und nun endgültig von ihr plattgerammt und totgemacht, verfinsterte er sich stumm und verlief sich irgendwo, wie im Winter das Band des sich gleichmäßig abspulenden Schienenstrangs.

Was für ein Himmel war dies nun? Auch am Tage gemahnte er an das Bild jener Nacht, die wir in der Jugend und auf dem Marsche schauen. Auch am Tage fiel er auf und grenzenlos sichtbar, sättigte er sich auch am Tage mit der verwüsteten Erde, warf die Schlafsüchtigen um und stellte die Träumer auf die Füße.

Es waren Wolkenwege, die wie Züge täglich die geradlinigen Gedanken Liebknechts und Lenins und einiger wenigen ihres Hochflugs führten. Es waren Wege, gebahnt auf einer Ebene, die hoch genug war zum Überschreiten jeglicher Grenzen, wie sie auch heißen mochten. Eine dieser Linien, noch während des Krieges gelegt, bewahrte die alte strategische Höhe die das Wesen der Fronten, über denen man sie hinleitete, den Baumeistern aufgezwungen hatte. Dieser militärische Zweig, der an irgendeinem seiner Punkte und irgendeiner seiner Stunden die Grenze Polens und später Deutschlands überschritt, verließ hier vor aller Augen die Grenzen des Verständnisses für das

Mittelmäßige und seine Duldung. Er ging durch den Hof und hatte Angst vor der Ferne seines Ziels und vor seiner bedrükkenden Schwerfälligkeit, wie das dem Schienenwege voranfliehende Weichbild sich immer vor jenem ängstigt. Das war der Himmel der dritten Internationale.

Der Soldat antwortete der Dame, Poliwanow sei noch nicht zurück. Langeweile dreierlei Art klang in seiner Stimme. Das war die Langeweile eines flüssigen Schlamm gewöhnten Wesens, das in trocknen Staub geraten ist. Das war die Langeweile eines Menschen, der sich in den Requisitionsabteilungen in der Weise häuslich eingerichtet hat, daß er Fragen stellt und eine solche Gnädige verwirrt und ängstlich antwortet, und der sich langweilt, weil die gewohnte Ordnung mustergültigen Gesprächs umgestülpt und verletzt ist. Das war endlich auch jene trügerische Langeweile, womit man völlig Unerhörtem den Schein blanker Gewöhnlichkeit verleiht. Und da er sehr gut wußte, wie unerhört der Gnädigen die jetzige Ordnung der Dinge vorkommen mußte, machte er sich dumm, als ahne er ihre Empfindungen nicht und als habe es für ihn seit jeher nur Diktatur gegeben.

Plötzlich erschien Ljowuschka. Etwas einem Treibriemen von gigantischem Durchmesser Ähnliches trug ihn mit einem Schwung aus der Luft, von der es nach Schnee und unerleuchtetem Dunkel roch, ins zweite Stockwerk hinauf. Sich an diesen Gegenstand haltend, der, sich als Aktentasche erwies, brachte der Soldat den Eintretenden zum Stehen, wie man ein Karussell im vollen Gang zum Stehen bringt.

»Es handelt sich um Folgendes«, wandte er sich an ihn, »jemand aus dem Flüchtlingslager war da...«

»Wieder wegen der Ungarn? Es ist ihnen doch gesagt worden, Dokumente allein genügen nicht, um abzureisen.« »Nun, wovon rede ich denn? Ich verstehe sehr gut, es ist wegen der Dampfer. So habe ich es ihnen auch erklärt.« »Nun und —?« »Man soll ihnen einen Raum frei machen.« »So. Sonst noch?«

»Von der Kanatnaja ein Paket«, sagte der Soldat, er nannte die Straße, in der sich die Tscheka befand und dämpfte, sich ihm nähernd wie auf Wache, die Stimme. »Was sagst du? So. Nicht möglich«, sagte gleichgültig und zerstreut Poliwanow. Der Soldat löste sich von ihm. Einen kurzen Augenblick standen beide schweigend. »Haben Sie Brot gebracht?« fragte plötzlich sauer der Soldat, da es der Form der Aktentasche nach keiner Antwort bedurfte, und fügte hinzu: »Noch etwas... eine Bürgerin will Sie sprechen.« »So... so... so...« sagte träge, gleich abwesend, Poliwanow. Der gigantische Treibriemen sprang an und spannte sich. Die Aktentasche kam in Bewegung. »Bitte Genossin«, wandte er sich zu der Dame und führte sie ins Kabinett. Er erkannte sie nicht.

Hier war, mit dem schon finstern Vorzimmer verglichen, das Dunkel vollkommen. Sie folgte ihm und blieb hinter der Türschwelle stehen. Wahrscheinlich lief hier ein Teppich durch das ganze Zimmer, denn er tauchte schon nach zwei oder drei Schritten irgendwo unter und dann ertönten eben solche Schritte am anderen Ende dieser Finsternis. Laute wurden vernehmbar, die sofort die Tischplatte mit Gläsern, die sich rührten, mit Zwiebackbruch und Zuckerstücken, Teilen eines auseinandergenommenen Revolvers und sechskantigen Bleistiften bedeckten. Er strich, etwas hin und her rollend und glättend, leise mit der Hand über den Tisch und suchte die Zündhölzer. Schon versetzte ihre Einbildungskraft das Zimmer, mit Bildern behängt und mit Schränken, Palmen und Bronzen ausgestattet, auf einen Prospekt des ehemaligen Petersburg, wo sie mit einem Leuchter in der ausgestreckten Hand, Licht über den ganzen Raum ihrer Vision verstreute — als plötzlich das Telephon anschlug. Sein gurgelndes Surren, nach Feld oder Einöde schmeckend, erinnerte augenblicklich daran, daß der Draht sich aus einer Stadt hierherarbeitete, die in absolute Finsternis getaucht war und daß diese Begebenheit sich in der Provinz, unter den Bolschewisten, abspielte.

»Ja«, antwortete ein ungeduldiger und tödlich ermüdeter Mensch. Wahrscheinlich bedeckte er die Augen mit der Hand. »Ja. Ich weiß. Unsinn. Ich habe mich mit dem Stab in Verbindung gesetzt. Schmerinka antwortet seit einer Stunde. Und das ist alles? Ja, ich werde dort sein und es sagen. Nein doch, in zwanzig Minuten. Alles?«

»Nun Genossin«, wandte er sich, in einer Hand die Schachtel und in der anderen den blauen Tropfen der spuckenden Schwefelflamme, zu seinem Besuch, und dann, gleichzeitig mit dem gedämpften Aufschlagen der ihm entglittenen und verstreuten Zündhölzer, ertönte ihr abgerissenes, erregtes Flüstern.

»Ljolja«, schrie Poliwanow fremd auf. »Es kann nicht sein... verzeih... nein wirklich? Ljolja?«

»Ja, ja, guten Ta—... lassen Sie mich zu mir kommen,... ja, so hat Gott es gefügt«, flüsterte sie monoton, erstickend und weinend.

Auf einmal verschwand alles. Im Schein des angezündeten Ollämpchens standen sie sich gegenüber: der von zehrenden Nachtwachen zerfressene Mann in der offenen kurzen Jacke, — und das schmutzige Weib, das sich lange nicht mehr gewaschen hatte. Jugend und Meer waren nie. Im Schein des Öls war ihr Kommen, der Tod Dmitris und der Tochter, von der er nichts wußte, mit einem Wort alles, was sie ihm erzählt hatte, ehe es hell wurde, eine in ihrer Unanfechtbarkeit bedrükkende Wahrheit, die den Zuhörer selbst ins Grab forderte, wenn anders seine Teilnahme mehr als leeres Wort war. Da er sie ansah im Schein des Öls, erinnerte er sich sogleich jener Geschichte, die schuld war, daß sie sich beim Wiedersehen nicht gleich geküßt hatten. Und unwillkürlich lächelnd, wunderte er sich über die Zähigkeit solcher Vorurteile. Im Schein des Öls stürzten alle ihre Hoffnungen, das Zimmer könnte so eingerichtet sein, wie ihre Einbildungskraft es sah, zusammen. Dieser Mensch aber erschien ihr so fremd, daß man dieses

Gefühl keiner Veränderung zuschreiben konnte. Um so entschlossener wandte sie sich ihrem Anliegen zu, und genau wie einstmals hastete sie, sich seiner blind und wie auswendig gelernt zu entledigen, als wäre es ein fremder Auftrag.

»Wenn Ihnen Ihr Kind teuer ist...« begann sie. »Wieder!« Poliwanow fuhr augenblicklich auf, und nun redete, redete, redete er, rasch und ohne anzuhalten. Er redete wie er Artikel schrieb: mit »welche« und mit Kommazeichen. Er lief im Zimmer auf und ab und blieb stehen und breitete die Arme aus und schüttelte sie. Zwischendurch runzelte und sammelte er mit zwei Fingern die Haut über der Nasenwurzel und reizte und glättete diese Stelle, als sei sie der Herd seiner verglimmenden und wieder aufflammenden Entrüstung. Er legte ihr nahe, sie möge nicht mehr damit rechnen, daß die Leute sich die von ihr ausgedachte Geschichte gefallen ließen und daß man mit ihnen nach Belieben umspringen könne. Er beschwor sie bei allem, was ihr heilig war, niemals wieder diesen Unsinn vorzubringen, besonders, da sie schon gleich damals ihren Betrug eingestanden habe. Er sagte, selbst wenn man ihn hinnehmen wolle, würde sie dennoch damit nur das gerade Gegenteil erreichen. Daß man einem Menschen auf keine Weise begreiflich machen konnte, daß das, was er vor einer Minute nicht besessen hat und nun auf einmal besitzt, kein Fund ist, sondern ein Verlust! Er erinnerte sie daran, welche Sorglosigkeit und Freiheit sofort in ihm erwacht war, als er damals ihrem Märchen Glauben geschenkt hatte, und wie dann augenblicklich alle Lust, noch weiter die Gräben und Verstecke abzusuchen, sich bei ihm verloren habe, doch der Wunsch zu baden ihm gekommen sei. Selbst wenn also die Zeiten zurückflössen, versuchte er zu sticheln, und es wieder einmal notwendig würde, ein Mitglied ihrer Familie zu suchen, so würde er sich auch in diesem Fall um ihretwillen oder wegen X oder Y beunruhigen, niemals aber um seiner selbst willen oder wegen ihrer lächerlichen... »Sind Sie fertig«, sagte sie, als er ruhig geworden war.

»Sie haben recht. Ich nehme meine Worte zurück. Verstehen Sie denn nicht? Mag es gemein und kleinmütig sein. Ich war von Sinnen vor Freude, daß der Junge gefunden war. Und wie wunderbar! Sie erinnern sich? Würde ich wohl danach den Mut aufgebracht haben, mein und Dmitris Leben zu zerbrechen? So habe ich denn entsagt. Aber nicht von mir ist die Rede. Er gehört Ihnen. Ach Ljowa, Ljowa, wenn Sie wüßten, in welcher Gefahr er jetzt schwebt! Ich weiß nicht, wie ich anfangen soll. Lassen Sie mich der Reihe nach erzählen. Seit jenem Tag haben wir uns nicht wiedergesehen. Sie kennen ihn nicht. Er ist so vertrauensselig. Das wird noch einmal sein Verderben sein. Da ist ein Schurke, ein Abenteurer, übrigens Gott ist sein Richter, — Neploschajew, sein Korpskamerad...«

Bei diesen Worten blieb der durchs Zimmer schreitende Poliwanow wie angewurzelt stehen und hörte sie nicht mehr. Sie hatte einen Namen genannt, den vorhin unter vielen anderen der Soldat geflüstert hatte. Er kannte diese Sache. Sie war hoffnungslos für die Beschuldigten, und es handelte sich nur noch um die Stunde. »Er trat unter fremdem Namen auf?« Sie erbleichte, als sie diese Frage hörte. Er wußte also mehr als sie, und die Sache stand noch schlimmer, als sie selbst sie sich ausmalte. Sie vergaß, in welchem Lager sie sich befand, und da sie glaubte, das ganze Übel bestehe in dem erfundenen Namen, beeilte sie sich, ihren Sohn von einer ganz unnötigen Seite her zu rechtfertigen. »Aber Ljowa, er konnte doch nicht offen auftreten...« Und wieder hörte er nicht mehr, da er begriffen hatte, daß ihr Kind sich hinter jedem der ihm aus den Akten bekannten Namen verbergen könne, und stand am Tisch und läutete irgendwo an und brachte irgend etwas in Erfahrung und entfernte sich von Anschluß zu Anschluß immer tiefer und weiter in die Stadt und in die Nacht, bis sich vor ihm der Abgrund der letzten und endgültig richtigen Auskunft auftat.

Er blickte um sich. Ljolja war nicht im Zimmer. Er verspürte ein furchtbares Reißen in den Augenhöhlen, und als er mit den Blicken durch das Zimmer irrte, schwamm es vor ihm in Stalaktiten und Bächen. Er wollte die Haut über der Nasenwurzel sammeln, strich aber statt dessen mit der Hand über die Augen, und von dieser Bewegung begannen die Stalaktiten zu tanzen und dann zu verschwimmen. Ihm wäre leichter gewesen, wären ihre Zuckungen nicht so heftig und lautlos gewesen. Dann fand er sie: sie lag, eine ungeheure, heilgebliebene Puppe, zwischen dem schmalen Tischpfosten und einem Stuhl auf derselben Schicht von Spänen und Abfällen, die sie im Dunkeln und solange sie noch bei Bewußtsein war, für einen Teppich gehalten hatte.

Ismail Kadaré

Tod eines Schriftstellers

Während er aus dem Fenster seines Hotels auf den nassen und öden *Boulevard Mussolini* hinausblickte, stellte er sich vor, wie sie jetzt mit ihrem wippenden Gang auf dem Bürgersteig dahinstöckelte, sich in dem Handtaschenspiegelchen betrachtete und durch die Zähne das Wort »Schurke« ausstieß. Es war nicht das erste Mal, daß eines ihrer Zusammentreffen auf diese Weise endete. Er zuckte mit den Schultern, verzog verächtlich die Lippen und dachte bei sich, daß das Wort »Schurke« eigentlich gar nicht so häßlich klingen würde, wenn es nur eine Silbe hätte...

Hinter dem Gardinentüll sah man den düsteren Säuleneingang der Staatsbank, einige Villengärten und in der Ferne das hohe Gebäude der Rundfunkstation mit dem Antennenwirrwarr auf der Dachterrasse. Hin und wieder drang aus verschiedenen Teilen der Stadt, mal lauter und dann wieder schwächer, das Kampfgetöse herüber.

Das Land bereitet sich darauf vor, seine Gesellschaftsordnung zu ändern, dachte er. Im Räderwerk seines Hirns, das im Laufe seiner Arbeit als Schriftsteller viel Übung in der Schaffung von literarischen Bildern bekommen hatte, wurde instinktiv ein Versuch unternommen, für das Phänomen dieser Veränderung einen möglichst konkreten Vergleich zu finden. Veränderung des Antlitzes des Landes, seines Kerns, seiner Gesichtszüge, seiner Haut... Der Wolf wechselt sein Fell... Nein... Nein... Die Schlange wirft ihre Haut ab... Nein!... Er schrie das Wort fast heraus. Das ist ein ekelhaftes

Bild! Und er schüttelte heftig den Kopf, wie um es von sich wegzuschleudern. Außerdem entspricht es auch nicht der Wahrheit, dachte er wieder bei sich. In diesen Tagen wurde etwas Großes verändert! Diese Tage... Diese Zeit...

Ach, was kann man von eurer außerhalb der Zeit stehenden Kunst schon erwarten! hatte ihm vor zwei Monaten ein Kollege gesagt, ein Linker. — Immerhin kann man nicht behaupten, meine Kunst sei nicht zeitgemäß, war seine Antwort gewesen. Zumindest in diesem Punkt sind sich sämtliche Kritiker einig, die über mich geschrieben haben, auch diejenigen, die mich ablehnen. — Der andere hatte nur gelächelt, ohne ihn dabei anzublicken (dieses flatternde Lächeln, das irgendwie seitlich wegzuhuschen scheint, fürchtete er am meisten bei den Menschen). Das hängt davon ab, welchen Begriff der Mensch von der Zeit hat, hatte der andere schließlich gesagt, und sein Lächeln war allmählich verblaßt, wie die Theaterbeleuchtung, bevor der Vorhang aufgeht. Schurke!...

Die Zeit! dachte er. Ich habe mich noch nie in die Brust geworfen und behauptet, mein Werk stünde außerhalb der Zeit. Im Gegenteil. Nun muß ich mir noch sagen lassen, auch das genüge nicht! Eure Zeit. Unsere Zeit. Es gibt aber nur eine Zeit, verdammt noch mal! Ob wir wollen oder nicht. Wir werden in ein und derselben Zeit leben und auch sterben, alle zusammen, Freund und Feind!...

In all diesen letzten Jahren, zwischen den Tumulten und Stürmen, die von beiden Seiten heraufbeschworen worden waren, hatte er nach einer dritten Zeit gesucht, nach einer eigenen, allgemeineren und unvergänglichen Zeit, die über den Leidenschaften und Verwüstungen stand, wie ein kalter Himmel über den Stürmen. In seinem Innern war er fest davon überzeugt, daß eben diese Zeit die wahre sei. Die anderen Zeiten waren bloß Regen, Wolkenzusammenprall, Donner und Wirrwarr, jedoch keine richtigen Zeiten.

Aus dem Stadtzentrum dröhnte ein starkes Donnern herüber. Alle zusammen, dachte er wieder. Trotzdem mußte er etwas unternehmen. Er konnte nicht unschlüssig dastehen und warten, daß die Zeit zu ihm kam, wie der fallende Schnee, der sich zusammen mit dem Winter nähert. Er mußte unbedingt etwas tun — ein Stückchen von der Schlangenhaut abstreifen... Nein, nein, nein... Etwas, um dem Lande beim Abstreifen zu helfen... Aber nicht Haut, nicht Schlange... Wie dem auch sei, die Idee blieb: Dem Land dabei zu helfen, sich vom Alpdruck zu befreien.

Für mich bedeutet dies die logische Fortsetzung meines Lebens und meines Werkes, dachte er bei sich. Ich war immer ein Mensch der Zeit... jedenfalls meiner Zeit.

Er war zum Wandschrank gegangen und suchte sich zwischen den Kleiderbügeln ein Hemd und eine Krawatte heraus. Dann öffnete er das Schubfach seines Nachttischs und holte den Revolver hervor. Er hielt ihn einige Sekunden auf der offenen Handfläche und blickte starr auf den kurzen Lauf, auf dem ein fahles Licht tänzelte. Er schloß die Finger fest um den Griff und steckte die Waffe in die Tasche. Unbewußt hatte er begonnen, sich anzuziehen. Ich muß hier raus, sagte er zu sich. Wenigstens soll niemand sagen können, ich hätte mich mit einem Weib im Hotel eingeschlossen, währenddessen ringsherum der Krieg tobte. Schurke!

Draußen war es kalt, und er schlug den Kragen seines Wintermantels hoch. Auf dem *Boulevard Mussolini* war keine Menschenseele zu sehen. Die Dämmerung brach herein. Er ging an den würdig dahinwelkenden Gärten vorbei, in denen das Tageslicht rasch verblaßte. Die ungeraden Hausnummern der geschlossenen Tore schienen von hohem Fieber zu niedriger Temperatur zu fallen — 41, 39, 37, 35 — und er hatte das Gefühl, durch seine Angst vor der Einsamkeit mehr und mehr in Panikstimmung zu verfallen. Er beschleunigte seine Schritte und bemühte sich, auf den von fern dröhnenden Lärm zu horchen, den der Wind einen Augenblick lang von rechts heranwehte. Ihm wurde klar, daß er ziemlich unbedacht gehandelt hatte, als er sich so mutterseelenallein in die Abgeschiedenheit des Hotels auf diesem ausgestorbenen Boulevard zurückgezogen hatte. Der Widerhall des fernen Lärms wurde stärker. Einem plötzlichen Entschluß folgend, bog er in eine Seitenstraße ein, die ihn seinem Gefühl nach diesem dröhnenden Geräusch näher bringen würde. Nach einigen Minuten erkannte er, daß er sich nicht geirrt hatte. Man hörte von weitem Autohupen und monotone, wellenartige Geräusche. Als er die *Königliche Straße* erreicht hatte, stellte er erstaunt fest, daß es, im Kontrast zu dem geisterhaft leeren Boulevard, auf dieser Straße äußerst lebhaft zuging. Dutzende von Personenwagen, Karren, Kutschen reicher Leute, Motorräder, kleinere Lastwagen und Taxis, voll beladen mit Menschen und verschiedenstem Gepäck, bewegten sich schneckenhaft langsam vorwärts oder standen vor Villeneingängen; sie hupten, rammten einander und fuhren dann in Richtung der breiten Autostraße im Westen der Stadt.

Sie flüchten! dachte er. Zwischen den Fahrzeugen tauchten hin und wieder schwarze Limousinen auf. Seine Wahrnehmung konzentrierte sich völlig auf die Masse der Autos, die vor dem unscharfen Hintergrund klare Umrisse annahm, so als wäre sie von einem Teleobjektiv nähergerückt worden: Karossen von Ministern, Abgeordneten und kirchlichen Würdenträgern, die bunte, vielfarbige Palette der Autos von Großkaufleuten, Großgrundbesitzern, Quislingen, Bankiers, ehemaligen Ministern des ersten Königreiches und die eleganten Sportwagen mondäner Damen, faschistischer Funktionäre und bekannter Glücksspieler. Die ganze Straße war nichts als ein wirres Durcheinander von Flucht. Aus Wagenfenstern und geöffneten Kofferräumen ragten lange, zusammengerollte Teppiche mit traurig wehenden Fransen hervor, die kapriziös verrenkten Beine von vergoldeten Stühlen und Tischen, metallene Kassetten mit Wappen auf den Deckeln, Spiegel, Leuchter, Bilder in vergoldeten Rahmen, Jagdstiefel, Skier. Und immer wieder Perserteppiche und Wandteppiche — unzählbare Teppiche, zusammengerollt wie Schlangen im Winterschlaf.

Deutsche Soldaten mit Helmen und dem Zeichen der Feldgendarmerie auf der Brust gaben durch hastiges Winken den Autos, Karren, Kutschen und Lasterwagen zu verstehen, daß sie sich rascher bewegen sollten. Doch die Straße leerte sich nicht, vielmehr entstanden immer neue Engpässe, so daß die *Königliche Straße* einem Schlund glich, in den man unaufhörlich neue Nahrung hineinpreßt.

Vor dem schmiedeeisernen Gittertor einer Villa bemerkte er am Boden die Scherben eines Porzellanservices, das offensichtlich während des Abtransports zerbrochen war. Ohne zu wissen, warum er es tat, bückte er sich, nahm eine Scherbe und steckte sie in die Tasche.

Hinter seinem Rücken erklang das nervöse Hupen einiger Autos. Immer wenn Wagen an ihm vorbeifuhren, erblickte er hinter den Fensterscheiben starre Gestalten, die aussahen, als wären sie auf ihren Sitzen angenagelt... Schwarze, steife Herrenhüte und auch ab und zu eine Frau, die ihre Augen mit den Händen bedeckte, weil sie offenbar weinte. Und auf den Wagendächern immer wieder zusammengerollte Teppiche in eingefrorenem Winterschlaf.

Er spürte, wie sich in seinem ganzen Wesen eine lastende Müdigkeit ausbreitete und der geheime Wunsch, sich wie diese Teppiche zusammenzurollen und in die Kältestarre, in einen langen, langen Schlaf zu sinken, bis wieder wärmere Zeiten kommen würden, um aufzuwachen... Wo warst du, als die Erde bebte und ringsherum der Teufel los war? Wo warst du, Adrian?

Nirgends! sagte er zu sich.

Er blickte wieder auf die Straße, auf der die Koffer und die Ballen auf den Wagendächern, die Köpfe der Gäule und die

Teppichrollen den Eindruck erweckten, als würden sie von einer reißenden Flut hinweggeschwemmt, und er spürte, daß diese Welt im Begriff war, ein für alle Mal zu verschwinden. Jene zusammengerollten Teppiche waren Papyrusrollen, Überlieferungen alter Begebenheiten; die Menschen dieser Welt hatten sich jahrelang auf diesen Teppichen bewegt, hatten sie unter ihren Füßen gespürt und sich auf ihnen niedergelassen, um Gespräche zu führen oder auch um sich der Liebe hinzugeben... Und jetzt nehmen sie sie in die Fremde mit! dachte er.

Er hatte Kopfschmerzen. Es schien ihm, als treibe etwas Weiches, Konturloses durch die Windungen seines Gehirns, das in ihm ein sanftes Gefühl der Auflösung auslöste. Er wollte so rasch wie möglich diesem Golgatha entkommen und blieb vor dem Eingang eines Kaffeehauses stehen. Eine der beiden Laternen am Eingang war zerbrochen. Es handelte sich um ein Kaffeehaus, in dem reiche Leute zu verkehren pflegten, und er war dort nur ein selten gesehener Gast. Nie zuvor hatte er dieses Lokal erfüllt von so viel Tabakqualm, Lärm und feuchter Ausdünstung, die aus den nassen Regenmänteln entwich und sogar den Duft der teuren Zigaretten überdeckte, vorgefunden. Die gläserne Drehtür beförderte durch ihre Fächer eine Menge Leute nach drinnen und draußen, und in ihren unaufhörlichen, ruhelosen Drehungen lag etwas fast Manisches. Er war gleich hinter einem verwachsenen Mann hineingegangen und, wie dieser, hatte auch er einen raschen Blick über die besetzten Tische schweifen lassen, in der Hoffnung, ein bekanntes Gesicht zu entdecken. Den Verwachsenen winkte man von einem der Tische heran, er selbst aber sah niemanden, der ihm bekannt vorgekommen wäre. Er setzte sich auf einen freien Stuhl, der, zwischen zwei Tische geschoben, niemandem zu gehören schien. Wenigstens kann ich so auf einem Fleck sitzen bleiben, tröstete er sich. Da brauche ich mir nicht dauernd diese Flüchtlingskarawane mit ihren schwindelerregenden Artefakten von Teppichen über den Köpfen anzusehen... Kein

Kellner kam, um ihn zu bedienen. Besser so! dachte er... Schurke!

Unwillkürlich begann er Bruchstücke aus den Gesprächen wahrzunehmen, die rings um ihn geführt, aufgebauscht und verströmt wurden, wobei sie fast alles in den Dreck zogen. Er glaubte auch den Namen der Dame Hamide herausgehört zu haben, Anlaß für ihn, die Ohren zu spitzen. Man sprach von Goldtransfer, von in aller Eile ausgefertigten Testamenten, von dem herzzerreißenden Abschied einiger Damen von ihren faschistischen Liebhabern, von der allgemeinen Fluchtwelle... Munir Bey kann sich jetzt, nach einer Gehirnhautentzündung, nicht mehr an die Stelle in seinem Garten erinnern, wo er seine Goldstücke vergraben hat... Sie werden es noch bitter bereuen! hat sie zum Baron von Schwarzenberg gesagt... Nur dreizehn Prozent davon und keinen Pfennig mehr!... Der Garten ist völlig zerwühlt, eine Grube klafft neben der anderen, aber der Schatz bleibt unauffindbar... Jedenfalls bleiben die Schweizer Banken die einzige Garantie angesichts dieses ganzen Schlamassels... Sie werden es noch bitter bereuen! wiederholte der Baron ihre Worte, und fügte hinzu: So viel ich weiß, Dame Hamide, haben Sie dasselbe auch zum Grafen Pontecorvo gesagt!... Ach! entfuhr es ihr, und sie fiel in Ohnmacht... Nur dreizehn Prozent davon und keinen Pfennig mehr! Wenn Sie meine beiden Tanten in Ihrem Wagen mitnehmen, dann könnten wir nochmals darüber reden... Und die Schweiz?... Es wird immer schlimmer... Was ist mit der Schweiz?... Nichts, nichts... Genug jetzt! Alles hat seine Grenzen... Stecken Sie wenigstens dieses Monokel weg! sagte sie, nachdem sie wieder zu sich gekommen war. Sie sehen ja wie ein Richter der Hölle aus!... Das letzte Schiff fährt morgen nacht von Durres ab. Nun erzählt man, er werde die Dame Hamide in seinem Panzer mitnehmen. Ha-ha-ha! Das nenne ich Liebe!... Könnte ich wenigstens einen Ochsenkarren für meine beiden Tanten aufstöbern... Einen Ochsenkarren?... Jawohl, ein Ochsenkarren ist heute so viel wert wie ein Gut... Von Liebhabern in Gondeln habe ich ja schon gehört, aber von Liebhabern in Panzern — nie!... Man wird wohl noch so manches zu hören bekommen...

Er lauschte eine ganze Weile auf die zu ihm hinüberwehenden Gesprächsfetzen, und da sie fast alle von Flucht handelten, hatte er das Gefühl, überall Räder, Ketten und kreisende Scheiben zu erblicken.

Allmählich schienen sich auch die Tische des Kaffeehauses zu bewegen, als hätten sie nur ein Ziel: sich emporzuschwingen, wie der fliegende Teppich aus dem Märchen.

Das alles hier ist ein richtiges Fegefeuer, sagte er zu sich. Es liegt tatsächlich etwas Danteskes in dieser Bewegung von Menschen, Geistern, Goldstücken und Perserteppichen. Nur führt dieses Fegefeuer zu keinem Paradies. Es verharrt unbeweglich zwischen den Zeiten und rumort und brodelt im Innern wie ein Kessel.

Plötzlich wurde der monotone Lärm des Kaffeehauses von der Ansage »Sie hören Radio Tirana!« brutal zerrissen. Jemand hatte das Radiogerät an der Theke eingeschaltet, da das Hören der Nachrichten in öffentlichen Lokalen allgemeine Pflichtübung war. Nach den Nachrichten in deutscher Sprache kam eine kurze Pause, und dann sagte eine Frauenstimme auf albanisch: »Hier ist Radio Tirana! Wir bringen die Abendnachrichten.«

Das war nicht Miriams Stimme, wurde ihm plötzlich klar, und er reckte den Hals, um besser hören zu können.

»Die ruhmreiche 21. Wehrmachtsarmee hat bereits die Grenze Griechenlands überschritten und beeilt sich, den deutschen Truppen, die heldenmütig Tirana halten, zu Hilfe zu kommen...«

Hm, sie hat sich also im letzten Augenblick zurückgezogen! dachte er. Meine Hochachtung, Miriam!

Er stellte sich die Bewegung ihrer Lippen vor, wie sie die

Worte »Wehrmachts-Armee« bildeten, und lächelte in sich hinein. Sie besaß jene Art von Lippen, deren süße Schwere man sofort spürt. Als sie nach ihrem ersten Kuß ihren Kopf an seine Schulter gelegt hatte, flüsterte er ihr ins Ohr: Ich kann es kaum glauben, daß die Lippen der wichtigsten Rundfunksprecherin, nachdem sie den ganzen Tag solch grausige Dinge aussprechen, noch die Fähigkeit besitzen, nachts so süße Küsse zu schenken... Und sie, die sich in solchen Situationen äußerst natürlich zu geben wußte, hatte ihm einen bohrenden Blick zugeworfen und nach kurzer Überlegung gesagt: Weißt du..., mit mir ist etwas ganz Komisches geschehen. Früher war ich kalt, eiskalt. Als aber dieser Krieg begann und ich diese grausigen Dinge, wie du dich ausdrückst, ansagen mußte, da wurde ich merkwürdigerweise immer mehr... immer mehr... Verstehst du, was ich meine?... — Ja, natürlich versteh' ich dich, sehr gut sogar! hatte er ihr, ganz nahe an ihrem Ohr, zugeflüstert. Und später, sooft er die Wehrmachtsberichte hörte, erinnerte er sich an ihre Worte, besonders an den Tagen, wenn die Meldungen düster klangen.

Und nun hatte sie es fertiggebracht, sich zurückzuziehen. Meine Hochachtung, Miriam! wiederholte er bei sich und stand auf, um das Lokal zu verlassen.

Draußen war es bereits dunkel geworden. Die *Königliche Straße*, hin und wieder von den starken, flatternden Scheinwerfern der Autos grell erleuchtet, um dann wiederum in eine unerträgliche Dunkelheit zu versinken, erstreckte sich pulsierend bis zu der breiten Autostraße im Westen der Stadt. Mit Ausnahme der *Königlichen Straße*, durch die die Evakuierung erfolgte, herrschte in der ganzen Stadt Polizeistunde und Verdunkelung.

Am Eingang eines Restaurants stieß er beinahe mit dem Publizisten und Literaturkritiker Nebil Kaçaj zusammen. Sie hatten sich monatelang nicht gesehen, genauer gesagt, seitdem der andere begonnen hatte, mit einer Zeitung der Kollaborateure zusammenzuarbeiten. Der Publizist trug eine dieser dicken, kleingemusterten Tweedjacken, die in letzter Zeit sehr in Mode waren.

»Nanu, wo hast du denn gesteckt!?« rief er scheinbar erstaunt aus. »Ich habe dich schon eine Ewigkeit nicht mehr gesehen. Wie geht's denn so?«

Ihm fiel wieder einmal Kaçajs eckig-breite Kinnlade auf, die immer den Eindruck erweckte, als hätte er in seinem Mund eine Menge Wasser oder irgend eine andere Flüssigkeit und könne sich nicht entscheiden, ob er sie herunterschlucken oder ausspucken sollte.

»Wie hätten wir uns auch in diesem ganzen Tohuwabohu treffen sollen!«

»Hast recht«, sagte der Publizist. »Es herrscht ein schreckliches Durcheinander. Trotzdem scheint noch nicht alles verloren zu sein. Die 21. Wehrmachtsar...«

»Ja, ja. Ich hab die Nachrichten gehört.«

»Wenn die Kommunisten den *Boulevard Mussolini* nicht bis Sonntag eingenommen haben, wird sich das Schicksal Tiranas wenden.«

Der Schriftsteller erwiderte nichts. Vor seinen Augen tauchte der erwähnte Boulevard auf, mit seinen nassen Zierbäumen, die mittelalterlichen Pilgern ähnelten, und es schien ihm beinahe, als hätten nun auch die Bäume die Absicht, die breite Straße zu verlassen.

»Gehst du auch fort?« fragte der andere.

Der Schriftsteller schüttelte verneinend den Kopf. Er bemühte sich, dem forschenden Blick des anderen auszuweichen und befaßte sich einige Sekunden lang mit dem Anzünden seiner Pfeife, den Wind segnend, der ihm die Streichhölzer immer wieder ausblies.

»Du brauchst ja auch gar nicht wegzugehen«, sagte Nebil Kaçaj. »Du bist ein bekannter Schriftsteller. Ja, es ist sogar gut möglich, daß du denen, die an die Macht kommen werden, von Nutzen sein kannst.«

»Deine Ironie scheint mir unangebracht.«

»Hier geht es nicht um Ironie. Du weißt doch selbst, daß in letzter Zeit viele Intellektuelle zu den Kommunisten übergelaufen sind. Der Weg dorthin ist ja auch nicht sehr weit«, fügte er nach einer Weile hinzu. »Nur einige Kilometer bis zu deren Stab, in den Außenbezirken Tiranas... Obwohl...« Der Publizist zuckte mit den Achseln und breitete seine Arme aus, als ob er zwei Klammern für einen langen Satz öffnen würde. Der andere wollte ihn zuerst fragen, was er mit diesem »obwohl« meinte, doch er überlegte es sich im letzten Augenblick anders, da er befürchtete, eine solche Frage würde bei seinem Gesprächspartner den Verdacht aufkommen lassen, er suche tatsächlich den Weg zu den Kommunisten.

Vom Bürgersteig aus betrachteten sie eine Zeitlang die Flut der Flüchtlinge, die, zusammen mit ihren Koffern und Ballen, in Autos, Wagen und Karren mit traurig baumelnden Laternen, unaufhörlich dahinströmten.

»Und du?« brach der Schriftsteller das Schweigen. »Was hast du vor?«

Der andere antwortete mit einem »Hm!« und starrte, Gumas Blick ausweichend, in Richtung einer finsteren Seitengasse.

»Natürlich werde ich abhauen«, sagte er schließlich. »Du weißt, daß sie mich einen Kollaborateur nennen, und ich habe nicht die geringste Lust, mit ein paar Kugeln zwischen den Rippen auf dem Straßenpflaster zu verrecken. Hast du schon mal was vom roten Terror gehört?«

»Ja, natürlich. Auch vom weißen.« Er konnte sich in diesem Moment ohne weiteres einen niedergeschossenen Körper vorstellen, der in einer solchen kleingemusterten Tweedjacke steckte.

»Roter Terror. Weißer Terror. Alles leere Worte! Warst du in letzter Zeit schon mal in einer dieser Seitengassen der *Königlichen Straße*?«

»Nein«, sagte der Schriftsteller.

»Komm, wir gehen zusammen hin. Nur zwei Schritte weiter.«

Sie gingen etwa drei Minuten lang auf dem Bürgersteig und bogen dann in eine der finsteren Gassen ein. Zu beiden Seiten der Gasse erblickten sie hoch über sich Gehenkte an Telefonmasten. Auf ihre Brust hatte man große Pappschilder geheftet, auf denen zu lesen stand: *Kommunist.*

»Die Hingerichteten sammeln sie schon im Morgengrauen ein, laden sie auf Karren und bringen sie weg. Diese hier aber lassen sie lange Zeit baumeln.«

Dem Schriftsteller drehte sich der Magen um.

»Laß uns von hier fortgehen«, sagte er.

»Das ist nur der eine Terror, der weiße«, sagte Nebil Kaçaj. »Die andere Sorte, der rote Terror, ist noch schrecklicher.«

»Laß uns von hier fortgehen«, bat der Schriftsteller. »Mir wird übel.«

Er kehrte als erster den Telefonmasten den Rücken und entfernte sich. Der andere folgte ihm.

»Nun werden sie natürlich von uns Rechenschaft für jeden Gehenkten verlangen«, sagte Nebil Kaçaj. »So etwas!«

Von mir nicht, dachte Adrian Guma. Nur von dir.

Nur von dir. Wie ein nackter Zweig, der plötzlich sein neues Blätterkleid anlegt, bekamen auch die Worte mit einem Mal eine andere Natur. Erleichtert, wie beflügelt von einer leisen Tangomusik, schwebten sie langsam an die Oberfläche seines Bewußtseins, zusammen mit dem mattgoldenen Schein der Schläfen der Dame Hamide und ihren blonden Locken, die alles Dunkelbraune und Grobe ihres türkischen Namens Lügen straften. Jetzt befindet sie sich auf der Flucht, eingeschlossen in einem deutschen Panzer, dachte er. Sie, die eleganteste Frau Albaniens, die einst auf ihren hohen Absätzen schwanenhaft leicht dahinschritt, zerwühlt jetzt mit den eisernen Tatzen eines Panzers die Erde. Kaum vorstellbar! »Also, was ist? Wirst du zu den Partisanen überlaufen?« ließ sich Nebil Kaçaj erneut vernehmen, als sie die *Königliche Straße* wieder erreicht hatten.

Der andere glaubte aus Nebil Kaçajs Stimme eine unverhohlene Schadenfreude herauszuhören.

»Ich verstehe dich nicht«, antwortete er ihm. »Was soll diese Frage?«

»Oh, mir kannst du dich ruhig anvertrauen!« sagte der Publizist. »Ich werde dich bestimmt nicht denunzieren.« Und er fügte mit einem bitteren Lächeln hinzu: »Übrigens reicht dazu auch die Zeit nicht mehr aus.«

»Das stimmt. Die Zeit reicht für nichts mehr aus.«

Die Kinnlade des Publizisten klappte zu, als wäre sie wieder mit jener Flüssigkeit gefüllt, von der er nicht wußte, ob er sie herunterschlucken oder ausspucken sollte.

»Du bist ein bekannter Mann«, sagte er leise. »Du kannst für jede Ordnung wertvoll sein... Obwohl...«

»Was meinst du eigentlich immer mit diesem ›obwohl‹... ?«

Der andere spitzte die Lippen und neigte den Kopf ein wenig zur Seite. Seine Antwort kam etwas zögernd:

»Ich meine, ob es nicht vielleicht ein bißchen zu spät dafür ist?«

Dem Schriftsteller kam es so vor, als hätte sich in der widerwärtigen Kinnlade des anderen eine wilde Schadenfreude konzentriert. Vor seinem inneren Auge ließ er das Bild des von Kugeln durchsiebten Tweedjacketts vorbeiziehen, und ein bissiges Lächeln breitete sich dabei über sein Gesicht aus. Als er, nach einer ziemlich abrupten Verabschiedung, wieder die *Königliche Straße* entlangging, wiederholte er immer wieder in Gedanken: Roter Terror. Weißer Terror.

Mir wird keiner von denen an den Kragen gehen, dachte er. Und doch verspürte er bei diesem Gedanken merkwürdigerweise keine Freude, sondern eine düstere Vorstellung überfiel ihn: Er sah sich in einer trostlosen, einsamen Ebene, auf der sich weiße und rote Tiger tummelten, und beide Arten trugen dieselbe Gleichgültigkeit gegenüber seinem Fleisch zur Schau. Keinerlei Terror, murmelte er vor sich hin. Er fühlte sich völlig verlassen in jener unwirklichen Öde.

In den Nächten der Verhaftungen hatte es nie furchterregend an seine Tür geklopft, und sei es auch nur irrtümlicherweise. Es war schon vorgekommen, daß die ganze Nacht, bis zum Morgengrauen, ein unaufhörliches Klopfen ertönte, doch er wußte genau, daß diese Glocken für andere schlugen, nicht für ihn. Es gab Mitternachtsaugenblicke, da ihm dieses Klopfen willkommen und höhnisch zugleich vorkam. Vor diesem ohrenbetäubenden Lärm guckten und entfärbten sich sämtliche Artikel, die über ihn in der Presse erschienen waren, sie lösten sich in Nichts auf, genauso wie sein ganzer Ruhm... Der Morgen graute, und er versuchte, sich in einem Anflug von Selbstbetrug weiszumachen, daß dies eben sein besiegeltes Schicksal sei; in seinem Innern wußte er jedoch ganz genau, daß es noch immer in seiner Hand lag, dieses Schicksal zu verändern, daß er mit einer einzigen Geste die weißen Tiger heranlocken konnte — und dann würden sich um Mitternacht alle Posaunen und Glocken und das gesamte Hundegebell zu einem uralten und makabren Ritual vor seiner Tür versammeln. Aber für diese Prüfung fehlte ihm die Kraft. Er hatte schon einige Male versucht, diesen Schritt zu tun, doch ohne Erfolg, und das letzte Mal, als er sich zu diesem unwiderruflichen Akt aufgerafft hatte, war er in einem Hotelzimmer gelandet, eingeschlossen mit einer ehemaligen Geliebten.

Aus dem Stadtzentrum ertönte erneut das dumpfe Dröhnen. Er schritt völlig unkonzentriert dahin, und die Scheinwerfer der Autos schlugen ihm von Zeit zu Zeit brutal ins Gesicht, wie Ohrfeigen. Die *Königliche Straße* und dahinter die breite Straße im Westen der Stadt erstreckten sich vor ihm in ihrer ganzen Länge, abwechselnd von Licht- und Finsternisstreifen gepeitscht. Das ist die Straße der Evakuierung, dachte er. Vielleicht würde sie in Zukunft auch so heißen. Das ist der Dickdarm dieses Landes... Hm! Für eine derartige Formulierung müßte man ihm eigentlich seine Neutralität verzeihen... Vielleicht würden sie ihn doch brauchen, vielleicht könnte er ihnen doch von Nutzen sein, wie sich dieser Nebil Kaçaj vorhin ausgedrückt hatte...

Vor dem schmiedeeisernen Tor eines schönen Hauses stand eine Menschenansammlung. Eine alte Frau von aristokratischem Aussehen hatte sich niedergekniet und küßte die Schwelle.

»Allmächtiger Gott, warum verbrennst du nicht diejenigen, die uns aus unserem Heim vertreiben und entwurzeln! Oh!...«

Sie fiel in Ohnmacht, und ein hochgewachsener Jüngling hob sie mit Hilfe zweier Männer, die wie Diener aussahen, vom Boden auf und setzte sie behutsam in die schwarze Limousine, die am Rande des Bürgersteigs geparkt war.

Entwurzelung! murmelte er vor sich hin. Das ist das einzig richtige Wort dafür.

Drinnen in der schwarzen Limousine war die alte Frau offenbar wieder zu sich gekommen und versuchte nun, die Wagentür aufzureißen, um sich erneut auf das Tor zu stürzen. Die beiden Diener hatten Mühe und Not, sie zurückzuhalten.

»Oh! Oh!« schluchzte sie immer wieder.

Er ging weiter wie im Traum und stieß oft mit Unbekannten zusammen, die er nur wie Schatten wahrnahm. Fegefeuer! murmelte er zwei, drei Mal. Ein wandernes Fegefeuer!

»Komm, Liebling!« hörte er eine Frauenstimme ganz nahe an seinem Ohr. »Man sagt, Tirana soll heute nacht in die Luft gesprengt werden... »

Er fühlte, wie die Hand der Prostituierten sachte nach seiner Hand griff, so wie das nur wirkliche Prostituierte beherrschen, um den Mann aus seiner Unschlüssigkeit aufzurütteln.

»Vielleicht sind das die letzten Nächte unseres Lebens«, sagte die Stimme wiederum.

Er überließ seine Hand ihren Fingern, wobei ihn ein kaltes Armband leicht streifte, drehte jedoch nicht einmal den Kopf nach ihr um.

»Ich habe mich eben erst von einer deiner Kolleginnen getrennt«, sagte er und verspürte im gleichen Augenblick Abscheu gegen sich selbst wegen dieser heimtückischen Rache an seiner ehemaligen Geliebten.

Die Finger der Unbekannten entspannten sich sofort, und seine Hand blieb hängen wie abgehackt.

»Was schlenderst du dann durch die Straßen, du Narr!« sagte die Stimme, und die Frau verschwand in der Finsternis.

Das hat mir gerade noch gefehlt, sagte er zu sich. Daß mich eine Hure einen Narren nennt!

Ein greller Lichtstrahl schlug ihm ins Gesicht, und er bedeckte die Augen mit der Handfläche, als sei er verletzt worden.

Die Stadt lag im Dunkeln, kalt, taub, mit einer einzigen lebendigen Straße in dieser Nachtstunde, erfüllt von der Vorahnung des Todes wegen der Minen, die irgendwo tief in den Kellern oder gar in den Labyrinthen der Abwässerkanäle gelegt worden waren; die Stadt beherbergte Soldaten, die die nordische Sprache der Deutschen sprachen und von weit hergekommen waren, um sich in Bunkern einzuschließen und dieses Land gegen seine Bewohner, die seit über dreitausend Jahren hier lebten, zu verteidigen, und eine Frau, die vielleicht noch immer auf ihren hohen Absätzen dahinschritt und das Wort »Schurke« zwischen zusammengebissenen Zähnen wiederholte. Wie absurd doch das alles war!

»Liebster«, hörte er wieder eine Frauenstimme. »Kommst du mit? Es spricht sich herum, daß die Stadt vermint sein soll...« Wieder streckte sich eine Hand nach der seinen aus; da sie sie aber in der Dunkelheit nicht fand, blieb sie hilflos in der Luft hängen.

Vor einem hohen Tor mit eisernem Schutzdach wurde gerade ein Lastwagen beladen. Das Haus der Biçakçis! stellte er fest. Im Schein einer schwachen Laterne bemerkte er zwischen achtlos aufgeladenen Koffern, schlummernden Teppichen und nackten Spiegeln eine Marmorbüste, in deren fahlen Augen jene zweitausendjährige Gleichgültigkeit stand, die allen Büsten der Antike zu eigen ist.

Es schoß ihm durch den Kopf, daß in solch einer angsterfüllten Nacht mit Sicherheit Schätze der Kunstgalerie, kostbare und seltene Statuen des Mittelalters verschwanden.

»Ist die Fahrt durch den *Boulevard Mussolini* eigentlich gestattet?« fragte ihn ein Mann durch die halb heruntergelassene, schmutzige Fensterscheibe seines Wagens.

»Weiß ich nicht«, antwortete er.

»Ich glaube kaum«, sagte ein anderer Fußgänger aus der Dunkelheit. »Es ist zu spät.«

Trotzdem ist es vielleicht doch noch nicht zu spät, wie du Trottel anscheinend glaubst! hätte er fast mit lauter Stimme gesagt, da er sich im gleichen Augenblick an die Worte Nebil Kaçajs erinnerte und sich nun wieder vorstellte, wie dieser in seiner kleingemusterten Tweedjacke erschossen dalag...

Er befand sich nun am Ende der *Königlichen Straße*. Einige Meter weiter begann die Zone der Sperrstunde und der befohlenen Verdunkelung. Er blieb nicht stehen, sondern verlangsamte nur seine Schritte. Eine merkwürdige Starre nahm von seinem Körper Besitz, die von unten her seine Beine hochkroch. Dort hinten lauern die Finsternis und der Tod, sagte er zu sich, und versuchte mit seinen Blicken die verbotene Zone zu durchdringen. Aber trotzdem blieb er nicht stehen — mit mechanischen Bewegungen überquerte er die Straße und tauchte im Reich des Schattens unter... Sein Bewußtsein schlummerte ein... Er schritt seltsam unbeteiligt durch die Nacht, ein lebendes Bündel aus Beinen, Händen, Kleidung und Schuhen — ein wanderndes Stilleben mit Hut und Pfeife. Hin und wieder konnte er im Dunkeln einige kreuzartige, skeletthafte Formen ausmachen, die sicherlich die Überreste einstiger Straßen waren und in dieser Nacht der Zerstörung endgültig der Auflösung anheimfielen. Manchmal trat er plötzlich in eine Pfütze hinein, raffte sich dann mühsam auf und setzte wassertriefend seinen Weg durch die endlose Nacht fort. Er glaubte, er sähe zu beiden Seiten leere, längliche Särge sich rhythmisch bewegen, die wie Pferde aussahen, und die er, falls er nur Lust dazu verspüren würde, besteigen könnte... Ein Volkslied kam ihm plötzlich in den Sinn:

»Und fragt sie gar, auf welchem Pferd ich ritt,
Sagt ihr, das Totengespann nahm ihn mit...«

Oh, Mutter! hätte er fast laut ausgerufen, doch das Volkslied entschwand, wie es gekommen war, und dann — er wußte selbst nicht, weshalb — tanzte ihm plötzlich der Titel seines Buches *Die Ellipsen der Störche* vor den Augen mit dem berühmten Leitmotiv: »Wie oft bin ich schon in den Ellipsen der Störche gestorben...« Du hättest gut daran getan, woanders zu sterben! hatte seinerzeit ein gewisser G.G. in der Zeitschrift *Neue Welt* geschrieben. In unserem Albanien gibt es so viele andere Möglichkeiten, sich aufzuopfern... Keine Sorge, sagte er laut. Ich werde euch auch diesen Gefallen tun... Die leeren Särge, die wie Pferde aussahen, bewegten sich langsam in der Dunkelheit, länglich und schwarz... »Und fragt sie gar, auf welchem Pferd ich ritt...« Herr Lehrer, Herr Lehrer, auf welchem Pferd ritt Adrian Guma in jener Nacht dort, ganz am Rande der Stadt... ?

»Halt! Wer bist du?«

Die Stimme war rauh und ein wenig heiser von der Feuchtigkeit der Nacht. Er erschrak.

»Wer bist du?« kam erneut die Frage aus dem Dunkel.

Ist es möglich, daß ich schon auf der anderen Seite angelangt bin? fragte er sich, und eine innere Stimme antwortete: Wenn nicht, um so schlimmer für dich!

»Wer bist du? Ich schieße!«

Es war der dritte Warnruf, und erst jetzt wurde er wachgerüttelt. Ich muß doch etwas sagen! schoß es ihm durch den Kopf. Es gab da doch eine gewisse Parole, und diese Parole mußte man unbedingt aussprechen, sobald man auf der anderen Seite anlangte. Anderenfalls mußte man mit dem Tod rechnen. Ja, der Tod! fiel es ihm plötzlich ein, dies war das erste Wort der Parole, die er sagen mußte. Und laut rief er aus:

»Tod dem Faschismus!«

Nun werden sie gleich schießen, wo ich sie schon selber auf den Gedanken gebracht habe, und dann nimmt diese Geschichte endlich ein Ende, murmelte er.

Da erklang jedoch aus der Dunkelheit der Ruf:

»Freiheit dem Volke!... Hände hoch! Komm näher!«

Er hob die Hände und ging weiter.

»Schneller, schneller!« rief die Stimme.

»Nimm die Hände nicht runter!« rief eine andere Stimme aus der Ferne.

Wenigstens das hättest du vorher üben müssen, dachte er mit einer merkwürdigen Gelassenheit. Noch nie im Leben hatte er seine Arme so lange hochgehalten.

»Nimm die Hände nicht runter!«

Es war dieselbe rauhe Stimme. Wie bin ich bloß bis hierher gekommen? fragte er sich. Ja, wie ein Schlafwandler hatte er die Trennlinie zwischen den beiden kämpferischen Seiten hier in den Randbezirken Tiranas überschritten. Er verspürte das Verlangen, umzukehren und diesen Weg noch einmal bewußt zurückzulegen, wie zu seinem Golgatha, zwischen zwei Rufen und den Kugeln der deutschen Patrouillen. Doch das, was geschehen sollte, war bereits geschehen.

»Wer bist du und was willst du?«

Er, endlich vollkommen nüchtern geworden, nannte seinen Namen und verlangte, zum Stab geführt zu werden.

Die Stimmen in der Finsternis sprachen miteinander.

»Er ist ein bekannter Schriftsteller«, sagte jemand.

»Adrian Guma, jawohl. Sehr bekannt...«

Eine Weile blieb es still. Man war offenbar unschlüssig.

»Nimm die Hände runter!... Safet, führ ihn zum Stab!«

»Folge mir!« sagte eine dünne, hohe Stimme.

Er ging gehorsam hinter dem Mann her, der als letzter gesprochen hatte. In der Finsternis konnte er nur mühsam den langen dürren, vogelhaften Hals des Partisanen erkennen.

»Bist du vielleicht ein Spion?« sagte dieser zum ihm, ohne sich umzudrehen.

Der Schriftsteller wollte auflachen, ließ es dann aber sein, da es ihm wie zu gekünstelt vorkam.

»Vor einer Woche kam ein Spion zu uns«, fuhr der Partisan fort. »Als ihm klar wurde, daß wir ihn erschießen würden, begann er auf allen vieren zu kriechen und uns um Erbarmen anzuflehen, dort bei jenem ausgehöhlten Baumstamm.«

Der Pfad, auf dem sie gingen, war steil und voller Büsche. Links tauchten hin und wieder die Umrisse einer Bergstraße auf.

»Vorsicht, hier liegen Leichen herum!« sagte der Partisan.

Die Leichen der Gefallenen lagen da wie dunkle Bündel, einige unnatürlich ausgestreckt, andere wieder zusammengekrümmt. Vom Himmel fiel ein fahles, diffuses Licht herab, und er hob einige Male vergebens den Kopf, um eine Spur vom Mond oder von den Sternen in dieser unendlichen Kuppel zu entdecken. Der Mond war jedoch nicht zu sehen, nur seine Ruinen konnte man am Himmel ausmachen, und das unwirkliche Leuchten war ja letzten Endes nichts anderes als die Widerspiegelung dieser Ruinen.

Seine an die Finsternis bereits gewöhnten Augen konnten nun klar die Leichen deutscher Soldaten erkennen, erschossene, hingestürzte Pferde mit gespreizten oder gebrochenen Beinen, die an zerbrochene Denkmäler erinnerten, Panzerketten auf der Fahrbahn, die wie schwarze Gedärme zusammengeringelt waren, in Wassergräben gefallene, umgekippte Lastwagen, furchterregende Kanonenmündungen, Motorräder, Krankenwagen mit entstellten roten Kreuzen, verlassene Feldküchen, beschädigte Flakgeschütze und wiederum Leichen, in deren Nähe Stahlhelme herumlagen, wie weggeworfene, unnötige Schalen. Im Dunkeln konnte man Partisanen erkennen, die in kleinen Gruppen um sorgfältig abgeschirmte Feuerchen hockten.

Das fahle, bleierne Licht des Himmels fiel trübe auf ihre unförmigen Silhouetten mit den zusammengerollten Decken auf den Rücken. Je mehr sich die beiden dem Stab näherten, desto zahlreicher wurden die Partisanengruppen. Ab und zu entriß ein matter Feuerschein Gesichter und Gewehrläufe der tiefen Finsternis und überzog sie mit stumpfen Lichtreflexen.

Adrian Guma vermutete, daß sich auf dieser mit Gestrüpp bewachsenen Ebene ganze Bataillone befinden müßten. Die anderen, die Gestürzten, flüchteten indessen durch die *Königliche Straße*, eine Karawane nach der anderen, mit Wehgeschrei und mit ihren zusammengerollten Perserteppichen, so daß diese hier, mit ihren zusammengewickelten Decken auf den Rükken, auf ein Vakuum zumarschieren würden. Er hatte den Eindruck, als ob die ganze Ebene mit zahllosen Glutpünktchen gesprenkelt war.

»Stehenbleiben! Wer bist du?«

Der Partisan, der voranging, murmelte etwas, und die Wachen ließen beide vorbei. Anscheinend waren sie bereits beim Stab angelangt. Man konnte ein niedriges, längliches Gebäude erkennen, eine Art Garage oder Scheune. Und in der Dunkelheit noch mehr Wachen.

»Du bleibst hier und wartest auf mich!« sagte der Partisan und trat über die Schwelle.

Adrian Guma rührte sich nicht von der Stelle, er blieb kerzengerade stehen und starrte auf die ferne, schwarze Linie des Horizonts. Vielleicht war es gerade Mitternacht geworden, vielleicht war es aber auch schon viel später. Auf diesem Erdball schreitet ein jeder Mensch mit einem eigenen Horizont dahin, der wie ein Fächer hinter seinem Kopf entfaltet ist. Es gibt eine besondere Stunde vor dem Morgengrauen, in der es leichter als in den anderen Tagesstunden ist, ein möglichst reales Verhältnis zwischen sich und diesem Erdball herzustellen.

Nach einer Weile tauchte der Partisan wieder auf.

»Komm mit mir«, forderte er ihn auf und ging an dem Gebäude entlang. »Man hat mir mitgeteilt, daß ich dich zu den Künstlern führen soll.«

Adrian Guma wurde aus diesen Worten nicht klug. Wer waren denn diese Künstler? Wollte man ihn etwa an die Wand stellen?

»Hier!« sagte der Partisan und zeigte auf eine Tür. »Geh nur hinein!«

Der Schriftsteller bewegte sich langsam auf die Tür zu und betrat dann einen weiten, kalten Raum, der zum größten Teil in tiefer Finsternis lag. Eine Menge Leute standen um einen langen Tisch herum, und jeder hatte irgendein Papier in der Hand. Eine auf dem Tisch stehende Karbidlampe beleuchtete grell Hände und Papiere; die zu diesen Händen gehörenden Köpfe verschwanden jedoch im Halbdunkel. Der Ankömmling blieb an der Tür stehen und traute sich nicht näher heran. Er wunderte sich, daß die Menschen, die um den Tisch herum standen, zwar laut, aber mit ganz unnatürlichen Stimmen sprachen, so als träumten sie. Plötzlich trat jemand aus dem Schatten an den Tisch heran und sagte etwas, was all diese Schlafwandler aufschreckte. Adrian Guma hätte fast geschrien: Lassen Sie doch diese Leute in Ruhe! In diesem Moment entdeckten seine durch das Halbdunkel geschärften Augen eine bemalte Leinwand hinter dem Tisch, und er begriff, daß man in diesem riesigen, kahlen Raum gerade eine Theaterprobe abhielt. Dies war also das vielerwähnte Partisanentheater, von dem man so oft im *Café Kursaal* gesprochen hatte! Bevor sie in Tirana einmarschieren, treffen sie also schon alle Vorbereitungen, dachte er bei sich. Die Theater, die Konzerte...

Eine Hand hielt die Karbidlampe hoch, und ihr Licht ließ die Wände und die Decke erzittern wie ein dumpfes Erdbeben. Hinter der Karbidlampe sah Adrian Guma zwei Augen, die ihm vage bekannt vorkamen und die ihn kalt anblickten. Auch hatte er den Eindruck, daß der Mann mit der Lampe an seiner linken Wange eine Blessur hatte — doch nein, die Verletzung lag in seinen Augen!

»Zu spät!« — Noch bevor der andere diese Worte ausgesprochen hatte, las es Adrian Guma schon in seinen Augen.

»Zu spät!« sagte in diesem Moment tatsächlich der andere, ohne die Karbidlampe aus der Hand zu lassen. »Zu spät!« wiederholte er, eher mit Bedauern als mit Zorn.

Adrian Guma fühlte eine große Leere in seiner Brust, und gleichzeitig schienen seine Atemwege verstopft zu sein. Er hatte immer gewußt, daß auf dieser Welt die Worte wie Gewichte sind, die ihre Kraft nie ganz in die Waagschale werfen, da sie sonst den Zuhörer erschlagen würden. Doch die soeben ausgesprochenen Worte *Zu spät!* waren hinter der Zeit zurückgeblieben. Sie lief ihm weg, und der Abgrund zwischen ihm und ihr wurde immer breiter und breiter.

»Obwohl...«, flüsterte der Mann mit der Lampe ganz leise; doch Adrian Guma hörte dieses *obwohl* nicht mehr. Vielleicht hätte er, wenn er die Lippenbewegung des Sprechenden beobachtet hätte, dieses Wort noch verstanden; aber der Arm, der die Karbidlampe bisher hochhielt, hatte sich nun, wahrscheinlich vor Müdigkeit, gesenkt und den Mund des Sprechenden im Dunkeln gelassen.

Dann wurde die Lampe wieder auf den Tisch gestellt, nachdem sie noch einmal die Wände und die Decke des Raumes wie auch sein ganzes Leben hatte erzittern lassen. Die Papiere in den Händen der anderen begannen wieder zu rascheln.

Adrian Guma blieb im Kreis der Dunkelheit eingeschlossen. Er drehte sich langsam um und ging geräuschlos hinaus. Der Partisan folgte ihm.

»Ich muß jetzt fort«, sagte er. »Du kannst erst einmal hier in der Nähe bleiben. Morgen früh wird man für dich schon eine Beschäftigung finden.«

Adrian Guma blickte dem Partisanen nach, bis dieser von der Dunkelheit verschlungen wurde, dann atmete er tief ein. Wo bin ich hier eigentlich? fragte er sich. Und weshalb bin ich hier?...

Er fühlte sich mutterseelenallein, fern von seinen Büchern und seiner Kunst, auf einer für ihn gänzlich unbekannten Bühne, mit Kulissen, die hin und wieder seitlich vom Mondlicht schwach beleuchtet wurden. Angesichts dieses amorphen Bildes einer winterlichen Nacht, fühlte er das unwiderstehliche Bedürfnis, sich an etwas Realem festzuklammern. Der Tag, der bald anbrechen würde, hatte einen Namen; er würde ein Freitag oder ein Sonnabend sein, und er hatte auch eine Zahl in der Menge der Tage des Monats; und dieser Monat, der Herr über diesen bestimmten Tag, hatte ebenfalls eine Zahl, so wie auch das Jahrhundert, in dem man lebte — all das aber schien ihn nicht mehr zu betreffen: im Trennungsmechanismus war etwas kaputtgegangen, und sie alle, die Tage, die Wochen, die Jahreszeiten und die Jahrhunderte, von ihren Schrauben befreit, wurden nun auf einen Riesenhaufen zusammengeworfen, der keinen Namen hatte, keine Vergangenheit und keine Zukunft. Da gab es keinen 12. November mehr, keinen 3. August, kein Jahr 1944, kein 20. Jahrhundert, keinen 7. April 1939, als die italienischen Besatzer in Albanien einfielen... Was ist das für ein schrecklicher Zustand? fragte er sich, und mit seltsamer Gelassenheit gab er sich zur Antwort: Das ist deine Zeit... die dritte...

Seine Hand betastete die Porzellanscherbe, die er vor einigen Stunden in seine Tasche gesteckt hatte. Moment mal! sagte er nach einer Weile zu sich. Diese Stelle kommt mir irgendwie bekannt vor. Jetzt, wo der Mond... Hatte der Mond auch damals geschienen oder nicht... ? Ja, das war genau die Stelle außerhalb der Stadt, wo er mit Miriam einen Spaziergang gemacht hatte, nach dem großen Empfang, der für Viktor Emanuel gegeben wurde, genau am Tage des Attentats auf ihn. Der Palast des Vize-Königs mußte irgendwo in der Nähe liegen, dort auf dem Hügel hinter dem Wäldchen... Sie hatte sich damals eng an ihn geschmiegt und verlangt, daß er sie im Licht des Mondes nahm — eine alte Laune von ihr... Er jedoch dachte in jener Nacht an die kleine Revolverkugel, die die Grundfesten seines Lebens, seine Überzeugungen, seine Kunst, die Titel seiner Bücher, erschüttert hatte. Alles war durchlöchert worden, hatte Havarie erlitten. Heute bin *ich* der wirklich Getroffene!... Er konnte sich nicht genau erinnern, ob er an jenem Abend diese Worte zu Miriam gesagt hatte, aber das war auch nicht mehr wichtig. Sie war ja schon halb vergessen... Die Geschichte des Mondes auf ihren nackten Brüsten, und andere solche Plattitüden...

Zwei, drei Jahre hintereinander hatte er vergebens versucht, sich selbst anzulügen: das Loch, das jene kleine Revolverkugel gerissen hatte, vermochte er dennoch nicht zusammenzuflikken. Eine Zeitlang war er der Meinung gewesen, es genüge eine dauernde oppositionelle Stellungnahme, einige ironische oder gar sarkastische Phrasen auf Empfängen, in mondänen Salons — und schon würde es aussehen, als hätte auch er eine bestimmte Position bezogen. Doch spät mußte er einsehen, daß dies nichts weiter als ein bißchen mehr als nichts war, wie der Bankier Rrokaj geringe Geldsummen zu nennen pflegte. Zu mehr aber war er nicht fähig. Etwas fehlte in... in seinen Wurzeln. Die Bäume haben die Erde, um dort Wurzeln zu schlagen, wir hingegen haben die Klasse, zu der wir gehören! hatte ihn einst ein linker Schriftsteller belehrt. Seine eigenen Wurzeln jedoch lagen frei, und jeder Sturm, jeder Sturm... Oh, sie können mit mir anstellen, was immer sie wollen! stöhnte er verzweifelt.

Vor einigen Stunden hatte er versucht, seine letzte Chance

wahrzunehmen, indem er sich wie ein Verrückter zwischen die beiden kämpfenden Seiten stürzte, zwischen ihre beiden Zeiten, wie zwischen Skylla und Charybdis, wobei er seiner Zeit, der dritten, den Rücken kehrte. Wie alles andere aber, das unecht ist, war auch diese Pilgerfahrt unwirklich, und der Tod wurde zum Hermaphroditen — er stand abseits und ließ ihn mittenhindurch laufen. Ich gebe mich nicht mit dir ab! sagte der Tod der einen Seite. Ich gebe mich auch nicht mit dir ab, kannst ruhig weitergehen! sagte der Tod der anderen Seite. Wer wird sich denn dann mit mir abgeben? hätte er beinahe in die ihn umhüllende Nacht gebrüllt. Du selbst!... Diese Stimme, die aus seinem tiefsten Innern heraufklang, überhörte er, nur sein Hals erstarrte wie im Krampf.

Es war kalt. Die verschwommene Mondscheibe am herbstlichen Himmel, die einer archäologischen Ausgrabungsstätte glich, schien noch ferner gerückt zu sein. Er setzte sich langsam in Bewegung, die Hände in den Taschen vergraben. Nun waren über der weiten Ebene die zahllosen Glutpünktchen nicht mehr so deutlich zu erkennen wie vorher. Auf der naheliegenden Straße bewegte sich in langer Reihe still ein Partisanenbataillon. Bewegung gab es auch bei den anderen Kampfeinheiten, die die Nacht in der Ebene verbracht hatten und sich nun offenkundig auf einen Marsch vorbereiteten.

Das sind diejenigen, die bald Tirana stürmen werden, dachte er und verfolgte durch die sich langsam lichtende Dunkelheit mit seinen Blicken die Köpfe der Partisanen, die sich über Rucksäcke, zusammengebundene Decken und Gewehre reckten. Sie würden sich nun in zahlreichen Verbänden in Marsch setzen, wie eine anonyme Horde, die aus der Nacht emporsteigt...

Was bringen die wohl mit? überlegte er. Welche Dramen tragen sie da zusammen mit ihren Sachen auf ihrem Rücken? Eine Sekunde lang zeichnete sich in seiner Erinnerung bruchstückhaft die *Königliche Straße* ab, so wie er sie im letzten Augenblick gesehen hatte, mit den Scheinwerfern der vielen Autos und mit deren Insassen, die ihre Dramen in den Pelzmänteln oder in den zusammengerollten Perserteppichen mitschleppten.

Auch sie werden es nicht leicht haben, dachte er. Kann sein, daß die Rätsel, die sie auf ihrem Rücken tragen, momentan noch einfach zu lösen sind, doch auch sie werden sich eines Tages ebenfalls komplizieren; ihre heutigen zusammengewikkelten Decken könnten sich in Perserteppiche verwandeln, und dann, dann...

Allerdings werde ich dann nicht mehr da sein, dachte er. Nein, nicht erst dann, sondern sogar schon vorher werde ich nicht mehr da sein... Daß ich nicht lache! Morgen früh... ?

Er hatte das Gefühl, daß in seinem Kopf die Gedanken langsam versickerten. Sie schienen eingefroren zu sein und zerbrochenen, spitzen Grabsteinen zu gleichen, die schräg in die Erde gestampft worden waren, in die Erde einer Ebene, die ebenfalls schräg war... Woher war so plötzlich dieses Todesgefühl über ihn gekommen? Die Reihen der Grabsteine in seinem Kopf lichteten sich, und anscheinend würde letzten Endes nur einer übrigbleiben, nur ein einziger Grabstein — für ihn: Hier ruht der bekannte Schriftsteller Adrian Guma, der...

Er sah Gesichter, die von der Morgendämmerung schwach skizziert wurden, Bajonette und die kurzen Läufe von Maschinengewehren, die auf Rädern liefen, und immer wieder diese auf den Rücken zusammengerollten Decken, graue und braune Decken...

Er fror. Unerträglicher als die Kälte jedoch war für ihn die Leere in seiner Brust, genau unter den Rippen, die offensichtlich durch nichts auf der Welt auszufüllen war. Seine Füße glitten an einer unebenen Stelle ab, und er streckte die Hand aus, um sich abzustützen. Er war in einen flachen Graben voller verfaulter Blätter hineingerutscht. Meine Erde, die du mir zur Stiefmutter wurdest! klagte er und knallte seine Finger in den lockeren Boden. Für die anderen war sie Heimaterde, für ihn dagegen Stiefmuttererde... Wehmut stieg in ihm hoch, und er fühlte sich auf diffuse Weise in seinem Stolz verletzt, weil diese Erde so viele Söhne hatte, während sie ihn dagegen nun im Stich ließ. Du wirst es schon noch bereuen, wenn du siehst, was ich jetzt tun werde, aber dann wird es zu spät sein! murmelte er fast unhörbar vor sich hin. Doch sogleich überkam ihn die bittere Erkenntnis, daß die Erde niemals etwas bereut... Und dann fühlte er wieder jene Leere unter seinen Rippen, jenen Mangel, der schrecklicher war als jeder Schmerz... Und plötzlich, ganz unverhofft, als ob all das noch nicht genügte, hörte er das Echo, das die hohen Absätze einer Frau auf der Straße hinterließen, und die Stimme einer Frau, die dauernd das Wort »Schurke« durch die Zähne stieß... Nun ist es aber genug! sagte er. Und damit ich dich und all die anderen nicht mehr zu hören brauche... — und blitzartig, als könne er mit dieser Bewegung die Schritte der Frau in weiter Ferne aufhalten, riß er den Revolver aus der Tasche und schoß sich unter die Rippen, genau an die Stelle, wo er die große Leere spürte, die er nun, in dem Zehntel einer Sekunde, endlich mit etwas ausgefüllt zu haben glaubte.

Er war nicht sofort tot. Er fühlte noch, wie sich sein Körper in voller Länge in dem weichen Graben ausstreckte und wie ihm der angenehme Duft des faulen Laubs ins Gesicht wehte. Die eine Hand hatte er mit gespreizten Fingern auf die Stelle gepreßt, an der sich die Wunde befand, und in aller Ruhe, ja fast mit einer gewissen Genugtuung, verbiß er sich in den Gedanken, daß dort nur ein Stück Blei... eine kleine Kugel... ein Kügelchen steckte... ein Kügelchen... chen... ch... ch...

Von oben her, jenseits des Grabenrandes, drangen einige fremde Stimmen zu ihm hinunter, Stimmen, die sich spiralförmig mit einem dumpfen Klang ausbreiteten: Wer hat geschossen? Wer hat geschossen?... Niemand! Es ist nichts! Wir haben uns wohl verhört... Ja, ihr habt euch verhört und ihr habt nicht richtig hingesehen! war sein letzter Gedanke. Ich habe niemals existiert...

Und dann starb er.

Karin Boye

Schimären und Illusionen

Die Schimäre

Frisch, silberblau, gesättigt vom ersten feuchten herbstlichen Duft von Vergänglichkeit, zitterte die Septemberluft über dem Nybroviken, spielte um die Brennholzkähne, raschelte in den gelben Baumkronen. Es war die lebhafteste Stunde des Strandvägs: vom Stureplan, Birgerjarlsgatan herunter und weiter bis hinüber zur Brücke nach Djurgården herrschte ein Gewimmel von Menschen, meist Damen, meist junge Damen, aber auch andere, junge Männer, ältere Männer, und der eine oder andere Kinderwagen mit diensttuendem Gefolge.

»Sieh mal an«, sagte ein junger Flaneur zu seinem Kameraden. »Er hat gewartet! Er wollte nicht nach Djurgården, um zu dichten. Er bummelt wie wir anderen. So sind die großen Männer.«

Tage Werin spitzte die Ohren.

»Könntest du mich ihm nicht vorstellen, da ihr doch miteinander verwandt seid?« schlug er vor. »Wenn man Journalist ist, schadet es nicht, mit einem der hervorragendsten Schriftsteller Schwedens bekannt zu sein.«

Der große Mann kam auf sie zu. Es war Vilhelm Berg, eine anerkannte Berühmtheit, feiner Lyriker, fesselnder Novellist und bedeutender Kritiker, ungefähr fünfzig Jahre alt — lang, dunkel, etwas vorgebeugte Gestalt. Das Gesicht hatte einen Ausdruck, der weder froh noch eigentlich bedrückt war — man mußte an das Schlagwort denken, das ein Rezensent über

Vilhelm Bergs Gedichte geprägt hatte — »angeheiterte Hoffnungslosigkeit«.

Tage Werin würde niemals das Manöver seines Freundes Tord vergessen, als es darum ging, ihn mit Vilhelm Berg bekannt zu machen. Ausgehend von der Gesundheit des Berühmten — der Berühmte hatte kürzlich eine leichte Grippe gehabt — ging er zu Tages tiefer Bewunderung für seine Gedichte über. Das Ganze konnte plump genannt werden, aber endete nichtsdestotrotz damit, daß alle drei nebeneinander den Strandväg entlangschritten, der Schriftsteller in der Mitte und die beiden anderen ehrfurchtsvoll an seiner Seite.

Tord war wegen des schönen Wetters übermütig und etwas schüchtern angesichts seiner berühmten Verwandtschaft.

»Ich hätte nicht geglaubt, daß — hm — daß — Onkel Berg — bummeln geht wie wir anderen Spießer«, sagte er entzückt.

Der Schriftsteller lächelte.

»Und warum nicht?« fragte er.

»Ja, ich weiß nicht«, sagte Tord zaghaft. »Ich denke vielleicht, das ist ein eitles Vergnügen.«

»Und warum ist es eitel?«

»Ja, der Onkel hat vielleicht andere Gründe, aber ich zumindest gehe hier, um nach den Mädchen zu schauen.«

»Na, und warum willst du denn nach ihnen schauen? Und warum ist es eitel, nach den Mädchen zu schauen?«

»Man meint ja eigentlich nichts damit«, sagte Tord verlegen. »Man schaut, weil es amüsant ist. Im übrigen weiß man natürlich nie, ob man nicht jeden Augenblick auf das große Abenteuer trifft — aber dann wird es gleich weniger eitel. Das eigentliche Wesen des Bummelns ist etwas Unbestimmtes, etwas, das keine Entscheidung fordert, ein Duft, den man einatmet und an dem man sich berauscht — nichts weiter.«

»Das ist sehr schön gesagt«, sagte der Schriftsteller sachlich. (Er sprach leise, deutlich und langsam, als ob es etwas weh täte.) Sehr schön. Das Rätsel des Korso. Schöner Titel für einen Kriminalroman, meint ihr nicht? Ich habe wirklich über dieses Rätsel nachgedacht. Früher glaubte ich, es sei so einfach, der Korso sei dafür da, Bekanntschaften zu machen, indem man an einem solchen Ort auf und ab geht. Aber das passiert ja niemals. Glaubt man an diese Möglichkeit, so sind es Tagträume. Und ich bin in fremden Städten gewesen, wo ich nur zwei Tage bleiben würde, und ging auf einen fremden Korso, wo eine unbekannte Sprache auf meine Ohren einsummte, und starrte in die Gesichter der Entgegenkommenden, atemlos, als ob ich auf ein Urteil oder auf das Schicksal wartete. Gibt es wirklich ein Gesicht, ein einziges, das zu finden ich um die ganze Welt fahre? Eine Schimäre!

»Wie denn, zählt sich der Onkel zu den Romantikern?« fragte Tord spöttisch.

»Vermutlich. Und warum nicht? Ist nicht alle echte Kultur Romantik? Ihr seid feige, ihr Jungen, die ihr nicht wagt, einem solch offensichtlichen Faktum in die Augen zu sehen. Aber meint nicht, daß ich an diese Hypothese von dem ersehnten Gesicht glaube. Was würde ich tun, wenn ich es fände? Weiterfahren, weitweg, und an einem neuen Ort suchen. Die Schimäre ist schön als Schimäre, kommt sie in mein Leben hinein, ist es mit dem Zauber vorbei. Also — es ist kein bestimmtes Gesicht, das ich suche.«

»Was glaubt der Onkel ist es dann?«

»Ich glaube, das Suchen an sich ist bedeutend geworden. Uns dürstet nach mehr Durst — eine Quelle gibt es nicht.«

»Das klingt unheimlich«, schob Tage ein. »Ich habe immer geglaubt, daß die Existenz von Durst die Existenz von Wasser oder etwas Flüssigem überhaupt voraussetzt. Der Organismus kann doch wohl nicht durch puren Zufall zustande gekommen sein, oder durch raffinierte Boshaftigkeit?«

»Warum nicht?« lächelte Berg. »Das ist wirklich eine ernsthafte Möglichkeit, mit der man rechnen sollte.«

Vor ihnen gingen drei junge Mädchen nebeneinander, ganz

rechts ein langer heller nordischer Typ. Die schlanken Hüften bewegten sich mit einer federnden jungen Ungeduld, als ob jedesmal, wenn der Schuhabsatz den Boden berührte, eine Welle der irdenen Elektrizität den Körper empordringen würde.

»Schaut«, sagte der Schriftsteller. »Dort geht meine Schimäre. Die Inkarnation des Korso und des Durstes. Wenn ich hier gehe und von weitem ihre tanzende Jugend sehe, schmücke ich sie mit an den höchsten Vollkommenheiten, und ich gehe berauscht heim und schreibe ganz gut bis zum Mittag. Wäre sie ein wirklicher Mensch für mich — aber das ist sie ja nicht. Ich will sie ja nicht wirklich haben — ich will nur schreiben. Nur schreiben!«

»Das nenne ich prächtig«, sagte Tage. »Darin liegt bestimmt ein tiefes Geheimnis. Da wählt einer ein Leben in schaffender Einsamkeit anstelle des direkten rauschenden Lebens — das muß die tiefste Bedingung der Dichtung sein. Ist es nicht so? Wir anderen müßten wirklich demjenigen dankbar sein, der auf diese Weise der Menschheit dient.«

Der Schriftsteller sah mißtrauisch zu dem redegewandten jungen Mann.

»Wählen! Wählen! Wir haben gelernt, mit dem Hunger zu leben, solange wir keine festere Kost vertragen.«

»Aber ich muß Ihnen erzählen, wer die Schimäre dort tatsächlich ist«, sagte Tord. »Es ist meine kleine Cousine Britt Landers. Sie sieht ja richtig nett aus, nicht wahr? Aber eine Art Inkarnation, von was auch immer, nein, das glaube ich nicht, nicht einmal vom Strandväg. In diesem Herbst kam sie aus der Provinz und ist natürlich ein unbeschriebenes Blatt, hat auch keinerlei Lebenserfahrung.«

»Gerade deshalb, gerade deshalb. *Es liegt nichts hinter all dem*, das ist das Geheimnis. Wovor hat man solche Angst? Warum hat man sich die Schimäre immer als ein so gefährliches Wesen vorgestellt? Ist es unser Gewissen, das so unbarmherzig ist und uns nicht gönnt, ohne Ziel zu leben und zu hoffen? Oder ist es unsere innerste Sehnsucht nach endgültiger Ruhe, die sich gegen den Gedanken eines ewigen Durstes erhebt? Gewiß gibt es eine solche Sehnsucht im Innersten von uns allen, obwohl sie vorläufig von lärmenden Lebenstrieben unterdrückt wird. Irgendwann tauchen die Triebe Gott sei Dank unter, so daß wir sagen können:

Thank Heaven! the crisis — the danger is past,
and the lingering illness
is over at last —
and the fever called »Living«
is conquered at last.

Aber bis dahin — gibt es nur den Durst.«

Er ging einen Augenblick lang stumm. Er hatte die Strophe so leidenschaftlich gesprochen, daß die anderen verlegen schwiegen. Ruhiger, als ob er darüber nachdenke, ob er noch ganz recht habe, setzte er fort:

»Und doch gibt es vielleicht auch eine dritte Möglichkeit.«

Wieder ein Augenblick Schweigen und Insichversunkensein. Auch die anderen sagten nichts, um ihn nicht zu stören, falls er etwas Wertvolles hinzufügen würde. Schließlich sagte Vilhelm Berg noch leiser als sonst:

»Im Traum schimmert ja manchmal eine Wirklichkeit, die wir im wachen Zustand kaum ahnen — im Traum und im Halbschlaf. Besonders auf Reisen, wo man Wand an Wand mit dem Unbekannten lebt, sind mir sonderbare Dinge passiert. Ich bin erwacht und habe Melodien von überirdischer Herrlichkeit gehört — in Wirklichkeit waren es ganz gewöhnliche, sogar banale Melodien, die ich dann allmählich wiedererkannte, aber ich mußte sie mit anderen Sinnen in meinem Innern gehört und bewertet haben, als mir im wachem Zustand zu Gebote stehen. Und so intensiv, wie der Traum Grauen und Genuß gibt — wann finden wir dies im wachen Zustand? Ich könnte unwahrscheinliche Geschichten erzählen — aber man spricht über so etwas nicht. Worauf ich eigentlich hinaus wollte, war nur, daß es vielleicht, vielleicht, vielleicht doch etwas gibt, was wir suchen, etwas, das wir eigentlich besitzen, aber im Traummeer versunken ist...«

»Die Schimäre?«

»Nein, nicht die Schimäre. Die Welt der Schimäre — das ist diese Welt. Die andere — kann nicht die der Schimäre sein. Aber wir gelangen nicht dorthin. Nun bin ich hier gegangen und habe vielleicht in Rätseln gesprochen. Vergeßt es. Jeder Schriftsteller hat die dumme Angewohnheit, vor sich hin zu reden, sonst wäre er ja nicht Schriftsteller geworden.«

»Das war ja außergewöhnlich interessant«, sagte Tord bewundernd. »Der Onkel hat viel Phantasie.«

»Und so ist die Schimäre Ihre kleine Cousine?« setzte Berg das Gespräch fort. »Sie müssen mich ihr vorstellen.«

»Ja«, sagte Tage, »es ist doch so: trotz allem lockt die Wirklichkeit. Ich als erklärter Zyniker vermute, dieser ganze Durst und die Sehnsucht führen nur zur — ja, zur Hochzeit können wir wohl sagen.«

Vilhelm Bergs Gesicht wurde grau und starr. Selbst Tage verstand, daß er eine Taktlosigkeit begangen hatte. Wie schwerwiegend sie tatsächlich war, konnte er nicht wissen, aber vor Tords Augen tauchte eine Erinnerung auf — eine Frau Berg, die nicht mehr Frau Berg war, lang, schmal, hell, mit einem nachlässigen Charme, der entfernt an Britt Landers' Backfischmanieren erinnerte, und mit einem strengen Zug um den Mund. Nach drei Jahren hatten sie sich getrennt, ohne Skandal und ohne, daß irgendein Mensch den Grund erfuhr. Beide waren in ihren Kreisen beliebt, beide waren klug und rücksichtsvoll. Keiner hatte wieder geheiratet, und sie wagten es nie, sich zu treffen. Daß die Wunde weiterhin brannte, obwohl es fünf Jahre her war, konnte man Vilhelm Berg gerade jetzt ansehen.

Der berühmte Schriftsteller verschwand nach Östermalm hinauf, aber die beiden Jungen verspürten nach diesem letzten

Fiasko das Bedürfnis, sich weiter zu unterhalten, und gingen zu Feiths hinein.

»Du, der, der ist ganz vom alten Stamm«, sagte Tage. »Ein wirklicher Romantiker. Wagt natürlich nicht, eine Frau anzurühren. Sag, warum nahm er mir meine kleine zynische Bemerkung so übel?«

»Irgendwie glaube ich, daß er recht hat«, sagte Tord. »Was wir auch wagen — ist es nicht nur eine Schimäre? Ich habe auf meine Tage wirklich viele Frauen geliebt, aber was ist es, das man bei ihnen findet? Ein Rausch, und im besten Falle sich selbst, eine Zeit lang sich selbst von der besten Seite, und im schlimmsten Falle — zum bitteren Ende — Enttäuschung darüber, daß man *sie* nicht gefunden hat. Ich habe mir eine Novelle etwa dieser Art ausgedacht: eine Frau, die offensichtlich ein Flittchen ist, und ein Mann, der in ihr sein Ideal sieht und nichts anderes sehen *will* und gerade deshalb glücklich wird, verstehst du. Was hältst du davon?«

»Ich glaube, das gibt es schon«, antwortete Tage. »Im übrigen ist da Romantik mit drin, wie realistisch das auch klingen mag.«

»Das ist keine Romantik! Das ist die nackte Wahrheit! Und ich würde vorschlagen, daß man dieser Wirklichkeit ins Auge zu blicken wagt und diese Erkenntnis nutzt. Auf diese Weise wird das Leben anders, ein neuer Rhythmus, ein Jazzrhythmus, wenn du so willst: wählen und wechseln, ewiges Suchen und ewiges Finden, neue Erlebnisse ohne Ende — die ewige Jagd nach sich selbst. In der Tiefe liegt natürlich eine gewisse Tragik, aber sie verleiht dem Ganzen Profil. Siehst du, *das* ist Leben! So wird das Leben lebenswert.«

»Ich tanze gern nach der Musik des Saxophons aber auch nach der der Ukulele«, sagte Tage, »aber im Grunde hasse ich beide. Vergiß nicht, daß ich bei der ›Neuen Täglichen Allgemeinen‹ arbeite, zwar nur gelegentlich, aber dennoch. Sonst hast du sicher recht. Zum Teufel, die Liebe ist so eintönig.

Und doch ist die Frau ein Gewürz, das man sofort vermißt, obgleich es am besten ist, bevor man es genossen hat. Du glaubst es nicht, ich habe gerade etwas Neues im Auge. Ein verdammt süßes Mädchen — sie arbeitet im Kurzwarenladen in Birkastan. Das hört sich ja recht schlicht an, aber sie ist tatsächlich... Dunkelhaarig und mit zartem Teint, verstehst du, schlank und geschmeidig, eine Mischung aus Vamp und unberührter Unschuld. Großartig. Viola heißt sie — bei denen sagt man immer ›Viòla‹ zu ihr. Komm einmal mit zum Tanzen, dann kannst du sie dir ja mal ansehen. Manchmal glaube ich wirklich, sie ist noch unschuldig, ich bin richtig stolz darauf, der Erste zu sein, aber ich will das gern noch einen Augenblick aufschieben, denn danach — ach... Sag, glaubst du, Vilhelm Berg könnte mir einen Job bei ›Dagens Nyheter‹ beschaffen?«

Illusion

Saxophon: heiße zarte Gliedmaßen, bohrender Hunger, der Urgesang der Begierde, gesungen in tropischen Dschungeln, wo der Mondschein quält und die Fasane im warmen Nebel rufen.

Xylophon: prasselnder trockener Takt, der wie eine Marionette umherspringt und sich so amüsiert, wie es die Fäden fordern, geführt von einer mächtigen Hand oder einem mechanischen Uhrwerk.

Ebenso das Banjo, laut und vorbehaltslos wie ein Naturkind aus einem unverdorbenen Stamm. Wie kann ein weißer Mann mit geschniegeltem glatten Haar und blasiert gesenkten Augenlidern glauben, das sei sein Instrument? Er bräuchte nur einen Blick auf das ruhige und guterzogene Publikum zu werfen, um aus seinem Irrtum aufzuwachen, aber es gehört zu seiner Arbeit, nicht aufzuwachen.

In den Refrain fällt die ganze Kapelle mit Gesang ein, auf englisch, denn der Schlager kommt aus Amerika. Die menschliche Stimme ist hier Instrument, nach dem man tanzen kann, wenn sie sich so ergeben wie jetzt dem Rhythmus unterordnet, und die fremde Sprache trägt das ihre dazu bei, den Inhalt der Worte nicht in den Vordergrund treten zu lassen und die Tanzenden nicht abzulenken. Der Rhythmus ist ein Rausch, durch die hölzernen und metallenen Tonwellen ahnt man die menschliche Stimme als anregenden Kitzel in der Bewußtlosigkeit. In dem Augenblick, da die Worte des Liedes Aufmerksamkeit erwecken würden, wäre die Bewußlosigkeit zerstört, so aber sind sie nur die Botschaft von nahem Fleisch und Blut und einer Begierde, gefährlicher als die des Saxophons — denn sie eilt durch Blut und Nerven in roten Blitzen — und zugleich locken ihre rauhen Diphthonge mit dem Abenteuerland der Millionenstädte — der Landschaft des Films, die durch die Blitze hell aufscheint.

Die Beleuchtung ist gedämpft, rote Lampen über den Tischen und unter dem blumenbemalten Glasfußboden. Auf ihm bewegen sich zierliche Füße in Seidenstrümpfen und wohlgebügelte Hosenbeine mit Lackschuhen darunter. Wie konnten die Menschen früher lachen und reden, während sie tanzten? Wußten sie überhaupt, was Rhythmus war? Im Rausch des Rhythmus, da die Spaltung in Leib und Seele sich wie im Schlafe heilt, besitzt der Mann die Frau und die Frau den Mann auf eine unwirklich ferne Art, die dennoch sicherer und weniger trügerisch scheint als die physische Vereinigung. Denn man setzt nichts aufs Spiel, weder Schicksal, Leib noch Seele, und doch ist das Schicksal nahe und überschattet mit Spannung: *vielleicht mein Schicksal* — und dieses Vielleicht lockt und beruhigt zugleich, lockt, weil es zur Unendlichkeit führt, beruhigt, weil es flüstert: noch ist nichts verloren.

Tage drängt sich näher an Violas Körper, führt sie in verschlungenen Bahnen, fühlt seine Macht über den schönen, geschmeidigen Leib, zwingt sie tyrannisch hierhin und dorthin. Gerade jetzt ist sie nicht Viola, auch ist sie nicht das weibliche Geschlecht, sondern sie ist die Frau, nach der seine Sinne immer heimlich gerufen haben, ohne sie jemals zu erreichen. Als der Tanz zu Ende ist, ist auch der Zauber gebrochen: die Illusion, den Grund zu wissen und ohne Grenzen zu herrschen, verebbt, aber so, wie die Gesichter der Nacht verebben, ohne Wunden oder Narben zu hinterlassen. Bis zum nächsten Tanz.

»Möchtest du einen Tee?«

Er bestellt Tee und Gebäck. Es gibt jetzt eine Pause.

An den Tischen sitzen Paare, aber nicht nur Paare, sondern auch junge Männer, die mangels weiblicher Begleitung allein oder in Gruppen hierher gekommen sind, um Unbekannte aufzufordem, und junge Mädchen, die zu zweit dasitzen und darauf warten, aufgefordert zu werden.

Violas Augen sind grau und unter leicht geschwungenen Wimpern verborgen. Es sind Augen, die messen und rechnen. Sie rechnen bei den anwesenden Frauen den Preis der Kleider aus und messen Waden und Schienbeine mit einem schnellen Blick. Und die jungen Männer befinden sich auf eine Weise unter dem Zollstock, die sie verlegen machen würde, wenn sie es jemals erführen. Aber niemand wird es ihnen verraten.

Heute abend sind die jungen Männer viel zu jung. Der da mit dem Mittelscheitel hat noch nicht mal ausgewachsene Hände, würde sie am liebsten los sein, sieht aus, als hätte er Angst vor ihnen, als ob sie aus eigenem Antrieb Unglück anzetteln könnten. Besserer Leute Kind, sonst wäre er wohl nicht so steif, vielleicht geht er noch zur Schule. Grünschnabel. Aber der Dunkle da am Tisch daneben, was könnte er sein? (Die leicht geschwungenen Wimpern heben sich so schüchtern und verstohlen, wie sie es nur können, wenn sie lange vor dem Spiegel geübt haben.) Schwer zu sagen, bevor man ihn aus der Nähe betrachtet hat. Er hat eine gewisse Ungezwungenheit, wie einer, der gewohnt ist, über sein Leben selbst zu bestimmen. Aber das ist auch nicht so ganz und gar von Vorteil. Käme er aus einer feinen Familie, würde man ihn nicht auf eigene Faust losziehen lassen. Denn er ist noch jung. Aber sieht gut aus. Etwas zum Spielen.

In dem gedämpften Licht ist es gar nicht leicht, zu entscheiden, wem die scheuen Blicke unter langen Wimpern eigentlich gelten. Augenglanz, ein feuchter Schimmer — Mystik des Unbekannten — man begegnet ihm ständig, aber schafft es nicht, ihn zu fangen. Aber so wie das gefüllte Weinglas schon durch seinen Duft und sein Vorhandensein das Gespräch auflockert, die Seele belebt, so erschafft der Augenschimmer einen Raum und einen Hintergrund, ohne den der Tanz ein fades und sinnloses Unternehmen wäre.

Ein eleganter Mann tritt auf die leere Tanzfläche und stellt sich vor die Estrade der Musiker. Die Pause soll mit einem kurzen Kabarettprogramm ausgefüllt werden. Hier haben wir zunächst den Charmeur. Ein Scheinwerfer oben in der Ecke gießt seine weiße Flut über ihn, damit man seine Bewegungen und seine Mimik verfolgen kann.

Er singt Couplets. Zuerst zwei lustige: Das eine heißt »Es wäre schön zu haben« und behandelt so verschiedene Dinge wie eine Schnapsbrennerei zu Hause und einen Schlüssel für alle Türen, das andere, »Was hatte er dort zu suchen?« dreht sich um politische Koryphäen und Sportgötter und endet bei einem betrogenen Liebhaber. Das Publikum lacht. Es erwacht! Aber nicht mehr, als man von einem Schnaps wach wird. Und das letzte Couplet ist ernsthaft, unschuldig dumpf und einschmeichelnd:

Lächle mit deinen klaren blauen Augen,
reich mir deine beiden süßen Wangen!
Unter roten Rosen bist du mein Traum...

Das Publikum erkennt das Couplet und fällt schleppend, doch mit Gefühl in den Refrain ein. Die Stimmung ist wiederhergestellt, der Charmeur verbeugt sich und geht.

Einen kurzen Augenblick fällt der Scheinwerferstrahl wie Mondschein über die leere Bühne. Spanischer Tanz ist jetzt angekündigt. Heiße Nächte, Kastagnetten. Und da kommt sie, Rita de Castro, tanzt herein, macht einige kokett unterwürfige Reverenzen und ein paar ebenso kokette Schritte, um in Gang zu kommen. Das Banjo beginnt, wie eine Gitarre in Valencia zu trällern.

Rita de Castro, in Linköping von schwedischen Eltern geboren, änderte ihren Namen, um die Illusion nicht zu zerstören. Denn das Publikum bewundert zwar auch ihre Bewegungen und ihren Rhythmus, aber es erwartet zugleich Anregung und Stoff für seine Phantasien. Sieh hinauf zur Decke, wo die roten Lampen warm und betäubend das Zwielicht halten — sind sie nicht wie Feuerfliegen in einer leidenschaftlichen Nacht, weit weg von hier, wo der Wunsch nur die Hand auszustrecken braucht, um seine Erfüllung zu erreichen? Bade deine Augen in der kühlen Flut des Scheinwerfers, der blauweiß strahlt wie der Mondschein des Südens — merkst du nicht, wie hinter dem, was die Sinne wahrnehmen, Erinnerungen an tausend Erlebnisse erwachen, die du selbst niemals erfuhrst, die dir aber in Bildern und Worten begegneten und die du mit Leben fülltest, mit all dem Leben, das dir im Überfluß zusteht, du aber nirgendwo ausleben kannst? Es ist die fremde Tracht Carmens, Carmen, die keine anderen Bande kannte als die der Liebe, und der fremde Name hallt vom Abenteuer strahlend schöner Kreolinnen wider. Rita de Castro! Tritt vor und ruf die Illusion hervor! Trunkene Augen warten ungeduldig darauf, betrogen zu werden, enttäusche sie nicht.

Eine elfenbeinfarbene Samtschlange, das ist der erste Eindruck, den sie erweckt, als sie beginnt, sich zu drehen und zu beugen. Der Rücken ist entblößt, so daß man jede ihrer Bewegungen bis hin zum feinen Muskelspiel unter der Haut verfolgen kann. Das Kleid umschließt eng den kaum entwickelten Mädchenkörper.

Die Tänzerin ist in der gleichen eigentümlichen Situation wie der Schauspieler, wenn er alleine spielt. Der fehlende Mitspieler muß so intensiv herbeigedacht werden, daß die Zuschauer ihn sehen. Aber Rita de Castros Tanz ist für keinen bestimmten Partner, so wie sie tanzt, besteht keine Verbindung zu einem anderen Menschen, sondern ist direkt auf das Publikum gerichtet. Denn der Tanz gilt ihrem eigenen Körper, ihrer eigenen Schönheit, ihrer eigenen Geschmeidigkeit. Die Bewegung, mit der sie den Arm hebt, bis dieser und der Rücken einen langen, sanften Bogen bilden, ist so vollendet, daß niemand sie besser vollführen könnte, und zugleich ist sie ihr in keiner Weise bewußt. Was sie meint? Was sie ausdrücken will? Nichts. Kunst um der Kunst willen. Rita de Castro meint ihre eigene Schönheit. Sie meint den Applaus, der den Tanzsalon erbeben läßt, wenn sie mit ausgebreiteten Armen und vorgestrecktem Fuß die letzte wollüstige Beugung nach hinten macht, um gleich darauf in ihrem südländischen Knicks niederzusinken, mit dem Lächeln einer Puppe auf ihrem kirschfarbenen Mund — ein Lächeln der Leere, das ein jeder mit seiner eigenen Sehnsucht füllt und das deshalb rätselhafter und verlockender wirkt, als alle Seele, alle Leidenschaft, alle Wahrheit vermocht hätte.

Das Händeklatschen ist ohrenbetäubend. Männer und Frauen zittern und glühen in ihrem Herzen, und das Tanzen kann fortgesetzt werden.

Tage entschuldigt sich und verläßt seine Partnerin, um ein wasserstoffblondes Mädchen an einem anderen Tisch aufzufordern. Entschlossen erhebt sich der dunkle Jüngling, der Violas Augen im Verlaufe des Abends hin und wieder gespürt hat, geht zu ihr und verbeugt sich ernst und gemessen. Arm in Arm gleiten sie über das Parkett hinweg, getragen von Wellen des Abenteuers und der Schwüle. *Vielleicht mein Schicksal...* Aber durch ihre langen schwarzen Wimpern bemerkt Viola, daß sein Kragen völlig unmöglich ist...

Saxophon: das Blut singt seine dunklen Klagen, es wallt und tutet gegen Mauern aus Stein...

Xylophon: das Getriebe bewegt sich, die Holzglieder klappern, ganz recht so, wenn man nur den Takt einhält...

Boris Pilnjak

Erde an den Händen

Im Sommer, in den ersten Junitagen, muß man in den russischen Provinzstädten schon früh morgens die Fenster öffnen, damit die vom leisen Juniwind bewegte Luft die Zimmer durchzieht. Sie sind dann erfüllt von Kühle und grünem Licht, das von den Linden- und Ahornbäumen kommt. Der wilde Wein der Terrasse versteckt das Gold des Tages hinter seinem Grün. An solchen Tagen ist der Mensch mit der Erde vereint.

Es war an einem solchen Morgen, als ein Mann in dem der Terrassentür gegenüberliegenden Winkel, in der Nähe des geöffneten Fensters über Papieren und Gedanken an seinem Schreibtisch saß, während seine Frau draußen im goldenen Morgen inmitten der Fliedersträucher Blumenbeete umgrub. Ab und zu kam die Frau auf die Terrasse, ein Tuch um den Hals, die Hände vom Körper gespreizt, damit das Kleid nicht schmutzig würde. Selten, sehr selten ist das Glück, der Erde in Freundschaft verbunden zu sein... ! Selten, sehr selten ist das Glück einer von Liebe, Vertrauen und Treue erfüllten Ehe. Dieses Glück des Vertrauens, der Freundschaft, der Liebe und des Zusammenwirkens lebte in diesem Hause. Nur bei Menschen mit vornehmen Gedanken und Absichten ist es zu finden, — und sie waren wertvolle, einfache, fleißige Menschen, er: soziologischer Schriftsteller, sie: Malerin. Sie waren einander begegnet, als er schon über 35 und sie über 30 Jahre war.

Es ist eine süße, muskelermüdende Erholung, in der Erde zu wühlen, Tabak und Reseden in die Beete zu setzen und allerlei Unkraut zu jäten; es ist wundervoll, beim Hinabbeugen über die Erde zu wissen: was man in die Erde hier pflanzte, wird wachsen. Der Mann grub neben der Frau die Beete um, ehe er sich zu den Büchern setzte. Vor den Büchern auf dem Schreibtisch kamen die gewohnten Gedanken: Ziffern, Vergleiche, Zitate, Widersprüche, Formeln, kam die wirkliche Arbeit, kamen die Stunden, in denen bei Gelehrten und Künstlern die Augen ganz abwesend sind, ganz gleichgültig, ganz blind für die Welt, die außerhalb der Bücher liegt.

In dieser Gleichgültigkeit und Abwesenheit hörte der Mann, wie ein Unbekannter durch das nicht verschlossene Pförtchen in den Hof trat. Er trug einen breiten Hut, wie es schien, und einen kleinen Koffer. Der Ankömmling sagte zum Fenster herein, er wolle zu Anna Andrejewa. Ohne den Blick von den Papieren zu erheben, erwiderte der Mann, sie sei im Garten.

Er merkte gar nicht, wie die Minuten vergangen waren, als die Frau über die Terrasse ins Zimmer kam, mit erdbeschmutzten Händen, begleitet von dem Unbekannten. Er sah das Gesicht der Frau nicht.

Der Unbekannte verneigte sich und sagte: »Gestatten Sie, ich möchte noch einige Minuten mit Anna unter vier Augen bleiben.«

Und Anna sagte: »Ja, ich gehe mit Sergej in mein Zimmer, Paul.«

Wieder sah der Mann das Gesicht der Frau nicht, und wieder vergingen solche Minuten, in denen die Augen die Welt nicht sehen und die Welt nur in den Büchern lebt. Anna kam aus ihrem Zimmer zurück. Paul hob die leeren Augen und bemerkte, daß die Hände der Frau – erdbeschmutzt wie vorher – hilflos herabhingen, daß ihre Augen voller Hilflosigkeit waren. Die Welt der Dinge kehrte zu Paul zurück.

Da begann der Unbekannte zu sprechen. Anna stand mit dem Rücken gegen beide, in der Tür zur Terrasse, – das Gold des Tages umrandete den Wein und ihre Schultern.

»Paul Andrejewitsch«, sagte der Unbekannte und schwieg lange. »Paul Andrejewitsch, wir beide sind — keine Diebe. Mich bewegen menschliche Gefühle.« Er schwieg, um seine Gedanken in klare Sätze zu fassen. »Dreizehn Jahre habe ich Anna nicht gesehen, — aber die ganzen dreizehn Jahre lang habe ich von ihr geträumt und an sie gedacht. Sie wissen, ich trennte mich von ihr in Paris, ich ging als russischer Soldat an die französische Front. Sie wissen, daß Anna in ihrer Jugend mit mir lebte, — aber Sie wissen auch, daß Anna sich deshalb keinen Vorwurf machen kann, und daß auch Sie es ihr nicht vorwerfen können. Die Erde ist groß genug, um sich auf ihr zu verirren. Ich komme zu Anna, nachdem ihr beide schon 8 Jahre Ehe hinter euch habt. Wir sind schon gereifte Menschen. Ich wußte nicht, daß Anna verheiratet ist.«

Vor Paul stand jener Mann, dessen Andenken sie in ihrer Ehe heilig gehalten hatten, Annas erster Mann, ein wertvoller Mensch. Nun ein alter Mann, ein grauhaariger Künstler; einstmal hatte er das Mädchen Anna die Kunst der Malerei und den Wert des Lebens gelehrt. Die Augen dieses Alten waren gut, blickten Paul liebevoll und fassungslos an. Sie konnten nicht anders blicken, denn im Zimmer war die geliebte, die einzige Frau, und der Mensch, dem diese Augen gehörten, war gut. Paul dachte daran, daß auch er grau war, vorzeitig ergraut in den Jahren der russischen Stürme, und daß auch seine Augen gut und hilflos waren, von natürlicher Güte.

Zwei Männer standen einander gegenüber. Einer dem anderen sehr ähnlich, — nicht umsonst liebte Anna den einen wie den andern. Paul erinnerte sich, wie Anna Sergej geschildert hatte, als jungen und schönen Künstler, als Menschen von sonniger Helle und starkem Herzen. Und ihre Schilderungen vermischten sich mit dem Bilde dieses guten Alten mit den liebevoll und müde blickenden Augen. Dieser Mensch kam aus dem Tode zurück.

Paul sagte zerstreut:

»Wie haben Sie sich verändert, Sergej... Sergej Iwanowitsch!«

Die beiden lächelten einander an, fast abwesend. Paul streckte die Hand aus. Und als er die des andern hielt und drückte, fühlte er in der Wirbelsäule und an dem nervösen Schauder in der Brust an den Schulterblättern — sich selbst, Anna und den Ankömmling. Anna liebte in ihrem Leben nur sie beide. Sie ehrte das Andenken Sergejs, wie auch er, Paul, das Andenken dieses Menschen ehrte, der seine Frau geliebt hatte, dieses Menschen, von dem ein bei Anna aufgehobener Totenschein eines französischen Infanterieregiments meldete, daß der russische Maler Sergej Iwanowitsch Lawrenjow, Gemeiner, »vor Verdun gefallen« sei. Dieses Andenken — heilig und geheim, und besonders heilig und geheim, wenn es geehrt wird — war zwischen ihnen. Niemals während der Jahre ihrer Liebe hatte er Anna über ihre Gefühle für Sergej befragt, und niemals hatte er sich und ihn gegenübergestellt, weil er ja dieses Andenken schützen wollte. Paul hielt Sergejs Hand. Und in der Wirbelsäule, an dem Schauder in der Brust fühlte er, daß er von dieser Minute an Anna selbst in seinen Gedanken — nicht seine Frau nennen könne, denn er war ja, wie Sergej gesagt hatte, wirklich kein — Dieb!

Lange hielt er Sergejs Hand. Die Augen Sergejs waren reglos. Paul sagte: »Ja, Sergej, ja, natürlich bin ich kein Dieb.«

Anna wandte sich ihnen zu. Anna trat an sie heran. Ihre Hände, weit vom Körper gespreizt, waren zu Stein erstarrt. In ihren Augen standen Tränen. Sergej streckte ihr die Hände entgegen, die Handflächen nach oben, — Annas Augen gingen unter. Paul begriff, daß dies eine gewohnte Geste Sergejs war, die Anna von früher her kannte. Und er senkte den Blick, wie es Menschen tun, die ihre Blicke aus Scham senken, um nicht zu sehen, was nicht gesehen werden soll. Anna sah die abgewandten Augen Pauls, und ihre Hände streckten sich ihm entgegen. Er sah es nicht und Anna blieb mit ausgestreckten Händen stehen.

»Ich gehe mir die Hände waschen!« rief sie.

»Geh«, sagte Paul.

»Anna, Paul Andrejewitsch«, begann Sergej, und seine Lippen zitterten in körperlichem Schmerz, »Anna, liebe Anuschka... wenn du es willst, gehe ich sofort weg, auf immer, Anuschka... ja, ich bin sehr gealtert, Paul Andrejewitsch, sehr gealtert.«

Anna setzte sich ganz kraftlos auf den Stuhl beim Tisch, vergaß die Hände.

»Nein, was denn, was denn?« sagte Paul, »Anna hat immer so viel, so lieb von Ihnen gesprochen. Ihre Photographien sind hier bei uns, und mir schien, daß... das Bild nämlich, das ich mir von Ihnen machte... was denn, was denn, Serjosha?!« Paul nannte Sergej so, wie er und Anna ihn immer nannten, wenn sie seiner gedachten. »Nein, warten Sie, Serjosha, Sie haben sich bloß im Vergleich mit der Photographie verändert...«

Annas Hände streckten sich Paul entgegen, mit der gleichen Bewegung, mit der sich eben erst Sergejs Hände Anna entgegengestreckt hatten. Diese Geste — begriff Paul — hatte Anna von Sergej angenommen. Paul faßte mit beiden Händen die Hände Annas und küßte die Erde an ihnen, küßte die schwarze, feuchte Erde mit aller Zärtlichkeit, die er für die Frau empfand. Er wischte sich die Erde von den Lippen und sagte: »Nein Anuschka, (er ertappte sich dabei, daß er Anna bei dem Namen nannte, den ihr Sergej gegeben hatte) nein, Anna, ich bin kein Dieb. Ich habe begriffen, daß ich dich nicht meine Frau nennen kann — bevor du mich nicht deinen Mann nennst.« Paul wischte sich nochmals die Erde von den Lippen. »Wieviel Seltsames birgt die Zeit? Da sind wir zu Dritt, wie soll man es sagen? — Das Wunderbarste in meinem Leben... Sie haben es vor mir gekannt, Serjosha... und ich habe das kennengelernt, was für Sie das Heiligste, was Ihr alleiniges Geheimnis war. Ich finde keine Worte.«

Anna stand auf. Eine Sekunde lang stand sie reglos da. Die

Kräfte verließen ihren Willen. Ihr Hals erzitterte wie eine Saite. Sie zog den Kopf zwischen die Schultern, — ging zu Sergej hin — und umarmte ihn. Paul und Sergej begriffen: als Anna Paul die Hände entgegengestreckt hatte, verteidigte sie Sergej, — als sie nun zu Sergej ging, verteidigte sie Paul. Und den Kopf zwischen den Schultern, die Wange an Sergejs Brust, sagte Anna:

»Ich habe Angst, Serjosha, — ich habe Angst, Paul. Wie habe ich auf dich gewartet, Serjosha, als du an die Front gingst! Wie habe ich mich gequält, als ich in Rußland die Nachricht von deinem Tod bekam! — Du weißt, wie ich dich geliebt habe. Du bist nun gekommen... wie froh ich bin! Nein, das sind nicht die richtigen Worte, — du bist zurückgekehrt, — und ich — liebe dich. Aber — ich liebe auch Paul. Ich habe einen Sohn. Wir haben einen Sohn; es ist mein einziger Sohn, und ich werde keine Kinder mehr bekommen. Ich habe große Angst. Ich weiß nicht! Paul, hörst du? — ich weiß nicht...«

Paul ging zu Anna hin, umarmte sie und Sergej; lehnte seinen Kopf an die Schulter Annas.

»Anuschka«, sagte er, — wieder nannte er Anna mit Sergejs Namen, aber er verbesserte sich nicht — »Anuschka, Liebe, du weißt, Liebe, du weißt, daß ich und Sergej nur dein Glück, daß wir dein Glück wollen... Du weißt... wir warten auf das, was du sagst.«

Paul verlor die Worte, so überwältigend und gütig war die Liebe zu Anna, so erfüllte ihn das Menschliche, das Anna geschaffen hatte, mit Dank. Er verstummte, senkte den Kopf. Er wollte in Annas Gesicht schauen, aber er konnte sich in ihre Züge nicht gleich finden. Ins Zimmer trat das Dunkel, hinter den Fenstern verblich der Tag. Die Selbstvergessenheit, die Gleichgültigkeit gegen die Zeit, die in Stunden der Arbeit Paul überkam, kam jetzt, in dieser Stunde, über sie alle. Sie standen, einander umschlingend, da, und die Zeit hatte aufgehört. Um sie war der weißliche Dämmer einer weißen russischen Juninacht. Die Erde strahlte ihr Gold aus. Im Zimmer roch es nach Levkojen. Im Garten sangen die Grasmücken. Annas Gesicht mit den geschlossenen Augen war kraftlos. Ihre erdbeschmutzten Hände hingen über Sergejs Schultern so, daß sie den Rock nicht beschmutzten.

»Es ist schon Nacht«, sagte Paul erstaunt, »Anuschka, geh, wasch dir die Hände ab, du hast sie voller Erde.«

Paul nahm Annas Hände. Paul küßte zärtlich die Erde auf Annas Hand. Das Gesicht Annas war glücklich. Sie ging nach der Tür ihres Zimmers, um die Erde von ihren Händen abzuwaschen. Alle Fenster standen offen, und durch das Haus strich die grüne Abendluft. In solchen Stunden ist der Mensch eins mit der Erde.

Arnold Zweig

Der Greis, der auf Sindbad ritt

»Sie finden, daß ich gealtert bin? Ja, jung sehe ich nicht aus. Meinen Sie übrigens, Sindbad der Seefahrer habe jung ausgesehen, nachdem er den alten Kerl losgeworden war, der auf seinem Halse ritt? Sie kennen doch die große arabische Märchenerfindung von dem Mann, der sich mitleidsvoll eines verröchelnden Greises erbarmte auf seiner einsamen Insel, und dem dieser Greis in den Nacken sprang, um nie mehr von seinen Schultern zu weichen? Der ihm mit seiner harten Haut Schwielen in Hals und Schultern drückte, ihn nicht einmal bei der Mahlzeit verließ und selbst im Schlafe nicht, und den er dann durch List loswurde, indem er das Scheusal betrunken machte? Ich weiß nicht, ob er ihm auch noch mit einem Stein den Schädel einschlug. Verdient hätte es der Inselfürst. Ganz so schlimm ging es bei mir nicht aus. Meiner wäre auf Wein auch nicht hereingefallen, er kannte ihn zu gut. Meiner erlag einem süßeren Trank, seiner über das Leben hinauszielenden Eitelkeit. Er brachte sich um, damit er ewig auf meinem Gewissen reite. Ewig, verstehen Sie? Er wollte die Zeit überwinden, der alte Bursche, in mir regieren, solange ich lebte, und meinen Söhnen die Narben vererben, die er mir eingeritten hatte. Ja, leider spreche ich von meinem Vater. Kommen Sie, trinken wir noch diese Flasche Pommard miteinander leer. Er schmeckt, wie? Ein simpler Wein von einundzwanzig, wo es ebenso heiß war wie damals, als der Knoten sich löste und der Alte von meinen Schultern fiel. Er sah – lernten Sie ihn nicht einmal in meinem Büro kennen? – er sah aus wie ein Patriarch, ja, beinahe edel wirkte er mit seinem wallenden Silberbarte, dem vollen Haar, den blauen Friesenaugen frank und frei. Damit bestritt er einen großen Teil seiner Praxis, denn, unter uns, viel hatte er nicht weg. Dafür verstand er alles vom Angeln und Segeln. Saß er am Steuer seiner Jolle, die Segelleine zwischen den Fingern, so wirkte er wie der Wettergott selbst, Unterströmungen, Windrichtung und Wassertiefe — das verändert sich bei uns fast mit den Jahreszeiten an manchen Stellen — und Fische anbeißen zu lassen, vermochte er wie ein Zauberer. Sie glauben es nicht, und darum erzähle ich Ihnen keine Geschichten; er fühlte den Fisch, sagte er, und seine Intuition erprobte immer neue Köder gerade für den, der schnappen sollte. Bei seinen Freunden hieß es, Kratt könne mit Hosenknöpfen Lachse fangen. Natürlich ging seine Praxis damit zurück. Aber wozu brauchte er Praxis? Er hatte ja mich. Meine beiden älteren Brüder? Lieber Doktor, außer Alter haben die meisten noch ein Stück Erfahrung voraus, sie beurteilen Sachlagen nüchterner als jemand, der ein Nesthäkchen gewesen ist oder »lütt Jehann« noch mit zehn Jahren geheißen. Der eine ging nach Amerika, der andere noch viel weiter weg, nämlich nach Bremen, und Sie glauben nicht, wie groß die Entfernung zwischen Hamburg und Bremen eine Zeitlang war. Der Lloyd führte seinen kleinen Privatkrieg mit der Hapag; mein Bruder schlug sich zum Lloyd, dort ist er noch, und es geht ihm wohl. Mein Vater aber hatte eine Zeitlang und zunächst in Nebensachen Ansprüche der Hapag wahrzunehmen. Er machte es ein bißchen nonchalant, mit der linken Hand, während er mit der rechten die Segelleine hielt, und das vertragen die Konzerne nicht, sie sind der Meinung, sie bezahlen beidhändige Arbeit. Aber gleichviel, mein Bruder Otto war weit vom Schuß. Schön; ich übernahm des Alten Kanzlei, kaum, daß ich aus dem Kriege kam. Während des Krieges, sehen Sie, hatte mein amerikanischer Bruder ihm Geld gesandt, solange es ging. Als Amerikas Kriegserklärung drohte, bewies er seine Klugheit, indem er einem holländischen Bankhaus für meinen Vater fünfzehnhundert Dollars überwies zu Monatsraten von höchstens zwanzig Dollar, damit es auf alle Fälle reiche, für Krieg und Folgejahre; denn, schrieb er einmal, nach Friedensschluß dürfte das Theater erst anfangen. Sehen Sie, er hatte drüben nicht geschlafen, und ich habe ihn immer bewundert dafür. Mehr aber, schrieb er, könne er unter keinen Umständen herausrücken. Er hatte es nicht länger, darum konnte er nicht länger hängen lassen. Heute geht es ihm besser; glücklich ist er vielleicht auch nicht, aber wer ist heutzutage glücklich, von Kindern und jungen Hunden abgesehn? Ich bekam die Praxis und der Alte seine Dollarrente. Meine kleine Frau und ich mußten zwei Kinder ernähren. Was man von Jurisprudenz versteht, wenn man aus den dreckigsten Schützengräben der ganzen Erde herauskommt, können Sie in diesem Weinglas unterbringen. Ich verstand etwas von Minen, von Sprengungen, sehr viel von Tankabwehr und noch viel mehr von der Kunst, durch Kameradschaftlichkeit aus vollständig erschöpften Männern noch eine großartige Leistung für dreiundfünfzig Pfennig pro Tag herauszuquetschen. Wir machten den Rückzug über Lothringen, hinter uns her frische amerikanische Korps, die vor Begierde schnoben, den Deutschen noch eins aufzupelzen, über uns schockweise Flieger und in unseren Knochen Marmelade. Der Kaiser war getürmt, meine Kompanie, nach der großen Offensive dreiundvierzig Mann, hielt um mich zusammen, was weniger an mir lag als an der Tatsache, daß ich gewissermaßen auf der Feldküche ritt. Nein, ich will mich nicht schlechter als nötig machen, die Burschen klebten an mir und freilich ich an ihnen. Die meisten stammten aus Altona, und wenn ich die Wandsbecker Chaussee hinunterfahre, in die Sozialistengegenden, dann finde ich noch Unteroffiziere und Mannschaften von damals, wir schütteln einander die Hände und platzen beinahe vor Freude.

Aber mit der Rechtspraxis ging es anfangs verflucht langsam

vorwärts, wir hatten ja kein Gedächtnis mehr, erinnern Sie sich? Uns fehlte Phosphor und Fett im Gehirn, wir konnten uns nichts merken. Inzwischen hatten sich alle Rechtsumstände so schwierig gestaltet wie möglich für jemanden, der neu anfangen mußte. Aktienrecht, Wohnungsrecht, Arbeitsrecht, alles war ein großes Gebiet für sich geworden mit zahllosen neuen Verordnungen. Nun, ich tat das meine, und meine kleine Frau tat das ihre. Der Alte lebte als Herr von seinen Dollars. Begreifen Sie, daß er mir oder seinen Enkeln niemals auch nur einen halben Schinken zusteckte? Wenn meine alte gute Mutter nicht gewesen wäre! Es gab damals ja schon alles, aber das Geld schmolz einem unter den Fingern. Ja, damals ging es ihm gut, und ich arbeitete von früh bis in die Nacht hinein, auch im Sommer, besonders im Sommer, wo die Lichtrechnung dadurch nicht größer wurde. Er lag mit seinem Boot draußen auf der Elbe, dort, wo sie schon die anständige Breite eines Meerarmes hat. Mitunter kriegten wir einen Fisch von ihm.

Und dann brach die Deflation aus. Heute verstehen wir all diese Dinge, nur nicht, wie dumm und fassungslos wir damals vor ihnen standen. Zehn Dollars waren plötzlich nur noch zweiundvierzig Mark im Monat; außerdem gingen sie scharf zu Ende. Er kam zu mir, großspurig, breit, mit seinem wallenden Barte. »Jehann«, sagte er, »ich trete wieder ins Geschäft ein. Zu dir kommen die Leute ja doch nur, weil du mein Sohn bist; dafür hast du mich zu erhalten.« Damals, sehen Sie, hätte ich freundlich darauf bestehen sollen, einen Vertrag zu machen: er hatte mir ein völlig heruntergewirtschaftetes Unternehmen bedingungslos überlassen; seinen Wert am 1. Januar 1919 konnte ein Unparteiischer feststellen; das entstandene Kapital würde ich ihm anständig verzinsen; mehr nicht. Ich hätte ja dann doch mehr für ihn getan, obwohl er mir und meinem kleinen Frauchen die vier Jahre hindurch den grausigen Lebenskampf mit einer Geste der linken Hand hätte erleichtern können. Wissen Sie noch, wie geistige Arbeit zwischen 1920 und 1923 bezahlt wurde? Sehen Sie, diesen Augenblick habe ich verkannt. Es war der Moment, wo der Greis Sindbad anflehte, er möge ihn auf seinem Rücken zur Quelle tragen, der Augenblick seiner Machtergreifung. Ich aber sah nur Vater und Sohn. Volksgenossen nennt man das heute und läßt die Magie des Blutes spielen. Er stieg auf meine Schultern, knotete seine Beine um meinen Hals und von da an hatte ich ihn auf dem Rücken. Statt eines gesunden Vertrages nämlich, verpflichtete ich mich leider, für seinen Unterhalt zu sorgen. Ich war vom Krieg noch viel zu geduckt, als daß ich ihm kühl und richtig hätte antworten können. Ich war das Nesthäkchen gewesen, lütt Jehann, und im Hintergrund sah ich meine Mutter, die gute weißhaarige Frau, von der alles ausstrahlte, was ich in meiner Kindheit an Gutem erlebt habe. Sie wurde der Hebel, mit dem er mich ausquetschte. Lieferte ich nicht genug Geld, so machte er ihr Szenen. Versuchte sie, für mich zu sparen, so hagelte es geschwollene Reden, nicht gegen mich, das traute er sich nicht, sondern gegen sie über die Undankbarkeit und Niederträchtigkeit eigener Kinder. Er verlangte, weiter zu leben wie ein wohlhabender Mann; er verlangte seine Flasche Wein von seiner Marke auf seinem Tisch. In der Remouladensauce seines Roastbeefs schmeckte er jeden Tropfen schlechten Öls. Fünfhundert Goldmark im Monat preßte er aus mir heraus; wir kochten uns Gefrierfleisch, aber das rührte er nicht an. Ich kaufte meine Schuhe in Ausverkäufen der großen Firmen, er aber behielt seinen Schuster bei, der sie ihm anmaß an seine aristokratischen Füße. Er drohte, bei meinen Auftraggebern Beschwerde zu führen über den ungeratenen Sohn, der ihn hungern lasse. Mit fünfhundert Mark im Monat, lieber Herr! Hätte man mir das Gegenteil geglaubt? Kein Mensch, nicht wahr? Da saß mit treuen blauen Augen und einem wallenden Patriarchensilber zwischen Kinn und Brust ein Vater aus der Herrenschicht, der die Makellosigkeit selber war, und kein Reeder, kein Makler, kein Kaufmann hätte gesehen, daß er in Wirklichkeit auf meinen Schultern saß, daß mir die Haare ausgingen von ihm, und daß meine Frau fast so schmal und mager wurde wie im Krieg. Ja, aber er fischte Lachse mit Hosenknöpfen aus der Elbe und hielt sich großartig mit zweiundsiebzig Jahren. An meiner Mutter fraß der Gram seinethalben, auf ihr hatte er gesessen, bevor er auf mich stieg, und sie kannte ihn. Als sie krank wurde, bedrohte er sie, er werde sich erschießen, wenn sie stürbe, denn dann hätte er ohnehin niemanden mehr, für einen armen alten Mann zu sorgen, und der Gnade seines Jehann wollte er nicht ausgeliefert sein. Und dabei lebte er von mir! Jede Zigarre, die er rauchte, war drei von denen wert, die ich mir gönnte. Aber die alte Frau wurde vor Angst gesund — damals wenigstens — und betreute ihn weiter, »ihr großes altes Kind«, und das war er: trotzig, verlogen, erpresserisch , ichsüchtig und schlau wie ein verwilderter Straßenjunge. Auf mir blieb er sitzen, ganz herrschende Klasse. Zum Glück kam meine Schwester zu Gelde. Sie heiratete einen jüdischen Mann, gegen den Willen des Alten. Damit erwarb unsere Familie ein Mitglied, das es wagte, selbst ihm unangenehme Wahrheiten zuzuflüstern. Mein Schwager Moses verstand meine Frau richtig einzuschätzen; und von da an trugen meine Kinder gute Anzüge und meine Frau Kleider, die ihr Spaß machten; denn mein Schwager hatte mit Verstand, als er aus dem Kriege kam, in einer guten bekömmlichen Gegend unten am Rhein ein Warenhaus aufgemacht. Den Alten konnte er mir natürlich nicht selber abnehmen.

Und dann kam der Zyklonensommer, erinnern Sie sich? Zyklone über Deutschland damals und katastrophale Regenbrüche. Glauben Sie ja nicht, was Sie jetzt denken: ihm sei in seinem Boot etwas passiert. Er schmeckt das Wetter vorher, als wären die Haare seines Bartes Tastfäden für die elektrische Ladung der Atmosphäre. Aber an einem jener Tage ungewöhnlich niedrigen Luftdrucks, an dem dann Wirbelstürme losbrachen und Leute umkamen, knackte ein Äderchen im Gehirn der alten Frau; sie starb uns unter den Händen weg. Er? Verstand er eigentlich, was hier geschah? Jedenfalls nahm es in seinem Bewußtsein seltsame Formen an. Er erging sich gleich in schweren Anklagen gegen das Schicksal, das ihm jetzt die Gefährtin der alten Tage nahm, ihn allein zurückließ bei seinem undankbaren Sohn und dessen schlecht erzogenen Kindern in einer pflichtvergessenen Welt. (Sie erraten ja, wie er das neue linke Hamburg und seine guten Schulen verabscheute, der Aristokrat.) Aber er denke nicht daran, sich allein solchen Plagen auszusetzen, er habe lange genug gelebt und werde tun, was ein Mann seinem gegebenen Worte schuldig sei. Sie werden verstehen, daß wir auf den alten Redenschwinger nicht sehr aufmerksam hörten, denn da lag die kleine gelblich gewordene Greisin auf ihrem Totenbett und sah zum erstenmal seit unvordenklichen Zeiten erlöst aus, ruhevoll, kindlich lächelnd, sie war ihn ja endgültig losgeworden, den Meer- und Wassergreis. Sie starb Mittwoch früh, und den ganzen Mittwoch und Donnerstag kümmerte sich niemand um ihn, sondern alles ging um sie. Begreife, wer mag, daß er das nicht aushielt. Mit seiner gepflegten Siegelringhand spritzte er sich in der Nacht vom Donnerstag zum Freitag närrischerweise eine kleine spitze Kugel in die Schläfe. Stellen Sie sich das vor! Verzeihen Sie, daß ich lache. Lassen Sie mich ruhig dabei. Ach, tut das gut, ihn so auszulachen! Oh, oh, jetzt habe ich wieder Luft. Er erschoß sich, um in mir einen unauslöschlichen Eindruck von Schande und Undankbarkeit zurückzulassen, damit er als Gewissen und Erinnerung ewig auf meinen Schultern laste. Als Vorstellung nimmt sich so etwas prachtvoll aus. Aber da er ein Phantast war, tat er es in der wirklichen Welt, ohne zu ahnen, daß er damit auch von meinen Schultern herunterstieg. Hätte er in sein Quittungsbuch hineingesehen, während er den tiefen Trank der Machtgier über den Tod hinaus sich süß eingoß, wenn er gesehen hätte, daß er meinen Undank in der

Form barer fünfhundert Mark im Monat verzehrte, von der Miete seiner hübschen Vierzimmerwohnung an der Elbe unten gar nicht zu reden, oder von den Rechnungen für die Instandhaltung seines Bootes, die ganz stillschweigend in meine Kanzlei kamen und ebenso stillschweigend bezahlt wurden! Aber er hatte niemals Augen für seine Umgebung. Wie der Mann hinterm Scheinwerfer sah er nur das, was er mit dem herrlichen Strahl seiner mächtigen Person zu erhellen geruhte. Er hinterließ ein Geschreibsel an mich. Meine Frau hat es verbrannt, bevor ich es in die Hände bekam. Sie hat geschworen, seinen Inhalt mir niemals zu verraten; und wenn solch eine kleine Frau etwas dieser Art schwört, dann können Sie getrost wetten, daß Sie es nie erfahren werden. Nun sehen Sie, so ward ich ihn los. Der Rausch einer übermenschlichen Eitelkeit löste dem Meergreis endlich die Glieder. Seither geht es uns besser. Es ist wahr, am Anfang gedachte er nicht zu verblassen und mich frei zu geben. Warum sollte er auch? Aber da kam die Möglichkeit, hierher überzusiedeln, in diese große arbeitsame Stadt, die Gespenstern keinerlei Lebensrecht zuerkennt. Ich entschloß mich innerhalb zweier Stunden und habe es noch keinen Augenblick bereut. Diesen Winter werde ich mit meiner Frau die erste große Reise machen seit dem Kriege. Ich hatte mich bisher, solange er lebte, nicht dazu freimachen können, denn er hatte gedroht, in der erstbesten Gesellschaft zu erzählen, sein Sohn Jehann reise nach Madeira und lasse ihn von Cornedbeef leben. Das hätten die Leute geglaubt; mit meiner Existenz wäre es erst moralisch und bald auch wirtschaftlich zu Ende gewesen. Aber jetzt mag er seine Einwilligung versagen; denn, sehen Sie, etwas von Sindbad dem Seefahrer ist in mir auch in anderem Sinne. Schließlich bin ich sein Sohn, und Sie können nicht nachfühlen, mit welch bitteren Herzschmerzen ich all die Jahre lang die großen Dampfer am Hamburger Hafen anlegen sah, um die der Rauch und Hauch der Ferne wehte, von Palmen, Affen, von großen fleischigen

Früchten, von Agaven, Brotbäumen und dem Glanz mächtiger perlmuttfunkelnder Muscheln, die man, über den Strand gehend, achtlos zertritt.«

Bertolt Brecht

Das Pfund der Armen

Nur die kein Pfündlein haben
Was machen denn dann die?
Die lassen sich wohl begraben
Und es geht ohne sie?

Nein nein, wenn die nicht wären
Dann gäbs ja gar kein Pfund
Denn ohne ihr' Schwielen und Schwären
Macht keiner sich gesund. (Kinderlied)

An einem kalten Novembertag kam es in der Westindiastraße vor einem Bäckerladen zu einem Auflauf.

Ein kleiner Junge nahm vom Ladentisch des Bäckers einen Laib Brot und rannte aus der Tür. Die Bäckersleute machten ein Geschrei, worauf Passanten die Verfolgung des Diebes aufnahmen. Er rannte sehr, so geschwind ihn seine kleinen Beine trugen, aber er kam nicht weit. An einer Straßenecke stellte ihm ein Mann ein Bein, er fiel aufs Pflaster, wurde ergriffen, in den Laden zurückgebracht und bald darauf von einem Polizisten weggeführt.

Die Leute verliefen sich schimpfend.

Unter denen, die den Jungen nach seinem Brotdiebstahl verfolgt hatten, war auch ein zerlumpter Mensch unbestimmbaren Alters. Als das Kind den Polizisten übergeben war, ging er den Docks zu. Dort wußte er eine Stelle, wo er übernachten konnte.

Genauer gesagt, war er derjenige gewesen, der das Bein gestellt hatte, über das der Junge gestürzt war. Er hatte es rein mechanisch getan.

Unter seiner Brücke angekommen, zog er etwas Halbverfaultes aus der Tasche, wickelte es aus dem Papier, aß es langsam, zog die Reste von Schuhen aus, die er an den Beinen mit sich schleifte, hob einen bestimmten Stein hoch, holte zwei Zeitungen darunter hervor, setzte sich, breitete die Zeitungen über die Beine, ließ den Oberkörper zurückfallen, legte den Kopf auf die ausgezogene Jacke und die beiden Hände und rollte sich möglichst eng zusammen. Er schlief ein und träumte.

Nach Jahren des Elends kam der Tag des Triumphes.

Die Massen erhoben sich, schüttelten endlich ihre Peiniger ab, entledigten sich in einem einzigen Aufwaschen ihrer Vertröster, vielleicht der furchtbarsten Feinde, die sie hatten, gaben alle Hoffnung endgültig auf und erkämpften den Sieg. Alles änderte sich von Grund auf. Die Gemeinheit verlor ihren hohen Ruhm, das Nützliche wurde berühmt, die Dummheit verlor ihre Vorrechte, mit der Roheit machte man keine Geschäfte mehr. Nicht das Erste oder Zweite, aber das Dritte oder Vierte war die Abhaltung eines großen Gerichts.

Jedermann weiß, was damit gemeint ist. Von diesem Gericht wurde immerzu gesprochen; seit urdenklichen Zeiten erwartete man es; alle Völker malten es sich sorgfältig aus. Einige Leute hatten versucht, es an das Ende aller Zeiten zu verlegen, aber dieser Versuch der Verschiebung war verdächtig gewesen, keinesfalls konnten die Völker so lange damit warten. Keine Rede konnte davon sein, daß dieses Gericht am Ende allen Lebens stehen konnte, da es doch eigentlich erst seinen Beginn einleitete. Bevor dieses Gericht stattgefunden hat, kann von wirklichem Leben natürlich nicht gesprochen werden.

Nun fand es statt.

Der Träumer war der Vorsitzende. Er wurde dies selbstverständlich erst nach erbittertem Kampf, da sich eine ungeheure Menge von Bewerbern gemeldet hatte, die brüllend und um sich schlagend wie Wahnsinnige um diese Vergünstigung kämpften. Weil niemand einen Träumer davon abhalten kann zu siegen, wurde unser Freund Vorsitzender des größten Gerichts aller Zeiten, des einzig wirklich notwendigen, umfassenden und gerechten.

Er sollte nicht nur die Lebenden vor seine Schranken ziehen, sondern auch die Toten, Alle, die sich in einer bestimmten Weise gegen die Armen und Wehrlosen vergangen hatten, sei es durch Taten, sei es durch bloße Worte.

Die Arbeit des Soldaten Fewkoombey, der jetzt Oberster Richter war, würde eine ungeheure sein. Er veranschlagte die Dauer des Richtens auf mehrere hundert Jahre. Denn es sollten ja alle klagen können, die jemals zu Boden getreten worden waren.

Nach langem Nachdenken, das allein schon Monate dauerte, beschloß der Oberste Richter, den Anfang mit einem Mann zu machen, der, nach Aussage eines Bischofs in einer Trauerfeier für untergegangene Soldaten, ein Gleichnis erfunden hatte, das zweitausend Jahre lang von allerlei Kanzeln herab angewendet worden war und nach Ansicht des Obersten Richters ein besonderes Verbrechen darstellte.

Die Verhandlung fand in einem Hof statt, in dem sonderbarerweise Wäsche zum Trocknen hing, und in Gegenwart von vierzehn Hunden, die in einem Zwinger saßen und zuhörten. Sie waren nicht gefüttert worden und sollten auch kein Fressen bekommen, bis der Urteilsspruch gefällt war. Der Angeklagte wurde von zwei Bettlern vorgeführt.

Er war ein Kleingewerbetreibender oder ein Handwerker, man sah es an seiner billigen, aber ordentlichen Kleidung und seinem Gummistehkragen. Auf dem Richtertisch lagen ein Messer und ein mit Tinte geschriebener Brief, an dem ein Aktenzeichen angeheftet war.

Die Verhandlung wurde mit der Frage des Obersten Richters an den Angeklagten, ob er sich der Tragweite seines Redens, des Redens überhaupt, bewußt sei, eröffnet.

Der Angeklagte erwiderte: ja, er sei als Religionsstifter allgemein bekannt.

Seine Antwort wurde, wie alles, was er antwortete, von einem riesigen Bettler, Herrn Smithy, aufgeschrieben, einem Mann, der dem Obersten Richter wegen seiner Genauigkeit im Aufschreiben bekannt war. Er hatte nämlich seinerzeit die Einnahmen seines Angestellten Fewkoombey beim Straßenbettel ungemein genau aufgeschrieben: sie wurden von ihm einverlangt. Die zweite Frage des Obersten Richters war, ob sich der Angeklagte schuldig bekenne, in seinem Gleichnis unwahre Darstellungen von Tatbeständen geliefert und in Umlauf gebracht zu haben.

Der Angeklagte bestritt aufgeregt eine solche Schuld.

Es sei durchaus möglich, aus einem Pfund bei Fleiß und geeigneter Geschäftsführung fünf oder sogar zehn Pfund zu ziehen.

Auf die Frage, bei welcher Geschäftsführung, wußte er allerdings nur zu wiederholen, eben bei geeigneter, landläufiger Geschäftsführung.

Auf weiteres Drängen des Obersten Richters gab er zu, daß er für wirtschaftliche Dinge und Details kein Interesse habe. Er wisse also wenig darüber.

Der Oberste Richter sah ihn starr an, um zu ergründen, ob dies die Wahrheit war, dann schlug er mit der Faust auf den Tisch, daß das rostige Messer und der Brief hochflogen. Aber er sagte nichts. Er fragte weiter:

»Sie sollen gesagt haben, daß nicht nur einige Leute, sondern alle Leute, also alle Menschen, die es gibt, ein Pfund mitbekommen? Ich mache Sie darauf aufmerksam, daß dies der Hauptpunkt ist.«

Der Angeklagte gab zu, solche Dinge gesagt zu haben. Er schien nur verwundert, daß dies der Hauptpunkt sein sollte.

»Dann sagen Sie uns, Angeklagter«, fuhr der Oberste Richter ganz ruhig fort, »wo Sie das gehört haben, daß alle Menschen auf Erden solch ein Pfund in die Hand bekommen, das da mehr wird, fünf Pfund oder gar zehn Pfund.«

»Das sagten alle«, erwiderte der Angeklagte langsam, weil er immer noch darüber nachdachte, warum gerade dies der Hauptpunkt sein sollte.

»Wir wollen sie herzitieren und sie fragen, die Ihnen das sagten«, schlug der Richter ernst vor.

Er schellte mit der Mittagsglocke, und hinter der Wäsche vor kam eine Anzahl von Leuten, ähnlich gekleidet und ebenso mit Stehkragen aus Gummi wie der Angeklagte, Bekannte von ihm, aus seiner Jugend, Nachbarn, Lehrer und Meister, auch Verwandte.

Sie stellten sich vor dem Richtertisch auf und wurden ausgefragt.

Sie gaben an, daß sie alle ein Pfund empfangen hatten. Als solch ein Pfund betrachteten sie ihren gesunden Menschenverstand, ihre Kenntnisse im Handwerk, ihren Fleiß.

»Und hattet Ihr sonst noch etwas?« fragte der Richter.

Da gab der eine an, er habe noch eine Schreinerwerkstatt besessen. Das war der Vater des Angeklagten.

Ein anderer hatte von seinen Eltern das Geld zum Besuch einer Schule bekommen. Das war der Lehrer des Angeklagten.

Ein dritter hatte einen Spezereiwarenladen geerbt. Das war ein Nachbar des Angeklagten.

Der Richter nickte bei jeder dieser Aussagen, als hätte er gerade dies und nichts anderes erwartet. Er sah zu den Hunden hinüber, die sich an die Eisenstangen ihres Zwingers drängten, und lachte ihnen zu, allerdings lautlos.

»Da gehörte doch allerhand zu solch einem Pfund, nicht?« sagte er nur. Und zu den Zeugen sagte er:

»Habt Ihr auch tüchtig gewuchert mit Eurem Pfund?«

Sie beteuerten alle mit lauter Stimme, daß sie nach besten

Kräften mit ihrem Pfund gewuchert hätten, das Vorhandene instand gehalten, Neues hinzu erworben und dazu noch die Kinder aufgezogen und jedes mit einem Pfund versehen hätten.

Der Richter lachte wieder zu den Hunden hinüber.

Dann nahm er sich von neuem den Angeklagten vor. Ob er nicht auch noch anderen Leuten begegnet sei, Leuten ohne ein solches Pfund, wie es die Zeugen alle hatten?

Der Angeklagte schüttelte den Kopf.

Da schellte der Oberste Richter wieder mit seiner Essensglocke, und hinter der Wäsche vor traten andere Leute. Sie waren schlechter angezogen als die vorigen und gingen mühsamer als sie.

»Wer seid Ihr?« fragte der Richter. »Und warum haltet Ihr Euch abseits von den Zeugen, die schon hier stehen?«

Es stellte sich heraus, daß es die Dienstboten, die Knechte und Mägde der Andern waren. Sie wollten nicht so unverschämt sein, zu dicht neben ihre Herrschaften hinzutreten.

»Kennt Ihr den Angeklagten?« fragte der Richter sie.

Sie kannten ihn. Es war der, der oft zu ihnen gesprochen hatte. Er hatte ihnen unter anderem auch gesagt, daß jeder ein Pfund erhalten habe von Gott, seine Geistes- und Körperkräfte, die er mehren und gut verwenden müsse. Sie hatten es aus seinem eigenen Munde gehört.

»So kannte er Euch also?« verhörte sie der Richter.

»Natürlich«, gaben sie zur Antwort, und der Angeklagte mußte zugeben, daß er sie kannte.

»Hat Euer Pfund sich vermehrt?« fragte der Oberste Richter streng. Sie erschraken und sagten: »Nein«.

»Hat er gesehen, daß es sich nicht vermehrte?«

Auf diese Frage wußten sie nicht gleich, was sie sagen sollten. Nach einer Zeit des Nachdenkens trat aber einer vor, ein kleiner Junge, der dem Jungen aufs Haar glich, dem der Soldat Fewkoombey vor einem Bäckerladen ein Bein gestellt hatte, das aus Holz war. Er stellte sich mutig vor dem Richter auf und sagte laut:

»Er muß es gesehen haben; denn wir haben gefroren, wenn es kalt war, und gehungert vor und nach dem Essen. Sieh selber, ob man es uns ansieht oder nicht.«

Er steckte zwei Finger in den Mund und pfiff, und aus der Wäsche heraus, aber nässer als die, trat eine Frauensperson und glich genau der Kleingewerbetreibenden Mary Swayer.

Der Oberste Richter beugte sich vor auf seinem Stuhl, um sie besser betrachten zu können.

»Ich wollte Dich verhören, ob es kalt ist, da, wo Du herkommst, Mary«, sagte er laut, »aber ich sehe, es ist nicht nötig. Ich sehe, es ist kalt, da, wo Du herkommst.«

Da er sah, daß sie erschöpft war, sagte er:

»Setz Dich, Mary, Du bist zuviel herumgelaufen.«

Sie sah sich um, wo ein Stuhl wäre, aber es war keiner da.

Der Richter schellte. Da schneite es aus der Luft, aber nur in einer dünnen Säule, nicht dicker als ein mittlerer Baum Umfang hat, bis eine Bank aus Schnee da war, auf die sie sich setzen konnte. Der Richter wartete so lange und sagte noch eigens:

»Sie ist ein wenig kalt, und wenn es warm wird, schmilzt die Bank, dann mußt Du wieder stehen, aber das ist nun einmal nicht anders zu machen.«

Und zu den Zeugen sagte er:

»Es ist erwiesen. Ihr seid also hinausgeworfen worden, wo da Heulen ist und Zähneklappern?«

»Nein«, sagte einer von ihnen, mutig geworden. »Wir sind nie hereingelassen worden.«

Der Richter sah nachdenklich alle an. Er wandte sich wieder an den Angeklagten.

»Ihre Sache steht schlecht, lieber Mann. Sie müssen einen Verteidiger haben. Aber er muß zu Ihnen passen.«

Er schellte, und aus dem Hause kam ein kleiner Mann mit gemeinem Gesichtsausdruck.

»Sind Sie der Verteidiger?« murmelte der Richter. »Dann stellen Sie sich hinter den Angeklagten.«

Als sich der kleine Mann hinter den Angeklagten stellte, wurde dieser blaß. Er sah wohl, daß es eine böse Absicht von dem Richter war, ihm diesen Verteidiger zu geben.

Der Oberste Richter erklärte nun, wo man hielt. Das Gericht nahm als erwiesen an, daß von den Behauptungen des Angeklagten zwei wahr seien, erstens, daß mit Pfunden gewuchert, das heißt Gewinne erzeugt werden können, und zweitens, daß diejenigen, die keine erzeugen, in eine Finsternis geworfen werden, wo da Heulen und Zähneklappern ist. Daß aber alle Menschen ein Pfund mitbekämen, das erklärte das Gericht als nicht erwiesen. »Mary Swayer«, fing der Oberste Richter wieder an, »Du hast dem Herrn Macheath einen Vertrag unterschrieben. Stand da etwas davon drinnen, daß keine neuen Läden in der Nachbarschaft des Deinen aufgemacht werden dürften?«

Sie besann sich und sagte:

»Nein.«

»Warum hast Du es nicht gemerkt, daß das fehlte?«

»Das weiß ich nicht, Few.«

Der Oberste Richter schellte. Zwischen der Wäsche vor kam ein langer Mensch mit einem Rohrstock. Das war der einstige Lehrer der Selbstmörderin.

»Du hast Deine Schüler nicht lesen gelehrt«, beschuldigte ihn der Richter, »wie kommt das?«

Der lange Mensch sah die Sitzende scharf an und erklärte dann: »Sie kann lesen.«

»Aber nicht Verträge, nicht Verträge!« schrie der Richter und war sehr zornig.

Der Lehrer machte ein beleidigtes Gesicht.

»Meine Schüler in Whitechapel brauchen keine Verträge lesen zu können«, brummte er. »Sie sollen arbeiten lernen, dann brauchen sie keine Verträge.«

»Was heißt Association?« fragte der Richter schnell.

»Vereinigung«, brummte der Lehrer erstaunt, »was soll das hier?«

»Richtig«, sagte der Oberste Richter befriedigt, »Vereinigung. Und was heißt Attica?«

Der Lehrer schwieg verstockt.

Der Oberste Richter schien enttäuscht, ging aber weiter.

»Haben Sie Schulbildung genossen?« wandte er sich an den Angeklagten, der zusammengeduckt dastand, den Kopf auf die Brust gesenkt. Und als der Mensch im Gummikragen nickte:

»Was ist Attica?«

Aber das wußte er nicht. Allerdings versuchte der Lehrer es ihm einzusagen. Es schien ihm nicht recht zu sein, daß der Angeklagte so wenig wußte.

»Ja«, sagte der Richter, »Sie wissen wenig.«

Aber der kleine Mann, der der Verteidiger war, griff ein, als dies zur Sprache kam, und rief: »Er wußte genug. Für uns wußte er genug.«

»Sicher«, murmelte der Richter unterwürfig. Er tat dies rein mechanisch. Als er wieder seine Glocke erhob, kam ein schmächtiger Mensch in einem Kellnerkittel an den Richtertisch heran. Das war der Mann, der in der Schankwirtschaft Wirt gewesen war, bevor der Soldat Fewkoombey es wurde.

»Kann der Mann schreiben ?«

Diese Frage richtete der Richter an den Lehrer. Dieser prüfte den Zeugen, erkannte ihn auch als seinen Schüler und nickte mit seinem großen Kopf.

»Aber mir«, sagte der Richter zornig zu dem Zeugen, »hast Du nicht in den Vertrag geschrieben, daß es nur Gäste gab, so lange der Neubau gebaut wurde.«

»Das konnte ich nicht schreiben«, erwiderte der Kellner, »ich hatte nicht genug Geld, als ich die Wirtschaft anfing, und war froh, daß ich durch das Baujahr meine Schulden los wurde und wieder Kellner werden konnte.«

»Also konnte er nicht schreiben!« schrie der Richter, wieder sehr zornig. Aber dann beherrschte er sich und machte eine Pause.

Als nun alle herumstanden und auf den Fortgang warteten, trat der Richter an den Lehrer heran und fragte ihn mit freundlicher, fast unterwürfiger Stimme, was Attica wirklich heiße. Er sei in seinem Buch nicht so weit gekommen, da man es ihm weggenommen habe. Aber der Lehrer sah ihn nur an und gab keine Antwort.

Der Oberste Richter seufzte und eröffnete die Verhandlung von neuem. Er wußte nur nicht recht, wie fortfahren.

Er sah nach der Hauptzeugin Swayer hinüber und sah, daß sie wieder nähte. Sie führte die Nadel Stich für Stich, wenn sie auch keinen Stoff zu nähen hatte, denn der Warenzufluß stockte ja. Sie nähte also in der Luft, und es wurde kein Hemd daraus.

»Wenn der Warenzustrom nicht versiegt wäre«, fragte der Richter nachdenklich und leise, »und wenn der neue Laden nicht eingerichtet worden wäre, hättest Du dann vielleicht auf einen grünen Zweig kommen können, Mary?«

»Warum nicht?« sagte sie müde. »Da ich doch die Nähmädchen hatte.«

»Das ist ein Hauptpunkt«, sagte der Oberste Richter schnell. »Aber wir kommen nicht vorwärts. Ich hätte nie gedacht, daß es so schwer sein würde, hier Klarheit zu schaffen.«

Er stand auf und ging zum Zwinger hin. Die Hunde winselten freudig, da sie glaubten, daß sie nun Fressen bekommen sollten, aber das Rätsel war noch nicht gelöst.

Der Oberste Richter schielte hinüber. Da standen die Entlastungszeugen, die dem Angeklagten Recht gaben, wohlgenährt, gut gekleidet, mit Aussichten und Erfolgen und ihnen gegenüber die Schlechtgenährten, Frühalternden, die Frau immerfort nähend ohne Stoff, auf der Bank von Schnee, der Junge, den Arm gebogen, als trüge er schwer an einem Brot, aber ohne Brot.

Als der Richter zurückging zu seinem Stuhl, stapfend auf seinem Holzbein, kam er am Angeklagten vorüber. Er dachte nach und sagte halblaut, im Vorbeigehen: »Begreifst es denn Du nicht?«

Aber der Mensch im Gummikragen zuckte nur die Achseln.

»Dieser Unterschied«, seufzte der Richter, »und kein Grund! Und doch muß etwas schuld sein, aber was?«

Er blieb unentschieden stehen, unschlüssig, ob es überhaupt Sinn hatte, sich wieder auf den Richterstuhl zu setzen.

»Das ist eben meine Unwissenheit«, dachte er, »ich bin zu ungebildet, um es herauszubringen, bei weitem zu ungebildet. Wenn ich nur wüßte, was ihr Pfund ist!«

Plötzlich stutzte er. Er erinnerte sich an seine Macht, die er neuerdings hatte. Er eilte zum Tisch. Mit einer weitausgreifenden Armbewegung schwang er seine Schelle.

Hinter der Wäsche hervor, in langem Zug, traten die Bände der Britischen Enzyklopädie, vierzig an der Zahl. Sie gingen würdig, sie waren dick.

Vier Reihen tief standen sie wie Soldaten vor dem Obersten Richter.

»Meine Freunde«, begann der Richter mit respektvoller Stimme, »wißt Ihr etwas auszusagen über den Grund, warum einige von uns, der kleinste Teil, ihr Gut mehren, aus einem Pfund, wie es in der Bibel heißt und verlangt wird, zwei oder fünf oder gar zehn machen, aber andere, viele, die meisten vermehren in einem langen, arbeitsreichen Leben höchstens ihr Elend. Was, meine Freunde, ist das Pfund der Glücklichen, das so gewaltige Gewinne abwirft und um das unter ihnen, wie ich gehört habe, solch ein gewaltiger Kampf tobt? Woraus besteht es?«

Die Vierzig bildeten einen Kreis und berieten. Dann trat einer vor:

»Ich kann über das Kapital Auskunft geben«, sagte er mit grober, lauter und selbstbewußter Stimme. »Das Geld ist es, das seinen Zins wirft; wie die Kuh kalbt. Sei es ererbt, sei es erworben, wer darüber verfügt, dem wirft es Zins. Vielleicht sagt Ihnen das etwas.«

Der Richter wandte sich an die Swayer:

»Du hattest auch Geld, wenn ich mich recht erinnere. Versteh mich, ich frage Dich nicht, wofür Du es bekommen hast, aber Du hattest welches. Es hat sich nicht vermehrt.«

»Ja«, sagte sie gleichgültig, »ich hatte ein wenig. Es war bald gar.«

»Es hat nicht gekalbt, Sie!« sagte der Richter streng.

Da trat ein anderer Band vor.

»Ich weiß etwas über die Arbeitskraft«, sagte er laut. »Wenn jemand seine Arbeitskraft in etwas hineinsteckt, dann wird es wertvoller. Steine sind nicht viel, aber ein Haus, verstehen Sie!«

»Ach«, sagte der Richter müde, »das kann es nicht sein. Arbeitskraft, die hatten wir alle. Aber das, in was wir sie hineinsteckten, gehörte nicht uns, oder es ging rasch zu Grund, wie, Mary?«

Auch noch andere Bände traten vor und sagten aus über Erfindungen oder Organisationstalent oder Sparsamkeit. Aber keiner konnte so richtig erklären, woraus das Pfund der Erfolgreichen bestand.

Am Schluß richteten sie sich militärisch aus in einer Reihe und zählten ab, damit der Oberste Richter sehe, daß auch keiner fehle, und es fehlte keiner. Da ließ der Oberste Richter sie wieder abtreten, bekümmerter denn je zuvor. Wieder sah er nach der Hauptzeugin Mary Swayer, der Näherin.

»Der Sirius«, murmelte er.

Er setzte sich auf seinen Stuhl und schellte mit der Essensglocke.

Hinter der Wäsche hervor trat der Sirius. Er hatte fünf große Zacken und zwei kleine Füße.

»Sind Sie in der letzten Zeit«, fragte der Oberste Richter, »in das Zeichen der Waage getreten?« Der Sirius besann sich und verneinte dann.

»Wenn Sie in das Zeichen der Waage, oder in ein anderes Zeichen getreten wären, hätte das dann, Ihrer Auffassung nach, eine Bedrohung für den Laden der Frau Swayer bedeuten können?«

Der Sirius bestritt dies ohne jedes Besinnen. Er schien sehr gekränkt.

»Also seid Ihr es auch nicht? Ihr macht dies auch nicht aus? Das Glück ist es auch nicht?«

»Wer behauptet denn den Unsinn?« sagte der Sirius.

Der Richter entließ ihn. Das Kinn auf der Brust saß er und sah verbissen vor sich hin. Unter den Belastungszeugen entstand eine Unruhe.

»Wir müssen jetzt weggehen«, sagten sie, »Sie bringen es nicht heraus. Es ist eben eine große Ungleichheit und die Andern sind klüger als wir.«

»Die Ungleichheit ist sehr groß«, ergriff der Verteidiger jetzt das Wort, seinen steifen Hut ins Genick schiebend. »Zwischen einem Mann mit einem Holzbein und einem Mann ohne Beine, der blind ist, ist ein riesiger Unterschied, der sich auch finanziell auswirkt, lieber Fewkoombey.«

Der Richter horchte sehr nach dem Verteidiger hin, er interessierte sich für jedes Wort, das sah man genau. Und der Richter wußte, daß man es sah.

»Laden Sie doch Beery, meinen Geschäftsführer!« forderte der Verteidiger höhnisch, »der ist der Sohn eines Arbeiters aus den Kohlengruben.«

Der Richter überlegte. Dann schellte er, und Beery trat auf. Er bestätigte, ohne gefragt zu sein, daß er ein Guthaben auf der Bank habe. »Aber mir fällt auch etwas ein«, prahlte er, »die Abtritte mit der schrägen Rückenwand sind meine Idee gewesen.«

Der Verteidiger pflichtete ihm bei:

»Er versteht es eben, aus den Leuten etwas herauszuholen, das ist es.« Die Belastungszeugen murrten.

»Schweigen Sie!« wies ihn der Oberste Richter zurecht.

Das Auge des Richters fiel auf die Dinge, die auf dem Tisch

lagen, das Messer und den Brief. Er stand auf, ging auf die andere Seite des Tisches, blieb vor dem Tisch stehen wie ein Zeuge und sagte, wie ein solcher nach oben:

»Ich bekam dieses Messer als Pfund.«

Er stapfte hastig zurück zu seinem Stuhl und sagte streng:

»Das ist wieder ein Hauptpunkt. Mary, was bekamst Du?« Und er zeigte ihr den Brief, um ihre Aussage zu beeinflussen.

»Ich bekam den Brief als Pfund«, sagte sie, ihn verstehend, und damit half sie ihm ein Stück weiter.

»In dem Brief steht, daß Du etwas auf Deinen Brotgeber weißt, das ihn ins Zuchthaus bringen kann. Es ist eine Erpressung, nicht wahr?«

»Freilich«, sagte sie.

»Ja, das ist unser Pfund, so sieht unser Pfund aus«, murmelte er abwesend, »aber was ist das ihre?«

Er saß und hatte den Kopf in die Hand gestützt, zergrübelte sich und schien ganz verzweifelt.

»Es wird nicht klar«, jammerte er. »Diese B.-Läden, diese Kriegsschiffe! Gewinne über Gewinne! Woher kommen sie wirklich? Solche riesigen Geschäfte, solche Kriege, solche Ungleichheit! Wie machen sie das?«

Aber da sah er Beery stehen, und da fiel ihm etwas ein. Er wandte sich an seinen Schreiber, der einmal sein Brotgeber gewesen war.

»Smithy«, fragte er ihn, »wenn Du mich damals hättest behalten dürfen, wärest Du da auf einen grünen Zweig gekommen?«

»Warum nicht?« antwortete Smithy.

»Aber dann ist es ja ganz klar«, sagte der Richter, und seine Stimme zitterte vor Erregung, »dann ist es ja erwiesen, was Euer Pfund ist! Steh auf, Mary, tritt vor, Kind, stell Dich zu ihnen, Smithy!«

Und er wandte sich triumphierend an die Verwandten des Angeklagten: »Das ist Euer Pfund! Wir sind es! Der Mensch des Menschen Pfund! Wer keinen hat, ihn auszubeuten, beutet sich selbst aus! Es ist heraus! Ihr habt es verheimlicht! Da ist die Häuserwand — wo ist der Maurer? Ist er etwa ausgezahlt? Und dieses Papier! Das hat doch einer machen müssen! Hat er etwa genug dafür bekommen? Und der Tisch hier! Der das Holz dazu hobelte, ist man ihm wirklich nichts mehr schuldig? Die Wäsche am Strick! Der Strick! Und sogar der Baum, der sich nicht selber hier gepflanzt hat! Das Messer hier! Ist alles bezahlt? Voll? Natürlich nicht! Man muß ein Zirkular schicken: es werden ersucht sich zu melden, die nicht voll ausbezahlt wurden! Die Geschichtsbücher und Biographien genügen nicht! Wo sind die Lohnlisten?«

Und indem er sich dem Angeklagten zuwandte, mit lautester Stimme:

»Du bist überführt! Alles falsch beschrieben! Die Unwahrheit verbreitet! Da verurteile ich Dich! Wegen Beihilfe! Weil Du Deinen Leuten dieses Gleichnis in die Hand gegeben hast, das auch ein Pfund ist! Mit dem gewuchert wird! Und alle, die es weitergeben, die es wagen, so etwas zu erzählen, die verurteile ich! Zum Tode! Und dann gehe ich weiter: wer es sich erzählen läßt und es wagt, nicht dagegen sofort einzuschreiten, den verurteile ich ebenfalls! Und da auch ich diesem Gleichnis zugehört und geschwiegen habe, da verurteile ich auch mich zum Tode!«

Victor Hugo

Der letzte Tag eines Verurteilten

Bicêtre

Zum Tode verurteilt!

Seit fünf Wochen wohne ich mit diesem Gedanken zusammen, stets allein mit ihm, stets von seiner Gegenwart durchfroren, stets von seinem Gewicht niedergedrückt!

Früher (es scheinen mir eher Jahre als Wochen) war ich ein Mensch wie ein anderer. Jeder Tag, jede Stunde, jede Minute, hatte ihren eigenen Gedanken. Mein Geist, jung und reich, schwelgte in Phantasien. Er führte zu seinem Vergnügen die Träume einen nach dem andern an sich vorüber, ohne Regel und ohne Ende. So webte er unablässig Arabesken in diesen rohen dünnen Stoff des Lebens. Ich zauberte mir junge Mädchengestalten vor, glänzende Machtstellungen, gewonnene Schlachten, Theateraufführungen voller Glanz und Schall, und wieder Gestalten junger Mädchen und Spaziergänge mit ihnen nachts unter den breitästigen Kastanien. Es war immer Feuer in meiner Einbildung. Ich konnte noch an das, was ich wollte, denken, ich war frei.

Jetzt bin ich gefangen. Mein Körper liegt in Eisen, in einem Gefängnis, mein Geist ist gelähmt und gekettet von einem Gedanken. Es ist ein grauenhafter, blutiger, unversöhnlicher Gedanke. Ich habe nur noch eine Vorstellung, eine Überzeugung und eine Gewißheit: zum Tode verurteilt!

Ich mag tun, was ich will, immer ist dieser höllische Gedanke da. Wie ein bleiernes Gespenst hängt er sich an meine Seite, er ist eifersüchtig auf alles andere, jagt jede Zerstreuung davon. Von Angesicht zu Angesicht steht er, ich muß ihn dulden, er schüttelt mich mit seinen eisigen Fäusten, wenn ich den Kopf wegwenden oder die Augen schließen will. Ich entfliehe ihm nicht, er gleitet unter tausend Formen um mich herum, wie ein scheußlicher Kehrreim folgt er jedem Gespräch, das ich habe. Er klammert sich auch mit mir an das fürchterliche Gitter meines Kerkers. Wenn ich wache, hält er mich fest, er stört meinen krampfhaften Schlummer und im Traum erscheint er mir in der Gestalt eines Beils.

Soeben erst hat er mich plötzlich aufgeweckt, ich sagte noch zu mir: — Ach, es ist nur ein Traum! — Oh, ehe noch meine schlaftrunkenen Augen sich so weit öffneten, um seine Wirklichkeit überall geschrieben zu sehen, auf den feuchten Fliesen, im bleichen Lampenlicht, auf dem groben Leinenanzug, auf dem finstern Gesicht des Postens, dessen Gewehr durch das Gitter blinkt, — höre ich schon wieder eine Stimme in mein Ohr flüstern: Zum Tode verurteilt!

Es war an einem schönen Augustmorgen.

Seit drei Tagen hatte mein Prozeß begonnen, seit drei Tagen zog mein Name und mein Verbrechen eine Menge Zuschauer herbei, die sich über die Bänke des Gerichtssaals herstürzten wie Raben über ein Aas. Seit drei Tagen ging die gespenstische Schar der Richter, Zeugen, Advokaten, Staatsanwälte vor mir hin und her, groteske, dann wieder ernste und immer Unheil drohende Gestalten. In den beiden ersten Nächten konnte ich vor Unruhe und Schrecken nicht schlafen. In der dritten schlummerte ich endlich ermüdet und zerfetzt ein. Um Mitternacht hatte ich den Saal verlassen, während die Geschworenen sich zur Beratung zurückzogen. Man hatte mich auf das Stroh meiner Zelle zurückgebracht und sogleich fiel ich in einen tiefen Schlaf des Vergessens. Es waren die ersten Stunden der Ruhe, seit vielen Tagen.

Ich lag noch in der letzten Tiefe dieses Schlummers, als man mich aufweckte. Diesmal konnten mich die schweren eisernen

Schuhe und Tritte des Schließers, das Klirren seines Schlüsselbundes, das Kreischen der Riegel nicht wach machen. Man mußte mir mit rauher Stimme ins Ohr schreien, mit rauhen Händen meinen Arm packen:

»Stehen Sie doch auf!«

Ich öffnete die Augen und fuhr bestürzt von meinem Lager empor. Da sah ich durch das enge, hohe Fenster meiner Zelle an der Decke des benachbarten Ganges, dem einzigen Himmel, der mir gegönnt war, einen gelben Widerschein. In ihm erkannten die Augen, die an das Dämmerlicht eines Kerkers gewöhnt waren, das Sonnenlicht. Ich liebe die Sonne.

»Es ist schönes Wetter«, sagte ich zu dem Schließer.

Er schwieg einen Augenblick, als zweifelte er, ob sich eine Antwort noch lohne. Dann sagte er mit einiger Anstrengung barsch:

»Möglich.«

Ich blieb noch regungslos, noch im halben Schlafe. Mein Mund lächelte, mein Auge hing an dem sanften Glanz, der die Decke vergoldete.

»Wirklich ein schöner Tag«, wiederholte ich.

»Ja«, antwortete der Mensch. »Man wartet auf Sie.«

Diese paar Worte, wie das Netz den Flug eines Insektes unterbricht, warfen mich jäh in die Wirklichkeit zurück. Ich sah wieder blitzhaft den düsteren Gerichtssaal, den mit blutigen Lappen bedeckten Hufeisentisch der Richter, die drei Reihen Zeugen mit stumpfsinnigen Gesichtern, die beiden Gendarmen an den Enden meiner Bank, die schwarzen hin und her rückenen Roben, die Köpfe der Menge im dunklen Hintergrund. Und auf mich richtete sich der starre Blick der zwölf Geschworenen, welche gewacht hatten, während ich schlief!

Ich stand auf. Meine Zähne klapperten, meine Hände zitterten und konnten kaum die Kleider finden. Beim ersten Schritt schwankte ich wie ein zu schwer bepackter Lastträger. Doch ich folgte dem Schließer.

An der Schwelle des Kerkers erwarteten mich die Gendarmen und fesselten mich wieder. Es war ein kleines feingearbeitetes Schloß an den Ketten, das sie sorgfältig zumachten. Ich ließ es tun, man koppelte eine Maschine an eine andere Maschine.

Dann gingen wir über einen Innenhof, die frische Morgenluft belebte mich, ich hob den Kopf. Blauer Himmel lag voll warmer Sonnenstrahlen, durchschnitten von den langen Schloten. Es war wahrhaftig ein schönes Wetter. Jetzt ging es eine Wendeltreppe hinauf durch drei Gänge, durch eine niedrige Tür. Dicke Luft voller Lärm schlug mir ins Gesicht. Es war der Atem der Menge im Schwurgerichtssaal. Ich trat ein.

Bei meinem Anblick entstand ein Geräusch von Waffen und Stimmen. Die Zuschauer sprangen auf, die Schranken krachten. Während ich durch den langen Saal zwischen zwei von Soldaten gemauerten Menschenmassen schritt, fühlte ich, wie jede Erregung und jeder Ausdruck hier von mir allein ausging.

Da bemerkte ich, daß ich keine Fesseln mehr trug. Ich erinnerte mich aber nicht, wann man sie abgenommen hatte.

Ein tiefes Schweigen entstand. Ich war an meinem Platz angelangt. Zugleich mit der Ruhe in der Menge hörte auch der Tumult in meinen Gedanken auf. Ich fühlte plötzlich ganz klar, daß der entscheidende Augenblick kam und daß ich nun mein Urteil zu vernehmen hatte. Das hatte ich bisher nicht gewußt.

Mag man es nicht verstehen: aber dieser Gedanke erschreckte mich jetzt nicht. Die Fenster waren geöffnet, die Luft trug das Geräusch der Stadt herein. Der Saal war hell erleuchtet, wie für ein Fest. Heitere Sonnenstrahlen zeichneten das Bild der Fenster lang über den Boden hin, über die Tische hin, gebrochen in den Mauerwinkeln. Eine Lichtsäule goldfarbigen Staubes stand hinter jedem Fenster im Raume.

Die Richter im Hintergrund des Saales sahen befriedigt aus, wahrscheinlich vor Freude über das baldige Ende des Prozesses. Das Gesicht des Vorsitzenden, im Widerschein des Fensterglases, hatte einen ruhigen und gütigen Ausdruck. Und ein junger Assessor plauderte fast, heiter an seiner Robe zupfend mit einer hübschen Dame in rosa Hut, die als besondere Vergünstigung hinter ihm sitzen durfte.

Nur die Geschworenen sahen blaß und ermüdet aus.

Sie waren ja die ganze Nacht aufgeblieben. Einige gähnten. Nichts in ihrer Haltung zeigte Menschen an, die soeben einen Spruch auf schuldig abgegeben hatten. Auf den Gesichtern der guten Bürger unterschied ich nur ein großes Verlangen nach Schlaf.

Mir gegenüber war eine Scheibe weit geöffnet. Auf dem Kai hörte ich Blumenmädchen lachen, ich sah auch in einer Mauerspalte eine kleine gelbe Pflanze im Licht, mit der der Wind spielte.

Wie hätte inmitten so heiterer Eindrücke ein finsterer Gedanke in mir auftreten können? Ich vermochte hier nur an Freiheit zu denken. Die Hoffnung strahlte in mir, wie rings der Tag, vertrauensvoll wartete ich auf mein Urteil wie auf das Leben selbst.

Indessen kam mein Verteidiger. Man erwartete ihn schon, aber er hatte noch ausgiebig gefrühstückt. Er beugte sich lächelnd zu mir:

»Ich habe Hoffnung.«

»Nicht wahr«, antwortete ich, auch mit einem leichten Lächeln.

»Jawohl«, fuhr er fort. »Ich weiß noch nichts über ihren Wahrspruch, aber sie müssen die Frage nach dem Vorsatz verneint haben. In diesem Falle werden Sie höchstens zu lebenslänglicher Zwangsarbeit verurteilt.«

»Was sagen Sie?« erwiderte ich empört. »Hundertmal lieber den Tod.«

Ja, den Tod! Was macht es übrigens, wenn ich das sage? fuhr eine Stimme in mir fort. Hat man jemals ein Todesurteil zu anderer Zeit ausgesprochen, als um Mitternacht, bei Fackelschein, in einem düsteren schwarzen Saal, bei kaltem Regen, im Winter? Aber im August, um acht Uhr morgens, bei so schönem Wetter, vor so gutmütigen Geschworenen, unmöglich! Ich blickte wieder nach der hübschen gelben Blume in der Sonne.

Plötzlich ersuchte mich der Vorsitzende, der nur den Verteidiger erwartet hatte, mich von meinem Platze zu erheben. Die Soldaten griffen zum Gewehr, wie elektrisiert stand die ganze Versammlung auf. Eine unbedeutende kleine Person, am Ende des Gerichtstisches, der Gerichtsschreiber, glaube ich, begann zu sprechen. Er las den Spruch der Geschworenen vor, den sie in meiner Abwesenheit abgegeben hatten. Kalter Schweiß brach aus meinen Gliedern. Ich faßte nach der Wand.

»Herr Verteidiger, haben Sie noch etwas über das Strafmaß zu sagen?« fragte der Vorsitzende.

Ich hätte noch alles zu sagen gehabt, aber ich brachte nichts hervor, die Zunge klebte am Gaumen.

Der Verteidiger erhob sich. Ich verstand, daß er den Spruch der Geschworenen abzuschwächen suchte, um an Stelle der Todesstrafe jene andere zu setzen, die er erhofft und ich verschmäht hatte.

Die Empörung in mir mußte wohl stark sein, um sich durch die tausend anderen Erregungen Bahn zu brechen. Ich wollte mit lauter Stimme wiederholen: »Hundertmal lieber den Tod!« Aber der Atem fehlte mir, ich konnte ihn nur heftig am Ärmel fassen und krampfhaft ausrufen: »Nein!«

Der Staatsanwalt entgegnete dem Verteidiger, mit stumpfer Genugtuung hörte ich ihm zu. Dann gingen die Richter hinaus, kamen zurück und der Vorsitzende verlas mein Urteil.

»Zum Tode verurteilt!« sprach es in der Menge. Als man mich fortführte, stürzten die Leute hinter mir her mit einem Getöse wie ein einstürzendes Haus. Betäubt, trunken ging ich weiter. Eine Umwälzung war in meiner Seele. Bis zu dem Todesurteil hatte ich mich atmen, mein Herz klopfen gefühlt, ich bebte wie die anderen. Jetzt stand eine Mauer zwischen der Welt und mir. Die breiten hellen Fenster, der reine Himmel, die hübsche Blume, alles war blank und bleich wie ein Leichentuch. Die Männer, die Frauen, die Kinder, die sich um meinen Weg drängten, blickten wie Gespenster.

Unten an der Treppe erwartete mich ein schwarzer, schmutziger Wagen mit Gitterfenstern. Als ich einstieg, sah ich noch einmal über den Platz. »Ein Verurteilter«! schrien die Vorübergehenden, und rannten auf den Wagen zu. Durch die Wolke zwischen mir und den Dingen unterschied ich zwei junge Mädchen mit neugierigen Augen. »Gut«, rief die jüngere, und klatschte in die Hände, »das ist also in sechs Wochen!«

Warum nicht zum Tode verurteilt? Ich erinnere mich an ein Buch, in dem ich nur die eine zutreffende Stelle las: »Die Menschen sind alle zum Tode verurteilt, nur mit unbestimmten Fristen!« Inwiefern hat sich also meine Lage geändert?

Seit der Stunde, in der mein Urteil verkündet wurde, sind schon manche gestorben, obwohl sie auf ein langes Leben hofften! Viele sind mir vorausgegangen, die jung, frei und gesund darauf rechneten, sie würden am bestimmten Tage meinen Kopf auf dem Grèveplatz fallen sehen. Viele, heute freudig atmend, werden mir noch im Tode vorangehn!

Was hat überhaupt das Leben so Angenehmes für mich? Dunkler Tag, schwarzes Brot, magere Brühe, aus dem Kübel der Zuchthäusler geschöpft. Ich, von Kindheit an verwöhnt, werde von Schließern und Aufsehern roh mißhandelt, ich sehe kein menschliches Wesen, das mich noch eines Wortes würdigt und dem ich antworten möchte. Ich fürchte mich unaufhörlich wegen meiner Tat und wegen dessen, was man mit mir tun wird. Das sind also die Güter, die mir der Henker noch wegnehmen kann.

Ah — und doch ist es entsetzlich!

Der schwarze Wagen brachte mich hierher in das greuliche Bicêtre. Von weitem gesehen, hat dies Gebäude etwas Erhabenes. Es steht auf einem Hügel vor dem Horizont und hat noch etwas von der alten Pracht, es gleicht einem Königsschloß. Aber je näher man kommt, desto ähnlicher wird das Schloß einer Ruine. Die verfallenen Giebel machen traurig, eine Schicht von Schande und Ärmlichkeit hat die herrlichen Wände beschmutzt wie mit Aussatz. Keine Scheiben mehr, keine Fensterrahmen, doch dicke gekreuzte Eisenstangen, an die sich hier und dort das abgezehrte Gesicht eines Sträflings oder eines Wahnsinnigen drückt.

So ist das Leben, in der Nähe gesehen.

Gleich bei meiner Ankunft bemächtigten sich eiserne Fäuste meiner. Man vermehrte die Vorsichtsmaßregeln, es gab kein Messer, keine Gabel mehr für das Essen. Die Zwangsjakke, ein Sack aus Segeltuch, umspannte meine Arme. Man war sehr besorgt um mein Leben.

Ich hatte die Revisionsschrift eingereicht. Man hatte sechs oder sieben Wochen mit dieser lästigen Sache zu tun und mußte mich doch gesund und heil bis auf den Grèveplatz schaffen.

In den ersten Tagen behandelte man mich dennoch bei aller Strenge mit einer furchtbaren Milde. Die Blicke eines Schließers sehen nach dem Schafott aus. Zum Glück wurde es bald wie vorher. Man verkehrte mit mir wie mit den anderen Gefangenen. Meine Jugend, meine Fügsamkeit, die Bemühungen des Gefängnisgeistlichen und besonders einige lateinische Worte, an den Vorsteher gerichtet, der sie nicht verstand, verschafften mir auch ein Mal in der Woche den Spaziergang mit den anderen Sträflingen. Die Zwangsjacke, die mich lähmte, verschwand. Nach einigem Zögern gab man mir Tinte, Papier, Federn, eine Nachtlampe.

Jeden Sonntag läßt man mich nach der Messe in den Gefängnisgarten. Dort unterhalte ich mich mit den Gefangenen. Es sind gute Leute, unglückliche Menschen. Sie erzählen mir ihre »Sachen«, die ungeheuerlich sind, doch ich weiß, daß sie übertreiben. Sie lehren mich ihr Rotwälsch. Es ist eine Sprache auf die andere gepfropft wie ein übler Auswuchs, sie ist wie eine Warze. Manchmal steckt eine merkwürdige Kraft darin. Sie ist erschreckend bilderreich. Die Witwe heiraten, heißt den Strick um den Hals bekommen. Es wimmeln Ausdrücke darin, gleich einer Sprache der Kröten und Spinnen, oder es klingt, als werde ein Haufen schmutziger, staubiger Lumpen ausgeschüttet.

Diese Menschen aber sind die einzigen, die mich bedauern. Die Wärter und Pförtner sprechen und lachen in meiner Gegenwart wie bei einem leblosen Gegenstand. Ich verüble es ihnen nicht.

— Da ich die Mittel, zu schreiben, habe, warum sollte ich es nicht tun? Was soll ich schreiben? Ich bin zwischen vier nackten kalten Steinmauern eingeschlossen, kein Horizont. Meine einzige Zerstreuung ist, den Tag über der langsamen Bewegung des hellen viereckigen Fleckes zu folgen, den das Türfensterchen auf die Wand wirft. Ich sagte es schon, meine Einsamkeit teilt nur ein Gedanke, der an das Verbrechen und die Strafe, der an meinen Mord und an meinen Tod. Habe ich überhaupt noch etwas zu sagen, da ich auf der Welt nichts mehr zu tun habe? Was kann ich in meinem gepeinigten leeren Hirn noch finden, wert, daß ich's niederschreibe?

Aber wenn auch rings alles eintönig und farblos ist, wütet nicht in meinem Innern ein Sturm, ein Kampf? Warum soll ich nicht versuchen, die mächtigen und unbekannten Dinge darzustellen, die in meiner verzweifelten Lage aufkommen? Sicher, der Stoff ist reich. So kurz mein Leben noch ist, es wird von dieser Stunde bis zur letzten Ängste und Qualen genug geben, mit denen ich die Feder beschäftigen und die Tinte verbrauchen kann. Ich werde auch weniger Pein leiden, wenn ich sie beobachte, ich vertreibe sie, wenn ich sie berichte.

Es wird auch ein wenig nützlich sein, dies niederzuschreiben. Das Tagebuch meiner Leiden, von Stunde zu Stunde, von Minute zu Minute, von Schmerz zu Schmerz: Wenn ich die Kraft habe, es bis zu dem Augenblick fortzuführen, in dem dies mir *körperlich* nicht mehr möglich sein wird, — diese Geschichte, die notwendigerweise unvollendet bleibt und doch so vollständig wie möglich ist, wird eine tiefe Lehre ergeben. In diesem Protokoll eines Menschen im Todeskampf, in dem Fortschreiten meiner Qualen, in dieser Sezierung des Geistes eines Verurteilten wird mehr als eine Warnung sein für die, welche verurteilen. Vielleicht wird dieses Buch ihnen die Hand weniger leicht machen, wenn wieder einmal der Kopf eines denkenden Wesens, der Kopf eines Menschen auf die von ihnen so genannte Waage der Gerechtigkeit geworfen wird. Diese armseligen Leute haben vielleicht noch niemals an die lange Stufenfolge der Martern gedacht, die mit der Ausfertigung ihres Todesurteils beginnen. Haben sie sich irgendwie bei dem Gedanken aufgehalten, daß in dem Menschen, den sie schlachten lassen, ein Verstand wohnt, der auf das Leben gezählt hat, eine Seele, die nicht auf den Tod vorbereitet ist? Nein. Sie sehen überhaupt nur den senkrechten Fall eines dreieckigen Beiles, sie denken, daß es für den Verurteilten kein Vorher und kein Nachher gibt.

Diese Blätter sollen ihnen den Irrtum nehmen. Dies wird vielleicht einmal veröffentlicht. Die Männer der Gerechtigkeit triumphieren, weil sie töten können, ohne den Körper leiden zu lassen. Oh, als ob es sich darum handelte! Was wäre der körperliche Schmerz im Vergleich zum seelischen! Das sind mitleidswürdige Gesetze! Eine andere Zeit wird kommen und diese Erinnerungen, die letzten Geständnisse eines Unglücklichen, werden zur Änderung der Zeit vielleicht beigetragen haben.

Oder — nach meinem Tode spielt der Wind im Gefängnishof mit den beschmutzten Blättern, sie verfaulen im Regen, wenn ein Schließer sie in ein zerbrochenes Fenster geklebt hat.

Aber, ist mein Kopf einmal abgeschlagen, was macht es mir aus, ob man ihn auch anderen abschlägt? Bin ich verrückt, daß ich an den Nutzen meiner Niederschrift denke? Was liegt mir daran, daß man das Schafott umstürzt, nachdem ich es bestiegen habe!

Wie! Die Sonne, der Frühling, die Wiesen voller Blumen, die wachen Vögel am Morgen, die Wolken und Bäume, Natur, Freiheit, Leben, das alles soll mir nicht mehr gehören?

Ach, mich selbst müßte ich retten durch das, was ich schreibe! Kann ich das wirklich nicht, muß ich morgen sterben, vielleicht noch heute? O Gott! Ich möchte mir den Kopf an dieser Mauer zerschmettern.

Wieviel Zeit bleibt mir noch?

Drei Tage Frist für die Revision. Acht Tage vergehen darüber im Schwurgericht, worauf die Akten zum Minister geschickt werden.

Vierzehn Tage beim Minister, der nicht einmal weiß, daß sie da sind, aber dennoch (angeblich nach sorgfältiger Durchsicht) dem Kassationshof übergibt. Dort werden sie geordnet, numeriert und registriert. Denn die Guillotine ist mit Arbeit überhäuft, es geht nach der Reihe

Wieder vierzehn Tage zur Prüfung, ob nicht ein Rechtsirrtum vorgekommen ist. Endlich versammelt sich der Gerichtshof, an einem Donnerstag gewöhnlich. Er verwirft zwanzig eingelegte Revisionen in Bausch und Bogen und schickt alles an den Minister zurück, der es seinerseits dem Oberstaatsanwalt übergibt, der wiederum den Scharfrichter beauftragt. Dann drei Tage.

Am Morgen des vierten denkt der Vertreter des Oberstaatsanwalts, während er seine Schleife bindet: »Man muß diese Sache endlich aus der Welt schaffen.« Wenn dann der Vertreter des Gerichtsschreibers nicht durch ein Frühstück mit Freunden verhindert ist, wird der Befehl zur Hinrichtung aufgesetzt, durchgesehen, ins Reine geschrieben und abgesandt.

Am nächsten Morgen hört man auf dem Grèveplatz ein Gerüst aufschlagen und das Volk ringsherum aus vollem Halse lärmen.

Im ganzen sind es sechs Wochen. So hatte das kleine Mädchen recht.

Seit fünf Wochen aber, vielleicht seit sechs, ich wage kaum nachzuzählen, bin ich in dieser Zelle. Ich glaube, vor drei Tagen war Donnerstag.

Ich habe jetzt mein Testament gemacht.

Weshalb eigentlich? Ich bin zu den Kosten verurteilt und alles was ich habe, genügt kaum zur Bezahlung. Die Guillotine ist sehr teuer.

Ich hinterlasse eine Mutter, ich hinterlasse eine Frau, ich hinterlasse ein Kind. Ein kleines Mädchen von drei Jahren, rosig zart, mit großen Augen und langen kastanienfarbenen Haaren. Sie war zwei Jahre und einen Monat alt, als ich sie zum letzten Male sah. Nach meinem Tode werden drei Frauen ohne Sohn, ohne Gatten, ohne Vater sein. Drei Waisen verschiedener Art, drei Verlassene durch den Willen des Gesetzes.

Es mag sein, daß ich gerecht bestraft werde. Aber was haben diese Unschuldigen verbrochen? Es ist gleich, man entehrt und vernichtet sie. Das ist die Gerechtigkeit.

Nicht meine arme alte Mutter beunruhigt mich, mit ihren 64 Jahren wird sie an meinem Tode sterben. Vielleicht lebt sie auch noch einige Tage, wenn sie bis zum letzten Augenblick noch etwas warme Asche in ihrem Ofen hat. Sie wird schweigen.

Auch meine Frau liegt mir nicht so schwer auf der Seele. Sie ist krank, ihr Geist zerrüttet. Auch sie wird sterben.

Oder sie wird wahnsinnig werden. Man sagt, der Wahnsinn verlängere das Leben. Jedenfalls leidet der Verstand nicht mehr, er schläft, er ist gleichsam gestorben.

Nur mein Kind, meine arme kleine Marie, die immer lacht,

spielt, in dieser Stunde wohl singt und an nichts denkt, sie jammert mich.

— Mein Gefängnis sieht folgendermaßen aus:

Acht Fuß im Geviert, Mauern von Quadersteinen, rechtwinklig auf Steinfliesen, die um eine Stufe höher liegen als der äußere Gang. Neben der Tür ist eine Vertiefung, die ein Alkoven sein soll. Dort liegt ein Bund Stroh, auf dem der Gefangene Winter und Sommer mit einer leinenen Hose und einer Zwillichjacke bekleidet ruhen und schlafen muß.

Über meinem Kopfe als mein Himmel die schwarze spitzbogige Decke, an der Spinnweben dick wie Lappen hängen. Ein Fenster ist nicht da, nicht einmal ein Luftloch. Nur eine Tür, deren Holz mit Eisen zugedeckt ist.

Nein: oben in der Tür ist eine vergitterte Öffnung, neun Zoll im Geviert, die der Schließer des Nachts zumachen kann.

Draußen läuft ein langer Flur, erhellt und gelüftet durch enge Löcher oben in der Wand. Seine einzelnen Teile sind durch runde niedrige Türen miteinander verbunden. Jede dieser Abteilungen ist eine Art Vorgemach zur Zelle. Man setzt in diese Zellen diejenigen Sträflinge, die vom Gefängnisdirektor zu Disziplinarstrafen verurteilt worden sind. Die ersten drei aber sind für die zum Tode Verurteilten, weil sie nahe der Wohnung des Schließers liegen. So kann man sie leicht beaufsichtigen.

Die Zellen sind der Überrest vom alten Schloß Bicêtre, wie es im 15. Jahrhundert vom Kardinal von Winchester gebaut wurde, demselben, der die Jungfrau von Orleans verbrennen ließ. Dies wurde einigen »Neugierigen« erzählt, die mich kürzlich besuchten und wie ein wildes Tier in Augenschein nahmen. Der Schließer erhielt dafür 100 Sous.

Ich muß noch erwähnen, daß Tag und Nacht ein Wachtposten vor meiner Tür steht. Ich kann die Augen nicht zu der Luke erheben, ohne seinen eigenen, starr darauf gerichteten Blicken zu begegnen.

Man wird sich denken können, was für Luft und Licht ich in diesem steinernen Kasten habe.

Da der Tag noch nicht angebrochen ist, was soll ich in der Nacht tun? Ein Gedanke ist mir gekommen. Ich bin aufgestanden und habe mit meiner Lampe die vier Mauern der Zelle abgeleuchtet. Inschriften, Zeichnungen, krause Figuren, Namen stehen darauf, durchkreuzen sich, verwischen einander. Es scheint, daß jeder Verurteilte eine Spur von sich hinterlassen wollte, wenigstens hier. Mit Bleistift, Kreide, Kohle sind schwarze, weiße, graue Buchstaben oft tief in den Stein eingekratzt, hier und da rot verschimmelte Namenszüge wie mit Blut geschrieben. Wenn ich jetzt Sinn dafür hätte, würde ich teilnahmsvoll das seltsame Buch lesen, das Seite für Seite auf jedem Stein dieses Kerkers aufgeschlagen ist. Ich würde aus diesen harten Bruchstücken ein Ganzes zusammensetzen, einen Menschen unter jedem Namen finden, Sinn und Leben verleihen den verstümmelten Inschriften, den zerstückelten Sätzen, den Körpern ohne Kopf gleich ihren Schreibern.

Über mir sind zwei flammende Herzen, von einem Pfeil durchbohrt, darüber steht: Liebe fürs Leben. Der Unglückliche konnte sich nicht lange daran halten. Daneben ist ein dreieckiger Hut und eine kleine grob gezeichnete Gestalt darunter mit den Worten: »Es lebe der Kaiser! 1824.« Dann wieder flammende Herzen mit der für ein Gefängnis eigentümlichen Unterschrift: »Ich liebe und verehre Mathieu Danvin. Jacques.« Auf der gegenüberliegenden Wand liest man den Namen: »Papavoine«. Das o ist mit Arabesken verziert, sehr zierlich geschrieben.

Weiter ein unzüchtiger Gassenhauer. Eine Freiheitsmütze, tief in den Stein gemeißelt, darunter: »Bories. Die Republik.« Es war einer der Unteroffiziere von La Rochelle. Armer junger Mann! Wie abscheulich sind eure angeblichen politischen Notwendigkeiten! Für eine Idee, für einen Traum, für eine Utopie als Lohn die entsetzliche Wirklichkeit der Guillotine!

Und ich Armseliger, der ein wirkliches Verbrechen begangen, der Blut vergossen hat, beklage mich noch!

Ich will nicht weiter auf Entdeckungen gehen. — Ich sah soeben in der Ecke der Zelle ein furchtbares Bild, mit weißer Kreide gezeichnet: das Schafott, das vielleicht in dieser Stunde für mich errichtet wird. Die Lampe ist mir fast aus den Händen gefallen.

Schnell setzte ich mich wieder auf mein Strohlager, den Kopf zwischen den Knien. Dann verlor sich mein kindlicher Schrecken und mit seltsamer Neugier setzte ich die Lektüre der Mauern fort.

Neben Papavoines Namen riß ich ein ungeheures Spinngewebe ab, das verstaubt im Winkel hing. Darunter standen vier oder fünf leserliche Namen, während von anderen nur ein Fleck auf der Mauer geblieben war. Dautun, 1815 — Poulain, 1818 — Jean Martin, 1821 — Castaing, 1823. — Trübselige Erinnerungen kamen mir bei diesen Namen. Dautun hat seinen Bruder in Stücke geschnitten, ist nächtlich durch Paris gegangen und hat den Kopf in einen Brunnen, den Rumpf in eine Kloake geworfen. Poulain hat seine Frau ermordet. Jean Martin schoß auf seinen Vater, während der Greis ein Fenster öffnete. Der Arzt Castaing vergiftete seinen Freund, den er während einer Krankheit pflegte, diese Krankheit aber hatte er selbst verursacht, indem er ihm statt der Arznei Gift eingab. Endlich Papavoine, der furchtbare Wahnsinnige, der kleine Kinder mit Messerstößen in den Kopf tötete.

Das waren also die Gäste vor mir in dieser Zelle. Auf diesen Fliesen haben auch diese Mordmenschen ihre letzten Gedanken gedacht. In diesem Käfig wandelten sie wie wilde Tiere umher. Einer kam schnell nach dem anderen, leer stand diese Zelle wohl niemals, das Lager ist noch von ihnen warm. Bald werde ich auch ihr Nachfolger und Gefährte auf dem Kirchhof von Clamart sein, wo das Gras so üppig wächst.

Wahrscheinlich haben diese Gedanken einen Fieberanfall

bei mir hervorgerufen. Mir war plötzlich, als stünden die Namen mit Feuerschrift auf der schwarzen Mauer. In meinen Ohren brauste es, rotes Licht füllte mir die Augen, die Zelle wimmelte von Menschen, seltsamen Menschen. Sie trugen den Kopf in der linken Hand, sie griffen ihm in den Mund und packten ihn so, da er keine Haare mehr hatte. Alle ballten gegen mich die Faust, nur der Vatermörder nicht.

Schaudernd schloß ich die Augen. Da sah ich alles noch deutlicher.

Ob es Traum, Vision oder Wirklichkeit war: ich würde verrückt geworden sein, hätte mich nicht eine jähe Berührung zu mir gebracht. Ich fühlte über meinen nackten Fuß einen kleinen kalten Bauch und behaarte Beine hingleiten: die Spinne, die ich aus ihrem Netz verscheucht hatte.

So war ich von den Gespenstern befreit worden, von dem furchtbaren Dunst, vom Krampf meines leeren Gehirns. Die Toten sind tot, diese gewiß! Sie sind tief einquartiert im Grabe, aus solchem Gefängnis entspringt man nicht. Weshalb mußte ich mich dennoch so grausam fürchten?

Die Tür des Grabes öffnet sich nicht nach innen.

Ich habe in diesen Tagen ein grauenhaftes Bild gesehen.

Es war kaum Morgen, als im ganzen Gefängnis Lärm entstand. Die schweren Türen wurden geöffnet und geschlossen, die Riegel und Schlösser knirschten, die Schlüsselbunde an den Gürteln der Wärter klirrten, die Treppen dröhnten unter heftigen Schritten. Ich hörte Aufrufe und Antworten die beiden Flure entlang. Meine Nachbarn, die zum Zuchthaus Verurteilten, schienen fröhlicher als sonst. Ganz Bicêtre lachte, sang, lief und tanzte.

Ich allein blieb in diesem Tumult ruhig, ich allein regungslos, und ich lauschte erstaunt und aufmerksam.

Ein Schließer ging vorüber.

Ich wagte ihn anzurufen: ob ein Fest im Gefängnis gefeiert würde?

»Fest — wie man's nehmen will! Heute werden die Sträflinge in Eisen geschlossen, sie gehen morgen nach Toulon ab. Wollen Sie sie sehen. Das ist unterhaltend.«

In der Einsamkeit des Gefangenen ist selbst ein widerliches Schauspiel willkommen. Ich nahm die Einladung an. Der Schließer führte mich mit allen Vorsichtsmaßregeln in eine kleine Zelle ohne Einrichtung. Das Fenster war vergittert, aber es war ein wirkliches Fenster, in Armhöhe, durch das ich wirklich den Himmel sehen konnte.

»Also! Von hier aus können Sie alles bemerken und hören«, sagte er. »Sie sind allein in Ihrer Loge, wie der König.«

Er ging hinaus und schloß hinter mir ab. Vor dem Fenster lag ein weiter viereckiger Hof, rings gleich einer Mauer ein sechsstöckiges Gebäude. Das Auge kann nichts so Widerwärtiges, so Nacktes, so Elendes sehen wie diese vier mit zahllosen Gitterfenstern besäten Mauern. Magere, bleiche Gesichter preßten sich an die Fenster, eins über das andere, wie die Steine selbst, von den Eisenstangen eingerahmt, die Gefangenen als Zuschauer. Eines Tages würden sie die Schauspieler sein. Schweigend starrten sie auf den noch leeren Hof. Unter den stumpfen Antlitzen funkelten hier und da ein Paar lebhafte Augen feurig auf.

Das viereckige Gebäude schließt sich nicht ganz zusammen. In der östlichen Ecke wird es durch ein Gittertor durchschnitten. Dieses geht auf einen zweiten kleineren Hof, der ebenfalls von finsteren Mauern und Giebeln umstanden ist.

Um den Haupthof gehen steinerne Bänke. In seiner Mitte steht eine eiserne, oben gekrümmte Stange für eine Laterne.

Es schlug zwölf Uhr. Ein großes Tor, durch eine Mauervertiefung verborgen, wurde rasch aufgestoßen. Ein Karren, den schmutzige, jämmerlich aussehende Soldaten in blauen Uniformen, mit roten Achselstücken und gelben Wehrgehängen begleiteten, fuhr rasselnd herein. Er war mit den Eisen für die Sträflinge beladen.

Im selben Augenblick, als wecke dieser Lärm den ganzen Lärm des Gefängnisses, brachen die bisher stummen Zuschauer an den Fenstern in ein Freudengeheul aus. Sie sangen Lieder, sie brüllten Drohungen, sie fluchten und lachten gellend. Ihre Gesichter waren wie Dämonenfratzen, jedes eine einzige Grimasse. Zwischen den Gittern fuhren die Fäuste hervor, alle Stimmen kreischten, alle Augen glühten. Ich staunte, so viel Funken noch aus der Asche kommen zu sehen.

Inzwischen machten sich die Aufseher ruhig an ihre Arbeit. Auch einige Neugierige aus Paris standen dabei, kenntlich an ihren sauberen Kleidern und ihrer Furcht. Ein Aufseher stieg auf den Karren und warf seinem Kameraden die Ketten zu, die Halsbänder für unterwegs und Packen von Leinenhosen. Dann teilten sie sich in die Arbeit. Die einen breiteten in der Ecke des Hofes die langen Ketten aus, die sie »Bindfäden« nennen, andere legten auf den Steinen die Hosen und Hemden zurecht, die »Pflaster«. Die Gewandtesten untersuchten vor den Augen ihres Vorgesetzten, eines kleinen, stämmigen Greises, die Halseisen und schlugen sie zur Prüfung auf die Fliesen, daß die Funken spritzten. Dies alles geschah unter den höhnischen Zurufen der Gefangenen, übertönt nur von dem schallenden Gelächter der Sträflinge, denen diese Vorbereitungen galten. Man sah sie an den Fenstern des alten Gefängnisses stehen, nach dem kleineren Hofe zu.

Als die Zurüstungen beendet waren, gab ein Herr in silbern gesticktem Rock, der Herr Inspektor genannt, dem Gefängnisvorsteher eine Anweisung. Unmittelbar danach warfen zwei oder drei niedrige Türen fast zur gleichen Zeit wie unter einem Windstoße einen Schwarm häßlicher, heulender, zerlumpter Menschen in den Hof heraus.

Beim Erscheinen der Sträflinge verdoppelte sich der Jubel an den Fenstern. Einige, die im Bagno sich schon einen Namen gemacht hatten, wurden mit Zuruf und Beifall empfangen. Sie nahmen ihn mit stolzer Bescheidenheit entgegen. Die meisten hatten eine Art Hut auf, von ihnen selbst aus dem Stroh der Zelle angefertigt. Die Hüte hatten sonderbare Formen, damit in den Städten der Träger des Hutes auffalle. Ein junger Mensch von siebzehn Jahren, mit dem Gesicht eines jungen Mädchens, erhielt ganz außerordentlichen Beifall. Er kam aus achttägiger Einzelhaft und hatte sich aus seinem Strohbündel einen Anzug angefertigt, der ihn vom Kopf bis Fuß einhüllte. Als er den Hof betrat, schlug er mit der Beweglichkeit einer Schlange ein Rad. Es war ein Gaukler, wegen Diebstahls verurteilt. Da klatschten sie wie rasend in die Hände und schrien vor Freude. Die Galeerensträflinge antworteten darauf. Dieser Austausch von Heiterkeit zwischen den beiden Haufen war grauenhaft. Die »Gesellschaft«, vertreten von den Aufsehern und den erschrockenen Besuchern, wahrte vergeblich ihre Haltung, das Verbrechen grinste ihr ins Gesicht und machte aus der furchtbaren Strafe ein Familienfest.

Man stieß sie truppweise durch zwei Reihen von Wächtern in den kleinen Hof, wo die Ärzte sie erwarteten. Dort machten alle einen letzten Versuch, die Reise zu verschieben. Sie schützten irgendein Leiden vor, kranke Augen, ein lahmes Bein, eine verletzte Hand. Aber fast immer wurden sie für den Transport fähig befunden. Dann fügte sich jeder sorglos und vergaß in wenigen Minuten sein Leiden.

Ein Wächter rief nach dem Alphabet die Namen auf, einer nach dem anderen stellte sich in der Ecke des großen Hofes neben einen Gefährten, dessen Name im Anfangsbuchstaben zufällig neben dem seinen kam. Jetzt ist jeder auf sich selbst angewiesen. Jeder trägt seine Kette für sich, Seite an Seite mit einem Unbekannten. Hat ein Sträfling zufällig einen Freund, so trennt ihn die Kette von ihm. Das ist das letzte Elend.

Als etwa dreißig hinausgeführt waren, schloß man das Gitter. Ein Bagnowächter ordnete sie mit einem Stock in Reih und Glied und warf vor jeden ein Hemd, eine Jacke, ein Beinkleid. Dann gab er ein Zeichen und alle entkleideten sich. Ihre

Erniedrigung wurde in diesem Augenblick zu einer Marter. Denn bis jetzt war das Wetter ziemlich schön gewesen, trotz des kalten Oktoberwindes fiel durch die zerrissenen Wolken zuweilen ein Sonnenstrahl. Aber kaum hatten die Sträflinge ihre Gefängnislumpen abgelegt und boten sich nackt den argwöhnischen Blicken der Wächter und den neugierigen der Fremden, die sich herumdrängten und ihre Schultern besichtigten: — da wurde der Himmel schwarz, ein eisiger Herbstregen fiel. In Strömen stürzte er auf den Hof, auf die entblößten Köpfe, auf die nackten Glieder, auf ihre am Boden liegenden armseligen Kleider.

Sofort leerte sich der Hof von allem, was nicht Aufseher oder Sträfling war. Die Besucher flüchteten unter die Türen. Der Regen rieselte von den Leibern der Sträflinge auf das überschwemmte Pflaster. Dumpfes Schweigen war ihrem tobenden Trotz gefolgt. Sie zitterten und klapperten mit den Zähnen. Ihre mageren Beine, ihre höckrigen Knie schlugen aneinander. Sie mühten sich, über die erstarrten Glieder die nassen Hemden, Jacken und Hosen zu ziehen.

Nur ein Alter hatte noch etwas Heiterkeit bewahrt. Er schrie, indem er sich mit seinem triefenden Hemde abquälte, »das stehe nicht im Programm«. Lachend streckte er die Faust zum Himmel.

Als sie in der Marschkleidung waren, führte man sie in Abteilungen zu zwanzig oder dreißig in die andere Ecke, wo die Eisen auf sie warteten. Das sind lange starke Ketten, in kurzen Abständen durch kleine Ketten gekreuzt, an deren Ende das viereckige Halseisen befestigt ist. Durch ein Scharnier läßt es sich an einer Ecke öffnen und wird an der anderen durch einen eisernen Bolzen geschlossen, der für die Dauer der Reise an den Hals des Sträflings genietet ist. Am Boden sahen die Eisen wie die Rückgrate großer Fische aus.

Die Sträflinge setzten sich nieder auf das schmutzige, nasse Pflaster. Die Halseisen wurden angepaßt. Dann nieteten zwei

Schmiede aus dem Bagno auf tragbaren Ambossen die Eisen an. Kaltblütig schlugen sie mit starken Hieben zu. Es ist ein furchtbarer Augenblick, in dem auch die Kühnsten erbleichen. Bei jedem Hammerschlag, der auf den gegen den Rükken gelehnten Amboß niedersaust, prallt das Kinn des Verurteilten zurück. Bei der geringsten Bewegung nach hinten kann der Kopf wie eine Nußschale zerschmettert werden.

Nach diesem Vorgang wurden sie still und düster. Man hörte nur noch das Rasseln der Ketten, manchmal einen Schrei und den Schlag eines Stockes auf die Glieder der Widerspenstigen. Einige weinten. Die Alten zitterten und bissen sich auf die Lippen. Entsetzt sah ich nun die dunklen Gesichter in ihren eisernen Rahmen.

Ein Sonnenstrahl brach hervor. Er schien die Leute wieder anzufeuern. Wie auf ein Zeichen sprangen sie auf. Die fünf Abteilungen faßten sich an den Händen und bildeten einen weiten Kreis um den Laternenpfahl. Sie drehten sich so rasch, daß mir schwindelte, und sangen ein Bagnolied, eine Verbrecherballade, nach bald schwermütiger, bald ausgelassen fröhlicher Weise.

Dazwischen erklangen gellende Schreie, brüchiges, keuchendes Gelächter, vermischt mit geheimnisvollen Worten, dann rasender Beifall. Die Ketten, im Takt zusammenschlagend, dienten als Orchester für den Gesang, der rauher als sie. Es war das Bild des Hexensabbats.

Ein großer Kübel wurde auf den Hof gebracht. Die Wächter unterbrachen den Tanz durch Stockhiebe und führten die Leute zu dem Trog. Irgendein Gemüse schwamm in einer rauchenden, schmutzigen Flüssigkeit. Sie aßen.

Als sie gegessen hatten, schütteten sie auf das Pflaster, was von ihrer Suppe und ihrem Schwarzbrot übrig war, und begannen wieder zu tanzen und zu singen. Diese Freiheit läßt man ihnen offenbar am Tage der Anschmiedung und in der folgenden Nacht. Ich sah mit solcher Spannung zu, daß ich mich selbst darüber vergaß. Mitleid erfaßte mich bis ins Innerste, ihr Gelächter machte mich weinen.

Plötzlich, mitten in tiefster Versunkenheit, sah ich, wie die heulende Runde still stand. Sie schwiegen, alle Augen richteten sich auf mein Fenster. »Der Verurteilte! der Verurteilte!« schrien alle und streckten die Finger aus. Neues Freudengeheul erscholl. Ich stand wie versteinert.

Ich weiß nicht woher sie mich kannten.

»Guten Tag! Guten Abend!« riefen sie hohnlachend. Einer der jüngsten, zu lebenslänglichem Zuchthaus verurteilt, betrachtete mich, sein bleifarbenes Gesicht glänzte, er sagte: »Der ist glücklich! Der wird kürzer gemacht! Gute Nacht, Kamerad!«

Ich kann nicht sagen was in mir vorging. Ich war wirklich ihr Kamerad. Der Grèveplatz ist der Bruder von Toulon. Ich stand sogar unter ihnen und sie erwiesen mir eine Ehre. Ich schauderte. Ja, ihr Kamerad! In ein paar Tagen konnte ich auch ein Schauspiel für sie sein.

Gelähmt blieb ich am Fenster. Aber als die fünf Trupps immer näher auf mich zukamen unter Rufen höllischer Vertraulichkeit, als die Ketten klapperten, ihre Schreie und Schritte dröhnten, war mir, als kletterte eine Schar Teufel in meine Zelle herauf. Ich schrie und warf mich mit aller Gewalt gegen die Tür. Ich pochte, ich wütete. Der Lärm von unten schien zu steigen, ihre Köpfe meinte ich am Fenster zu sehen, ich schrie zum zweiten Mal und fiel ohnmächtig nieder.

Als ich zu mir kam, war es Nacht. Ich lag auf einem Bett. Die Laterne, die an der Decke schwankte, ließ mich andere Lager sehen, neben dem meinen aufgereiht. Ich war im Lazarett.

Ein paar Augenblicke blieb ich wach, aber gedankenlos, erinnerungslos, glücklich, in einem Bett zu sein. In anderen Zeiten hätte mich dies Krankenhauslager, Gefängnislager vor Ekel umgebracht. Aber ich war nicht mehr derselbe Mensch. Die Tücher waren grau und grob, die dünne Decke löcherig, man fühlte den Strohsack durch die Matratze. Aber die Glieder konnten sich zwischen den Tüchern weit ausstrecken, unter der dünnen Decke fühlte ich die Kälte, die mich nie verlassen hatte, aus dem Mark meiner Knochen schwinden. Ich schlief wieder ein.

Ein lauter Lärm weckte mich. Der Tag graute. Der Lärm kam von draußen. Da mein Bett neben dem Fenster stand, setzte ich mich auf, um hinauszusehen. Das Fenster ging auf den großen Hof. Er war voller Menschen. Zwei Reihen Veteranen mühten sich, in der Mitte der Menge einen engen Weg quer durch den Hof frei zu halten. Zwischen ihnen fuhren langsam fünf große Karren mit Menschen beladen, die Sträflinge, die fortgeschafft wurden.

Die Karren waren unbedeckt. Die Sträflinge saßen auf beiden Längsseiten, einer an den anderen gelehnt, doch getrennt durch die gemeinsame Kette, die durch den Karren lief. An ihrem Ende saß ein Wächter, das geladene Gewehr bei Fuß. Man hörte die Eisen klirren und bei jedem Stoß des Wagens sprangen die Köpfe in die Höhe und die herabhängenden Beine schaukelten hin und her.

Ein feiner durchdringender Regen vereiste die Luft, er klebte die Leinenhosen, früher grau, jetzt schwärzlich, an ihre Knie fest. Von den langen Bärten, von den kurzen Haaren tropfte das Wasser. Die Gesichter waren violett vor Kälte, man sah, wie sie zitterten, die Zähne klapperten vor Wut und Frost. Sonst konnten sie kaum eine Bewegung machen. Einmal an diese Kette geschmiedet ist man nur noch ein Bruchteil des Greuels, der sich Bagnoabteilung nennt und sich wie ein einziger Mensch bewegt. Der Verstand muß weichen, das Halseisen verurteilt ihn zum Tode. Auch der Körper darf Bedürfnisse und Wünsche nur zu gewissen Stunden haben. So begannen sie regungslos, halb nackt, mit entblößten Köpfen und hängenden Füßen ihre Reise von fünfundzwanzig Tagen, auf den ewig gleichen Karren verpackt, mit den gleichen Kleidern angetan für die bleierne Julisonne und für die Eisregen des November. Es ist, als stellten die Menschen den Himmel zur Hälfte in ihren Henkersdienst.

Zwischen der Menge und dem Karren hatte sich irgendeine gräßliche Zwiesprache entsponnen, Beleidigungen von der einen Seite, Trotz von der anderen, Flüche von beiden. Doch auf ein Zeichen des Führers sah ich Stockschläge in die Karren hineinregnen, auf Schultern oder Köpfe, und alles gewann wieder jene Ruhe, die man Ordnung nennt. Aber die Augen waren voll Rachedurst und die Fäuste der Armen krampften sich auf den Knien.

Nun verschwanden die fünf Karren, von berittenen Gendarmen und Aufsehern zu Fuß begleitet, sie verschwanden durch das hohe Bogentor von Bicêtre. Ein sechster folgte, in dem Kochkessel, kupferne Schüsseln und Ketten auf Vorrat klapperten. Ein paar Wächter, die sich in der Kantine verspätet hatten, rannten hinterher, die Menge verlief sich, alles verschwand wie ein Blendwerk. Auf der gepflasterten Straße von Fontainebleau entschwand das dumpfe Geräusch der Räder und Hufe, das Knallen der Peitschen, Klirren der Ketten und Heulen des Volkes, das der Reise der Sträflinge alles Unglück wünschte, und hörte auf.

Dies aber ist erst der Anfang ihrer Leiden.

Was sagte doch mein Verteidiger zu mir? Die Galeeren? Tausendmal lieber den Tod! Lieber das Schafott als das Zuchthaus, das Nichts statt der Hölle! Lieber den Hals dem Messer Guillotins bieten als dem Halseisen des Bagno!

Zu meinem Unglück war ich nicht krank. Am nächsten Morgen mußte ich das Lazarett verlassen. Die Kerkerzelle nahm mich wieder auf.

Nicht krank –, wahrhaftig, ich bin jung, gesund und stark. Das Blut fließt frei durch meine Adern, die Glieder gehorchen mir, ich bin für ein langes Leben gut ausgerüstet. Und doch habe ich eine Krankheit, die tödlich ist, von Menschenhand verursacht.

Seit ich den Krankensaal verlassen habe, peinigt mich der Gedanke: Ich hätte vielleicht entfliehen können, wenn man mich dort gelassen hätte. Die Ärzte, die Schwestern, schienen Anteil an mir zu nehmen. So jung — so sterben zu müssen, dachten sie. Sie beschäftigten sich sehr eifrig um mein Bett. Ach — Neugier! Man heilt wohl von einem Fieber, aber nicht von einem Todesurteil —, obwohl dies für sie leichter wäre als alles! Sie brauchten nur eine Tür aufzulassen.

Jetzt ist keine Aussicht mehr. Die Revision ist nichts als ein Strick, der mich noch eine Weile in der Schwebe hält, sechs Wochen lang unter der Hinrichtung!

Wenn ich begnadigt würde? — Durch wen? warum? Es soll ein abschreckendes Beispiel aufgestellt werden, sagen sie. Ich habe nur noch drei Schritte zu machen: Bicêtre, Conciergerie, Grèveplatz.

Während der wenigen Stunden im Krankenhaus hatte ich mich ans Fenster, ins Sonnenlicht gesetzt, von dem ein paar Strahlen durch das Gitter kamen. Ich stützte den müden Kopf in die Hände. Denn ich war so müde und fiel zusammen, als hätte ich nicht mehr Knochen in den Gliedern, nicht mehr Muskeln im Fleisch.

Der Dunst des Gefängnisses erstickte mich, in den Ohren hallte noch der Lärm der Sträflingsketten. Mich ekelte. Gott konnte wohl etwas Mitleid mit mir haben und mir wenigstens einen kleinen Vogel senden, der auf dem Dache singen würde. Ich wünschte es mir.

Fast im gleichen Augenblick, ich weiß nicht, ob Himmel oder Hölle mich erhörte, erklang vor meinem Fenster eine Stimme. Es war kein Vogel —, noch schöner: es war die reine frische weiche Stimme eines jungen Mädchens von etwa fünfzehn Jahren. Ich erhob den Kopf, ich lauschte begierig ihrem Liede, einer langsamen, schmachtenden Weise, gleich einem klagenden Girren. Der halb offene, halb verborgene Sinn des Liedes war, daß ein Räuber mit der Wache kämpft, ein Dieb begegnet ihm und er schickt ihn zu seiner Frau mit der fürchterlichen Botschaft: ich habe einen Menschen getötet und bin verhaftet. Die Frau eilt nach Versailles mit einer Bittschrift, die Majestät ist förmlich und droht dem Verbrecher mit dem Tanze in der Luft. Diese Weise im Rotwälsch wurde nach der süßesten Melodie und mit der lieblichsten Stimme gesungen. Ich war wie gelähmt.

Ich dachte bei dem gräßlichen Text auf den jugendlichen Lippen an den Schneckenschleim auf einer Rose. Ich war zugleich verletzt und angenehm berührt. Der Jargon der Mordhöhlen und des Bagnos, die widerliche blutbefleckte Weise von einem Mädchen jenes Alters getrillert, in dem die Kinderstimme anmutig zur Frauenstimme übergeht!

Ein Gefängnis ist etwas abscheuliches, ein Gift, das alles ansteckt. Pflückt ihr dort eine Blume und riecht daran: sie stinkt.

Wenn ich dennoch fliehen könnte, wie würde ich durch die Felder laufen! Nein, laufen dürfte ich nicht. Um keinen Verdacht zu erregen, würde ich ganz langsam gehen, den Kopf hoch, singend. Ich müßte versuchen, einen alten, blaurot gestreiften Kittel zu bekommen. Die Gemüsegärtner der Umgegend tragen das, ich wäre gut verkleidet. Bei Arcueil weiß ich ein Dickicht in der Nähe eines Sumpfes, wohin ich jeden Donnerstag mit meinen Schulfreunden ging, um Frösche zu fangen. Dort würde ich mich bis zum Abend verstecken.

Bei Nacht ginge ich weiter — bis nach Le Havre —, um mich nach England einzuschiffen. Ein Gendarm geht vorüber, er fragt nach meinem Paß — ich bin verloren —

Ach! Träumer! Durchbrich doch erst diese Mauer, drei Fuß dick! den Tod! den Tod!

Während ich all dies niederschreibe, verblaßt meine Lampe, der Morgen ist da. Die Uhr der Kapelle hat sechs geschlagen.

Was bedeutet dies? Der Aufseher vom Dienst ist hereingetreten, hat seine Mütze abgenommen, mich begrüßt und um Entschuldigung gebeten, daß er mich störe. Er hat seine

Stimme so sanft wie möglich gemacht und mich gefragt, was ich zum Frühstück wünsche? –

Ein Schauder überlief mich. – Soll es heute sein?

Es ist heute.

Der Gefängnisdirektor selbst hat mir einen Besuch gemacht. Er fragte mich, was er mir Angenehmes oder Nützliches erweisen könne. Er hoffe, daß ich mich über ihn oder seine Untergebenen nicht zu beklagen hätte. Teilnehmend erkundigte er sich nach meiner Gesundheit und wie ich die Nacht verbracht hätte. Als er sich verabschiedete, redete er mich mit Herr an.

Heute also.

Dieser Oberaufseher glaubt nicht, daß ich mich über einen von ihnen zu beklagen habe. Er hat recht. Es wäre häßlich von mir, mich zu beklagen. Sie haben ihren Beruf gut ausgefüllt, sie haben mich gut bewacht. Muß ich nicht mit ihnen zufrieden sein?

Der gute Mann mit seinem wohlwollenden Lächeln, höflichen Worten und lauernden Blicken, mit den großen und breiten Händen: das ist das Fleisch und Blut gewordene Gefängnis. Gefängnis ist alles um mich herum und ich finde es in den Menschen wie in den Gittern oder Riegeln überall wieder. Die Mauer ist das Gefängnis aus Stein, die Tür das aus Holz, der Schließer das aus Leben. Ein furchtbares Wesen, vollkommen und unteilbar, Haus und Mensch ist das Gefängnis. Ich bin seine Beute, es umschlingt mich mit Granit, Eisen und Wächterblick. Oh, was wird es aus mir machen?

Ich bin ruhig. Es ist vorbei, ganz gut abgelaufen. Die Angst ist gewichen, in die mich der Besuch des Direktors versetzt hatte. Denn ich gestehe es: ich hoffte noch.

Jetzt, Gott sei Dank, hoffe ich nicht mehr.

Folgendes ist geschehen: Als es halb sieben schlug oder dreiviertel, ging die Tür meiner Zelle wieder auf. Ein Greis in braunem Rock trat herein. Er schlug den Rock auseinander, ich sah die Soutane des Priesters. Aber es war nicht der Gefängnisprediger. Ein böses Zeichen.

Mit gütigem Lächeln setzte er sich mir gegenüber, schüttelte den Kopf und hob die Augen zum Himmel, zur Decke meines Kerkers. Ich verstand ihn.

»Mein Sohn«, sagte er, »bist du vorbereitet?«

Ich antwortete mit leiser Stimme: »Nicht vorbereitet, aber bereit.« Doch meine Augen wurden trübe, eisiger Schweiß trat auf meine Haut, ich fühlte meine Schläfen anschwellen, es brauste in den Ohren.

Während ich wie schlaftrunken auf meinem Sitze schwankte, redete der Greis. So kam es mir wenigstens vor, seine Lippen und Hände bewegten sich, seine Augen glänzten.

Die Tür öffnete sich zum zweitenmal. Das Kreischen der Riegel schreckte uns auf, mich aus der Betäubung, ihn aus seiner Rede. Jemand im schwarzen Rock, vom Direktor begleitet, erschien auf der Schwelle und grüßte mich tief. Dieser Herr trug eine Art Trauer auf dem Gesicht, so allgemein wie die der Angestellten bei Leichenbegängnissen. Er hielt eine Rolle Papier in der Hand.

»Ich bin Beamter am Königlichen Gerichtshof zu Paris«, sagte er mit höflichem Lächeln. »Ich habe die Ehre, mein Herr, Ihnen einen Bescheid des Herrn Oberstaatsanwalts zu verkünden.«

Die erste Erschütterung war vorüber. »Der Herr Oberstaatsanwalt«, sagte ich mit voller Geistesgegenwart, »der so dringend meinen Kopf gefordert hat, erweist mir die Ehre, an mich zu schreiben? Ich hoffe, mein Tod wird ihm viel Vergnügen machen? Es wäre doch ein harter Gedanke, wenn er ihm nach so viel Bemühungen etwa gleichgültig wäre.« Mit fester Stimme fügte ich hinzu: »Lesen Sie, Herr!« Er begann, es war ein langes Schriftstück. Am Ende jeder Zeile schlug sein Sprechen in Singen um, in der Mitte jedes Wortes machte er einen Einschnitt. Es war die Verwerfung meines Rechtsmittels.

»Das Urteil wird heute auf dem Grèveplatz vollzogen werden«, bemerkte er am Schluß seiner Vorlesung, ohne von dem Stempelpapier aufzusehen. »Um sieben einhalb Uhr pünktlich fahren wir nach der Conciergerie ab. Hätten Sie die Güte, lieber Herr, mir zu folgen?«

Ich hörte nichts mehr seit einigen Augenblicken. Der Direktor plauderte mit dem Priester. Der Beamte hielt die Augen auf sein Papier geheftet. Ich starrte auf die Tür, die halb offen geblieben war. — Vier Soldaten auf dem Flur!

Der Beamte wiederholte seine Frage. Diesmal sah er mich an.

»Wann Sie wollen«, erwiderte ich.

Er grüßte: »Ich werde mir erlauben, Sie in einer halben Stunde abzuholen.«

Dann ließen sie mich allein.

— Ein Mittel, zu entfliehen, o Gott! irgendein Mittel! Ich muß entfliehen! Ich muß! Gleich! Durch die Türen, durch die Fenster, durch das Dach! Und wenn mir die Balken das Fleisch in Stücke reißen!

O Hölle! Monate brauchte ich, um diese Mauer mit guten Werkzeugen zu durchbrechen, und habe keinen Nagel, und habe keine Stunde Zeit!

In der Conciergerie

Ich bin hierher überführt worden, nach dem Ausdruck des Protokolls. Die Übersiedlung muß erzählt werden. Es schlug halb acht, als der Beamte wieder auf der Schwelle erschien.

»Ich erwartete Sie«, sagte er.

Oh, er und andere erwarten mich. — Ich stand auf und machte einen Schritt. Ich glaubte nicht, daß ich zu einem zweiten fähig wäre, so schwer war mein Kopf und so schwach meine Beine. Ich ging dennoch mit einiger Kraft weiter. Ehe ich draußen war, sah ich mich noch einmal in der Zelle um. — Ich liebte sie, meine Zelle. — Dann ließ ich sie leer und offen. Das gibt einem Kerker ein seltsames Aussehen.

Der Gefängnisprediger begegnete uns auf dem Flur. Er kam vom Frühstück. Als ich aus dem Gefängnis hinaustrat, schüttelte mir der Direktor freundlich die Hand und verstärkte meine Begleitung durch vier Veteranen. Vor der Tür des Krankensaales rief mir ein sterbender Greis nach: »Auf Wiedersehn!«

Wir kamen in den Hof. Ich atmete tief. Das tat mir wohl.

Dann gingen wir nicht lange mehr in freier Luft. Ein mit Postpferden bespannter Wagen hielt draußen, derselbe, der mich hierher gebracht hatte. Es ist ein zweirädriger langer Karren, von einem dichtmaschigen Gitter in zwei Teile getrennt. Er starrte von Schmutz. Der Leichenwagen armer Leute ist dagegen eine Staatskarosse.

Bevor ich in das zweirädrige Grab stieg, warf ich noch einen Blick in den Hof, einen so verzweifelten Blick, daß man die Mauern damit niederstoßen konnte. Zwischen den Bäumen standen noch mehr Zuschauer als damals für die Sträflinge. Die Menge war schon da! Auch heute regnete es, wie noch jetzt. Der Regen wird den ganzen Tag dauern, länger als ich.

Die Wege waren grundlos, der Hof ganz verschlammt. Ich freute mich, die Menge in diesem Schmutz stehen zu sehen. Dann stiegen wir ein, der Beamte und ein Gendarm vorn, der Priester, ich und ein zweiter Gendarm in die hintere Abteilung. Vier Leute zu Pferde begleiteten den Wagen. Ich hörte eine Alte mit grauen Augen sagen: »Das sehe ich noch lieber als das Anschmieden.«

Ja, das ist ein Bild, das man leicht mit einem Blicke überschaut. Es ist ebenso schön und noch bequemer, nichts lenkt ab. Es ist nur ein einziger Mensch da und auf ihn wird ebenso viel Elend gehäuft, wie auf alle Sträflinge zusammen.

Der Wagen schwankte, mit dumpfem Schall fuhr er unter der Wölbung des großen Tores hindurch. Er bog in die Allee ein und die schweren Torflügel fielen zu. Ich fühlte mich entführt wie in Betäubung, ein Scheintoter, der sich nicht bewegen und nicht schreien kann, während er hört, daß man ihn einscharrt. Undeutlich klingelten die Schellen am Hals der Postpferde, die eisernen Hufe schlugen auf das Pflaster, es stieß an den Wagenkasten, wenn sie in eine andere Straßenspur gerieten. Rings um den Karren ging der gleichmäßige Galopp der Gendarmen, der Postillon knallte mit der Peitsche. Ein Wirbelwind trug mich davon.

Durch das Gitter traf mein Auge noch eine Inschrift über dem Haupttor von Bicêtre: Hospital für alte Leute.

Es gibt wirklich Leute, die hier alt werden, dachte ich. Zwischen Wachen und Schlafen verfolgte ich diesen Gedanken in meinem vor Schmerz fast stumpfen Gehirn. Plötzlich änderte sich die Aussicht, als der Wagen in die Landstraße einbog. Die Türme von Notre-Dame tauchten auf, bläulich vermischt im Dunst von Paris. Sogleich änderte sich auch der Weg meiner Gedanken, ich war eine Maschine geworden wie der Wagen. Die Leute dort auf dem Turme von Notre-Dame, dort wo die Fahne ist, müssen weit sehen können, dachte ich und lächelte stumpfsinnig. Ich glaube, in diesem Augenblick begann der Priester wieder zu sprechen. Ich ließ ihn gewähren. Es war ein Geräusch mehr neben der Fahrt. Der eintönige Wortschwall strömte an meinem Geist einschläfernd vorüber. Die Worte, immer andere und immer dieselben, glichen den kommenden und gehenden Ulmen, die schief den Weg entlang wuchsen. Dann hörte ich die barsche Stimme des Beamten vor mir.

»Nun, Herr Abbé«, sagte er ziemlich aufgeräumt, »was gibts Neues?« Der Geistliche, der unaufhörlich auf mich einsprach und sonst nichts hörte, antwortete nicht.

»Ho!«, fuhr der Beamte fort und schrie lauter, »das ist ein verfluchter Wagen!«

Verflucht! Wahrhaftig.

»Bei diesem Gepolter versteht man kein Wort. Was wollte ich doch sagen? Ach ja, wissen Sie schon das Neueste aus Paris?«

Ich zitterte, als wollte er von mir sprechen.

»Nein«, antwortete der Priester, »ich hatte keine Zeit, die

Morgenblätter zu lesen. Heute abend werde ich es erfahren. Wenn ich den ganzen Tag über beschäftigt bin, wie heute, lasse ich die Zeitungen vom Pförtner aufheben und lese sie bei der Heimkehr.«

»Nein, nein!« sagte der Beamte. »Das müssen Sie wissen! Das Neueste von heute früh!«

Ich nahm das Wort: »Ich glaube, ich weiß es.«

Der Beamte sah mich groß an: »Sie! Wirklich? Und was sagen Sie dazu?«

»Sie sind sehr neugierig!« entgegnete ich.

»Wieso? Jeder hat seine politische Meinung. Aus Achtung vor Ihnen nehme ich an, daß Sie auch eine haben. Ich bin jedenfalls der Meinung, daß die Nationalgarde wieder eingeführt werden muß. Ich war Unteroffizier, das machte mir viel Freude.«

Da unterbrach ich ihn: »Ich dachte nicht, daß es sich darum handle.«

»Um was sonst? Sie sagten, Sie wüßten die Neuigkeit.«

»Ich meinte eine andere, mit der sich Paris heute auch beschäftigt.«

Der Dummkopf verstand mich nicht. Seine Neugier war erwacht: »Noch eine Neuigkeit? Woher zum Teufel können Sie eine haben? Welche denn, bitte? — Wissen Sie vielleicht, Herr Abbé, was er will? Er ist auf dem Laufenden. Ich liebe Neuigkeiten sehr! Dann erzähle ich sie dem Herrn Präsidenten, der hat das auch gern.«

So ging das Geschwätz ohne Ende weiter. Er wandte sich bald an den Priester, bald an mich, ich zuckte nur mit den Achseln.

»Was denken Sie?« fragte er.

»Ich denke, daß ich heut abend nicht mehr denken werde.«

»Ach so! Das ist es! — Sie sind traurig. Herr Castaing damals unterhielt sich viel.« Nach einer Pause: »Ich habe auch Herrn Papavoine begleitet. Der trug eine Otterfellmütze und rauchte seine Zigarre. Und die jungen Leute von La Rochelle plauderten zwar nur untereinander, aber sie plauderten doch.« Wieder nach einer Pause: »Narren! Schwärmer! Die sahen aus, als verachteten sie die ganze Welt. Sie, junger Mann, finde ich wirklich sehr grüblerisch.«

»Junger Mann!« entgegnete ich. »Ich bin wohl älter als Sie. In jeder Viertelstunde werde ich um ein Jahr älter.«

Er drehte sich um und stierte mich eine Zeitlang mit alberner Verwunderung an. Dann grinste er: »Sie scherzen! Ich könnte beinahe Ihr Großvater sein.« Er öffnete seine Tabaksdose. »Hier, mein Freund, ärgern Sie sich nicht. Eine Prise. Seien Sie nicht böse auf mich.«

Von einem Stoß des Wagens fiel ihm die Dose aus der Hand. Der ganze Inhalt lag auf dem Boden!

»Verdammt!« schrie er. »Sehen Sie, was für Unglück ich habe. Der ganze Tabak verloren!«

»Ich verliere mehr als Sie«, sagte ich. Er kratzte auf dem Boden und murmelte zwischen den Zähnen. »Mehr als ich! Leicht gesagt. Kein Tabak bis nach Paris.«

Der Geistliche tröstete ihn. Vielleicht paßte ich nicht gehörig auf, aber mir kam es wie die Fortsetzung seiner Predigt vor. Die Unterhaltung zwischen dem Priester und dem Beamten kam in Gang. Als wir am Schlagbaum anlangten, schien mir Paris lärmender als gewöhnlich. Der Wagen hielt einen Augenblick vor dem Zollhaus und wurde untersucht. Aber wir hatten keinen Zoll zu zahlen, er ist nur fällig für den Hammel oder den Ochsen, der zum Schlachthaus geführt wird. Der menschliche Kopf ist frei. Wir fuhren weiter.

Als wir den Boulevard hinter uns hatten, ging es schnell durch die alten gewundenen Straßen des Faubourg Saint-Marceau und der Cité. Sie kreuzten sich wie die zahllosen Wege eines Ameisenhaufens. Auf dem Pflaster der engen Straßen rasselten die Räder so laut, daß die Stadt ganz still erschien. Mir war auch, beim Blick durch das viereckige Loch, als hielten die Wogen der Straßengänger an, um den Wagen zu betrachten, Scharen von Kindern schienen hinterher zu laufen. An den Ecken sah ich manchmal einen Mann oder ein zerlumptes Weib, auch beide zusammen, die in der Hand einen Stoß bedruckter Blätter hielten und mit offenem Munde schrien. Die Vorübergehenden rissen sich um die Blätter.

Halb neun schlug die Uhr, als wir in den Hof der Conciergerie einfuhren. Der Anblick der großen Treppe der schwarzen Kapelle, der düsteren kleinen Fenster machte mich erschauern. Als der Wagen anhielt, meinte ich, es halte auch der Schlag meines Herzens an.

Ich nahm alle Kraft zusammen. Die Tür ging auf wie der Blitz, ich sprang aus der rollenden Zelle, rasch unter die Wölbung zwischen zwei Reihen Soldaten. Schon hatte sich ein Auflauf um mich gebildet.

Während ich durch die öffentlichen Galerien des Justizpalastes ging, fühlte ich mich beinahe frei und behaglich. Meine Entschlossenheit hörte auf, als man niedrige Türen vor mir öffnete, als geheime Treppen, versteckte Flure, lange stickige Gänge begannen, die nur diejenigen durchschreiten, welche verurteilen oder welche verurteilt werden.

Der Beamte begleitete mich noch immer, der Priester hatte mich verlassen, um in zwei Stunden wieder zu kommen. Er hatte noch zu tun.

Man führte mich in das Zimmer des Direktors und der Beamte übergab mich ihm. Es war ein richtiger Austausch. Der Direktor bat ihn, einen Augenblick zu warten. Er habe ihm neues »Wild« mitzugeben, für Bicêtre, sobald der Gefängniswagen wieder angespannt sei. Gewiß der Verurteilte von heute, der sich diesen Abend auf meinen Strohsack legen muß. Man brachte mich in den Nebenraum, ich weiß nicht, womit ich mich dort beschäftigte, auch nicht, wie lange ich darin war. Plötzlich schlug ein lautes Lachen an mein Ohr.

Ich sah zitternd auf. Ich war nicht mehr allein. Vor mir

stand ein Mann von etwa 55 Jahren, mittelgroß, mit runzligem Gesicht und grauen Haaren, stämmig, ein Schielen in den grauen Augen, ein bittres Lächeln auf dem Gesicht. Er hatte schmutzige Lumpen an, widerlich zu sehen, als hätte die Tür ihn ausgespien und sich wieder geschlossen, von mir unbemerkt.

Könnte der Tod doch auch so kommen!

Wir starrten uns einige Sekunden lang an. Er lachte dabei noch immer, es war wie ein Röcheln.

»Wer sind Sie?« fragte ich endlich.

»Sonderbare Frage! Ein Anwärter auf den Tod.«

»Was meinen Sie?«

»Das Henkerbeil«, rief er mit erneutem Gelächter, »wird in sechs Wochen mit meinem Kopf dasselbe Spiel treiben, wie mit deinem in sechs Stunden. Ha ha, jetzt verstehst du.«

Ja, ich war bleich geworden, meine Haare sträubten sich. Dies hier war mein Erbe. Er fuhr fort:

»Was willst du noch? Meine Geschichte vielleicht? Hier ist sie. Ich bin der Sohn eines anständigen Menschen. Schade, daß Charlot sich eines Tages so angestrengt hat, ihm die Halsbinde fest zuzuschnüren. Es war zur Zeit, als durch die Gnade Gottes noch der Galgen im Gebrauch war. Mit sechs Jahren hatte ich weder Vater noch Mutter. Im Sommer schlug ich am Rande der staubigen Straßen Rad, damit man mir einen Sou aus dem Wagen zuwarf. Im Winter lief ich barfuß durch den Schmutz und blies in meine roten Hände, meine Schenkel starrten durch die Hose hindurch. Mit neun Jahren fing ich an, mich durch meiner Hände Arbeit zu ernähren. Ich leerte eine Tasche, ich stahl einen Mantel, mit zehn Jahren war ich ein fertiger Spitzbube. Ich lernte immer mehr zu und war mit siebzehn ein Meister im Fach. Ich erbrach Läden, ich machte falsche Schlüssel. Dann wurde ich abgefaßt. Da ich das richtige Alter hatte, steckte man mich ins Loch. Und der Bagno ist eine schlimme Sache. Man muß auf Holz schlafen, Wasser trinken, schwarzes Brot essen, eine überflüssige Kugel hinter sich herschleppen. Und Stockschläge und Sonnenglut. Man wird geschoren, und ich hatte so schöne kastanienbraune Haare! Macht nichts, ich habe meine Zeit abgesessen. Fünfzehn Jahre, das nimmt mit. Dann war ich zweiunddreißig, und man gab mir eines schönen Morgens mein Marschpapier und 66 Franken. Die hatte ich in 15 Jahren aufgehäuft, mit 16 Stunden täglich, 12x30 Tage im Jahr. Jetzt wollte ich mit meinen 66 Franken ein guter Mensch werden, die Gefühle unter meinen Lumpen waren tatsächlich schöner als die eines Pfaffen unter seinem heiligen Gewand. Aber der Teufel saß in dem Passe! Er war gelb und man hatte hineingeschrieben: Entlassener Sträfling. Wo ich durchkam, mußte ich ihn zeigen, alle acht Tage mußte ich ihn den Dorfvorstehern zeigen, wenn ich irgendwo nächtigte. Das war eine schöne Empfehlung. Ich verbreitete Furcht um mich, die kleinen Kinder liefen davon, man verschloß die Türen. Niemand wollte mir Arbeit geben. So verzehrte ich meine 66 Franken. Ich mußte aber auch nachher leben, und zeigte meine Arme, die kräftig zur Arbeit waren. Man machte die Türen zu. Ich wollte arbeiten für 15 Sous den Tag, für zehn, für fünf Sous. Nein. Was sollte ich tun? Eines Tages hatte ich Hunger und stieß mit dem Ellbogen die Scheibe eines Bäckers ein. Ich griff nach einem Brot, der Bäcker griff nach mir. Ich aß das Brot noch nicht einmal und bekam doch lebenslängliches Zuchthaus, mit drei Feuerbuchstaben auf der Schulter. Ich zeige sie dir, wenn du willst. Man nennt es Strafe wegen Rückfalls. So wurde ich wieder nach Toulon gebracht, diesmal mit der grünen Mütze.

Da wollte ich fliehen. Ich mußte drei Mauern durchbrechen und zwei Ketten durchschneiden und hatte nur einen eisernen Nagel. Dennoch kam ich durch. Man schoß die Lärmkanone ab. Denn wir Sträflinge sind wie römische Kardinäle rotgekleidet und man schießt die Kanone ab, wenn wir aufbrechen. Ihr Pulver war diesmal umsonst. Jetzt hatte ich keinen gelben Paß, aber auch kein Geld. Ich traf ein paar Kameraden und schloß mich ihnen an. Ich schlug tot, um zu leben. Bald war es ein Personenwagen, bald eine Post, bald ein Viehhändler zu Pferde. Wir nahmen das Geld, ließen das Pferd und den Wagen stehen und verscharrten den Mann unter einem Baum. Unsere einzige Sorge dabei war, daß die Füße nicht herausragten. Dann tanzten wir auf dem Grabe, damit die Erde nicht frisch aussah. Dabei wurde ich alt, lag im Buschwerk, schlief unter den Sternen, von Wald zu Wald gehetzt, aber doch frei und unabhängig. — Alles hat ein Ende, selbst dies. Die Gendarmen nahmen uns eines schönen Abends am Kragen. Die anderen entflohen, nur ich, der Älteste, blieb in ihren Krallen hängen. Man brachte mich hierher. Ich habe schon die ganze Leiter hinter mir, ausgenommen eine Sprosse. Ob ich ein Taschentuch gestohlen oder einen Menschen umgebracht habe, das ist für meine Strafe gleich. Für mich gibt es nur noch den Henker, und so ist mein Prozeß kurz gewesen. Das ist alles, Kamerad.«

Ich hatte ihm starr zugehört. Er lachte lauter als zuvor und wollte meine Hand ergreifen. Schaudernd wich ich zurück.

»Lieber Freund«, sagte er, »werde nun nicht feige vor dem Schluß. Es ist ja sicher unangenehm, über den Platz zu marschieren, aber es geht so schnell. Ich wollte, ich wäre dabei, um dir den Purzelbaum vorzumachen. Donnerwetter, ich hätte Lust, auf meinen Aufschub zu verzichten, wenn sie mich heute mit dir köpfen würden. Der Pfaffe könnte gleich uns beide bedienen. Ich nehme, was du übrig läßt. Aus reiner Freundschaft!«

Er kam noch einen Schritt näher.

»Ich danke Ihnen«, sagte ich und stieß ihn zurück.

Neues Gelächter: »Aha! Sie sind wohl ein Marquis! Er ist ein Marquis!!«

Ich unterbrach ihn: »Lieber Freund, lassen Sie mich, ich habe Sammlung nötig.«

Er wurde nachdenklich, er nickte mit dem grauen, beinahe

kahlen Kopf. Dann kratzte er sich mit den Nägeln die behaarte Brust, die nackt aus dem offenen Hemde starrte:

»Ich weiß schon«, murmelte er, »natürlich, der Pfaffe!« Und nach einigen Minuten, fast furchtsam: »Ja, ja, Sie sind ein Marquis. Das ist sehr schön. Sie haben da einen guten Rock, der Ihnen nicht mehr viel nützt. Der Scharfrichter nimmt ihn. Wollen Sie mir den nicht geben? Ich kaufe mir dafür Tabak.«

Ich zog meinen Rock aus. Der Mensch schlug vor kindlicher Freude in die Hände. Da er sah, daß ich im Hemd zitterte: »Sie frieren, Herr. Ziehen Sie das hier an. Es regnet. Man muß anständig auf dem Karren aussehen.«

Er zog seine grauwollene Jacke aus und führte meine Arme hinein. Dann lehnte ich mich an die Wand. Ich kann den Eindruck nicht beschreiben, den dieser Mensch auf mich machte.

Er untersuchte den Rock, den ich ihm geschenkt hatte, und schrie beständig vor Vergnügen: »Die Taschen sind ganz neu! Der Kragen ist ganz frisch. Ich bekomme wenigstens 15 Franken dafür. Das ist wunderschön! Tabak für meine letzten sechs Wochen!«

Die Tür öffnete sich wieder, wir wurden beide abgeholt. Mich führte man in das Zimmer, wo die Verurteilten ihre letzte Stunde erwarten. Er dagegen trat in die Mitte seines Trupps Gendarmen und sagte:

»Irrt euch nur nicht! Der Herr und ich haben nur die Schale gewechselt. Nehmt mich nur nicht an seiner Stelle. Donnerwetter, das würde mir nicht passen, jetzt, wo ich Geld zum Tabak habe.«

Der alte Verbrecher! Er hat mir meinen Rock geraubt, ich habe ihn nicht von selbst hergegeben. Er hat mir diesen Lumpen gelassen, seine wüste Jacke. Wie sehe ich darin aus?

Ich habe ihm meinen Rock nicht aus Sorglosigkeit oder aus Barmherzigkeit gegeben. Nein: weil er stärker als ich war. Hätte ich ihn abgewiesen, so hätte er mich mit seinen groben Fäusten geschlagen.

Barmherzigkeit? Nein: ich war voll schlechter Gefühle. Ich hätte ihn mit meinen Händen erwürgen können, den alten Räuber! ihn mit Füßen treten!

Ich spüre, wie mir das Herz vor Zorn und Bitterkeit schwillt. Meine Galle muß geplatzt sein. Der Tod macht böse.

Ich bin wieder in eine Zelle gebracht worden, mit bloßen vier Mauern, Eisenstangen am Fenster, Riegeln an der Tür. Ich bat um einen Tisch mit einem Stuhl, um Schreibzeug. Alles wurde mir gegeben.

Dann ersuchte ich um ein Bett. Der Schließer sah mich erstaunt an, als wollte er sagen: Wozu das?

Aber man schlug in der Ecke ein Feldbett auf. Gleichzeitig kam ein Gendarm und ließ sich in meinem Raume nieder. Haben sie Furcht, ich könnte mir das Leben nehmen?

Zehn Uhr.

Mein armes kleines Töchterchen! Noch sechs Stunden und ich lebe nicht mehr. Dann liege ich auf dem kalten Tisch der Anatomie. Oben formen sie meinen Kopf ab, weiter unten zergliedern sie meinen Rumpf. Den Rest wirft man in einen Kasten, für die Erde.

Das werden sie aus deinem Vater machen, mein Kind. Sie werden mich töten, verstehst du das, Marie? Ruhig unter bestimmten Formen, um des Guten in der Welt willen. Deinen Vater, der dich liebte, der deinen lieben kleinen Hals küßte und dich auf seinen Knien reiten ließ und abends deine kleinen Hände zusammenlegte, damit du zu Gott betetest.

Wer wird das alles nun mit dir tun? Wer wird dich lieben? Wer wird dir Feiertage machen und dich beschenken? Hätten die Geschworenen dich gesehen! Und wenn du erwachsen bist: Dein Vater lebt noch in der schmählichen Erinnerung von ganz Paris, du wirst verachtet werden, wirst du dich meiner schämen?

Ich höre dumpfes Getöse, die ausgelassene Menge drängt

sich auf den Straßen, ein Mann mit blutigen Händen macht sich bereit. Gilt das mir? Ich sitze, bewege mich, atme, habe meinen Platz an diesem Tische, der wie ein anderer Tisch aussieht und ganz gut anderswo stehen könnte. Gilt es diesem Ich, das ich berühre und fühle, dessen Anzug hier Falten macht, die ich sehe?

Wüßte ich nur, wie es ist, wie man stirbt. Es ist schrecklich, daß ich es nicht weiß.

Der Name des Werkzeugs ist grausig, ich begreife nicht, daß ich ihn früher schreiben und aussprechen konnte. Furchtbar sind diese zehn Buchstaben zusammengesetzt und der Arzt des Unglücks, der die Maschine erfand, hat den unheilvollsten Namen.

Das Bild, das ich mit diesem scheußlichen Wort verbinde, ist ganz undeutlich und deshalb um so erschreckender. Jede Silbe ist gleichsam ein Stück der Maschine. Unaufhörlich baue ich sie auf und reiße sie in meinem Geiste ein. Ich wage nicht, mich danach zu erkundigen, aber furchtbar ist es, nicht zu wissen, wie es ist und wie man sich benehmen muß. Es scheint ein bewegliches Brett dabei zu sein und man wird auf den Leib gelegt — oh, meine Haare werden weiß werden, ehe mein Haupt fällt!

Aber ich habe sie schon einmal gesehen.

Ich fuhr eines Tages gegen elf Uhr vormittags über den Grèveplatz. Plötzlich hielt der Wagen.

Ich steckte den Kopf zur Tür hinaus. Eine dichte Menschenmenge hielt den Platz und den Kai besetzt, Männer, Weiber und Kinder standen an den Mauern entlang. Über den Köpfen sah man ein Gerüst aus rotem Holz, das von drei Männern aufgerichtet wurde.

Ein Verurteilter sollte an diesem Tage hingerichtet werden. Ich wandte das Gesicht ab, ehe ich hingeschaut hatte. Eine Frau neben meinem Wagen sagte zu einem Kinde:

»Siehst du, das Messer fällt schlecht, sie müssen die Rinne mit Talg schmiern.«

Damit sind sie wahrscheinlich auch heute beschäftigt. Es schlägt elf Uhr. Jetzt schmieren sie die Rinne.

Diesmal kann ich den Kopf nicht zur Seite wenden.

Oh, Begnadigung! Begnadigung! Vielleicht wird man mich begnadigen. Der König kann nichts gegen mich haben. Man soll meinen Verteidiger holen! Schnell den Advokaten her! Ich will gern ins Zuchthaus! Fünf Jahre auf die Galeeren — und abgemacht — oder zwanzig Jahre — oder sogar lebenslänglich mit der Brandmarkung! Aber schenkt mir das Leben!

Ein Sträfling geht noch umher, der kann kommen und gehen, der sieht noch die Sonne!

Der Priester ist wieder bei mir gewesen. Er hat weiße Haare, eine milde achtungswürdige Miene. Es ist wirklich ein ausgezeichneter, mitleidiger Mensch. Heute früh sah ich, wie er seine Börse in die Hände der Gefangenen leerte. Wie kommt es aber, daß seine Stimme gar nichts Bewegendes hat und gar nicht bewegt ist? Wie kommt es, daß er noch kein Wort zu mir gesagt hat, das meinen Geist oder mein Herz getroffen hätte?

Heute war ich zerstreut, ich hörte kaum hin. Jeder Laut schien mir überflüssig, wie der kalte Regen an den Scheiben glitten die Worte an mir ab. Aber als er dann nochmals zu mir kam, tat mir sein Anblick wohl. Ich dachte, unter all diesen Menschen ist er allein für mich noch ein Mensch. Ich dürstete nach guten tröstenden Worten.

Wir setzten uns, er auf den Stuhl, ich aufs Bett. Er sprach: »Mein Sohn.« — Dies Wort öffnete mir das Herz. Er fuhr fort: »Glaubst du an Gott?«

»Ja, mein Vater.«

»Glaubst du an die heilige apostolische römisch-katholische Kirche?«

»Gewiß.«

»Du scheinst zu zweifeln, mein Sohn.« Und er sprach auf

mich ein, er sprach lange und machte viel Worte. Als er glaubte, daß er genug gesprochen habe, stand er auf, sah mich zum ersten Male seit Beginn seiner Rede an und fragte:

»Also?«

Ich beteuerte, daß ich ihm zuerst mit Eifer, dann mit Aufmerksamkeit, zuletzt mit Ergebung zugehört hätte. Aber auch ich stand auf und sagte

»Bitte, lassen Sie mich allein.«

»Wann soll ich wiederkommen?«

»Ich lasse es Ihnen sagen.«

Er ging hinaus, ohne Zorn, doch er schüttelte den Kopf, als meine er:

»Ein Gottloser.«

Was hat der Greis mir gesagt? Nichts. Es war ein rührseliger Brei, wo Einfachheit angebracht war. Kein Wort, das zu Herzen ging, keins das zu meiner Lage paßte. Viel lateinische Zitate, aus dem Heiligen Augustinus oder dem Heiligen Gregor. In seinem Auge war kein Blick, in seiner Stimme kein Ton, in seinen Händen keine Regung.

Wie sollte es anders sein beim Gefängnisgeistlichen? Er lebt von seinem Amt, zu trösten und zu mahnen. Die Sträflinge und die Kranken fallen ins Dezernat seiner Beredsamkeit. Er gewährt den Menschen auf ihrem letzten Gange seinen geistlichen Beistand und ist an Dinge gewöhnt, die andere mit Grauen erfüllen. Seine gepuderten Haare sträuben sich nicht mehr, Zuchthaus und Schafott sind für diesen Beichtiger alltägliche Dinge. Wahrscheinlich hat er ein Notizbuch, in dem auf der einen Seite die Sträflinge, auf der anderen die zum Tod Verurteilten stehen. Am Abend vorher wird ihm mitgeteilt, daß er um die und die Stunde den und den zu trösten habe. Er fragt, ob es ein Zuchthäusler oder ein zum Tode Verurteilter ist, liest die richtige Seite durch und kommt. Und die Seele dessen, der nach Toulon oder zur Hinrichtung geht, ist für ihn ein Gemeinplatz, wie auch er für jenen.

Hätte man mir doch statt seiner irgendeinen jungen Vikar oder einen alten Pfarrer aus irgendeinem Kirchensprengel geholt, der auf nichts vorbereitet ist und der deshalb zu einem unseligen Menschen sprechen kann! Zu dem hätte man gesagt: »Es soll ein Mensch hingerichtet werden. Sie müssen bei ihm sein, wenn man ihm die Hände schnürt, wenn man ihm das Haar abschneidet. Sie müssen auf seinen Karren steigen und ihm den Henker mit dem Kruzifix verbergen. Sie müssen mit ihm über das holprige Pflaster durch die blutgierigen Gaffer fahren, am Fuße des Schafotts ihn umarmen und dort bleiben, bis sein Kopf vom Rumpfe getrennt ist.«

Den soll man zu mir führen, zitternd und schaudernd, wie ich! Ich will mich in seine Arme, zu seinen Füßen werfen. Wir werden beide weinen, mein Herz wird den Weg zu dem seinen finden, er wird meine Seele erfassen und ich seinen Gott.

Doch dieser Greis Gottes – ist für mich ein Schatten.

Man bringt mir soeben Essen. Sie glaubten, ich müßte hungrig sein. Eine feine ausgesuchte Mahlzeit, ein Hühnchen sogar und andere schöne Dinge. Da versuchte ich zu essen. Aber beim ersten Bissen fiel mir alles wieder aus dem Munde. Es kam mir bitter und übel riechend vor.

Es ist ein Mann mit dem Hut auf dem Kopf bei mir eingetreten. Er sah mich kaum an, machte einen Maßstab auf und begann die Mauersteine von unten bis oben zu messen. Dabei sagte er laut: »So gehts«, dann wieder: »So gehts nicht.«

Ich fragte den Gendarmen wer das sei. Offenbar ein Architekt, Angestellter des Gefängnisses. Auch ich erregte seine Neugier. Er tauschte einige Worte mit dem Schließer aus, sah mich einen Augenblick an, schüttelte mit sorgloser Miene den Kopf und setzte seine Maßarbeit und sein Selbstgespräch fort. Als er fertig war, näherte er sich mir und sagte mit seiner lauten Stimme:

»In sechs Monaten, lieber Freund, wird das Gefängnis besser

aussehen!« Seine Gebärde drückte dabei aus: »Schade, daß Sie nichts mehr davon haben.«

Er lächelte beinahe. Ich sah schon den Augenblick kommen, wo er mit mir scherzen würde, wie man mit einer jungen Frau am Hochzeitsabend scherzt. Mein Gendarm, ein alter Soldat, übernahm die Antwort:

»Herr, man spricht nicht so laut in einem Sterbezimmer.«

Der Architekt ging. Ich blieb zurück wie einer von den Steinen, die er gemessen hatte.

Danach begegnete mir etwas Lächerliches.

Mein guter alter Gendarm wurde abgelöst, ich Undankbarer drückte ihm nicht einmal die Hand. Der Mann, der ihn ersetzte, hatte eine niedrige Stirn, Augen wie ein Rind, ein dummes Gesicht.

Ich achtete nicht weiter auf den Wechsel, saß am Tisch, kehrte der Tür den Rücken. Ich kühlte die Stirn mit der Hand. Meine Gedanken verwirrten meinen Geist.

Da traf ein leichter Schlag meine Schulter, ich drehte mich um. Es war der neue Gendarm, mit dem ich allein war. Er redete mich ungefähr so an:

»Verurteilter, haben Sie ein gutes Herz?«

»Nein«, erwiderte ich.

Meine schroffe Antwort brachte ihn in Verlegenheit.

Zögernd sprach er weiter:

»Man ist nicht zum bloßen Vergnügen so boshaft.«

»Warum nicht? Wenn Sie weiter nichts zu sagen haben, lassen Sie mich in Ruhe. Was wollen Sie eigentlich?«

»Entschuldigen Sie, Verurteilter. Nur eine kleine Frage. Wenn Sie einen armen Mann glücklich machen könnten, ohne daß es Sie etwas kostet, würden Sie das nicht tun?«

Ich zuckte die Achseln. »Was fällt Ihnen ein? Sie suchen sich ein seltsames Gefäß, um daraus Ihr Glück zu trinken. Ich könnte noch jemanden glücklich machen? Noch jemandem eine Freude machen?«

Er nahm eine geheimnisvolle Miene an, die zu seinem blöden Gesicht gar nicht paßte. Er flüsterte:

»Ja, eine Freude, ja, ein ganzes Vermögen könnten Sie mir machen. Alles könnte ich durch Sie haben. Sehen Sie. Ich bin ein armer Gendarm. Der Dienst ist schwer, die Löhnung leicht. Mein Pferd gehört mir und kostet mich viel. Da spielte ich zum Ausgleich in der Lotterie. Man muß doch irgendein Geschäft dabei haben. Aber bis jetzt fehlten mir die guten Nummern, um zu gewinnen. Ich suche dauernd nach den sicheren Nummern und treffe immer daneben. Ich setze auf 76, 77 kommt heraus. Es ist umsonst, daß ich jetzt diese Nummer weiter spiele, sie gewinnt nicht mehr. — Bitte, warten Sie noch einen Augenblick, ich bin gleich fertig. — Jetzt kommt eine schöne Gelegenheit für mich. Es scheint, entschuldigen Sie, Verurteilter, — daß Sie heute hingerichtet werden. Die Leute, die auf diese Weise sterben, sehen Glückslose voraus, das ist erwiesen. Versprechen Sie mir, daß Sie morgen abend erscheinen werden. Das kann Ihnen nichts ausmachen. Dann müssen Sie mir drei Nummern geben, drei gute. Wie? Ich habe keine Furcht vor Gespenstern, seien Sie unbesorgt. — Hier ist meine Adresse. Popincourt-Kaserne, Treppe A, Nr. 26 am Ende des Korridors. Sie werden mich doch wiedererkennen, nicht wahr? — Oder kommen Sie schon heute abend, wenn es Ihnen bequemer ist.«

Ich hätte dem Dummkopf nichts erwidert, wenn mir nicht eine tolle Hoffnung gekommen wäre. In meiner verzweifelten Lage glaubt man wohl die Kette mit einem Haar durchschneiden zu können.

»Höre«, sagte ich und verstellte mich, so gut es einer vor seinem Tode vermag. »Ich kann dich tatsächlich reicher als der König machen, Millionen kann ich dich gewinnen lassen. Unter einer Bedingung.«

Er riß die schwachsinnigen Augen auf: »Welche? Ich tue Ihnen alles zu Gefallen.«

»Statt der drei Nummern verspreche ich dir vier. Aber wechsle mit mir die Kleider.«

»Wenn es weiter nichts ist!« Und er begann schon die ersten Haken seiner Uniform aufzumachen.

Ich hatte mich erhoben, ich beobachtete seine Bewegungen, mein Herz schlug. Ich sah schon die Türen vor der Gendarmenuniform sich öffnen, der Platz, die Straße, der Justizpalast lagen schon hinter mir —

Da drehte er mir plötzlich den Rücken zu. »Ach so. Sie wollen sich davonmachen.«

Alles war verloren, und doch sagte ich, mit einem letzten sinnlosen Versuch: »Allerdings, aber es ist dein Glück.«

Er unterbrach mich. »Durchaus nicht! Was wird mit meinen Nummern! Damit sie gut sind, müssen Sie doch tot sein.«

Ich setzte mich wieder hin und sagte nichts mehr.

Ich schloß die Augen und deckte noch beide Hände darüber. Ich dachte an die Vergangenheit, um die Gegenwart zu vergessen. Die Inseln der Kindheit tauchten aus dem finsteren Abgrund auf. Ich lief als Kind mit dem Bruder durch den verwilderten Garten. Es war der ehemalige Garten eines Nonnenklosters, über dem mit bleierner Kuppel der düstere Dom von Val de Grâce ragt. Vier Jahre vergingen, ich tobe immer noch zwischen den Sträuchern und Bäumen umher, noch ein Kind, doch schon schwärmerisch und leidenschaftlich. Ein junges Mädchen ist in dem einsamen Garten. Eine Andalusierin von 14 Jahren, mit großen Augen, mit langem Haar und golden schimmernder Haut. Wir sollten miteinander spielen, Kinder des gleichen Alters, doch nicht des gleichen Geschlechts. Ich stritt mit ihr um den schönsten Apfel des Apfelbaums, ich prügelte sie wegen eines Vogelnestes. Dann wieder nahm sie meinen Arm und ich war stolz und gerührt. Wir gehen langsam, plaudern leise. Ich hebe ihr Taschentuch auf, unsere Hände zittern, als sie sich berühren. Sie unterhält sich mit mir von den jungen Vögeln, vom Stern, der unten blinkt, vom roten Sonnenuntergang hinter den Bäumen. Wir sprechen von harmlosen Dingen und erröten beide darüber.

Eines Abends saßen wir unter den Kastanienbäumen. Sie ließ meinen Arm los und rief: Wir wollen um die Wette rennen! Sie war ganz in Schwarz gekleidet. Sie lief vor mir her, ihre Gestalt war dünn wie eine Biene, die kleinen Füße warfen das Kleid bis zu den Knien empor. Ich verfolgte sie und holte sie nicht ein. Der Wind hob ihr Halstuch und ließ mich den bräunlichen, frischen Nacken sehen.

Nahe dem alten Brunnen erreichte ich sie, faßte sie am Gürtel und zog sie auf eine Rasenbank nieder. Sie leistete keinen Widerstand, sie war außer Atem und lachte. Ich aber sah ihr ganz ernst in die dunklen Augen, durch die dunklen Wimpern.

»Setzen Sie sich her«, sagte sie. »Es ist noch hell, wir wollen etwas lesen. Haben Sie ein Buch?«

Ich hatte den zweiten Band der Reisen von Spallanzani bei mir. Irgendwo schlug ich ihn auf und rückte näher an sie heran. Sie lehnte die Schulter an meine und wir lasen jeder ganz leise dieselbe Seite. Vor dem Umblättern mußte sie immer auf mich warten, mein Geist ging langsamer als der ihre.

»Sind Sie fertig?« fragte sie, wenn ich kaum angefangen hatte. Unsere Köpfe berührten einander, unser Haar vermischte sich, wir spürten unseren Atem näher und näher — und plötzlich unsere Lippen —

Als wir weiter lesen wollten, blitzte der Himmel von Sternen. Ich trug ein Paradies im Herzen.

— Es hat soeben geschlagen. Ich weiß nicht wieviel Uhr —, ich höre die Glockenschläge undeutlich. In meinen Ohren ist ein Lärm wie von einer Orgel. Es sind die letzten Gedanken, die dort brausen. In diesem Augenblick, da ich meine Erinnerungen zusammensuche, finde ich schaudernd mein Verbrechen darin. Aber vor meiner Verurteilung habe ich es tiefer bereut. Die Gedanken an den Tod nehmen nun allen Raum ein.

Zwischen meiner schönen Jugend und jetzt fließt ein Blutstrom, das Blut des andern und das meine.

Liest man eines Tages meine Geschichte, so wird man nicht glauben, daß auf so viele Jahre der Unschuld und der Seligkeit dies verruchte Jahr folgen konnte, beginnend mit einem Verbrechen und schließend mit einer Hinrichtung. Es ist wie das Jahr eines ganz anderen Menschen.

Und doch bin ich kein böser Mensch. Böse sind die Gesetze, und die sie machen.

Rings um mich, auf der Erde, in den Häusern, um den Justizpalast und den Grèveplatz, in den Straßen von Paris sind Menschen, die reden und lachen, spazieren gehen, die Zeitung lesen, ihre Geschäfte überlegen, Kaufleute, die Geld verdienen, junge Mädchen, die für heute Abend ihr Ballkleid vorbereiten, Mütter, die mit ihren Kindern spielen.

— Eines Tages als Kind, stieg ich auf den Turm von Notre-Dame. Ich war schon schwindlig als ich über die finstere Wendeltreppe zur schmalen Galerie zwischen den beiden Türmen hinausstieg. Paris lag vor meinen Augen. Ich trat in den Käfig aus Steinen und Balkenwerk, wo die große Glocke hängt, die mit dem Klöppel tausend Pfund wiegt. Zitternd sah ich sie an, die bei den Kindern und beim Volk von Paris berühmte Glokke. Die Fußgänger unten waren winzig wie Ameisen.

Plötzlich schlug die ungeheure Glocke. Tiefe Erschütterung ging durch die Luft, und der schwere Turm schwankte. Beinahe wäre ich umgefallen, auf das abschüssige Schieferdach geglitten. Entsetzt warf ich mich auf den Boden, drückte mich fest daran und lag lautlos und atemlos, das furchtbare Dröhnen in den Ohren, unter den Augen den Abgrund, in der Tiefe den Platz, wo so viele harmlose und friedliche Fußgänger sich kreuzten.

Mir ist als sei ich noch auf dem Glockenturm. Ich bin betäubt und geblendet, ein Dröhnen erschüttert die Höhlen meines Gehirns. Rings um mich sehe ich durch steile Spalten die Menschen ruhig dahingehen in den gleichförmigen Straßen des Lebens, das ich verlassen muß.

— Das Stadthaus ist ein unheimlicher Bau, mit seinem spitzen steilen Dach, dem regellosen Glockenturm, dem großen weißen Zifferblatt der Uhr. Zahllose kleine Säulen und Fenster reihen sich dicht nebeneinander auf. Die Treppen sind von den Fußtritten abgenutzt. Die Vorderwand nach dem Grèveplatz ist vom Alter ganz zerrissen und erscheint selbst im Sonnenlicht schwarz.

An den Tagen der Hinrichtungen speit es Gendarmen aus allen Türen aus und starrt den Verurteilten mit allen seinen Fenstern an. Abends schimmert das Zifferblatt, das die Stunde angegeben hat, hell auf der finsteren Mauer.

Es ist ein Viertel nach eins. Was empfinde ich jetzt?

Heftigen Kopfschmerz. Mein Rücken ist kalt, die Stirn glüht. Jedesmal, wenn ich mich erhebe oder mich bücke, ist mir, als woge eine Flüssigkeit in meinem Hirn, als brande mein Hirn gegen die Wand des Schädels.

Ich zittere krampfhaft, manchmal fällt mir die Feder wie von einem elektrischen Schlag aus den Fingern.

Die Augen kochen, ich sitze wie in einer Rauchwolke. Die Ellbogen schmerzen mich.

Noch zwei Stunden und fünfundvierzig Minuten, dann bin ich geheilt.

Sie sagen, es sei nicht schlimm, man leide nicht, das Sterben sei auf diese Art sanft und sehr vereinfacht.

Oh, und dieser Todeskampf von sechs Wochen, und dieses Röcheln des ganzen letzten Tages? Die Ängste dieses unwiderruflichen Tages, der so langsam und so rasch zugleich verfließt? Das ist eine lange Leiter der Qualen, die oben endigt auf dem Schafott.

Aber das nennen sie nicht sehr leiden.

Ist es nicht ebenso marternd, wenn der Geist Gedanke nach

Gedanke erlischt, wie wenn das Blut Tropfen für Tropfen abzöge?

Sind die Leute außerdem so sicher, daß man zuletzt nicht mehr leidet? Wer hat es ihnen gesagt? Hat man je gehört, daß der blutende Kopf sich am Rande des Todes aufrichtete und dem Volke zurief: Das tut nicht weh!

Kein Toter ist wiedergekommen, nachdem sie ihn auf ihre Weise umgebracht haben, keiner hat seinen Dank abgestattet: »Das ist eine gute Erfindung. Haltet nur daran fest. Der Mechanismus ist vorzüglich.«

Vielleicht Robespierre? Oder Ludwig XVI?

In weniger als einer Minute, in weniger als einer Sekunde ist es erledigt. Aber haben sie, jemals auch nur in Gedanken sich an den Platz des Menschen versetzt, der da liegt und dem das schwere Fallbeil das Fleisch zerreißt, die Nerven zerschneidet, die Wirbelknochen zerbricht ?

Ach was! Eine halbe Sekunde! Schmerz unmöglich!

— Es ist sonderbar, daß ich jetzt unaufhörlich an den König denke. Eine Stimme flüstert in mein Ohr:

In dieser Stadt lebt nicht weit von hier in einem anderen Palast ein Mann, der auch Wachen an allen Türen hat. Er ist im Volke einzig in seiner Art wie du, nur daß er ebenso hoch steht wie du niedrig. Sein ganzes Leben, Minute für Minute, ist nur Ruhm, Glanz, Vergnügen. Alles um ihn her ist Liebe, Hochachtung, Verehrung. Die lautesten Stimmen werden leise, wenn sie mit ihm sprechen, die stolzesten Stirnen neigen sich. Seide und Gold schimmert um ihn. Zu dieser Stunde hält er einen Rat mit seinen Ministern, die sämtlich seiner Meinung sind. Oder er denkt an die Jagd von morgen, an das Fest von heute, er kann sicher sein, daß es zur angesetzten Stunde beginnt, während die Vorbereitungen die Sache anderer sind. Dieser Mann besteht aus Fleisch und Knochen wie du. Um das Schafott zu stürzen, um dir alles wiederzugeben, Leben, Freiheit, Vermögen, Familie: würde es genügen, wenn er mit dieser Feder die sieben Buchstaben seines Namens Charles an das Ende eines Papierfetzens schriebe. Es genügte sogar, wenn sein Hofwagen deinem Karren begegnete. Es würde ihm vielleicht ganz recht sein, man sagt, er sei ein guter Mensch. — Es wird nichts davon geschehen.

— Also will ich Mut zeigen vor dem Tode, ich will den schrecklichen Gedanken mit beiden Händen packen und ihm ins Gesicht sehenl Ich will das Rätsel entziffern, in das Grab hinabblicken.

Wenn meine Augen sich geschlossen haben, werde ich in eine große Klarheit, in Abgründe des Lichtes schauen, durch die mein Geist endlos schweben wird. Der Himmel wird aus eigener Kraft so ungeheuer strahlen, daß die Sterne wie dunkle Flecken erscheinen. Aber es kann auch sein, daß ich in eine scheußliche Höhle kommen werde, deren Wände mit Finsternis überzogen sind. Ich falle ohne Ende zwischen Gestalten im Schatten. Oder ich finde mich, wenn ich nach dem schneidenden Schlag in meinen Nacken erwache, auf irgendeiner schlüpfrigen Ebene, krieche durch die Dunkelheit, drehe mich um mich selbst wie ein rollender Kopf. Es wird ein starker Wind wehen, der mich vor sich her treibt und mich an andere rollende Schädel stößt. Rings sind Pfützen und Rinnen mit einer lauen, düsteren Flüssigkeit gefüllt. Meine Augen schauen im Drehen über mir einen schwarzen Himmel, in der Ferne sind große Rauchsäulen, noch finsterer als die Finsternis. Kleine rote Funken fliegen durch die Nacht, in der Nähe werden sie zu Feuervögeln.

Vielleicht auch versammeln sich zu gewissen Zeiten in Winternächten die Toten des Grèveplatzes auf seinem Pflaster, das ihnen gehört. Eine bleiche, blutige Menge, kein Mond scheint, ich werde dabei sein, wir sprechen mit leiser Stimme. Vor uns steht das Stadthaus mit der verfaulten Fensterwand, mit dem Zifferblatt, das gegen uns ohne Erbarmen war. Aber auf dem Platze steht die Guillotine der Hölle und der Teufel richtet dort einen Henker hin. Da werden wir die Zuschauer sein, um vier Uhr morgens.

In welcher Gestalt kommen wir Gespenster? Was behalten wir von unserm verstümmelten Körper? Was davon wählen wir? Wird der Kopf oder der Rumpf das Gespenst sein?

Ich weiß auch nicht, was der Tod mit unserer Seele macht, was er ihr nimmt, was er ihr gibt. Oh, einen Priester, einen Menschen, der das weiß! Ich will ein Kruzifix haben, um es zu küssen!

O Gott, da kommt er, — wieder derselbe.

— Ich bat ihn, mich schlafen zu lassen, und warf mich auf das Bett. Das Blut strömte mir zu Kopf, das schläferte mich ein. Es war mein letzter Schlaf, von unserer Art. Ich hatte einen Traum.

Ich träumte, es sei Nacht und zwei oder drei Freunde waren bei mir. Meine Frau schlief im Zimmer nebenan bei unserem Kinde. Wir unterhielten uns mit leiser Stimme, und was wir sagten, erschreckte uns.

Da meinte ich, irgendein Geräusch in einem der anderen Zimmer zu hören, ein schwaches sonderbares Geräusch.

Auch meine Freunde hatten es gehört. Wir lauschten. Es war, als öffne man heimlich ein Schloß oder feile einen Riegel leise durch.

Es war so, daß uns ein kalter Schauder überlief. Wir dachten, es seien vielleicht Diebe da, und ich ergriff ein Licht und sprang auf. Meine Freunde folgten mir einer hinter dem anderen. Die Nacht war schon weit vorgerückt.

Wir gingen durch das Schlafzimmer. Meine Frau lag mit dem Kinde in tiefem Schlummer. Im Salon war nichts zu sehen. Regungslos hingen die Bilder in Goldrahmen auf der roten Tapete. Aber die Tür zum Speisezimmer wies irgendwelche Spuren auf. Wir schlichen dort an den Wänden entlang. Der Wäscheschrank war geöffnet, die Tür stand nach der Wandecke zu aufgesperrt, wie um diese zu verdecken.

Wir ahnten, daß hinter dieser Schranktür jemand sein müsse. Ich zog mit der Hand daran, sie gab nicht nach. Aber als ich stärker zerrte, kam plötzlich hinter ihr eine kleine alte Frau zum Vorschein, mit herabhängenden Händen, geschlossenen Augen, regungslos stand sie wie in die Wandecke geleimt.

Es war ein schauerlicher Anblick. Ich fragte die Alte: »Was machen Sie hier?«

Sie antwortete nicht. Ich fragte wieder: »Wer sind Sie?«

Sie antwortete nicht, rührte sich nicht und hielt die Augen geschlossen.

Meine Freunde sagten: »Sicher eine Mitschuldige der Einbrecher. Sie selbst sind entwischt, als sie uns kommen hörten. Die hier konnte nicht fliehen und hält sich versteckt.«

Ich befragte sie nochmals, sie schwieg. Einer von uns gab ihr einen Stoß. Sie stürzte zu Boden.

Sie stürzte hin wie ein Stück Holz, wie ein toter Körper. Wir stießen sie mit dem Fuße an, hoben sie auf und stellten sie wieder an die Wand. Sie gab noch kein Lebenszeichen. Wir schrien ihr ins Ohr, wir verloren die Geduld. Einer von uns sagte wütend: »Halten Sie ihr doch das Licht unter das Kinn.«

Ich tat es. Da öffnete sich halb ein Auge, ein leeres glanzloses Auge. Es sah nicht.

Ich nahm das Licht weg und schrie: »Alte Hexe, wirst du endlich antworten?«

Das Auge schloß sich von neuem, wie von selbst.

»Donnerwetter, das ist stark!« sagten die anderen. »Noch einmal das Licht! Sie wird schon reden.«

Ich brachte die Flamme wieder unter das Kinn der Alten. Langsam öffneten sich beide Augen, sie sah uns an, einen nach dem anderen. Dann bückte sie sich und mit eisigem Hauch blies sie die Kerze aus. Im selben Augenblick fühlte ich drei spitze Zähne sich in meine Hand drücken.

Ich wachte auf, vom Schweiß überströmt. Der Priester saß zu Füßen meines Bettes und las Gebete.

»Habe ich lange geschlafen?« fragte ich.

»Mein Sohn«, sagte er, »Sie haben eine Stunde geschlafen. – Man hat Ihnen Ihr Kind gebracht, es wartet im Nebenzimmer. Ich wollte nicht, daß man Sie weckte.«

– Mein Kind, mein Töchterchen ist frisch und rosig und hat schöne große Augen. Man hat ihr ein Kleidchen angezogen, das ihr gut steht. Ich nahm sie auf meine Arme und küßte ihr Haar.

Warum ist die Mutter nicht mitgekommen? Die Mutter ist krank, auch die Großmutter. Es ist gut so.

Sie blickte mich verwundert an und ließ sich ruhig liebkosen. Manchmal sah sie zur Seite auf die Kinderfrau, die in der Ecke stand und weinte.

Es dauerte lange, ehe ich sprechen konnte. »Meine kleine Marie!« Ich drückte sie schluchzend an meine Brust. Sie schrie leise und sagte:

»Oh! Sie tun mir ja weh, mein Herr!«

Mein Herr! Seit einem Jahr hat mich das arme Kind nicht mehr gesehen. Es hat mich vergessen, und wer könnte mich auch mit diesem Bart, in diesen Kleidern, mit so bleichem Gesicht wiedererkennen?

Ich bin schon aus dem Gedächtnis ausgelöscht, aus dem einzigen, wo ich hätte leben wollen. Ich bin nicht mehr Vater, ich höre die Anrede nicht mehr, die so zart ist, daß sie in der Sprache der Erwachsenen nicht bleiben kann –

Und doch wünschte ich mir für die vierzig Jahre Leben, die man mir nimmt, nur noch dies eine Wort aus diesem süßen Munde: Papa –

Ich setzte sie auf meine Knie. »Hast du einen Papa, Kind?«

»Ja, mein Herr.«

»Wo ist er denn?«

Sie machte verwunderte Augen. »Wissen Sie das nicht? Er ist tot.«

– »Was ist denn das, tot sein?«

»Er ist in der Erde und im Himmel.« Sie sagte noch: »Ich bitte den lieben Gott für ihn morgens und abends.«

»Sag mir dein Gebet, Marie.«

»Jetzt kann ich nicht. Mein Gebet sagt man nicht am Tage auf. Komme doch heute Abend zu uns, da will ich es tun.«

Es war genug. Ich unterbrach sie: »Marie, ich bin ja dein Papa.«

Sie wandte sich ab. »Nein, mein Papa war viel schöner.«

Ich bedeckte sie mit Küssen und Tränen. Sie suchte sich aus meinen Armen freizumachen und schrie: »Sie tun mir weh!« Ich gab sie dem Kindermädchen zurück. »Bringen Sie sie fort.« Dann sank ich auf meinen Stuhl zurück. Sie sollen kommen. jetzt bin ich geeignet für das, was sie mit mir vorhaben.

Anmerkung des Herausgebers: Hier fehlen eine Anzahl Blätter. Der Verurteilte wollte, wie eine vorhandene Überschrift beweist, noch rasch seine Lebensgeschichte niederschreiben. Aber man holte ihn von seinem Tische weg.

Aus einem Zimmer des Stadthauses

Ich bin hier. Die grauenhafte Überfahrt ist geschehen. Vor mir liegt der Platz. Unter den Fenstern heult die Menge. Mit Gelächter erwartet sie mich.

Vergebens hatte ich mich zusammengerafft. Als ich über die Köpfe der Menge hinweg die beiden roten Arme mit dem dunklen dreieckigen Beil zwischen den beiden Laternen des Kais sich erheben sah, da war es mit meiner Fassung aus. Ich verlangte, eine letzte Erklärung machen zu dürfen. Man brachte mich hierher und schickte nach einem Staatsanwalt. Ich erwartete ihn hier. Diese Frist ist gewonnen.

So hat es sich abgespielt:

Es schlug drei Uhr. Man verkündete mir, daß es Zeit sei. Ich bebte, — als hätte ich seit sechs Stunden, seit sechs Wochen, seit sechs Monaten an irgendetwas anderes gedacht! Es wirkte ganz unerwartet.

Durch lange Korridore, über lange Treppen stiegen wir in einen engen gewölbten Raum, in den nur schwach das neblige Licht fiel. In der Mitte stand ein Stuhl, auf den ich mich setzen mußte.

An der Tür und an den Wänden entlang standen Leute, und der Priester, der Gendarm. Drei Menschen fielen mir besonders auf.

Der erste, der größte und älteste von ihnen, war dick und hatte ein rotes Gesicht. Er trug einen Gehrock und einen unförmigen Dreispitzhut. Das war er.

Das war der Henker, der Diener der Guillotine. Die beiden anderen wiederum waren seine Diener.

Kaum hatte ich mich hingesetzt, als diese beiden von hinten wie Katzen auf mich zuschlichen. Ich spürte in meinen Haaren eiserne Kälte, die Schere knirschte in mein Ohr.

Meine Haare wurden kreuz und quer abgeschnitten, sie fielen mir in Büscheln auf die Schultern. Sacht fegte sie der Mann im Dreispitz mit seiner großen Hand fort.

Um mich herum sprach man mit leiser Stimme. Von draußen brauste Lärm. Zuerst dachte ich, es sei der Fluß. Aber am Gelächter erkannte ich, daß es Menschen waren.

Ein junger Mann, nahe meinem Fenster, der mit einem Bleistift in sein Notizbuch schrieb, fragte einen der Schließer, wie man das nenne, was man hier mache.

»Die Toilette des Verurteilten«, war die Antwort. Dies würde also morgen in der Zeitung stehen.

Plötzlich zog mir einer der Gehilfen die Jacke aus, der andere faßte meine beiden herabhängenden Hände und legte sie mir auf dem Rücken zusammen. Ein Strick wurde um meine Gelenke geschnürt, während mir das Halstuch abgenommen wurde.

Das Batisthemd, das einzige nur von früher gebliebene

Stück, verursachte einen Augenblick des Zögerns. Dann begann der Knecht den Kragen abzuschneiden. Ich stieß einen dumpfen Schrei aus.

»Entschuldigen Sie«, sagte der Mann. »Habe ich Ihnen weh getan?«

Der andere bot mir ein mit Weinessig getränktes Taschentuch an.

»Danke«, sagte ich so laut ich konnte. »Es ist nicht nötig. Ich befinde mich wohl.«

Inzwischen waren mir auch beide Füße mit einem dünnen Strick gefesselt worden, so daß ich nur kleine Schrittchen machen konnte. Der Strick an den Füßen wurde mit dem an den Händen zusammengeknüpft. Der dicke Mann warf mir die Jacke über den Rücken und schlang die Ärmel unter meinem Kinn ineinander. So hatten sie hier ihre Arbeit verrichtet.

Der Priester kam mit dem Kruzifix und sagte: »Wohlan, mein Sohn.«

Die Knechte faßten mich unter die Achseln, ich erhob mich und ging. Mein Gang war schlaff, ich knickte ein, als ob ich zwei Knie an jedem Beine hätte.

Beide Flügel des äußeren Tores öffneten sich. Rasendes Geschrei, kalte Luft, weißes Licht drangen herein. Aus der Tiefe des finsteren Gemaches sah ich mit einemmal durch den Regen die tausendköpfige Menge. Rechts von ihnen stand eine Reihe von Gendarmeriepferden, von denen ich durch die niedrige Tür nur die Vorderfüße und die Brust sehen konnte. Mir gegenüber eine Abteilung Soldaten, links das Hinterteil eines Karrens, mit einer angelehnten steilen Leiter. Dies Bild erschien im Rahmen der Gefängnistür.

Ich hatte all meinen Mut für den gefürchteten Augenblick aufgespart. Drei Schritte ging ich vorwärts und erschien auf der Schwelle.

»Da ist er! Da ist er!« brüllte die Menge. »Er kommt! Endlich!«

Die mir am nächsten standen, klatschten in die Hände, als erschiene der König. Das hätten sie vielleicht weniger gefeiert.

Es war ein gewöhnlicher Karren mit einem verhungerten Gaul davor. Der Kutscher hatte einen blau und rot gestreiften Kittel an, wie ihn die Gemüsegärtner bei Bicêtre tragen. Der dicke Mann stieg zuerst auf.

»Guten Tag, Herr Sanson!« schrien Kinder, die sich am Gitter angeklammert hielten. Ein Knecht folgte ihm. »Bravo, Mardi«, schrien sie wieder. Beide setzten sich auf das Bänkchen vorn. Nun war ich an der Reihe. Ziemlich fest stieg ich hinauf.

»Er geht ganz gut!« sagte eine Frau neben den Gendarmen.

Das grausame Lob flößte mir etwas Mut ein. Ich setzte mich mit dem Priester auf das Bänkchen hinten, auf den bequemeren Platz, mit dem Rücken gegen die Fahrt. Ich schauderte über diese letzte Zuvorkommenheit. Darin sind sie menschlich.

Ich wollte mich umsehen. Gendarmen vorn, Gendarmen hinten, dann die Menge, die Menge, die Menge, ein Meer von Köpfen auf dem Platz.

Ein Offizier gab ein Kommando. Der Karren und die Gendarmen zu Pferd setzten sich in Bewegung. Wir fuhren durch das Gittertor. Da erhob sich ein Gebrüll vom Pflaster bis zu den Dächern, — von den Brücken und Kais schallte es zurück, als sollte die Erde erbeben.

Wir fuhren.

»Hut ab, Hut ab!« schrie es aus tausend Mündern. Wie für den König. Ich lachte verzweifelt und sagte zu dem Priester: »— Sie die Hüte ab, ich den Kopf.«

Im Schritt ging es weiter. Auf dem Blumenkai duftete es stark. Es ist Markttag. Die Blumenmädchen haben ihre Stände verlassen, um mich zu sehen.

Gegenüber, vor dem viereckigen Turm des Justizpalastes, liegen Kneipen, deren Vorplätze voll freudiger Zuschauer sind, viele Frauen. Die Wirte haben einen guten Tag. Man hat Tische, Stühle. Gerüste und Karren vermietet. Alles biegt sich von Zuschauern, Händler mit Menschenblut schreien aus vollem Halse:

»Wer will einen Platz?«

Wut ergriff mich. Fast hätte ich geschrien: »Wer will den meinen?«

Der Karren fuhr weiter. Immer verschwanden Leute hinter uns und stellten sich an anderen Punkten meines Weges auf. Trotz des Nebels und des spinnennetzartigen hellschimmernden Regens entging mir keine Einzelheit um mich herum, zu meiner Qual. Ich griff nach dem Kruzifix und küßte es. Ich versuchte, mich in den Gedanken an Gott zu vertiefen. Aber jeder Stoß des Karrens erschütterte mich. Ich empfand plötzlich eine große Kälte. Der Regen hatte meine Kleider durchweicht und die Kopfhaut durch das kurzgeschorene Haar hindurch genäßt. Ich zitterte, ach, nicht nur vor Kälte.

Am Ende der Brücke bedauerten mich Frauen, weil ich so jung sei. Jetzt fuhren wir über den Kai des Todes. Ich sah und hörte nichts mehr. All diese Stimmen, all diese Köpfe an den Fenstern, in den Türen, in den Läden, auf den Laternenpfählen, diese blutdürstigen grausamen Zuschauer, die mich alle kannten und von denen ich niemand kannte, dieser Weg mit menschlichen Gesichtern gepflastert und ummauert... Ich war wie trunken, wie von Sinnen unter dem Gewicht der zahllosen Blicke. Ich schwankte auf der Bank hin und her und unterschied die Ausrufe des Bedauerns nicht mehr von denen der Heiterkeit, das Lachen nicht mehr vom Weinen. Es war ein verworrenes Getöse, das in meinem Kopf wie metallenes Echo widerhallte.

Meine Augen lasen mechanisch die Ladenschilder. Einmal ergriff mich noch die Neugier, den Kopf umzuwenden, zu sehen, wohin ich fuhr. Es war die letzte Prahlerei des Verstandes. Aber der Körper versagte den Dienst, mein Nacken blieb gelähmt und schon wie tot. Ich sah nur links über dem Fluß den einen Turm Notre-Dame, von dem die Fahne weht. Es waren viel Leute auf dem Turm, von dort mußte man alles gut sehen können.

Mit einem Male hielt der Karren an und ich fiel mit dem Gesicht fast auf den Boden. Der Priester stützte mich: »Mut!« flüsterte er.

Die Leiter wurde hinten an den Karren gelehnt. Er gab mir den Arm, ich stieg hinunter, machte einen Schritt, wollte noch einen machen und konnte nicht. Zwischen den beiden Laternen des Kais hatte ich das Entsetzliche gesehen.

Ich schwankte, als hätte ich den Streich schon erhalten. »Eine letzte Erklärung —« sagte ich mit schwacher Stimme.

Und man brachte mich hierher. Ich bat, daß ich meine letzten Wünsche niederschreiben könnte. Sie banden mir die Hände los, aber der Strick liegt bereit neben mir und das übrige ist dort unten.

Ein Richter, ein Kommissar, irgendein Beamter ist gekommen. Mit gerungenen Händen bat ich ihn um Begnadigung. Er antwortete mit unheilvollem Lächeln, ob das alles sei, was ich ihm zu sagen hätte.

»Begnadigung! Begnadigung!« wiederholte ich. — »Oder — aus Barmherzigkeit — noch fünf Minuten!«

Wer weiß, sie kommt vielleicht noch, meine Begnadigung. Es ist furchtbar, in meinem Alter sterben zu müssen! Schon oft kamen Begnadigungen im letzten Augenblick. Und wen sollte man begnadigen, lieber Herr, wenn nicht mich!

Der verruchte Henker! Er trat zu dem Richter heran und sagte, die Hinrichtung müsse zu bestimmter Stunde stattfinden und diese Stunde sei da. Er sei dafür verantwortlich, außerdem regne es und die Maschine könnte rostig werden.

»Oh, seid barmherzig! Nur noch eine Minute! um meine Begnadigung zu erwarten! oder ich wehre mich! ich beiße!«

Der Richter und der Henker sind hinausgegangen. Ich bin allein. Allein mit zwei Gendarmen.

Draußen das Heulen der Hyänen – Kann ich ihnen nicht doch noch entrinnen – Kann ich nicht noch gerettet werden – Unmöglich, daß man mich nicht begnadigt –

Oh – die Entsetzlichen – Ich höre – Ich glaube, sie kommen schon die Treppe herauf –

Vier Uhr

Konstantin Fedin

Der Igel

Es ächzte und keuchte auf der Erde Gottes ein Bauer.

Von klein auf hatte es der Ärmste schwer gehabt, und als er herangewachsen war, wurde die Sache noch schlimmer. Niemand sagte ihm ein gutes Wort, jedermann trachtete, ihn ins Joch einzuspannen. Ganz düster wurde der Mann. Es freut ihn weder die helle Sonne, noch mag er die Leute anschauen, immerzu wiederholt er nur:

»Es gibt auf Erden keine Freude für den Menschen.«

Seine Großmutter — eine uralte Greisin, jeder Windstoß schmeißt sie um — sagt zu ihm:

»Der Mensch muß eine Freude auf Erden haben, wenigstens einmal im ganzen Leben, und sei es von einer Blattlaus, er muß einfach.«

Aber, was gilt schon so eine Alte? Nichts taugt sie. Der Bauer bleibt also dabei:

»Es gibt auf Erden keine Freude für den Menschen.«

Und wahrhaftig: die Großmutter, das uralte Weib, verfügte sich ins Jenseits, der Bauer aber wurde alt, krumm, schrumpfte ein — und kein einziges Mal im Leben kam ein Lächeln auf sein Gesicht.

Kam der Sommer — übersommerte der Bauer auf dem Felde, kam der Winter — überwinterte er in der Hütte.

Gebückt, zottig, stolperte er über die Erde, wie eine Vogelscheuche fuchtelte er mit den Armen, polterte mit den Kohlstrunkfüßen, schaute die Leute nicht an, zog finster die Augenbrauen zusammen.

»Es gibt auf Erden keine Freude für den Menschen«, brummte er mürrisch.

So nannte man ihn Brumm.

Einmal geht Brumm über den Markt, da kommt ihm eine Alte entgegen, der Wind schmeißt sie beinahe um — aufs Haar die verstorbene Großmutter!

»Bauer«, sagt sie, »kauf' mir meinen Igel ab.«

»Was soll ich mit ihm?« antwortet Brumm.

»Nur so, spaßhalber. Er kann dir auch Ratten fangen.«

»Welchen Spaß hat man schon mit einem Igel?« sagt Brumm und denkt: freilich tummelt sich bei mir im Haus und in der Kornkammer ein ganzes Rattenheer; soll ich vielleicht wirklich den Igel kaufen — mag das eine Ungeziefer das andere vertilgen...

»Her damit«, sagt er, wickelt den Igel in ein Tuch, macht einen Knoten, bringt ihn nach Hause.

Da liegt der Igel in der Ecke von Brumms Stube eingerollt, mäuschenstill. Brumm reicht ihm ein Stückchen Quark, steht, wartet, was nun kommt. Das Tier legt seine Stacheln zurück, schiebt vorsichtig sein spitzes Schnäuzchen durch den Spalt, bewegt es hin und her, schnaubt. Diebisch schiebt er dann die ganze Schnauze heraus, schmatzt mit dem feuchten Maul, verschlingt den Quark und rollt sich wieder ein.

»Schau«, sagt Brumm, »das hast du wohl gerne.«

Und gibt ihm wieder ein Krümchen von dem Leckerbissen, ohne dem Tierchen nahe zu kommen, nur den Bart kratzt er sich und wartet, was da kommt.

Bis in den Abend hinein trieb es Brumm mit dem Igel auf diese Weise, er nahm es gar nicht wahr, wie es dunkel wurde — und so trieb er es, bis der Igel ganz zahm wurde. Ganz heimisch wurde der, wie ein Hündchen: kam auf den Ruf hergelaufen, klapperte mit den Krallen auf der Diele, rauschte mit den Stacheln, schnaubte mit der spitzen Rattenschnauze.

Kommt Brumm von der Arbeit, stürzt der Igel zu ihm,

knabbert vor Freude an den Bastschuhen, versucht immerzu, dem Herrn ins Gesicht zu schauen — aber dem Tierchen ist die Stirn über die Augen gewachsen und hindert es, den Menschen zu sehen. Und beim Mittagessen tummelt sich der Igel unter dem Tisch zu Brumms Füßen, schnappt Speisereste auf, beantwortet die Reden seines Herrn mit Geschnaub.

Und sobald der Brumm mit der Arbeit fertig wird, eilt er stracks nach Hause, um mit dem Igel zu reden, um das Stacheltier mit Speiseresten zu füttern. »Wohin rennst du, Brumm?« rufen ihm die Leute zu , »hast du etwa eine Freude?«

Brumm zieht ein finsteres Gesicht und raunzt:

»Was für Freuden kann schon der Mensch auf Erden haben...«

Eines trüben Herbsttages kommt Brumm nach Hause, schnalzt wie immer mit den Lippen, horcht — kein Ton. Brumm sucht alle Verstecke ab: im Flur, hinter dem Ofen, unter der Diele, seine ganze Habe dreht er um und um — vom Igel keine Spur.

Erst als er sich zum Abendbrot hinsetzte und lustlos im dikken Brei herumrührte, vernahm er vor seinen Füßen ein Schnauben. Er bückte sich, und siehe da — der Igel war da! Ganz verwandelt war das Tierchen: schwerfällig und still, wie wenn man ihm Filzschuhe angezogen oder die Krallen abgeschnitten hätte. Es stürzte sich auf das Essen, würgte, schnalzte laut, nachdem es aber den letzten Bissen verschluckt, bettelte es um noch mehr, knabberte an Brumms Bastschuhen, grunzte.

Da begriff Brumm, daß für das Tier die Zeit gekommen war, zum Winterschlaf zu rüsten, und Brumm schloß daraus, daß es einen langen Winter geben würde.

Und als nach Mariä Schutz die Abende lang wurden, verschwand der Igel. Brumm wartete und wartete, ob der Igel nicht noch einmal erwachen würde, um sich gründlicher sattzuessen, — dann machte er sich auf die Suche nach dem stachligen Ungeziefer. Viel Mühe kostete es ihn, das Versteck des

Igels ausfindig zu machen, er konnte aber nun einmal davon nicht lassen. Das Tierchen hatte sich in die fernste Ecke unter den Ofen verkrochen und lag dort eingerollt, als ob es tot sei. Brumm berührte es mit dem Finger, drehte es um, legte es wieder wie zuvor hin, kroch unter dem Ofen hervor, klopfte sich den Staub ab und stieß einen Seufzer aus.

Die Herbsttage krochen dahin, regnerisch, neblig, dann brachte der Wind strengen Frost, eisige Schneestürme wirbelten in der Luft, die Erde wurde kalt wie eine Leiche.

Brumm langweilt sich. Einsam fühlt er sich. Schlaftrunken geht er umher. Wie eine Vogelscheuche fuchtelt er mit den Armen, poltert mit den Kohlstrunkfüßen, schaut niemand an, zieht finster die Augenbrauen zusammen. »Keine Freude hat der Mensch auf Erden«, brummt er mürrisch.

Hie und da aber kriecht er unter den Ofen, berührt den Igel mit dem Finger, riecht an ihm. Ob er noch lebt?

Im Frühjahr kommt mit dem warmen Wind eine Krankheit über Brumm. Der Bauer wird schwarz wie Ruß, allem Anschein nach hat seine letzte Stunde geschlagen.

So liegt er nun auf der Bank, wälzt sich im Fieber, wartet auf den Tod. Da spürt er: auf seine Hand — die Hand hängt ihm bis zum Boden herunter — fällt etwas wie ein Wassertropfen. Er sieht hin: das ist ja das Igelchen, das wie betrunken seine Rattenschnauze ihm in die Hand hineinstößt, als ob es sie lekken wollte.

Wo Brumm die Kräfte hernimmt, ist rätselhaft, — mit einem Satz springt er von der Bank und macht sich auf dem Boden wie ein kleines Kind mit dem Tierchen zu schaffen. Er schreit, lallt, verschluckt sich.

»Du meine Freude, mein Igelchen, erwacht bist du!«

Und wie der Igel Sahne bekommt und sich das ganze Schnäuzchen beschmiert, bricht Brumm in ein freudiges Lachen aus, sein erstes glückliches Kinderlachen — und haucht seine Seele aus.

So findet man ihn anderntags in der düsteren Stube: auf dem Boden liegt Brumm, ganz erstarrt ist er, sein Gesicht aber strahlt vor Freude.

Hans-Jürgen Heise

Der zu spät erfüllte Wunsch

»Einen Bogen«, sagte der Junge. »Weiter nichts.«

Sein Vater, der ihn gefragt hatte, was er zu Weihnachten haben wolle, sah ihn einen Augenblick lang verdutzt an, dann lachte er: »Einen Bogen? Aber ihr habt euch doch selber prächtige Bogen geschnitzt — aus Weidenholz.«

Der Junge schüttelte den Kopf. »Ich meine einen richtigen. Wie ihn die Indianer haben.«

»So einen«, sagte der Vater, »gibt es doch nicht.«

Der Junge blickte starr vor sich hin. »Bei Uschkureit«, sagte er. Uschkureit war das Spielwarengeschäft um die Ecke, er hatte da im Schaufenster einen Bogen aus Esche gesehen, ein herrlich gebeiztes Ding mit einem Köcher voll schlanker Pfeile. Der Köcher allein schon war etwas Wunderbares. Er hatte eine Schnur zum Umhängen und war aus rotem Leder. Sogar ein Totem war darauf gemalt: Tomahawk und Friedenspfeife, übereinandergekreuzt.

»Einen Flitzbogen?« Es war die Mutter, die jetzt sprach. »Ach was! Damit stellt er sowieso bloß Dummheiten an. Ich bin dafür, daß er etwas Praktisches bekommt.«

Der Junge sagte jetzt nichts mehr. Doch am nächsten Tag holte er seinen Vater vom Büro ab und zeigte ihm den Bogen: »Sieh mal, ist er nicht schön? Ein richtiger Comanchen-Bogen! Ich als Häuptling muß so einen haben.«

»Hm«, sagte der Vater. »Wir müssen jetzt gehen. Mama heizt uns sonst ein, wenn wir das Essen wieder kalt werden lassen.«

Abends im Bett sagte der Mann zu seiner Frau: »Erika, wollen wir ihm nicht doch den Bogen kaufen? Er möchte ihn so gern haben und —«

»Gib dir keine Mühe. Uns wurde früher auch nicht jeder Wunsch erfüllt. Er kriegt ihn nicht; und überhaupt war es falsch, ihn nach seinen Wünschen zu fragen. Ein Kind in seinem Alter hat gar nichts zu wollen. Es hat sich über das zu freuen, was es bekommt.«

In der Nacht vor Heiligabend machte der Junge kein Auge zu. Er sah sich vor die Krieger seines Stammes treten, den Bogen in der Hand und den Köcher über der Schulter. »Comanchen«, sagte er. »Tapferste aller Krieger. Ich komme gerade von einem Zug gegen die Kiowa zurück. Und wißt ihr, wen ich skalpiert habe? Niemand anders als das Schwarze Pferd. Er saß unter einem Hickorybaum, dort, wo das blaue Wasser aus den Felsen springt. Sieben Krieger seines Stammes hockten bei ihm. Ich hatte von weitem das Feuer gesehen und ahnte gleich, daß es Kiowa-Feuer war. Ha! War das ein Anblick. Acht der erbärmlichsten Cojoten der Prärie! Ich hatte zwar keine Waffen bei mir, nur meine Büchse, ohne Pulver. Aber das war doch zuviel. Ich knirschte mit den Zähnen und schlich mich an. Comanchen! Ihr könnt mir glauben! Drei von ihnen sind in die Ewigen Jagdgründe abgereist, die anderen flohen in die Nacht.«

Und nun zeigte er ihnen, als Beweis für seine Tat, den berühmten Bogen des Schwarzen Pferdes, den er erbeutet hatte.

Am nächsten Abend, unterm Weihnachtsbaum, sagte der Junge sein Gedicht.

Noch war der Tisch mit einem Tuch bedeckt; da nahm es der Vater auch schon weg. Doch was war das? Eine Eisenbahn, ein Mantel, ein bunter Teller. Und ein paar Rollschuhe.

Der Bogen war nicht da.

»Nun?« sagte die Mutter, »willst du dich nicht bedanken?«

Der Junge drehte sich um. »Ich wollte doch« — Tränen stiegen ihm in die Augen.

Plötzlich lief er hinaus ins Badezimmer und riegelte sich ein. Vergeblich klopfte der Vater an die Tür; der Junge öffnete nicht.

Die Mutter war kreidebleich. »Siehst du«, sagte sie. »Das ist deine Erziehung. Ein schöner Heiligabend.«

Der Mann gab ihr keine Antwort. Er lockte den Jungen: »Jörg, komm raus. Du kriegst auch den Bogen. Ich kaufe ihn dir gleich nach dem Fest.«

Und wirklich, Jörg bekam den Bogen. Doch er trug ihn runter in den Keller und lehnte ihn gegen die Kartoffelkiste. Dort entdeckte ihn eines Tages der Vater, mitten im Sommer... in der besten Zeit für die Kriegszüge der Comanchen.

»Dein Eschebogen. Warum benutzt du ihn nicht?«

»Ich will ihn noch schonen.«

Der Junge machte sich an der Mausefalle zu schaffen, die schon seit Jahren nicht mehr funktionierte, und stellte sie in eine andere Ecke, in ein Spinnennetz.

Er vermied es, den Vater anzusehen, und schielte zur Kartoffelkiste hinüber.

Der Bogen. Gewiß, er hatte ihn bekommen. Aber er hatte ihn zu spät bekommen.

Fast alles, erfuhr er den folgenden Jahren, bekommt man zu spät.

Franz Kafka

Ein Traum

Josef K. träumte:

Es war ein schöner Tag und Josef K. wollte spazieren gehn. Kaum aber hatte er zwei Schritte gemacht, war er schon auf dem Friedhof. Es waren dort sehr künstliche, unpraktisch gewundene Wege, aber er glitt über einen solchen Weg wie auf einem reißenden Wasser in unerschütterlich schwebender Haltung. Schon von der Ferne faßte er einen frisch aufgeworfenen Grabhügel ins Auge, bei dem er Halt machen wollte. Dieser Grabhügel übte fast eine Verlockung auf ihn aus und er glaubte gar nicht eilig genug hinkommen zu können. Manchmal aber sah er den Grabhügel kaum, er wurde ihm verdeckt durch Fahnen, deren Tücher sich wanden und mit großer Kraft aneinanderschlugen, man sah die Fahnenträger nicht, aber es war, als herrsche dort viel Jubel. Während er den Blick noch in die Ferne gerichtet hatte, sah er plötzlich den gleichen Grabhügel neben sich am Weg, ja fast schon hinter sich. Er sprang eilig ins Gras. Da der Weg unter seinem abspringenden Fuß weiterraste, schwankte er und fiel gerade vor dem Grabhügel ins Knie. Zwei Männer standen hinter dem Grab und hielten zwischen sich einen Grabstein in der Luft; kaum war K. erschienen, stießen sie den Stein in die Erde und er stand wie festgemauert. Sofort trat aus dem Gebüsch ein dritter Mann hervor, den K. gleich als einen Künstler erkannte. Er war nur mit Hosen und einem schlecht zugeknöpften Hemd bekleidet; auf dem Kopf hatte er eine Samtkappe; in der Hand hielt er einen gewöhnlichen Bleistift, mit dem er schon beim Näherkommen Figuren in der Luft beschrieb.

Mit diesem Bleistift setzte er nun oben auf dem Stein an; der Stein war sehr hoch, er mußte sich gar nicht bücken, wohl aber mußte er sich vorbeugen, denn der Grabhügel, auf den er nicht treten wollte, trennte ihn von dem Stein. Er stand also auf den Fußspitzen und stützte sich mit der linken Hand auf die Fläche des Steines. Durch eine besonders geschickte Hantierung gelang es ihm, mit dem gewöhnlichen Stift Goldbuchstaben zu erzielen; er schrieb: »Hier ruht.« Jeder Buchstabe erschien rein und schön, tief geritzt und in vollkommenem Gold. Als er die zwei Worte geschrieben hatte, sah er nach K. zurück; K., der sehr begierig auf das Fortschreiten der Inschrift war, kümmerte sich kaum um den Mann, sondern blickte nur auf den Stein. Tatsächlich setzte der Mann wieder zum Weiterschreiben an, aber er konnte nicht, es bestand irgendein Hindernis, er ließ den Bleistift sinken und drehte sich wieder nach K. um. Nun sah auch K. den Künstler an und merkte, daß dieser in großer Verlegenheit war, aber die Ursache dessen nicht sagen konnte. Auch K. geriet dadurch in Verlegenheit; sie wechselten hilflose Blicke; es lag ein häßliches Mißverständnis vor, das keiner auflösen konnte. Zur Unzeit begann nun auch eine kleine Glocke von der Grabkapelle zu läuten, aber der Künstler fuchtelte mit der erhobenen Hand und sie hörte auf. Nach einem Weilchen begann sie wieder; diesmal ganz leise und, ohne besondere Aufforderung, gleich abbrechend; es war, als wolle sie nur ihren Klang prüfen. K. war untröstlich über die Lage des Künstlers, er begann zu weinen und schluchzte lange in die vorgehaltenen Hände. Der Künstler wartete, bis sich K. beruhigt hatte, und entschloß sich dann, da er keinen andern Ausweg fand, dennoch zum Weiterschreiben. Der erste kleine Strich, den er machte, war für K. eine Erlösung, der Künstler brachte ihn aber offenbar nur mit dem äußersten Widerstreben zustande; die Schrift war auch nicht mehr so schön, vor allem schien es an Gold zu fehlen, blaß und unsicher zog sich der Strich hin, nur sehr groß wurde der Buchstabe. Es war ein J, fast war es schon beendet, da stampfte der Künstler wütend mit dem Fuß in den Grabhügel hinein, daß die Erde ringsum in die Höhe flog. Endlich verstand ihn K.; ihn abzubitten, war keine Zeit mehr; mit allen Fingern grub er in Erde, die fast keinen Widerstand leistete; alles schien vorbereitet; nur zum Schein war eine dünne Erdkruste aufgerichtet; gleich hinter ihr öffnete sich mit abschüssigen Wänden ein großes Loch, in das K., von einer sanften Strömung auf den Rücken gedreht, versank. Während er aber unten, den Kopf im Genick noch aufgerichtet, schon von der undurchdringlichen Tiefe aufgenommen wurde, jagte oben sein Name mit mächtigen Zieraten über den Stein.

Entzückt von diesem Anblick erwachte er.

Die Autoren

Dritero Agolli (geb. 1931 in Devoll/Albanien): Studierte an der Philosophischen Fakultät in Leningrad. Ab 1957 Arbeit als Journalist und Schriftsteller. Verfassser von Gedichten, Romanen, Novellen, Theaterstücken und Filmdrehbüchern. Von 1973 bis 1990 Präsident des albanischen Künstler- und Schriftstellerverbandes. Agolli zählt neben Kadaré zu den meistgelesenen Autoren Albaniens. Auf deutsch erschien bisher: „Zylo oder Die abenteuerliche Reise durch die wundersame Welt von Bürokrátien".

Isaak Babel (geb. 1894 in Odessa, gest. 1940 in Moskau): Russischer Erzähler und Dramatiker. Besuchte die Handelsschule in Odessa. 1915 ging er illegal nach Petersburg, wo er Gorki traf, der zwei seiner Erzählungen veröffentlichte. Arbeitete als Reporter in Petersburg und Tiflis, in den 30er Jahren als Berater der „Mosfilm". 1939 wurde er im Zuge der stalinistischen Säuberungswelle verhaftet und 1940 in Moskau hingerichtet. 1954 wurde er rehabilitiert. Werke u.a.: „Geschichten aus Odessa", „Budjonys Reiterarmee".

Samad Behrangi (geb. 1939 in Tabriz/Iran, gest. 1968): Arbeitete seit 1957 als Volksschullehrer. Er schrieb zunächst Essays über Kindererziehung und begann dann, Geschichten und Märchen zu schreiben, die stark gesellschaftskritische Elemente enthalten. Behrangi ertrank mit nur 29 Jahren unter ungeklärten Umständen im Fluß Arras/Iran. Das Märchen „Der kleine schwarze Fisch“ erhielt 1969 den 1. Preis der Buchmesse in Bratislawa und im selben Jahr den 1. Preis der Buchmesse in Bologna.

Karin Boye (geb. 1900 in Göteborg, gest. 1941 bei Alingsas): Studierte an der Universität Uppsala, war danach als Lehrerin tätig und einige Zeit Generalsekretärin der Clarté. Ihrem utopischen, gesellschaftskritischen Roman „Kallocain“, der als einer der Höhepunkte schwedischer Prosa gilt, liegen Erfahrungen aus dem nationalsozialistischen Deutschland und dem stalinistischen Rußland zugrunde. Karin Boye nahm sich 1941 das Leben. Werke u.a.: „Krisis“, „Astarte“, „Brennendes Silber“.

Bertolt Brecht (geb. 1898 in Augsburg, gest. 1956 in Berlin/DDR): 1917-21 Studium an der Philosophischen Fakultät in München. Schon früh schriftstellerische Tätigkeit. 1922 Kleistpreis für das Stück „Trommeln in der Nacht“. Mehrjährige Tätigkeit als Dramaturg. 1933 Emigration — Österreich, Schweiz, Dänemark, Schweden, Finnland, USA. 1948 Rückkehr nach Berlin, Leiter des Theaters am Schiffbauerdamm. 1951 Nationalpreis der DDR. 1955 Stalin-Preis. Mitbegründer des Aurora Verlages. Werke u.a.: „Der kaukasische Kreidekreis“, „Die heilige Johanna der Schlachthöfe“, „Aufstieg und Fall der Stadt Mahagonny“.

Kerstin Ekman (geb. 1933 in Risinge/Schweden): Wurde Anfang der sechziger Jahre als Krimiautorin bekannt, ließ dieses Genre jedoch bald hinter sich. Internationale Anerkennung errang sie mit ihrem Hauptwerk, einer Tetralogie über das Leben schwedischer Frauen vom vorigen Jahrhundert bis in die Gegenwart. K. Ekman gehört dem PEN-Club sowie dem schwedischen Schriftstellerverband an. 1978 wurde sie als eine der ersten Frauen in die Schwedische Akademie, die u.a. die Literaturnobelpreisträger wählt, berufen und trat 1989 wegen der opportunistischen Haltung des Gremiums in der Rushdie-Affäre wieder aus. Sie erhielt mehrere Auszeichnungen und Literaturpreise. Werke u.a.: „Hexenringe“, „Springquelle“, „Das Engelhaus“, „Stadt aus Licht“.

Konstantin Fedin (geb. 1892 in Saratow, gest. 1977 in Moskau): Erzähler und Romancier. Studium in Moskau. Wurde anläßlich einer Reise nach Deutschland 1914 interniert. Als junger Schriftsteller wurde er von Gorki gefördert; seinen Ruhm begründete er 1924 mit dem Zeitroman „Städte und Jahre“. Seit 1934 führende Positionen im sowjetischen Schriftstellerverband, ab 1959 Vorsitzender. Werke u.a.: „Die Brüder“, „Der Garten“, „Sanatorium Arktur“.

Lion Feuchtwanger (geb. 1884 in München, gest. 1958 in Los Angeles): Erzähler, Dramatiker, Novellist und Romancier. Mitbegründer des Aurora Verlages. Studium in München und Berlin. 1908/09 Herausgeber der Zeitschrift „Der Spiegel“. 1933 Emigration nach Südfrankreich, 1940 Internierung. Flucht in die USA, wo er bis zu seinem Tod in Pacific Palisades lebte. 1953 Nationalpreis der DDR, 1954 Ehrendoktorwürde der Universität Berlin, DDR. Werke u.a.: „Exil“, „Jud Süß“, „Die Geschwister Oppenheim“.

Erzsébet Galgóczi (geb. 1930 in Ménföcsanak/Ungarn, gest. 1989 in Budapest): Studium an der Hochschule für Theater und Film in Budapest. Danach längere Zeit Arbeit als Journalistin. Anfang der fünfziger Jahre erschien ihr erster Erzählband. Sie gehört zu den meistgelesenen Schriftstellerinnen Ungarns; viele ihrer Erzählungen wurden verfilmt oder zu Fernsehspielen verarbeitet, so z.B. „Eine andere Liebe“. Für ihr Werk erhielt sie zweimal den Attila-József-Preis und 1978 den Kossuth-Preis. Werke u.a.: „Die St. Christophoruskapelle“, „Die Falle“, „Spinnennetz“.

Hans-Jürgen Heise (geb. 1930 in Bublitz/Pommern): Lebt in Kiel. Lyriker, Essayist, Literaturkritiker und Übersetzer. Verfasser zahlreicher Bücher. Gedichtpublikationen in 25 Sprachen. Seit 1986 erscheint sein Werk in Einzelbänden im Neuen Malik Verlag. Heise ist Mitglied des PEN-Clubs. Mehrere Literaturpreise. 1989 Ehrengast der Villa Massimo. 1989/90 Poetikdozent an der Johannes-Gutenberg-Universität in Mainz. 1990 Verleihung des Professorentitels in Würdigung des schriftstellerischen Werks. Werke u.a.: „Einhandsegler des Traums“, „Einen Galgen für den Dichter“, „Der Aufstand der Requisiten“.

Wieland Herzfelde (geb. 1896 in Weggis/Schweiz, gest. 1988 in Berlin/DDR): Studierte in Berlin Germanistik. 1914-15 als Sanitäter an der Front. 1916 Mitbegründer der Zeitschrift „Neue Jugend“. 1917 Gründung des Malik Verlages; erste eigenständige Buchveröffentlichungen. Bis 1933 Leiter des Malik Verlages, Berlin, dann Flucht nach Prag. Nach der Exilierung wurde der Verlag bis 1939 von ihm in Prag weitergeführt. Von 1939-48 lebte er in den USA und war zunächst als Buchhändler und Publizist tätig. 1944 gemeinsam mit B. Brecht u.a. Gründung des Aurora Verlages. Ab 1949 Professor für Neuere Literatur und Soziologie in Leipzig. Zahlreiche Buchveröffentlichungen und Essays, u.a. eine Monografie über John Heartfield.

Victor Hugo (geb. 1802 in Besancon, gest. 1885 in Paris): Lyriker, Dramatiker, Romancier und Publizist. Fand nach Abschluß des Gymnasiums schnell Zugang zu Pariser Literatenkreisen. Als Zwanzigjähriger erhielt er vom König für seine „Oden“ eine Pension. 1841 wurde er in die Académie Francaise gewählt und 1845 zum Pair von Frankreich ernannt. 1851 ging er ins Exil nach Brüssel. Nach seiner Rückkehr 1870 wurde er zunächst Mitglied der Nationalversammlung und später zum Senator gewählt. Werke u.a.: „Der Glöckner von Notre Dame", „Die Empörung der Sklaven von Santo Domingo", „Die Betrachtungen".

Wsewolod Iwanow (geb. 1895 in Lebjashje, gest. 1963 in Moskau): Russischer Erzähler. Nach einjährigem Schulbesuch abenteuerliches Wanderleben in Sibirien und im Ural, u.a. als Fakir, Clown, Rotgardist, Agitationsredner und Schuldirektor. Kam 1920 nach Leningrad, wo er von Gorki gefördert wurde. Der 1921-22 entstandene Zyklus „Partisanenerzählungen" begründete seinen Ruhm. Werke u.a.: „Panzerzug 14-69", „Abenteuer eines Fakirs".

Bruno Jasieński (geb. 1901 in Klimontowo/Polen, gest. 1939 in Wladiwostok): Mitbegründer der Futuristengruppe in Krakau. 1925 ging er aus politischen Gründen nach Paris. Mitarbeit beim KP-Organ „L'Humanité" und bei der polnischen Arbeiter-Emigration. 1928 druckte „L'Humanité" in Fortsetzungen seinen phantastischen Roman „Pest über Paris". Dieses Buch verursachte großen Aufruhr, und der Autor wurde trotz Protestaktionen französischer Literaten aus Paris ausgewiesen. 1929 ging er nach Moskau. 1937 wurde Jasienski verhaftet und starb in einem sibirischen Durchgangslager.

Ismail Kadaré (geb. 1936 in Gjirokastra/Albanien): Studium der Literaturwissenschaft in Tirana und Moskau. Danach zunächst Arbeit als Redakteur, dann Berufsschriftsteller. 1990 ging Kadaré mit seiner Familie nach Frankreich ins politische Exil, aufgrund fehlender Möglichkeiten für eine legale Opposition in Albanien. Lebt seit 1992 in Tirana und Paris. Weltgeltung erlangte er vor allem durch seine Romane, die in mehr als 20 Sprachen übersetzt sind. Kadaré wurde mehrmals für den Literaturnobelpreis nominiert. Werke u.a.: „Die Festung", „Der große Winter", „Der General der toten Armee", „Die Schleierkarawane."

Franz Kafka (geb. 1883 in Prag, gest. 1924 in Kierling bei Wien): Erzähler und Romancier. Studierte an der Prager deutschen Universität zunächst Germanistik, dann Jura (Promotion 1906). Bis zum Ausbruch einer Kehlkopftuberkulose (1917) Beamter in einer Versicherungsanstalt. Thematisches Leitmotiv seiner von grotesken Situationen und Bildern durchzogenen Prosa ist der vereinsamte, von Lebensängsten heimgesuchte moderne Mensch, der sich anonymen überwältigenden Mächten gegenübersieht. Werke u. a.: „Der Prozeß", „Das Urteil", „Die Verwandlung", „Amerika".

Vladimir Makanin (geb. 1937 in Orsk/Uralgebiet): Studierte Mathematik und Film in Moskau. 1965 Publikation der ersten Erzählung in der Literaturzeitschrift „Moskva". Er lebt heute als einer der erfolgreichsten russischen Schriftsteller in Moskau und ist Mitglied des Präsidiums des russischen PEN-Clubs. Sein Werk wurde in mehrere Sprachen übersetzt. Werke u.a.: „Der Wunderheiler", „Der Verlust", „Das Schlupfloch".

Hermynia zur Mühlen (geb. 1883 in Wien, gest. 1951 in Radletts/Hertfordshire): Schriftstellerin, Kinderbuchautorin und Übersetzerin. Langjährige Aufenthalte in Davos aufgrund einer TBC-Erkrankung. 1919-32 als Schriftstellerin und Übersetzerin — insbesondere Upton Sinclairs — in Frankfurt tätig. 1933 Emigration nach Wien. Flucht in die Tschechoslowakei 1938. 1939 nach England, wo sie bis 1951 lebte. Werke u.a.: „Ali, der Teppichweber", „Ende und Anfang".

Boris Pasternak (geb. 1890 in Moskau, gest. 1960 in Peredelkino bei Moskau): Lyriker und Prosaist. Studium an der Historisch-Philologischen Fakultät in Moskau. Wurde zunächst durch seinen 1933 erschienenen Gedichtzyklus „Meine Schwester, das Leben" bekannt und gilt als einer der bedeutendsten Lyriker Rußlands. Für seinen Roman „Doktor Schiwago", der in Rußland nicht zur Veröffentlichung zugelassen wurde, erhielt er 1958 den Literaturnobelpreis, den er zunächst annahm, dann aber unter Druck der Behörden wieder zurückgab.

Boris Pilnjak (geb. 1894 in Moshajsk, gest. 1937 in der Haft): Besuchte zunächst die Handelshochschule in Moskau, wurde aber bald freier Schriftsteller. Er galt zunächst als der repräsentative Prosaschriftsteller der neuen Generation. Ende der zwanziger Jahre geriet er in Konflikt mit der Regierung und starb 1937 in einem Lager. 1957 wurde er rehabilitiert, eine Auswahl seiner Werke ist in der Sowjetunion erst 1977 wieder erschienen. Werke u.a.: „Das nackte Jahr", „Die Wolga fällt [mündet] ins Kaspische Meer", „Maschinen und Wölfe".

Rafik Schami (geb. 1946 in Damaskus/Syrien): Von 1966-69 Herausgeber und Mitautor einer Wandzeitung im alten Viertel von Damaskus. Schreibt seit 1965 neue Märchen. 1971 Übersiedlung nach Deutschland. Studium der Chemie; Promotion, Tätigkeit in der Industrie. Seit 1982 freier Schriftsteller. Er erhielt zahlreiche deutsche und internationale Literaturpreise und Auszeichnungen. Seine Bücher sind in über 25 Sprachen übersetzt. Werke u.a.: „Der fliegende Baum", „Märchen aus Malula", „Erzähler der Nacht".

Michail Scholochow (geb. 1905 in Krushilino, gest. 1984 in Wjoschenskaja/Kasachstan): Nahm als Halbwüchsiger am Bürgerkrieg im Dongebiet teil und ging 1922 nach Moskau, wo er in verschiedenen Berufen arbeitete. Zwei Jahre später begann er seine literarische Karriere mit Schilderungen aus dem Kosakenleben. Hauptwerk Scholochows ist der in viele Sprachen übersetzte und in Millionenauflage verbreitete Roman „Der Stille Don", eines der klassischen Bücher der Sowjetliteratur. Seit 1934 ist er Mitglied, von 1967 bis zu seinem Tode Sekretär des

Präsidiums des Schriftstellerverbandes. 1965 erhielt er den Literaturnobelpreis. Werke u.a.: „Neuland unter dem Pflug“.

Anna Seghers (geb. 1900 in Mainz, gest. 1983 in Berlin/DDR): Studium der Philologie, Geschichte, Kunstgeschichte und Sinologie in Köln und Heidelberg. 1928 Beitritt zur KPD, Mitglied des Bundes Proletarisch-Revolutionärer Schriftsteller. 1933 Verhaftung und Flucht nach Frankreich. 1940 Flucht nach Mexiko. 1947 Rückkehr nach Berlin, DDR. Weltberühmt wurde A. Seghers durch ihren Roman „Das siebte Kreuz“. Bis 1978 Vorsitzende des Schriftstellerverbandes der DDR. Büchner-Preis, Kleistpreis, Leninpreis und Nationalpreis der DDR. Werke u.a.: „Transit“, „Aufstand der Fischer von Santa Barbara“, „Der Ausflug der toten Mädchen“.

Justin Steinfeld (geb. 1886 in Kiel, gest. 1970 in Baldock/England): Journalist und Schriftsteller. Studium in Hamburg. Mitbegründer des „Kollektivs Hamburger Schauspieler“. Herausgeber der Zeitschrift „Die Tribüne“. Von den Nationalsozialisten in „Schutzhaft“ genommen, später Flucht nach Prag. Dort war er Mitarbeiter der bedeutendsten Exilzeitschriften, u.a.: „Die Weltbühne“, „Neue Deutsche Blätter“, „Das Wort“. Gründungsmitglied des legendären „Bert-Brecht-Klubs“, dem u.a. W. Herzfelde, O.M. Graf und Th. Mann angehörten. 1938 Flucht über Polen und Schweden nach England. Werke u.a.: „Ein Mann liest Zeitung“.

Lew Tolstoi (geb. in 1828 Jasnaja Poljana, gest. 1910 in Astapowo): Erzähler, Dramatiker und Publizist. Stammte aus dem russischen Hochadel. Studierte zunächst Jura und Orientalische Sprachen in Kasan, trat 1851 in die Armee ein und nahm am Krimkrieg teil. 1901 wegen Kritik an der Orthodoxen Kirche exkommuniziert. Weltgeltung erlangte er mit seinem Roman „Krieg und Frieden“. Werke u.a.: „Anna Karenina“, „Herr und Knecht“, „Auferstehung“.

Arnold Zweig (geb. 1887 in Glogau, gest. 1968 in Berlin/ DDR): Studium der Germanistik, Geschichte, Philosophie, Anglistik und Romanistik in mehreren Städten. Soldat im Ersten Weltkrieg. 1923 Redakteur der „Jüdischen Rundschau". 1933 Emigration nach Palästina, wo er bis 1948 blieb. Mitarbeit an verschiedenen Exilzeitschriften. Nach seiner Rückkehr 1950-53 Präsident der Akademie der Künste der DDR und Präsident des PEN-Zentrums der DDR. Werke u.a.: „Das Beil von Wandsbek", „Die Zeit ist reif", „Junge Frau von 1914".

Quellennachweis

Dritero Agolli – Genosse Zylo erholt sich am Strand, aus: Zylo oder Die abenteuerliche Reise durch die wundersame Welt von Bürokrátien. Übers. aus d. Albanischen von Oda Buchholz und Wilfried Fischer. © Neuer Malik Verlag, Kiel 1991.

Isaak Babel – Wie es in Odessa gemacht wurde, aus: Drei Welten. Gesammelte Erzählungen. Übers. aus d. Russischen von Dmitrij Umanskij. © Malik Verlag, Berlin 1931.

Samad Behrangi – Der kahlköpfige Taubenzüchter, aus: Der kleine schwarze Fisch. Märchen und Fabeln. Übers. aus d. Persischen. © Neuer Malik Verlag, Kiel 1987.

Karin Boye – Schimären und Illusionen, aus: Astarte. Übers. aus d. Schwedischen von Robert Bohn. © Neuer Malik Verlag, Kiel 1987.

Bertolt Brecht – Das Pfund der Armen, aus: Neue Deutsche Blätter Jg. 2 (1934/1935) H. 1, 1934.

Kerstin Ekman – Eine ganz normale Ehe, aus: Das Engelhaus. Übers. aus d. Schwedischen von Hedwig M. Binder.
© Neuer Malik Verlag, Kiel 1990.

Konstantin Fedin — Der Igel, aus: Neue Deutsche Blätter Jg. 1 (1933/1934) H. 12, 1934; Sonderheft: Literatur der Sowjetunion.

Lion Feuchtwanger — Marianne in Indien, aus: Venedig (Texas). Erzählungen. © Aurora Verlag, New York 1946.

Erzsébet Galgóczi — Eine Begegnung, aus: Die Falle. Übers. aus d. Ungarischen von Erika Bollweg. © Neuer Malik Verlag, Kiel 1991.

Hans-Jürgen Heise — Der zu spät erfüllte Wunsch, aus: Katzen fallen auf die Beine. Short Stories und andere Kurzprosa. © Neuer Malik Verlag, Kiel 1993.

Wieland Herzfelde — Die Hütte im Walde, aus: Morgenröte. Ein Lesebuch. © Aurora Verlag, New York 1946.

Victor Hugo — Der letzte Tag eines Verurteilten. Übers. aus d. Französischen von Alfred Wolkenstein. © Malik Verlag, Berlin 1925.

Wsewolod Iwanow — Der Buchstabe „G", aus: Der Buchstabe „G". Ausgewählte Erzählungen. Übers. aus d. Russischen von Erwin Honig. © Malik Verlag, Berlin 1930.

Bruno Jasieński — Pest über Paris, aus: Pest über Paris. Übers. aus d. Polnischen von Klaus Staemmler. © Neuer Malik Verlag, Kiel 1984.

Ismail Kadaré — Tod eines Schriftstellers, aus: November einer Hauptstadt. Übers. aus d. Albanischen von Robert Schwartz. © Neuer Malik Verlag, Kiel 1991.

Franz Kafka — Ein Traum, aus: Der Almanach der Neuen Jugend auf das Jahr 1917. © Verlag Neue Jugend, Berlin 1916.

Vladimir Makanin — Der Fluß mit der reißenden Strömung, aus: Moskau 1985. Übers. aus d. Russischen von Alexander Kaempfe. © Neuer Malik Verlag, Kiel 1991.

Hermynia zur Mühlen — Ali der Teppichweber, aus: Die Märchen der Armen. © Malik Verlag, Berlin 1923/24.

Boris Pasternak — Wolkenwege, aus: 30 neue Erzähler des neuen Rußland. Übers. aus d. Russischen von Rudolf Selke. © Malik Verlag, Berlin 1929.

Boris Pilnjak — Erde an den Händen, aus: 30 neue Erzähler des neuen Rußland. Übers. aus d. Russischen von F. C. Weiskopf. © Malik Verlag, Berlin 1931.

Rafik Schami — Als der Meister auftrat, aus: Der fliegende Baum. Märchen, Fabeln und phantastische Geschichten. © Neuer Malik Verlag, Kiel 1991.

Michail Scholochow — Der Vater, aus: 30 neue Erzähler des neuen Rußland. Übers. aus d. Russischen von Nadja Strasser. © Malik Verlag, Berlin 1931.

Anna Seghers — Post ins gelobte Land, aus: Der Ausflug der toten Mädchen und andere Erzählungen. © Aurora Verlag, New York 1946.

Justin Steinfeld — Ein einfacher Schlächtermeister, aus: Ein Mann liest Zeitung. © Neuer Malik Verlag, Kiel 1984.

Lew Tolstoi — Aufzeichnungen eines Markörs, aus: Der Überfall. Lew Tolstoi, Gesamtausgabe des dichterischen Werks. Übers. aus d. Russischen von Arthur Luther. © Malik Verlag, Berlin 1928.

Arnold Zweig — Der Greis, der auf Sindbad ritt, aus: Neue Deutsche Blätter Jg. 1 (1933/1934) H. 8, 1934.

Danksagung

Den folgenden Verlagen und Rechteinhabern danken wir recht herzlich für die Überlassung von Nachdruckrechten, die sich inzwischen nicht mehr beim Malik-Verlag respektive beim NEUEN MALIK VERLAG befinden:

Aufbau Verlag Berlin für die Nachdruckrechte an:
Lion Feuchtwanger, Marianne in Indien
Anna Seghers, Post ins gelobte Land
Arnold Zweig, Der Greis, der auf Sindbad ritt

Suhrkamp Verlag Frankfurt a.M. für die Nachdruckrechte an;
Bertolt Brecht, Das Pfund der Armen
aus: Bertolt Brecht, Dreigroschenroman, Gesammelte Werke, Suhrkamp Verlag Frankfurt a.M. 1967